作者简介

安永兴，男，1944 年生，汉族，北京人。中国鲁迅研究学会会员。1962 年以第一志愿考入北京师范大学中文系。1982 年起在北京海淀教师进修学校从事教学与研究工作。出版专著：《中学鲁迅作品讲解》（重庆出版社，1986 年第 1 版），《鲁迅作品的教学与研究》（光明日报出版社，1990 年第 1 版，为北京市教委指定的中学语文老师继续教育必读书目），《红楼今咏》（格律诗集，中国文联出版社，2008 年第 1 版）；合著：《唐诗百首》（韩兆琦、安永兴，中国青年出版社，2004 年第 1 版）。先后在《中国现代文学研究丛刊》《鲁迅研究》《中学语文教学》《语文教学通讯》等国家级、省部级刊物发表论文数十篇。《怎样评价阿 Q 的“革命”和“不准革命”》获 1988 年北京市语文教学研究会论文一等奖；《应该正确运用阶级分析的方法》《谈〈药〉的结尾》《民族脊梁的颂歌》入选《鲁迅教材研究新开拓 · 精选本》（中学语文教学编委会，1990 年）；《怎样认识鲁迅的弃医从文》入选北京鲁迅博物馆编选的《中学鲁迅作品助读》。《关于三味书屋和先生的评价》《礼教吃人》等论文被人民教育出版社编写的《语文教学参考书》列入参考书目。进入 21 世纪，专研格律诗词。新诗、散文偶或为之，散见于海内外报刊。

寸草集

上

安永兴 著

新华出版社

图书在版编目（CIP）数据

寸草集．上 / 安永兴著．—北京：新华出版社，
2023.11
ISBN 978-7-5166-6944-0

Ⅰ．①寸… Ⅱ．①安… Ⅲ．①中国文学－当代文学－
作品综合集 Ⅳ．① I217.2

中国国家版本馆 CIP 数据核字（2023）第 223816 号

寸草集．上
著者：安永兴
出版发行：新华出版社有限责任公司
（北京市石景山区京原路 8 号 邮编：100040）
印刷：三河市龙大印装有限公司

成品尺寸：170mm × 240mm 1/16　　**印张：**16　　**字数：**245 千字
版次：2024 年 9 月第 1 版　　**印次：**2024 年 9 月第 1 次印刷
书号：ISBN 978-7-5166-6944-0　　**定价：**98.00 元（全二册）

微店

视频号小店

抖店

京东旗舰店

扫码添加专属客服

微信公众号

喜马拉雅

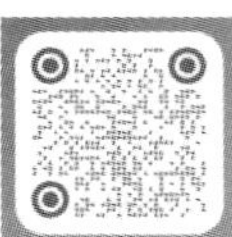
小红书

淘宝旗舰店

今世仅见的“民国先生”

——我的同学安永兴

◇ 邱季端

北师大同班同学安永兴离开我们几年了，想起他，悲伤顿生。

怎样评价安永兴呢？北师大4622同学，原河南大学教授、开封市原副市长（民主党派征调）张家顺君说：“安永兴是浊世中的一股清流。”他是我们班几位品学兼优的特长生之一，优渥的天分加上苦读钻研，使他很早就在班里脱颖而出。他对名利毫无兴趣，对读书、做学问、求知识却如醉如痴，终生不渝。

2007年，我们班同学在毕业整整40年之后齐聚开封，当时我问他所从何事，他答曰：“读书”。我说：“你这是在享受。”我羡慕他能在这个极尽喧嚣的时代，仍能“行其心之所安”。我的另一位大学同窗李永祥君，在这次聚会之后专门写了博文《翩然京华一书生》，他和安永兴一样爱书成癖，从同好的角度解析读书之乐，进而上升到了理学家、道学家的康养层面，眼光不可谓不敏锐，角度不可谓不独特。

安永兴的女儿安稳告诉我准备出版父亲的文集，要我写一篇序。书名《寸草集》，是永兴为了纪念老母亲而定。这500余页的白纸黑字，闪烁着作者的天性、禀赋、胸襟。有的后学说永兴是当代仅见的“民国先生”。单靠身正气清不足以成为“民国先生”，还必须具备深厚的学养，丰富的著作，独立思考的精神、能力，创造性的见解。从《寸草集》的厚度而言，它可以是一本教学参考书；从深度而言，它还可以是充满思辨的理论书；从广度而言，它更可以是一本古典文学爱好者的科普书。“独立之精神，自由之思想”，此二者，安永兴兼而有之。

一九八〇年，《人民日报》和《光明日报》用半版的篇幅刊登一则公告：中国社会科学院公开招聘两名研究员。注意，只有两名！这是社科院空前绝后的一次公开招聘。报名的几百人都是出身全国各大名校的才俊和归国留学生。安永兴觉得他报效祖国、施展才华的机会来了，便报名应考。考毕，几无悬念，他脱颖而出，以第一名的成绩被社科院录取——社科院研究员就是教授级别。

然而，由于一些复杂的原因，安永兴最终未能如愿去到专门从事鲁迅研究的顶级学术机构施展才华。他是完全有机会当上教授研究员的。因为他的学问是标配的，而且超越了这荣衔的水平。他是无冕之师尊，教授中的教授，博导中的博导。时过境迁，相信这样让人抱憾的历史悲剧不会再度上演。

登高声自远，渔歌绕岸渚。经历了人生的无数坎坷，安永兴始终遗世而独立，不伤害别人，不随波逐流，不攀枝附权。清醒、温良、与人为善，永远是他心中的碑石。“文章憎命达”，如果他一路坦途，位高权重，我们或许就永远也看不到这些泣血之作了。当代学者林贤治先生所说的“人文知识分子”，安永兴是也。

自从有了手机，我和安永兴常通音问，后来又有了微信，联系更为频仍。我曾经在4622同学群里说，安永兴是我的同学，更是我的老师。不管是人文科学、社会问题，还是国内国际形势、古今历史，他总是通过严谨的逻辑分析，翔实的资料佐证，给我一一答复。他的答案如醍醐灌顶，清凉透背，让我茅塞顿开。

1997年，我们班师生在烟台庆祝毕业30周年，当时安永兴律诗、新诗各作一首；2017年，我们班毕业50周年于湖州再聚首时，他抱恙前来，这也是我们的最后一次会面。

世事蹉跎成白首。这些年，几位老师和同学陆陆续续离开了4622这个集体，深愿他们脱离苦困，俱成无上正觉。

安稳写了一篇《您的微笑》，安永兴的同事严大成写了《默默独行》。了解安永兴，这是两篇最详实的资料，作《寸草集》的序言最为合适，我的最多只能作为补记。

您的微笑

◇安　稳

摆在我眼前这许多的手稿，论高度摞起来有 1.5 米左右；论体裁则涵盖了论文、应用文（包括读书笔记、教案、演讲稿）、散文（包括随笔、游记）、诗（古体诗）等。大部分纸张由于年深月久，已经发黄且变得非常之脆，字迹也有了些许模糊的苗头，乃至于整理的时候务必小心翼翼才行。这 34 万字的手稿是爸爸跨越半个世纪的所思、所想、所感，是他留给我慢慢品读的精神食粮。在把它们录入电脑、一遍遍校对的时候，仿佛爸爸和以前一样坐在我的身后，微笑地看着我把他数十年的心血转换成 WORD 文档，而我也沉浸其中，潜移默化地逐步升华着自己的思想和认知水平，这个过程仿佛为我第一次从做学问的角度理解爸爸打开了一扇窗。

一

爸爸三四岁时就经常自主地戳空划字，吃饭的时候也喜欢拿着筷子在空中写字。五岁开蒙后，小学班主任老师发现他小小年纪即有“过目成诵”的本领。上中学时，被李开泰校长赞为“博闻强记，如数家珍”。高中分班时，爸爸最初有意学医，后来因为对逻辑思维兴趣浓厚改学理科。他数学课从来不做练习题，每次却总能考 100 分。高中阶段的学生思潮起伏，爸爸又于高三那年接受同学建议，在最后一个学期马上就要高考时改报文科。参加模拟考试的前几天，他把借来的历史教材通读一遍，就考了 90 多分。他用数月工夫学完高中三年文科课程，考试前一周彻底放下书本和复习资料，每天在学校的后山上锻炼身体。

1962年全国高考招生的人数只有10.68万人，录取率为27.43%，志愿填报分为重点和一般两类，北京地区文科的重点院校，仅有北京大学、北京师范大学、中国人民大学和北京外国语大学。爸爸以第一志愿考入北京师范大学中文系，成为中华人民共和国成立后老家周遭考上全国重点大学的第一人。大学期间他以“博闻强记，如数家珍”为座右铭，对经典论述、文学名著的精彩段落和章节全部背诵下来。在以后的几十年里，无论是行文还是授课，他都能信手拈来，直到七十岁以后，还依旧能对《红楼梦》中的经典章节一字不差地进行复述。

爸爸天资聪颖且勤奋不辍。上大学时，图书馆是他最爱去的地方，寒暑假也几乎都在那里读书。冬天的时候写读书笔记，由于精神高度集中，流的汗把后背的衣服都粘在了身上。每每和我谈及此事，爸爸总是微笑而又无奈地说：“我这个女儿呀，哪怕有爸爸1%的勤奋好学也行呀！”那些文学名著、学术精品，都变成了接近万言的读书笔记，同时也为以后的著书立说打下了坚实基础。本书中《屈原——伟大的爱国者形象》就是爸爸念大二时的读书笔记。他写文章的风格是开宗明义，言简意赅，如无新意和独到见地绝不下笔，始终追求书面和朗读均如行云流水般的双重美学。杨占升先生一直将爸爸现代文学课的试卷保存了四十年。他的一位老上级曾说：“小安写的文章，读起来总是那么流畅，怎么念怎么顺。”

《寸草集》中占比最大的鲁迅研究论文，有一部分是20世纪70年代末至80年代中期的作品。那时我们住在乡下，盛夏时节他就赤膊上阵，晚上借着昏黄的台灯光亮，伏在请木匠打造的写字台上奋笔疾书，妈妈则在后面给他摇着扇子。每当精神高度集中于写作的时候，爸爸就让奶奶每周炖一碗红烧肉来补充体力。他的第一本专著《中学鲁迅作品讲解》就产生于这样简陋的条件中，同时爸爸也是将选入中学语文教材的鲁迅作品逐篇讲解并结集成书的第一人。囿于当时的政治、思想、学术环境和条件，他的思想维度和研究成果，我现在看起来觉得有些过时，但它们是那个时代爸爸研究进程的真实记录。如若身处现在这样一个相对开放、相对自由的时代，我想他的认知会是和当年不一样的水平。纵使如此，每篇文章中都饱含着他对鲁迅先生的无限景仰之情。或许是受先生忧国忧民、改造国民性理念的影响太深，爸爸的眉头总是不由自主地轻蹙着，经年日久竟然形成了川字纹，让我总是嘲笑他："生年不满百，常怀千岁忧。"

爸爸平生最大爱好唯有读书。奶奶的家教也是让他好好读书，不要去想什么升官发财。您经常和爸爸说的至理名言是"官大有险，树大招风""爬得高，跌得重""红得发紫，一紫就变黑"等。读书这条路能让爸爸一往无前地从少年走到垂暮，我想，除了用"热爱"一词形容以外，和奶奶的教育也密不可分。

家里的《史记》《鲁迅全集》《红楼梦》《辞海》都因为翻看次数太多而磨损得厉害，只能以胶带黏合、修补。我记忆里最多的镜头，爸爸不是在看书，就是在伏案奋笔疾书；每每吃饭的时候大脑也在不停地思考，经常和他说话都充耳不闻；甚或就医的时候，随身也要带上一本。《三曹诗选》《李清照诗词选》《金刚经》就因其薄、小、轻的缘故，是"住院率"最高的三本书。

人生的少年、青年、壮年、中年、老年阶段，爸爸始终"两耳不闻窗外事，一心只读圣贤书"，以至于我觉得他过于理想化的特点，全是由于书看得太多，才让他对人性、对人类复杂的各种感情、对人际关系、对学术研究、对语文教育教学等，都是那么富于理想，这也许是他已过古稀之年却仍旧常怀一颗赤子之心的终极原因吧。也是由于酷爱读书，让本就淡泊心性的他，愈发看淡了世间的名利追逐，远离着"修罗场"内的种种缠斗。他不需要多数人趋之若鹜、虚苦劳神的浮名浮利，就那么安安静静地置身一隅，徜徉于书海，以此为乐且甘之如饴。读书使他无论身处何种逆境都能够心态平和，安之若素。"择一事，终一生"这句话用来形容爸爸对于读书的热爱，最为合适不过。

曾几何时，爸爸平时捧在手里的书，现在重新被我拿了起来，且同样看得津津有味。他作的或多或少的眉批，依然清晰地留在字里行间。

二

20 世纪 40 年代出生的爸爸和他的同龄人，似乎命中注定要亲历中华人民共和国成立后的风风雨雨，历经无数人世间的沧海桑田，尝尽我们这些后辈无法想象和忍受的精神、肉体、情感的艰难困苦，任凭怎样的挫折与打击，始终坚强不屈地生存在脚下的这一片土地上。

个人在时代的洪流面前，只是一片小小的落叶，不知道自己会被裹挟着落到哪里，飘向何方。诚如狄更斯所说："这是最好的时代，也是最坏的时代；这是智慧的年代，也是愚蠢的年代；这是信仰的时期，也是怀疑的时期；这是光明的季节，也是黑暗的季节；这是希望之春，也是失望之冬。我们面前应有尽有，我们面前一无所有；我们正踏上天堂之路，我们正走向地狱之门。"

爸爸就读大学期间恰逢"四清"开始，他和他的同学们奔赴河北衡水亲身体验了这一运动。爸爸的落脚点在桃城区郑家河沿镇的河南增家庄村。他经常回忆这段难忘的生活，这次历练让他和班里的同学加深了情谊，也让他对当时农村的实际情况有了最为直观的感受，乡亲们的淳朴民风与艰苦的生活条件给他留下了深刻印象。2018 年 10 月 3 日，我开车带他回到阔别 50 年的河南增家庄。我们从村头走到村尾，满目的破败凋敝。估计村里只剩下老年人和孩子们留守，年轻人则大多外出打工挣钱。他特意去和村口闲坐的老爷爷打听当时的生产队队长近况，方知老人家十多年前已经故去。时移，世易，人非，静静流淌着的，依旧还是那条宽宽的滏阳河。爸爸不禁怅然。

1967 年大学毕业后，爸爸作为青年知识分子被"分配"到黑龙江省伊春市，起初在翠峦林业局昆仑气林场接受再教育，先是伐木，后又被安排每天凌晨三点冒着风雪去挑豆腐，那时的温度最低可达-50℃，老乡们都把那个时间段叫作"鬼龇牙"。爸爸初来乍到，没有在北国极寒地带的生活经验，他的同事傅学彦伯伯是本地人，告诉了他许多在林区生活的小窍门，比如要用融化的雪水去洗漱等。万幸爸爸是师范生，后来才顺理成章地被派到刚刚成立的胜利村小学去当"孩子王"，随后又在五七中学任教。

无论是在祖国的心脏还是北疆林都，什么也不能降低爸爸读书的热情。他每晚下班后都要去学校办公室读书，鲁迅先生的文章、古今中外的名著、哲学经典著作陪着他共同“直面惨淡的人生”，一读就是2600天。正所谓“十年饮冰，难凉热血”。在人生的低谷里，爸爸全面、深刻地体会到了先生怀霹雳手段，行菩萨心肠的拳拳爱国心、民族情，遂将鲁迅研究作为自己的主要治学方向。

散文《烛光》中给爸爸送蜡烛的尹茂山先生，是一位老八路，曾经抡起手中的大刀参加过抗日战争。他为人正直，尊重知识，敬佩读书人，在那个以“知识越多越反动”为主导思想的年代，属于不认可“读书无用论”的少数派。这位林区产业工人“于无声处”给予爸爸的支持，温暖着游子孤身在外那颗冰封的心灵。小兴安岭七年的岁月蹉跎，暑往寒来，个中的挫折磨难爸爸从不对我提及，在-42℃的天气里鼻孔结冰于他就是笑话一样的存在。

2017年夏天，我曾想陪他再赴伊春，到林场、小工队、五营、汤旺河故地重游。他满怀怅惘地说：“当年的同事有的离开了翠峦，有的已经谢世，看不到老朋友了，不回去了。”2018年5月初，翠峦的学生崔建国大哥告诉爸爸，傅学彦伯伯全家已定居河北邢台，他大喜过望，5月12日即赶赴邢台，高龄的傅伯伯由女婿陪同亲自接站。他们上次见面还是在20世纪80年代，傅伯伯到家里看望奶奶，他的儒雅谦和给年幼的我留下了深刻印象。时隔三十余年的旧友重逢，两双大手重又紧紧地握在一起，他们回忆着特殊年代同甘共苦的难忘经历，傅伯伯家的姐姐、妹妹和我，作为晚辈都被这份历经时间检验、弥足珍贵的友谊感动着……

2021年暑期，我想追随爸爸四十多年前的脚步，去伊春找寻他年轻时工作和生活的痕迹。7月30日清晨从北京直飞哈尔滨，9点到达太平机场后立即在当地租车，马不停蹄地开了四个半小时，当我终于看到“翠峦”两个大字出现在面前时，禁不住心潮澎湃。崔建国大哥已经安排好了我去访寻五七中学、昆仑气林场学校、七一小工队的旧址。孰料翌日凌晨突发新冠肺炎疫情，为了避免被封控在酒店，我早晨7点冒着中雨、饿着肚子、在没有网络、导航失效的小兴安岭山林中一路狂奔，终于在中午12点开到了哈尔滨机场，向往已久的第二故乡之旅变成了翠峦一夜游，只好悻悻地铩羽返京。待到来年，我定会再次踏上翠峦这片土地一偿夙愿。爸爸如若知道我这次有惊无险的经历，肯定又会微笑着说："我女儿真勇敢！"

2016年，新疆的李江鸿师兄来京探望爸爸。说起将近40年前的种种故人旧事，爸爸记得清清楚楚，说到激动处师生两人感慨万端。短暂的三天时光很快过去，待我们父女俩目送李大哥登上北京南站返程的列车后，我问爸爸，为什么几十年前的学生现在还没有失联，还对他这么尊敬？他微笑着对我说："孩子，咱们平日里只是家庭生活的琐碎日常、吃饱穿暖，你没有见过爸爸在讲台上的样子，那和生活中的爸爸不一样啊！"

数十年的教学生涯中，爸爸始终恪守的信条是怀着完全平等的观念，对不同家庭背景、不同性格特征、不同先天禀赋的所有学生一视同仁，务必以保护自尊心为前提去发掘每个人的特点。或许正是基于这一原因，无论是定居黄海明珠青岛的崔大哥，还是身处遥远西域伊犁河畔的李大哥，都始终视爸爸为良师益友，经常和他交流工作、生活的情况，探讨关于格律诗词、文学、历史的相关话题。曾经的青葱少年如今鬓染风霜，唯一不变的是这份跨越空间、地域和时间的师生情谊。时至今日，他们依然与我也保持着不间断的联系。

三

爸爸的风骨源自爷爷、奶奶的高尚品格。爷爷的义薄云天、正直诚信，奶奶的善良宽容、勤劳俭朴，一以贯之地传递给了爸爸，他又以自己的实际行动对我进行着言传身教。作为独子，赡养爷爷、奶奶是为人子的义务，照顾体弱的妈妈是为人夫的责任，我从未听他说过任何一句抱怨的话。纵使再难再苦，爸爸始终为我遮风挡雨，撑起一片祥和宁静的天空。他最爱对我说的一句话是："有爸爸在。"

我的曾祖父早年当过讼师，后来变卖家中田产资助国民革命军的李玉堂将军，并和李将军义结金兰。抗战期间，爸爸的大姑父和我的爷爷双赴战场杀敌。爷爷的重情重义在乡下老家无人不知，这份基因也遗传了下来。爸爸还是个十分恋旧的人。往事、故友、旧地、老物什，似乎都被他赋予了感情色彩，总能勾起他对于往昔的回忆。爷爷的衣服、奶奶的手表、妈妈的算盘，都一直被他仔细地珍藏。大学时代的一双黑色凉鞋，被妥帖保管了50年。2012年去泰国时，爸爸还十分开心且得意地穿着它在沙滩上漫步。我无数次想把那双凉鞋更新换代，都被他义正词严地直接拒绝了。

爸爸事母至孝。《寸草集》书名源自孟郊名诗《游子吟》，意在纪念奶奶，歌咏母爱之伟大。无论是学习、工作、生活，奶奶始终用伟大的母爱支撑、伴随着爸爸的每一个人生阶段。爸爸也深知奶奶的艰辛，初中毕业时打算直接报考免费吃住的师范类中专。当时的班主任爱惜他聪慧过人，不忍因家境贫寒失去一棵学习的好苗子，最终在老师的帮助下爸爸得以保送高中。高三毕业时又是师范类大学全部免费的先决条件吸引了爸爸，北京大学和清华大学因为收费问题根本不在他的考虑范围之内，因为这样会增加奶奶的负担。

20世纪60年代末，奶奶把乡下老宅重新翻盖，举债将近400元。爸爸远在东北林区工作，他留下基本生活费后把每月工资全部寄回家中。每当好心的人们告诉奶奶不用急着还钱时，您总是满怀自豪地说："永兴每个月都给我寄钱!"在爸爸的努力下，奶奶将在当时堪称天文数字的债务用最快的速度偿还完毕。

我上初中时，有只小麻雀无意间撞到厨房的换气扇上。奶奶把它捧在手里，一点一点把翅膀上沾的油渍擦掉后赶快放飞，让它重新回到属于自己的天空。这是爸爸经常和我提及的奶奶的旧事。

爸爸与妈妈是经人介绍相恋结婚的。妈妈喜欢爸爸的正直和文采，爸爸喜欢妈妈的温柔与善良。在他们31年的婚姻生活中，我从没见过他们吵架拌嘴，妈妈无论什么时候都是那么的娴静、体贴。如果不是健康原因所限，她会一直是位称职的贤妻良母。

爸爸常常告诉我，对亲人最深切的怀念是把他们的言谈举止铭刻在心里。在我们的家庭生活中，经常会在某个不经意的瞬间把他们的"语录"脱口而出，比如爷爷的"不赖"，奶奶的"待人不得不风光，过日子不得不俭省""穷家富路"，妈妈的"瞧我们乖乖"（她对宝宝的专用语）。我们每次说起时，总是那样的自然晓畅，嘴角带着甜甜的笑意，眼中却闪烁着晶莹的泪光。

记得童年的时候，仰望着爷爷、奶奶、爸爸、妈妈，觉得他们的身形都那样高大，不知不觉中，蓦然发现无须抬头就能和他们说话时，我才知道原来是自己长大了。脑海中亲人的面容宛在目前，离我是如此之近，放眼望去，却又仿佛隔着万水千山。

爸爸历经许多的坎坷不平，仍旧不改书生本色，诗人情怀。他常说："人生不如意事，十之八九，常思一二，不想八九，上天待我不薄，爸爸知足。"

1980 年，经国务院批准，中国社会科学院面向全国公开招考研究人员。其中报考鲁迅研究专业的 100 余名应试者，均是国内的翘楚。这是 1949 年至今，由国家最高学术机构主办的最高层次也是空前绝后的一次考试。爸爸此前发表的论文使他通过了考前的审核环节，顺利拿到了准考证。

1980 年 5 月 30 日上午，北京市委党校，北京考区所在地，第一天的专业基础课笔试正在紧张进行，其中一道占比 10 分的题目非常检验考生的真实水平。试题要求闭卷将鲁迅早期文言论文《文化偏至论》中的 2000 字翻译成语体文（白话文）。那时，鲁迅早期的几篇文言论文尚无译文公开出版，没有相关参考书，爸爸仅用 40 分钟就将此题翻译完毕。整个上午的全部试题答完，共用时 3 小时 15 分，25 页答题纸，约 8000 字。下午的专业基础课考试用时 3 小时 20 分，答题纸仍用了 25 页，约 8000 字。全天手写 16000 字，力透纸背的后果就是：右手食指被磨破。

考试完毕，爸爸慨叹这位考官是真正的专家，意在全面考查应试者的理论素养、分析问题以及阅读古文和写作的能力。事后方知考试的出题人是中国鲁迅研究学会会长、德高望重的林非先生。

第二天的考试分别是政治和外语。外语是四场考试中，爸爸唯一专门用时半个月突击复习的科目。毕竟在大学毕业后，俄语一直没有学以致用的机会。他曾多次告诉我，这一生中最不怕的事情就是考试，考题难度级别愈高，愈能激发他的应试热情。三个多月后，考试结果公布：爸爸在众多高手中脱颖而出，以优异的成绩考取中国社会科学院文学研究所鲁迅研究专业研究人员，此专业在全国范围内仅录取一人。

体检合格后，文学研究所希望爸爸尽快入职。然而，当时的上级单位拒绝放行，经历6次洽商仍然无果。和爸爸素昧平生的《史记》研究专家程金造先生听说此事，亲自到中共中央书记处为爸爸仗义执言。奈何教育部、中共中央书记处的介入也无法让爸爸调离原单位。如若现在，一封辞职信就可以让真正的人才拥有更加广阔的平台。奈何80年代是单位所有制，贸然辞职在当时无异于自绝生路，寸步难行。自己的工资、医疗、户籍、党组织关系、粮油关系，乃至子女的升学、就业、家属的工作问题都会受到直接影响。个人如何能够挣脱这一可怕的桎梏？

与我国哲学社会科学研究的最高学术机构失之交臂，被某种制度终极锁定，当时年仅36岁的爸爸没有怨天尤人，反而一切如常地继续上课、读书、写作。

人生数十载，风雨一路行。由于错综复杂的各种原因，爸爸时运不济，命途多舛，但他从不怨天怨地，我更没有在他口中听到过关于任何人、任何事的负面之词。相反，他一再地教育我“静坐常思己过，闲谈莫论人非”，做人一定要宽容，常怀感恩之心。

我曾于不经意间发现有人“摘录”或“照抄”爸爸文章的劣行，感到非常气愤。他却微笑着说：“蕞尔小事，不必挂心。做人要宽容一些。众生皆苦，现在的年轻人为了职称，为了家庭，生活压力很大，也挺不容易的，你换个角度看问题，他们还去宣传爸爸的思想呢！”剽窃这等违法行为，在他看来如果能帮助别人评选职称，竟然也算一件善事。当时我立刻自惭形秽，觉得是不是自己的法律意识太过强烈了呢？也罢，“尔曹身与名俱灭，不废江河万古流”。

小学、中学、大学时代的各位恩师、同窗，北京、伊春单位的领导、同事，多家出版社的各位编辑，中国社会科学院的出题专家，江苏如皋的笔友陈根生老先生，还有背起10岁的爸爸趟过大河去上学的鲁广贤爷爷……所有真心帮助、爱护他的人们他都念念不忘，铭刻于心。时光跨越了半个多世纪，往事如昨，已经谢世的师友令他唏嘘不已。亲人、恩人们的群像不断出现在爸爸的笔端，出现在他的诗歌中，出现在他的散文里。

四

爸爸年逾古稀依然保持着身高181厘米、体重60公斤的标准体形。这得益于五十多年来，他一直保持着学生时期健康、简单的生活方式和习惯，每天必做一套自创的健身操。他的身姿永远高挑挺拔，衣服干净整齐，与人说话从来都是文雅有礼，举手投足总有一股浓浓的书卷气，以至于有人说他像"五四"时代的知识分子。我曾经建议他去参加老年模特队，他微笑着说，我都这个年纪了，哪还能穿什么时装、牛仔裤呀！

除了读书，他还喜欢朗诵，这一特长源于他曾是中学母校广播室的播音员。2021年的某个晚上，央视电影频道播放1959年北京电影制片厂拍摄的故事片《风暴》，著名导演、表演艺术家金山饰演的施洋大律师正在发表慷慨激昂的演讲："今天下午六时左右，江岸铁路机厂的工头胡大头命令工人黄德发、江有才到车站替魏处长的父亲开压道车……"恍惚之间，我仿佛又看到了爸爸也曾站在客厅中间为我背诵这一著名的桥段，他的声音、语气、语态、肢体动作，刀刻斧凿般印在我的脑海之中，从未稍离。

爸爸不止一次和我强调：我们的物质生活吃饱穿暖即可，但在精神层面要做富有的贵族，务求拥有一个自由而奔放的灵魂。多读书，读好书，具备独立思考、分析和研判的能力，不人云亦云，不随波逐流，不浑浑噩噩。无论何时、何地，无论身处什么条件、什么环境，都要有尊严、坚强、健康、快乐的生活。这就是他对我的全部要求。

佛经是爸爸近年经常阅读的书目之一。从此，我的耳畔就不时听到"一切有为法，如梦幻泡影""人间四百年，为兜率天一昼夜"的佛法，还有昭烈帝的"人五十不称夭"，世上有形皆有尽等关乎灭度的理念。2020年春节期间，我曾多次手抄《心经》。奈何没有慧根佛性，每每抄到"舍利子，是诸法空相，不生不灭，不垢不净，不增不减"时就会悲生悟中："除去我执，五蕴皆空"委实难以做到。260字的《心经》，怎抵得骨肉至亲那比天高比海深的生我、养我、育我的恩情！爷爷奶奶、爸爸妈妈为我遮风挡雨，耗尽心力，今生纵使粉身碎骨也无法报答万一。您们留给我尽孝的时间又何其短促，乃至于变成终生的遗憾。您们走出了时间，进入生命的另一种状态、另一个阶段，把这万千言语都诉不完的离情与爱恋留给了我。每一个想起您们的瞬间，我的嘴角都会挂着一抹幸福的微笑。

高山景行，虽不能至，然心向往之。

无穷者日月，长在者山川。

爸爸，您的微笑，无远弗届，永存我心。

目　录

Contents

❖ 鲁迅研究 ❖

❖ 教育教学 ❖

鲁迅研究

谈《药》的结尾

一篇小说的结尾，应该是情节发展的必然结果，且有助于明确和深化主题。《药》的结尾，即是范例。

众所周知，《药》的情节发展有两条线索：一条是明线，写华老栓买药，小栓吃药，茶馆议药；一条是暗线，写夏瑜的被害和他身陷囹圄的情景。作者用人血馒头巧妙地把这两条线索连接起来，并在茶馆议药这一部分，使这两条线索交织起来，形成小说的高潮。高潮过后，理应交代故事的结果，这就很自然地引出了清明上坟。正是在坟场上，两个死者的母亲正式会合，情节发展的两条线索完全融会在一起。这样的结尾，是小说整个艺术结构的有机组成部分，是情节发展的必然结果。

《药》的主题是什么？对这个问题的回答，历来众说纷纭。其实，比较可靠的说法，还是作者自己的论述。鲁迅曾经这样讲述《药》的写作意图："《药》描写群众的愚昧，和革命者的悲哀；或者说，因群众的愚昧而来的革命者的悲哀；更直接说，革命者为愚昧的群众奋斗而牺牲了，愚昧的群众并不知道这牺牲为的是谁，却还要因了愚昧的见解，以为这牺牲可以享用……"（孙伏园：《鲁迅先生二三事・药》）当然，在文学创作中，有所谓作品的客观意义大于作家的主观意图的情况。我们认识一部作品的主题，也主要是根据作品的实际，而不是作家的宣言。但是，就《药》而言，我认为，作者的主观意图和作品的客观意义是一致的。小说的名字就叫"药"，而这种"药"，即革命者的鲜血，并未能疗救群众不觉悟的病。这是鲁迅当时经常思考的一个严重的社会问题。在和《药》同时发表的杂文《随感录五十九・圣武》里，他热情欢呼伟大的十月革命是人类"新世纪的曙光"，同时，也针对中国的现实指出："新主义宣传者是放火人么，也须别人有精神的燃料，才会着火；是弹琴人么，别人的心上也须有弦索，才会出声；是发声器么，别人也必须是发声器，才会共鸣。中国人都有些不很像，所以不会相干。"这段话，可以说是在给《药》的主题做注脚。尽管鲁迅当时还不是马克思主义者，但这个思想却是深刻的。作为一篇总结辛亥革命历史教训的小说，《药》的主题，主要的并不是批判革命者的脱离群众，而是形象地揭示群众的愚昧和革命者的悲哀，群众的愚昧是小说主题的主导方面。正是这样的主题，决定了小说的整个艺术结构，当然也就决定了小说的结尾，而结尾又反转来明确和深化了小说的主题。

首先，作者为我们描绘了一幅十分凄凉的画面：时令虽已清明，然而天气"分外寒冷"。"歪歪斜斜"的一条细路两旁，是"层层叠叠"的丛冢。这里没有生机，有的只是"支支直立"的枯草；这里没有美好的生物，有的只是预兆不祥的乌鸦。尤其可悲的是：不是年轻人为年老的死者上坟，而是白发的老人为年轻的死者上坟。失去了生活希望的华大妈，神情是"呆呆的"，而她宽慰的夏四奶奶则"伤心到快要发狂"。这幅凄凉的画面，为表现群众的愚昧和革命者的悲哀，使作品的整个艺术形象协调一致，制造了多么浓重的阴冷的气氛。

其次，结尾正面描写了夏瑜的母亲。根据小说前三部分的描写，可以看出，小说中所有的人物，对夏瑜的态度，尽管各不相同，但有一点却是共同的，即对革命者的思想和情操，都是毫无理解。他们不仅不理解，而且身为劳动人民的华老栓父子，还要用这革命者的鲜血，疗治自身的疾病，而这鲜血又正是为包括华老栓父子在内的群众所流淌的。这对群众来说，是何等惊人的愚昧；对革命者来说，又是何等可怕的悲哀！在一篇不足六千字的小说里，能够写出如此震撼人心的悲剧，作品的思想意义已经是够深刻的了。但是，作者如椽的巨笔并未就此停止。在小说的结尾，革命者的母亲正式出场了。她是否对自己的儿子有所理解呢？无情的答案仍然是否定的。小说写道：当她发现华大妈在看她时，"便有些踌躇，惨白的脸上，现出些羞愧的颜色"。当她发现坟上的花环时，竟然认为这是"天"的意旨，并且寄希望于乌鸦飞上坟顶，以证实自己的判断。生身的母亲都不理解自己的儿子，这就把群众的愚昧和革命者的悲哀，在开掘得很深的基础上，又做了进一步的开掘。鲁迅说，《药》的结尾“分明的留着安特莱夫式的阴冷”。这种艺术风格上的“阴冷”，其根源就在于内容上的“愚昧”和“悲哀”。

那么，怎么理解夏瑜坟上的花环呢？

1922年12月，在《〈呐喊〉自序》里，鲁迅说：“既然是呐喊，则当然须听将令的了，所以我往往不恤用了曲笔，在《药》的瑜儿的坟上平空添上一个花环。”花环是用“曲笔”“平空添上”的，这就表明：花环的出现并不是情节发展的自然而然的结果，因为除了夏瑜，小说中没有一个革命者的形象，而这唯一的革命者又被杀害了。同时在小说的前三部分中没有对这一情节埋下任何伏笔。花环的出现，既不能根本改变小说结尾“阴冷”的气氛，更不能改变小说的主题。但是，花环的出现，也自有它不可忽视的意义。《药》写于“五四”运动的前十天。“山雨欲来风满楼”，鲁迅不会没有预感：为了“与前驱者取同一的步调”，他“删削些黑暗，装点些欢容，使作品比较的显出若干亮色”（鲁迅：《〈自选集〉自序》）。花环就是在这种思想指导下，“平空添上”的。它表现了鲁迅的政治热情和革命乐观主义精神。花环的出现，给这个铁一般的黑暗王国带来了一线光明。这就使《药》的结尾毕竟不同于安特莱夫的艺术风格。安特莱夫是在无产阶级革命的时代20世纪初期“绝望厌世的作家”（鲁迅：1925年9月30日致许钦文信）。他的艺术风格的特点是“神秘幽深”（鲁迅：《域外小说集·杂识》），而鲁迅则是站在时代的前列，为即将来临的革命“呐喊”助威。二者是不可同日而语的。但是，我也不赞成把这一线光明过分夸大，以至于把花环说成是夏瑜所从事的革命事业“必将胜利的象征”，甚至把“箭也似的飞去”的乌鸦，都说成是“给读者以前程万里，很有力量的感受，在‘阴冷’之中显示了力量。”因为这种看法不仅不符合作品的实际，而且不符合鲁迅当时的思想。鲁迅写《药》时，已“见过辛亥革命，见过二次革命，见过袁世凯称帝，张勋复辟，看来看去，就看得怀疑起来，于是失望，颓唐得很了。”（鲁迅：《〈自选集〉自序》）这段话，清楚地表明：经过一系列的实践，鲁迅已认定旧民主主义革命不会有光明的前途。花环不是夏瑜所从事的旧民主主义革命“必将胜利的象征”，而是寄托了作者对即将来临的新民主主义革命的信心。这种信心，是作者“将来必胜于过去，青年必胜于老人”，即进化论思想的具体体现。这在当时是难能可贵的。但这种思想并不是科学地揭示了社会发展规律的历史唯物主义。它没有接触到社会发展变化的具体的特殊的规律，没有指出经过什么道路，依靠什么力量，来达到理想的“将来”。因此，《药》中的花环，只是代表了作者的一种抽象的希望和善良的愿望。至于把乌鸦都看成是“很有力量”的象征，那更是失之穿凿的。

这样分析《药》的结尾，是否意味着对鲁迅的贬低呢？对革命伟人的真正尊重，是实事求是地评价他的思想和实践。世界上没有天生的马克思主义者。像许多马克思主义者一样，鲁迅的思想也有一个从民主主义到共产主义，从唯心主义到唯物主义的发展过程。在写《药》时，鲁迅还没有掌握辩证唯物主义和历史唯物主义的世界观。他的作品，尽管深刻地反映了当时的社会生活，尖锐地提出了极其重要的社会问题，但却不能给这些问题做出科学的回答。这是要从当时的历史条件以及鲁迅前期的思想来加以解释的。因此，我们要在中学语文教学中肃清流毒，让新时代的青年从中学时代起，就注意树立实事求是的良好学风。

1979 年 3 月

（原载《中学语文教学》1979 年第 1 期）

国民性与阿Q

阿Q问世已经五十多年了。怎样认识这个不朽的典型，学术界一直是众说纷纭。这一方面是因为看作品“因读者而不同”，难免“仁者见仁，智者见智”；另一方面，是因为阿Q这一典型本身的深刻性、复杂性，造成了解释上的困难；而更重要的原因，则是在文艺理论上，对典型问题的形而上学的理解，妨碍了人们用马克思主义的立场、观点、方法，对阿Q形象做出实事求是的分析。

鲁迅是深知自己所创造的这一典型的价值的。在鲁迅小说的所有人物中，没有哪一个人物能像阿Q那样，在作者的心目中酝酿那么长的时间，在写作时倾注那么多的心血；也没有哪一个人物能像阿Q那样，在社会上引起那样广泛而又深刻的反响；更没有哪一个人物能像阿Q那样，引起作者那样深切的关注。从《阿Q正传》的发表，到鲁迅逝世，在长达十几年的时间里，作者对于他的阿Q的命运，可以说是念念不忘。1936年7月19日，在《致沈西苓信》中，作者不无遗憾地说：“况且《阿Q正传》的本意，我留心各种评论，觉得能了解者不多。”大概是出于这种“知音”难得的考虑吧，作者多次站出来，亲自解释阿Q并公开申明自己的创作意图。

鲁迅为什么要塑造阿Q这样一个形象呢？在《俄文译本〈阿Q正传〉序》中，他说：“我虽然已经试作，但终于自己还不能很有把握，我是否真能够写出一个现代的我们国人的魂灵来……要画出这样沉默的国民的魂灵来，在中国实在算一件难事。”1933年，在《再谈保留》一文中，他又说：“十二年前鲁迅作的一篇《阿Q正传》，大约是想暴露国民的弱点的。”鲁迅的这些论述，并不是在个别场合，针对阿Q研究的某一个侧面，偶或言之，而是在不同的场合，针对阿Q研究中的主要问题，反复说明。它应该是我们研究阿Q的重要依据。

但是，多年来，在阿Q研究中，一直存在着这样一种值得注意的现象：人们在高度评价阿Q这一典型的同时，却对作者创造阿Q的主观意图多有所保留。这主要表现在对“国民性”的理解上。相当多的评论者认为：“国民性”的提法“不科学”“不确切”“不无偏颇之处”，不符合马克思主义阶级分析的方法。而这些同志用阶级分析方法研究的结果，则是：阿Q是落后的不觉悟的农民的典型。农民的典型当然只能反映农民的阶级性，不能反映什么“抽象的”国民性。

说阿Q是落后的不觉悟的农民的典型，这几乎没有争论。问题是：农民的典型是否只能反映农民阶级的阶级性？换言之，阿Q这一典型的社会意义，是否只限于一个阶级，它有没有更广泛的社会意义？

阿Q性格是十分复杂的。因为作者写阿Q的主观动机和客观效果都在于揭露“国民的弱点”，所以，本文也只着重分析阿Q性格中的弱点。

阿Q不觉悟的一个重要表现，是他信奉孔孟之道。在长期的封建社会里，作为统治阶级所提倡的思想，孔孟之道不仅对统治阶级，而且对被统治阶级也有很深的影响。像阿Q这样没有读过“圣贤”书的人，思想上居然也“样样合于圣经贤传”：他无端地认为“革命便是造反，造反便是与他为难，所以，一向是‘深恶而痛绝之’的”；他对于“男女之大防”，“历来非常严”，同时，又信奉“不孝有三，无后为大”的封建信条。对于孔孟之道在不同阶级身上都有所反映这一社会现象，应该进行具体分析。统治阶级提倡孔孟之道，是为了毒化和欺骗劳动人民，以维持他们的反动统治；劳动人民信奉孔孟之道，则是由于一定历史条件所形成的不觉悟。在一定的条件下，他们是可能摆脱这种精神枷锁的。所以，同是信奉孔孟之道，阿Q们和反动统治阶级也还是有着本质的差别。但是，既然阿Q们和反动统治阶级信奉的是同一思想体系，这种思想体系又有其确定的阶级内容，且在两千多年的时间里代代相固，成为社会上一种统治的思想，它对于国民性的形成就有着不可忽视的作用。因此，同为国民的阿Q们和反动统治阶级，在这一点上，也就不能没有某些共同之处。由于同为国民的不同阶级的差别依然存在，所以，共同之中也还存在差异。但是，既然存在着“同”，那么，作者通过阿 Q 形象，就不仅揭露了“这一个”的弱点，而且进一步揭露了整个“国民性”的弱点。

阿 Q 不觉悟的另一个重要表现，是他不准别人革命。过去，人们对假洋鬼子不准阿 Q 革命发表过许多意见，那当然是必要的。但却往往忽略了另一个事实，即阿 Q 也不准小 D 革命。根据作者的说明，小 D 即“小同”，“大起来，和阿 Q 一样”。（《寄〈戏〉周刊编者信》）这个阿 Q 的同类，只是“也将辫子盘在头顶上了，而且也居然用一支竹筷”，就触怒了阿 Q。“他很想即刻揪住他，拗断他的竹筷，放下他的辫子，并且批他几个嘴巴，聊且惩罚他忘了生辰八字，也敢来做革命党的罪”。毫无疑问，阿 Q 的不准革命和假洋鬼子的不准革命有着本质的差别。前者是因为看不清自己的敌人和朋友，不准同类革命；后者则是不准对立的阶级推翻本阶级的统治，即不准异类革命。但也无须否认，二者有共同之处。这是因为农民阶级并不代表新的生产力和生产关系，它和假洋鬼子与之有着千丝万缕联系的封建地主阶级处于同一生产关系之中。尽管他们在生产中所处的地位不同，但在维护私有制这一点上却是共同的。因此，阿 Q 即使做了革命党，也还是阿 Q 式的革命党，革命的目的，不过是变地主的财产和权力为自己的财产和权力。当然，从总结辛亥革命的经验教训这一角度来看，在《阿 Q 正传》中，鲁迅对“不准革命”思想的批判，主要是通过对假洋鬼子的批判来体现的。但他在“不准革命”这一章里，同时写了阿 Q 的不准小 D 革命，而且写在假洋鬼子不准阿 Q 革命之前。这是意味深长的，它启示人们：在中国，“不准革命”的思想有其深刻的历史根源和阶级根源。从历史上看，中国的封建社会是以宗法制度为核心的，等级制是封建国家的主要特点。这种观念对劳动人民有很深的影响，体现在对革命的态度上，就是只有地位高的人才配革命，地位低的人根本不配革命。从现实来看，中国社会的小资产阶级特别广大。小私有者的狭隘性决定了他们没有，也不可能有解放全人类的宽广胸怀。正是因为“不准革命”的思想在中国是这样的根深蒂固，以至于成了一种相当普遍的“国民的弱点”，所以，中国社会就很难有什么进步，20 世纪初仍然重复着千百年来习以为常的陈规陋习。这是鲁迅深感痛心的。所以，从暴露国民性的弱点这一角度来看，作者对阿 Q 不准小 D 革命的描绘，更令人悲愤，更发人深省。

阿 Q 性格中最突出的特点是精神胜利法。精神胜利法不是一个阶级独有的现象。比如清政府的将军奕山，一边向英军卑屈投降，一边向皇帝诳报打了胜仗，皇帝也居然在“该夷免冠作礼”中得到了安慰。辜鸿铭赞小脚，并且说，“中国人脏就是脏得好”。林损甚至提出：“乐他们不过，同他们比苦；美他们不过，同他们比丑!”就好像在清王朝统治下，每个人头上都拖着一条小辫子一样。几乎谁都程度不同地带点阿 Q 相。所以，还是在《阿 Q 正传》一章一章地陆续发表的时候，就“有许多人都栗栗危惧”，“恐怕以后要骂到他的头上”。实践是检验真理的唯一标准。阿 Q 的社会效果有力地证明了作者通过这一形象批判“国民的弱点”的创作意图，获得了多么巨大的成功。

毫无疑问，阿 Q 的精神胜利法和其他阶级，特别是反动统治阶级的精神胜利法，从表现形式到阶级本质都不相同。阿 Q 既不可能谎报军情，又不可能在报刊上发表诗文。反动统治阶级也不可能被闲人揪着辫子在墙上碰头，更不可能和人比赛捉虱子。阿 Q 的精神胜利法只能自欺，不能欺人。在一定条件下，阿 Q 们是可能摆脱它的桎梏的。反动统治阶级的精神胜利法固然也是自欺，但更是为了欺人。这是他们维持摇摇欲坠的统治的一种手段，尽管是很腐朽的手段，这种手段将伴随他们进入坟墓。问题是：它们有无共同性?

恩格斯在论述“封建贵族、资产阶级和无产阶级都各有自己的特殊的道德”时指出：“这三种道德论代表同一历史发展的三个不同阶段，所以有共同的历史背景，正因为这样，就必然具有许多共同之处。”（《反杜林论》）精神胜利法与道德当然不是一回事，但也同属于社会意识形态。因此，恩格斯的话仍然给我们以启示：阿 Q 们和统治阶级，虽然“各有自己的特殊的”精神胜利法，但也有“共同的历史背景”。

有各式各样的历史背景，一般地说，在阶级社会里，阶级和阶级斗争是主要的背景。但在半殖民地半封建的旧中国，由于帝国主义的入侵，情况起了变化。“帝国主义和中华民族的矛盾，乃是各种矛盾中的最主要的矛盾。”（毛泽东：《中国革命和中国共产党》）这种民族矛盾上升为主要矛盾的情况，就是阿Q们的精神胜利法和反动统治阶级的精神胜利法共同的历史背景。

在阶级社会里，任何国家的国民都是划分为阶级的。任何一个国民，因为都是在一定的阶级地位中生活，所以都免不掉所属的阶级性。又因为这些不同阶级的国民，有些属于同一民族，所以又都免不掉所属的民族性。斯大林说："民族是人们在历史上形成的一个有共同语言、共同地域、共同经济生活以及表现于共同文化上的共同心理素质的稳定的共同体。"（《马克思主义和民族问题》）显而易见，这六个"共同"，不可能不对人们产生深刻的影响，并在同一民族的范围内形成人们的某些共性。

民族这一概念，有时被人们应用于单一的民族，如汉族、满族、回族等；有时被人们应用于同一国度内的若干民族的共同体，如中华民族，就包括了同属于中国的五十几个民族。这种以汉民族为主体的中华民族的民族性，实际上就是鲁迅所说的国民性。这种国民性，绝不是什么"抽象的"东西。它在不同的历史时期有着不同的具体内容，一般地说，是指一定历史时期的国民的精神状态。这种精神状态是由历史的和社会的条件造成的，在阶级社会里，阶级性固然是人的本质，但是，诚如列宁所说："人的思想由现象到本质，由所谓初级的本质到二级的本质，这样不断地加深下去，以至于无穷。"（《哲学笔记》）任何事物的本质都不是只有一层内容，人的本质也决不仅仅是阶级性。按照马克思的说法："人的本质，并不是个别的个体所具有的抽象属性。就其现实性来说，它是一切社会关系的总和。"（《费尔巴哈论纲》，《马克思恩格斯文选》两卷集第二卷）因此，人的本质必然要呈现出错综复杂的现象，并在不同的条件下，表现出不同的内容。在民族矛盾上升为主要矛盾的情况下，民族性首先是人的本质，它虽然不可避免地要受到阶级性的制约，但与阶级性究竟不是一回事，而有其独立的具体内容。任何人都是既有阶级性，又有民族性，以至国民性。

列宁曾经引用过车尔尼雪夫斯基这段话，在帝国主义面前，"可怜的民族，奴隶的民族，上上下下都是奴隶"。（《论大俄罗斯人的民族自豪感》，《列宁选集》第二卷）众所周知，"奴隶"一词，在鲁迅著作和谈话中也经常出现。据埃德加·斯诺回忆，鲁迅曾经对他说过："民国以前，人民是奴隶。”“民国以后，我们变成前奴隶的奴隶了。”斯诺问鲁迅，经过国民党的第二次革命（指北伐）“现在阿Q依然跟以前一样多吗?”鲁迅回答：“更坏。他们现在管理着国家哩。”（埃德加·斯诺《我在旧中国十三年》）这就明白无误地告诉我们，在半殖民地半封建的旧中国，“奴隶”并不只限于一个阶级。正是因为，在特定的历史条件下，反动统治阶级也受到了压迫并无力反抗，与阿Q们同为奴隶，所以，他们的精神胜利法必然有某些共同之处。精神胜利法，这是半殖民地的奴隶们在民族敌人的压迫下，非但不奋发图强，反而躺在中国固有“文明”上的产物。简言之，它们都是半殖民地半封建社会里土洋结合的特产。如同西方的“被剥削阶级由于没有力量同剥削者进行斗争，必然会产生对死后的幸福生活的憧憬。”（列宁：《社会主义和宗教》《列宁全集》第10卷，人民出版社1960年版，第62页）我们东方的阿Q们，由于没有力量同压迫者进行斗争，而乞灵于精神胜利法。有些第三世界国家的朋友们说：“阿Q只是名字是中国的。”他们那里“也有阿Q”，就是因为这些国家的国情和旧中国相似，都存在着产生阿Q的土壤。阿Q的社会效果在第三世界表现得特别明显的现象，从另一个侧面证明了精神胜利法的历史背景。还有，殖民地半殖民地的国家大多是以农民为主体的国家。通过农民反映殖民地半殖民地国民的特点，最有代表性、典型性。另外，农民阶级很难有自己独立的思想体系，它往往不能自己代表自己，而需要其他阶级或集团做自己的代表。因而，在它身上，容易反映不同阶级的投影。由于“民族问题，实质上就是农民问题。”（斯大林在共产国际执委会南斯拉夫委员会上的讲话：《论南斯拉夫的民族问题》，1925年3月30日）所以，鲁迅塑造阿Q这样一个农民形象，是暴露“国民的弱点”，是再恰当不过的。过去，有的评论者认为“鲁迅先生确实可以算得一个最勇敢的民族主义者”，与此相关联，“他最痛心的是阿Q的精神胜利术!”（艾思奇：《民族的思想上的战士——鲁迅先生》）这种见解，它和毛泽东认为鲁迅是“空前的民族英雄”的评价，是大体一致的，是看出了鲁迅塑造阿Q形象的深意所在的，也是抓住了阿Q形象的历史背景的主要矛盾的。当然，即使在共同的历史背景下，阶级的差别也依然存在。在帝国主义面前，反动统治阶级固然是奴隶，但对劳动人民来说，他们还是主子。阿Q们则是双重的奴隶，即奴隶的奴隶。所以，二者的精神胜利法在相同之中也仍然有着不同。

阿Q的精神胜利法和统治阶级的精神胜利法，在以下几个方面，存在某些共同之处：

在表现形式上，它们或者用不存在的东西："我们先前——比你阔得多啦"来掩饰自己目前的穷困，或者是用过去了的东西再加上自己的曲解："外国的东西，中国都已有过"来回避现实的落后；它们或者是用"我的儿子会阔得多啦"来聊以自慰，或者是在"中国地大物博，开化最早；道德天下第一"中自我陶醉。（《随感录·热风》）它们都具有"不敢正视各方面，用瞒和骗，造出奇妙的逃路来，而自以为正路。"（《论睁了眼看·坟》）的特点。

在内容上，它们都是事实上的失败和精神上的胜利的统一。事实上的失败，说明了他们在现实生活中的软弱无力；精神上的胜利，说明了他们思想上的怯弱和巧滑。二者奇妙的统一，标志着国民性的堕落。

在客观效果上，不论对于统治阶级，还是对于阿Q们，精神胜利法都是一种腐蚀剂，都是与中华民族的光荣传统水火不相容的，都是阻碍中华民族的解放和发展的。中华民族要摆脱受奴役的地位，必须抛弃精神胜利法。辛亥革命的领导者们，没能在革命中帮助阿Q们砸碎这种精神枷锁，因而也就不能吸引广大人民群众积极参加这场革命，他们建立的中华民国也就不能巩固。

在认识根源上，主观唯心主义和形而上学，是它们共同的认识根源。中国是小农经济的汪洋大海。小生产的狭隘性是形而上学最好的土壤。因此，在中国，形而上学极易流行。这是形成国民性的弱点的一个重要条件。这种国民性的弱点，至今仍然是实现四个现代化的一大障碍。

总之，阿Q性格中的弱点不论是信奉孔孟之道，还是不准革命，抑或是精神胜利法，阿Q都是既有阶级性，又有国民性。相对于阿Q的个性，阶级性是阿Q的共性。相对于阿Q的国民性，阶级性又是阿Q的个性。而国民性不仅相对于阿Q的个性是共性，而且相对于阿Q的阶级性也是一种共性。所以，要正确解释阿Q，说到底，仍然是与如何理解典型的共性与阶级性的关系这一老问题密切相关的。长期以来，"典型的共性就是阶级性"的理论，是一种流行的观点。但是，这种理论不仅不能解释阿Q，而且不能解释文学史上许多著名的典型。例如，奥勃洛摩夫是旧俄地主的典型，但列宁说过："俄国经历了三次革命，但仍然存在着许多奥勃洛摩夫，因为奥勃洛摩夫不仅是地主，而且是农民，不仅是农民，而且是知识分子，不仅是知识分子，而且是工人和共产党员。"（《论苏维埃共和国所处的国际和国内外形势》）又如，堂·吉诃德的共性是主观主义，诸葛亮的共性是智慧，但主观主义和智慧也都不是一个阶级独有的现象。可见，典型的共性不仅仅是阶级性。把"典型的共性仅仅归结为阶级性"的观点，是形而上学在典型问题上的突出体现。

恩格斯在论述典型问题时说过："主要的人物事实上代表了一定的阶级和倾向，因而也代表了当时一定的思想。"（《致斐·拉萨尔》）鲁迅也说过："在我自己，是以为若据性格感情等，都受'支配于经济'（也可以说根据于经济组织或依存于经济组织）之说，则这些就一定带着阶级性，但是'都带'，而非'只有'。"（《文学的阶级性》）用恩格斯和鲁迅的观点研究阿Q和其他典型，许多问题就迎刃而解。阿Q，作为一个落后的不觉悟的农民，固然带着农民的阶级性，但又并非只有阶级性。精神胜利法作为一种社会倾向，它还反映了当时普遍存在的一种思想，成了国民性的一种弱点。这种弱点在其他阶级身上也有所体现。堂·吉诃德作为西班牙乡村里的一个旧式地主，他的主观主义当然"带着"地主阶级的阶级性，但又并非"只有"阶级性，主观主义作为一种社会倾向，它还代表了当时一定的思想。这种思想在其他阶级身上也有所体现。诸葛亮作为地主阶级的政治家，他的智慧当然"带着"地主阶级的阶级性，但又并非"只有"阶级性。智慧，作为人们在生产斗争和阶级斗争中产生的有价值的思想，在其他阶级身上，也必然有所体现。世界上没有绝对的纯。纯粹的东西只存在于人们的概念当中。像文学艺术中的典型这样复杂的问题，它的共性怎么可能仅仅是阶级性呢？我们应该把阶级分析的方法当作研究典型的指导线索，而不是僵死的教条。我们要在强调典型的阶级性的同时，充分注意到典型的复杂性，实事求是，从而得出比较符合实际的结论。

事实恰恰与某些同志的意见相反，不是鲁迅关于"国民性"的提法

“不科学”，而是有些评论者的分析脱离了阿Q和阿Q时代的具体实际；不是鲁迅的意见不符合阶级分析的方法，而是某些评论者把阶级分析的方法绝对化。正如恩格斯所说的：“不把唯物主义的方法当作研究历史的指导线索，而把它当作现成的公式，将历史的事实宰割和剪裁得适合于它，那么唯物主义的方法就变成和它相反的东西了。”（《给保尔·恩斯特的信》）

1978年6月初稿
1979年6月修改

怎样评价阿Q的“革命”与“不准革命”

——读《阿Q正传》第七、八章

在《阿Q正传》第七、八两章里，鲁迅写了两种革命：阿Q的革命和假洋鬼子、赵秀才的革命；两种不准革命：阿Q不准小D革命和假洋鬼子不准阿Q革命。

对假洋鬼子、赵秀才的“革命”，对假洋鬼子的不准阿Q革命，人们发表过许多评论，这当然是必要的。而对阿Q革命的评价，人们的意见则不尽一致。至于对阿Q的不准小D革命，人们还没有给以足够的重视。为了全面、准确地理解这两章的内容和作者的创作意图，对上述问题进行探讨是完全有必要的。

一、怎样评价阿Q的“革命”

对假洋鬼子和赵秀才的“革命”，评论者普遍认为，那是投机革命。他们“革命”的“伟业”，不过是打了老尼姑，偷了宣德炉，然后花四块洋钱，讨个“银桃子”，成为“柿油党”。正是因为辛亥革命非但没有清除帝国主义、封建主义的社会基础，反而让这些蛀虫“潜入了”革命队伍，从“内里蛀空”，所以失败了。这些描写，实质上总结了辛亥革命的历史教训，批判了辛亥革命的不彻底性。这些，几乎没有争论。

对阿Q的革命，以前较普遍的看法是：阿Q的革命是出于阶级的“本能”，“是阶级意识萌发的表现”，虽然这种革命的要求是自发的，模糊的，朦胧的，但作者对此是“给予肯定的”。最近，有人对上述观点提出异议，认为作者写阿Q的“革命”，如同写阿Q的精神胜利法一样，“是为了对阿Q的思想性格进行批判和否定”，作者“始终把阿Q‘革命’同辛亥革命看作不可分开的东西”，而且“都是否定的东西”，“不可能再来探索什么应当肯定的东西”。这两种意见，虽然大相径庭，但在某一点上却是共同的，即他们都未能从发生在同一时间、同一地点，针对同一对象的两种革命的对比中，分析阿Q革命的思想内容，评价它的社会意义，因而都有值得商榷之处。

阿Q是个性鲜明而又概括了深广社会生活内容的不朽典型。从阿Q的典型环境来看，他活动的场所主要是未庄——江南的一个普通村镇，从阿Q所处的社会地位来看，他生活在社会的底层，一无所有，靠给别人打短工维持生计，“割麦便割麦，舂米便舂米，撑船便撑船”；从阿Q的某些性格特征来看，他有“农民式的质朴”；从阿Q的外貌特征来看，作者给他戴的是“毡帽”，而不是“瓜皮小帽”；甚至阿Q性格最突出的特点——精神胜利法，也带有农民的烙印。这些都表明阿Q的身份是农民。存在决定意识。农民阶级被剥削、被压迫的全部生活，教会了他们仇视那些骑在他们头上的地主老爷，因此，当一只大乌篷船把革命的信息带到了未庄，使得“百里闻名的举人老爷”也有“这样怕”时，阿Q未免也有些“神往”，“革命也好罢”，阿Q想，“革这伙妈妈的命，太可恶！太可恨！……便是我，也要投降革命党了”。既然革命使阿Q感到“快意”，那就必然使赵太爷们神情“慌张”，向来飞扬跋扈的赵太爷，现在不得不在“昂了头”的阿Q面前，“怯怯地迎着低声的叫‘老Q’”。可见，无论是辛亥革命，还是阿Q式的革命，它们的锋芒都是针对着黑暗的现存秩序的。阿Q由于对现状不满，在革命的潮水从天边涌来的时候，不甘心在岸上观望，而愿意做一个弄潮儿，是不足为奇的。因此，鲁迅说：“据我的意思，中国倘不革命，阿Q便不做，既然革命，就会做的。我的阿Q的运命，也只能如此，人格也恐怕并不是两个。”（《〈阿Q正传〉的成因》）那种“彻底的批判和否定”阿Q革命的观点，忽视了阿Q们反抗现状的积极意义，未能看到阿Q革命和假洋鬼子、赵秀才“革命”的本质差异，有意无意地抹杀了阿Q和假洋鬼子之间的阶级界限，未免失之偏颇。

但是，阿 Q 终究是个落后的不觉悟的农民；他的革命，无论是革命的动机，还是革命的效果，都是不足为训的。小说通过许多精彩的心理描写，活灵活现地勾画了阿 Q 的革命蓝图，富有立体感地再现了阿 Q 革命的理想："元宝，洋钱，洋纱衫，……秀才娘子的一张宁式床"和女人，以及占有一切、支配一切的权力，一言以蔽之："我要什么就是什么，我欢喜谁就是谁。"也就是取赵太爷的地位而代之。这使我们很自然地联想起鲁迅 1919 年在《"圣武"》（随感录五十九）中说过的一段话：

"古时候，秦始皇帝很阔气，刘邦和项羽都看见了；邦说：'嗟乎！大丈夫当如此也！'羽说：'彼可取而代也！'羽要'取'什么呢？便是邦所说的'如此'。'如此'的程度，虽有不同，可是谁也想取，被取的是'彼'，取的是'丈夫'。所有'彼'与'丈夫'的心中，便都是这'圣武'的产生所，受纳所。

何谓'如此'？说起来话长；简单地说，便只是纯粹兽性方面的欲望的满足——威福，子女，玉帛，——罢了。然而在一切大小丈夫，却要算最高理想（？）了。我怕现在的人，还被这理想支配着。"

这段话，不仅深刻地剖析了秦代两个历史人物逐鹿中原的主观动机，而且概括地阐明了封建社会中新旧王朝更替的思想基础。它简直像是在给阿 Q 的革命做注脚。马克思主义告诉我们，农民阶级和封建地主阶级处于同一生产关系之中，尽管他们在生产中所处的地位不同，在阶级斗争中处于对立的状态，但在维护私有制这一点上却是相同的。具有讽刺意味的是，阿 Q 竟然"有意无意"地和假洋鬼子、赵秀才一样，都把静修庵作为革命的舞台，把老尼姑"当作满政府"。这就形象地说明了阿 Q 的革命不可能提出什么新的历史内容，他只不过跟在假洋鬼子、赵秀才的后面，把"取而代之"的老戏在新的历史条件下重演一次罢了。所不同者，在阿 Q 以前的两千多年中，有的农民领袖还曾经演出过喜剧，而阿 Q 却被时代所注定，只能演出悲剧。阿 Q 革命的结局，非但没有实现他的全部"抱负，志向，希望，前程"，反而糊里糊涂地丢掉了自己的脑袋。这既是对辛亥革命的批判，也是对阿 Q 革命的否定。那种认为作者对阿 Q 革命"给予肯定"的观点，过高地估价了阿 Q 出于"本能"的自发性，只看到了阿 Q 革命和假洋鬼子、赵秀才"革命"的差异，未能揭示这两种革命思想内容上的某些共性，因而也就不能准确地分析阿Q革命的社会意义。

二、怎样评价阿Q的“不准革命”

对假洋鬼子的不准阿Q革命，评论者普遍认为，那是假洋鬼子从本阶级的利益出发，不准被压迫的奴隶们反抗反动阶级的统治。这自然是不错的。但值得注意的是，作者在写假洋鬼子不准阿Q革命之前，先写了阿Q的不准小D革命。小说写到，革命党进城以后，在未庄引起的唯一“改革”，即是“盘辫家”们的“秋行夏令”。阿Q亦在其中。但是，当阿Q看到“小D也将辫子盘在头顶上了，而且也居然用一支竹筷”时，几乎“气破肚皮”。“阿Q万料不到他也敢这样做，自己也决不准他这样做！小D是什么东西呢？他很想即刻揪住他，拗断他的竹筷，放下他的辫子，并且批他几个嘴巴，聊且惩罚他忘了生辰八字，也敢来做革命党的罪。”根据作者以后的说明，小D即“小同”，“大起来，和阿Q一样”（《寄〈戏〉周刊编者信》）所以，阿Q不准小D革命，实质上是不准和自己同处于被剥削、被压迫地位的奴隶革命。如果说，假洋鬼子不准阿Q革命，实质上是不准农民革命，那么，阿Q不准小D革命，同样是不准农民革命；《阿Q正传》反映出来的这种农民本身也不准农民革命的思想，是十分深刻的。

在中国长期的封建社会里，封建思想，作为地主阶级统治农民阶级的思想支柱，其核心是等级制，即所谓“天有十日，人有十等”“王臣公，公臣大夫，大夫臣士，士臣皁，皁臣舆，舆臣隶，隶臣僚，僚臣仆，仆臣台”（《左传》昭公七年）这种宝塔式的层层压迫，目的是让人们各得其所，各守本分，特别是让奴隶们安于被剥削、被压迫的地位，永远不去怀疑和触动那君臣父子、尊卑贵贱的纲常伦纪，更不要犯上作乱，以维持封建统治的长治久安，其实质是不准奴隶们革命。可以说，不准革命的思想，是庞杂的封建思想体系的出发点和归宿，它严重地束缚着中国人民的思想，在思想领域里帮助中国的封建社会（在近代是半殖民地半封建社会）延年益寿，把九百六十万平方公里的国家变成了一个死气沉沉的大牢笼。这个牢笼里的囚徒，即阿Q们，由于不准革命思想的影响，对于革命是颇不以为然的。阿Q“有一种不知从哪里来的意见，以为革命党便是造反，造反便是与他为难，所以一向是‘深恶而痛绝之’的”。像阿Q这样的贫苦农民，理应倾向革命，但在思想深处却对革命如此抵触，可见不准革命的思想对人民毒害之深，它深刻地说明了在长期的封建社会中，由于统治阶级的倡导，不准革命的思想已经通过各种渠道，渗透到了社会的各个阶层，形成了一种强大而又可怕的传统习惯势力，它不仅在统治阶级中有当然的信奉者，而且在被统治阶级中也有广大的市场。

阿Q所信奉的封建思想，并不因为革命的到来而在一个早晨抛掉。虽然阿Q自认为已经是革命党，但是，由于他的革命动机仅仅是改变自己的屈辱地位；他的革命目的，仅仅是变地主阶级的财产和权力为自己的财产和权力，他就不可能与封建等级观念决裂，因而也就不可能准许小D这样的“台”革命。这就形象地揭示了，不准革命的思想不仅在革命前妨碍阿Q正确地认识革命，而且在革命已经到来的情况下，仍然禁锢着阿Q的头脑。这样，小说就在对不准革命的思想已经做了深刻揭露的基础上，又做了进一步的开掘。它启示我们：辛亥革命失败的原因之一，固然在于这个革命的领导者——资产阶级没有发动农民群众起来革命，也在于农民本身也不准农民革命。这是阿Q们双重的悲剧。正是这双重的悲剧，使得辛亥革命是那样地缺乏应有的威力，它的闪电虽然也在遥远的天边划破了夜空，却一闪即逝；它的风雨虽然也吹进了这巨大的牢笼，却不能摧枯拉朽。在未庄，除了打碎了一块“皇帝万岁万万岁”的龙牌，一切一仍旧章。县城也是如此：“知县大老爷还是原官，不过改称了什么，而且举人老爷也做了什么——这些名目，未庄人都说不明白——官，带兵的也还是先前的老把总。”也正是这双重的悲剧，造成了阿Q的“大团圆”。当然，在写《阿Q正传》的时候，鲁迅未必明确认识到中国民主革命的根本问题是农民问题，他写《阿Q正传》的目的，也未必是从准不准革命的角度批判辛亥革命的不彻底性。这些问题，只有到了大革命时期，才有提出和解决的可能。尽管如此，“不准革命”的艺术描写所揭示的客观意义，却触及了这些重大的历史课题。这是《阿Q正传》所具有的重大认识意义之一。

毫无疑问，阿 Q 的不准小 D 革命，是因为他的不觉悟，这和假洋鬼子的不准阿 Q 革命有着本质的差异。但也无须否认，作者在同一章里，用对比的手法所描写的这两种不准革命，由于思想根源同为私有制，所以，也和两种革命一样，存在共同之处。

为什么不同阶级的思想有某种共同性呢？

恩格斯在论述“封建贵族、资产阶级和无产阶级都各有自己的特殊的道德”时指出：“这三种道德论代表同一历史发展的三个不同阶段，所以有共同的历史背景，正因为这样，就必然具有许多共同之处。”（《反杜林论》）不准革命的思想，虽然与道德不尽相同，但同属于社会意识形态，所以，恩格斯的话仍然给我们以启示：阿 Q 们和假洋鬼子们，虽然“各有自己的特殊的”不准革命的思想，但也有“共同的历史背景”，这就是 1840 年鸦片战争以后，中国国内的阶级关系发生了变化。帝国主义的入侵，使老大的封建帝国沦为半殖民地半封建社会。列宁曾经引用过车尔尼雪夫斯基的一段话，在帝国主义面前，“可怜的民族，奴隶的民族，上上下下都是奴隶”。（《论大俄罗斯人的民族自豪感》，《列宁选集》第二卷）正是因为在一定的历史条件下，阿 Q 们和假洋鬼子们同为奴隶，所以，这两种不准革命的思想，就必然具有许多共同之处。马克思、恩格斯在《共产党宣言》中指出，阶级社会中的阶级对立，不管具有何种形态，“而社会上一部分人对另一部分人的剥削却是过去一切时代所共有的事实。所以，毫不奇怪，各个时代的社会意识，不管它表现得怎样纷繁和怎样歧异，总是在某些共同形态下，即在那些只有当阶级对立彻底消逝时才会完全消逝的意识形态下演进的。”如果说，假洋鬼子不准阿 Q 革命，是为了维护本阶级的既得利益，那么，阿 Q 不准小 D 革命，则是为了维护自己理想中的利益，二者是有着“某些共同形态”的。

三、怎样理解作者的创作意图

如果上述分析大体不谬，那么，现在，我们可以而且应该回答这一问题：作者为什么在小说的第七、八两章里，同时写了两种不同类型的“革命”和“不准革命”？它寄托了作者的什么思想？

鲁迅为什么要创造阿Q这一典型呢？在《俄文译本〈阿Q正传〉序及著者自叙传略》中，作者写道："我虽然已经试做，但终于自己还不能很有把握，我是否真能够写出一个现代的我们国人的魂灵来，……要画出这样沉默的国民的魂灵来，在中国实在算一件难事。"1933年，在《再谈保留》一文中，作者又说："十二年前，鲁迅作的一篇《阿Q正传》，大约是想暴露国民的弱点的。"这种"国民的弱点""国人的魂灵"，有时被鲁迅称之为"国民性"。据许寿裳回忆，早在日本留学时期，鲁迅常常思考以下三个问题："一、怎样才是理想的人性？二、中国国民性中最缺乏的是什么？三、它的病根何在？"（见许寿裳《我所认识的鲁迅》一书中《怀亡友鲁迅》一文）1925年，在致许广平的信中，鲁迅指出："最初的革命是排满，容易做到的，其次的改革是要国民改革自己的坏根性，于是就不肯了。所以此后最要紧的是改革国民性，否则，无论是专制，是共和，是什么什么，招牌虽换，货色照旧，全不行的。"（《两地书》）可以认为，改造国民性，不仅是鲁迅早年弃医从文最主要的原因，而且是鲁迅终生给以关注的一个极其重要的问题，也是鲁迅同期的许多思想界的先驱努力探索的一个具有普遍性的问题。毋庸置疑，作为鲁迅的代表作，《阿Q正传》集中体现了作者的这一思想。

但是，多年来，在阿Q研究中一直存在这样一种值得注意的现象：人们在高度评价阿Q这一典型时，却对作者的创作意图多有所保留，这主要表现在对"国民性"的理解上。相当多的评论者认为，"国民性"的提法"不科学""不确切""不无偏颇之处"，时至1979年，还有人认为，"国民性"的提法"缺乏明确的阶级规定性"。这就提出了以下问题：究竟存在不存在"国民性"？文学作品能否反映"国民性"？文学典型所反映的"国民性"与阶级性的关系如何？

所谓"国民性"，亦即以汉民族为主体的中华民族的民族性，是指一定历史时期的国民的精神状态。这种精神状态是由历史和社会的诸方面条件形成的，有其具体的内容。斯大林说："民族是人们在历史上形成的一个有共同语言、共同地域、共同经济生活以及表现于共同文化上的共同心理素质的稳定的共同体。"（《马克思主义和民族问题》）显而易见，这六个"共同"，必然要使同一民族的成员形成某些共性，即民族性或曰国民性。既然现实生活中客观存在着国民性，文学作品当然可以做出相应的反应，一些评论者所以对鲁迅“国民性”的提法持有异议，关键在于他们把人的阶级性绝对化，并认为文学典型只能反映阶级性，而不能反映国民性。

马克思在《费尔巴哈论纲》中说：“人的本质，并不是个别的个体所具有的抽象属性，就其现实性来说，它是一切社会关系的总和。”在阶级社会里，阶级关系固然是一种重要的社会关系，但并不是唯一的社会关系。大至民族关系，小至父子、夫妻、兄弟、姐妹、师生、朋友等关系，甚至某些地理和气候条件，都能对人的思想性格产生某些影响。这些社会关系，虽然也要受到阶级关系的制约，但毕竟不能等同于阶级关系。鲁迅说得好，“在我自己，是以为若据性格感情等，都受‘支配于经济’，（也可以说根据于经济组织或依存于经济组织）之说，则这些就一定带着阶级性，但是‘都带’，而非‘只有’。”（《文学的阶级性》）马克思和鲁迅的科学论断启示我们，文学典型是一种复杂的现象。它固然“带着”阶级性，但同时还可以而且必然带有其他社会属性。国民性是一种比阶级性更为广泛的社会属性，它体现在不同阶级的人身上，虽然也要“带着”不同阶级的阶级性，但阶级性并非国民性的全部，它不能代替国民性，世界上没有绝对的纯。如果文学作品中的人物“只有”阶级性，成为“以缺德的怪物和石头般的英雄姿态出现的英勇与邪恶的化身”（车尔尼雪夫斯基语），那就从根本上违背了生活的真实，因而也就不成其为典型。

基于上述认识，我们认为，阿Q形象反映出来的国民性，既“带着”农民阶级的某些特征，又概括了广泛、复杂的社会关系。阿Q人物形象的本质，是辛亥革命时期“一切社会关系的总和”。就阿Q的社会身份而言，他是个农民；就阿Q的全部性格特征而言，他是个国民——半殖民地半封建旧中国的国民或曰奴隶王国里的奴隶。这个奴隶在铁一般的黑暗王国中所进行的革命和他的不准革命，虽然“带着”农民阶级的阶级性，因而和假洋鬼子的“革命”和不准革命存在着差异，但也有某些共同之处。正是在这个意义上，鲁迅曾经对埃德加·斯诺说过如下一段话：

“民国以前，人民是奴隶，民国以后，我们变成前奴隶的奴隶了。”斯诺问鲁迅：“既然国民党已进行了第二次革命了，难道你认为现在阿Q依然跟

以前一样多吗?”鲁迅大笑道:“更坏,他们现在管理着国家哩。”(埃德加·斯诺:《我在旧中国十三年》)

20 世纪 30 年代管理着国家的是谁?是和假洋鬼子隶属于同一阶级的国民党新军阀。鲁迅用曾经住在未庄土谷祠里的公民阿 Q 的大名来称呼他们,这就有力地证明,鲁迅对阿 Q 的革命和不准革命的批判,绝不仅限于一个阶级、一个阶层,而是广泛地暴露了一种普遍存在的“国民的弱点”。这种弱点体现在假洋鬼子身上,是不奇怪的,容易理解的,体现在阿 Q 身上,则令人悲愤,发人深省。当然,在写《阿 Q 正传》的时候,尽管作者痛切地希望阿 Q 能从旧思想的束缚中解放出来,但他还不能给阿 Q 们指出一条明路。他还认识不到:千千万万个阿 Q,只有在无产阶级的领导下,投身于人民大革命的洪流,在涤荡旧世界污泥浊水的同时,清洗自己灵魂深处的“劣根性”,才能走上宽广的解放大道。正如马克思、恩格斯在《德意志意识形态》中所说的:“革命之所以必需,不仅是因为没有任何其他的办法能推翻统治阶级,而且还因为推翻统治阶级的那个阶级,只有在革命中才能抛掉自己身上的一切陈旧的肮脏东西,才能建立社会的新基础。”据许广平回忆,鲁迅曾经准备写《阿 Q 正传》的续篇,写“作为被压迫者抬头典型的小 D”。(《许广平忆鲁迅·阿 Q 的上演》)鲁迅的这一计划虽然未能实现,但是,他的这一设想,却启发我们思考《阿 Q 正传》尚未明确回答的那些严肃的问题。

1981 年 12 月

(原载《语文月刊》1982 年第 6 期)

《故乡》的思想和艺术特色

一、《故乡》的取材

《故乡》直接取材于作者1919年年底的故乡之行。根据周建人的回忆，鲁迅此次回绍兴故乡时，他亦在故乡，目睹了鲁迅此行的主要过程，也了解鲁迅当时的主要思想。这些经历和思想，特别是鲁迅与“闰土”见面时的情景，都如实地反映在小说之中。可见，《故乡》是一篇取材于作者的亲身经历、主要人物都有生活原型的作品。

根据文学常识，文学作品中的第一人称“我”，只是作品中的一个人物，与作者本身并无必然的联系。但是，不同作品中的“我”的情况又不尽相同。就《故乡》而言，“我”的生活原型就是作者本身。这不仅因为小说直接取材于作者的生活经历，而且因为小说中“我”的形象，其思想、性格与作者十分接近，小说中由“我”直接抒发的思想感情，几乎都可以从作者同时期的其他著作中得到印证。因此，我们在分析这篇小说时，除了分析作品的具体形象外，还要特别注意了解作者当时的思想；而我们对《故乡》的具体分析，又有助于我们了解作者当时的思想。

《故乡》中的“我”和闰土的生活原型都不是孤立的个人，在他们身上，都不可避免地交织着现实生活的各种矛盾。作者一旦把他们写进小说，他们就分别成为某一部分人的代表，具有一定的典型意义。他们之间的性格冲突作为当时某些社会矛盾的折光，出现在作品里，也就反映了当时社会的某些本质特征。《故乡》，是“五四”时期中国社会的一面镜子。

二、《故乡》的人物、主题和作者的思想

《故乡》中的主要人物是“我”和闰土。“我”贯穿作品的始终。闰土虽然只在和“我”重逢和告别时出场两次，但他在“我”的回忆和憧憬中，都是与“我”相对应的人物，他像是“我”的影子一样，存在于小说之中。在中国现代文学史的人物画廊里，闰土是一个独特的具有艺术生命的形象，只要一提起这个名字，人们立刻就会想到旧中国道地的农民。他带着江南农村的泥土气息，沐浴着东南沿海的海风，淳朴、憨厚而又沉默。他默默地承受着严酷的现实生活的重压，又背负着因袭的重担。几千年来的传统习惯势力，特别是封建等级观念，禁锢着他的头脑，使他安贫知命，无力也不想与命运抗争。这就使得这个人物不仅打上了现实生活的深深的烙印，而且具有一定的历史深度。在这个人物身上，作者倾注了自己的全部感情，体现了自己思想的一个重要侧面。作者满怀深情地描绘了“我”和闰土少年时代的真挚友谊：尽管“我”是地主阶级的少爷，闰土是贫苦的农家少年，但是，现实生活中阶级差别的存在，以及由此反映在人们思想上的等级观念，还没有侵袭到这两个未曾入世的少年的心灵。三十年后，久别重逢，闰土历尽了人世的沧桑，已经“苦得他像一个木偶人”。尤其可悲的是：“哥弟称呼”变为敬称“老爷”；先前亲密无间的友谊，“已经隔了一层可悲的厚障壁”。作者通过这两个主要人物先后关系的变化，有力地揭示了小说的主题。

早在 1921 年，《故乡》发表后仅仅几个月，沈雁冰（茅盾）以郎损的笔名发表了《评四五六月的创作》，认为《故乡》的主题是“悲哀那人与人中间的不了解，隔膜，造成这不了解的原因是历史遗传的阶级观念”。简言之，《故乡》的主题即是：哀人生之隔膜。

在评论《故乡》的诸多文章中，沈雁冰对《故乡》主题的分析，应该说是最早，也是最符合作品实际的结论。需要补充的是，这种人与人之间的隔膜，在当时的历史条件下，有何社会意义。

恩格斯在论《西金根》的内容和形式时说过：“主要的人物事实上代表了一定的阶级和倾向，因而也代表了当时一定的思想。他们行为的动机不是

从琐碎的个人欲望里，而是从那把他们浮在上面的历史潮流里吸取来的。”（《致斐迪南·拉萨尔》）《故乡》中“我”和闰土的行为的动机，不仅仅应该从他们的生活经历和个人品质方面加以说明，更应该联系当时的历史潮流加以分析。如前所述，鲁迅由北京回故乡绍兴和写作《故乡》的时间，都在“五四”运动时期。这一时期的历史潮流是科学和民主。小说中的“我”，作为一个同情劳动人民的遭遇、追求人与人之间平等关系的知识分子，不仅是作者当时思想的真实写照，而且代表了当时进步的知识分子反对封建主义，特别是反对作为封建主义核心的等级制的倾向，因而也就代表了当时的民主思想。“五四”运动主要是在知识分子中进行的，暂时还冲击不到江南农村的穷乡僻壤，几千年的传统习惯势力还在统治着闰土们的故乡。“天有十日，人有十等”的封建等级观念，仍然像阴云一样，经常笼罩着许许多多闰土的茅屋；仍然像噩梦一样，经常缠绕着千千万万闰土的头脑。所以，“我”和闰土的性格冲突，不仅反映了具有革命民主主义思想的知识分子与因循守旧的农民之间的思想矛盾，而且反映了“五四”时期的民主潮流和几千年来的封建传统的矛盾。这样，作者就在“我”和闰土这一组人物形象身上，概括了相当深广的社会内容，从而使小说的主题具有更深刻的含义。

为了进一步明确和深化主题，作者还精心安排了宏儿和水生这一组人物。可以说，宏儿和水生分别是“我”和闰土的延伸。从表面上看，宏儿是二十余年前的“我”，水生“正是一个二十年前的闰土”。这两个孩子的友谊似乎是先前“我”和闰土友谊的重演。实际上，作者写这一组人物却另有深意。宏儿这个人物，根据周建人的说明：“绍兴家内并没有这样的孩子”（1954 年 10 月在北京第三十三中学鲁迅逝世十八周年纪念会上的讲话，见 1954 年 11 月 25 日《北京日报》）。作者之所以虚构这样一个人物，显然是出于主题的需要。问题很清楚，所谓隔膜，必须发生在两类人物之间。没有了宏儿，水生这一人物就失去了存在的意义。在小说中，正是宏儿和水生这一组人物，集中表现了作者的社会理想：“我希望他们不再像我，又大家隔膜起来……然而我又不愿意他们因为要一气，都如我的辛苦展转而生活，也不愿意他们都如闰土的辛苦麻木而生活，也不愿意都如别人的辛苦恣睢而生活。他们应该有新的生活，为我们所未经生活过的。”这段议论，既是对“我”和闰土生活的概括，又是对新一代的希望。它不仅反映了作者悲哀那人与人之间的隔膜，而且表达了作者希望这种隔膜能在下一代消除。至于怎样消除，新的生活到底是什么，作者的回答则是“茫远”和“朦胧”的。

为了进一步明确和深化主题，作者还精心塑造了杨二嫂这一人物。

和闰土的淳朴、寡言、愁苦而又麻木相对应，杨二嫂的性格特点是尖刻、贪财爱小而又有些放肆。这个“细脚伶仃的圆规”，是现代文学史上的一个“杰作”。作者对这一人物虽然着墨不多，但她绝不仅仅是主要人物的“道具”，而是有着独立存在的意义，这就是：作者所深感悲哀的人与人之间的不了解和隔膜。它不仅表现在“我”和闰土这两个儿时的朋友当中，而且表现在“我”和杨二嫂这两个并无过从的人物之间。形成隔膜的原因主要的并不在于人物的个人品质和特征，而在于更深刻的社会矛盾。小说在写“我”和闰土重逢之前，先写杨二嫂出场，是有其寓意的。她那番“贵人眼高”“你阔了”的议论，虽然和闰土的态度形成了鲜明的对照，但在“我”身上引起的反应，却同样是“无话可说”和“说不出话”。杨二嫂的出场实际上是闰土出场的铺垫，杨二嫂的性格对表现闰土的性格是一个鲜明有力的映衬，对于表现小说的主题，是一个必不可少的补充。有的评论者把杨二嫂说成是“乡村泼辣妇”“女流氓”；有的评论者又把杨二嫂说成是颇有阶级觉悟的“贫农妇女”。这两种意见，似乎相去甚远，但它们都既不符合这一人物的实际，又使这一人物游离于主题之外，则是共同的。

《故乡》反映出来的主要思想，是鲁迅当时经常思考的一个重要问题。这一点，只要把小说和作者的其他著作加以对照，就会一目了然。1925 年 5 月，在《俄文译本〈阿 Q 正传〉序及著者自叙传略》中，鲁迅这样总结自己的思想：“在我自己，总仿佛觉得我们人与人之间各有一道高墙，将各个分离，使大家的心无从相印。”“我虽然竭力想摸索人们的魂灵，但时时总自憾有些隔膜。”“高墙”“隔膜”，在鲁迅这一时期的著作中多次重复，绝不是语言上的偶合，而是反映了鲁迅当时很重要的一个思想。这种思想集中表现为对被剥削、被压迫的劳动人民的同情和对等级观念造成的人与人之间隔膜的悲哀，以及对人与人之间平等关系的渴望，其实质是革命人道主义。

人道主义，作为人与人之间隔膜的对立物，它既是鲁迅同情“闰土们”

的出发点，又是鲁迅为“闰土们”的未来设想的归宿。不过，这种归宿，也就是鲁迅所向往的“新的生活”和他给人们指出的“路”，仍然是“将来必胜于现在，青年必胜于老人”，即进化论的具体体现。毫无疑问，这种思想在当时自有其进步意义。但是，这种思想终究不是科学的历史唯物主义，它未能揭示人类社会发展的客观规律，当然不能提供通达“真正的，全人类的人道主义”（高尔基语）彼岸的桥梁。鲁迅思想的这种局限，是由鲁迅本人的特殊生活经历和当时的历史条件造成的，我们不可以苛求于前人。

三、《故乡》的艺术结构，抒情和语言

《故乡》是紧紧地围绕着“故乡”的今昔对比来描写环境、塑造人物和安排情节的。小说的开头写“我”为告别故乡而来，先写萧条的故乡，然后由“我”的回忆引出儿时“美丽的故乡”。在今昔故乡已经形成鲜明对比的基础上，作者着力描写现实生活中的故乡和故人。在这里，作者不仅写了“我”和闰土重逢的情景，写出了他们之间的隔膜，点明了主题，把故事情节推向了高潮，而且围绕这一组中心人物，安排了其他人物出场。宏儿、水生以及杨二嫂，都在我们面前显现出他们栩栩如生而又各不相同的面孔。最后，小说的结尾写“我”告别故乡而去，通过“我”的直接抒情，进一步明确和深化了小说的主题。结尾富有哲理意味的议论，深沉而又隽永，给读者留下了广阔的思考的余地。全篇的结构，从经线看，情节的开端、发展、高潮、结尾，顺理成章，首尾呼应。从纬线看，各种人物以多重对比的形式交错出现：“我”和闰土各自的中年与少年是鲜明的对比；“我”和闰土昔日的友谊和今日的隔膜又是鲜明的对比；宏儿和水生，以至闰土和杨二嫂，都是鲜明的对比。人物描写如此，环境和情节的描写亦然。这在塑造人物、明确和深化主题等方面，无疑都取得了强烈的效果。

对比可以使人物和事件更加鲜明，但这一方法运用得稍有失当，即露斧凿痕迹，甚至有失真之嫌，而鲁迅写《故乡》的高超之处在于寓鲜明的对比于日常生活之中。作品所展现出来的生活的画面，就像生活本身那样真实、自然、质朴、毫无雕琢的痕迹。出现在这个画面上的环境，是江南普普通通

的一个村庄；出现在这个画面上的人物，是当时社会上随处可见的普通农民、普通知识分子和并不少见的小市民。这些人物的性格发展史——情节，只是从日常生活中撷取的几个片段。这一切，使小说具有毋庸置疑的真实性。但是，这个画面上的普普通通的村庄，又是旧中国农村的一个缩影，它可以使许多过来人想起自己记忆中的“故乡”；这个画面上的普通农民、普通知识分子、并不少见的小市民，又分别是某一群人的代表，以至于我们看到这些人物，就会联想起自己心目中的闰土、迅哥儿和杨二嫂；这个画面上的日常生活的片段，又交织着历史的和现实的社会矛盾。这一切，又使小说具有令人叹服的典型性。鲜明的对比和真实性、典型性浑然成一整体，可谓天衣无缝。这是现实主义可能达到的极高的艺术境界，也是《故乡》的主要艺术特色。

浓郁的抒情色彩，是《故乡》的又一艺术特色。

如前所述，鲁迅写《故乡》时，正值中国社会的大变动时期。存在决定意识。社会上科学和民主的潮流势必在先进分子的头脑中得到反应，使他们在面对现实时充满激情。作家们在写作时，就难免直抒胸臆。这是社会上发生大变革时常有的现象，也是形成《故乡》的抒情色彩的时代原因。但是，以形象思维为主要特征的文学作品，要切忌“成为时代精神的单纯号筒”（马克思语）。作品的倾向应该是不要特别地说出，而应该让它自己从情节和场面中自然地流露出来，而且作者的观点越是隐蔽，作品的效果就越是好一些。但这并不排除与具体形象水乳交融的议论和抒情。具体作品需要具体分析。《故乡》中的“我”在小说中是贯穿始终的人物，且和闰土处于整个艺术结构的中心。“我”的议论和抒情不仅是衔接各部分的针线，而且对具体形象的描绘起着补充、说明的作用。比如，见到阔别多年的故乡和萧条景象，“我”情不自禁地发出了“我所记得的故乡全不如此”的感叹；听到母亲谈起闰土，“我的脑里忽然闪出一幅神异的图画来”，重逢时意外的一声“老爷”，必然使“我似乎打了一个寒噤，我就知道，我们之间已经隔了一层可悲的厚障壁了”，更是画龙点睛，明确了主题；结尾的抒情则明确表达了作者的社会理想，给读者以鼓舞和力量。可见，这些议论和抒情，在小说中不仅是情所必至，理所必然，而且无不符合“我”的身份、教养以及“我”彼时彼地必然产生的思想感情。这样的议论和抒情，就不是作者从具体形象外面强加给作品的多余的东西，而是小说中必不可少的有机组成部分了。

文学是语言的艺术，语言则是一切事实和思想的外衣。一篇小说思想性和艺术性的完美结合，要通过准确、鲜明、生动的语言来实现。在这方面，《故乡》堪称典范。

首先，作者善于运用不同色彩的语言描绘环境，烘托气氛。写今日凄凉的故乡，语言低沉、冷峻，在我们面前展现的是一幅炭笔画："苍黄的天底下，远近横着几个萧索的荒村"，仿佛使我们置身于深冬季节江南的原野，一个"横"字，把一片荒凉的景象尽收眼底；"瓦楞上许多枯草的断茎当风抖着"，使一派肃杀之气扑面而来，一个"抖"字，就像电影的特写镜头一样，把衰草的形态推到了我们的面前。写昔日的故乡，语言则明朗、热烈，在我们面前展现的是一幅色彩绚丽的水彩画："深蓝的天空中挂着一轮金黄的圆月，下面是海边的沙地，都种着一望无际的碧绿的西瓜"。美丽的景象，令人神往。而所有这些描写，又无不和人物的心情交相辉映：冷峻的环境衬托出人物心情的"悲凉"；明朗的环境恰好是少年闰土和迅哥儿纯洁友谊的绝好背景，真正达到了"一切景语皆情语"（王国维语）的艺术境界。

其次，《故乡》的人物语言更为我们提供了卓越的典范。小说中，几乎所有人物的语言都是符合人物身份的。闰土和杨二嫂的语言更是高度个性化的。少年闰土的语言简短、有力，他向"我"介绍月夜管西瓜的情景，简直绘声绘形，"你听，啦啦地响了，猹在咬瓜了。你便捏了胡叉，轻轻地走去……"把农家少年的神态刻画得惟妙惟肖，以至于我们可以想象到他那紫色圆脸上的神采，甚至感到他那短促的呼吸。中年闰土的语言，虽然同样简短——这反映了共同的农村生活所形成的农民子弟和成年农民性格的连贯性——但却消失了童稚气，变得沉重，木然，时断时续："非常难。第六个孩子也会帮忙了，却总是吃不够……又不太平……收成又坏。种出东西来，挑去卖，总要捐几回钱，折了本；不去卖，又只能烂掉……"它仿佛使我们能触摸到闰土脸上的皱纹，感受到他那无声的叹息。这反映了在生活的重压下人物性格的演变。而一声"老爷"，更是写尽了一个深受等级观念毒害的贫苦农民的精神状态，只这两个字就在"我"和闰土之间筑起了"一层可悲的厚障壁"。杨二嫂的

"阿呀阿呀，真是愈有钱，便愈是一毫不肯放松，愈是一毫不肯放松，便愈有钱……"好像使我们看到了她薄薄的嘴唇和顾盼的眼神，把一个思想庸俗而又嘴尖舌利的小市民写得活灵活现。

小说中的人物语言要反映出人物的性格，做到"言为心声"，固然不容易，但也许还不是十分困难。十分困难之处在于通过对话把人物写活，使人不仅"如闻其声"，而且"如见其人"。鲁迅曾经说高尔基很惊服巴尔扎克小说里写对话的巧妙，他认为："中国还没有那样好手段的小说家，但《水浒》和《红楼梦》的有些地方，是能使读者由说话看出人来的。"（《花边文学·看书琐记》）现在，我们应该对这段话做必要的补充：鲁迅的若干篇小说，其中包括《故乡》，也是能使读者由说话看出人来的，而且这些人物对话还有其独到之处：高度的准确、精练和传神。读了闰土和杨二嫂那些富于行动性的对话，在我们脑海里会很自然地浮现出"这一个"闰土和"这一个"杨二嫂的具体形象，而不会和任何一个别的"闰土"，任何一个别的"杨二嫂"混同起来。而要做到这一点，作家必须对生活有准确的观察，对人物性格有准确的把握，只有这样，在写作时，才能做到鲁迅所说的："删除了不必要之点，只摘出各人的有特色的谈话来"（《花边文学·看书琐记》）。鲁迅还说过自己的小说"对话也决不说到一大篇"（南腔北调集·《我怎么做起小说来》），鲁迅的这些论述既是对文学史上写人物语言的成功经验的总结，又是对自己写人物语言的概括。

当我们反复揣摩《故乡》中那些质朴、简洁的语言时，会再一次地体会到：像文学史上许多著名作家一样，鲁迅不愧是语言艺术的大师。他驾驭我们民族语言的能力是无与伦比的。可以毫不夸大地说，鲁迅的语言代表了我们民族语言的精华。这应该归因于他深刻的思想、丰富的生活经验、敏锐的洞察力和高度的概括力，当然，也归因于他深厚而又精湛的文学修养。

1981 年 6 月 18 日

（原载《中国现代文学研究丛刊》1982 年第 1 辑）

哀人生之隔膜

——谈《故乡》的主题

关于《故乡》的主题，历来众说不一。比较有代表性的意见，是以下两种：

一是认为《故乡》的主题，是“悲哀那人与人中间的不了解，隔膜。造成这不了解的原因是历史遗传的阶级观念”。这种意见最早的代表，是沈雁冰于1921年以郎损为笔名发表的《评四五六月的创作》。(《小说月报》第十二卷第七期)

二是认为《故乡》的主题，是通过闰土一家三代的悲惨命运，揭露帝国主义和封建主义的罪恶，批判辛亥革命的不彻底性。这是目前较为流行的一种意见。相当多的中学或大学教科书，采纳的都是这种观点。

在这两种意见中，我倾向于第一种意见。理由如下：

主题是作者通过题材所表现出来的主要思想。它是作品的灵魂，决定着作品的艺术结构。艺术结构又反转来体现主题。因此，要认识《故乡》的主题，我们必须首先分析小说的艺术结构。

《故乡》的艺术结构，是围绕“故乡”的今昔对比来描写环境、塑造人物和安排情节的。小说的开头写“我”为告别故乡而来，然后引出记忆中的故乡，再着力写现实中的故乡，结尾写“我”告别故乡而去。全篇中心突出，首尾呼应，可谓天衣无缝，浑然成一整体。这一整体的中心是“我”和闰土前后关系的变化。作者用抒情诗一般的语言为我们展现了一幅记忆中故乡的“神异的图画”，满怀深情地思念“我”这个地主阶级少爷和闰土这个农家少年的真挚友谊。但是，时隔二十余年，再次出现的闰土已经判若两人：

"先前的紫色的圆脸，已经变作灰黄"；"红活圆实的手"，已经"像是松树皮"；天真活泼的少年，已经苦得"像一个木偶人"。尤为可悲的是："哥弟称呼"变为敬称"老爷"；先前亲密无间的友谊，"已经隔了一层可悲的厚障壁"。显而易见，作者通过这样的艺术结构所告诉读者的是：故乡的变化，主要是人的变化，而人的变化，必然表现为人与人之间关系的变化，即相互了解变为不了解和隔膜。

为了突出以上主题，作者在着力刻画"我"和闰土这一组人物的同时，还塑造了杨二嫂形象以及宏儿和水生另一组人物。

和闰土的淳朴、寡言、愁苦而又麻木相对照，杨二嫂的性格特点是尖刻、贪财爱小而又有些放肆。这个由"豆腐西施"变成的"细脚伶仃的圆规"，是现代文学史中的一个"杰作"。这一形象的意义就在于：作者所深感悲哀的人与人之间的不了解和隔膜，不仅表现在"我"和闰土这两个儿时的朋友当中，而且表现在"我"和杨二嫂这两个并无深交的人物之间。小说在写"我"和闰土再次见面之前，先让杨二嫂出场，不是没有用意的。她那番"贵人眼高""你阔了"的议论，虽然和闰土的态度形成鲜明的对照，但在"我"身上引起的反映，却同样是"无话可说"或"说不出话"。正如沈雁冰所说的："《故乡》中的豆腐西施对于迅哥儿的态度，似乎与闰土一定要称'老爷'的态度，相差很远；而实则同有那一样的阶级观念在脑子里。不过因为两个人的生活状况不同，所以口吻和举动也大异了。但著者的本意却是在表出'人生来是一气的，后来却隔离了'这一根本观念。"可以说，杨二嫂形象，对表现"我"和闰土关系的变化是一个有力的补充，是明确和突出小说主题的一个不可或缺的人物。

如果说杨二嫂是"我"和闰土这一组人物的补充，那么，宏儿和水生则是"我"和闰土的延伸。从表面上看，宏儿是二十余年前的"我"，水生"正是一个二十年前的闰土"。这两个孩子的友谊似乎是先前"我"和闰土友谊的重演。实际上，不仅如此，这一组人物还另有意义。众所周知，《故乡》取材于作者 1919 年年底回故乡绍兴搬家。小说中的闰土、水生等都可以在现实生活中找到原型。但是，宏儿这个人物，却是虚构的。据周建人 1954 年 10 月在北京第三十三中学鲁迅逝世十八周年纪念会上的讲话："绍兴家内并没有这样的孩子。”（1954年11月25日《北京日报》）作者之所以虚构这样一个人物，显然是出于主题的需要。道理很简单，所谓隔膜，必须发生在两类人物之间。没有了宏儿，水生这一人物就没有了对应的一方，因而也就失去了存在的意义。在小说中，正是宏儿和水生这一组人物，集中表现了作者的社会理想：“我希望他们不再像我，又大家隔膜起来……然而我又不愿意他们因为要一气，都如我的辛苦展转而生活，也不愿意他们都如闰土的辛苦麻木而生活，也不愿意都如别人的辛苦恣睢而生活。他们应该有新的生活，为我们所未经生活过的。”这段议论，既是对小说中几种不同类型人物生活的概括，又是对新一代未来的希望。它是小说中人物性格和故事情节发展的必然结果，是整个艺术结构中的有机组成部分。它不仅反映了作者悲哀那人与人之间的隔膜，而且表达了作者希望这种隔膜能在下一代消除。至于怎样消除，新的生活到底是什么，作者的回答则是“茫远”和“朦胧”的。

总之，综观小说艺术结构的全局，无论是“我”和闰土，还是杨二嫂以及宏儿和水生，都是相比较而存在的。这种对比的手法便于表现人与人之间的关系，即隔膜。结尾处“我”的议论和抒情，又对这一主题起到了画龙点睛的作用。而本文开头提到的第二种意见，虽然反映了小说的一部分实际，有一定的合理性，但是，由于只着眼于闰土一家的前后对比，没能从“我”和闰土、杨二嫂、水生和宏儿这几组人物的相互关系中去发掘作品的思想意义，因而未能把握小说的整个艺术结构，也就不能较全面地概括小说的主题。

《故乡》反映出来的主要思想，是鲁迅当时经常考虑的一个重要问题。关于这一点，我们只要把小说和作者的其他著作加以对照，就会一目了然。在小说的结尾，作者写道：“我只觉得我四面有看不见的高墙，将我隔成孤身，使我非常气闷；那西瓜地上的银项圈的小英雄的影像，我本来十分清楚，现在却忽地模糊了，又使我非常的悲哀。”1925年5月，在《俄文译本〈阿Q正传〉序及著者自叙传略》中，鲁迅这样总结自己的思想：“在我自己，总仿佛觉得我们人人之间各有一道高墙，将各个分离，使大家的心无从相印。”“我虽然竭力想摸索人们的魂灵，但时时总自憾有些隔膜。”“高墙”“隔膜”，在鲁迅这一时期的著作中多次重复，绝不是语言上的偶合，而是反映了鲁迅当时很重要的一个思想。这种思想集中表现为对被剥削、被压迫的劳动人民的同情和对人与人之间隔膜的悲哀。其实质是人道主义。

早在1918年，在给许寿裳的信中，鲁迅就曾指出："历观国内无一佳象，而仆则思想颇变迁，毫不悲观……大约将来人道主义终当胜利。"在1919年写的《随感录》四十六、六十一中，鲁迅称赞"人道的光明"，希望人类"向人道前进"。鲁迅的这一思想，到写《故乡》的时候，也还没有质的变化。毫无疑问，这种人道主义是"五四"运动中民主潮流的一个重要组成部分，有其反封建的进步意义。特别是在我国，由于封建社会历史漫长，等级观念根深蒂固，人道主义更是难能可贵。但是，这种人道主义所反映出来的对劳动人民的态度，基本上仍然是"哀其不幸，怒其不争"。怒其不争，说明看不到人民群众，特别是农民群众的力量。因此，这种人道主义基本上不超出资产阶级的范畴。基于同样的原因，鲁迅所向往的"新的生活"，他给人们指出的"路"，也仍然是"将来必胜于过去，青年必胜于老人"，即进化论的具体体现。这种社会达尔文主义，没能揭示人类社会发展的客观规律，当然不是科学的唯物主义。鲁迅思想的这些局限，是要由当时的历史条件加以说明，而不可以苛求于前人的。

科学的态度是实事求是。只有从作品的实际出发，并力图"知人论世"的分析，才有可能与作品同在。沈雁冰近六十年前对《故乡》的评价，至今未被时光的潮水所冲淡，这不能不是实事求是的胜利。

1980年3月10日

封建末世底层知识分子的命运

——读《孔乙己》

《孔乙己》作于1918年冬，是鲁迅继《狂人日记》之后的第二篇白话小说。根据孙伏园的回忆，鲁迅曾不止一次地讲过，在自己的小说集《呐喊》中，他最喜欢的篇章是《孔乙己》，其好处是："能于寥寥数页之中，将社会对苦人的冷淡，不慌不忙的描写出来，讽刺又不很显露，有大家的作风。"（《关于鲁迅先生》，见《晨报副刊》1924年1月12日，署名曾秋士）但是，对于这样一篇被作者自己明确解释过的小说，人们往往着眼于它对封建科举制度的批判；对于这篇小说的主人公，人们往往认为是被批判的对象。这样的认识既不能全面地概括小说的实际内容，又不符合上述作者的说明。

诚然，对封建科举制度的批判是《孔乙己》的一部分内容。穷困潦倒的孔乙己虽然是咸亨酒店"站着喝酒"的顾客，却穿着标志着读书人身份的长衫，尽管这件长衫已经"又脏又破"；他对于自己始终未能进学深感"颓唐不安"。这些都表明，孔乙己深受封建教育的毒害。但是，这些只是小说的一部分内容，而不是主要内容，更不是全部内容。别林斯基说得好，文学批评"不要陶醉于局部，应该对艺术作品整体进行评价"（《论巴拉廷斯基的诗》，《别林斯基论文学》）。对《孔乙己》，我们必须分析小说的整个艺术结构，把握小说的总的倾向，这样才能实事求是地评价小说的思想意义。

《孔乙己》篇幅虽短，但作者却不吝惜笔墨，在小说的开头，用了整整三个自然段描绘鲁镇的咸亨酒店。在旧中国，茶坊酒肆是三教九流会聚的场所，咸亨酒店正是当时社会的缩影。作者通过店里小伙计的所见所闻，为我们展示了一幅当时浙东社会的风俗画，同时也为小说主人公的活动提供了舞台。在这个舞台上，虽然在长衫客和短衣帮之间存在着差别，在掌柜和小伙计之间存在着矛盾，但是，在如何看待孔乙己这一问题上，这些人的态度却是惊人的一致。他们无一例外地冷落和嘲弄这个生活在社会底层的小知识分子。小说中多次描写的店内外快活的空气和众人的哄笑，全部建筑在孔乙己的痛苦之上。尤其可悲的是，在这贯穿全篇的哄笑声中，还有着孩子们稚气的声音，就连孔乙己教小伙计识字和给邻舍孩子们茴香豆吃这些无可争议的善良举动，得到的也是冷遇和哄笑。甚至孔乙己因为一点小过失被打折了腿，人们对他也毫无同情，反而斥责他“发昏”。小说中这些入木三分的描写，清楚无误地告诉我们：社会的每一个细胞，都渗透着对苦人的冷淡。而孔乙己就生活在这样的环境之中。

过去，不少评论文章把孔乙己说成是辛亥革命前后知识分子的典型，时至 1982 年，有的评论者还持此说。这显然是不确的。小说明明写道：“这是二十多年前的事。”从 1918 年上溯 20 多年，应为 19 世纪末叶，即戊戌变法前夜。当时，虽有少数封建统治者和进步的知识分子，如光绪帝、翁同龢、康有为、梁启超、谭嗣同等，倡导资产阶级的改良主义运动，但他们所掀起的自上而下的改良主义运动，仅历时 103 日，即被以慈禧太后为首的顽固派镇压下去。他们“除旧布新”的初步理想，还不可能传播到浙东的偏远村镇；生活在这里的孔乙己们，也还不可能受到带有资本主义色彩的新思潮的冲击。这里仍然是“未经革新的古国”（《俄文译本〈阿 Q 正传〉序》），这里的人们仍然是封建君主的驯服子民，这里的孔乙己们仍然是封建社会底层旧式的知识分子。如果把孔乙己生活的时代下移至辛亥革命前后，情况则大不相同：那时，戊戌变法的某些代表人物，如康、梁等，已从维新派堕落为保皇派。封建统治阶级借以控制和利用知识分子的科举制度已经被废除。孙中山先生所领导的旧民主主义革命运动，在全国各地此伏彼起，并于 1911 年推翻了帝制。倘若在这样的历史条件下，孔乙己仍然以一个旧式知识分子的面貌出现，其悲剧的社会原因就会大大减轻，个人原因就会大大加重，结果必然把孔乙己看成是封建制度特别是科举制度毫无意义的殉葬品，一个应予批判的对象。这不能说是公正的。

孔乙己是中国封建社会底层最后一批知识分子的典型。作者通过“这一个”具体、独特的形象，概括了一部分旧式知识分子的共同命运。为了在极其有限的篇幅里反映这个小人物的一生，作者采用了虚写和实写相结合的手法塑造这一形象。虚写，即“听人家背地里议论”，交代孔乙已的身世、经历、为人和遭遇；实写，即正面描写孔乙已在咸亨酒店的几个生活片段，反映孔乙已性格特征的不同侧面。由于交错运用了虚写和实写的方法，作者就把孔乙已的历史和现状有机地结合起来，并极大地节省了笔墨；又由于实写的几个生活片段，既是普通的日常生活的剪影，又是经过精心设计和描绘的图画，作者笔下的人物就富有立体感。出现在我们面前的孔乙已，既不是“缺德的怪物”，也不是“石头般的英雄”（车尔尼雪夫斯基语），而是一个有血有肉的、活生生的小知识分子的形象；他虽然“好喝懒做”，但对生活终无大的奢望；虽然自视清高，但从未盛气凌人；虽然“偶然做些偷窃的事”，但在酒店“品行却比别人都好”；虽然迂腐，但迂腐中带着善良。作者对他的“坏脾气”，虽有针砭，但是热讽，而非冷嘲；对他的悲惨遭遇，则给予同情。

孔乙已被丁举人打折腿一事，在孔乙已的一生中，是个重要的转折点，对于这样一个重要的情节，作者采取虚写的手法，仅用了二百字左右的篇幅，就交代了被打折腿的全部经过。这样写，不仅可以避免正面描写咸亨酒店以外的第二个场所，避免更多的人物出场，极大地节省了笔墨，而且更为重要的是，有助于明确和深化社会对苦人的冷淡这一主题。丁举人的暴虐固然是应该受到鞭挞的，但作者的主要用意并不在此。对于孔乙已来说，丁举人的淫威虽然可怕，但更可怕的却在于社会对这一事件的冷淡。一个人被打致残，仅仅是给酒店里的人增添了一点谈资。人们在谈这一件事时是那样的无动于衷，而掌柜“仍然慢慢地算他的账”。人的价值、人的尊严，是怎样地受到社会的冷落呵！

孔乙已最后一次出现在咸亨酒店的情景是小说的高潮。作者采用和第一次出场对照的写法，写了孔乙已的肖像：原来是高大的身材，现在是“盘着两腿，下面垫一个蒲包”；原来的“青白脸色，皱纹间时常夹些伤痕”，现在是“脸上黑而且瘦，已经不成样子”；值得注意的是，那件被许多评论者大做文章的长衫，已经换成了一件“破夹袄”。肖像的变化，反映了人物命运的进一步恶化。无情的现实，已经彻底摧毁了孔乙己赖以生存的精神支柱，冷酷的摧残已经把孔乙己推进了死亡的深渊。在人生的道路上，这个苦人已经走到了尽头。然而，即使在这样的情况下，人们对他的态度也仍然是一以贯之的冷嘲。孔乙己就是在人们的笑声中用手“走”向了死亡。

小说的结尾又一次运用了虚写的手法。掌柜两次提到孔乙己，仅仅是因为孔乙己“还欠十九个钱”，其他人则根本忘记了这个曾经出入于咸亨酒店的主顾。结尾的一句：“我到现在终于没有见——大约孔乙己的确死了。”小说于延宕的语气中，进一步透露出社会对苦人的冷淡。一个人的生死存亡是“大约”，还是“的确”，都是无须深究的。这就把小说已经充分展示了的主题，又在“不慌不忙的描写”之中做了最后的深化。

纵观《孔乙己》通篇的艺术结构，我们可以看出，小说前三个自然段的环境描写，有如艺术舞台的明场。凡是主人公出现在明场上的时候，作者都采用实写的手法，直接描写主人公与环境的关系。凡是主人公未出现在明场上的时候，作者都采用虚写的手法，通过出现在明场上的他人之口，介绍主人公在另一场所与环境的关系，有如艺术舞台的暗场。那些介绍主人公命运的人物，则是联系明场与暗场的枢纽。而明场也罢，暗场也罢，演出的都是同一悲剧：社会对苦人的冷淡。值得称道的是，在这个舞台登场的，虽有各色人等，但却主次分明，各具特性；剧目演出的时间虽短，但却疏密相间，错落有致；剧情虽似平淡，但却紧扣人物命运，牵动人心。尤其令人赞叹的是，所有这一切都在一种貌似喜剧的气氛中进行，这就使悲剧的效果更加强烈，更加发人深省。而店里小伙计的所见所闻，则犹如介绍剧情的旁白，把小说中所有的人物、情节、场面自然地衔接起来，使整个艺术结构浑然天成，“裁缝灭尽针线迹”，达到了环境描写与人物描写的有机统一，做到了“真实地再现典型环境中的典型性格”（恩格斯语），并集中、有力地表现了主题。

《孔乙己》所塑造的主人公，在文学史上有着独特的美学价值。孔乙己不同于同时代的陈士成（《白光》中的主人公）。他们虽然都是封建教育的产物，但孔乙己却不曾像陈士成那样，连续参加十六次县考，一味地醉心于在科举考试的阶梯上“一径联捷上去”。陈士成的死，应该更多地归因于个人梦想的破灭；孔乙己的死，则应该更多地归因于社会的冷淡。作者注视陈士成的目光虽也不无怜悯，但却透着冷峻，而注视孔乙己的目光却有着更多的同情。孔乙己也不同于《儒林外史》中的范进。范进所处的时代，封建社会虽然早已开始走下坡路，科举制度也已经僵化，但是，封建制度尚未直接面临着灭亡，封建统治阶级还需要一批知识分子为自己服务。这是出身于社会底层的范进能够中举的社会原因。孔乙己所处的时代则不同。19世纪末叶的中国，早已沦为半殖民地半封建社会。古老的封建帝国的僵尸，在欧风美雨的侵蚀下已经风化，就要进入历史的博物馆了。封建统治阶级“日薄西山，气息奄奄”，哪里还有心思和能力从社会底层选择和任用知识分子呢？仕进的道路既已堵死，生活的道路必然淤塞。孔乙己悲剧的社会原因在于：是封建社会规定了孔乙己的道路，又是封建社会堵塞了这条道路；是封建社会造就了孔乙己，又是封建社会毁灭了孔乙己。而一个社会到了连自己亲手造就的人物也要无情地加以摧残的时候，它的丧钟也就敲响了。这样，小说就通过封建社会底层最后一个知识分子的命运，从一个侧面反映了整个封建社会的末日。

1983年2月25日

礼教吃人

——谈《祝福》的主题

怎样认识《祝福》的主题？关键在于准确地评价祥林嫂和鲁四老爷。对这个问题，中学语文教材采用的是几年来较为流行的观点：祥林嫂是旧中国被压迫劳动妇女的典型，是政权、族权、神权、夫权这“四权”的受害者；鲁四老爷是“四权”的代表，是“杀害祥林嫂的刽子手”。简言之，《祝福》的主题是反对“四权”。持这种观点的同志大都以毛泽东的论述：“政权、族权、神权、夫权，代表了全部封建宗法的思想和制度，是束缚中国人民特别是农民的四条极大的绳索”①，作为立论的根据。其实，毛泽东这段话所概括的是中国人民这一整体所受的压迫，它所反映的是一般的情况。而以形象思维为主要特征的文学作品，是要通过具体的、活生生的形象反映社会生活，它要通过个别反映一般。列宁说：“任何一般只是大致地包括一切个别事物。任何个别都不能完全地包括在一般之中。”② 因此，要正确地分析《祝福》的主题，必须具体问题具体分析，而不应该拿一个现成的公式硬套。

祥林嫂是一个勤劳、淳朴而又善良的农村妇女。她对生活的最高要求，不过是用双手养活自己。但是，在万恶的旧社会，就连这样一个起码的权利，她都不能得到。丈夫早死，是她的第一大不幸。按照封建礼教：夫为妻纲。妇女只是丈夫的附属品，没有独立的人格。宋代的程朱理学，更是规定了许多桎梏妇女的清规戒律，诸如“饿死事极小，失节事极大”之类。寡妇改嫁

---

① 毛泽东. 湖南农民运动考察报告［M］. 北京：人民出版社，1951.

② 列宁. 谈谈辩证法问题［M］. 北京：人民出版社，1973.

被认为是失节。守寡的妇女比一般妇女有着更深、更多的痛苦。再寡的妇女比初寡的妇女又更甚一层。祥林嫂初到鲁家做工时，口角边还曾有过“笑影”，尽管这不过是“暂时做稳了奴隶”而已，但也说明，在祥林嫂面前尚有一线生路。再寡以后，又失去了唯一的儿子阿毛，她的面前就只有铁一般的黑暗了。这是因为，按照封建礼教，妇女应讲三从四德。三从之一是夫死从子，所以，阿毛一死，祥林嫂便完全失去了生存的依据。从此，沉重的打击接踵而至。她失去了劳动的权利：鲁四老爷（通过四婶）不允许她沾手祭祀；她备受歧视：镇上的人们对她是“冷冷”的；她甚至被看作是“落了一件大罪名”！最后，想做奴隶而不得，在饥寒交迫中结束了她悲惨的一生。祥林嫂一寡再寡，又失去阿毛的特殊遭遇，以及由此而来的一系列的摧残，集中反映了封建礼教对劳动妇女的残酷迫害，具有高度的典型意义。

在不公平的命运面前，祥林嫂不断地挣扎：第一个丈夫死后，她逃出婆家，外出做工；被婆婆出卖时，她用嚎和骂，甚至用死来抗议，这自然反映了“从一而终”的封建礼教对她的毒害，但也说明她不甘心由别人来主宰她的命运；她性格倔强：被嘲笑时，她“紧闭了嘴唇”，“不说一句话”；她渴望生存和劳动，以至于听信了柳妈的“劝告”，用捐门槛来“赎罪”。这虽然反映了在当时的历史条件下她还是难以避免的不觉悟，但也表明：她是多么不愿意在生活的苦海里沉没呵！这个承受了人间各种痛苦的普通劳动妇女，直到临死时，还怀疑灵魂的有无，她那生命之火还闪现出最后一丝光亮。不过，这一丝光亮毕竟是太微弱了，它很快就熄灭在无边无际的黑夜里了。

特殊的遭遇和特殊的性格，使祥林嫂不同于《风波》中七斤嫂子等劳动妇女，因为她们没有丧夫失子的不幸；也不同于《明天》中的单四嫂子，因为《明天》所写的只是单四嫂子失去唯一的儿子宝儿的过程，小说本身没有写出单四嫂子的结局。《祝福》则写出了祥林嫂的一生，多方面地揭示了她的性格，全面而又深刻地揭露了封建礼教吃人的本质，塑造了祥林嫂这样一个具有高度艺术成就的典型形象。

祥林嫂生活的环境——鲁镇，是旧中国村镇的缩影。压在祥林嫂头上的，首先是鲁四老爷。小说的开头，通过“我”对鲁四老爷的介绍和对他书房的描写，特意点明了他的身份是一个“讲理学的老监生”。此后，鲁四老爷的所作所为：从他初见祥林嫂即“皱眉”，一直到祥林嫂死后大骂“谬种”，都活画出他道学先生的冷酷面孔。作者把祥林嫂安排在鲁四老爷家里做工，不仅便于在尖锐的矛盾冲突中展现人物性格，而且有助于明确和深化小说反封建礼教的主题。

鲁四老爷是封建礼教的信奉者，但封建礼教的流毒却体现在社会生活的各个方面。压在祥林嫂头上的是整个封建礼教。祥林嫂的婆婆、柳妈以及那些嘲笑祥林嫂的人，虽然在本质上和鲁四老爷不相同，但也有意无意地给祥林嫂增添了许多压力，甚或落井下石。所不同的是：鲁四老爷是吃人者，而这些人自己也是被吃者。这正是作品写得很深刻的地方：封建礼教不仅在统治阶级中有它的维护者，而且在被统治阶级中也有很深的影响，这些人中毒而不自觉，自己受害，又转过来害人。甚至祥林嫂本人，既受到封建礼教的残酷迫害，也受到了封建礼教毒素的影响。二者交互作用，造成了祥林嫂双重的悲剧。这就从另一个角度揭示了：在漫长的封建社会里，由于反动统治阶级的倡导，封建礼教通过种种渠道，形成了强大的社会舆论，成了禁锢人们头脑的一种十分可怕的传统习惯势力。小说的开头和结尾都写到了鲁镇祝福的情景，并且安排祥林嫂在一片祝福的气氛中死去，而且小说的名字就叫祝福，这样写，不仅可以使对比更加鲜明，增强故事的悲剧色彩，而且有助于明确和深化小说的主题：封建礼教的毒雾，就像祝福的烟霭那样，到处弥漫。这就是祥林嫂生活的典型环境。

总之，在《祝福》里，作者从各个方面都突出强调了封建礼教对祥林嫂的压迫，而祥林嫂的特殊遭遇又便于体现这种压迫。在现代文学史上，还很难找到第二部文学作品能像《祝福》那样，如此全面而又如此深刻地揭露了封建礼教吃人的本质，向那个罪恶的旧制度，提出如此悲愤而又如此深沉的血泪控诉。

那么，祥林嫂是否“四权”的受害者，鲁四老爷是否“四权”的代表呢？

首先说政权。反映旧中国劳动人民被剥削、被压迫生活的文学作品，不管有无反动政权的代表人物，都是以反动政权的存在为前提的。祥林嫂当然不是例外。但是，直接受反动政权的迫害和以反动政权为前提受到封建礼教的迫害，是有所不同的。封建礼教和反动政权是既有联系又有区别的。按照毛泽东的论述，旧中国的政权，指的是“一国、一省、一县以至一乡的国家系统”。[①] 在“四权”当中，“地主政权，是一切权力的基干”，[②] 起着决定和制约其他三种权力的作用。一般地说，它体现为直接的反革命暴力，而封建礼教则主要体现在封建礼法和道德规范方面，一般地不是由反动政权的行政命令来强制推行，而是渗透到人们的思想意识中去，通过社会舆论的力量，约定俗成，由社会习惯势力来体现。封建礼教当然也要受到反动政权的决定和制约，但一旦形成，就有其独立性，并对维护反动政权有巨大的能动作用，在某些方面，它甚至可以起到反革命暴力起不到的作用。如果说，反动政权是“钢刀”，封建礼教就是“软刀”。反动统治阶级手里这两把“刀子”，交互使用，并行不悖。对于《药》里夏瑜那样的革命者，用的是钢刀；对于更广大的劳动群众，一般用的是“软刀”。在《祝福》里，既没有身穿“号衣”的士兵，也没有警察和机关枪。祥林嫂既没有像夏瑜那样身陷囹圄，也没有像阿Q那样公堂画押。但是，她的命运，却是早已注定了。封建礼教的巨大阴影笼罩着她，把她一步一步地推进了死亡的深渊。这就表明：整个旧中国是一所大监狱，整个旧礼教是一张大法网。祥林嫂不是被杀人见血的屠刀杀害的，而是被杀人不见血的“软刀”夺去了生命。祥林嫂形象的意义就在于：她形象地揭示了“软刀”的效果，在某些方面，较之钢刀，犹有过之。至于鲁四老爷，小说并没有点明他在鲁镇掌握一部分政权，说他是政权的代表，是缺乏根据的。当然，在半殖民地半封建社会里，封建地主阶级是反动政权的社会基础。但是，社会基础与反动政权本身，是既有联系又有区别的，二者不应混为一谈。

其次说族权。祥林嫂的婆婆用八十千的价格把她出卖，祥林嫂第二个丈夫和阿毛死后，“大伯来收屋，又赶她”，体现了族权对祥林嫂的压迫。但是，如果祥林嫂不是一寡再寡和失去唯一的儿子，族权的绳索就难以直接捆到她的身上，所以，通观全篇，族权对祥林嫂的压迫，是从属于封建礼教的压迫的。而压迫祥林嫂的族权，与鲁四老爷根本不相干。

---

① 毛泽东. 湖南农民运动考察报告［M］. 北京：人民出版社，1951.

② 同上。

再次说神权。鲁四老爷不准祥林嫂沾手祭祀，怕“不干不净”，祖宗不吃，以及柳妈对祥林嫂讲的那番“阎罗大王”的鬼话，体现了神权对祥林嫂的压迫。但是，神权的压迫落到祥林嫂的头上，同样是和封建礼教分不开的。道理很简单，如果祥林嫂不是先后死去两个丈夫，鲁四老爷的忌讳和柳妈的鬼话也就无从谈起。所以，通观全篇，神权对祥林嫂的压迫，也是从属于封建礼教的压迫的。

最后说夫权。小说根本没有写到直接压迫祥林嫂的夫权。她的两个丈夫都没有正面出场，小说也没有从侧面交代过他们对祥林嫂的压迫，反倒是通过卫老婆子之口，说她和第二个丈夫一起生活的两年是“交了好运”。这样的描写是深刻的，它形象地表明：压在劳动妇女头上的不是个别的男子，而是整个礼教、整个制度。又，小说也根本没有写到鲁四老爷是夫权的代表。有人说，鲁四老爷讨厌祥林嫂是个寡妇，就是夫权在他头脑里作怪。这样理解夫权是不确切的。根据毛泽东的论述，夫权指的是女子在家庭中“受男子的支配”。他还指出：“夫权这种东西，自来在贫农中就比较地弱一点，因为经济上贫农妇女不能不较富有阶级的女子多参加劳动，所以她们取得对于家事的发言权以至决定权的是比较多些。”① 可见，夫权的确切含义，应是指同一家庭内丈夫对妻子的支配权。因此，那种认为鲁四老爷讨厌祥林嫂是个寡妇即体现了压迫祥林嫂的夫权的说法，无异于张冠李戴。

总之，说祥林嫂是“四权”的受害者，与作品实际不尽相符，因而也就不够准确。而说鲁四老爷是“四权”的代表，则基本上不符合作品实际。因此，说《祝福》的主题是反对“四权”也就难以成立。

除了主要人物，文学作品中的次要人物，也要为表现主题服务。如果把反对“四权”看成是《祝福》的主题，那将难以解释祥林嫂的婆婆、大伯、柳妈等形象的社会意义，而把“礼教吃人”看成是《祝福》的主题，这些问题就都迎刃而解。

鲁迅写作《祝福》的时间，是 1924 年 2 月，正是“五四”运动的高潮已经过去，新文化运动已经分化，大革命即将蓬勃兴起而尚未全面爆发的时

① 毛泽东. 湖南农民运动考察报告［M］. 北京：人民出版社，1951.

期。当时，鲁迅的战斗实践，主要是在文化战线上。他代表和发展了“五四”运动前进的、革命的潮流，坚持了彻底的、不妥协的反帝反封建的革命精神。“五四”运动是以“反对旧道德提倡新道德、反对旧文学提倡新文学，为文化革命的两大旗帜”。① 而封建礼教就是旧道德的重要组成部分。从发表于“五四”前夕的小说《狂人日记》、杂文《我之节烈观》开始，反旧礼教，一直是鲁迅反封建的伟大实践的重要内容。《祝福》反旧礼教的主题，是和鲁迅当时的思想完全一致的，是和“五四”运动反封建的民主精神完全一致的。

1978 年 11 月

① 毛泽东. 新民主主义论［M］. 北京：人民出版社，1952.

阶级分析方法与《祝福》研究

长期以来，在《祝福》研究中流行着这样一种意见，认为祥林嫂是“代表了全部封建宗法的思想和制度”的“四种权力——政权、族权、神权、夫权”的受害者，鲁四老爷是上述“四权”的代表，因而《祝福》的思想意义是反对“四权”或曰“四大绳索”。时至今日，一些同志仍然认为，这一观点是运用阶级分析方法研究《祝福》的正确结论，它揭示了《祝福》所反映的社会生活的本质，是毋庸置疑的“定评”。

《祝福》是鲁迅小说中的名篇，也是“五四”以来极有影响的文学作品之一。因此，对《祝福》的研究，其意义就不仅仅限于《祝福》研究本身，而是关系到如何正确运用阶级分析方法分析过去时代的文学作品，使之成为今天文学创作与批评的借鉴。本文试图对这一问题陈述浅见，以就教于方家。

一

众所周知，阶级斗争的理论并非马克思的发现。在马克思以前很久，资产阶级的历史学家就已经叙述了阶级斗争的历史发展，资产阶级的经济学家也早已对社会各阶级做过经济解剖。马克思的新贡献在于证明了下列几点：“（一）阶级的存在仅仅是跟生产发展的一定历史阶段相联系的；（二）阶级斗争必然要引导到无产阶级专政；（三）这个专政本身不过是进到消灭任何阶级和进到无阶级社会的过渡。”[①] 可见，在人类历史的长河中，阶级和阶级

---

① 马克思，恩格斯. 马克思恩格斯文选（两卷集）：第 2 卷［M］. 集体，译. 唯真，校订. 北京：人民出版社，1962.

斗争并非始于河源，也决不会终于河尾，它仅仅是人类历史进程中某一阶段的产物。像任何事物都有一个发生、发展和灭亡的过程一样，阶级斗争也有它自身发展的规律，即通过无产阶级专政消灭任何阶级，从而结束阶级社会的历史，使人类进入无阶级社会。存在决定意识。既然在人类历史发展的长河中，阶级社会只是其中的某一具体发展过程，那么，人们对阶级社会的认识就只具有相对的真理性。尽管每一个科学真理都含有绝对真理的成分，但是，世界上没有独立存在的绝对真理，如同没有已经数出来的无限数。马克思主义阶级斗争理论的这一特点，决定了马克思主义的阶级分析方法本身，就否定任何永恒不变的绝对的东西，它要求在研究任何一个社会问题时，都要把问题提到一定的历史范围之内来做具体分析，一切以时间、地点、条件为转移。正由于此，马克思、恩格斯总是谆谆告诫我们，他们的理论是行动的指南而非教条。1890 年 5 月，德国青年批评家保尔・恩斯特与奥地利青年批评家海尔曼・巴尔曾经围绕妇女问题展开了一场争论。其间，尝试着用唯物主义方法分析问题的恩斯特写信救助于恩格斯。恩格斯在复信中首先强调："如果不把唯物主义方法当作研究历史的指南，而把它当作现成的公式，按照它来剪裁各种历史事实，那么它就会转变为自己的对立物。"然后，恩格斯结合德国和挪威的不同历史背景，具体分析了挪威小市民阶层与德国小市民阶层的巨大区别，指出，挪威的小资产者"比起堕落的德国小市民来是真正的人。同时，挪威的小资产阶级妇女比起德国的小市民妇女来，也简直是相隔天壤"。[①] 恩格斯这封著名的书信，和马克思、恩格斯的许多著作一样，为我们树立了运用阶级分析方法的典范。

怎样运用阶级分析方法分析文学作品？恩格斯在 1859 年 5 月 18 日致斐迪南・拉萨尔的信中，把"美学观点和历史观点"称之为文学批评的"非常高的，即最高的标准"。马克思主义经典作家在分析文学作品时，从不脱离作品的具体实际，他们深知文学本身的特点和规律。由于文学作品以整个社会生活为反映对象，所以，他们的文学批评往往综合运用政治、哲学、道德、宗教、美学和历史等观点，特别是美学和历史的观点，并且往往把作品与作

① 马克思，恩格斯. 马克思恩格斯论文学与艺术：第 1 卷［M］. 陆梅林，译注. 北京：人民文学出版社，1982.

家的思想和时代的特点联系起来考察。这充分体现了马克思主义阶级分析方法的特色。

在我国的马克思主义者当中，鲁迅的有关论述应该特别受到重视。在1936年初发表的《“题未定”草》里，他明确指出：“倘要论文，最好是顾及全篇，并且顾及作者的全人，以及他所处的社会状态，这才较为确凿。”鲁迅多次强调的“顾及全篇”和“知人论世”的观点，为我们提供了一个中国化的马克思主义文艺批评的科学标准。他在生命的最后十年里，为一些青年作家的作品所写的序言，特别是1927年9月在广州夏期学术演讲会上的演说《魏晋风度及文章与药及酒之关系》，为我们提供了具体运用这一方法分析文学作品或文学现象的范例。那种脱离具体的历史条件和作者的思想实际，不顾及作品的整个艺术结构，仅仅着眼于给文学作品中的人物划阶级、定成分，然后再用阶级共性的现成公式“剪裁”人物和作品的做法，从来就不是马克思主义的阶级分析方法。

二

用马克思主义的阶级分析方法分析《祝福》，首先应该从作品的实际出发，对小说艺术结构的整体进行具体分析。小说始于旧历年底的祝福，终于旧历年底的祝福。其间，祥林嫂悲惨的遭遇贯穿故事的始终，而且，凡是小说写到祝福的情景时，均与祥林嫂之死或明（小说的开头）或暗（小说的结尾）地联系在一起。这种环境与人物遭遇的鲜明对比，无疑增强了故事的悲剧色彩，而在祥林嫂悲剧的一生中，作者仅仅选取了她半生事迹的几个片段：小说正面描写了她两次到鲁镇做工，这两次做工分别与她一寡再寡的遭遇相关联。在两次到鲁镇之间，小说穿插了一段侧面描写，即通过卫老婆子之口，叙述她再婚的经过和所谓婚后的“交了好运”。小说描写的重点是祥林嫂第二次到鲁镇做工后的经历。综观全篇，可以认为：一寡再寡和捐门槛，这是祥林嫂走上绝路的“三部曲”。祥林嫂的命运以及她与周围所有人物的关系，都是紧紧地围绕着这三部曲展开的。这就是小说的整个艺术结构。在这个艺术结构中，鲁四老爷始终和祥林嫂处于对立的地位。小说的开头，通过

“我”对鲁四老爷的介绍和对他书房的描写，特意点明他的身份是一个“讲理学的老监生”。此后，鲁四老爷的一切言行，从他初见祥林嫂即“皱眉”，一直到祥林嫂死后大骂“谬种”，都活画出他道学先生冷酷无情的面孔。作者把祥林嫂安排在鲁四老爷家里做工，显然是为了便于在理学的信奉者和理学的受害者这一矛盾冲突中展现人物性格。不仅是鲁四老爷，小说中的其他人物，如祥林嫂的婆婆、大伯、短工、柳妈以及镇上那些神情冷漠的人们，也都对祥林嫂采取歧视态度。这就表明：在漫长的封建社会里，由于反动统治阶级的倡导，封建礼教通过种种渠道，形成了强大的社会舆论，它的影响遍及社会的各个阶层和各个角落，成了笼罩在祥林嫂头上的一种极其可怕的传统的习惯势力，它不仅在统治阶级中有它的信奉者和维护者，而且在被统治阶级中也有很深的影响。柳妈等人和鲁四老爷虽然不属于同一个阶级，对封建礼教的信奉也有自觉与不自觉以及程度的差异，但是，他们都认为一寡再寡是祥林嫂的“大罪名”，并因此对她采取歧视态度则是共同的。这就表明，小说通过整个艺术结构所表现出来的主题是：封建礼教无情地吞噬了一个无辜、勤劳、淳朴而又善良的劳动妇女。毫无疑问，作者对祥林嫂倾注了深切的同情。但是，作者塑造这一典型的目的，绝不仅仅局限于此。作者还揭示了，即使在这个受害者的思想深处，也有封建礼教的影响。小说中有关祥林嫂抗婚等描写，说明了“从一而终”的伦理道德观念，有如巨大的毒蛇，缠绕着这个劳动妇女质朴的心灵。如果说，小说中有关祥林嫂环境的描写，即周围所有的人物无一不在落井下石，显示了作品揭露封建礼教的广度，那么，祥林嫂形象所反映出来的上述社会意义则显示了作品揭露封建礼教的深度。

那么，祥林嫂是否是“四权”的受害者，鲁四老爷是否是“四权”的代表呢？

如果从局部描写来看，那么小说的有些内容是可以和族权、神权联系起来的，如祥林嫂的婆婆用八十千的价格把她出卖；祥林嫂的第二个丈夫和阿毛死后，“大伯来收屋，又赶她”，体现了族权对她的压迫。鲁四老爷的忌讳极多，不让祥林嫂沾手祭祀的原因是怕不干不净，祖宗不吃，特别是柳妈的那番“阎罗大王”的鬼话，体现了神权对祥林嫂的压迫。但是，如果祥林嫂不是一寡再寡和失去唯一的儿子阿毛，族权的绳索就难以直接捆到她的身上。

如果祥林嫂不是先后死去两个丈夫，鲁四老爷的忌讳和柳妈的鬼话也就无从谈起。所以，从艺术结构的总体来看，族权和神权对祥林嫂的压迫，是从属于封建礼教的压迫的。围绕在祥林嫂周围的上述人物，他们思想性格的这一侧面，也是从属于信奉封建礼教这一主导方面的。又，在“四权”当中，反动政权起着决定和制约其他权力的作用，是一切权力的基干，一般地说，它体现为直接的反革命暴力。但是，在《祝福》里，把祥林嫂一步紧逼一步地推上绝路的，并不是直接的现实力量。祥林嫂并没有像《药》里的夏瑜那样身陷囹圄，也没有像阿 Q 那样公堂画押，甚至没有像《离婚》里的爱姑那样，面聆七大人（一个与县官换帖的乡绅，还算不上是政权的代表）的裁决，但她却陷入了其大无比的礼教的法网，真可谓“天网恢恢，疏而不漏”，任凭祥林嫂怎样挣扎，也难逃灭顶之灾。祥林嫂形象的意义就在于她形象地揭示了：礼教吃人，甚于暴力。至于鲁四老爷，小说并没有点明他在鲁镇掌握一部分政权，他的身份和言行与反动政权的代表并不相符。此外，有相当多的同志认为在“四权”当中，夫权对祥林嫂的压迫最甚。其实，小说根本没有写到压迫祥林嫂的夫权，她的先后两个丈夫都没有正面出场，小说也没有从侧面交代过他们对祥林嫂的压迫，反倒是通过卫老婆子之口，说她和第二个丈夫一起生活的两年是“交了好运”。这样的描写是深刻的，它告诉我们，压在祥林嫂头上的，并非个别男子，而是整个礼教。有的同志认为，在小说中，夫权是以“由社会舆论直接转化成现实力量的虚幻的观念力量”出现的。这种说法值得商榷。根据毛泽东的论述，夫权这一概念有其确定的内涵，它指的是在家庭内部女子“受男子的支配”。祥林嫂周围的所有人物都讨厌她是一个寡妇，这不应该解释为夫权的“观念力量”，而应该解释为节烈观念在人们头脑中作怪。节烈观念属于礼教的范畴，而不属于“四权”。显然，夫权的代表与鲁四老爷毫不相干。

总之，《祝福》的整个艺术结构突出强调的是封建礼教对妇女的压迫，而祥林嫂的特殊遭遇又便于表现这种压迫。那种认为祥林嫂是“四权”的受害者，鲁四老爷是“四权”的代表，进而认为《祝福》的主题是反对“四权”的说法，虽然也可以从小说中找到几个例证，但是，由于没有顾及全篇，所以未能准确地分析人物的性格特征和作品的思想意义。

三

据欧阳山同志回忆，鲁迅曾说过：“在那黑暗、落后、愚昧的社会里，祥林嫂是没有办法摆脱她那悲惨的命运的，问题不在于她自己凭自己的力量能否冲破黑暗的环境，问题倒是在于中国人民能否了解这个社会的黑暗。”① 这段话，不仅确切地说明了祥林嫂悲剧的必然性，而且明确地告诉我们，作者创作《祝福》的动机，在于帮助中国人民认识千千万万个祥林嫂所生活于其中的社会的黑暗，这和作者一贯坚持的改造国民性的思想是完全一致的。鲁迅的这一思想，在《祝福》里具体表现在对妇女解放问题的探索和追求上。早在1918年，鲁迅就写了《我之节烈观》，深刻地剖析了产生节烈的社会根源和历史根源，表示“要除去于人生毫无意义的苦痛。要除去制造并赏玩别人苦痛的昏迷和强暴。”在《随感录》四十里，他呼唤爱情的觉醒，主张“勾消”历史的“旧账”。如果说，鲁迅的第一篇白话小说《狂人日记》的主旨在于“暴露家族制度和礼教的弊害”，那么，他最初的杂文则主要是控诉礼教对妇女的迫害。批判的锋芒，前者侧重于封建宗法制度，后者侧重于伦理道德观念。两者的结合构成了“五四”时期鲁迅反封建的主要内容。

鲁迅在妇女解放问题上的呐喊不是孤立进行的，它是“五四”潮流中的一排激浪。

在中国漫长的封建社会里，地主阶级在构筑他们的统治大厦时，历来十分重视思想支柱的作用，全部庞大的封建思想体系的核心是等级制。而在封建统治的多级宝塔上，妇女处于最底层。为了使妇女安于其位，封建统治者不断健全、完备那些束缚妇女的信条，使之成为封建礼教的一个极其重要的组成部分。从孔夫子的“唯女子与小人难养也”到汉代统治者提出的“三纲五常”，到宋代的程朱理学，对妇女的摧残愈演愈烈，广大妇女所受的痛苦愈来愈深。特别是宋代程颐鼓吹的“饿死事极小，失节事极大”的节烈观，千百年来，不知酿成了多少妇女的惨剧。正由于此，当科学与民主的曙光刚

① 欧阳山. 光明的探索［J］. 人民文学，1979（2）.

刚出现在东方的地平线上的时候，“五四”时期的许多思想家，就不约而同地对妇女问题给以极大的关注。在当时最有影响的《新青年》杂志上，有关妇女、婚姻、家庭问题的文章占有很大的比重。陈独秀、胡适、李大钊等人都曾为此发表专文。另一家杂志《少年中国》第十卷第四期上的二十篇文章，全都以妇女问题为题。该刊第二卷第二期上，还刊登了妇女运动先驱向警予的《女子解放与改造的商榷》。在文学创作方面，仅以小说为例，据茅盾《中国新文学大系·小说一集导言》，在1921年4、5、6三个月发表的一百二十余篇小说中，“竟可说描写男女恋爱的小说占了全数百分之九十八”。在翻译方面，从1915年起，《新青年》即注意介绍西方妇女运动中的著名人物和日本有关妇女问题的论著。当时最受欢迎的外国译著是挪威作家易卜生的《娜拉》，《新青年》为此于1918年6月出了易卜生专号。在“五四”时期的思想革命和文学革命中，妇女问题占有举足轻重的地位。那时的先驱们在向旧道德、旧文化发起总攻击时，把妇女问题作为突破口，有助于全面摧毁封建势力的防线。这一事实再一次证明了马克思的这一论断：在历史上，“没有妇女的酵素就不可能有伟大的社会变革。社会的进步可以用女性（丑的也包括在内）的社会地位来精确地衡量”①。正是“五四”时期反封建的民主潮流，孕育了鲁迅探索和追求妇女解放的思想。而鲁迅本人青年时期所接受的资产阶级教育和他对被压迫者的一贯的同情，以及他自己在婚姻问题上的不幸，则是他格外关注妇女解放问题的个人原因。随着“五四”运动的退潮，新文化阵营开始分化，在“五四”高潮时为妇女解放摇旗呐喊的人中，有人偃旗息鼓，有人转变方向，但鲁迅始终没有放下他反封建的战“戟”，他对中国社会的现状和历史做了深沉而又不无痛苦的思考。《彷徨》始于《祝福》，中经《伤逝》，终于《离婚》，他把自己在“五四”时期以杂文形式提出的妇女问题，熔铸在艺术形象中了。

由于鲁迅在“五四”时期还不是马克思主义者，他反封建的思想武器仍然是进化论，这就使鲁迅探索和追求妇女解放的伟大实践具有两重性：一方面，抓住封建礼教吃人的本质，始终如一地进行韧性的战斗，充分体现了彻

① 马克思，恩格斯. 马克思恩格斯全集：第32卷［M］. 中共中央马克思恩格斯列宁斯大林著作编译局，译. 北京：人民出版社，1956.

底的不妥协的反封建的革命精神，即使在“彷徨”时期也毫无衰减，从而代表和发展了“五四”运动前进的、革命的潮流；另一方面，尽管鲁迅怀有“要人类都受正当幸福”的善良愿望，但还不能指出经过什么道路、依靠什么力量，才能求得妇女的真正解放。在《娜拉走后怎样》和《伤逝》中，他把妇女解放与经济权联系起来，表明他的思想已经比“五四”时期前进了一步，在某些局部问题上已经接近或达到了历史唯物主义，但就总体而言，他还不能将妇女解放问题与整个社会制度的变革联系在一起。随着大革命的发展和农民运动的蓬勃兴起，1927 年，毛泽东把直接压迫妇女的夫权和政权、族权、神权联系起来，把妇女解放与社会革命联系起来，为妇女的真正解放指出了正确的途径，但那已是《祝福》发表以后三年的事情了。那种认为祥林嫂是“四权”的受害者，鲁四老爷是“四权”的代表，进而认为《祝福》的主题是反对“四权”的观点，显然是脱离了作者的思想和特定的时代。

四

怎样认识《祝福》所反映的社会生活的本质，这实际上是一个与阶级分析方法密切相关的问题。按照马克思主义的观点，“人的本质，并不是个别的个体所具有的抽象属性，就其现实性来说，它是一切社会关系的总和”。[①]各种各样的社会关系的折光都会给人的思想性格带来投影，从而使人的思想性格呈现错综复杂的状态。在阶级社会里，阶级关系固然是一种重要的社会关系，但并非唯一的社会关系，大至民族关系，小至各种亲属关系，以及师生、朋友等关系，甚至某些职业、地理和气候条件，都能对人的思想性格产生某些影响。各种社会关系虽然也要受到阶级关系的制约，但毕竟不能等同于阶级关系。鲁迅在《文学的阶级性》一文中说得好：“在我自己，是以为若据性格感情等，都受‘支配于经济’（也可以说根据于经济组织或依存于经济组织）之说，则这些就一定带着阶级性，但是‘都带’，而非‘只有’。”世界上没有绝对的纯，当然也就不存在抽象的永恒不变的单一本质。

---

① 马克思，恩格斯. 马克思恩格斯文选（两卷集）：第 2 卷［M］. 集体，译. 唯真，校订. 北京：人民出版社，1962.

正如列宁所说："人的思想由现象到本质，由所谓初级的本质到二级的本质，这样不断地加深下去，以至于无穷。"[①] 如果文学作品中的人物只具有单一的本质，势必要成为"以缺德的怪物和石头般的英雄姿态出现的英勇与邪恶的化身"（车尔尼雪夫斯基语），那就从根本上违背了生活的真实，因而也就不能成其为典型。

《祝福》中的祥林嫂，作为生活在旧中国社会最底层的一个普通劳动妇女，经济上受剥削和政治上受压迫当然是她的阶级本质。鲁四老爷作为一个地主阶级的知识分子，剥削和压迫农民当然也是他的阶级本质。但这些显然不是小说所着力表现的。小说所着力表现的是由封建礼教所决定的人物的命运，而封建礼教作为封建宗法制度的思想支柱，本身就具有强烈的阶级性，它体现在文学作品中的人物身上，这本身就反映了人物的本质，只是这种本质，在不同的人物身上，属于不同的方面和层次罢了。体现在鲁四老爷身上，它主要是反映了鲁四老爷阶级性的某一侧面，在这里，人的阶级性与他所信奉的封建礼教具有一致性。体现在祥林嫂身上，则具有两重性：一方面，祥林嫂作为礼教的直接受害者，反映了劳动妇女被压迫的阶级本质，在这里，人的阶级性与她受封建礼教的迫害具有一致性，它暴露了礼教吃人的一面；另一方面，祥林嫂又是一个不觉悟的劳动妇女，她在思想深处也受到了礼教的影响，这暴露了礼教欺骗性的一面。体现在祥林嫂的婆婆、大伯、柳妈和镇上的人们身上，则主要反映了封建思想对劳动人民的毒害。封建礼教在劳动人民中间也有很大的市场，不仅是因为礼教本身具有欺骗性，而且因为，在封建社会和半殖民地半封建社会里，农民阶级具有两重性，他们既是被剥削被压迫的劳动者，具有革命性，又和地主阶级处于同一生产关系中，并不代表新的生产关系和生产力，他们往往提不出一套代表本阶级利益的独立的思想体系。这样，他们就有其接受封建思想的内因。马克思、恩格斯说，"统治阶级的思想在每一时代都是占统治地位的思想"[②]，揭示的就是事物的

① 列宁. 列宁全集：第 38 卷 [M]. 中共中央马克思恩格斯列宁斯大林著作编译局，译. 北京：人民出版社，1955.

② 马克思，恩格斯. 马克思恩格斯全集：第 3 卷 [M]. 中共中央马克思恩格斯列宁斯大林著作编译局，译. 北京：人民出版社，1956.

这一层本质。小说具体描写了封建礼教在不同阶级、不同类型的人物身上的不同体现，正是全面、深刻地揭露了封建礼教的本质，从而向那个罪恶的旧制度提出了悲愤而又深沉的血泪控诉。至于小说揭露封建礼教的主题，则反映了“五四”时期新民主主义革命的某些本质方面。这正是运用阶级分析方法所得出的必然结论。那种认为祥林嫂是“四权”的受害者，鲁四老爷是“四权”的代表，进而认为《祝福》的主题是反对“四权”的观点，实际上是把阶级共性看作人的唯一本质。这种把阶级分析方法简单化、绝对化的观点，是20世纪50年代中期以后，伴随着“阶级斗争为纲”时代的开始而产生的，它也应该随着这个时代的结束而告终。

1985年5月

（原载《鲁迅研究》第13辑）

应该正确运用阶级分析的方法

——谈《祝福》中的鲁四老爷形象

《祝福》是鲁迅小说中的名篇，也是中学语文教材的传统篇目。但对这篇小说的主题、人物和思想意义的认识，却并非早有“定评”。仅最近几年，就有几位同志分别对《祝福》研究中一度流行的观点提出不同意见。最近，《中学语文教学》就如何评价鲁四老爷的形象这一问题展开讨论，引起了热烈反响，绝不是偶然的。

在这场讨论中，争论双方的主要分歧，在于是否承认鲁四老爷是剥削和压迫劳动人民的地主阶级的代表和迫害祥林嫂的元凶。从作品的实际来看，作者对鲁四老爷这一人物的勾勒，虽然是清晰的，但着墨并不多。从争论双方的文章来看，几乎所有有关鲁四老爷的描写，都被叙及并加以评论乃至“发掘”，在这方面，歧异似乎无多。看来，分歧的由来，不在于作品本身有什么复杂性，而在于论者的研究方法。有的同志对“用阶级斗争的学说和‘公式’去分析鲁迅先生并没有按阶级斗争学说和公式写的人物”表示怀疑；有的同志则表示“离开了阶级的分析”，就不能得出正确的结论。看来，在这场讨论中，统一认识的关键，在于如何正确理解和运用马克思主义的阶级分析的方法。

马克思主义的阶级分析的方法，要求在研究任何一个社会问题时，都要把问题提到一定的历史范围之内来做具体的分析，一切依时间、地点、条件为转移。这是因为阶级斗争的历史本来就是与生产发展的一定历史阶段相联系的。马克思、恩格斯多次告诫人们，他们的理论是行动的指南，而不是教条。如果把唯物主义“当成现成的公式，按照它来剪裁各种历史事实，那么它就会转变为自己的对立物”。[①] 正由于此，列宁把“具体地分析具体的情况”视为“马克思主义的最本质的东西，马克思主义的活的灵魂”。[②] 恩格斯对挪威的小市民阶层和德国的小市民阶层的分析，对歌德、巴尔扎克的分析，以及列宁对托尔斯泰的分析，则为我们提供了具体运用阶级分析方法的典范。

用阶级分析的方法分析文学作品，要求从作品的实际出发，对作品的整个艺术结构进行具体的分析；同时，还要联系作者的创作思想以及这种思想与时代的关系。这就是鲁迅所主张的“知人论世”。但是，20世纪50年代中期以后，在一个相当长的时期，由于政治领域里阶级斗争扩大化和绝对化的影响，在文学领域里流行的却是这样的一种所谓阶级分析的方法，即首先给作品中的人物确定阶级成分，然后再用这个阶级的共性“剪裁”人物性格。于是，只要是按照土地改革时的标准，可以划在地主阶级之列的，就极力从中“发掘”地主阶级的阶级共性，似乎罗列的“罪状”越多，分析得就越是“深刻”。一些文章中风趣地提到的鲁四老爷身上的三块“游斗”的牌子，就是这样挂上去的。与此同时，对于阶级成分是劳动人民的祥林嫂，则极力“拔高”。据说，有一位老师，在讲授《祝福》时，为了把祥林嫂说成是先进妇女的典型，竟然从课文中找出二十几处体现祥林嫂反抗精神的“例证”。这样的分析，距离作品的实际和马克思主义的阶级分析的方法确实是太遥远了。一些同志所怀疑的“阶级斗争的学说和‘公式’”，如果指的是上述情况，那当然是应予纠正的。但是，必须指出，这并不是阶级分析方法本身的过错，恰恰相反，是没有正确运用阶级分析方法的结果。

《祝福》中的鲁四老爷，小说一开始就介绍他是一个“讲理学的老监生”，此后他的所作所为，从初见祥林嫂即“皱眉”，一直到祥林嫂死后还大骂“谬种”，都活画出这个道学先生冷酷无情的面孔。而地主阶级的其他特征，在他身上几乎没有体现。这是因为，《祝福》通过整个艺术构思所反映

---

① 恩格斯. 致保尔·恩斯特（1890年6月5日）［M］//马克思，恩格斯. 马克思恩格斯全集：第37卷. 中共中央马克思恩格斯列宁斯大林著作编译局，译. 北京：人民出版社，1971.

② 列宁. 共产主义［M］//列宁. 列宁全集：第39卷. 中共中央马克思恩格斯列宁斯大林著作编译局，译. 北京：人民出版社，1963.

出来的社会问题，并不是地主阶级如何在经济上、政治上剥削和压迫农民阶级的问题，而主要是妇女问题。不仅是鲁四老爷和祥林嫂，小说中的其他人物，如祥林嫂的婆婆、大伯、先后两个丈夫、短工、柳妈、卫老婆子以及镇上的那些神情冷漠的人们，在作品中所起的作用，也不是反映地主阶级剥削和压迫农民的问题，而是说明：在漫长的封建社会里，由于反动统治阶级的倡导，封建礼教通过种种渠道，形成了强大的社会舆论。它的影响已经遍及社会的各个阶层、各个角落，成了笼罩在祥林嫂头上的一种极其可怕的传统的习惯势力。小说批判的锋芒是指向整个封建宗法制度，特别是以思想和道德规范的形式体现出来的封建礼教，而非仅仅限于个人。小说深刻的主题在于揭示了：封建礼教是怎样无情地吞噬了一个无辜、善良而又勤劳的妇女，而不在于追究迫害祥林嫂的“元凶”“首恶”。当然，作为一个封建理学道德的信奉者，鲁四老爷无疑是作者鞭挞的人物，但作者鞭挞他的目的，是揭露封建理学道德的残酷性和虚伪性，而不在于揭露全部“政权、族权、神权、夫权”。对于封建礼教的受害者祥林嫂，作者无疑倾注了深切的同情，但作者塑造这一典型的目的，却不仅仅局限于此，作者还揭示了：即使在这个受害者的灵魂深处，也有封建礼教的影响。小说中有关祥林嫂抗婚的描写，说明了“从一而终”的伦理道德观念，犹如巨大的毒蛇，缠绕着这个劳动妇女淳朴的心灵。可以认为，封建礼教既是压迫祥林嫂的外在力量，又是在精神上折磨祥林嫂的内在因素。如果说，小说中有关祥林嫂所处环境的描写，即周围所有的人物无一不在落井下石，显示了作品揭露封建礼教的广度，那么，祥林嫂形象所反映出来的上述社会意义则显示了作品揭露封建礼教的深度。准确地把握祥林嫂形象的深刻意义，将有助于我们理解为什么说鲁四老爷是一个封建礼教的信奉者。有的同志认为，鲁四老爷是“辛亥革命时期没落的地主阶级的代表人物”，如果仅仅从这一人物的社会身份来看，这一点似乎是“不容争议”的，但是，如果把这一人物放在小说的整个艺术结构中来分析，这却是一个离开了作品主题的判断。

据欧阳山同志回忆，鲁迅曾经说过：“在那黑暗、落后、愚昧的社会里，祥林嫂是没有办法摆脱她那悲惨的命运的；问题不在于她自己凭自己的力量能否冲破黑暗的环境，问题倒是在于中国人民能否了解这个社会的黑暗。”①这段话，再清楚不过地告诉我们：《祝福》的悲剧是个社会悲剧。在这张其大无比的悲剧之网中，鲁四老爷无疑是其中重要的一环、一节，但是，如果把他看成是整个悲剧之网的提纲人，即如有的同志所说的“总根源”，那不仅不符合作品的实际，而且大大缩小了作品的社会意义。这段话还告诉我们，作者创作《祝福》的动机，在于帮助中国人民认识千千万万个祥林嫂所生活于其中的社会的黑暗。这和作者一贯坚持的改造国民性的思想是完全一致的。鲁迅的这一思想，在《祝福》中主要体现在对妇女解放问题的探索和追求上，这是因为，在旧中国，针对妇女而制定的一些封建信条，在几千年的封建社会里，经历了一个发生、发展和完备的过程，成为封建礼教的一个极其重要的组成部分。从孔夫子的“唯女子与小人为难养也”，到汉代统治者提出的“三纲五常”，到宋代的程朱理学，中国妇女所受的束缚愈来愈多，所受的压迫愈来愈深，所忍受的痛苦愈来愈烈。特别是宋代的程颐，公然鼓吹节烈，主张“饿死事极小，失节事极大”，千百年来，不知酿成了多少妇女的惨剧。正由于此，“五四”时期的许多思想家，在“反对旧道德提倡新道德，反对旧文学提倡新文学”②的文化革命中，不约而同地对妇女问题给以极大的关注。这一时期，仅沈雁冰一人所写的有关妇女问题的文章，即五十余篇。鲁迅所写的第一篇杂文《我之节烈观》以及写于《祝福》之前仅一个多月的杂文《娜拉走后怎样》，探讨的也都是妇女问题。当时，最受欢迎的外国文学作品就是易卜生的《娜拉》。可见，反对旧礼教，提倡妇女解放，这是“五四”时期民主潮流的一个极其重要的组成部分，而《祝福》所反映出来的作者的思想，就是这股民主潮流中的一朵浪花。至于地主阶级在政治上、经济上压迫和剥削农民的问题，那是在《祝福》问世三年以后，到大革命的后期，才由毛泽东等同志提出来，并在政治领域里加以探讨和实践的。把不属于鲁迅和他那个时代的思想，硬加到鲁迅的作品中去，这本身就背离了历史唯物主义的基本原则，因而也就从根本上背离了马克思主义的阶级分析的方法。

---

① 欧阳山．光明的探索［J］．人民文学，1979（2）．

② 毛泽东．新民主主义论［M］．北京：人民出版社，1966．

这样分析鲁四老爷的形象，是否揭示了“社会生活的本质”呢？这是一个与阶级分析方法密切相关的问题。有的同志认为，不强调鲁四老爷是地主阶级的代表和“祥林嫂受迫害的总根源”，就是没有揭示社会生活的本质，就是没有显示出“《祝福》这部伟大作品的反封建主题的深刻性”。这些同志几乎把阶级共性看成了人的唯一本质。按照马克思主义的观点，“人的本质，并不是个别的个体所具有的抽象属性。就其现实性来说，它是一切社会关系的总和”。[①] 各式各样的社会关系，诸如民族关系、阶级关系、亲属关系、师生关系、朋友关系，甚至某些职业、地域特点，都会给人的思想性格带来投影，从而使人的性格呈现错综复杂的状态。当然，在阶级社会里，阶级关系是一种重要的社会关系，它在一定的条件下甚至可能制约其他社会关系，但它并不是唯一的社会关系。正如鲁迅所说：“在我自己，是以为若据性格感情等，都受‘支配于经济’（也可以说根据于经济组织或依存于经济组织）之说，则这些就一定都带着阶级性。但是‘都带’，而非‘只有’。”[②] 人的思想性格的复杂性，决定了人的本质也必然是多方面的，并且是多层次的。列宁说：“人的思想由现象到本质，由所谓初级的本质到二级的本质，这样不断地加深下去，以至于无穷”[③]，揭示的就是这一条规律。至于一场革命运动的本质，就更是多方面和多层次的了。“五四”运动所反对的封建礼教，作为封建宗法制度的思想支柱，它本身就具有强烈的阶级性。封建礼教体现在文学作品中的人物身上，这本身就反映了人物的某些本质，只是这种本质在不同的人物身上，属于不同的层次罢了。体现在鲁四老爷的身上，它主要反映了地主阶级阶级性的某一侧面；体现在柳妈等人乃至祥林嫂身上，则主要反映了封建思想对劳动人民的毒害。至于小说揭露封建礼教的主题，则反映了“五四”时期新民主主义革命的某些本质方面。这正是运用阶级分析方法所得出的必然结论。那种脱离作品实际和作者所处的时代，认为不强调鲁四老爷是地主阶级的代表，就不能揭示人物本质的意见，不过是马克思早就

---

① 马克思. 费尔巴哈论纲［M］//马克思，恩格斯. 马克思恩格斯文选（两卷集）：第 2 卷. 集体，译. 唯真，校订. 北京：人民出版社，1958.

② 鲁迅. 文学的阶级性［M］//鲁迅. 鲁迅全集. 北京：人民文学出版社，1981.

③ 列宁. 黑格尔《哲学史讲演录》一书摘要［M］//列宁. 哲学笔记：第四分册. 中共中央马克思恩格斯列宁斯大林著作编译局，译. 北京：人民出版社，1956.

批判过的把人的本质仅仅归结为一种“类属”的错误观点。由于这种观点曾经在一个相当长的时期里流行，不少同志至今仍然囿于成见，所以，笔者在涉及这一问题时，不得不援引马克思主义经典作家和鲁迅的有关论述，以求正本清源。

1985年4月15日

（原载《中学语文教学》1985年第7期）

对《应该正确运用阶级分析的方法》一文的补充

《应该正确运用阶级分析的方法》一文写成后（该文发表于《中学语文教学》1985年第7期），感到言犹未尽。文章虽然提出了正确理解和运用马克思主义的阶级分析方法分析文学作品的问题，但限于篇幅，未能就这一方法本身展开来论述。现做如下补充：

众所周知，阶级斗争的理论并非马克思的发现。在马克思以前很久，资产阶级的历史学家就已经叙述了阶级斗争的历史发展，资产阶级的经济学家也早已对社会各阶级做过经济解剖。马克思的新贡献在于证明下列几点："（一）阶级的存在仅仅是跟生产发展的一定历史阶段相联系的；（二）阶级斗争必然要引导到无产阶级专政；（三）这个专政本身不过是进到消灭任何阶级和进到无阶级社会的过渡。"① 可见，在人类历史的长河中，阶级和阶级斗争并非始于河源，也决不会终于河尾，它仅仅是人类历史进程中某一阶级的产物。像任何事物都有一个发生、发展和灭亡的过程一样，阶级斗争也有它自身发展的规律，即通过无产阶级专政消灭任何阶级，从而结束阶级社会的历史，使人类进入无阶级社会。存在决定意识。既然在人类历史发展的长河中，阶级社会只是其中的某一具体发展过程，那么，人们对阶级社会的认识就只具有相对的真理性。尽管每一科学真理都含有绝对真理的成分，但是，世界上没有孤立存在的绝对真理，如同没有已经数出来的无限数。马克思主义阶级斗争理论的这一特点，决定了马克思主义的阶级分析方法本身就否定

① 马克思. 致约·卫登麦尔（1852年3月5日）［M］//马克思，恩格斯. 马克思恩格斯文选（两卷集）：第2卷. 集体，译. 唯真，校订. 北京：人民出版社，1963.

任何永恒不变的绝对的东西，它要求在研究任何一个社会问题时，都要把问题提到一定的历史范围之内来做具体的分析，一切依时间、地点、条件为转移。1890 年 5 月，德国青年批评家保尔·恩斯特与奥地利青年批评家海尔曼·巴尔曾经围绕妇女问题展开一场争论。其间，尝试着用唯物主义方法分析问题的恩斯特写信求助于恩格斯。恩格斯在复信中，不仅明确提出了不要把唯物主义方法“当作现成的公式，按照它来剪裁各种历史事实”的告诫，而且结合挪威和德国的不同历史背景，具体分析了挪威小市民阶层和德国小市民阶层的巨大区别，指出，挪威的小资产者“比起堕落的德国小市民来是真正的人。同时，挪威的小资产阶级妇女比起德国的小市民妇女来，也简直是相隔天壤”①。恩格斯这封著名的书信，和马克思、恩格斯的许多著作一样，为我们树立了运用阶级分析方法的典范。

怎样运用阶级分析的方法分析文学作品呢？恩格斯在 1859 年 5 月 18 日致斐迪南·拉萨尔的信中，把“美学观点和历史观点”称之为文学批评的“非常高的，即最高的标准”。所谓美学观点，主要是要求文学作品做到思想内容和艺术形式的完美统一，即“较大的思想深度和意识到的历史内容，同莎士比亚剧作的情节的生动性和丰富性的完美的融合”；所谓历史观点，主要是要求文学作品正确地反映它与时代的关系，即文学作品中主要人物行为的动机不是从琐碎的个人欲望里，而是从那把他们浮在上面的历史潮流里汲取来的。联系恩格斯对歌德和巴尔扎克，列宁对托尔斯泰世界观中的矛盾以及他们与时代关系的分析，不难看出，马克思主义经典作家在分析文学作品时，从不脱离作品的具体实际，他们深知文学本身的特点和规律。由于文学作品以整个社会生活为反映对象，所以，他们的文学批评往往综合运用政治、哲学、道德、美学、史学等观点，特别是美学和历史的观点，并且往往把作品与作家的思想和时代潮流联系起来考察，这充分体现了马克思主义阶级分析的特点。

在我国的马克思主义者当中，鲁迅的有关论述应该特别受到重视。在 1936 年年初发表的《“题未定”草》里，他明确指出：“倘要论文，最好是

① 恩格斯. 致保尔·恩斯特（1890 年 6 月 5 日）［M］//马克思，恩格斯. 马克思恩格斯全集：第 37 卷. 中共中央马克思恩格斯列宁斯大林著作编译局，译. 北京：人民出版社，1971.

顾及全篇，并且顾及作者的全人，以及他所处的社会状态，这才较为确凿。”鲁迅多次强调的“顾及全篇”和“知人论世”的观点，用简洁、朴素、带有我们民族特点的语言，高度概括了运用阶级分析方法分析文学作品的主要特点。它与恩格斯所提出的美学观点和历史观点，其基本点是一致的。鲁迅的这一论断，为我们提供了一个中国化的马克思主义文艺批评的科学标准。他在生命的最后十年里，为一些青年作家的作品所写的序言，特别是 1927 年 9 月在广州夏期学术演讲会上的演说：《魏晋风度及文章与药及酒之关系》，为我们提供了具体运用阶级分析方法分析文学作品和文学现象的范例。那种脱离具体的历史条件和作者的思想实际，不顾及作品的整个艺术结构，仅仅着眼于给文学作品中的人物划阶级、定成分，然后再用现成的公式“剪裁”人物和作品的做法，根本就不是马克思主义的阶级分析的方法。

用马克思主义的阶级分析方法分析《祝福》，首先应该从作品的实际出发，对小说艺术结构的整体进行具体分析。小说始于旧历年底的祝福，终于旧历年底的祝福，其间，祥林嫂悲惨的遭遇贯穿故事的始终，而且，凡是小说写到祝福的情景时，均与祥林嫂之死或明（开头）或暗（结尾）地联系在一起，这种环境与人物遭遇的鲜明对比，无疑增强了故事的悲剧色彩。而在祥林嫂悲剧的一生中，作者仅仅选取了她半生事迹的几个片段：小说正面描写了她两次到鲁镇做工，这两次做工分别与她一寡再寡的遭遇相关联。在两次到鲁镇之间，穿插了一段侧面描写，即通过卫老婆子之口，叙述她再婚的经过和所谓婚后的“交了好运”。小说描写的重点，是祥林嫂第二次到鲁镇做工后的经历：鲁四老爷夫妇不准她沾手祭祀；她对儿子阿毛刻骨铭心的怀念以及镇上的人们对她的冷漠和唾弃；柳妈那番“阎罗大王”的鬼话给她带来的恐怖；捐门槛仍不能赎“罪”，断绝了她最后一线希望等。可以认为，一寡再寡和捐门槛，这是祥林嫂走上绝路的三部曲。祥林嫂的命运以及她与周围所有人物的关系，都是紧紧地围绕着这三部曲展开的。这就是小说的整个艺术结构。显然，作者通过这样的艺术结构所反映出来的社会问题，主要是与妇女密切相关的节烈问题，而不是地主阶级在经济上、政治上剥削和压迫农民阶级的问题，更不是什么“政权、族权、神权、夫权”对劳动妇女的束缚的问题。

早在 1918 年，鲁迅就写了《我之节烈观》，深刻地剖析了产生节烈的社会根源和历史根源，表示“要除去于人生毫无意义的苦痛。要除去制造并赏玩别人苦痛的昏迷和强暴”。在《随感录》四十里，他呼唤爱情的觉醒，主张“勾消”历史的“旧账”。如果说，鲁迅的第一篇白话小说《狂人日记》的主旨在于“暴露家族制度和礼教的弊害”，那么，他最初的杂文则主要是控诉礼教对妇女的迫害。前者侧重于封建宗法制度，后者则着眼于伦理道德观念。两者的结合构成了“五四”时期鲁迅反封建的主要内容。

鲁迅在妇女解放问题上的呐喊不是孤立进行的，它是“五四”潮流中的一排激浪。

在中国漫长的封建社会里，地主阶级在构筑他们的统治大厦时，历来十分重视思想支柱的作用，而全部庞大的封建思想体系的核心是等级制。鲁迅在《灯下漫笔》中曾引用《左传·昭公七年》的话来概括封建统治者的所谓“良法美意”：“天有十日，人有十等。下所以事上，上所以供神也。故王臣公，公臣大夫，大夫臣士，士臣皁，皁臣舆，舆臣隶，隶臣僚，僚臣仆，仆臣台。但是‘台’没有臣，不是太苦了么？无须担心的，有比他更卑的妻，更弱的子在。而且其子也很有希望，他日长大，升而为‘台’，便又有更卑更弱的妻子，供他驱使了。”这就道出了在封建统治的多级宝塔下，妇女处在最底层。为了使妇女安于其位，封建统治阶级不断健全、完备那些束缚妇女的信条，使之成为封建礼教的一个极其重要的组成部分。正由于此，当科学与民主的曙光刚刚出现在东方的地平线上的时候，“五四”时期的许多思想家，就不约而同地对妇女问题给以极大的关注。在当时最有影响的《新青年》杂志上，有关妇女、婚姻、家庭问题的文章占有相当大的比重，陈独秀、胡适、李大钊等人都曾为此发表专文，其中，以陈独秀的文章为最多。另一家杂志《少年中国》第一卷第四期上的二十篇文章，全部以妇女问题为题。该刊第二卷第二期上，还刊登了妇女运动先驱向警予的《女子解放与改造的商榷》。在文学创作方面，仅以小说为例，据茅盾《中国新文学大系·小说一集导言》：在1921年4、5、6月发表的一百二十余篇小说中，“竟可说描写男女恋爱的小说占了全数百分之九十八”。在翻译方面，从1915年起，《新青年》即注意介绍西方妇女运动中的著名人物和日本有关妇女问题的论著。当时最受欢迎的外国译著是挪威作家易卜生的《娜拉》，《新青年》为此于1918年6月出了易卜生专号。在“五四”时期的思想革命和文学革命中，妇女问题占有举足轻重的地位，这是因为，压迫愈深，反抗愈烈；蓄之愈久，发之愈远。“五四”运动的先驱们在向旧道德旧文化发起总攻击时，把妇女问题作为突破口，有助于全面摧毁封建势力的防线。这一事实再一次证明了马克思的这一论断：在历史上，“没有妇女的酵素就不可能有伟大的社会变革。社会的进步可以用女性（丑的也包括在内）的社会地位来精确地衡量”。[①] 正是“五四”时期反封建的民主潮流，孕育了鲁迅探索和追求妇女解放的思想，而鲁迅本人青年时期所接受的资产阶级教育和他在婚姻问题上的不幸，以及他对被压迫者的同情，则是他投身于反封建行列的个人原因。随着“五四”运动的退潮，新文化阵营开始分化，在“五四”高潮时为妇女解放摇旗呐喊的人中，有人偃旗息鼓，有人转变方向，但伟大的鲁迅始终没有放下他反封建的战“戟”，他对中国社会的现状和历史做了深沉而又不无痛苦的思考。《彷徨》始于《祝福》，中经《伤逝》，终于《离婚》，他把自己在“五四”时期以杂文形式提出的妇女问题，熔铸在艺术形象中了。

由于鲁迅在“五四”时期还不是马克思主义者，他反封建的思想武器仍然是进化论，这就使鲁迅追求和探索妇女解放的伟大实践不可避免地具有两重性：一方面，抓住封建礼教吃人的本质，始终如一地进行韧性的战斗，充分体现了彻底的不妥协的反封建的革命精神，代表和发展了“五四”运动前进的、革命的潮流；另一方面，尽管作者怀有“要人类都受正当幸福”的良好愿望，但还不能指出经过什么道路、依靠什么力量，才能求得妇女的真正解放。在《娜拉走后怎样》和《伤逝》中，作者把妇女解放和经济权联系起来，表明作者的思想已经比“五四”时期前进了一大步，在某些局部问题上已经接近或达到了历史唯物主义，但就总体而言，作者还不能将妇女解放问题与整个社会制度的变革联系在一起。这是要结合当时的历史条件加以说明的，我们不可以苛求于前人。

1985年5月26日

---

① 马克思. 致路德维希·库格曼（1868年12月12日）［M］//中华人民共和国全国妇女联合会. 马克思恩格斯列宁斯大林论妇女. 北京：人民出版社，1978.

谈《一件小事》的主人公

《一件小事》的主人公是谁？对这个问题的回答，主要有以下两种意见：

第一种意见，认为车夫是小说的主人公，理由是："这篇小说的主题思想首先是歌颂劳动人民伟大崇高的精神；其次才是写一个小资产阶级知识分子在车夫的崇高无私的精神感动之下，进行自我解剖，表现出十月革命以后马克思主义对一般进步知识分子的影响。"①

第二种意见，认为小说的主人公是"我"，而不是车夫，理由是："'我'这个形象贯穿全篇的始终。开头交代'我'不忘一件小事的原因，说明一件小事对'我'的意义；中间部分记叙了这件小事的经过，着力描述'我'的思想斗争，表现'我'的严于自我解剖的精神；结尾进一步写出这件小事对'我'的影响，集中地体现文章的主题。""车夫，在小说中的地位也是很重要的"，但从作品的艺术构思来看，"写车夫的高尚品质不是小说的主要目的，作者并没有把主要力量放在车夫形象的塑造上面。"②

不难看出，产生上述分歧的直接原因，是论者分析作品的侧重点有所不同：第一种意见偏重于小说的思想内容，并注意联系小说的写作背景和作者的思想；第二种意见则偏重于小说的艺术结构。这两种意见也有一定程度的近似之处：第一种意见对"我"的作用并未忽视；第二种意见承认车夫的地位也"很重要"。这就表明，在这两种貌似对立的意见之间，存在着统一的可能性。

---

① 李何林. 北京市中学语文课本中十五篇鲁迅作品的问题试答［M］. 北京：人民出版社，1974.

② 秦亢宗. 鲁迅作品教学问答［M］. 成都：四川人民出版社，1979.

任何文学作品都是内容与形式的统一。世界上不存在没有形式的内容，也不存在没有内容的形式。别林斯基说得好："你要想把它（形式）从内容分出来，那就意味消灭了内容；反过来也一样，你要想把内容从形式分出来，那就等于消灭了形式。"① 我们评价一篇文学作品美学价值高低的主要标志，是看其思想内容与艺术形式是否达到了和谐与完美的统一。一般地说，作品的思想内容制约艺术形式，作家在从事文学创作时所采用的一定的艺术形式，总是为了表现特定的思想内容而设计的。因此，为了准确地把握作品的思想内容，应该从分析作品的艺术结构入手。第二种意见充分注意到了这一点，指出"我"在作品中处于整个艺术结构的中心，有一定的合理性。这种意见的偏颇之处，在于对整个艺术结构的分析不够全面，对小说的写作背景也未能给以足够的注意，因而对车夫的作用估计偏低。它忽略了下列事实：小说的标题就叫"一件小事"，而这件小事的主体就是车夫。车夫在小说的开头虽然没有出现，但"我"所"耳闻目睹的所谓国家大事"和增长的"坏脾气"，实际上都是为下文表现车夫正直无私的高贵品质所做的铺垫。在小说的主体部分，作者用对比的手法，写出了"我"和车夫对待摔倒的老女人的不同态度：当老女人伏在地上时，车夫当即"立住脚"，而"我"却怪车夫多事，催促车夫继续赶路；当车夫对"我"的劝告"毫不理会"，放下车子，扶起那老女人时，"我"又认为老女人"装腔作势""真可憎恶"，车夫多事，是"自讨苦吃"；只是在车夫搀着老女人的臂膊，"毫不踌躇"地向巡警分驻所"一步一步"地走去时，"我"在"诧异"之后，才"突然感到一种异样的感觉"，觉得车夫那满身灰尘的背影"刹时高大"起来，变成一种对自己的"威压"，"甚而至于要榨出皮袍下面藏着的'小'来"。这样，作者就用极其简练而又高度传神的笔墨，在刻画了一个城市普通劳动者的鲜明形象的同时，也塑造了一个虽有自私心理，但又勇于解剖自己，虚心向所谓下等人学习的进步的小资产阶级知识分子的形象。小说的结尾，总结了一件小事对"我"的影响，揭示了它的深刻意义，并再次运用了对比的手法，写"我"对"文治武功""子曰诗云"的漠视和对一件小事的不能忘怀。这样

① 别林斯基. 论柯尔卓夫的生活和作品［M］//别林斯基. 别林斯基论文学. 梁真，译. 上海：新文艺出版社，1958.

的结尾，不仅是小说主体部分的自然延伸，而且与小说的开头呼应，使文章首尾一贯，结构完整。总之，车夫的形象在开头和结尾虽然没有正面出现，但却像影子一样，伴随着“我”的始终，在小说的主体部分更与“我”处于对等的地位，实际上和“我”同处于整个艺术结构的中心。小说整个艺术结构所表达出来的主题思想，包括互为因果，相互依存的两个方面：既歌颂了劳动人民的关心他人、正直无私的高尚品质，又表现了进步的知识分子注意从劳动人民身上汲取力量，不断增长前进的勇气和希望的自觉革命精神。这样的主题决定了车夫和“我”同为作品的主人公，而作者反复运用的对比手法，则有助于同时塑造两个主人公，并有力地表现了主题。

任何优秀的文学作品都是一定时代的产物，并能在某些方面或直接、或曲折地反映出这一时代的先进思想。在鲁迅的小说中，《一件小事》虽是最短的一篇，全文仅千字有余，但它在鲁迅作品乃至中国现代文学史上却占有特殊的地位，这是要结合当时的历史背景并联系作者的思想加以说明的。

《一件小事》写于 1919 年 11 月。小说所着力表现的“小事”，发生于民国六年，即 1917 年，这是辛亥革命爆发后的第六年。当时，统治中国长达两千余年的封建帝制已被推翻，但是，由于历史条件的限制和中国民族资产阶级的局限性，辛亥革命并没有使中国从半殖民地半封建社会的状态中解放出来。在帝国主义列强的指使下，各派军阀连年混战，国是日非，民不聊生，许多破产的农民流入城市，不少城市贫民失业转徙。为了养家糊口，这些人中的相当一部分以拉洋车为业。据当时的京师警察厅统计，1919 年，北京人口共有 93 万 2540 人，而人力车夫就有 4 万余人。[①] 这些人处于城市居民的最底层，他们的生活状况在旧中国是一个十分突出的社会问题。又因为人力车是当时社会的主要交通工具，许多人在日常生活中都免不了与人力车夫接触，所以，人力车夫的生活开始被写进文学作品。早在 1918 年，胡适、沈尹默就曾先后写过以《人力车夫》为题的新诗。这对《一件小事》的创作无疑起了推动作用，而《一件小事》一经产生，又以其内容的深刻和形式的新颖对新文学做出了独到的贡献。

---

① 陈漱渝. 鲁迅史实新探［M］. 长沙：湖南人民出版社，1980.

鲁迅自1912年5月随教育部迁至北京起，即住在宣武门外绍兴会馆中的藤花馆。此后，与人力车夫有过不少接触。据《鲁迅日记》，1913年2月8日："上午赴部，车夫误蹍地上所置橡皮水管，有似巡警者及常服者三数人突来乱击之，季世人性都如野狗，可叹！"1915年5月2日："车夫衣敝，与一元。"1916年5月17日："下午自部归，券夹落车中，车夫以还。"从上述日记可以看出，鲁迅对人力车夫的同情，对那些欺凌人力车夫者的憎恶，对人力车夫高尚品质的首肯。时至1927年，鲁迅在上海劳动大学的讲演中还不忘谈及："几年前有一位中国大学教授，他很奇怪，为什么有人要描写一个车夫的事情，这就因为大学教授一向住在高大的洋房里，不明白平民的生活。"① 在《一件小事》发表前后，创作界还"很寂寞"，而在为数不多的小说中，"属于男女恋爱关系的，最多"，"占了全数百分之九十八"。② 像《一件小事》那样，不仅把"引车卖浆者流"写进文学作品，而且作为正面人物加以歌颂，并让知识分子从他们身上发现鼓舞自身前进的力量，这无论是小说的题材，还是小说的主题思想，在当时无疑都是一个突破。第一种意见充分注意到了这一点，指出车夫是小说的主人公，这当然是正确的。这种意见与作品的整个艺术结构稍有未合的是：对"我"所处地位的估计尚需进一步强调。又，在小说中出现勇于解剖自己的知识分子形象，这在当时的历史条件下，同样是一个突破。因此，我们应该把"我"和车夫同视为小说的主人公。

1985年9月19日

① 鲁迅. 关于知识阶级［M］//鲁迅. 鲁迅全集. 北京：人民文学出版社，1981.

② 赵家璧，茅盾.《中国新文学大系》小说一集·导言［M］. 上海：上海文艺出版社出版，1981.

《狂人日记》的象征手法

《狂人日记》这篇日记体小说意在“暴露家族制度和礼教的弊害”，作品在当时起到了振聋发聩的作用。作者的彻底否定封建制度的呼声，深刻地表达了“五四”时代的革命精神。

《狂人日记》全文不足五千字，要在这样极其有限的篇幅里，通过具体的活生生的艺术形象表达上述深刻的思想，使小说批判的锋芒不仅指向现存的封建宗法制度，而且上溯到历史长河的源流，确非易事。作者恰当地运用了象征手法，是小说取得成功的重要原因之一。

象征手法自古有之。在现代生活和文艺作品中，用红旗象征革命，用鸽子象征和平，用青松象征高洁的情操，用玫瑰花象征纯洁的爱情，更是常见。由于象征手法不像比喻那样，有“本体”和“喻体”两个具体事物，它通常是用某一特定的具体形象表达某种抽象的概念或思想感情，所以在文学创作中，对象征手法的运用应当持审慎态度。

《狂人日记》象征手法的运用之所以成功，是因为作者把象征手法融合于现实主义的描写之中。迫害狂患者经常会产生别人要迫害他的错觉，但还不是完全失去理智。这种“似狂非狂”的特征，为小说通过狂人之口表达强烈的反封建思想提供了可能。作者是严格遵循现实主义的创作原则塑造狂人形象的。狂人的确是个狂人。作者在细节的真实描写之中，在那些对揭露封建礼教和家族制度起关键作用之处，用了象征手法：“古久先生的陈年流水簿子”，无疑象征着中国几千年封建社会的历史；把这样的簿子“踹了一脚”，无疑象征着狂人的觉醒和他对封建制度的反抗。“狼子村”当是吃人社会的别称，“大哥”则是家族制度的代表，因为父亲死后，长子代父，成为家长。这样，“狼子村”和“大哥”，也就分别成了整个封建统治链条中某一环节的象征。而所有这些具有象征意义的细节描写，无不符合人物的性格和彼时彼地的心理状态，如“陈年流水簿子”，虽为虚写，意在象征，但却与人物的思想和谐，既似狂言，又非狂言。而大哥这一人物，既是实写，又是象征，毫无雕琢的痕迹，他的象征意义，与其说是作者赋予他的，不如说是这一人物的特定身份本身所蕴含的。在这里，象征手法和现实主义的真实描写，已经达到了水乳交融的程度。

但是，作为文学创作的一种方法，象征手法终究不同于现实主义的方法。为了达到二者的有机统一，作者在那些对揭露封建礼教和家族制度起关键作用之处精心设计了双关语，使之成为架设在象征手法和现实主义方法之间的桥梁。

双关语有谐音双关和语义双关两种。《狂人日记》中的双关语属于后者。“以前的三十多年，全是发昏”，既是一句疯话，又真切地表现了觉醒者的心声。“吃人”一句，既是对历史上“易子而食”“食肉寝皮”以及现实生活中徐锡麟等人之遭遇的如实反映，更是对几千年来封建统治阶级在“仁义道德”招牌下残酷剥削压迫广大人民群众的深刻概括。“我自己被人吃了，可仍然是吃人的人的兄弟!”既是狂人对自己及其兄长关系的认识，更是对封建社会纲常伦纪实质的揭露。“救救孩子”，既是对下一代的关切和对整个社会的呼吁，更是拯救整个国家、整个民族的沉痛呼声。《狂人日记》中双关语设计的成功，是象征手法与现实主义描写得以结合的原因之一，是通过狂人之口表达强烈的反封建思想的必不可少的手段。

《狂人日记》虽然成功地运用了象征手法，但它仍然是现实主义的杰作，而不是像有些同志所认为的那样，是什么“象征主义”的作品。象征主义的主要特征是“唯美”加“神秘”。所谓“唯美”，即追求无意义的“美”，迷离恍惚的“美”。所谓“神秘”，即“现实世界和神的世界之结合”，是对于“生”的悲观和对于“死”的乐观。在象征主义看来，现实世界是丑恶、悲惨、充满矛盾的，而神的世界却是美丽、宁静、和谐的。象征主义有其确切的含义，我们不能因为《狂人日记》采用了象征手法就断言它是象征主义的作品。把握住《狂人日记》的这一基本特点，就可以避免在一些并无深意之处硬去发掘微言大义，也不必把一些并无象征意义的细节硬去落实。有的教学参考书把狂人“兜肚连肠的吐出”，把蒸鱼解释成与“吃人的人”决裂，把何医生看成是“刽子手”，把二十岁左右的年轻人看成是“封建卫道士”，等等，那显然是把《狂人日记》的象征手法扩大化了。

1986年4月

（原载《语文知识》1986年第10期）

《狂人日记》二题

象征手法和双关语

鲁迅的《狂人日记》是中国现代文学史的奠基石。这篇日记体的小说意在“暴露家族制度和礼教的弊害”①，它通过“狂人”之口，大声疾呼，把中国几千年的封建社会归结为“吃人”的历史，在当时起到了振聋发聩的作用。作者这种彻底否定封建制度的呼声，深刻地表达了“五四”时代的革命精神。

《狂人日记》全文不足七千字，要在这样极其有限的篇幅里，通过具体的活生生的艺术形象表达上述深刻的思想，使小说批判的锋芒不仅指向现存的封建宗法制度，而且上溯到历史长河的源流，确非易事。作者成功地运用了象征手法，是小说取得成功的重要原因之一。

象征手法自古有之。《诗经·卫风·木瓜》，就用“木瓜”“琼琚”象征青年男女的爱情。我国古典诗词大量运用的比、兴手法，其中某些兴句也起到一定的象征作用，如汉乐府《孔雀东南飞》开头的“孔雀”，结尾的“鸳鸯”，显然都具有某种象征意义。在现代生活和文艺作品中，用红旗象征革命，用鸽子象征和平，用青松象征高洁的情操，用玫瑰花象征纯洁的爱情，更是常见的象征手法。由于象征手法不像比喻那样有“本体”和“喻体”两个具体事物，它通常是用某一特定的具体形象表达某种抽象的概念或思想感情，所以，在文学创作中，对象征手法的运用应持审慎态度。鲁迅曾明确指

---

① 鲁迅.《中国新文学大系》小说二集·序［M］. 上海：上海文艺出版社，1981.

出，对象征手法，只能“偶一驱使，而倘一不慎，即容易令人发生畸形之感，非有大本领，不可轻作也”①。鲁迅在这里虽然谈的是木刻的创作方法，但却反映了他对艺术探索的慎重态度，对于我们理解《狂人日记》的象征手法也不无裨益。《狂人日记》的象征手法之所以运用得成功，是因为作者把象征的手法融合于现实主义的描写之中。

在小说前面的“识”里，作者特意点明，日记的主人公“所患盖‘迫害狂’之类”。“迫害狂”，现代医学通称为“被害妄想”，是因受迫害而引起的一种神经错乱症，患者经常会产生别人要迫害他的错觉，但还不是完全丧失理智。有时患者的思维紊乱，但间或也能做出正确的判断，也还保持一些记忆力，甚至能写写信，写一些似通非通的日记等。对于别人来迫害的错觉，也会逃避或抗争，比如狂人对医生的反应就是如此。“迫害狂”患者这种“似狂非狂”的特征，为小说通过狂人之口表达强烈的反封建思想提供了可能。作者曾经说过，他写《狂人日记》所仰仗的内容，其中包括“医学上的知识”，这表明作者是严格遵循现实主义的创作原则塑造狂人形象的。狂人的确是个狂人。小说中有关狂人心理和性格的描写，都是真实的。赵家的狗看了他两眼，使他惊惶不安；没有月光，就以为不妙；不相识的路人“笑了一笑”，使他“从头直冷到脚后跟”；“狼子村”打死了一个大恶人，吃了那大恶人的心肝，使他即刻疑心到人们也会吃他；碗里的蒸鱼“张着嘴”，他感到是一副吃人的模样；医生叮嘱“赶紧”吃药，他却联想到是要吃他。在他的眼里，甚至屋顶上的横梁和椽子也“都在头上发抖”，并沉重地“堆在”他的身上，狂人这种过敏、惊恐、多疑、跳跃式的奇特联想和种种错觉，无不符合“迫害狂”患者的精神状态和心理特征。正是在这些细节的真实描写之中，作者在那些对揭露封建礼教和家族制度起关键作用之处运用了象征手法。“古久先生的陈年流水簿子”，无疑象征着几千年封建社会的历史；把这样的簿子“踹了一脚”，无疑象征着狂人的觉醒和他对封建制度的反抗。“狼子村”当是吃人社会的别称。大哥则是家族制度的代表，这是因为按照封建宗法制度——“父为子纲”，父亲死后，长子代父，成为家长，在家庭中处

① 鲁迅. 致罗清桢（1933 年 7 月 18 日）［M］//鲁迅. 鲁迅全集. 北京：人民文学出版社，1981.

于支配地位。这样，“狼子村”和大哥，也就分别成了整个封建统治链条中某一环节的象征，而所有这些具有象征意义的细节描写，无不符合人物的性格和彼时彼地的心理状态，如“陈年流水簿子”，虽为虚写，意在象征，但却与人物的思想和谐，既似狂言，又非狂言，读来亦无“畸形之感”。而大哥这一人物，既是实写，又是象征，毫无雕琢的痕迹，他的象征意义，与其说是作者赋予他的，不如说是这一人物的特定身份本身所蕴含的。在这里，象征手法和现实主义的真实描写，已经达到了水乳交融的程度。

但是，作为文学创作的一种方法，象征手法终究不同于现实主义的方法。为了达到二者的有机统一，作者在那些对揭露封建礼教和家族制度起关键作用之处精心设计了双关语，使之成为架设在象征手法和现实主义方法之间的桥梁。

双关语有谐音双关和语义双关两种。刘禹锡脍炙人口的《竹枝词》：“东边日出西边雨，道是无晴却有晴。”《红楼梦》第五回词曲中的“晶莹雪”“寂寞林”“美玉”等，即属于前者，而《狂人日记》中的双关语则属于后者：“以前的三十多年，全是发昏”，这句话既是一句疯话，又真切地表现了觉醒者的心声。“吃人”一句，既是对历史上“易子而食”“食肉寝皮”以及现实生活中徐锡麟等人遭遇的如实反映，更是对几千年来封建统治阶级在“仁义道德”招牌下残酷剥削、压迫广大人民群众的深刻概括。“我自己被人吃了，可仍然是吃人的人的兄弟”，既是狂人对自己及其兄长关系的认识，更是对封建社会纲常伦纪实质的揭露。“救救孩子”，既是对下一代的关切和对整个社会的呼吁，更是拯救整个国家和民族的沉痛呼声。《狂人日记》中双关语设计的成功，是象征手法与现实主义描写得以结合的原因之一，是通过狂人之口表达强烈的反封建思想的必不可少的手段。

《狂人日记》虽然成功地运用了象征手法，但它仍然是现实主义的杰作，而不是像有的同志所认为的那样，是什么“象征主义”甚或是“意识流”的作品。象征主义作为一个文学流派，出现于19世纪80年代中叶，1886年，法国诗人让·莫拉首先提出这个名称。象征主义的主要特征是“唯美”加“神秘”。所谓“唯美”，即追求无意义的“美”，迷离恍惚的“美”；所谓神秘，即“现实世界和神的世界的结合”，是对于“生”的悲观和对于“死”

的乐观。在象征主义看来，现实世界是丑恶、悲惨、充满矛盾的，而神的世界却是美丽、宁静、和谐的。第一次世界大战前，象征主义开始向英国、美国、德国、俄国传播，并波及各个艺术部门，到20世纪20年代，其影响更深，是20世纪统称“现代派”的文艺流派，诸如未来主义、表现主义、达达主义的先驱。可见，象征主义有其确切的含义，我们不能因为《狂人日记》采用了象征手法，就断言它是象征主义的作品。同样，我们也不能因为《狂人日记》有大量的内心剖白，就断言它是“意识流”的作品。把握住这一特点，就可以避免在一些并无深意之处硬去落实。有些教学参考书把狂人“兜肚连肠的吐出”蒸鱼解释成与“吃人的人”决裂，把何医生看成是“刽子手”，把20岁左右的年轻人看成是“封建卫道士”等，那显然是把《狂人日记》的象征手法扩大化了。

“候补”和“劝转”

在《狂人日记》的“识”里，写狂人病愈之后，“赴某地候补”。对此，相当多的论者认为，这句话表明，狂人病愈后，“不再是狂人，他已失去原来那种反封建的叛逆精神，不再反对吃人社会”。作者这样写的目的，在于以此暗示“斗争道路的曲折”，这“说明鲁迅对现实社会中某些知识分子的动摇性已有某种预感”。有的论者甚至认为，狂人病愈后进封建官场去“候补”，就是向反动势力“投降”。

也有的论者不同意上述见解，认为：“单纯的职业是不能代表人的思想的；所谓‘官员’，也有高有低，情况很不相同，不要一概认为去‘候补’就是向封建主义投降。”持此说的同志以鲁迅本人为例，反问道：“难道能够因为鲁迅在北洋军阀政府教育部任职就认为他是‘封建官僚’吗？”①

分析任何一个社会问题，都应该把它放到一定的历史范围之内，具体情况具体分析。根据清代官制，“候补”指的是只有官衔而无实际职务的中下级官员，他们由吏部抽签分发到某部或某省，听候委用。我们在狂人所处的

① 严家炎.《狂人日记》的思想和艺术［M］//李宗英，张梦阳.六十年来鲁迅研究论文选.北京：中国社会科学出版社，1982.

时代，仅仅根据“赴某地候补”这一点，即断言狂人不再反封建和向封建主义投降，不仅证据不足，而且忽视了文学艺术的特点。文学是以形象感染读者的。我们在分析一篇文学作品时，应着眼于它的艺术形象整体所反映出来的总的倾向，而不应该局限于个别细节，更不应该把个别细节的作用过分夸大。从总的倾向来看，《狂人日记》无疑是一篇反封建的宣言书，作者塑造狂人形象的目的，无疑是申讨“吃人”的社会，而不是反映知识分子的动摇性以至于向反动势力“投降”。又，“识”是小说家言，除了对日记的主人公和主要内容做必要的提示，它的作用主要是增强作品的真实感和读者的信任感。“赴某地候补”一句，意在反衬，日记系主人公患病时所作，日记的内容不过是狂人的“荒唐”言而已。仅仅抓住“赴某地候补”一句，即大加发挥，那是失之拘泥的。

在《狂人日记》第七至第十节里，作者着重写了狂人“劝转”大哥的情节。这部分的篇幅占全文的五分之二以上。对此，有的评论者认为，这反映了作者“和平进化”的观点，是“作者当时思想认识上的弱点”。

诚然，作者早期进化论的思想在这部分描写中有所反映，小说第十节写狂人这样劝转大哥：“大约当初野蛮的人，都吃过一点人。后来因为心思的不同，有的不吃人了，一味要好，便变了人，变了真的人。有的却还吃，——也同虫子一样，有的变了鱼鸟猴子，一直变到人。有的不要好，至今还是虫子。这吃人的人比不吃人的人，何等惭愧。怕比虫子的惭愧猴子，还差得很远很远。”这段话表明，进化论是狂人与封建制度战斗的理论武器，作者对此似乎并无否定，这与作者早期曾经相信过进化论当然不无关系。但是，对鲁迅早期的进化论要做具体分析。进化论当然不是科学的社会革命理论，它没有，也不可能揭示人类社会发展的客观规律，但在“五四”时期，它仍然是鲁迅反封建的思想武器，正如鲁迅后来所说的：“进化论牵制过我。”“但也有过帮助。那个时候，它使我相信进步，相信未来，要求变革和战斗。这一点终归是好的。”① 另外，更为重要的是，有关进化论的说法，并不是狂人劝转大哥的全部内容。小说不仅写了狂人对大哥的规劝，而且写了

---

① 唐弢. 琐忆［J］. 人民文学，1961（9）.

狂人对大哥的诅咒和警告："要晓得将来容不得吃人的人，活在世上。""你们要不改，自己也会吃尽。即使生得多，也会给真的人除灭了，同猎人打完狼子一样！——同虫子一样！"并且写出了劝转的失败。这就通过具体的情节和场面的描写，暗示读者，劝转之路是行不通的。

如前所述，大哥在小说中是家族制度的代表。但是，小说所坚决否定、彻底揭露的，却是整个封建制度；对在这个制度下生活的人，诸如像大哥这样深受封建礼教影响的人，小说则采取了诅咒和规劝的双重态度。这是因为，在长期的封建统治下，封建礼教通过各种渠道，渗透到社会生活的各个领域，并侵蚀到人们的灵魂深处，可谓"天网恢恢，疏而不漏"。在这样的历史条件下，除了极少数统治阶级的上层人物，绝大多数人都处于"自己被人吃，但也可以吃别人"① 的双重地位。正如小说中狂人对大哥所说："他们会吃我，也会吃你，一伙里面，也会自吃。"对处于双重地位的人采取双重态度，似乎无可非议。那种认为小说写了狂人"劝转"大哥的情节就是反封建不彻底的观点，不仅没有全面地分析小说的具体描写，而且过分强调了个别人物的作用，以至于有意无意地贬低了作品的社会意义。

1986 年 4 月

（本文第一部分原载《语文知识》1986 年第 10 期）

① 鲁迅．灯下漫笔［M］//鲁迅．鲁迅全集．北京：人民文学出版社，1981.

呼唤婚姻自由的心声

——读《论雷峰塔的倒掉》

1924年9月25日，杭州西湖上的雷峰塔倒坍。正当一些人对此表示忧虑和哀叹时，鲁迅写了《论雷峰塔的倒掉》。文章从塔的倒掉起笔，很自然地引出了白蛇娘娘的故事。但是，正如作者在篇末附记中特意强调的：“我却确乎早知道雷峰塔下并无白娘娘。”这就表明，文章虽以雷峰塔为题，但作者之意不在塔，而在借题发挥。在作者笔下，雷峰塔不是以西湖十景之一的本来意义出现的，而是一个封建势力的象征。

鲁迅在他的第一篇白话小说《狂人日记》和它的姊妹篇《长明灯》里曾经成功地运用过象征手法。但是，正如作者后来所说的，对于象征手法，“偶一驱使，而倘一不慎，即容易令人发生畸形之感，非有大本领，不可轻作也”[①]。杂文不同于小说。小说的象征手法可以而且应该融合于现实主义的描写之中，使读者从艺术形象的总体中去理解和把握某一具体事物或细节的象征意义，而杂文并非以塑造艺术形象为总体特征，这样，要在杂文中运用象征手法，就要借助一定的艺术手段。在《论雷峰塔的倒掉》里，作者把象征手法和优美的民间故事相结合，使文章深刻的思想内容得到了生动、形象的表现。

白蛇传的故事曾在我国广泛流传。八百多年前，南宋的民间艺人就已经演唱这个故事了。到了明朝，出现了弹词《白蛇传》，在杭州一带流传。明朝末年，著名小说家冯梦龙编著的《警世通言》，收录了话本小说《白娘子

① 鲁迅. 致罗清桢（1933年7月18日）［M］//鲁迅. 鲁迅全集. 北京：人民文学出版社，1981.

永镇雷峰塔》。清嘉庆年间，陈遇乾又把这个故事编为长篇弹词《义妖传》。经过长期的流传和文人的加工整理，白蛇的故事变得更加丰富、完美。白娘子也由半人半妖变为一个美丽、善良而又勇敢的妇女形象。为了追求自由幸福的生活，她敢于和法海作英勇的斗争。和文学史上其他妇女形象，诸如崔莺莺、杜十娘、莘瑶琴、祝英台、林黛玉等相比，白娘子更富于劳动妇女的气质，在这个形象身上，更多地寄托了旧社会被压迫妇女的合理愿望。而直接迫害白娘子的法海和尚，则成了封建势力的代表。他用来镇压白娘子的雷峰塔，也就理所当然地成了封建势力的象征。正由于此，文章在开头叙及"西湖十景之一"的雷峰塔时，也说它"破破烂烂"，字里行间，流露出作者的厌恶之情。在引述了祖母所讲的白蛇娘娘的故事之后，作者又特意点明，雷峰塔是"一座镇压的塔"，这就把雷峰塔的象征意义明白无误地告诉了读者。

值得注意的是，作者在采用民间故事时是有取舍的，他所选取的只是那些有助于表达反封建思想的材料，至于那些冲淡了反封建内容的材料，如"白状元祭塔"之类，则用"都忘记了"，一笔带过。所谓"白状元祭塔"，是说白娘子和许仙之子许士林后来中了状元回来祭塔，与被镇压在雷峰塔下的白娘子相见。这样的故事结局，没有冲破中国传统的"大团圆"的窠臼，它用白娘子的后代爬到统治阶级的上层这一喜剧，来补偿白娘子被镇压在雷峰塔下这一悲剧，无疑缩小了白蛇故事反封建的社会意义。

既然雷峰塔下压着追求自由幸福生活的白娘子，那么，富于正义感和同情心的人当然看见它就不舒服，所以，作者说："那时我惟一的希望，就在这雷峰塔的倒掉。"尽管后来作者知道雷峰塔为钱王的儿子所造，塔下"当然没有白娘娘"，"心里仍然不舒服，仍然希望它倒掉"。两个"仍然"连用，表示作者对压迫广大妇女的封建势力的态度的决绝。

在听到雷峰塔"居然"倒掉的消息时，文章用"普天之下的人民，其欣喜为何如"这一反问，有力地表达了作者和广大人民群众欢欣鼓舞的心情。然后，文章又以民意为证发表议论："凡有田夫野老，蚕妇村氓，除了几个脑髓里有点贵恙的之外，可有谁不为白娘娘抱不平，不怪法海和尚太多事的?"他为什么"偏要放下经卷，横来招是搬非，大约是怀着嫉妒罢，——那简直是一定的”。“大约”“简直”“一定”，表达了作者从推测到肯定的推理过程，无情地剥下了这个灵魂丑恶而又道貌岸然的伪君子的画皮。“几个脑髓里有点贵恙的”一句，既点明了封建思想的流毒，又在笔端自然流露的讽刺意味中表示了作者对封建势力的轻蔑，行文从容不迫，而又内含高屋建瓴之势，作者还引述了玉皇大帝“想要拿办”法海的传说，无情地嘲笑了法海走投无路，只好避祸于蟹壳的可悲下场。作者说他对玉皇大帝所做的事，“腹诽的非常多”，表示作者对这个神话中的偶像基本持否定态度，“独于这一件却很满意”，表示这件事是个例外。前者表明了作者一贯的反封建的立场，后者则服从于本文反封建的主题。接下来，作者又用轻松幽默的笔调，写了吃蟹和取“蟹和尚”这一段妙趣横生的文字：“煮到通红”“揭开”“切下”“取出”“翻转”等一系列动词的连用，生动、形象地刻画出吃蟹者的神态，把“普天之下的人民，其欣喜为何如”的心情表现得淋漓尽致，同时，也有力地映衬出法海的可耻下场和人民对他的痛恨之情。

最后，文章通过法海和白娘子结局的对比，无情地嘲笑了封建势力的失败。“莫非他造塔的时候，竟没有想到塔是终究要倒的么?”这一反问发人深省，它暗示：以压迫广大人民群众为主要特征的封建势力终归是要崩溃的。结尾的“活该”二字，戛然而止，集中表现了作者对旧势力的憎恶。

鲁迅借雷峰塔为题所抒发的反封建的思想感情，主要表现在对婚姻自由的追求与向往上，而婚姻自由问题，又往往和妇女问题紧密地联系在一起。18 至 19 世纪法国著名思想家夏尔・傅立叶曾经说过：“某一历史时代的发展总是可以由妇女走向自由的程度来确定，因为在女人和男人、女性和男性的关系中，最鲜明不过地表现出人性对兽性的胜利”。他还首次提出了“妇女解放的程度是衡量普遍解放的天然标准”这一科学论断。马克思、恩格斯认为，傅立叶关于妇女问题的这一意见，是“精辟的评述”。① 如果说，在西方，妇女问题尚且如此重要，那么，在封建社会格外漫长、封建传统格外凝重的东方，妇女解放的问题就显得更为紧迫。正由于此，以思想启蒙为发端的“五四”运动，几乎一开始就对妇女问题给予极大的关注。当时，许多思

① 马克思，恩格斯. 神圣家族［M］. 北京：人民出版社，1958.

想界的先驱都对此大声疾呼；许多小说家都把婚姻恋爱问题作为创作的主题；当时最受欢迎的外国文学作品就是易卜生的《娜拉》。可以认为，从某种意义上，妇女问题是“五四”时期新文化战线上的勇士们向封建阵线冲锋陷阵的突破口。而鲁迅就是这批勇士中独具特色的一员。他的第一篇杂文《我之节烈观》，写于1918年，文章猛烈地抨击了迫害妇女最甚的封建节烈观，与当时的“革命的前驱者的命令”同步。当“五四”运动的高潮已经过去，新文化阵线已经分化，“有的高升，有的退隐，有的前进”，他“又经验了一回同一战阵中的伙伴还是会这么变化”① 时，鲁迅虽然也有过苦闷和彷徨，但他始终没有放下反封建的战“戟”，始终“上下求索”着中国革命的前途，而他对妇女问题的一贯关注，则是他彻底的革命民主主义思想的一个极其重要的方面，是他继承和发扬“五四”运动中进步潮流的一个重要表现。就在写作《论雷峰塔的倒掉》之前不到一年，他在北京女子高等师范学校文艺会上发表了《娜拉走后怎样》的著名演讲，着重论述了经济独立问题对妇女解放的重要意义，演讲还触及了妇女解放的根本问题——经济制度的改革，至于怎样才能实现经济制度的改革，他当时还不能做出确切的回答。这表明鲁迅对妇女解放问题的探索比“五四”时期大大地前进了一步，已经接近但尚未达到马克思主义的水平。但是，婚姻问题无疑是妇女解放运动中最直接、最敏感、最迫切的问题。所以，当他听到雷峰塔倒掉的消息后，即写了《论雷峰塔的倒掉》一文，通过为白娘子“抱不平”，歌颂婚姻自由，追求“人性对兽性的胜利”；通过鞭挞法海，揭露封建势力的罪恶，并揭示反动势力必然灭亡的规律。

鲁迅追求婚姻自由的思想，还与他自身的经历密切相关。由于封建婚姻制度等多方面的原因，鲁迅自己在婚姻问题上曾经和同时代的许多知识分子一样，遭遇过不幸，婚姻与爱情分离的状态，在他生命的进程中持续的时间长达二十一年之久。早在“五四”前夜所写的《随感录》四十里，鲁迅称赞一位不相识的青年呼唤爱情觉醒的诗“是血的蒸气，醒过来的人的真声音”，显然是因为这首诗引起了他思想感情上的共鸣。在这篇杂文里，他指出“无

① 鲁迅.《自选集》自序［M］//鲁迅. 鲁迅全集. 北京：人民文学出版社，1981.

爱情结婚的恶结果”，同时又指出“在女性一方面，本来也没有罪”，只是“做了旧习惯的牺牲”，作者主张“叫出没有爱的悲哀”，实际上是渴望“人类间应有的爱情”。而在写作《论雷峰塔的倒掉》时，一位在婚姻问题上与他有过类似遭遇的年轻女性已经闯进了他的生活。或许，作者借雷峰塔为题所抒发的思想感情，还暗含这样的寓意：希望那压在自己婚姻问题上的雷峰塔也早日倒掉。如果是这样，那么，这篇借题发挥的杂文，也就是他自己在现实生活中爱情真正觉醒的前奏曲。

1985 年 10 月 10 日

“文章合为时而著”

——重读《文学和出汗》

鲁迅的《文学和出汗》写于1927年年底，发表于1928年年初，时值“五四”新文学运动的第一个十年和第二个十年之交，它是鲁迅运用马克思主义的阶级分析方法批判梁实秋的资产阶级人性论的第一篇文章。

1926年10月，梁实秋在《文学批评辩》一文中提出：“人性的质素是普遍的，文学的品味是固定的。”“普遍的人性是一切伟大的作品之基础。”这种“普遍的人性”，有时又被他称之为“最基本的人性”，主要指的是恋爱、“歌咏山水花草的美丽”、对生老病死的感觉、对爱的要求以及“怜悯与恐怖的情绪”等①。梁实秋的这一文艺观点，是他在一九二七年前后所写的一些文章的中心论点。

梁实秋的理论是“舶来品”，它直接师承美国近代新人文主义者白璧德，但人文主义的发祥地却是在欧洲，它是14至16世纪文艺复兴时期的主要思潮。这个思潮的基本精神是资产阶级人性论和人道主义，它肯定现世人生的意义，提出个性解放，要求个性自由，使人们的思想从封建神学的桎梏下开始获得解放，给宗教改革运动的兴起、自然科学和唯物主义的发展开辟了道路，在反封建的斗争中起过积极的进步的作用。人文主义运动历时甚久，范围很广，流派众多。由于欧洲各国社会和历史条件不同，人文主义运动在各个国家都有自己的特征。我国的“五四”运动，在进行思想启蒙和反封建的意义上，与欧洲文艺复兴时期的人文主义运动有某些相似之处。胡适、周作

① 梁实秋. 文学是有阶级性的吗？［M］//北京大学、北京师范大学、北京师范学院中文系中国现代文学研究室. 文学运动史料选：第三册. 上海：上海教育出版社，1979.

人都曾经介绍和宣传过人文主义的理论，特别是周作人写于“五四”前夜的《人的文学》一文，被胡适誉为“最平实伟大的宣言”①，它集中宣传了资产阶级人性论和人道主义，在“五四”运动中起了积极和进步的作用。但是，到了1927年，思想文化领域里的情况发生了很大的变化，就在鲁迅写作《文学和出汗》前后，创造社和太阳社已经提出了无产阶级文学的口号，标志着“五四”新文化运动已经从文学进到了革命文学的新阶段。尽管革命文学的倡导者们在相当程度上犯有“左派”幼稚病，但他们介绍和宣传马克思主义文艺理论的功绩是不可低估的。为了使刚刚兴起的革命文学运动在它的初期即有一个科学的理论作指导，以鲁迅为首的革命文艺工作者们，不能不对梁实秋的文艺观点进行必要的斗争。

《文学和出汗》一文，开头即转述梁实秋“文学当描写永远不变的人性”的论点和论据，然后逐层驳斥。作者首先指出梁实秋论据本身所包含的矛盾，伺隙乘虚，给以有力的一击：“英国有许多先前的文章不流传”“现在的教授何从看见，却居然断定它们所写的都不是永久不变的人性”，这就指出了对方的论断违背了形式逻辑。然后提出反问：“人性是永久不变的么?”作者从生物进化的观点，说明了人性不能永久不变。类人猿，指像人的猿，还是猿；类猿人，指像猿的人，已经是人了；原人，指原始人。作者列举人们熟知的人类进化的几个阶段，意在说明：既然人类不断进化，文学家也就不可能写出“永久不变的人性”。这就从纵向的历史发展的角度指出了论敌的谬误。其次，作者又以出汗为例，加以论证：“‘弱不禁风’的小姐出的是香汗，‘蠢笨如牛’的工人出的是臭汗”，揭示了剥削者和劳动者的差异。这就从横向的阶级分析的角度论证了论敌的谬误。最后，作者又回到了文学现象：“例如英国，那小说，先前是大抵写给太太小姐们看的，其中自然是香汗多；到19世纪后半叶，受了俄国文学的影响，就很有些臭汗气了。”作者意味深长地说：“那一种的命长，现在似乎还在不可知之数。”这里所提到的19世纪的俄国文学，主要指的是以陀思妥耶夫斯基、屠格涅夫、契诃夫、托尔斯泰等人为代表的批判现实主义作家。他们的作品描写了下层社会的人们，写

① 胡适.《建设理论集》导言［M］//赵家璧. 中国新文学大系（影印本）. 上海：上海文艺出版社，1981.

了他们的“叫唤，呻吟，困穷，酸辛，至多，也不过是一点挣扎”，这就是所谓描写了“臭汗”。这些作品“离无产者文学本来还很远”，作者之所以肯定它们，是因为它们的主流是：“为人生”。故此，作者“也将他们算作为被压迫者而呼号的作家”①。由于受到俄国文学的影响，19世纪后半的英国小说的题材也起了变化。这样，作者就从文学现象本身的角度论证了：即使是那些流传下来，并被梁实秋认为是写了永久不变的人性的英国文学，所写的人性也并非永久不变。作者在从论点到论据批驳了论敌之后，在文章的结尾指出：“在中国，从道士听论道，从批评家听谈文，都令人毛孔痉挛，汗不敢出。然而这也许倒是中国的‘永久不变的人性’”。这就揭示了梁实秋的理论和历代统治阶级所倡导的理论一脉相承。

鲁迅关于文学的阶级性的观点，在《“硬译”与“文学的阶级性”》一文里有更为具体的论述。针对梁实秋所说的无产阶级文学理论的错误在于“把阶级的束缚加在文学上面”，资本家和劳动者的人性“并没有两样”，“文学就是表现这最基本的人性的艺术”② 等观点，明确指出：“文学不借人，也无以表示‘性’，一用人，而且还在阶级社会里，即断不能免掉所属的阶级性，无须加以‘束缚’，实乃出了必然。自然，‘喜怒哀乐，人之情也’。然而穷人绝无开交易所折本的懊恼，煤油大王那会知道北京拣煤渣老婆子身受的酸辛，饥区的灾民，大约总不去种兰花，像阔人的老太爷一样，贾府上的焦大，也不爱林妹妹的。”“倘以表现最普通的人性的文学为至高，则表现最普遍的动物性——营养，呼吸，运动，生殖——的文学，或者除去‘运动’，表现生物性的文学，必当更在其上。倘说，因为我们是人，所以以表现人性为限，那么，无产者就因为是无产阶级，所以要做无产文学。”

但是，深知文学艺术特点的鲁迅，在强调文学的阶级性的同时，也承认文学的复杂性。由于文学作品以整个社会生活为反映对象，而社会生活现象又是那样的复杂纷繁，阶级斗争有时比较尖锐，有时又趋于缓和，有时阶级斗争是时代的主流，有时民族矛盾又压倒了阶级矛盾；又由于作家个性的差

① 鲁迅.《竖琴》前记［M］//鲁迅. 鲁迅全集. 北京：人民文学出版社，1981.

② 梁实秋. 文学是有阶级性的吗？［M］//北京大学、北京师范大学、北京师范学院中文系中国现代文学研究室. 文学运动史料选：第三册. 上海：上海教育出版社，1979.

异，他们观察、分析问题的角度和方法不同，生活经历、文化教养、兴趣爱好以及对中外文化传统师承的不同，这就使文学作品的阶级性在不同作家的笔上有着不同的表现形式，有的与当时的政治斗争密切相关，有的则相对疏远。即使是在同一作家笔下，不同的作品也可能表现各异。此外，除了生物性，不同阶级的人也存在某些共性，特别是同一时代隶属于同一民族的不同阶级，有着更多的共性。孟子说："口之于味也，有同嗜焉；耳之于声也，有同听焉；目之于色也，有同美焉。"（孟子·告子上）马克思主义者并不否认"人的一般本性"，问题是不应停留于此，而应着重研究和表现"在每个时代历史地发生了变化的人的本性"① 因此，我们在分析文学作品时，切忌把阶级分析的方法简单化。在《文学的阶级性》一文里，鲁迅明确指出："在我自己，是以为若据性格感情等，都受'支配于经济'（也可以说根据于经济组织或依存于经济组织）之说，则这些就一定都带着阶级性。但是，'都带'，而非'只有'"。"都带"，反对了否定文学的阶级性的人性论；"而非'只有'"，反对了把文学的阶级性简单化的倾向。在《看书琐记》里，鲁迅承认"文学有普遍性，但有界限；也有较为永久的，但因读者的社会体验而生变化"。鲁迅的这些意见，为我们提供了一个运用历史唯物主义的观点，综合观察、分析文学作品及其社会效果的典范。毛泽东说："鲁迅后期的杂文最深刻有力，并没有片面性。"② 是符合实际的论断。当然，世界上没有独立存在的绝对真理。《文学和出汗》也不可能句句正确。因为梁实秋所鼓吹的"人性论"的主要特征在于否定文学的阶级性，所以，出于论战的需要，鲁迅在文章中就不能不特别强调这一点，而对于问题的另一面则未予论及。另外，鲁迅在这篇文章中表达的个别观点，也还有进一步研究的余地，比如他所不赞成的这一意见："只要流传的便是好文学，只要消灭的便是坏文学"，就有一定的合理性。这是因为文学作品一经产生，就面临着一个广大读者选择的问题。经过长期的历史的筛选，一般来说，那些在思想内容上具有一定民主性精华或在艺术形式上具有某些特色的作品，是会作为文

---

① 马克思，恩格斯. 马克思恩格斯全集：第23卷［M］. 北京：人民出版社，1956.

② 毛泽东. 在中国共产党全国宣传工作会议上的讲话［M］//毛泽东. 毛泽东选集：第五卷. 北京：人民出版社，1977.

学遗产流传下来的。至于那些消灭了的文学，我们当然无从看见，但它们中的多数，其价值不如已经流传下来的文学，这一推测，于历史事实，庶几近之。

《文学和出汗》发表已经五十多年了。今天，当我们重读这篇杂文时，内心充满了对作者的敬意。在一篇只有几百字的短文里，作者俯瞰历史和现实，将文学现象与社会生活现象相结合，把文学的阶级性这样一个十分复杂的问题，做了简要而又透彻的论述，把深刻的道理讲得深入浅出，其理论价值至今不泯。尤为难能可贵的是，这篇文章清楚地表明：作为思想文化战线上的先驱，鲁迅的脉搏始终和时代一起跳动。当中国社会的政治、文化形势在1927年前后发生了急剧变化的时候，他没有停步不前，但也没有匆忙“急进”，而是认真总结了事实的教训，特别是血的教训，然后，看准了方向，坚定而又扎实地向着马克思主义的真理走去。《文学和出汗》既真实地记录了作者思想发展链条中的一个环节，又折射出那一历史转折时期的某一个侧面，这使我们想起了唐代大诗人白居易的一句名言：“文章合为时而著”。

历史的车轮隆隆向前。今天，阶级斗争已经不是我国社会的主要矛盾。文学作品所反映的社会生活内容和我们评价文学作品思想性的标准都发生了很大的变化，但我们不能因此否定五十多年前鲁迅宣传和捍卫阶级论、批判“人性论”的功绩，如同我们今天虽然不再使用纺车和青铜斧，但并不否定它们曾经在历史上起过巨大的进步作用一样。

1985年10月14日

“闭关”“送去”和“拿来”

——读《拿来主义》

怎样对待文化遗产，这是文化领域里一个极其重要的原则问题。古今中外，一切新兴的阶级，当他们建设本阶级的文化时，都面临着一个如何清理旧文化基地的问题。正由于此，马克思主义的经典作家们，多次根据不同历史时期的具体情况，从不同的角度提出和阐述了批判地继承文化遗产的理论。恩格斯说：“每一时代的哲学作为一个特殊的分工部门，都具有由它那些先驱者传授给它，而它便由以出发的一定思想资料为前提。”① 他又说：“每一时代的理论思维（我们这一时代的理论思维也是如此）都是一种历史的产物，在不同的时代具有非常不同的形式，并且具有非常不同的内容。”② 恩格斯这两段论述，前者说明了继承文化遗产的必然性；后者指出了继承文化遗产时必须加以选择和取舍的必要性，再清楚不过地阐明了正确对待文化遗产的理论基础。作为中国新文学的奠基人，鲁迅对这个问题也曾经做过许多精辟的论述。《拿来主义》即是有代表性的一篇。

《拿来主义》写于1934年6月，作者批判了对待文化遗产问题上的全盘继承、虚无主义等错误倾向，提出了“拿来主义”的著名论断。文章以“拿来主义”为题，但在正面提出这一主张之前，却首先批判“送去主义”；而在批判“送去主义”时，又从“闭关主义”起笔，这是因为，作为观念形态

---

① 恩格斯. 致康·施米特（1890年10月27日）［M］//马克思，恩格斯. 马克思恩格斯文选（两卷集）：第2卷. 集体，译. 唯真，校订. 北京：人民出版社，1963.

② 恩格斯.《反杜林论》旧序［M］//恩格斯. 反杜林论. 中共中央马克思恩格斯列宁斯大林著作编译局，译. 北京：人民出版社，1970.

的一定社会的文化，是一定社会的政治和经济的反映，同时反作用于一定社会的政治和经济。文化问题从来就不是孤立存在的，它与社会的政治与经济密切相关，其中，统治阶级的政治，对文化的影响尤为直接。鸦片战争以前，闭关锁国是清政府的基本国策，这一政策势必影响到文化。鸦片战争以后，帝国主义列强的军舰和大炮打破了闭关锁国的大门，腐败无能的清政府相继与帝国主义列强签订了一系列丧权辱国的不平等条约，“闭关主义”走到了它的反面，变成了“送去主义”。“送去主义”的内容十分广泛：割地赔款、出租港口、出卖主权、提供廉价劳动力等，一应在内。作者虽然用“别的且不说罢”轻轻带过，但其中暗含的锋芒却指向了反动统治阶级奉行的媚外卖国的政策。这一政策的后果是极其严重的，到鲁迅写作《拿来主义》的时代，日本帝国主义早已侵占了我国东北，并觊觎华北，大好河山沦于敌手，真是“什么都是‘送去主义’了”。如果照此办理，发展下去，几百年后，子孙后代就会“拿不出东西来，只好磕头贺喜，讨一点残羹冷炙做奖赏”。而这种奖赏，“可以称之为‘送来’”。帝国主义“送来”的内容也十分广泛：鸦片、废枪炮、香粉、电影以及印着“完全国货”的各种小东西等，大量涌来。帝国主义对旧中国进行的政治、经济和文化侵略的实例，举不胜举，作者“不想举”，也无须举，读者即可领会。

“闭关”—“送去”—“送来”，这是鸦片战争以后，帝国主义与中国封建主义相结合，把中国逐步变成半殖民地半封建社会的三部曲，而文化上的“送去主义”，不过是半殖民地半封建社会的政治与经济在观念形态上的集中反映。这样，《拿来主义》在批判“送去主义”时，虽着眼于文化，但又不局限于文化。这种在一定社会的政治与经济的背景上探索文化问题的方法，是作者运用历史唯物主义观点分析文化问题的具体体现，也是《拿来主义》的艺术特色之一。

在批判了“送去主义”之后，文章正面提出了“运用脑髓，放出眼光，自己来拿”的主张。作者运用通俗、形象的比喻，从正、反两个方面论述了“拿来主义”。

首先，作者用一所大宅子来比喻文化遗产，这种用物质的遗产比喻文化遗产的方法，显得十分恰当、贴切。然后，作者批判了以下三种错误态度：

一是“孱头”：缺乏自信，在大宅前“徘徊不敢走进门”，是十足的懦夫。二是“昏蛋”：为了“保存自己的清白”，勃然大怒，将大宅“一把火烧光”，这是一种以“左”的面目出现的虚无主义。三是“废物”：原是羡慕这宅子的旧主人的，而这回欣欣然“接受一切”，这是一种全盘继承或全盘西化的右的倾向。与这三种错误倾向截然不同的是“拿来主义”应有的态度：一是“占有”，即“不管三七二十一，‘拿来’！”亦即敢于拿来。敢于拿来是有力量、有自信的表现。在我国历史上，汉代和唐代的国力比较强大。汉武帝刘彻从公元前 138 年起，曾多次派遣张骞、李广利等人出使西域，直到大宛（旧址在今苏联乌兹别克共和国境内）、安息（旧址在今伊朗境内）等地，开辟了与西亚诸国进行贸易往来和文化交流的道路。天马、葡萄自大宛而来，为我所用。汉人的墓前石兽，多是羊、虎、天禄、辟邪。天禄、辟邪均为产于西域的动物。而长安的昭陵（唐太宗李世民之墓）上，却刻着带箭的骏马，以及一匹鸵鸟，成为珍贵的文物。我国古时于外来物品，每加“海”字，如海榴、海红花、海棠、海马之类。海即洋，洋即外国。许多名词之前冠以“海”字，说明从外国引进的物品之多。这种在经济、文化等各个领域里，取外国之长以丰富自己的做法，曾得到鲁迅的称赞。在《看镜有感》里，他说：“无论从那里来的，只要是食物，壮健者大抵就无需思索，承认是吃的东西。惟有衰病的，却总常想到害胃，伤身，特有许多禁条，许多避忌。”他还将宋代的情况与汉唐盛世加以对照，指出：“宋代的文艺，现在似的国粹气味就熏人。然而辽金元陆续进来了。”“汉唐虽然也有边患，但魄力究竟雄大，人民具有不至于为异族奴隶的自信心，或者竟毫未想到，凡取用外来事物的时候，就如将彼俘来一样，自由驱使，绝不介怀，一到衰弊陵夷之际，神经可就衰弱过敏了，每遇外国东西，便觉得仿佛彼来俘我一样，推拒，惶恐，退缩，逃避，抖成一团，又必想一篇道理来掩饰，而国粹遂成为孱王和孱奴的宝贝。”鲁迅的这些意见，论述了“占有”的社会条件，在于国力是否强盛，民族自信心是否坚定。同时，他也指出了“闭关主义”的社会根源，在于国势的“衰弊陵夷”和民族自信心的丧失。这就揭示了半殖民地社会的人们恐惧外来文化的根本原因。二是“挑选”，即“或使用，或存放，或毁灭”，亦即善于拿来。如果说，敢于拿来是“拿来主义”的首要前提，那么，善于拿来则是“拿来主义”的必要保证。而要做到善于拿来，就必须“运用脑髓，放出眼光”，对事物采取辩证的分析态度：鱼翅，有养料，可以“吃掉”，意即对那些于人民有益无害的部分，应予使用；鸦片能够入药，可供“治病之用”，意即对那些虽有毒素，但运用恰当却可以于人民有益的部分，应正确使用；烟枪和烟灯，是吸毒的工具，“除了送一点进博物馆之外，其余的是大可以毁掉的了”；至于一群姨太太，则无须多说，“请她们各自走散为是”，意即对那些于人民有害无益的部分，原则上应予“毁灭”，只可酌留少许，送进博物馆“存放”，以发挥其对人民可能有的认识和教育作用。鲁迅的这些意见，既反对了对文化遗产的“左”的虚无主义，也反对了全盘继承或全盘西化的右的倾向，它和毛泽东多次阐述的对文化遗产“既不是一概排斥，也不是盲目搬用”① 而是“剔除其封建性的糟粕，吸收其民主性的精华”② 的观点是完全一致的。三是创新，即“主人是新主人，宅子也就会成为新宅子”。在《〈引玉集〉后记》里，鲁迅曾经说过：“将来的光明，必将证明我们不但是文艺上的遗产的保存者，而且也是开拓者和建设者。”拿来主义者“占有”和“挑选”的目的，在于创造新文化，推陈出新。而要做到推陈出新，就必须“沉着，勇猛，有辨别，不自私”，也就是有胆有识而无私，这是拿来主义者敢于拿来和善于拿来的主观条件。最后，作者阐明了批判继承和创造革新的关系，指出批判继承文化遗产是创立新文化的必要前提：“没有拿来的，人不能自成为新人，没有拿来的，文艺不能自成为新文艺。”按照马克思主义的观点，历史不外是各个世代的依次交替。人们自己创造自己的历史，但他们并不能凭空创造，而是在十分确定的前提和条件下进行创造，那种彻底否定文化遗产，主张“臆造无产阶级文化”的观点，是完全错误的。列宁说得好：“无产阶级文化并不是从天上掉下来的，也不是那些自命为无产阶级文化专家的人杜撰出来的，如果认为是这样，那完全是胡说。无产阶级文化应当是人类在资本主义社会、地主社会和官僚社

① 毛泽东. 论联合政府［M］//毛泽东. 毛泽东选集：第三卷. 北京：人民出版社，1966.

② 毛泽东. 新民主主义论［M］//毛泽东. 毛泽东选集：第二卷. 北京：人民出版社，1966.

会压迫下创造出来的全部知识发展的必然结果。”① 在马克思主义者看来，古希腊的艺术和史诗至今仍然能够给我们以艺术享受，而且在某些方面还给我们提供了不可企及的典范。文艺复兴时期则经历了人类文明史上的伟大变革，是一个需要巨人并且产生了许多巨人的时代。至于我国人民，在几千年封建社会的历史上，同样创造了光辉灿烂的文化。批判地继承这笔丰富的文化遗产，不仅是建设新文化本身的需要，而且是提高民族自信心的必要条件。在这个意义上，批判地继承文化遗产的意义，就远远超出了文化本身，它直接关系到若干代新人的健康成长，从而影响到整个社会。

鲁迅在《拿来主义》中表达的思想是十分深刻的，它的基本原则既适用于外来文化，也适用于本国文化遗产；既适用于文化，也适用于经济、政治等各个领域。在众多的论述如何对待文化遗产的著作中，能够在一千余字的篇幅内，把这样一个重大的理论问题论述得如此准确而又深入浅出，实属罕见。这当然一方面得力于作者对历史唯物主义观点的正确把握和对中外古今文化的深刻了解；另一方面，也得力于以人们熟悉的事物做比喻的写作方法，这一方法，体现了作者文学家的特点，它形成了《拿来主义》的又一艺术特色。

1985 年 12 月 2 日

① 列宁. 青年团的任务［M］//上海师范大学教育系. 列宁论教育. 北京：人民教育出版社，1979.

《呐喊》《彷徨》创作经验的总结

——读《答北斗杂志社问》

1931年12月，“左联”的机关刊物之一，著名作家丁玲主编的文艺月刊《北斗》杂志社，向许多作家征询意见，探讨“创作不振之原因及其出路”这一问题。对此，鲁迅写了《答北斗杂志社问》，副题为“创作要怎样才会好？”

《答北斗杂志社问》的体裁为书信体，它的篇幅虽短，内容却相当丰富。这是因为，到写这封信的时候，鲁迅已经完成了《呐喊》《彷徨》中全部小说的创作。在这二十五篇小说里，作者出色地描绘了辛亥革命前后到大革命以前这一历史时期中国社会的现实。民主革命中最重要的问题——农民问题，以及知识分子问题、妇女问题，都在这些小说中得到了深刻的反映。作者批判地继承了我国古典小说创作中现实主义的优良传统，并且吸收了外国特别是俄国和东北欧一些国家小说创作的成功经验，其中包括象征印象主义等创作手法，创造了众多的栩栩如生的人物形象，其中包括阿Q、祥林嫂等典型形象，为我国现代小说的创作奠定了坚实的基础。在“五四”以来的半个多世纪中，几乎没有一位有成就的作家，不是沿着《呐喊》和《彷徨》所开辟的道路前进的。《呐喊》和《彷徨》在思想内容和艺术形式上所取得的巨大成就，在鲁迅生前即得到以沈雁冰为代表的许多有识之士的承认。因此。尽管鲁迅从不以青年导师自居，但他从自己的创作实践中总结出来的经验，在《答北斗杂志社问》里，通过亲切朴实而又高度概括的语言表达出来，却是青年学习写作最好的借鉴和准则。它是鲁迅在文学创作理论方面给我们留下的一笔宝贵遗产，对我们今天的文学创作仍然有重大的指导意义。

《答北斗杂志社问》的开头，首先向“美国作家和中国上海教授们”刺了一笔，这是因为关于小说创作法方面的书籍，当时出版很多，如美国哈米顿著、华林一译的《小说法程》，孙俍工编的《小说作法讲义》等。这些书，打着指导青年创作的旗号，实则贻误青年。众所周知，文学创作是一种复杂的精神劳动，也是一种特别需要独创性的劳动，把小说创作归纳成所谓“法程”“讲义”，只能会导致小说创作的八股论。鲁迅嘲讽这种现象，既表明自己的意见与这类书籍的主张毫无共同之处，又告诉读者，对各种文学主张应加以思考和鉴别，以决定取舍。

作者在《答北斗杂志社问》里所总结的自身的创作经验，共有八条。第一条，主要讲细心观察客观事物。这里说“留心各样的事情，多看看”；在《〈出关〉的“关”》里鲁迅还借用画家的创作过程，说文学创作要“静观默察，烂熟于心，然后凝神结想，一挥而就”。这些都揭示了观察生活、分析生活、认识生活的方法和意义，它实际上涉及了文学创作与生活的关系。金代文学家元好问诗云：“眼处心生句有神，暗中摸索总非真。”[①] 文学作品是一定的社会生活在作家头脑中反映的产物。丰富的社会生活经验是每一个成功作家的必备条件。但是，社会生活是极其纷纭复杂的，作家不可能对各种事情都亲身经历，这就要借助于“所遇，所见，所闻”[②]。只有对各式各样的社会生活现象“多看看”，而不是“看到一点就写”，才有可能把观察、体验生活和研究、分析生活统一起来，把复杂的生活现象概括和集中起来，做到“选材要严，开掘要深”，避免那种“将一点琐屑的没有意思的事故，便填成一篇”[③] 的不良现象，使作品保持一定的思想深度。据作者自述，著名的文学典型“阿Q的影象”，在作者的“心目中似乎确已有了好几年”，作者是在对我们这个“未经革新的古国”的国民性进行了长期的探索之后，才“画出这样沉默的国民的魂灵”。而祥林嫂的形象，则是作者目睹了许多劳动妇女被封建礼教吞噬的惨剧，并对造成这些惨剧的历史和社会的原因做了认

① 元好问．论诗绝句［M］//张景星，姚培谦，王永祺．元诗别裁集．上海：上海古籍出版社，1979.

② 鲁迅．叶紫作《丰收》序［M］//鲁迅．鲁迅全集．北京：人民文学出版社，1981.

③ 鲁迅．关于小说题材的通信［M］//鲁迅．鲁迅全集．北京：人民文学出版社，1981.

真思考与研究之后，才创造出这样一个饱含着血泪的劳动妇女的典型。甚至一篇只有千字左右的《一件小事》，也是作者从南方来到北方以后，与人力车夫有了较多的接触，对他们的不幸产生了深切的同情，对他们的某些高尚品质有了具体的了解，才诉诸文字的。《答北斗杂志社问》第一条所阐述的意见，是《呐喊》《彷徨》创作实践的真实写照，它反映了作者在文学与生活的关系这一问题上的唯物主义态度，揭示了作者坚持现实主义创作方法的思想根源，概括了文学创作的某些普遍规律。第二条实际上是对第一条的补充。“写不出的时候不硬写”，意思是说，如果材料不足，或者是对掌握的材料认识不深，或者自己还没有被所写的材料深深感动，尚未达到“不能已于言”的程度，就不要勉强动笔。据张佳邻：《陈赓将军和鲁迅先生的一次会见》，1932 年，鲁迅在上海曾与陈赓同志做过一次长谈。陈赓同志讲的许多红军的战斗事迹深深地打动了鲁迅先生，使他产生了创作一部关于红军的书的愿望，但这部书终于没有写成。原因之一，就在于作者对红军的生活缺乏具体、切实的感受。所以，尽管鲁迅对红军的事业非常关切，但也不能强为无米之炊。这反映了作者严肃、负责的写作态度。

第三条讲的是文学创作的典型化问题。模特儿，是英语 model 的音译，原意是“模型”，这里指文学作品中人物的生活原型。在《〈出关〉的“关”里》，鲁迅曾经说过，作家写人物的方法有两种：一种是“专用一个人，言谈举动，不必说了，连微细的癖性，衣服的式样，也不加改变”。鲁迅认为，这种方法“比较的易于描写”。另一种是“杂取种种人，合成一个”。鲁迅说，他是“一向取后一法的”，所以，他的小说中的人物，“往往嘴在浙江，脸在北京，衣服在山西，是一个拼凑起来的角色”。[①] 据鲁迅自述和周遐寿《鲁迅小说里的人物》，狂人、孔乙已、阿 Q、闰土、陈士成、祥林嫂等艺术形象都是有生活原型的，但他们都不是现实生活中人物的机械照相，而是通过鲜明的个性集中概括了许多同类人的特点的艺术典型。在这一条里，作者把在第一条中说过的“多看看”，再一次予以强调，指出：文学典型的创造，是“看得多了，凑合起来的”。这里所说的“多”，我们不仅可以从横向的角

① 鲁迅. 我怎样做起小说来［M］//鲁迅. 鲁迅全集. 北京：人民文学出版社，1981.

度理解为“众多”，而且可以和应该从纵向的角度，理解为文学典型的创造一般要有一个较长的酝酿过程。当然，文学典型的创造是一个极其复杂的美学问题，不同作家创造文学典型的方法也各不相同。但鲁迅在《答北斗杂志社问》中所总结的这条经验，至少给我们提供了一把研究鲁迅小说中的人物的钥匙。这样，我们就不会对下列问题感到困惑：为什么以女革命家秋瑾为模特儿的夏瑜，在《药》里成了男性；阿Q是个流浪的雇农，但不少小官僚读了《阿Q正传》却“栗栗危惧”。别林斯基认为，“在真正有才能的作家的笔下，每个人物都是典型；对于读者，每个典型都是一个熟识的陌生人”[①]“典型既是一个人，又是很多人，就是说：是这样的一种人物描写：在他身上包括了很多人，包括了那体现同一概念的一整个范畴的人们”“典型性是创造的基本法则之一，没有它，就没有创造”。[②] 不难看出，鲁迅从《呐喊》《彷徨》的创作实践中总结出来的典型形象创造的经验，在一定程度上，具有普遍意义。

第四条和第六条，讲的是写作过程中的几个具体问题。第四条主要讲文章的内容要充实：“宁可将可作小说的材料缩成 sketch，决不将 sketch 材料拉成小说。”文章的布局谋篇，要集中、紧凑。一篇《狂人日记》，把几千年的封建社会的历史，归结为“吃人”二字，概括了如此忧愤深广的社会生活内容，但全文不足七千字。《阿Q正传》深刻地再现了辛亥革命前后中国农村的社会现实，创造了阿Q这样可以代表一个时代的不朽典型，是鲁迅小说中唯一的一部中篇，也只有不足三万字，篇幅短于今天的一些短篇小说。这当然首先应该归因于作者思想的深刻，也应该归因于作者技巧的上达。第六条讲的是语言问题。文学是语言的艺术，语言是思维的直接现实。在创作过程中，如何正确运用语言，是一个极其重要的问题。像古今中外一切成就卓著的小说家一样，鲁迅也是语言艺术的大师。语言的凝练是《呐喊》《彷徨》的一个重要艺术特征。“不生造除自己之外，谁也不懂的形容词之类”，着重

---

① 别林斯基. 论俄国中篇小说和果戈理君的中篇小说［M］//别林斯基. 别林斯基论文学. 梁真，译. 上海：新文艺出版社，1958.

② 别林斯基. 同时代人［M］//别林斯基. 别林斯基论文学. 梁真，译. 上海：新文艺出版社，1958.

讲的是语言的规范问题。他还说过，他写文章，总是“力避行文的唠叨，只要觉得够将意思传给别人了，就宁可什么陪衬拖带也没有”。所写的文章，“一定要它读得顺口”[①]。他甚至主张要“学学孩子，只说些自己的确能懂的话”[②]。鲁迅的这些意见，虽然是针对当时一些作家生造词语的现象而发的，但至今仍然有其现实意义。

第五条讲的是文学创作的借鉴问题。社会生活固然是文学创作的唯一源泉，但文学本身有其相对的独立性。恩格斯说得好：“每一时代的哲学作为一个特殊的分工部门，都具有由它那些先驱者传授给它，而它便由以出发的一定思想资料为前提。”[③] 哲学如此，文学亦然。继承中外一切优秀的文学遗产，批判地吸收其中一切有益的成分，作为我们从事文学创作的借鉴，对于提高文学创作的水平有极其重要的意义。由于时代、社会条件以及作家个人的经历、教养、思想和个性的差异，所以，每个作家都会有自己的借鉴领域。鲁迅之所以注重借鉴东欧、北欧和日本的文学作品，是因为这些国家的国情和旧中国有相似之处，这些国家的文学作品反映了“被压迫者的善良的灵魂，的酸辛，的挣扎”，使读者“明白了一件大事，是世界上有两种人：压迫者和被压迫者！”[④] 还因为这些作品提供的借鉴，与鲁迅“为人生”，“而且要改良这人生”的态度恰好合拍。这从一个侧面反映了鲁迅的文艺思想。这里所说的“东欧及北欧的作品”，主要指俄国、波兰及巴尔干诸国作家的作品。其中，对作者影响较大的是俄国的果戈理、安特莱夫，波兰的显克微支，日本的则是夏目漱石和森鸥外。《狂人日记》显然是受了果戈理同名小说的影响，而“《药》的收束，也分明的留着安特莱夫式的阴冷”[⑤]。沈雁冰曾经赞誉鲁迅“是创造‘新形式’的先锋；《呐喊》里的十多篇小说几乎一篇有一篇新形式，而这些新形式又莫不给青年作者以极大的影响”[⑥]。《呐喊》《彷

---

① 鲁迅. 我怎样做起小说来［M］//鲁迅. 鲁迅全集. 北京：人民文学出版社，1981.

② 鲁迅. 人生识字胡涂始［M］//鲁迅. 鲁迅全集. 北京：人民文学出版社，1981.

③ 恩格斯. 恩格斯致康拉德·施米特（1890 年 10 月 27 日）［M］//马克思，恩格斯. 马克思恩格斯文选（两卷集）：第 2 卷. 集体，译. 唯真，校订. 北京：人民出版社，1963.

④ 鲁迅. 祝中俄文字之交［M］//鲁迅. 鲁迅全集. 北京：人民文学出版社，1981.

⑤ 鲁迅.《中国新文学大系》小说二集·序［M］. 上海：上海文艺出版社，1981.

⑥ 茅盾. 读《呐喊》［M］//查国华，杨美兰. 茅盾论鲁迅. 济南：山东人民出版社，1982.

徨》从思想内容到艺术形式的革新，打破了中国小说传统的思想和手法，这与他善于从外国文学作品中吸取有益的营养是分不开的。

第七条是对“小说作法”一类的书籍再次予以否定。第八条，“不相信中国的所谓‘批评家’之类的话，而看看可靠的外国批评家的评论”。这里所说的中国的“批评家”，不仅指梁实秋、陈西滢等“新月社”的批评家，而且包括那些虽然赞成无产阶级文学，但还没有切实掌握马克思主义文艺理论的批评家，“他们对于中国社会，未曾加以细密的分析，便将在苏维埃政权之下才能运用的方法，来机械的运用了”①，犯了“左”派幼稚病。在20世纪20年代末期的革命文学论争上，鲁迅多次盼望“坚实的，明白的，真懂得社会科学及其文艺理论的批评家”② 出现。为了使革命文学运动在一开始就有一个科学的理论作指导，他分别翻译了普列汉诺夫和卢那卡尔斯基的《艺术论》，还翻译了日本文艺理论家厨川白村的《苦闷的象征》，片上伸的《无产阶级文学的理论与实际》，为文学批评的健康发展做出了有益的贡献。

1985年12月

① 鲁迅．上海文艺之一瞥［M］//鲁迅．鲁迅全集．北京：人民文学出版社，1981．
② 鲁迅．我们要批评家［M］//鲁迅．鲁迅全集．北京：人民文学出版社，1981．

人生识字胡涂始

《人生识字胡涂始》是鲁迅论述语言文字改革问题的文章。宋代苏轼诗《石苍舒醉墨堂》中有“人生识字忧患始”句，本文题目即从此句翻造而来。

《人生识字胡涂始》最初发表于1935年5月《文学》月刊第4卷第5号《文学论坛》栏，署名庚，后收入《且介亭杂文二集》。

自“五四”运动反动文言文、提倡白话文以来，国粹派几次沉滓泛起。1934年5月，国民党教育部官僚汪懋祖，为了配合蒋介石提倡的以宣扬封建道德为中心的“新生活运动”，重弹“复兴文言”的老调，主张小学开始学习文言，初中读《孟子》，高中读《论语》《大学》《中庸》。此外，白话文在其发展过程中，也出现了某种脱离群众的倾向。当时的进步文化界认为，为了更有效地反对文言文的死灰复燃，必须跨越“五四”时期文言白话之争的界限，进一步提倡大众语。他们认为：“从前为了要补救文言的许多缺陷，不能不提倡白话；现在为了要纠正白话文学的许多缺点，不能不提倡大众语。”“文言—白话—大众语，是语文发展的趋势。”《申报》的《自由谈》，《中华日报》的副刊《动向》都对此发表文章，形成了有关语文问题的一场论争，后来甚至发展成要求文字改革的拉丁化运动。

鲁迅十分关心这场论争的发展。当大众语运动的发起者陈望道等人征求他的意见时，得到了他的支持。鲁迅认为，必须对“读经，作文言”的现象加以“笔伐”[①]。后来，针对运动中出现的一些问题，他写了《门外文谈》《中国语文的新生》《关于新文字》等文章，论述人民群众是一切文化的创造

① 鲁迅. 致曹聚仁（1934年6月9日）［M］//鲁迅. 鲁迅全集. 北京：人民文学出版社，1981.

者，同时，也指出了觉悟的知识分子所应担负的任务。他支持语言文字的改革，批评各种错误观点，促进了运动的健康发展。《人生识字胡涂始》一文，即鲁迅所写的这组文章中的一篇。

本文共五个自然段，可分为三部分。

第一部分（第一自然段）交代论题的来历。

第二部分（二、三、四自然段）以孩子学话和学古文相对照，说明“胡涂”的来源，是在识字和读书。

这部分首先以孩子学话为例，引出学习语言的“好教训”，作为下文的反衬，再写用同样的方法学古文，效果却大不相同：“弄得好，是终于能够有些懂，并且竟也可以写出几句来的，然而到底弄不通的也多得很。自以为通，别人也以为通了，但一看底细，还是并不怎么通，连明人小品都点不断的，又何尝少有？”明人小品，指晚明的小品文，代表作家有袁宏道、钟惺、张岱等人。这里所说的“连明人小品都点不断的”，指林语堂、刘大杰等。当时出版的刘大杰标点、林语堂校阅的《袁中郎全集》、刘大杰校点的张岱的《琅嬛文集》等，其中有不少断句错误。[①] 袁宏道、钟惺都反对当时文学上的复古倾向，袁宏道还主张用平易近人的文学语言来写作，他的作品真率自然，张岱的作品也以文笔清新著称。鲁迅以标点明人小品为例，十分恰当。这是因为，在古文中，袁、张的小品散文都不属于佶屈聱牙之类，然而，就是这样一些较为易懂的古文，学者、教授尚且断句有误，这就与孩子学话的“不大有错误”成为鲜明的对照。学话易，学文难，其原因“自然是古文作怪”。而所读的书，从周朝人的文章，到明朝人的文章，内容“非常驳杂”，作者把它形象地比喻为“脑子给古今各种马队践踏了一通”，“弄得乱七八糟”。《庄子》《文选》《东莱博议》《古文观止》，均为旧时有影响的读本，流传较广。作者以这些读本为例，说明言文脱离的普遍现象：文字“大概是似懂非懂的居多”，而讲话“却大抵清楚”。这就再次论证了“胡涂”的来源，“是在识字和读书”。

第四自然段是现身说法，即使“并非什么冷僻字”，如崚嶒、巉岩等，

① 鲁迅. 花边文学·骂杀与捧杀［M］//鲁迅. 鲁迅全集. 北京：人民文学出版社，1981.

由于“是从旧书上钞[①]来的，向来就并没有弄明白”，所以，“一经切实的考查，就糟了”。作者现身说法以己为例，读来令人亲切，增强了说服力。此外，还因为早在1926年11月，上海开明书店出版的《一般》月刊，即在第1卷第3号上发表明石（朱光潜）《雨天的书》一文，其中说：“想做好白话文，读若干上品的文言文或且十分必要。”该文以当时的几位著名的白话文作者为例，其中即有鲁迅。鲁迅不以这种意见为然。此处或许是再一次委婉地批评这种意见。

第三部分（第五自然段）提出改革白话文的具体方法。

这部分首先指出白话文现在的主要问题，是没有做到“明白如话”。解决的途径，“第一是在作者先把似识非识的字放弃，从活人的嘴上，采取有生命的词汇，搬到纸上来”；作者再次强调“学学孩子”，与第二部分开头所说的“孩子们常常给我好教训”相呼应。作者重视大众语，但并不忽视语言的其他来源，对于“旧语的复活，方言的普遍化”，也肯定其“必要”性，“但一须选择，二须有字典以确定所含的意义”。鲁迅的这些意见，既反对了复古主义的倾向，也反对了所谓“迎合大众”的偏向。七年以后，毛泽东在《反对党八股》一文中，指出学习语言的三条途径，即包括“向人民群众学习语言”和“学习古人语言中有生命的东西”。鲁迅的意见和毛泽东的意见是不谋而合。

（原载《鲁迅作品的教学与研究》，
光明日报出版社，1990年）

① 钞：应为抄。

关于三味书屋和先生的评价

在语文教学中，《从百草园到三味书屋》是中学生首次学习的鲁迅作品。要正确地引导学生理解这篇散文，关键在于恰当地评价三味书屋和先生。在这个问题上，历来存在两种对立的意见。

第一种意见，认为三味书屋的生活“呆板枯燥”，无异于“牢笼”。先生是“维护封建教育制度和宣扬孔孟之道的一个典型的腐儒”，作者“在这篇文章中着力刻画他尊孔卫道的本质特征，通过轻松幽默的笔调加以讽刺和批判。”多年来，在中学语文教学中，这种意见，几乎成了流行的观点。

第二种意见，以鲁迅的亲属周遐寿（周作人）、周建人为代表。早在20世纪50年代初期，周遐寿就明确指出：三味书屋“是在同类私塾中顶开通明朗的一个”，先生“是本城中极方正、质朴、博学的人”，他“不打人，不骂人”，“罚跪我就没有看见过”，偶尔用用戒尺，也只是“薄鞭示辱的意思”。“先生律己严而待人宽，对学生不摆架子，所以觉得尊而可亲，如读赋时那么将头向后拗过去，拗过去，更着实有点幽默感。”① 周建人也认为：“寿镜吾老先生，诚恳，负责，对鲁迅很好。鲁迅也和他非常要好。”② 1977年，周建人再次说明：鲁迅“对这位寿老先生是钦佩的”，“因为他为人很正派，教书是认真的；也是肯帮助人的。”③ 1979年，91岁高龄的周建老再三申明：“寿镜吾先生是一个很正派的人，鲁迅很尊重

---

① 周遐寿. 鲁迅的故家［M］. 北京：人民文学出版社，1957.

② 周建人. 鲁迅幼年的学习和生活［M］//周建人，茅盾，等. 我心中的鲁迅. 长沙：湖南人民出版社，1979.

③ 周建人. 关于鲁迅的若干史实［J］. 天津师范大学学报社会科学版，1977（5）：69-72.

他。”“后人有些文章把寿镜吾先生写成一个迂腐的秀才，那是不真实的。其实，寿镜吾先生在当时的社会里来说是一个比较好的老师。”① 令人遗憾的是，尽管周氏兄弟多次申述，但语文界的一些同志对此置若罔闻。

应该重视周氏兄弟的意见，因为他们是三味书屋以及鲁迅在这所私塾中读书生活的见证人。他们的意见毋庸置疑地具有权威性。

首先，他们提供的事实可以与散文的具体描写互相印证。散文中写道，三味书屋“没有孔子牌位”。学生向先生行礼时，先生“和蔼地在一旁答礼”。作者早就听说，先生“是本城中极方正，质朴，博学的人”。“先生最初这几天对我很严厉，后来却好起来了”。他有一条戒尺，但是不常用，也有罚跪的规则，但也不常用。书屋内学童们读书的场面是“人声鼎沸”，先生大声朗读入神的时候，学童们在下面做各种小动作。这些都极其真实而又生动地再现了当时的私塾生活，与周遐寿、周建人的说法毫无二致，其中并无微词。另外，由于作者是通过儿童心理的折射来反映私塾生活的，并把自己幼年时的儿童心理写得活灵活现，所以，尽管三味书屋所用的教材是“四书”“五经”，教法也不可避免地沿袭陈规，但书屋的气氛仍不无生机。说三味书屋是“牢笼”，未免太过。

其次，他们观察问题的方法比较正确。列宁主义认为：“在分析任何一个社会问题时，马克思主义理论的绝对要求，就是要把问题提到一定的历史范围之内。”② 可见，要正确地评价三味书屋和先生，关键在于把书屋和先生放到特定的社会背景下加以实事求是的分析，既看到书屋和先生与封建教育制度的联系，又看到二者的区别。

三味书屋是清朝末年的封建私塾，主持私塾的寿镜吾先生是封建社会的旧式知识分子。在当时的历史条件下，三味书屋的入学礼仪、课堂常规、教材教法，都必然要受到封建教育制度的制约。私塾生活在许多方面束缚了儿童身心的正常发展，其源盖出于此。此乃历史的局限性，而非人力之过。散文对私塾生活的如实描绘，反映了作者尊重事物本来面目的科学态度。对在封建教育制度下执教的人，我们应采取具体问题具体分析的态度，充分注意

---

① 周建人. 回忆鲁迅片断［J］. 北京师范大学学报社会科学版，1979（3）：31-34.

② 列宁. 论民族自决权［M］. 莫斯科：外国文书籍出版局，1950.

到先生本人的特点，而不应该简单地把他们和封建教育制度等同起来。在旧中国，直至19世纪二三十年代，私塾里设置孔子牌位，仍是通例。19世纪末叶的一个普通塾师，在书屋不设孔子牌位，实属罕见。体罚在那时也是通例，先生的戒尺和罚跪均“不常用”，亦属难得的开明行为。有人认为，戒尺和罚跪虽“不常用”，但“毕竟是用了”，与常用者并无“质”的不同。这显然是脱离一定历史条件对人物的苛求。体罚是封建教育制度的产物，在这个制度下执教的人不可能超越这个制度。须知，在20世纪80年代，有些先进的资本主义国家，如英国，其教育制度尚未废除体罚，我们怎么能要求19世纪末叶在封建教育制度下执教的一位普通塾师完全废除体罚呢？私塾生活的“质”，是由封建教育制度决定的。我们在研究问题时，当然应该注意事物的质的规定性，但同时也要考虑到事物的数量，因为“任何质量都表现为一定的数量，没有数量也就没有质量”。在封建教育制度下，体罚的常用与否，反映着量的差别，我们可以而且应该据此确定私塾与执教者的开明与否。对量的差别视而不见，一言以蔽之曰“并无质的不同”，这显然是把三味书屋和先生与封建教育制度机械地等同起来了。这不能说是实事求是的态度。而周氏兄弟的意见注意把三味书屋与“同类私塾”相比较，注意把先生放在“当时的社会里”加以评价，应为持平之论。

鲁迅是实事求是的典范。从《朝花夕拾》的部分篇目和鲁迅的一些杂文、书信当中，可以看出，对于封建教育制度，他一向采取批判的态度。但是，对于自己儿童时代的先生，他却明确表示“我对他很恭敬”。这不仅反映了作者儿童时代对先生的态度，而且反映了作者在时隔三十多年以后写这篇散文时对先生的态度，这就不能不谈到先生的为人以及他与作者的关系。

寿镜吾先生（1849—1929），名怀鉴，字镜吾，浙江会稽人。清同治八年（1869）秀才。因看不惯现实的黑暗与官场的腐败，不再参加乡试，子承父业，在三味书屋坐馆教书，直至去世。先生毕生从事启蒙教育，远离仕途，自甘淡泊。《从百草园到三味书屋》写其为人“方正、质朴、博学”，当是公论。寿先生不仅自己无意于功名，而且不准自己已经中了秀才的儿子寿洙邻参加乡试，甚至将儿子锁在房里，结果儿子跳窗逃出，并且考中。后来，寿洙邻在黑龙江省做了一个小县官，曾派人给家里送来一些银钱，以资助寿先生的晚年生活，寿先生拒不收纳。联系到寿先生一家以教书为业的清苦生活，这种正直、清白的品格是难能可贵的。了解到这些情况，我们就会发现，有人仅仅根据先生爱读刘翰所作的《李克用置酒三垂岗赋》，即断言先生醉心于功名利禄，该是何等的武断。当然，这篇赋歌颂镇压农民起义的李克用，反映了封建文人的观点。先生欣赏这样的文章，很可能是欣赏它的文笔酣畅，因为《清嘉集初稿》对此赋的评价就是："豪情胜慨，倾倒淋漓"。这说明先生终究是一位旧式的知识分子，他的思想不可能超越时代的限制，我们对此不宜苛求。

寿先生一家与鲁迅一家有着良好的友谊。鲁迅的父亲病重时，医生所开的新奇药方中有三年以上的陈仓米，无处可寻。当时鲁迅的祖父身陷囹圄，且是钦定的"斩监候"，家境"从小康人家而坠入困顿"，"在这路途中，大概可以看见世人的真面目"。在这种情况下，寿先生超脱世俗，济人急难。"不知道从哪里弄到了一两升，装在'钱搭'里，亲自肩着送来。他的日常行为便是如此。"这样的事情无疑会给少年鲁迅留下深刻的印象。1898 年鲁迅离开故乡以后，每次回家都要探望寿老先生，并经常书信往来。1915 年，寿老先生的夫人谢世，鲁迅当即"以呢幛子一送洙邻寓"，在得知寿洙邻设奠于三圣庵后，又专程前往吊唁。在鲁迅日记中，凡提到寿老先生时，鲁迅都尊称为"镜吾先生"。寿先生去世后，鲁迅还和寿洙邻保持良好的友谊。怎么能设想，对这样一位自己尊敬的老师，在他还健在的时候，鲁迅竟会采取讽刺和批判的态度呢？那种把先生看成是"维护封建教育制度和宣扬孔孟之道的一个典型的腐儒"的观点，不仅是对这篇散文的曲解，而且远离历史事实。我们应该从散文的具体实际出发，并且尊重作者这段生活的见证人的意见，把三味书屋看成是在当时的历史条件下的一所开明的学校；把寿先生看成是旧式知识分子中品格正直、学识渊博并与作者有着良好的师生之谊的一位启蒙老师。

（原载《中学语文教学》1986 年第 3 期）

民族脊梁的颂歌

——读《中国人失掉自信力了吗》

鸦片战争以来，中国社会逐渐沦为帝国主义列强的半殖民地。在帝国主义面前，“可怜的民族，奴隶的民族，上上下下都是奴隶”①，在某种意义上，整个旧中国就是一个奴隶王国，在这个铁一般黑暗的国度里，帝国主义的奴役与中国古老的封建传统相结合，使中国人民的民族自尊心与自信力受到了极大的摧残，在一部分人当中，甚至丧失殆尽。鲁迅对此痛心疾首，与这种奴隶的“劣根性”进行了坚韧不拔的斗争，但这并不意味着鲁迅认为四万万同胞都已经消极、沉沦乃至堕落，他清醒地看到了问题的另外一面，即中国现实和历史上的“脊梁”。《中国人失掉自信力了吗》，就是中华民族脊梁的一曲颂歌。

《中国人失掉自信力了吗》，写于1934年9月25日，时值“九一八”事变和“七七事变”之间。当时，日本帝国主义的铁路在践踏了东北三省之后，又向关内步步进逼，亡国灭种的威胁迫在眉睫，悲观失望的情绪主宰了一部分人的头脑。1934年8月27日《大公报》社评《孔子诞辰纪念》哀叹：“民族的自尊心与自信力，既已荡焉无存；不待外侮之来，国家固早已濒于精神幻灭之域。”针对这种论调，鲁迅在他53岁诞辰时，写下了这篇著名的杂文。

作者冷峻的目光首先注视着现实。文章一开头就列举了三种事实：自夸“地大物博”；寄希望于“国联”；“一味求神拜佛，怀古伤今”。这些事实都

---

① 车尔尼雪夫斯基. 序幕［M］//列宁. 论大俄罗斯人的民族自豪感. 周朴之，译. 上海：上海译文出版社，1982.

见之于“公开的文字”，表示言之有据，事实确凿，然后很自然地引出本文批驳的论点：“中国人失掉自信力了”。但作者当即指出，这个提法本身就是不确切的，因为信“地”，信“物”，信“国联”，这明明是“他信力”，而不是“自信力”。这种以论敌的论据为论据来反驳论敌的论点的方法，使文章在从容不迫的气度中，蕴含着一种无可辩驳的力量。

文章在指出一部分人连他信力都已丧失之后，笔锋一转：“失掉了他信力，就会疑，一个转身，也许能够只相信了自己，倒是一条新生路。”作者在这里开出的“新生路”，意在反衬下文的“死路”：“玄虚之至”的求神拜佛，只能说明“中国人现在是在发展着‘自欺力’”。这一结论是前文的自然引申，但文笔一波三折，跌宕起伏，在层层递进的推理之中，始终贯穿着逻辑的力量。

在批驳了论敌的论点之后，作者深沉的目光由近及远地转向了我们民族古老的历史。他那纵贯古今的思绪首先从严峻的现实中生发开来，指出“自欺”并非现在的新东西，而是古已有之，于今为烈，以致“笼罩了一切”。“笼罩”一词，在这里用得十分准确、形象，它生动地描绘了这种思潮像毒雾一样禁锢着人们的头脑，并蔓延到了各个领域。然后，作者用“然而”一转，满腔热情地歌颂了“在这笼罩之中，我们有并不失掉自信力的中国人在。”他们当中，既包括历史上那些“埋头苦干的人”“拼命硬干的人”，“为民请命的人”“舍身求法的人”，更包括现在那些“有确信，不自欺”“前仆后继的战斗”而又“被摧残，被抹杀”的人。这样，作者的思绪就在追溯历史长河的源流之后，又回到了现实，明确指出：“说中国人失掉了自信力，用以指一部分人则可，倘若加于全体，那简直是诬蔑。”

文章的结尾提出了判断自信力有无的正确标准：“状元宰相的文章是不足为据的。要自己去看地底下。”“状元宰相”，当是泛指古今封建统治阶级在思想文化战线上的代言人。“地底下”，则是泛指古今一切有自信力的中国人，并与前文的“笼罩”成为鲜明的对照。这样的结尾，既总结了全文，又恰与文章开头“公开的文字”相呼应，使文章结构完整，浑然一体。

综观全文，文章以现实为纬，以历史为经组织材料，开头始于现实，然后引申到历史，再由历史回到现实，结尾则既是对历史的总结，又是对现实的概括。文章先破后立，破得有力，立得牢固，驳论与立论相结合，互相映衬。驳论以事实为依据，内含逻辑推理，极其雄辩；立论则直抒胸臆，充满激情；排比句式的运用，更使文章增添了气势；议论与抒情水乳交融，增强了文章的说服力和感染力。

《中国人失掉自信力了吗》的核心是论述中国人自信力的有无，因此，正确地理解作者所称颂的有自信力的人的含义，就成了理解这篇杂文的关键。笔者认为，“中国的脊梁”是一个民族的概念，而不仅仅是中华民族中某一阶级、某一集团的概念，在民族矛盾上升为主要矛盾的情况下，更是如此。我们中华民族是有着光荣革命传统的伟大民族，她孕育了千千万万个英雄豪杰，其中既包括劳动人民中的优秀人物，也包括剥削阶级中的志士仁人以及历代统治阶级中的杰出人物。由于历史条件的原因，后者的聪明才智比前者有更多的机会得到发挥；他们在政治、经济、军事、文化、科学、艺术等领域为中华民族的发展所做出的贡献，也比前者有更多的可能在史书上有所记载。文中所论及的“埋头苦干的人”，指那些为了国家、民族的利益，执着于某一项事业，不畏艰险，奋斗不息的人。就在写作本文之后一年，作者写了历史小说《理水》，塑造了古代治水英雄大禹的形象，可互相印证。“拼命硬干的人”，当指那些置身家性命于不顾，揭竿而起、斩木为兵的农民领袖和精忠报国、壮怀激烈的民族英雄。“为民请命”的确切含义，指的是为老百姓请求保全生命或解除疾苦，这一词语的出处，见《汉书·蒯通传》：“西乡（向）为百姓请命。”“为民请命”这一提法在极“左”思潮泛滥时曾经受到过大规模的口诛笔伐，以至于一些教科书的编者在选用这篇杂文时，不得不将这句话从文章中删除。但是，正如一位戏剧家借助剧中人物之口所说的那样：“为民请命，何罪之有?”① 几乎在写作本文的同时，作者写了历史小说《非攻》，塑造了一个古代为民请命的墨子形象，也可互为印证。“舍身求法”的“法”，这里可做标准、规范解。又，“法”在世界各国语源上都兼有“公平”“正直”“正义”等含义，所以，“舍身求法”可以解作：为追求某一种规范（诸如公平、正义等），不惜牺牲生命，类似“舍生取义”，而

---

① 田汉. 谢瑶环［M］. 西安：陕西人民出版社，1980.

"舍生取义"语出《孟子·告子上》，它在本质上属于儒家思想。历代统治阶级中的不少杰出人物，都把它奉为行动的准则，这样的例证，史不绝书。甚至无产阶级革命的一些先驱，有时也借用这一成语来激励自己的革命意志。可见，作者在这里列举的几种类型的人，都不仅仅限于某一阶级或集团，而是指我们整个中华民族的精华。鲁迅是实事求是的典范。对于那些所谓"正史"，他虽然借用梁启超的说法，认为它们不过是为帝王将相作家谱，但这并不意味着对历代统治阶级采取简单否定、一笔抹杀的态度，更不意味着对他们中的杰出人物所做的贡献也采取不承认主义。他曾经把汉唐统治者魄力的"雄大"与"闳放"和"人民具有不至于为异族奴隶的自信心"① 一起来加以肯定；他还推崇被人误认为奸臣的曹操是个"很有本事的人，至少是一个英雄"②，至于他称赞一些在文学史上做出重要贡献的诗人和散文家的例子，就更是俯拾皆是了。对于那些被现代的某些人改铸得无比高大的农民起义领袖，鲁迅也从未做过无原则的歌颂，而是毫不掩饰他们历史和阶级的局限性。他对明末农民起义领袖张献忠多有针砭，即是一例。

同样，现实生活里的"脊梁"，既包括中国共产党及其领导下的革命人民，也包括中华民族中其他阶级和集团中的杰出人物。就在作者写作本文之前两年，在日本帝国主义挑起的"一·二八"事变中，驻守上海的十九路军就曾奋起抵抗，重创敌人，使之四易司令。在作者写作本文之前一年，二十九军又血战喜峰口，以大刀和血肉之躯与敌人拼搏，震惊中外。国民党军队在这些战斗中所表现出来的与敌人血战到底的英雄气概，无疑是"有确信，不自欺""前仆后继的战斗"的具体表现，在民族敌人面前，他们理应和中国共产党及其领导下的革命人民同属于民族"脊梁"之列。至于作者在本文中所指斥的失掉自信力而发展自欺力的人，主要指的是国民党政府中的一部分上层人物，但也不宜理解得过于绝对。本文明明写道，这种自欺力已"笼罩了一切"。可见，这种思潮也不仅仅局限于一个阶级、一个集团。恩格斯在论述三十年战争给德国带来的影响时指出，小资产阶级的市侩庸俗习气

① 鲁迅. 看镜有感［M］//鲁迅. 鲁迅全集. 北京：人民文学出版社，1981.

② 鲁迅. 魏晋风度及文章与药及酒之关系［M］//鲁迅. 鲁迅全集. 北京：人民文学出版社，1981.

"已经沾染了德国的一切阶级"，"它既经常笼罩着王位，也经常笼罩着鞋匠的小屋"。"这种旧遗传病毒"甚至"感染"到党内，以至于"必须警觉地注意这些人"[①]。联系到作者一贯坚持的对国民"劣根性"的解剖，我们也应该承认，这种缺乏自信力甚至发展着自欺力的现象，与人民群众中的某些不觉悟的部分也并非绝缘。正由于此，在国难当头的情况下，强调民族自信力，唤起民族自豪感，就成了思想战线上一项十分紧迫的任务，而《中国人失掉自信力了吗》就是鲁迅实践这一任务的光辉篇章。

（原载《中学语文教学》1986 年第 8 期）

① 恩格斯. 恩格斯与伯恩施坦通信集（1879—1895）[M]. 北京：人民出版社，1982.

怎样认识鲁迅的弃医从文

——读《藤野先生》札记

1906年，鲁迅在日本仙台医学专门学校求学期间，由于幻灯片事件的刺激，决定弃医从文。这是鲁迅在人生道路上的重要转折，也是我们在《藤野先生》的教学中必须重视的一个问题。

在中学语文教学中，通常认为，弃医从文是鲁迅早期思想发展的一次飞跃，它集中反映了青年鲁迅的爱国主义思想。但是，爱国主义不是一个抽象的概念，它在不同国家的不同历史时期有着不同的具体内容，即使在同一国家的同一历史时期，每个爱国主义者也会有自己的特殊表现。我们只有把弃医从文看成是鲁迅早期思想发展链条中的一个环节，并结合当时的历史背景做具体分析，才能对鲁迅的这一抉择做出确切的说明。

弃医从文并非鲁迅早期思想发展途程中的第一个转折。1898年，当鲁迅离开绍兴故乡，“走异路，逃异地，去寻求别样的人们”时，他首先进的是南京江南水师学堂，翌年二月，又改入江南陆师学堂附设的矿务铁路学堂，直至1902年1月毕业。鲁迅在南京学洋务的几年间，在中国的大地上，触目惊心的剧变迭起：戊戌变法的彻底失败，义和团运动的惨遭镇压，八国联军的疯狂入侵，丧权辱国的《辛丑条约》的签订，这些接踵而至的内忧外患，促使包括鲁迅在内的许多先进的中国人思考和探索国家和民族的出路，其结论是：“要救国，只有维新，要维新，只有学外国。那时的外国只有西方资本主义国家是进步的，它们成功地建设了资产阶级的现代国家。日本人向西方学习有成效，中国人也想向日本人学。”① 正是在这一时代浪潮的推动下，鲁迅于 1902 年 4 月到了日本。当他知道日本的维新运动“大半发端于西方医学的事实”② 后，即决定弃矿从医。尽管鲁迅此举的动机不无幼稚之处，但他做出这一抉择的出发点是爱国主义，则是确定无疑的。这种爱国主义的实质，是“对于维新的信仰”③，它是当时的维新浪潮冲击青年鲁迅所激起的一朵浪花。

维新运动的实质是资产阶级的改良主义。在孙中山领导的资产阶级民主革命兴起之前，改良运动的倡导者康有为、梁启超等人主张“除旧布新”“保种自强”，代表了那时向西方寻求真理的一派人物。青年鲁迅在思想上接受了他们的某些影响，但并非信仰他们的整个思想体系。康、梁等人倡导维新运动的目的在于实现君主立宪的社会制度，即所谓“主以中学（君主），辅以西学（立宪）”④，而鲁迅学医的目的则是为了救活像他父亲似的“被误的病人的疾苦”，“战争时候便去当军医”，可见，青年鲁迅是把学医看成是能够切实地报效国家、民族的具体途径的。基于这样的思想基础，他一旦发现“医学并非一件紧要事”，就毅然决然地另择新路：“我们的第一要著，是在改变他们的精神，而善于改变精神的是，我那时以为当然要推文艺，于是想提倡文艺运动了。”⑤

其实，在 1906 年弃医从文之前，鲁迅想以文艺改变民众精神的活动即已开始。1903 年，他题赠许寿裳的《自题小像》诗，不仅抒发了“我以我血荐轩辕”的豪迈誓言，而且慨叹“同胞未醒”，流露出“不胜寂寞之感”⑥。同年，他译述了《斯巴达之魂》，歌颂了公元前 480 年斯巴达三百市民为抵抗波斯侵略军全部为国捐躯的壮举。鲁迅介绍这一故事的动机，显然是为了唤起民众的爱国主义热忱。他还翻译了法国著名作家雨果的《哀尘》，叙述了女主人公芳梯“求为一贱女子而不可得”的悲惨遭遇。在译者附记里，鲁迅

① 毛泽东. 论人民民主专政［M］. 北京：人民出版社，1960.
② 鲁迅.《呐喊》自序［M］//鲁迅. 鲁迅全集. 北京：人民文学出版社，1981.
③ 同上。
④ 郑观应. 盛世危言（十四卷）［M］. 刻本. 济南：书业德记，1902（光绪二十八年）.
⑤ 鲁迅.《呐喊》自序［M］//鲁迅. 鲁迅全集. 北京：人民文学出版社，1981.
⑥ 许寿裳. 怀旧［M］//许寿裳. 我所认识的鲁迅. 北京：人民文学出版社，1953.

写道："嗟社会之陷穽兮，莽莽尘球，亚欧同慨。"可见，他翻译这一作品的目的，在于借西方作家之笔，唤起东方读者对自身苦难的共鸣。

值得注意的是，鲁迅的上述活动，并非偶或为之。据许寿裳回忆，在从事上述活动的同时，鲁迅经常对他谈到以下相联的问题："（一）怎样才是理想的人性？（二）中国国民性中最缺乏的是什么？（三）它的病根何在？"①这就提出了如何改造国民性的问题。鲁迅的这一思想在20世纪初叶是难能可贵的。当时，不要说已经走到了终点的维新派，就是站在时代前列的资产阶级革命派，他们的着眼点主要也还是"排满"，对于如何改变人们的精神，提高人民的觉悟这样一个事关重大的问题，还很少有人注意。青年鲁迅考虑到这一点，不仅表现了他的爱国主义热忱，而且反映了他思想的深邃。可以认为，即使没有幻灯片事件的刺激，鲁迅迟早也会做出弃医从文的抉择，因为他已经具备了做出这一抉择的内在原因，而幻灯片事件，则是他做出这一抉择的契机，或曰直接原因。

鲁迅的弃医从文，与当时正在海外兴起的资产阶级民主革命的浪潮密不可分。1905年8月，孙中山先生在东京联合兴中会、华兴会、光复会，组成同盟会，明确提出了"驱除鞑虏，恢复中华，建立民国，平均地权"的政治纲领，并发行《民报》，大力宣传民主共和的革命思想。而以康、梁为代表的维新派，这时已经完全堕落成保皇派。在同盟会成立之前，革命派和主张君主立宪的改良派就展开了一场大论战。1903年，章太炎发表《驳康有为论革命书》，鲁迅对此大为赞赏，称章太炎是"有学问的革命家"②。他还格外推崇邹容的《革命军》，认为"别的千言万语，大概都抵不过浅近直截的'革命军马前卒邹容'所做的《革命军》"③。鲁迅的弃医从文，发生在革命派和改良派决裂期间，绝不是偶然的。正是蓬勃发展的反帝反封建的民主革命运动，为鲁迅早期思想的这一转折提供了时代和社会条件。如果说，1906年弃医从文以前，鲁迅曾经受过改良派严复、梁启超的影响，那么，在这以后，这种影响则由章太炎所替代。鲁迅的弃医从文，标志着他在政治上已经

---

① 许寿裳．怀亡友鲁迅［M］//许寿裳．我所认识的鲁迅．北京：人民文学出版社，1953.
② 鲁迅．关于太炎先生二三事［M］//鲁迅．鲁迅全集．北京：人民文学出版社，1981.
③ 鲁迅．坟·杂忆［M］//鲁迅．鲁迅全集．北京：人民文学出版社，1981.

摆脱改良派的影响，而站到资产阶级民主革命的立场上来。

从解救中国人生理上的病痛，到医治中国人精神上的痼疾，从医学救国到文学救国，鲁迅青年时期思想的这一发展，是他区别于其他的资产阶级民主革命者的主要特点。它集中反映了鲁迅早期思想的启蒙主义特色。

启蒙主义是一定历史条件的产物。它在不同的国家有着不同的内容和形式。历史上的启蒙运动，特指 17 至 18 世纪欧洲资产阶级的民主文化运动，它的代表人物，在法国是伏尔泰、卢梭、狄德罗，在德国是莱辛、赫尔德、席勒、歌德。此外，人们也往往用启蒙运动来泛指任何通过宣传教育使社会接受新知识而得到进步的运动。正是在后一种意义上，我们把鲁迅企图通过文艺来改变人们精神的思想称为启蒙主义。毫无疑问，这种思想在当时的历史条件下有其进步意义。但它终究不是科学地揭示了人类社会发展规律的历史唯物主义。按照马克思主义的观点，只有在无产阶级政党的领导下，依靠人民群众的力量，通过武器的批判，推翻反动阶级的政权，建立崭新的社会制度，才能使中国人民走上解放的大道。文学在革命中虽也有其不可忽视的作用，但它并无扭转乾坤的力量。至于人民群众思想上的弱点，也只有在革命的实践中才能逐步得到克服。马克思、恩格斯说得对："革命之所以必需，不仅是因为没有任何其他的办法能推翻统治阶级，而且还因为推翻统治阶级的那个阶级，只有在革命中才能抛掉自己身上的一切陈旧的肮脏东西，才能建立社会的新基础。"① 不过，在 20 世纪初叶，马克思主义的科学理论尚未介绍到中国来。只是在历史的车轮驰进了 1917 年时，世界才发生了划时代的巨变："十月革命一声炮响，给我们送来了马克思列宁主义。十月革命帮助了全世界的也帮助了中国的先进分子，用无产阶级的宇宙观作为观察国家命运的工具，重新考虑自己的问题。""这时，也只是在这时，中国人从思想到生活，才出现了一个崭新的时期。"② 鲁迅的文学救国思想，产生于十月革命之前，其局限性应归因于历史条件的限制。随着历史条件的变化，鲁迅的思想也不断向前发展，对文学与革命的关系以及文学的社会作用也有了全面、

① 马克思，恩格斯. 德意志意识形态［M］. 中共中央马克思恩格斯列宁斯大林著作编译局，译. 北京：人民出版社，1961.

② 毛泽东. 论人民民主专政［M］//毛泽东. 毛泽东选集：第 4 卷. 北京：人民出版社，1960.

正确的估价。大革命时期，他就认识到："改革最快的还是火与剑。"① "一首诗吓不走孙传芳，一炮就把孙传芳轰走了。"② 当然，文学的作用也"不应特别看轻"，无产阶级文学，"是无产阶级解放斗争的一翼"③。文学作品"将旧社会的病根暴露出来，催人留心，设法加以疗治"④，则是鲁迅毕生坚持的一贯思想和主要社会实践。

（原载《中学语文教学》1986 年第 10 期）

① 鲁迅. 两地书：致许广平［M］//鲁迅. 鲁迅全集. 北京：人民文学出版社，1981.
② 鲁迅. 革命时代的文学［M］//鲁迅. 鲁迅全集. 北京：人民文学出版社，1981.
③ 鲁迅. 对左翼作家联盟的意见［M］//鲁迅. 鲁迅全集. 北京：人民文学出版社，1981.
④ 鲁迅.《自选集》自序［M］//鲁迅. 鲁迅全集. 北京：人民文学出版社，1981.

鲁迅的《自题小像》

自题小像

灵台无计逃神矢，
风雨如磐闇故园。
寄意寒星荃不察，
我以我血荐轩辕。

一、这首诗的写作日期和地点

对这个问题的回答，众说不一。有“一九〇一年作于南京”“一九〇二年作于东京”“一九〇三年作于东京”“一九〇四年作于仙台”几说。笔者倾向于“一九〇三年作于东京”一说。许寿裳在《怀旧》一文中说：“一九〇三年他二十三岁，在东京有一首《自题小像》赠我。”1931 年，鲁迅曾重写此诗，下注“二十一岁时作，五十一岁时写之，时辛未二月十六日也。”按，鲁迅计算自己的年龄，有时用汉民族的传统计岁法（虚岁）；有时用西洋的实足年月计岁法（周岁）；有时在同一场合，对别人的年龄用周岁，对自己的年龄用虚岁，如在他抱着海婴照的相片上题道：“海婴与鲁迅一岁与五十”。据鲁迅日记，海婴生于 1929 年 9 月 27 日，这张照片摄于 1930 年 9 月 25 日，当为海婴的周岁；而“五十”，显系鲁迅的虚岁。又，根据鲁迅向仙台医学专门学校提交的入学志愿书和学业履历书，上面所填日期为明治三十七年（1904年）六月一日，年龄为22岁。① 这里的“二十二岁”显系周岁，看来，鲁迅对自己的年龄，在国外多用周岁，在国内则多用虚岁。所以，鲁迅重写《自题小像》时所注的“二十一岁”，很可能指的是周岁，许寿裳所说的“二十三岁”则指的是虚岁，二者并不矛盾。而“五十一岁”肯定用的是虚岁。假如“二十一岁”和“五十一岁”用的是同一计岁法，同为虚岁，那么鲁迅写此诗的时间当为1901年，那时鲁迅还在南京，尚未剪辫，似不可能。

二、注释

“灵台无计逃神矢”。“灵台”“神矢”，有十几种解释。但大多数研究者把“灵台”解释为“心”，典故出自《庄子·庚桑楚》：“不可内（纳）于灵台。”晋代郭象注：“灵台者，心也。”“神矢”，解释为“爱神的箭”。传说古罗马神话中有爱神丘比特，是一个身生双翅、手持弓箭的美少年，他的金箭射到青年男女的心上，他们就会产生爱情。按此种解释，“灵台无计逃神矢”的意思是：我的心无法逃避爱神的箭。对这句意义的理解有两种：一种认为这是以男女之间的爱情来比喻作者对祖国的热爱，另一种认为这是鲁迅在感慨自己无法逃脱母亲的包办婚姻。也有的研究者认为：“灵台”是《山海经》上的“辕轩之台”。在古代，射者“畏轩辕之台”，“不敢西向射”，从而比喻中国在古代的强大。但在鸦片战争以后，国势陵夷，“轩辕之台”也被外寇藐视，再也无法逃避他们恶毒的弓箭了。因而把“神矢”解释为帝国主义侵略中国的“恶毒的弓箭”②。在此之前，日本学者山田敬三先生也曾表示过类似的见解，认为：“灵台”即《山海经》里的“轩辕之台”“轩辕之丘”，以此来代表中国；“神矢”即西方侵略者的枪炮。

“风雨如磐闇故园”。“风雨如磐”，唐代齐己《侠客行》：“黄昏风雨黑

① 江流. 鲁迅在仙台［C］//鲁迅研究室. 鲁迅研究资料：第4辑. 天津：天津人民出版社，1980.

② 赵瑞蕻. 读鲁迅诗《自题小像》和《湘灵歌》［J］. 南京大学学报（哲学·人文科学·社会科学），1976（3）：87-92.

如磐。”“磐”，扁而厚重的大石。“闇”：同“暗”。“故园”，即故乡。这里指故国。这一句的意思是：风雨飘摇的祖国处于浓重的黑暗之中。

“寄意寒星荃不察”。宋玉《九辩》：“愿寄言夫流星兮。”王逸注：“欲托忠策于贤良也。”屈原《离骚》：“荃不察余之中情兮，反信谗而齌怒。”王逸注：“荃，香草，以喻君也。”这里泛指尚未觉悟的人民。“察”：体察，详审。这一句的意思是：我把自己对灾难深重的中华民族的赤子之心，寄予高空中那有一线光明的寒星，但远在故国的广大人民，还不能体察我的一片赤诚。

“我以我血荐轩辕”。“荐”：献，进。“轩辕”：黄帝。《史记·五帝本纪》：“黄帝者，少典之子，姓公孙，名曰轩辕。”我国传说中的上古帝王，汉民族的始祖。这里指代中华民族或祖国。这一句的意思是：我要把满腔的热血奉献给祖国。

三、解诗的几种意见

对《自题小像》的解释，众说纷纭。这里只简介两种。

许寿裳的意见：“首句说留学外邦所受刺激之深，次写遥望故国风雨飘摇之状，三述同胞未醒，不胜寂寞之感，末了直抒怀抱，是一句毕生实践的格言。”“首句之神矢，盖借用罗马神话爱神之故事，即异域典故”①，周遐寿认为，许寿裳所说的“借用”，“尤其是有见识，因为心早受了伤，以譬受到刺激，并不一定要是恋爱。至于作诗的年代，是1903年23岁的时候，也以许氏所记为可信”。②

吴奔星的意见：“‘灵台’和‘神矢’都是取其比喻象征的意义。‘灵台’象征古老的祖国，同下文的‘轩辕’相适应；‘神矢’象征帝国主义对准古老中国的侵略的矛头。告诉人们：过去的中国，敌人不敢随便侵袭，正好比《山海经》所说‘不敢西向射，畏轩辕之丘’，但是，鸦片战争以后，

---

① 许寿裳．怀旧［M］//许寿裳．我所认识的鲁迅．北京：人民文学出版社，1978．

② 仲密．《唐宋诗醇》与鲁迅旧诗［M］//鲁迅研究室．鲁迅研究资料：第3辑．北京：文物出版社，1979．

中国变成了半殖民地半封建的社会，门户洞开，外国侵略者纷至沓来，最后一个封建王朝清朝统治者无法抗拒，才造成了‘灵台无计逃神矢’的挨打局面，从而出现了‘风雨如磐闇故园’的悲惨后果。”当时的鲁迅，“身在异域，心怀同胞，经常‘寄意寒星’，决心血荐轩辕，从而写诗明志，反映了同敌人血战到底的决心。《自题小像》实际是当时民主革命高潮的生动写照。”①

诗无达诂。鲁迅的断发照片和题诗是赠送给许寿裳先生的，许先生的意见无疑具有权威性。但后一种意见，亦可备一说。

1989年1月

（选自《鲁迅作品的教学与研究》，
光明日报出版社，1990年）

① 吴奔星．鲁迅旧诗新探［M］．南京：江苏人民出版社，1981．

鲁迅的《无题》诗

无　题

大野多钩棘，长天列战云。
几家春袅袅，万籁静愔愔。
下土惟秦醉，中流辍越吟。
风波一浩荡，花树已萧森。

这首诗作于1931年3月。据《鲁迅日记》：1931年3月5日，“午后为升屋、松藻、松元各书自作一幅”。这首诗是书赠日本友人片山松藻（内山嘉吉的夫人）的。另，本篇和《送O·E·君携兰归国》以及《湘灵歌》一起，曾以《鲁迅氏的悲愤——以旧诗寄怀》为题，在1931年8月10日《文艺新闻》第二十二号公开发表。

《无题》为我们展示的是一幅肃杀萧条的画面。“大野多钩棘，长天列战云”。“钩棘”，即“钩戟”，古代兵器，这里泛指兵器。在辽阔的中国大地上，刀枪林立，万里长空布满了战云，形象地描绘了当时军阀连年混战的动乱局面。“多”“列”，极言战乱频仍，不宜落实为某一两次战争或“围剿”。“几家春袅袅，万籁静愔愔”，是鲜明的对比。尽管少数大军阀、大官僚志得意满，有如春风吹拂，但广大人民群众却是一片沉寂。“下土惟秦醉，中流辍越吟”。“秦醉”，据汉代张衡《西京赋》：“昔者大帝说（悦）秦穆公而觐之，飨以钧天广乐，帝有醉焉。乃为金策，锡（赐）用此土，而剪诸鹑首。”按：鹑首，星次名，我国古代将星宿分为十二次，配属于各国，鹑首指秦国疆土。这个典故的意思是：大帝醉酒时把秦的国土赐给了秦穆公，致使那一片国土受到了暴秦的蹂躏。“越吟”，据《史记·张仪列传》，陈轸对秦惠王说：“越人庄舄仕楚执珪，有顷而病。楚王曰：‘舄故越之鄙细人也，今仕楚执珪，贵富矣，亦思越不？’中谢对曰：‘凡人之思故，在其病也。彼思越则越声，不思越则楚声。’使人往听之，犹尚越声也。”这个典故的意思是：越国人庄舄虽然在楚国做官，但仍然思念自己的故国。这两句诗借上述典故，暗喻中国人民生活在水深火热之中，连爱国主义情操都因暴政的压迫而中止了。“风波一浩荡，花树已萧森”，与首联呼应，描绘了一幅风暴袭来，花木凋零破败的景象。

“诗者，根情”（白居易：《与元九书》）。这首《无题》所展示的冷峻的画面，根源在于作者悲愤的心情。这种心情既有对祸国殃民的大军阀、大官僚的憎恶，也有对灾难深重的中国人民的同情。强烈的憎与深厚的爱交织融会在一起，集中体现了作者忧国忧民的爱国主义思想。爱国主义是一种崇高的感情，它对每一个正直的公民都具有强大的凝聚力和向心力，但是，由于主、客观诸多条件的差异，每一个爱国主义者又会有自己区别于他人的特点。鲁迅不仅是文学家，而且是思想家，他对中国历史和现状有着远比他人深刻得多的认识。诗如其人。当作者通过具体诗篇表达自己深邃的思想时，思想家的特色也给诗篇打上了深深的烙印，这就使得《无题》的艺术形象具有高度的概括性。“钩棘”“战云”“风波”“花树”都不是具体的个别的形象，而是概括的总体的形象；“秦醉”“越吟”两个典故，表达的也是具有概括意义的事理和感情，这些都适宜描绘宏大的画面，直接反映重大的题材。正是借助上述艺术手法，作者摆脱了一时一事的局限，而俯瞰中华大地，综观时代风云，对当时中国社会的政局做了全方位的扫描，然后用高度浓缩的语言把自己深刻的思想和强烈的感情抒写出来。这就是《无题》诗的主要艺术特色。

（原载《中华诗词鉴赏辞典》，
中国妇女出版社，1991 年）

鲁迅的《湘灵歌》

湘灵歌

昔闻湘水碧如染，今闻湘水胭脂痕。
湘灵妆成照湘水，皎如皓月窥彤云。
高丘寂寞竦中夜，芳荃零落无余春。
鼓完瑶瑟人不闻，太平成象盈秋门。

《湘灵歌》和《无题·大野多钩棘》堪称姊妹篇。

本诗和《送O·E君携兰归国》《无题》，是在同一天由鲁迅亲书并分赠三位日本友人的（本诗所赠为片山松元），后又同以《鲁迅氏的悲愤——以旧诗寄怀》为题一起公开发表，可见，作者写作这三首诗的起因、背景以及当时的心情大体相同，但每首诗又各有特色。

如果说，《无题》的艺术形象具有高度的概括性，那么，《湘灵歌》的艺术形象则具体鲜明。“湘灵”是中国古代神话中湘水的女神，也就是《楚辞·九歌·湘夫人》中的“湘夫人”。“昔闻湘水碧如染，今闻湘水胭脂痕”，是今昔对比：过去听说湘水碧清如染，而今湘水却因血雨腥风而一片血痕。“湘灵妆成照湘水，皎如皓月窥彤云”。假如湘灵晨起梳妆之后，仍像以往那样以湘水为镜，那么，她那如同皓月一样美丽的脸庞面对的将是一片血染的红云。“高丘寂寞竦中夜，芳荃零落无余春”。“高丘”，楚国山名，屈原《离骚》：“忽反顾以流涕兮，哀高丘之无女。”这是用高丘借代祖国。“芳荃”，香草，常用以比喻忠贞的美德，这里隐喻革命者。这两句诗的大意是：在祖国的大地上，人们常常“悚惧惟危，夜半以起”，革命者惨遭杀害，犹如芳草遇严霜而凋零，毫无春意。“鼓完瑶瑟人不闻，太平成象盈秋门”。《楚辞·远游》有“使湘灵鼓瑟兮”之句，这里的“鼓完瑶瑟”采用的就是这一典故。“太平成象”，据《资治通鉴》唐文宗太和六年（832 年）：唐文宗问宰相牛僧孺：“天下何时当太平？”回答说：“太平无象”，意即没有内忧外患等具体征象，即太平。“太平成象”从“太平无象”变化而来，内含讽刺。“秋门”，唐代李贺《自昌谷到洛后门》：“九月大野白，苍岑竦秋门”。明代曾益注：“《洛阳故宫纪》云：洛阳有宜秋门千秋门”。按：洛阳为中国古都，“秋门”借代洛阳，这里借指国民党政府所在地南京。这两句诗的大意是：由于白色恐怖，即使湘灵鼓瑟，也不会有人听到，但在南京城里却是一片“太平”景象，这就有力地揭露并辛辣地讽刺了国民党当局一方面屠杀人民，另一方面粉饰太平的罪行。

《湘灵歌》等三首诗公开发表时，编者曾特加按语，内有“作于长沙事件后及闻柔石等死耗时，故语多悲愤”等语，但是，当作者把这种感情熔铸成艺术形象时，诗篇所悼念的革命志士，就不仅仅局限于长沙事件的死难者和柔石等人，而是泛指一切殉难的忠贞之士。一般地说，在鲁迅的诗文中，凡属实指特定人物的悼亡之作，作者都是注明了的，如《记念刘和珍君》《为了忘却的记念》《哀范君三章》《悼杨铨》等。《无题》《湘灵歌》则不同，作者的着眼点不是某一具体事件和有关人物，而是整个中华大地。那些把诗篇的主题落实为某人某事的意见，不仅不符合作者的思想和作品的实际，而且犯了解诗的大忌。

《湘灵歌》所描绘的艺术形象，通过对比显得格外鲜明。“碧如染”和“胭脂痕”，“皓月”与“彤云”，“高丘寂寞”“芳荃零落”与“太平成象”等，互为反衬，使诗歌对当局的控诉更加强烈，讽刺更加深刻。值得称道的是，在作者笔下，这种对比的手法运用得极其自然，毫无雕琢的痕迹，充分体现了作者的艺术匠心。

（原载《中华诗词鉴赏辞典》，
中国妇女出版社，1991 年）

《哀范君三章》浅析

哀范君三章

其一

风雨飘摇日，余怀范爱农。
华颠萎寥落，白眼看鸡虫。
世味秋荼苦，人间直道穷。
奈何三月别，竟尔失畸躬！

其二

海草国门碧，多年老异乡。
狐狸方去穴，桃偶已登场。
故里寒云恶，炎天凛夜长。
独沉清冷水，能否涤愁肠？

其三

把酒论当世，先生小酒人。
大圜犹茗艼，微醉自沉沦。
此别成终古，从兹绝绪言。
故人云散尽，我亦等轻尘！

《哀范君三章》最初发表于1912年8月21日绍兴《民兴日报》，署名黄棘。稿后附记说："我于爱农之死，为之不怡累日，至今未能释然。昨忽成诗三章，随手写之，而忽将鸡虫做入，真是奇绝妙绝。辟历一声，群小之大狼狈。今录上，希大鉴定家鉴定，如不恶，乃可登诸《民兴》也。天下虽未必仰望已久，然我亦岂能已于言乎。二十三日，树又言。"

浅释：

第一首写范爱农的斗争精神和不幸遭遇。

首联写作者对范爱农的怀念。"风雨飘摇日"，据鲁迅日记，1912年7月22日，即作者写这三首诗的那一天，"大雨"。另据许寿裳《怀旧》，"有一天，大概是七月底罢，大风雨凄黯之极，他张了伞走来，对我们说：'爱农死了。据说是淹死的，但是我疑心他是自杀。于是给我们看昨夜所做的哀诗三首"。可见，"风雨飘摇日"一句，首先是写实；同时，也暗喻辛亥革命后国内的政治气候。

颔联（第二联）写范爱农与旧势力斗争的神态。"华颠"，《后汉书·崔駰传》："唐且华颠以悟秦。"唐代李贤注："《尔雅》曰：'颠，顶也。'华颠谓白首也。"《朝花夕拾·范爱农》中写范爱农："只这几年，头上却有了白发了。""华颠萎寥落"，言范爱农在青壮年时期头发即已花白、稀疏。"白眼"，《晋书·阮籍传》："籍能为青白眼，见礼俗之士，以白眼对之。"《朝花夕拾·范爱农》中写范爱农的"眼白多黑少""看人总像在渺视"。"鸡虫"，杜甫《缚鸡行》："鸡虫得失无了时。"这里比喻势利小人。又，按绍兴方言，"鸡虫"与"几仲"谐音，所以作者在诗后附记中说："将鸡虫做入，真是奇绝妙绝。"几仲，即何几仲，辛亥革命后中华自由党（《阿Q正传》中的"柿油党"）绍兴分部骨干分子。这里的"鸡虫"为双关语。"白眼看鸡虫"，言范爱农对何几仲等人的蔑视。此联寓神于形，形神兼备，表现了作者高超的艺术功力。

颈联（第三联）写范爱农的处境和遭遇。荼，《尚书·汤诰》："罹其凶害，弗忍荼毒。"孔颖达疏："《释草》云：'荼，苦菜。'此菜味苦，故假之以言人苦。""穷"，《孟子·尽心上》："穷则独善其身，达则兼济天下。"《红楼梦》第五回："自古穷通皆有定。"指行不通，境遇不好，与"通"或

“达”相对。此联写范爱农饱尝的“世味”，如秋天的苦菜那样苦，他为人正直必然在人间处处碰壁。

尾联写作者在听到范爱农的死讯后的感慨。1912年四月初，南京政府参议院议决迁往北京。四月中旬，鲁迅曾回绍兴家中略做安顿，五月初直接往北京进发。七月下旬得到范爱农的死讯，所以这里说“奈何三月别”。“畸躬”即畸人，指不同凡俗的人。此联的大意是：怎么离别了仅仅三个月，竟然就失去了这样一位不同凡俗的人！

第二首着重写范爱农不幸遭遇的历史背景。

首联追忆范爱农青年时期曾在日本留学。“海草国门碧”，李白《早春于江夏送蔡十还家云梦序》：“海草三绿，不归国门。”此联大意是：范爱农远离祖国，多年在异乡生活。

颔联写辛亥革命后封建势力的复辟。“狐狸”，喻清王朝的反动统治者。“桃偶”，即桃木雕刻的傀儡。许寿裳《怀旧》：“我尤其爱‘狐狸方去穴’的两句，因为他在那时已经看出袁世凯要耍把戏了。”显然，许先生在这里把“桃偶”确指为帝国主义扶植的袁世凯。但也可以泛指封建复辟势力，包括绍兴地区的守旧势力，他们虽然换了新装，但封建势力的阴魂仍然附在他们身上。他们不过是“桃偶”而已。

颈联写绍兴地区封建势力复辟后，范爱农处境的险恶。“故里”，即故乡。“寒云恶”，言1911年严冬旧势力即已复辟。“炎天凛夜长”，范爱农死于1912年七月，时当盛夏，但革命者如在凛冽的漫漫长夜之中。

尾联再次写作者听到范爱农死讯后的感慨：纵使投身于清冷水中，能不能洗涤你那满腹的忧愁呢？

第三首写作者对范爱农的评价和自己的感慨。

首联写作者对范爱农的评价。“把”，拿着。李白有《把酒问月》诗。苏轼词《水调歌头》：“把酒问青天”。《朝花夕拾·范爱农》写范爱农“爱喝酒”，“醉后常谈些愚不可及的疯话”。这就是所谓“把酒论当世”。辛亥革命时，范爱农“不大喝酒了”。封建势力复辟后，范爱农“还喝酒”，死的那一天是“醉着”。可见，范爱农的喝酒与政治形态以及他的心情密切相关。他绝不是酒徒，而是有政治头脑的革命者。“小酒人”，这里的“小”，用如动词，是小看、轻视之意。爱喝酒而又小看酒徒，说明鲁迅深知范爱农其人。

颔联紧承上联，结合当时的背景，再写作者对范爱农的评价。“大圜”，即天。《吕氏春秋·序意》：“爰有大圜在上，大矩在下。”这里比喻整个国家。“茗艼”，即酩酊。此句的大意是：整个国家如同酩酊大醉一样，范爱农仅止“微醉”，较一般为清醒，自然要沉沦水底。

颈联写作者的感慨。“终古”，久远，永远。这里指永别。“绪言”，发端之言，已发而未尽的言论。《庄子·渔父》：“曩者，先生有绪言而去。”陆德明释文：“绪言，犹先言也。”成立英疏：“绪言，余论也。”此联大意是：此次离别已成永诀，从此再也听不到范爱农那未尽的言论了。

尾联写作者悲愤的心情。作者 1933 年 12 月 27 日夜致台静农信中说：“三十年来，年相若与年少于我一半者，相识之中，真已所存无几，因悲而愤，遂往往自视亦如轻尘”。“等轻尘”的“等”，这里用如动词。此联大意是：老朋友们已经风流云散，我也把自己视若轻尘。

又，作者 1934 年年底编集《集外集》时，曾将《哀范君三章》中的最后一首收入该书。其中“此别成终古，从兹绝绪言”一联，因作者一时忘却，于编集时补作：“幽古无穷夜，新宫自在春。”写祖国大地上长夜漫漫，如幽谷不见日光；而封建势力却在他们的“新宫”里欢度春天了。与本诗第二首的意思完全吻合。

1989 年 1 月

（原载《鲁迅作品的教学与研究》，
光明日报出版社，1990 年）

“大风吹雪盈空际”

——读鲁迅散文诗《雪》

《雪》是现代散文诗中的名篇，但人们对这篇散文诗的解释历来众说纷纭。一篇并不艰深晦涩的散文诗，引起人们这样大的关注，这既说明了《雪》本身的艺术价值，又促使我们认真思考《雪》的研究方法。

根据文学常识，散文诗是兼有散文和诗的特点的文学体裁，但就作品所创造的意境而言，散文诗必须首先是诗。诗歌的主要特点是抒情。《尚书·尧典》：“诗言志，歌咏言。”刘勰引用《毛诗序》的话解释道：“在心为志，发言为诗。”① 可见，在刘勰看来，“志”是一个内涵十分广泛的概念，现代学者把它解为“情志”②，意即思想感情。刘勰还说：“人禀七情，应物斯感，感物吟志，莫非自然。”③ 白居易也说：“诗者，根情，苗言，华声，实义。”④ 这些论述无不强调感情在诗歌创作中的重要地位。现代大诗人郭沫若说，“诗人是感情的宠儿”，诗歌“内在的韵律便是‘情绪的自然消涨’”“内在韵律诉诸心而不诉诸耳”。⑤ 正由于此，解诗应着力于通过作品的艺术形象领会作者的思想感情，而切忌落实。

据鲁迅日记，1924 年 12 月 30 日：“雨雪。”“下午霁，夜复雪。”次日：“晴。大风吹雪盈空际。”凡读过鲁迅日记的人都知道，在鲁迅日记里，罕见

---

① 刘勰．明诗第六［M］//刘勰．文心雕龙．北京：人民文学出版社，1958.

② 周振甫．文心雕龙选译·文体论·明诗第六［M］．北京：人民文学出版社，1958.

③ 刘勰．明诗第六［M］//刘勰．文心雕龙．北京：人民文学出版社，1958.

④ 白居易．与元九书［M］//顾肇仓，周汝昌．白居易诗选．北京：作家出版社，1962.

⑤ 郭沫若．论诗三札［M］//郭沫若著作编辑部出版委员会．郭沫若全集．北京：人民文学出版社，1983.

诗的语言。“大风吹雪盈空际”这一诗意盎然的佳句，足以说明，正是1924年年底的这场雪，成了鲁迅创作散文诗《雪》的媒介。值得注意的是，鲁迅并非在雪夜即兴赋诗，而是在感情的波澜稍事平息之后，于1925年1月18日（星期日）挥笔写《雪》。这体现了鲁迅对诗歌创作的一种观点：“我以为感情正烈的时候，不宜作诗，否则锋芒太露，能将‘诗美’杀掉。”① 诗歌创作是十分复杂的现象，不同诗人的创作呈现着各不相同的特点。笔者并不认为，鲁迅的这一看法，概括了诗歌创造的普遍规律，但它却可以帮助我们了解《雪》的创作过程：鲁迅是看到了雪，就想到了雪，再经过一个短时期的“冷却”之后，创作了《雪》。其间，他可能想到了岑参的“忽如一夜春风来，千树万树梨花开”；他可能想到了李白的“五月天山雪，无花只有寒”；他还可能想到了柳宗元的“孤舟蓑笠翁，独钓寒江雪”；他甚至可能想起关汉卿《大德歌·冬景》中描绘的“雪粉华，舞梨花”的图画；他更可能想起林逋的咏梅绝唱《山园小梅》：“众芳摇落独暄妍，占尽风情向小园。”因为就在写于1925年1月1日的《诗歌之敌》里，他还把林逋与晋代大诗人陶潜并提。他在《雪》中着意写了蜡梅花，也许与此不无关系。但是，鲁迅的《雪》毕竟有新的意境，他借助散文诗这种远比旧体诗自由的文学形式，在同一首诗里，不仅写了北国的雪，而且写了江南的雪；不仅写了江南的雪，而且写了暖国的雨。这是因为，鲁迅的童年和少年时代是在故乡绍兴度过的。从日本留学归国以后，又曾在故乡工作过三个年头。到写《雪》的时候，鲁迅在人生的道路上早已步入中年，且生活在远离家乡的北国古城。思乡之情，人皆有之，中年以后尤烈。这时候，人会觉得故乡的山山水水和风土人情以至一草一木，都是那样的亲切，与故乡紧密联系在一起的儿时生活是那样的美好。鲁迅在《〈朝花夕拾〉小引》中说：“我有一时，曾经屡次忆起儿时在故乡所吃的蔬果：菱角、罗汉豆、茭白、香瓜。凡这些，都是极其鲜美可口的；都曾是使我思乡的蛊惑。后来，我在久别之后尝到了，也不过如此；惟独在记忆上，还有旧来的意味留存。他们也许要哄骗我一生，使我时时反顾。”鲁迅在这里所谈到的“思乡的蛊惑”，当是他思想的这一侧面的写实。

① 鲁迅．两地书［M］//鲁迅．鲁迅全集．北京：人民文学出版社，1981.

不难想象，在1924年年底至1925年1月18日这段时间里，鲁迅思想感情的翅膀，从北方的古都飞到了南方的故乡，又从南方的故乡飞回了北方的古都，空间是那样的辽阔；从严峻的现实飞到了幼稚的童年，又从幼稚的童年飞回了严峻的现实，时间是那样的悠远。他的思绪，确实像眼前的风雪那样，充溢空际。他的感情是热烈的，但又是含蓄的。他在《雪》中只给我们描绘了两幅图画：江南的雪和朔方的雪，但作者对童年的怀念和对现实的感受，却渗透到这两幅图画中去了。

“暖国的雨，向来没有变过冰冷的坚硬的灿烂的雪花。博识的人们觉得它单调，他自己也以为不幸否耶?”题名为《雪》的散文诗，开头不写雪而写雨，别开生面。和雪相比，雨的形式确实有些“单调”，这就衬托下文将要写到的江南雪的“滋润美艳”。“他自己也以为不幸否耶?”赋予本无生命的雨以生命，这是作者思乡之情的自然流露。紧接着，笔锋一转，作者热情地讴歌江南的雪。“滋润美艳之至”，是先对江南雪景总写一笔，既写实，又着力刻画江南雪的神韵。“青春的消息”“处子的皮肤”是奇妙的比喻，它使人联想起雪莱的名句：“冬天到了，春天还会远吗?”它使人联想起村姑的风采：健美、充满青春的活力。然后，作者用绚丽的色彩为我们描画了一幅江南雪景图：在一片银白色的世界中，“血红的宝珠山茶，白中隐青的单瓣梅花，深黄的磬口的蜡梅花”，竞相开放，一片生机。“雪下面还有冷绿的杂草”。作者用“血”“隐青”“深”“冷”这些常用的词汇，修饰“红”“白”“黄”“绿”这些普通的颜色，形象而又生动地画出了这些景物的特征，正像《红楼梦》第五十回“芦雪亭争联即景诗　暖香坞雅制春灯迷”所说的：“看来岂是寻常色，浓淡由他冰雪中。”只有对故乡有着真挚的依恋之情，而又在平时深入、细致地观察事物、准确地把握住事物的特征，才有可能把它们描摹得形神兼备，跃然纸上。

“没有想象就没有诗”①。作者在勾画了一幅江南雪景图之后，又张开了想象的翅膀：“胡蝶确乎没有；蜜蜂是否来采山茶花和梅花的蜜，我可记不真切了。”“记不真切”既表明作者笔下的景色“是从记忆中抄出来的”，②

① 艾青. 和诗歌爱好者谈诗［J］. 人民文学，1980（5）.
② 鲁迅.《朝花夕拾》小引［M］//鲁迅. 鲁迅全集. 北京：人民文学出版社，1981.

又是故作疑词，意在引出下文："但我的眼前仿佛看见冬花开在雪野中，有许多蜜蜂们忙碌地飞着，也听得他们嗡嗡地闹着。"一个"闹"字，使人想到宋祁的名句："红杏枝头春意闹。"在江南雪野上写出了万里春光，进一步表现了作者热爱故乡、热爱大自然和怀念美好的童年生活的"情志"。

在写景的基础上，作者又写了孩子们塑雪罗汉的趣事。罗汉本是佛教中对修行得道者的称呼，是超越生死轮回的神，但在这里，却是一个令人喜爱的艺术形象，它"目光灼灼地嘴唇通红地坐在雪地里"，与雪景互相映衬，使画面和谐，成一有机的整体。"目光灼灼"，似乎把雪罗汉写活了。一个"坐"字，使人在雪罗汉的静态中领略到了动作的憨态。联系到孩子们对它的"拍手、点头、嬉笑"，它的最终消融，就不能不使人产生一丝怅惘。

与江南雪景相对照，朔方的雪却是另一番景象："永远如粉如沙，他们决不粘连""在晴天之下，旋风忽来，便蓬勃地奋飞，在日光中灿烂地生光，如包藏火焰的大雾，旋转而且升腾，弥漫太空，使太空旋转而且升腾地闪烁。"这一段描写，笔力雄浑，感情激越，大气磅礴。"旋风忽来"，言风势之猛；"蓬勃地奋飞""旋转""升腾"，写风卷雪，雪乘风的威势；"灿灿地生光"，写雪花在日光的照射下光彩夺目；"弥漫太空"极言朔方的风雪席卷寰宇的气概。莽莽苍苍的太空，"旋转而且升腾地闪烁"，这是何等雄伟壮观的景色！

在对朔方的雪做了具体的描绘之后，作者又再次咏叹飞雪的雄姿："在无边的旷野上，在凛冽的天宇下，闪闪地旋转升腾着的是雨的精魂。"必要的反复是诗歌的表现手段之一，它有如波浪迭涌，使诗歌气势起伏，余韵跌宕。"雨的精魂"在这里是首次出现，而在最后一段又得到了重复："是的，那是孤独的雪，是死掉的雨，是雨的精魂。"用饱含哲理的语言抒发了作者深沉的思想，并与开篇的"暖国的雨"相呼应。至此，我们不仅读完了全诗，而且也看到了抒情主人公的形象。

总之，在鲁迅笔下，无论是秀美的江南雪景，还是壮美的朔方雪景，都首先是写实，都抒发了作者对祖国美好风光的热爱。尽管《野草》中有一部分篇目采取了象征的手法，但《雪》却是一篇现实主义的杰作，即使是开头和结尾的抒情，也都以现实生活作基础，作者诚挚的感情和深刻的哲理都寄寓在对雨和雪的真实描写之中。秀美的江南雪景令人神往，它伴随着作者对故乡与童年生活的美好回忆；壮美的朔方雪景催人感奋，它使我们很自然地联想起作者当时那种严峻而又壮阔的战斗生涯，感受到作者那战斗的豪情。歌德说过，艺术家“是凭着自己的人格去对待自然的”“在艺术和诗里，人格确实就是一切”①。如同江南雪景和朔方雪景都是美的一样，作者对故乡与童年的回忆和对现实的感受，也都是美的。它们反映了作者统一人格的两个侧面。人情美寄寓在自然美之中，真正做到了情景交融，“一切景语皆情语”。(王国维语)

鲁迅在写作《野草》中的散文诗的时候，“五四”运动的高潮已经过去，新文化运动已经分化，鲁迅在探索革命前途的过程中，内心深处经历了希望与失望的矛盾与斗争。这些矛盾与斗争，正如冯雪峰同志所说的：“一方面反映着现实社会中黑暗与光明的斗争，一方面反映着作者在世界观等问题上的矛盾。”② 可以认为，《野草》是一个伟大战士心灵历史的真实记录。“两间余一卒，荷戟独彷徨”，就是作者坦率而又形象的自述。这种心情在《雪》中也有所流露。江南雪景虽然秀美，但却略显纤弱，反映作者在对童年生活的回味中，也隐隐地透露出淡淡的忧伤；朔方的雪景虽然壮美，但却稍显凛冽，作者坚强的性格中，也不无孤独和寂寞。这使我们看到了作者的另一侧面，感受到了一个真正的战士在革命的转折时期灵魂深处所经历的艰苦的斗争。

有一种意见，认为江南的雪“象征着祖国南方各省方兴未艾的革命形势”，鲁迅写《雪》是把希望“寄托在南方”。儿童们塑雪罗汉的情景，寄寓了“作者向往的中国革命胜利的景象”，而雪罗汉的消融，说明了鲁迅清醒地看到了“斗争的征途还会有反复和变化”，甚至认为，“从‘雨’和‘雪’的描写，使人们想到‘普通群众能转化为勇猛的斗士，勇猛的斗士来自普通群众’”“勇士和群众有着血肉相关的关系”③。这些近似索隐式的见解，简直使人怀疑，《雪》究竟是一首情文并茂的散文诗，还是一篇披着寓言外衣

---

① 爱克曼. 歌德谈话录［M］. 朱光潜，译. 北京：人民文学出版社，1978.
② 冯雪峰. 论《野草》［M］. 上海：新文艺出版社，1956.
③ 曲辰. 谈鲁迅的散文诗《雪》［J］. 破与立，1979（3）：83-85.

的政治评论或哲学论文。这种意见忽略了诗歌的特点，也不符合作品的实际。说江南的雪表明了作者把希望“寄托在南方”，显然是把江南的雪和朔方的雪对立和割裂了开来，从而破坏了诗歌完美、和谐的意境。此外，把“不过是上小下大的一堆”的雪罗汉和“中国革命胜利”联系在一起，也着实费解。果如是，雪罗汉最终“成为不知道算什么”，岂不是意味着革命的完结或是前途未卜？如果说这是鲁迅“看到了斗争的征途还会有反复和变化”，那么，鲁迅在写《雪》时，大革命的高潮尚未到来，在高潮之前即预言征途上的反复，不仅是无的放矢，而且不近情理。至于说，“雨”和“雪”的描写，在于说明普通群众和勇猛斗士的互相“转化”，更是令人瞠目结舌。在同一篇作品里，雪既象征诗人自身（斗士），又象征着诗人寄予希望的“革命形势”，既是主体，又是客体，这种“一身二任”的现象，恐怕只能说明解诗者的矛盾。这种意见也不符合起码的历史事实和地理常识。如前所述，江南雪景的描写是以作者的故乡为背景的，但当时江浙一带的革命形势却并非“方兴未艾”，那里的统治者是北洋直系军阀孙传芳，他在1924年江浙战争爆发后，驱逐了皖系军阀卢永祥，任浙江军务善后督理兼闽浙巡阅使，1925年又起兵驱逐了苏皖等地的奉系势力，称浙、闽、苏、皖、赣五省联军总司令，成为直系后期最大的军阀，气焰正盛。联系这一历史背景，说作者写江南的雪是把希望“寄托在南方”，实在令人惊异。又，当时的革命根据地在广州，广州地处北回归线，为亚热带季风气候，终年不见霜雪。鲁迅当然不会不知道这一地理常识，他在《漫谈“漫画”》一文中说过：“‘燕山雪花大如席’是夸张，但燕山究竟有雪花，就含着一点诚实在里面，使我们知道燕山原来有这么冷。如果说‘广州雪花大如席’，那可就变成笑话了。”很难想象，鲁迅会用江南的雪花来寄托自己对终年不见霜雪的革命策源地的“憧憬和期待”。鲁迅在《诗歌之敌》中明确指出：“诗歌不能凭仗了哲学和智力来认识，所以感情已经冰结的思想家，即对于诗人往往有着谬误的判断和隔膜的揶揄。”令人遗憾的是，鲁迅所担心的这种“谬误的判断和隔膜的揶揄”，在《雪》的研究中屡见不鲜，原因何在？

早在1956年，茅盾就曾经批评过鲁迅研究工作中的“教条主义倾向”，“这种研究方法往往不从鲁迅著作本身去具体地分析，不注意这些著作产生的背景材料（社会的和个人的），而主观地这样设想：某年某月发生某事，对于鲁迅思想不能没有某些影响罢？然后在鲁迅著作中去找证据”。他还指出：“企图在鲁迅的片言只语中找寻‘微言大义’的“庸俗社会学的观点”，“在某些人中，也成为一种癖好”。这些偏向，“都有害于鲁迅研究工作的正确开展，也有害于正确地学习鲁迅”①。由于众所周知的原因，茅盾所批评的这些现象，在以后相当长的一段时间里，不仅没有消除，反而愈演愈烈，在“史无前例”的年代里，达到了登峰造极的地步。其间，虽也不乏有识之士，力求坚持实事求是的科学态度，但都未能挽狂澜于既倒，此乃历史的局限使然，而非人力之过。近几年，实事求是的春风吹绿了鲁迅研究的园地，但冻土犹存，以至于我们觉得茅盾在29年前所讲的意见，仿佛针对的就是今天的某些现象。一些同志总认为，既然鲁迅是伟大的战士，那么，他的每一篇作品所反映的思想就都是当时最先进的思想，且与当时的革命斗争密切相连，否则，就是“肤浅”之见。这些同志实际上不承认，人的思想是十分错综复杂的，且不断地随着时间空间等客观条件的变化而变化。按照马克思主义的观点，“人的本质，并不是个别的个体所具有的抽象属性，就其现实性来说，它是一切社会关系的总和”。② 各种社会关系都会在人的思想上折射出投影，使人的思想性格呈现多侧面的流动状态。鲁迅曾经举陶潜为例，说他有时固然很“静穆”“飘逸”，但有时却“金刚怒目”，有时还很“摩登”，而一首小诗往往只能反映作者性格的某一个侧面。鲁迅的思想诚然是伟大的，他的全部著作无疑是中华民族最宝贵的文化遗产，但这并不意味着，他的每一篇文章，甚至是一篇散文诗，都反映他的思想的主导面。即使像《野草》这样被鲁迅称为自己的“全部人生哲学”③ 的著作，也不能和鲁迅思想的总体画等号。鲁迅说得好：“战士的日常生活，是并不全部可歌可泣的，然而又无不和可歌可泣之部相关联，这才是实际上的战士。”④ 那种不顾作品实际，随

---

① 茅盾. 鲁迅——从革命民主主义到共产主义［M］//查国华，杨美兰. 茅盾论鲁迅. 济南：山东人民出版社，1982.

② 马克思. 费尔巴哈论纲［M］//马克思，恩格斯. 马克思恩格斯文选. 北京：人民出版社，1958.

③ 章衣萍. 古庙杂谈（五）［J］. 京报副刊，1925（3）：105.

④ 鲁迅. “这也是生活”［M］//鲁迅. 鲁迅全集. 北京：人民文学出版社，1981.

意把某一篇目所反映的思想“拔高”的做法，实际上是把鲁迅思想的局部误认为全体，把鲁迅博大精深的思想简单化了。我们应该摒弃那种教条主义和庸俗社会学的学风，力求一切从实际出发，把鲁迅的还给鲁迅。在研究他的散文诗时，我们则要充分注意到诗歌的特点，强调解诗切忌落实；同时，还要承认“诗无达诂”，因为解诗也和写诗一样，是一种十分复杂的现象，对同一首诗，不同的解诗者可以有不同的见解，只要不是主观主义的随意引申和穿凿附会，而是持之有故，言之成理，都可备一说。

1985 年 1 月 16 日

百年第一的七律

——读鲁迅《亥年残秋偶作》

自五四运动至今，一百年来，首屈一指的七律，当推鲁迅先生（以下简称先生）的《亥年残秋偶作》。

或曰：文无第一，武无第二。称赞一首诗或一篇文章写得好，可以说第一流、上佳、绝妙好文，等等。但要实指其第一，是否有些绝对?

上述说法不无道理。就一般情况而言，也大抵如此。但凡事皆有例外。比如，科举时代的状元，就是彼时彼地最后通过殿试的第一名，甚至像诗歌这种很难评出名次的艺术，明代文学家胡应麟在他的《诗薮》中也曾明确指出：杜甫的七言律诗《登高》，“当为古今七言律第一，不必为唐人七言律第一也”。从初唐到晚明，时间跨度足足九百年。如此之高的评价，四百多年来，未见异议。由此可见，问题的关键不在于所评名次，而在于评价是否得当，论据是否充分有力。

《亥年残秋偶作》一诗作于1935年深秋，是现存鲁迅旧体诗的最后一首。一年之后，先生即辞世。因此，完全可以认为，先生通过这首诗，集中、完美、艺术地概括了自己一生的感悟和对世事的感慨。诚如先生的挚友许寿裳先生所说：“此诗哀民生之憔悴，状心事之浩茫，感慨百端，俯视一切，栖身无地，苦斗益坚，于悲凉孤寂中，寓熹微之希望焉。”（《我所认识的鲁迅·〈鲁迅旧体诗集〉跋》）能够在短短的五十六个字中，概括如此深广的社会内容，且风格古朴苍凉，深邃悲怆，一如其人。一百年来，哪首诗能有如此意境?

王国维曾言：“散文易学而难工，骈文难学而易工。”此乃经验之谈。意即律诗对格律有严格的要求，不易学，但是，如果掌握了这门艺术，即所谓登堂入室，所作就会较为精致。律诗中的七律，包括了全部格律，因此，七律这种艺术形式最能体现作者的艺术功力。律诗区别于其他诗体的最主要标志是讲平仄，不讲平仄即非律诗。这是对律诗创作最起码的要求。只要合乎平仄，黏对也就不成问题。除此之外，律诗还要求颔联和颈联必须对仗。因为对仗不仅要平仄相对，而且要词性相对，且句式不宜重复。但先生的这首七律，一如杜甫的《登高》，通篇四联均为对仗，且极其工整。首联即佳句："曾惊秋肃临天下，敢遣春温上笔端。"此联多么精准地概括了一位伟大作家与他所处的时代。"尘海苍茫沉百感，金风萧瑟走千官""竦听荒鸡偏阒寂，起看星斗正阑干"。人中有景，景中有人，绝非一般的情景交融所能形容。其中，"荒鸡"一词，于朴素中见神奇。请君遍阅百年诗歌，哪位诗人有如此深厚的功力？

通常认为，我国20世纪的四大诗人是郁柳苏田（郁达夫、柳亚子、苏曼殊、田汉）。对此，在下并无异议。但是，要评出百年第一的诗歌，则非先生的这首《亥年残秋偶作》莫属。

2019年1月2日
作于京西稻香园

附：

亥年残秋偶作

曾惊秋肃临天下，
敢遣春温上笔端。
尘海苍茫沉百感，
金风萧瑟走千官。
老归大泽菰蒲尽，
梦坠空云齿发寒。
竦听荒鸡偏阒寂，
起看星斗正阑干。

鲁迅和他批评过的几位现代文化名人

收入中学语文教材的鲁迅作品《论“费厄泼赖”应该缓行》《记念刘和珍君》《文学和出汗》，涉及的现代文化名人有林语堂、章士钊、杨荫榆、陈源、梁实秋等。他们中的最后一位作古者梁实秋先生，1987 年 11 月 3 日病逝于台北，正值和平统一祖国的呼声甚高之时，海内外学者高度评价梁先生的学术成就，大陆的新闻媒介也报道了梁先生晚年的思乡之情。这就引发了一个问题，既然梁先生为中国现代文化事业的发展做出了积极的贡献，那么，怎样评价鲁迅当年批评他的作品呢？上述其他几位先生，逝世时虽然没有赶上 80 年代中期的历史条件，但章士钊乃著名的社会活动家和学者；林语堂成就卓著，海外的评价颇高；杨荫榆、陈源也绝非一无是处。那么，我们应该怎样看待鲁迅当年对他们的批评呢？

上述文化名人全都后于鲁迅逝世。杨荫榆卒于 1938 年，陈源卒于 1970 年，章士钊卒于 1973 年，林语堂卒于 1976 年。对他们的盖棺论定，是后人的事，鲁迅没有也不可能对他们的一生做出全面的评价，这是常识范围内的事。此外，鲁迅终其一生，从未与强权结盟，他对这几位文化名人的批评，既无法律效力，亦无行政措施，对被批评者构不成人身伤害，这又是常识范围内的事。至于 1949 年以后的几部中国现代文学史，未能正视林语堂、梁实秋、陈源的文学成就，那是“以阶级斗争为纲”的历史条件下的必然现象，我们对这几位文学史的编写者尚且不可以苛求，何况 1936 年即已辞世的鲁迅呢？这也是常识范围内的事。

一个人一生所走的道路与他在某一阶段的表现，既有联系，又有区别。说它们有联系，是因为一个人的一生由若干个阶段组成，后者是前者的有机组成部分，没有后者，也就没有了前者。说它们有区别，是因为不能在二者之间画等号。有些知名人士的一生是漫长而曲折的，某一阶段的表现不能代表他的一生。章士钊曾任北洋政府的司法总长兼教育总长，在20世纪20年代中期反对进步的学生运动，难辞其咎，鲁迅当时批评章士钊无疑是正确的。但是，正如瞿秋白所说："不但陈西滢，就是章士钊（孤桐）等类的姓名，在鲁迅的杂感里，简直可以当作普通名词读，就是认作社会上的某种典型。"[①]《论"费厄泼赖"应该缓行》中论及章士钊，是因为他当时是某一种社会势力的代表。章士钊作为北洋政府的高级官员，是北洋政府的政权性质决定他的政治态度，而不是章士钊的政治态度决定北洋政府的政权性质。一个人的历史既是自己写的，又不是自己写的。鲁迅对章士钊的批评只适用于章士钊在北洋政府任职这一阶段，不涉及他此前的表现，更不可能预测他的后来。我们今天评价章士钊，则应顾及他的一生。章士钊早期是反对清朝的激进派；"五四"运动前后，资助过赴欧洲勤工俭学的学生；他确曾做过国民参议员，但也做过大学教授和律师，且著作等身；1949年，他是南京国民党政府和平谈判的代表团成员，国民党政府拒绝在和平协定上签字后，遂留北平。此后，作为爱国民主人士，他曾多次为国是仗义执言，直至上书毛泽东。1973年，92岁高龄的章行老亲赴香港，名为"探亲"，实为受毛泽东、周恩来委托，为祖国统一大业而奔走。7月1日因病逝世。章士钊先生是中国近代、现代史上有影响的爱国民主人士和社会活动家，是中国共产党和毛泽东的挚友。

20世纪20年代中期曾任国立北京女子师范大学（简称"女师大"）校长的杨荫榆，也因站在学生运动的对立面，受到过鲁迅的批评，但这也只适用于杨荫榆任女师大校长这一阶段。1925年8月，杨荫榆被免职后，南下无锡，在家乡继续致力于教育事业。1938年，日军侵入苏南，"搜索财物""掠夺妇女"，杨荫榆精通日语，"见辄怒詈"，尽力保护妇女，终被日寇杀害。杨荫榆毕生致力于教育事业，其敬业精神可嘉。在家乡沦陷的艰苦岁月，她

① 瞿秋白.《鲁迅杂感选集》序言［M］//鲁迅.鲁迅杂感选集.上海：上海文艺出版社，1980.

"以一弱女子而慷慨捐躯"，"风骨凛凛"①，表现了崇高的民族气节。

陈源在以西滢这一笔名为《现代评论》的《闲话》专栏撰文期间，鲁迅对他多有批评。由于当时拥护北洋政府的《大同晚报》曾经载文称《现代评论》中人为"正人君子"，所以，鲁迅在杂文中多借用这一说法指称现代评论派，对陈源则往往直书其名。但需要说明的是：《记念刘和珍君》中所说的"几个所谓学者文人"以及"有恶意的闲人"和"流言家"，指的并非陈源，而是原研究系的林学衡和陈渊泉。"三一八"惨案发生后，林学衡在3月20日的《晨报》《时论》栏目里发表《为青年流血问题敬告全国国民》一文，诬蔑青年学生"激于意气，挺（铤）而走险，乃陷入奸人居间利用之彀中"；嗣后，陈渊泉在3月22日《晨报》发表《群众领袖安在》的社论，认为"纯洁爱国之百数十青年即间接死于若辈之手""吾人在纠弹政府之余，又不能不诘问所谓'群众领袖'之责任"。这两篇文章一经刊出，立即遭到了当时进步舆论界的驳斥。《京报副刊》《国民新报副刊》《语丝》等报刊先后发表文章，揭露这两篇文章的反动实质。鲁迅的《无花的蔷薇之二》《"死地"》《可惨与可笑》《记念刘和珍君》《空谈》都写于这一时期。鲁迅在严厉地谴责北洋政府屠杀爱国青年的罪行的同时，也以极大的愤怒批驳了原研究系的"几个论客"的谰言。在此期间，陈源也曾在《现代评论》的《闲话》栏目里发表文章，其中有些内容不合时宜，但和原研究系的论客有原则性的区别。鲁迅在《空谈》中点名引用了陈源的某些意见，并无苛责。可见，鲁迅是把陈源与原研究系的论客严格区别的。《现代评论》创刊于1924年12月，停刊于1928年12月。鲁迅对陈源的批评大抵集中在1925年至1926年。1929年，陈源任武汉大学教授兼文学院院长，把精力倾注于教育事业。1943年，陈源赴英国从事外交工作。1945年，联合国成立并设立教育、科学及文化组织。翌年，国民政府委任陈源为该组织首任常驻代表。此后，他在这一岗位上任职达25年之久，直至逝世。陈源的著述主要有1928年由新月书店出版的《西滢闲话》和1970年由台北萌芽出版社出版的《西滢后

① 屈彊. 记杨荫榆女士死事状［M］//北京鲁迅博物馆鲁迅研究室. 鲁迅研究资料：第10辑. 天津：天津人民出版社，1982.

话》，《西滢后话》所收文章，除个别篇目，亦为《现代评论》时期所作。

一个人的政治态度和学术思想、学术成就是两回事。陈源、林语堂、梁实秋的人生历程虽然各有不同，但他们大体上都属于自由主义的知识分子。陈源虽然在国民政府领导下长期任职，但他是文化官员，而非军政显要。对现代评论派在文学上的成就，我们亦应给以实事求是的评价。1935 年，鲁迅在《中国新文学大系·小说二集》序言里，就曾公正地评价陈源负责编辑的《现代评论》的文艺版，并肯定陈源的夫人凌叔华的小说描写了“高门巨族的精魂”，反映了“世态的一角”，认为“这是好的”。这种把政治态度和文学成就区别开来的做法，给我们树立了实事求是的典范。

林语堂在散文、小说的创作以及翻译等方面都有很高的成就，在海外享有盛誉。他曾和鲁迅有过较多的交往。鲁迅撰写《论“费厄泼赖”应该缓行》的直接原因，即在于林语堂《插论〈语丝〉的文体——稳健、骂人、及费厄泼赖》一文，此文认为对塌台人物不应再施攻击，主张“费厄泼赖”。在大革命的高潮中发表这样的观点是不适宜的。鲁迅虽然批评了这种观点，但仍然把林语堂当作同一阵营的友人看待。经过鲁迅的批评，在“三一八”惨案的事实面前，林语堂接受了鲁迅的意见。大革命失败后，林语堂想“隐于幽默”，以远离现实。鲁迅不满他的表现，关系逐渐疏远。1929 年 8 月 28 日二人当面发生冲突，关系遂告中断。几年后，林语堂的政治态度有所转变，1932 年 12 月他参加了宋庆龄、蔡元培为首的中国民权保障同盟，政治上倾向进步，鲁迅又与他恢复了关系。1933 年 6 月 18 日杨铨惨遭杀害，“闻在计划杀害者尚有十余人”①，其中包括鲁迅。但在送殓之日，鲁迅仍毅然前往万国殡仪馆，且出门时不带钥匙，以示决绝。而林语堂慑于白色恐怖，未敢前往。此后，他创办《人间世》，再次提倡幽默，鼓吹“以自我为中心，以闲适为格调”的性灵小品。鲁迅则认为，“在风沙扑面，虎狼成群的时候”②，提倡“幽默”，“是将屠户的凶残，使大家化为一笑”③，“生存的小品文，必须是匕首，是投枪，能和读者一同杀出一条生存的血路的东西；很自然，它

---

① 鲁迅．致榴花社［M］//鲁迅．鲁迅全集．北京：人民文学出版社，1981.
② 鲁迅．小品文的危机［M］//鲁迅．鲁迅全集．北京：人民文学出版社，1981.
③ 鲁迅．“论语一年”［M］//鲁迅．鲁迅全集．北京：人民文学出版社，1981.

也能给人愉快和休息，然而这并不是‘小摆设’，更不是抚慰和麻痹，它给人的愉快和休息是休养，是劳作和战斗之前的准备”①。由于方向和志趣的不同，鲁迅从1934年9月起，终于同林语堂断绝关系。

鲁迅对林语堂可谓深知其人，他清醒地看到了林语堂政治上妥协、软弱的一面，但并不因此否定他的长处。鲁迅认为，林语堂“能更急进，那当然很好，但我看是决不会的，我决不出难题给别人做”。“我并不主张他去革命，拼死，只劝他译些英国文学名著，以他的英文程度，不但译本于今有用，在将来恐怕也有用的”。说到底，鲁迅对林语堂的态度是：“要他于中国有益，要他在中国存留，并非要他消灭。”② 尽管林语堂当时并没有接受鲁迅的意见，但他后来的实践却证明了鲁迅意见的正确性。林语堂曾这样述说自己的特点：“对外国人讲中国文化，而对中国人讲外国文化。”这种“脚踏东西文化”的主要内容之一就是翻译。史宾冈、克罗齐、王尔德等著的《新的文评》，萧伯纳的《卖花女》等英文名著通过他介绍到中国来；古老的中国文化名著，如《庄子》、选录陶渊明等所著的《古文小品》等则通过他介绍到大洋彼岸。他主持编纂的《林语堂当代汉英词典》，将长时期地嘉惠后学；他的小说也有一定的艺术成就；散文自成一家。20世纪30年代，鲁迅在回答斯诺的提问“中国现代最著名的散文作家是哪些人”时，谈到了五个人，其中第二位就是林语堂。

梁实秋与鲁迅从未谋面，但有过激烈的笔墨之争，他们的论争主要是文艺思想的论争。梁实秋青年时期接受白璧德的新人文主义，此后，人性论一直是他的文学思想的核心。他反对文学有阶级性的主张，认为“普遍的人性是一切伟大的作品之基础”“人性是测量文学的唯一标准”。鲁迅的《文学和出汗》，以出汗这一常见的生理现象为譬喻，批驳了梁实秋的文学主张。时隔60余年，我们应该把鲁迅和梁实秋的这场论战放到当时的历史条件下来做具体分析。20世纪20年代末30年代初，革命的文学深入发展，革命文学工作者开始介绍和学习马克思主义的文艺理论，在这种情况下，梁实秋极力宣扬人性论，显然不合时宜。对此，鲁迅和其他革命文学

① 鲁迅. 小品文的危机［M］//鲁迅. 鲁迅全集. 北京：人民文学出版社，1981.

② 鲁迅. 致曹聚仁［M］//鲁迅. 鲁迅全集. 北京：人民文学出版社，1981.

革命者予以批驳，有其历史的必然性。因为梁实秋主张的“人性论”的主要特征是否定文学的阶级性，所以，鲁迅在论战中就不能不强调这一点，但这并不意味着鲁迅否认文学有一定的普遍性。“口之于味，有同嗜焉”。深知文学艺术特点的鲁迅，在《文学的阶级性》一文中，对这一问题做了清楚的表述：“在我自己，是以为若据性格感情等，都受‘支配于经济’（也可以说是根据于经济组织或依存于经济组织）之说，则这些就一定都带着阶级性。但是‘都带’，而非‘只有’。”“都带”，反对否定文学有阶级性的人性论；“而非‘只有’”，反对把文学的阶级性简单化、绝对化的错误倾向。有人在回顾这段历史时，提出“鲁迅的文艺观点是否也有些‘左’”的疑问，是远离事实的。

在20年代末30年代初与鲁迅的论争中，梁实秋以人性论反对阶级论。1942年，当国民党在思想文化领域里的代表人物张道藩发表《我们所需要的文艺政策》一文时，梁实秋即撰写《有关“文艺政策”》一文予以批评，反对“三民主义的文学”，其立论根据仍然是人性论。这反映了梁先生这样的自由主义知识分子对自己所信奉的文艺思想的执着，也从一个侧面说明了梁先生终非政客。一个人，不管其政治信仰和文艺观点如何，只要始终如一，我们就应该尊重他的人格和文品，但在文艺上，我们仍然可以互相批评。

1949年，梁实秋移居台湾，此后，长期执教于台湾师范大学，在教学、创作、学术、翻译等方面颇为勤奋。他的散文隽永简洁，堪称大家；在学术研究上很有造诣；在翻译上贡献卓著，翻译了《莎士比亚全集》《英国文学史》，主编了《汉英辞典》，以英文撰写《中国文学史》。梁实秋是中国现代文化史上著名的教育家、散文家、翻译家、学者。

斗转星移，鲁迅和他批评过的几位现代文化名人都已经成为历史人物了，他们之间的矛盾和斗争构成了中国现代文化史上的一个侧面。历史对人物的评价有其内在的规律。三国时期，诸葛亮和曹操父子在政治上处于对立状态，且长时期刀兵相见，但这并不妨碍我们今天对他们在政治、军事、文化上的成就都给以充分的肯定。北宋时期，王安石和司马光对变法的态度迥然不同，但这同样不妨碍我们今天高度评价他们在文学和史学方面的贡献。我们今天评价鲁迅和章士钊、林语堂、梁实秋等人的关系与功过是非，其标准和结论与20世纪50年代至70年代相比，已经有了很大的变化。随着时间的推移，鲁迅和他所批评的现代文化名人在政治态度上的歧异将会逐渐淡化，而他们在文学创作、学术研究或翻译等方面的成就，则将成为我们评价他们的主要尺度，如同我们在评价许多古代杰出人物时，并不考虑他们在政治态度上的歧异（民族气节问题另当别论），而只着眼于他们在文学创作或学术上的成就一样。

历史最终会把一切都纳入正轨的。

1996年4月

（原载《中学语文教学》1996年第12期）

学习鲁迅的爱国主义精神

——2000 年 10 月 25 日在北京电业中学的演说

老师们、同学们：

很高兴能有这样一个机会，和大家一起探讨如何学习和继承鲁迅的爱国主义精神这一问题。整整 64 年前，1936 年 10 月 19 日 5 时 25 分，鲁迅先生在上海大陆新邨不幸病逝。3 天以后，当他的灵柩在苍茫暮色中缓缓沉落墓穴的时候，那覆盖在上面的白地黑字旗帜上三个醒目的大字："民族魂"，当是中华民族对这位文化巨人的盖棺论定。到 2036 年，鲁迅逝世 100 周年时，那时的人们将怎样评价鲁迅呢？有人预言："不论当代人对鲁迅作了多么高的评价，未来的历史学家对鲁迅的评价将比今人高得多。"而那时评价鲁迅的中坚主体，就是目前在校学习的这一代人。所以，在世纪之交的门槛前和老师、同学们一起谈论鲁迅这一话题，有着特殊的意义，它直接关系到精神文明的建设，关系到全民族的素质。

什么是"民族魂"？所谓"民族魂"，就是说，在鲁迅身上，集中代表了我们中华民族的伟大精神。一个民族必须要有精神，没有精神等于没有灵魂，这里，"民族魂"和鲁迅精神是同义语。那么，什么是鲁迅精神呢？对这个问题，我们可以从不同的角度、不同的层面加以探讨。比如，我们可以探讨鲁迅彻底革命的精神，可以探讨他的实事求是的科学态度，可以探讨他独立思考、勇于创新的精神，可以探讨他的高风亮节等。今天，我们主要探讨他的爱国主义精神。

1898 年，在当时维新浪潮的推动下，年仅 18 岁的周樟寿（鲁迅）离开了家乡浙江绍兴，到南京江南水师学堂求学，并改名周树人，取"百年树人"之意。第二年，又到矿务铁路学堂求学。1902 年毕业后，由江南督练公所派赴日本留学。先到东京私立弘文学院速成普通科学习。当时，正是清王朝的末期，中国人头上还都留着一条辫子。由于孙中山先生领导的民主革命运动已经兴起，一些进步人士开始剪掉脑后的辫子，以示与清王朝决裂。1903 年 2 月，鲁迅在留学生中带头剪了辫子，并照相留念。他把照片送给自己的好友许寿裳。不久，又写一首短诗赠给许寿裳，许寿裳给这首诗拟了个标题：“自题小像”。

灵台无计逃神矢，风雨如磐闇故园。
寄意寒星荃不察，我以我血荐轩辕。

对这首诗，许先生的解释是：“首句说留学外邦所受刺激之深，次写遥望故园风雨飘摇之状，三述同胞未醒，不胜寂寞之感，末了直抒怀抱，是一句毕生实践的格言。”

诗无达诂。对这首诗人们有多种解释，我取许寿裳先生的意见，因为许先生是鲁迅终生的挚友，而且这首诗许寿裳是第一个受赠者。他的意见应该是有权威的。

“灵台”，指心。其典故出于《庄子·庚桑楚》：“不可内（纳）于灵台。”晋代郭象注：“灵台者，心也。”“神矢”，借用古罗马神话中的爱神丘比特的箭。他的箭射到青年男女的心上，就会产生爱情。“磐”，指扁而厚重的大石。唐代齐己《侠客行》：“黄昏风雨黑如磐”。“闇”，同暗。故园，即故乡，借指祖国。“荃”是香草名，屈原《离骚》：“荃不察余之中情兮。”荃隐喻君王，这里比喻人民。“轩辕”，即黄帝。《史记·五帝本纪》：“黄帝者，少典之子，姓公孙，名曰轩辕。”这里指代祖国。

这首诗的大意是：尽管在异国他乡学习，由于自己是中国人，受到了一些人的歧视，深受刺激。但我的心还是无法逃脱爱神的箭，不能不爱自己的祖国。（不能不爱，这是一种反衬的写法，可加强语气）遥望故乡，那里风雨飘摇，处于浓重的黑暗之中。我把自己对灾难深重的中华民族的赤子之心寄予高空中那有一线光明的寒星，但远在祖国的人民，还不能体察我的一片赤诚。尽管如此，我仍然决心把满腔的热血奉献给祖国。1931 年，鲁迅又把自己青年时代所写的这首诗重新书写一遍，并在旁边加了一行小字："二十一岁时作五十一岁时写。"可见，这首小诗一直存留在鲁迅心头。"我以我血荐轩辕"，这是鲁迅毕生实践的格言，也可以说，爱国主义精神贯穿在鲁迅一生的思想与实践当中。

爱国主义是一种崇高的情感。它在不同国家的不同历史时期有着不同的具体内容，即使在同一国家的同一历史时期，每位爱国主义者也会有自己的特殊表现。最近在《文摘报》上看到一篇很感人的文章：《美国二战老兵孤岛求生57年》：1943年，杰伊在美国海军服役，5月他所在的军舰被日本飞机击沉。杰伊孤身一人游上了南太平洋的一座孤岛。从此，他一个人在这座孤岛上生活了整整57年。其间，他曾想到过自杀，这时，鼓励他生存下去的是他随身携带的一面美国国旗和他妻儿的照片。2000年5月，一群来自巴布亚新几内亚的探险者发现了他。他立即跑进了自制的简陋小屋，出来时，他穿着满是破洞的美国军装，头戴钢盔，手里摊开那面早已支离破碎的美国国旗。美国国防部得到这个消息之后，当即派出一架军用直升机接回了这位忠诚的战士。这时他才知道，第二次世界大战早在55年前就已经结束了。这就是一位美国士兵的真诚的爱国主义。我们的一些运动员，在奥运会上为国争光，当他们看到国旗、听到国歌的时候，往往热泪盈眶，这是中国运动员的爱国主义。160多年前，林则徐在虎门销烟，这是林则徐的爱国主义。推翻帝制，建立民国，这是孙中山的爱国主义。提出改革开放的国策，这是邓小平的爱国主义。那么，什么是鲁迅的爱国主义呢？

鲁迅在南京求学时学的是矿务，到日本以后，他了解到日本的明治维新是大半发端于西方医学的事实，决定弃矿从医，他的想法很简单，平时救治那些像他父亲一样生病的人，战争时期就去当军医。总之，学医是鲁迅报效国家的途径。后来，由于幻灯片事件的刺激，他痛感解救中国人生理上的病痛不是最重要的，最要紧的是治疗中国人精神上的痼疾，于是弃医从文。"我们的第一要著，是在改变他们的精神，而善于改变精神的是，我那时以为当然要推文艺，于是想提倡文艺运动了。"无论是弃矿从医，还是弃医从文，鲁迅的出发点都是爱国主义。到"五四"运动前夜，1918年，他发表了新文化运动的第一篇白话小说《狂人日记》，并且第一次用了"鲁迅"这个笔名。从此，鲁迅的名字，在中国历史上留下了深深的印记。

鲁迅是一位文学家，文学家的爱国主义主要通过他的作品表现出来，收入中学语文教材的《狂人日记》《药》《阿Q正传》《故乡》《祝福》等都具体体现了鲁迅的爱国主义。由于鲁迅从事文学活动的动机是治疗中国人精神上的痼疾，所以，他的作品的主要内容，就是揭示中国人在思想上的种种弱点，目的是让中国人民看清这些弱点，克服这些弱点。鲁迅把这样的工作叫作“改造国民性”。在鲁迅看来，只有把中国人民的精神改造好，中国才能真正自立于世界民族之林。《药》是双关语，实指人血馒头，暗含着作者给中国人民开出的良药。《阿Q正传》则通过阿Q这一不朽的典型，比较全面地暴露了国民的弱点。特别是他的精神胜利法，鲁迅塑造这样一个典型的目的，是让中国人民正视自己贫穷、落后的现实，怎样自欺欺人的精神胜利法。《故乡》写了“我”和闰土少年时纯洁的友谊。但廿年以后再相见，两个人却由哥弟称呼变成了敬称“老爷”，鲁迅对此感到深深的悲哀，他痛感几千年的封建等级观念仍然严重地束缚着中国人民特别是农民的头脑，他希望他们的下一代能够过上一种全新的生活，并且写下了那一段名言：“其实地上本没有路，走的人多了，也便成了路。”可以说，改造国民性，这是鲁迅从踏上文学之路开始，直至逝世，始终坚持的奋斗方向，做出了中国文学史上任何一位作家都没能做出的巨大贡献。直至逝世前不久，躺在病床上，他还讲：“四万万同胞都得了一种病，这个病名叫马马虎虎。能够治这种病的药方在日本，这就是日本人办事认真的态度。”除了小说，鲁迅还写了大量的杂文，他的笔有如寒光四射的解剖刀，把渗透到中国人民思想基因中的种种弱点，毫不留情地解剖出来。

毫无疑问，鲁迅深深地热爱着我们这个历史悠久而又多灾多难的民族，但却有着独特的表现形式。以往的爱国主义者的高风亮节往往在抵抗外部敌人的斗争中表现出来，而鲁迅的爱国主义却主要表现在对我们民族自身“劣根性”的否定上。如同马丁炉里的温度极高时，炼钢的火焰会由红转白一样，鲁迅的爱国主义热情常常呈现出冷峻的特色，即所谓的热极而冷。因为我们这个民族在鸦片战争以后积贫积弱，风雨飘摇，它只有战胜自我才能战胜敌人。所以，鲁迅这样疗救民族精神痼疾的“医生”就格外可贵。

怎样学习鲁迅的爱国主义？

我们今天所处的时代，与鲁迅的时代已经有了很大的不同。特别是改革开放以来，我们的综合国力有了很大的提高，人民的物质生活水平和文化生活水平有了明显的改善，教育事业有了很大的发展。所以，我们今天学习鲁迅的爱国主义精神，要从今天的现实出发，要结合自己的特点。我们从两方面探讨这个问题：一是怎样学习鲁迅的著作，二是怎样落实到自己的行动中，简言之，就是一怎样学，二怎样做。

先说怎样学，我们要学好选入中学语文教材的鲁迅作品。选入语文教材的鲁迅作品都是文学名篇。学习这些名篇以及其他的文学名著，首先要明确一个问题，就是在中学语文教学中正确地给这些文学名著定位。

包括鲁迅作品在内的所有文学名著，是全人类共同的宝贵文化遗产。全人类对这些文学名著的认识要经历一个很长的过程，大约和这些作品存在的时间同始终。《诗经》至今已有两千多年，现在已经有了《诗经》研究的研究专著。李白和杜甫是盛唐时期的两大诗人，扬李抑杜和扬杜抑李的争论至今还在继续。《红楼梦》产生至今只有两百多年，但已经历了从旧红学到新红学两大阶段。鲁迅作品虽是20世纪的产物，但也经历了不断深化的研究过程。由中国社会科学院文学研究所编辑的《1913—1983鲁迅研究学术论著资料汇编》共五大卷，近千万言，且在20世纪80年代就有学者致力于鲁迅研究的研究，并有专著出版。人们对文学名著的认识要经历一个由少到多、由浅入深的过程。人们对文学名著的认识如此，个人对文学名著的认识也要经历这样一个过程。在某种意义上，个人对文学名著的认识过程就是再把人类对文学名著的认识重复一遍。而中学阶段学习文学名著，只是人一生中学习文学名著的初级阶段，把中学阶段学习文学名著定位于初级阶段，就不会对中学生要求过多过全。如果把学习鲁迅作品比作攀登泰山，中学阶段只是登上十八盘最初的几个台阶；如果把学习鲁迅作品比作在大海里游泳，中学阶段就只是在浅海近滩劈波斩浪，即使站在海岸，远望水天一色，近观万顷波涛，也令人视野开阔，精神升华。所以，在中学阶段，同学们只要在老师的指导下，认真阅读课文，达到最基本的要求即可。比如《阿Q正传》这样的作品，中学生理解起来是有一定困难的，可不可以因为难而不选呢？我想是不可以的，高中毕业生没读过《阿Q正传》，其无知程度，岂不是犹如美国人不知道华盛顿、法国人不知道拿破仑？我的意见，像《阿 Q 正传》这样的作品，高中的同学读过即可，至于理解得如何，要从长期来看，不可求之过急。如果少数同学对鲁迅作品特别有兴趣，在老师的指导下多读一些教材以外的作品当然更好。把中学阶段学习文学名著定位于初级阶段，不对同学们提出过多过全的要求，这样，就可以在不增加课时的条件下，阅读更多的好作品。听说，高中一年级的同学们正在刘忠田老师的指导下，大量地阅读包括鲁迅作品在内的古今中外的文学名著，并且把它和提高自己的写作能力结合起来。我完全赞同这样的教学思路，非常赞赏同学们的学习态度和进取精神，衷心地预祝同学们在语文学习的园地里收获丰硕的成果。

再说怎样做，即怎样在行动上践行鲁迅的爱国主义精神。中国有句古语：千里之行，始于足下。学习鲁迅的爱国主义精神，应该从爱自己的母亲开始。我们每个人都是母亲生的，母亲对子女的爱是无私的，母爱的光辉将伴随我们的一生。我们中华民族历来有孝敬父母的优良传统，认为孝子里面出忠臣，这个话是很有道理的。我们中华民族又是深明大义的民族，当忠孝不能两全时，提倡以国家利益为重。鲁迅终生孝敬母亲，父亲生病时，鲁迅年纪还小，但也尽了孝道，更为重要的是，鲁迅把对父亲的爱扩大开来，前面所讲的弃矿从医就是证明。很难设想，一个人连自己生身的母亲都不爱，会爱自己的祖国。这一点，国外的教育家也是看到了的。苏联教育家苏霍姆林斯基在他主办的十年制学校里，在一进校门的地方写了一幅大字标语：爱你的母亲。当然，我们所讲的孝敬父母是现代道德观念，子女与父母在人格上是平等的，也要讲是非。如果和父母有不同意见，我们可以心平气和地讨论。如果父母有不良生活习惯，做子女的要耐心地规劝，极个别的家长也可能触犯了法律（这种情况当然是以不发生为好），做子女的要规劝他们弃旧图新。我最近看了一些材料，一些被判处极刑的罪犯，他们往往都非常后悔，特别让他们痛苦的就是他们深感对不起自己的子女。可见，即使一个人犯了重罪，也还是人性未泯。如果在我们的同学当中，某一个人的家长出了问题，同学们一定要对这位同学给予更多的关心和照顾，让他感到集体的温暖和同学的友谊。这种友谊对于这样的同学走好以后的人生之路，是非常珍贵的。

在家孝敬父母，在校就要尊敬师长，还要团结同学。我们中华民族历来讲究尊师重道。鲁迅对他的老师非常尊重。《从百草园到三味书屋》写到的那位先生，就是鲁迅在上私塾时的老师寿镜吾先生。在这篇散文里，作者明确写道："我对他很恭敬。"不仅如此，鲁迅在离开家乡以后，每逢回乡探亲，都要去探望这位先生，并且与先生的后人有着良好的友谊。对于藤野先生，鲁迅更是认为："他的性格，在我的眼里和心里是伟大的，虽然他的姓名并不为许多人所知道。"1934 年，日本学者佐藤春夫、增田涉在编译《鲁迅选集》并为此征求鲁迅的意见时，鲁迅在回信时特意强调："《藤野先生》一文，请译出补进去。"《鲁迅选集》日译本出版后，藤野先生的长子恒弥将此书拿回家中，藤野先生"一面用放大镜看卷首的作者近照，一面说：'这就是周君，真有出息了！'"当鲁迅逝世的消息传到日本时，藤野先生回忆道："在仙台时代教过他，给他改过笔记，这些都还记得，只是周君能成为这样伟大的人物却一点也没有看出来。从我的学生里飞出了这样的伟人也真令人高兴啊！"还用毛笔亲自题写了"谨忆周树人君"。

我们尊敬师长，当然是尊敬教师的人格和劳动，同时也是尊敬教师这个职业。社会生活中一切正当的职业都是需要的，都应该尊重，但是教师这个职业特别值得尊重，因为教师这个职业更富于无私奉献的精神。教师的水平可能参差不齐，教学效果也会有差异，但有一点却是所有的教师都相同的，就是他们都希望能把学生教好。一个教师走上讲台，几十双眼睛注视着他，这本身就是最有力的鞭策，每个教师都想把自己所掌握的知识中的精华拿出来给学生，他们都希望学生成才，如果学生能超过他们，他们将感到欣慰。有的教师把全部精力用于教育事业，教好了几十名、上百名学生，却顾不上教育自己的子女，他们把对自己子女的爱倾注给更多的别人的子女了。我在读初中三年级时，一个偶然的机会，发现我的班主任老师在认真读一本书，这本书的书名是：《天职》。这件事给我留下了终生难忘的印象。我想，在世界上门类繁多的职业中，教师这个职业真正称得上是"天职"。一个人在学生时代能遇到几位好老师是一种幸福，这种幸福将伴随一个人的一生。我自己在学生时代，有幸遇到了许多好老师，回想起他们对我的关心和帮助，真是如坐春风，这种幸福感将永远是鼓励我、鞭策我的力量。当然，我们今天讲的尊敬师长，也是以师生在人格上是平等的为前提，对教师的工作有不同意见，可以而且应该用恰当的方式进行讨论。但是，首先要尊敬师长，这是一个学生应该具备的起码的品德。

要真正做到孝敬父母、尊敬师长，最重要的就是努力做一个好学生，就是要在德育、智育、体育几方面都得到健康的发展，用现在流行的话来讲，就是全面提高自己的素质。在校做一个好学生，将来做一个好公民，这是对父母最大的孝敬，也是对师长最好的回报。随着年龄的增长、水平的提高，我们把对父母的爱扩大开来，扩大到所有的父母；我们把对师长的爱扩大开来，扩大到所有辛勤工作的人们。我们不仅要爱自己的家庭，爱自己的学校，还要扩大开来，爱我们的故乡，爱我们的北京，爱我们的语言，爱我们祖国优良的文化传统，爱我们祖国美好的一切，直到我们祖国大地上的山山水水，一草一木，我们祖国领空中的每一朵白云，祖国领海里的每一朵浪花。

我们强调爱祖国，并不意味着祖国的一切都是完美无缺的。我们的国家虽然在不断地前进，但在某些方面还比较落后；我们的人民虽然淳朴善良，但总体素质还亟待提高。鲁迅当年所剖析的国民的弱点，有些仍然存在。社会上好人是绝大多数，但也有少数社会渣滓，即使是好人，有时也会说错话，做错事。对社会上的不良现象，乃至丑恶现象，我们要保持清醒的头脑，要提高警惕，不要上当受骗。同学们在学校有校长、老师的保护，在社会上就要学会保护好自己，包括运用法律的武器来保护自己。同学们这一代人，是21世纪的建设者，肩负着神圣的历史使命。但同学们现在的首要任务，仍然是做一个好学生，仍然是为以后的学习和工作打下良好的基础。只要同学们这一代人的全面素质提高了，我们的祖国就会更加强盛，鲁迅先生当年希望祖国强大起来的愿望，就会通过几代人的努力得以实现。

老师们，同学们，伟大的鲁迅离开我们虽然已经半个多世纪了。但是，他给我们留下的宝贵文化遗产，仍然在我们的生活中发生着深刻的影响。随着时间的推移，这种影响将会越来越显示出它强大的生命力。让我们为中华民族曾经产生过鲁迅这样的伟人而感到自豪，把鲁迅用生命之火点燃的爱国主义火炬高高举起。

2000年10月

关于鲁迅评价问题

怎样评价鲁迅？这个问题是中学鲁迅作品教学的首要问题，它直接决定着语文教师的教学态度，直接关系到继承和发扬鲁迅精神，直接关系到精神文明的建设。为了使鲁迅作品教学沿着正确的方向前进，广大语文教师应该有正确的鲁迅观。

怎样评价鲁迅？这在20世纪50年代至70年代是无须讨论的问题，那时，人们以毛泽东对鲁迅的评价为纲。那么对鲁迅的评价是否需要经过实践检验，这个问题就很自然地提到议事日程上来。

事实上，对鲁迅的评价不自毛泽东始。如果把《狂人日记》的发表作为鲁迅文学活动的起点，那么，对鲁迅作品最早做出评价的是新文化运动的著名人士傅斯年，他在1919年2月1日初版发行的《新潮》第1卷第2号上撰文高度评价《狂人日记》，称它是"中国近来第一篇好小说"。他在《随感录（四）》里还指出："鲁迅的杂文属于内涵的文章""不容易看，也不容易忘"，准确地抓住了鲁迅杂文的一个基本特征。此后，"五四"时期以"只手打孔家店"著称的吴虞、后来也成为著名小说家的茅盾、新文化运动的倡导者胡适、散文大家周作人、文学史家郑振铎、法国著名作家罗曼·罗兰，都曾高度评价鲁迅的小说。"五四"运动高潮过后，新文化阵营开始分化，"有的高升，有的退隐，有的前进"，但鲁迅始终没有放下他反封建的战"戟"。随着鲁迅文学活动的深入和发展，对鲁迅作品的评价也更加广泛和深入，鲁迅已被国内外公认为"新中国的思想界领袖"① "中国文学界第一人"②。当

① 巴特勒. 新中国的思想界领袖鲁迅［J］. 当代，1927，1（1）.

② 张申府. 终于投一票［N］. 京报副刊，1926-02-10.

然，对鲁迅的评价也存在着另一种意见。1924年，创造社的重要成员成仿吾发表《〈呐喊〉评论》，几乎否定了《呐喊》里的全部作品，只称赞《不周山》[①]“是全集中第一篇杰作”。此外，还有一种值得注意的意见，即肯定鲁迅小说的艺术成就，否定鲁迅杂文的思想和艺术价值。这种意见，以陈源在1926年4月17日发表于《现代评论》第3卷第71期的《闲话》为代表。1928年，革命文学队伍内部发生了一场论争，创造社、太阳社围攻鲁迅，称他为“时代的落伍者”，是“封建余孽”。

从上述极其简略的介绍中，不难看出，在鲁迅生前，对鲁迅的研究与评价，主要是在文化领域里进行。对鲁迅作品发表过有影响的评价的人，几乎都是文化界的知名人士。瞿秋白是共产党的领袖人物，但著名的《〈鲁迅杂感选集〉序言》并不是他处在政治斗争漩涡的中心时所作，而是他转到文化战线以后的产物。评论者们也把鲁迅作为一个文化人，主要是作为文学家来加以评价，有不同的意见是正常的现象。鲁迅的思想与实践有一个发展的过程，他作为伟人的诸方面的特征，也有一个逐渐显现的过程。同时，人们对他的认识也必然有一个相应的过程。由于政治立场不同，观察问题的角度不同，文化教养不同，思想、性格、气质不同，对鲁迅的评价也就必然不同。由于文学欣赏与评价是一个极其复杂的问题，读者喜欢谁或不喜欢谁，要受到许多因素的制约。所以，古今中外没有一位大作家能让所有的读者都喜欢自己的作品，鲁迅也不例外。更何况，中国传统的文人相轻和现代文坛的宗派主义，也必然要影响到对鲁迅的评价。但是，旁观者清。美国作家史沫特莱对鲁迅的评价特别值得我们重视，她说：(鲁迅)“是中国近百年，也许是几百年以来所产生的仅有的文学天才。别的作家尽管有天分有才能，还有少数有很高的天赋，然而鲁迅却是一个天才。”她认为，鲁迅“具有这纵垂久远横被（pī）世界的普遍性和创造的才能”。“中国的史家，倘不阅读他的著作，决不能了解从五四到现在，从现在以至未来的若干年间这一时期的中国。”[②] 应该承认，史沫特莱对鲁迅的评价，较之中国文化界的许多人士更客

① 鲁迅．补天［M］//鲁迅．鲁迅全集：第2卷．北京：人民文学出版社，1981．

② 艾格尼丝·史沫特莱．鲁迅是一把宝剑［M］//北京鲁迅博物馆鲁迅研究室．鲁迅研究资料：第8辑．天津：天津人民出版社，1981．

观，也更有见地。

尽管在鲁迅生前人们对他毁誉不一，但是，伟人终归是伟人。鲁迅逝世时，举国哀悼，国内各家报纸纷纷以“文坛巨星陨落”为题报道这一消息，称鲁迅为“文化巨人”“一代文豪”“中国文坛之唯一领袖”“文坛唯一权威”。安葬之日，近六千人自发地为鲁迅送葬，上海各界民众敬献的白地黑字旗上的三个大字：“民族魂”，当是中国人民对鲁迅的盖棺论定。

像其他文化巨人一样，鲁迅逝世后，人们对他的研究与评价非但没有终止，反而更加深入和发展，研究的队伍也在不断地壮大。文化界的许多著名人士，如郁达夫、茅盾、冯雪峰、胡风、李何林以及鲁迅的挚友许寿裳等，开始探讨和论证鲁迅在文学史上的历史地位，为正确评价鲁迅做出了积极的贡献。另外，鲁迅的逝世也使研究与评价鲁迅的队伍发生了某种分化，一些在鲁迅生前曾与之“笔墨相讥”的人，有的转变了态度，如郭沫若，在鲁迅逝世当天就撰写了《民族的杰作》一文，正确地指出：“中国文学由先生而开辟出了一个新纪元，中国的近代文艺是以先生为真实意义的开山，这应该是亿万人的共同认识。”当然，也有相反的情况，一些曾在鲁迅生前高度评价他的成就的人，有的却在鲁迅逝世后一反常态，如苏雪林，在此后长达几十年的时间里，她始终以反对鲁迅为己任，但内容多为谩骂，为正义之士所不取。

鲁迅逝世以后，在评价鲁迅的历史地位方面出现的最引人注目的现象是政治家的介入。以发表文章的先后为序，他们是王明、陈云、陈毅、宋庆龄、毛泽东、蔡元培、周恩来等。其中，对鲁迅的评价最高、最全面且影响最大者是毛泽东。

毛泽东对鲁迅的评价，具有鲜明的政治家的特色。他不拘泥于具体的细节，而是善于从宏观上把握问题，他准确地抓住了鲁迅的主要特征，并在民族解放斗争这一宏大的历史背景上来评价鲁迅的历史地位。他于 1937 年 10 月 19 日在陕北公学纪念鲁迅逝世周年大会上的演讲词中，明确地提出：“纪念鲁迅先生，首先要认识鲁迅先生，要懂得他在中国革命史中所占的地位。”他说：“鲁迅在中国的价值，据我看要算是中国的第一等圣人，孔夫子是封建社会的圣人，鲁迅则是现代中国的圣人。”他还概括了伟大的鲁迅精神，并且号召大家学习这种精神，为中华民族的解放而奋斗。可以毫不夸大地说，毛泽东的这些令人耳目一新的评价，开辟了鲁迅研究史的新纪元。毛泽东在1940年发表的《新民主主义论》中对鲁迅所做的评价，更是影响了几代鲁迅研究工作者，成了他们评价鲁迅的指南，堪称经典评价。

毛泽东对鲁迅的评价具有深远的历史意义，它廓清了笼罩在鲁迅研究领域里的某些迷雾，极大地提高了中国人民对鲁迅的认识水平。郁达夫在《怀鲁迅》一文中说过："没有伟大的人物出现的民族，是世界上最可怜的生物之群；有了伟大的人物，而不知拥护、爱戴、崇仰的国家，是没有希望的奴隶之邦。"由于有了毛泽东对鲁迅的崇高评价，又由于1949年以后毛泽东在中国大陆至高无上的地位，使中华民族避免了"不知拥护、爱戴、崇仰"本民族伟大人物的局面。它有力地证明：尽管在鸦片战争以来，相当一部分中国人滋长了可悲可叹的奴隶的"劣根性"，但是，产生了鲁迅这样的"没有丝毫的奴颜和媚骨"的伟大人物的中华民族，终归不是"没有希望的奴隶之邦"。有些人对毛泽东高度评价鲁迅表示不可理解，其实，这没什么不可理解的。一个在殖民地半殖民地的国度里成长起来的政治家，要维护中华民族的独立和尊严，要使中华民族真正地自立于世界民族之林，就不能不呼唤最能代表本民族精神的伟大人物，而这样的伟大人物一旦出现，就不能不予以高度的评价。正是在代表中华民族的伟大精神这个高于一切的问题上，毛泽东和鲁迅的心是相通的。这是鲁迅研究的幸运，更是中华民族的幸运。

由于新中国成立初期我国仍然在各个领域里坚持"以阶级斗争为纲"，鲁迅研究也被纳入了阶级斗争的模式，这是鲁迅研究的不幸，更是中华民族的不幸。每当毛泽东发动政治斗争的时候，往往要号召人民"学点鲁迅"。但这种号召，往往是根据当时政治斗争的需要而发出的，在把阶级斗争绝对化、简单化、庸俗化的历史背景下，这些意见，很容易被利用来推行教条主义和实用主义。到了"史无前例"的时期，鲁迅几乎成了任人雕刻的大理石，他时而被请来"批林批孔"，时而被拉来"评法批儒"，伟大的鲁迅被歪曲得面目全非。这种情况也影响到了中学鲁迅作品教学，致使部分师生对鲁迅产生了种种误解，仿佛先生总是高高地坐在椅子上，一年到头地板着面孔骂人；或者是手拿竹竿，永不停息地在那里痛打"落水狗"。其实，对敌人不妥协的精神，只是博大精深的鲁迅思想中的一个重要组成部分。作为“五四”新文化运动的先驱，科学与民主是鲁迅思想的核心；改造国民性、提高国民素质，倾注了鲁迅毕生的心血。即使那些所谓“骂人”的文字，也是事出有因，往往是别人攻击在先，鲁迅反击在后，而前者的文字比后者要多得多。正如鲁迅所说，别人给他十枪，他只回一箭。只是鲁迅反击的文字广为流传，有的还被收入中学语文教材，尽人皆知，而别人攻击鲁迅的文字未能流传，不为多数人所知罢了。

1978 年以来，伴随着“实践是检验真理的唯一标准”的讨论，实事求是的春风吹绿了祖国的大地，鲁迅研究领域里长期存在的教条主义和实用主义倾向得到了相当程度的克服，人们力求科学地评价鲁迅，鲁迅作品教学取得了长足的进步。但是，伴随着对鲁迅曾经批评过的一些文化名人的重新评价，一种怀疑鲁迅的历史地位的倾向也在潜滋暗长。到了 20 世纪 80 年代中期，一些恣意贬损鲁迅的文章和言论相继出现，持这种意见的人，既有名不见经传的作者，也有哲学界、新闻界的耆宿和政治学界的个别学者。他们的意见当即受到了鲁迅研究界的严肃批驳，从此销声匿迹。但是，被这些人用很不严肃的态度提出来的鲁迅评价问题本身却是非常严肃的问题，它从反面提醒我们，必须进一步在广大中学师生中间做好鲁迅作品的宣传和普及工作，只有了解鲁迅，认识鲁迅，才能不断提高对错误意见的鉴别能力。

20 世纪 80 年代中期出现的恣意贬损鲁迅的文章和言论，并没有提出什么新见解。它们的炮制者不过是把 20 年代和 30 年代一些反对的意见稍加修饰，在新的历史条件下招摇过市。如果说，20 年代某些否定鲁迅作品的文章还可以作为一家之言，还可以从一个侧面反映人们对鲁迅的认识过程，那么，在半个多世纪以后的今天，鲁迅崇高的历史地位已被社会公认，鲁迅研究的各个领域都取得了丰硕的成果，再来重复这些意见未免过于贫乏。

如同世界上万事万物要生存就必须发展一样，鲁迅研究与评价也要随着时代的发展而发展，可以而且应该有新角度、新观点、新思维。但这些新观点，只有符合鲁迅作为中华民族伟人的实际才有意义，那种远离事实、不顾常识、恣意贬损鲁迅的做法，是中学语文教学必须反对的。

今年是鲁迅逝世 60 周年，按照中国传统的计时方法，天干地支循环相配，60 年已是一个轮回。岁月不居，鲁迅的时代距离我们越来越远了。但是，和物理学上观察事物距离越近越清晰相反，人们对历史人物的认识却是距离越远越清晰。毛泽东说过：中国有三项对世界文明的伟大贡献，第一就是鲁迅。[①] 毛泽东站在世界文明史的至高点上对鲁迅做出的科学评价，也就是代表中华民族对鲁迅做出的历史性评价。我们要通过中学鲁迅作品教学，让新时代的青少年，为中华民族曾经产生过鲁迅这样的伟人而自豪，把鲁迅用生命之火点燃的火炬高高举起。

1996 年 4 月

（原载《中学语文教学》1996 年第 8 期）

---

① 冯牧. 在一九八〇年全国《红楼梦》学术讨论会上的讲话［M］//冯牧. 新时期文学的主流. 北京：人民文学出版社，1981.

正确认识鲁迅在中国文学史上的地位

要学习鲁迅，首先要认识鲁迅，要正确认识他在中国文学史上的地位。

我们中华民族是一个古老的民族，有大约五千年的文明史，有文字的历史至少也有三千五百年。在这漫长的岁月里，我们的祖先创造了光辉灿烂的文化。其中，中国文学以其独特的内容、形式和风格，为世界文学的发展做出过巨大的贡献，产生了屈原、司马迁、李白、杜甫、曹雪芹等文化巨人。在鲁迅之前，他们分别代表不同时期中国文学的最高成就，他们用诗歌或散文的艺术形式，深刻地反映了他们所生活的时代。尽管他们的时代已经成为遥远的过去，但是，他们的艺术创造，仍然能够给我们以极大的艺术享受，并在某些方面为我们提供了典范。他们的代表作（全文或片段）被选入中学语文教材，是天经地义的。但是，他们终究是封建时代的伟人。虽然他们的作品具有民主性的精华，但我们不能要求他们具有完全现代意义上的民主思想；虽然他们的作品在艺术形式上具有极大的独创性，但我们不能要求他们提供完全现代意义上的艺术范本，特别是不能要求他们提供白话文的典范（《红楼梦》庶几近之）。只是在“五四”新文化运动以后，历史才给人们提供了完成上述任务的可能，而鲁迅就是完成上述历史使命的文化先驱之一。

伟大的时代造就伟大的人物。鲁迅是在“五四”前夜走上中国文化舞台的。“五四”时期是中国社会大变革的时期，是古代社会（1840 年鸦片战争以后是近代社会）向现代社会转变的时期。这是一个新旧交替的时期，是一个需要巨人并且产生了许多巨人的时期。鲁迅生于我国最后一个封建王朝的末期，从小接受封建主义的教育，并且和他的二弟周作人一起参加过家乡会稽的科举考试，他对中国的旧文化有着远比他人深刻的了解，在很大程度上，是集传统文化精华于一身的人。他曾经说过，他几乎通读过二十四史。他辑录过《古小说钩沉》、谢承的《后汉书》《会稽郡故书杂集》，编选过《唐宋传奇集》，校订过《嵇康集》，搜集并研究过汉代的碑帖。他对中国小说的渊源和发展有着全面系统的研究，撰写的《中国小说史略》，结束了“中国之小说自来无史”的局面，书中对从古代神话到清末小说的分析，至今仍给我们以启迪。他的《汉文学史纲要》，表现出他对先秦和汉代文学有着深厚的功底。鲁迅生活的时代又是欧风美雨东袭的时代。他从青年时代起，即接受西方现代文化的教育，并留学东瀛，投身于向西方寻求真理的行列，又在“五四”新时期全面开始了他的文学活动，他对外来的新文化有着正确的认识。早在青年时期，他就介绍过雪莱、拜伦、普希金、裴多菲等“立意在反抗，指归在动作”的“摩罗”诗人。中年以后，他翻译过果戈理的《死魂灵》、厨川白村的《苦闷的象征》、卢那卡尔斯基的《艺术论》、普列汉诺夫的《艺术论》等。1913 年至“五四”前夕，鲁迅还认真研究过佛经，对产生于另一个东方古国的这一艰深的思想，“用功很猛”①，有着很深的造诣。孙伏园在《鲁迅逝世五周年杂感》一文中谈到，刘半农曾经赠送给鲁迅一幅联语：“托尼学说，魏晋文章”，时人都认为这幅联语很恰当，鲁迅自己也没有反对。如果我们对这幅联语不仅仅局限于字面上的理解，即不把“托尼学说”限于托尔斯泰和尼采，也不把“魏晋文章”限于“建安七子”和“竹林七贤”，特别是阮籍和嵇康，那么，这幅联语实质上是说鲁迅学贯中西。但是，无论是传统的东方文化，还是外来的西方文化，在被鲁迅“拿来”以后，都经过了改造，化成了自己的血肉。可以认为，在“五四”时期东西方文化的大碰撞中，鲁迅是对传统文化和外来文化都保持清醒头脑的一人。毋庸讳言，鲁迅对传统文化采取了较多的批判态度，这是“五四”运动彻底的、不妥协的反封建的性质所决定的，也与鲁迅对封建文化巨大的惰力有着清醒的认识密切相关。他把旧文化比作“割头不觉死”的“软刀子”，认为“保存旧文化，是要中国人永远做侍奉主子的材料”。他举宋、元、明、清四

---

① 许寿裳. 亡友鲁迅印象记［M］. 北京：人民文学出版社，1977.

代王朝为例，说明一味地高唱旧文化的“老调子”，就会导致灭亡。他认为，在历史上，我们汉民族之所以能够“同化蒙古人和满洲人”，“是因为他们的文化比我们的低得多。倘使别人的文化和我们的相敌或更进步，那结果便要大不相同”。他明确指出，“现在的外国人，不比蒙古人和满洲人一样，他们的文化并不在我们之下”①。这里，鲁迅对中国旧有文化做了历史唯物主义的分析，他没有孤立地考察文化问题，而是把它和国家、民族的兴衰联系起来做具体分析。通常认为，中国的封建制度是到宋代开始走下坡路的。在这之前，中国的封建制度经过了一个很长的上升和发展时期，其中，汉代和唐代是两个鼎盛的时期。因此，鲁迅对汉、唐文化有着较多的肯定。他赏赞汉唐的“闳放”和“雄大”，而否定宋代以后的“讲道学，讲理学，尊孔子，千篇一律”的国粹主义。对于外来的西方文化，鲁迅较多地借鉴了它们的现代内容与形式，但也并非盲目照搬。他肯定托尔斯泰的“同情于贫民”，但不赞成他的“不以暴力抗恶”。他在青年时期受过尼采“个性主义”的影响，并用以反对封建主义对人们精神上的束缚，但他也没有忽视“尼采式的超人”“渺茫”的一面。“五四”前后，达尔文的进化论和弗洛伊德的“精神分析学说”，在中国知识界广泛流行，鲁迅也在一定程度上接受了他们的影响，特别是进化论，它是鲁迅前期相信“将来必胜于过去，青年必胜于老人”的主要理论依据，是鲁迅在“五四”时期反封建的主要思想武器，但是，后来，在血的事实的教育下，鲁迅认真清理了进化论对自己的“牵制”，转而相信马克思主义，同时，仍然肯定进化论曾经使自己“相信进步，相信未来，要求变革和战斗”② 的积极的一面。鲁迅创作《不周山》（后改名为《补天》）的意图，是“取了茀罗特（弗洛伊德）说，来解释创造——人和文学的——的缘起”③，但他对弗洛伊德的学说也有所保留。1925 年，在《诗歌之敌》中，鲁迅明确指出：弗洛伊德“专一用解剖刀来分割文艺，冷静到入了迷，至于不觉得自己的过度的穿凿附会”。对西方的一些文艺流派，如浪漫主义、象征主义、印象主义等，鲁迅在创作中都借鉴了它们的

---

① 鲁迅. 集外集拾遗·老调子已经唱完［M］//鲁迅. 鲁迅全集. 北京：人民文学出版社，1981.

② 唐弢. 琐忆［J］. 人民文学，1961（9）.

③ 鲁迅.《故事新编》序言［M］//鲁迅. 鲁迅全集. 北京：人民文学出版社，1981.

合理的因素。他的第一篇白话小说《狂人日记》，篇名和体裁显然受到了果戈理的影响，并把象征手法融汇到现实主义的描写当中。可见，鲁迅之所以不遗余力地抨击传统文化中的糟粕，有所选择地吸取外来文化中的精华，根本的原因在于“五四”时期新旧交替的历史条件，既要求人们对几千年的封建制度和封建思想做一次全面、彻底的清理，又要求人们博采诸家之长，特别是借鉴西方现代文化中的精华，熔古今中外于一炉，从而推陈出新，承前启后。

鲁迅是“五四”新文化的创造者之一。他适应时代的需要创造了既有中华民族的民族风格，又具有现代特点的全新的文学。鲁迅是中国现代小说之父。《呐喊》《彷徨》塑造了一系列性格鲜明而又概括了深广的社会生活内容的典型形象。在中国文学史上，鲁迅是最了解农民的作家，也是第一个以革命民主主义观点来描写农民，并把农民作为自己小说的主人公的作家。农民的生活、农民的思想、农民的心理、农民的语言和习惯，在鲁迅小说里得到了形象而准确的表现。他的代表作《阿Q正传》，不仅是中国现代文学史上成就很高的小说，也是世界文学史上现实主义杰作之一。鲁迅也是十分了解知识分子的作家，他既了解中国旧时代最后一批知识分子，如孔乙己、陈士成等，又了解新时代的首批知识分子，如《故乡》和《一件小事》中的“我”，《伤逝》中的涓生，《在酒楼上》的吕纬甫等。对前一代知识分子，他在揭露封建制度，其中包括科举制度对他们毒害的同时，也对他们的不幸遭遇投以怜悯的目光；对后一代知识分子，他了解他们的思想和追求，理解他们处在新旧交替时代的苦闷，也透视他们思想性格上的某些弱点。鲁迅又是十分了解中国妇女的作家，对于被压在封建社会最底层的广大妇女，鲁迅在他战斗的一生中始终给以巨大的同情，并不懈地探索妇女解放的道路。他笔下的妇女形象，如《明天》中的单四嫂子，《祝福》中的祥林嫂，《伤逝》中的子君，不仅有着劳动妇女或知识妇女的思想性格和气质，而且有着东方妇女的特征。和古代小说相比，鲁迅小说不仅有着全新的内容，而且有着全新的形式。正如茅盾所说，鲁迅“是创造‘新形式’的先锋”。仅以《呐喊》为例，内收的“十多篇小说几乎一篇有一篇新形式，而这些新形式又莫不给青年作者以极大的影响”①。鲁迅运用杂文这一形式所取得的成就是空前的。他在后期主要从事杂文的创作。他的杂文，“论时事不留面子，砭锢弊常取类型”。当时国内各式各样的事件，大至东三省失陷，国民党军队围剿苏区，小至报童被上等人推倒，结果被电车碾死和某一位电影演员的自杀，都在他的杂文里得到了及时的反映。社会上各种人物的类型，如比主人更严厉的狗、媚态的猫、未叮人之前先要哼哼地发一通议论的蚊子，以及脖子上挂着小铃铎的山羊，也就是豪奴、帮闲、二丑、伪善者、“正人君子”等，都在他的杂文里留下了清晰的脸谱。鲁迅是清醒的现实主义者，他对于统治了中国几千年的封建宗法制度和根深蒂固的传统观念，有着远比他人深刻得多的了解。在中国文学史上，鲁迅是对专制和愚昧揭露最深刻、最全面，斗争最坚决、最持久的一位作家，因而也是对民主与科学呼唤最诚挚、最热烈的一位作家。可以毫不夸大地说，鲁迅的文学创作，特别是他的小说和杂文，为我们提供了一部“五四”前后新旧交替时代的百科全书。在中国文学发展史上，鲁迅是继屈原、司马迁、李白、杜甫、曹雪芹之后的又一座高峰。

鲁迅在他光辉的一生中对中国人民所做出的巨大贡献，早在他生前，就得到了柳亚子、沈雁冰、瞿秋白、冯雪峰等许多有识之士的肯定与推崇，在他逝世以后，更得到了宋庆龄、蔡元培、毛泽东、周恩来以及国际上一些知名人士，如埃德加·斯诺、艾格尼丝·史沫特莱、亚历山大·法捷耶夫等人的高度评价，被国内外公认为中国新文学的泰斗，“是一个真正爱护青年的导师”②。鲁迅的精神，哺育了几代有理想、有作为的新文学工作者。凡是在“五四”以后踏上新文学道路，并为新文学事业的发展做出过贡献的人们，很多人都承认自己是“吃鲁迅的奶长大的”。现代大诗人郭沫若说得好：中国文学由鲁迅“而开辟出了一个新纪元，中国的近代文艺是以先生为真实意义的开山，这是亿万人的共同认识”③。20 世纪 60 年代

① 茅盾. 读《呐喊》[M] //查国华，杨美兰. 茅盾论鲁迅. 济南：山东人民出版社，1982.

② 巴金. 我认识的鲁迅先生 [J]. 萌芽，1956 (8).

③ 郭沫若. 民族的杰作 [M] //中国社会科学院文学研究所鲁迅研究室. 1913—1983 鲁迅研究学术论著资料汇编：第二卷. 北京：中国文联出版公司，1986.

初，在《〈鲁迅诗稿〉序》里，郭沫若称颂鲁迅的诗歌“前无古人，后无来者”，这一论断，实际上也是对鲁迅在中国文学史上的历史地位的科学概括。

（节选自《鲁迅作品的教学与研究》引论，
光明日报出版社，1990 年）

教育教学

谈高考试题和语文教学

1978 年语文试题的突出特点是强调语文基础知识和基本技能，这在方向上应该给予肯定。

十几年来，由于“四人帮”的干扰和破坏，语文教学中基本知识的教学和基本技能的训练，几乎全被取消。“四人帮”打着所谓突出政治的幌子，公然主张把语文课讲成所谓“政治课”。他们取消语文课的特点，实质上是取消了语文课本身，因而也就取消了语文教学为无产阶级政治服务。这是“四人帮”假左真右的政治路线在语文教学领域里的具体体现。今年语文试题强调基本知识和基本技能，是在语文教学领域里对“四人帮”的一个有力批判。

中华人民共和国成立以来历次高考语文试题，理科大都只是一篇作文；文科主要也是一篇作文，再加上少量的古文翻译或文章分析。毫无疑问，作文是对考生语文水平的综合考查，是比较能够全面、真实地考查考生语文水平的好办法。但是，道理上讲得通的事，做起来有时未必尽如人意。高考作文题是众矢之的，很难不被考生押上或不同程度地押上题。这就很难做到比较真实地检查考生的语文水平。今年试题以考查考生的基本知识和基本技能为主，以作文为辅，这是对中华人民共和国成立以来高考语文试题的一项改革。作文考试，今年也没有按照惯例采取命题作文的方法，而是破天荒地考了一篇缩写，这就开阔了人们的思路，启发人们对作文教学进行多方面的探索和改革。

当前，由于“四人帮”的流毒远未肃清，不重视基本知识的教学和基本技能的训练的现象，仍然普遍存在。其结果，相当多的学生不能正确地运用祖国的语言，写起文章来，文理不通，错字病句奇多。现在，高考试题强调语文基本知识和基本技能，这对“患了重病”的语文教学无疑是下了一剂良药。药力是否稍稍猛了一点呢？也许。不过，不如此很难使“患者”尽快地脱离危险期。正因为今年语文试题是从实际出发的，有强烈的针对性，所以，它对于语文教学领域里拨乱反正，特别是对于恢复被“四人帮”破坏殆尽的基本知识的教学和基本技能的训练，必将发生巨大的影响。它代表了今后几年语文教学的方向。

加强基本知识的教学和基本技能的训练，对提高阅读能力大有裨益，这一点几乎没有争论。但是，它和提高写作能力关系如何，就会有不同意见。应该指出，我们所说的基本技能的训练，其中就包括了写作练习。问题是，基本知识部分特别是字、词、句等属于语言学方面的知识，和提高写作能力的关系如何。有这样一种观点，认为今年的试题是“不要作文”，是“重语轻文”，甚至是“有语无文”，因而怀疑它的方向是否正确。对这个问题，笔者将从两个方面加以讨论：

第一，从中学语文教学所要达到的目的来看。中学语文教学的对象是中学生。中学生的写作能力应该达到什么标准？我们不排除有的中学生将来可能从事文学创作，但那究竟是少数。绝大多数中学生，不论是上高等学校深造，还是直接走上工作岗位，革命工作对他们的要求主要是：能够用文字准确地反映客观事物和清楚地表达自己的思想。而要达到这个目的，能否正确地运用语言是必不可少的基本功。我们不仅应该教会学生区别反义词，而且特别应该教会学生正确地运用同义词和近义词。“端详着床铺桌椅”，只能说“端详”，而不能说是“观看”，“任何争端都应通过谈判解决”，只能说“争端”，而不能说是“事端”；“国与国之间理应遵循的准则”，只能说“准则”，而不能说是“准绳”。任何文体的文章，要写得好，必须具备准确性、鲜明性、生动性。三者当中，最重要的是准确性。没有准确性，鲜明性、生动性就无从谈起。

第二，从语言和文学的关系来看。作为不同的学科，我们可以而且应该把语言学和文学区别开来，但我们却不可以而且不应该把语言和文学割裂开来。文学是语言的艺术，而语言是文学的第一要素。古今中外的著名作家，没有一个不是在语言上下过长期的苦功。当然，能否正确地运用语言，绝不仅仅是一个文章的形式问题，而是和文章的内容密切相关的。写文章需要思维，思维（包括逻辑思维和形象思维）离不开语言。所以，正确地运用语言，是建筑在正确地思维，亦即正确地认识客观事物的基础上的。虽然能够正确地运用语言，还不等于写出好的文学作品，但却是创作成功的文学作品必不可少的基本功。可见，语言和文学虽有区别，但又密不可分，如同砖瓦虽然不等于房屋，但房屋却离不开砖瓦一样。那种把语言和文学割裂开来，把加强语言方面的训练和考查与提高写作能力对立起来的观点，是大可商榷的。

我们承认加强字、词、句等语言方面的教学和训练对提高写作能力是有关系的，并不意味着可以忽视写作教学。要写出好文章，除了必须具备正确地运用语言这一起码条件，还要具备许多其他方面的条件，特别是要有丰富的生活经验、较高的思想水平、一定的写作技巧和多方面的文学修养等。这些都远不是字、词、句、篇章结构所能包括的，当然也不是一般的写作教学所能包括的。但写作教学讲究立意、谋篇等，仍然对提高学生的写作能力有重要作用。另外，命题作文作为写作教学方式的一种，也仍然有它存在的价值。因此，今年的作文试题只考一篇缩写，虽然也能在相当的程度上考查出考生的写作水平，但对那些有较突出的文学才能的考生，还是有所限制，他们的水平可能没有完全发挥出来。因此，建议今后高考是否可以考虑文科和理科的作文试题有所不同，以便让那些有较高文学才能的考生充分发挥他们的才力。

1978 年 8 月

走向文学名著

——语文教学改革刍议

长期以来，语文教学中存在着一系列亟待解决的问题，主要是教材太薄、教参太厚、试题太怪、讲得太滥、学得太死。

教材太薄，指的是教材所选的名家名篇太少。这里所说的名家名篇，主要指的是著名文学家的著名作品，也适当涉及著名史学家、哲学家和自然科学家的著名作品。文学是语言的艺术，阅读大量的优秀文学作品，是学习祖国语言的最佳途径。现行语文教材虽也酌选了一些名家名篇，但选择面偏窄，数量也远远不足。学生学了6年语文课，耳熟能详的名家名篇屈指可数，在如此薄弱的基础上学习语言，无异于沙上建塔。

与教材太薄恰成反比的是教参太厚。语文教师人手一册的教学参考资料，对每篇课文的讲解、分析可谓面面俱到，不厌其详，不厌其烦，但写得太多，反而淹没了重点。又，对同一篇文章的理解，可以有不同的角度、不同的观点，现在，各种考试都把正确的答案定于教参一尊，不符合语文教学的规律，也严重地束缚了优秀教师的创造性才能，且助长了不读书、不看报，只靠一本教参教语文的倾向。试想，一个语文教师所读名著甚少，思想贫乏，知识面窄得可怜，怎能具有独立分析问题和解决问题的能力，又怎能正确指导学生学好语文？

高考是语文教学的指挥棒，但近年来，高考试题出得刁钻古怪，且答案定得太死，使学生没有自己思考的空间，创造性精神受到了压制。这是造成语文教学诸多弊端的重要原因之一。世界上没有绝对公平的考试，任何考试都不可能完美无缺。但是，无论是古代的科举考试，还是从科举考试脱胎出来的现代考试，都具有任何其他选拔方式所不可比拟的客观性与公正性。为了使这种客观性和公正性不受侵蚀，必须保证试题的科学性与可行性，使试题能够考查出学生的真实水平。从1977年恢复高考伊始，笔者曾连续两年参加高考阅卷工作，并于1978年暑期在北京师范学院（今首都师范大学）阅卷点的全体教师大会上，做过试卷分析的发言，但20年后，面对1998年的高考试题，有一部分试题，几经推敲，仍然不明其意。不知是本人退步过甚，还是出题人的思路匪夷所思。有人以“这样的试题，学生也答得不错”为由，肯定这样的试题，是缺乏说服力的。对学生的应试能力应做具体分析：如果试题恰当，学生以自身的实际能力为基础，在考试中充分发挥了自己的真实水平，这种应试能力应予肯定。反之，试题失当，学生只是根据考前的应试训练而取得了高分，这种与实际水平分离的应试能力只能使人徒增悲哀。

讲得太滥，指的是教师在课堂上讲得太多，且不得要领。一解题，二介绍背景，三解释词语，四朗读课文，五划分段落，六概括中心思想，七总结写作特点，八做课堂练习，篇篇如此，堂堂如此，令人生厌。稍有教学基本常识的人都知道，教有常规，但无定法。讲课要因文而异，因材施教。上述教学八股，把内容丰富多彩、形式生动活泼的名家名篇强行纳入呆板、僵死的固定模式，对教师而言，是沉重的枷锁；对学生而言，则不啻一种灾难。

语文教学的上述弊端，最大的受害者是学生。本来，语文课应该是最受学生欢迎的课程。无论是著名诗篇的优美意境，还是优秀散文的海阔天空，抑或是小说、戏剧的鲜活人物、曲折情节，都对学生有着巨大的感染力，并在潜移默化当中发生着陶冶情操的作用，特别是它们的语言，极富音乐美，读起来朗朗上口，学生应该是乐于阅读、乐于背诵的，但现在的情况却是：学生在语文课上只能接受一些毫无生机的现成结论。学得太死，导致学生普遍厌学语文。这是对语文教学的惩罚，也是造成“重理轻文”现象的重要原因之一。

造成上述现象的原因是多方面的，本文不讨论更深层次的原因，仅就语文教学本身而言，在认识上至少有以下两个误区：其一，是所谓“语文课不是文学课”。对语文课的定义，历来众说不一，择其要者，有“语言文字”“语言文章”“语言文学”等几种说法。对此，人们可以继续争论。但我们考虑问题不是从定义出发，而是从实际出发。任何人的语文水平，都得益于大量阅读文学名著，这是不争的事实。因此，好的语文教材，其主要内容应为精选的文学名著，这也是不争的事实。语文课的内涵当然大于文学课，在这个意义上，可以说“语文课不等于文学课”，但这个“不等于”，指的是在概念上不能将全局和主体混同，而不是人为地把二者对立起来。其二，是把学习祖国语言误导为学习语言学。这种误导是在所谓“语文教学科学化”的口号下进行的。文学属于艺术的范畴，语言学属于科学的范畴。在语文教学中强调所谓“科学化”，势必导致对文学名著的削弱和对语言学的强化。语言学作为一个特殊的分工部门，它以大量的语言现象（其中包括文学语言）为研究对象，它的理论产生于研究的结尾，而不是研究的开端。没有哪个人是只学语言学的知识就具有运用祖国语言的能力的，即使是专门的语言学家，也要以阅读大量的文学作品为研究工作的基础。在中学语文教学中过分强调语言学的内容，有悖语文教学的规律，至于在小学语文教学中进行语法教学，更是弊大于利。

语文教学的诸多弊端是全局性的问题，因此，对语文教学必须进行全面、彻底的改革，在局部问题上修修补补是无济于事的。毫无疑问，教学改革的根本问题是教师的素质问题，但教师队伍素质的提高远非一日之功。因此，对语文教学的全面、彻底改革需要选择好突破口。这个突破口就是教材，而在教材建设中，笔者主张：走向文学名著。

走向文学名著包括课内讲读和课外阅读两大部分。

课内讲读需要全新的教材。新教材应精选古今中外的名家名篇，其数量应是现行教材所选名家名篇的三至五倍。对中外作家作品的编选，以中国作家作品为主；对中国作家作品的编选，采取“不薄今人爱古人”的古今并重的原则。新编教材所选作家的名单，应该是群星灿烂。《诗经》、汉乐府、唐诗、宋词、元曲、“五四”时期的郭沫若、30年代的艾青；孔子、孟子、庄子、荀子、贾谊、司马迁、唐宋八大家、施耐庵、蒲松龄、曹雪芹；鲁迅、周作人、茅盾、巴金、老舍、沈从文、郁达夫、冰心、叶圣陶、朱自清、林语堂、孙犁、钱钟书、金庸等，凡属文学史上已有定评的大作家，他们的代表作凡适于中学生阅读者，应尽可能地多选。法国的莫泊桑，俄国的普希金、契诃夫，美国的马克·吐温等大作家的作品，亦应酌情入选，以彻底解决现行语文教材太薄的问题。在新教材面世之前，权宜之计，可在选用现行教材中名家名篇的同时，从已出版的《新编千家诗》《中华古诗文读本》等读本中筛选若干篇目，作为补充教材。

教材改革之后，势必带来教参编写、教学方法、考试内容、课时安排等一系列问题，对这些问题的解决，就会促进语文教学改革的深入和发展。为了在这场变革中处于主动地位，广大语文教师要注意转变观念，解决对讲读文学名著的认识问题。

走向文学名著是一个很长的过程。一般地说，文学名著都有较深刻的思想内容和高超的写作技巧，特别是对祖国语言的运用，都堪称典范。因此，任何人对文学名著的理解，都要经过一个由少到多、由浅入深的过程。这个过程往往要持续十几年、几十年。中学生学习文学名著，在开始阶段，有个初步的了解即可。随着年龄的增长、生活阅历的积累和文化程度的提高，对文学名著的理解也会逐步加深。这就是一些文学名著在中学讲、在大学还讲的原因。过去语文教学的失误，即在于当学生刚刚接触文学名著的时候，就把专家学者研究这些名著的某些结论，经过教参的浓缩或改写，再通过教师的讲解灌输给学生，超越了阅读文学名著的初级阶段，违背了学习文学名著的自然规律。按照过去的教学思路，现有的教学课时当然远远不够。我们应该随着教材的改革，彻底打破以往的教学八股，要在思想上明确：在语文教学中学习文学名著，对于中学生来说，仅仅是走向文学名著的第一步。如果把古今中外的文学名著比作烟波浩渺的海洋，那么，学生只要站在海岸，远望水天一色，近观万顷波涛，就会心胸开阔，精神升华；如果把古今中外的文学名著比作深邃茂密的原始森林，那么，学生只要站在森林的边缘，呼吸清新空气，感悟人与自然，就会心旷神怡，流连忘返。语文教学的首要任务，不是指导学生全面、深刻地理解文学名著，而是引导学生初步阅读文学名著。与此相应，教参的编写应该简而明，每篇名著的主要特色，概括介绍二、三点即可。要鼓励学生总结自己阅读文学名著的真实感受，这种感受可以与教参的观点一致，也可以不一致。同样，教师的讲解也不求面面俱到，可以根据切身体会只讲其中的一点，更要鼓励教师认真钻研业务，在认真研究的基础上发表与教参不同的意见，鼓励教师与学生的创新精神；要采用多种形式，如召开各种类型的朗诵会，鼓励学生尽可能多地背诵一些自己喜爱的名家名篇，培养语感，这会使他们终身受益。

课外阅读的内容主要是古今中外的中篇、长篇文学名著。教师应该开出一个阅读书目：《史记》、中国古代四大文学名著；现代的《呐喊》《彷徨》《子夜》《家》《骆驼祥子》《寒夜》《四世同堂》《京华烟云》《边城》《围城》《风云初记》《神雕侠侣》《天龙八部》；莎士比亚的《罗密欧与朱丽叶》《哈姆雷特》，车尔尼雪夫斯基的《怎么办?》，托尔斯泰的《复活》，屠格涅夫的《前夜》，奥斯特洛夫斯基的《钢铁是怎样炼成的》，法捷耶夫的《青年近卫军》，罗曼·罗兰的《约翰·克利斯朵夫》，伏尼契的《牛虻》，海明威的《老人与海》，伏契克的《绞刑架下的报告》，一些杰出科学家的传记，如《居里夫人传》，等等，均应列入。中国新时期的文学正在发展中，有待历史的检验，但对那些确实写得好的佳作，如路遥的《人生》、王星泉的《白马》、唐浩明的《曾国藩》、二月河的《雍正皇帝》，也可入选。学生可以根据自己的爱好，选读其中的部分作品。阅读和欣赏是一个十分复杂的问题，由于人们出身、教养、阅历以及性格气质的差异，对同一部名著，不同的读者也会有不同的看法，古今中外没有哪一位大作家能够拥有所有的读者，因此，我们也不能要求学生喜爱所有的作家，要保护他们的兴趣爱好，只要他们喜爱其中的一、两位作家，并认真阅读他们的代表作，就有助于提高他们的语文水平。我们要承认差别，学生对文学名著的爱好程度千差万别，不应用同一标准要求所有的学生，只要他们在自己原有的基础上，朝着文学名著迈出第一步，语文教学就起到了应有的作用。

指导课外阅读的关键是指导学生学习写读书笔记。读书笔记的形式多种多样，可以让学生作摘录、写内容简介、复述某一段故事、记叙自己喜欢的某一个人物，以至撰写读书心得、小评论等，并在课堂上讲演，互相交流，互相促进。教师可答疑和组织课堂讨论，还可以请校外的专家、学者开设专题讲座。

和其他学科相比，语文课是最具综合性的课程，因此，语文教学的改革必然是一项系统工程，而走向文学名著，就是这个系统工程的中心一环，抓住了这个环节，就可以把基础知识和基本技能等一系列环节带动起来。

语文课程改革的几个问题

语文是最具综合性的一门学科。语文知识的传授，听、说、读、写能力的培养，道德情操的陶冶，艺术美感的熏陶，乃至学生人格个性的塑造，都是语文教学的题中应有之义。正由于此，有关语文课的定义，半个多世纪以来，始终争论不休。语文究竟是语言文字，还是语言文学，抑或是语言文章，迄无定论。语文教学的这一特有现象，使得人们在探索语文教学规律的过程中，在不同的历史时期，往往强调它的某一特征。从20世纪70年代后期开始，语文教学较为强调它的工具性，而相对忽视其他方面的特征。在所谓“语文教学科学化”的口号下，语文教学日益背离语文教学本身固有的规律。这次课程改革，把“工具性与人文性的统一”看成是“语文课程的基本特点”，明确指出：“语文课程的基本任务是致力于学生语文素养的形成与发展。”这是对上述弊端的反拨，是对语文教学本身固有规律的回归。

语文教学是一门科学，更是一门艺术。语文课程改革在教材编选方面的一个显著变化是大幅度地增加了古今中外文学名著的分量。而语文教学的课时并不增加，这就势必引发语文教学各个环节的革命。其中，怎样进行文学名著的教学，就成了语文课程改革中必须正视的一个问题。本文拟从以下几个方面对这一问题加以探讨。

一、文学名著教学的定位问题

古今中外的文学名著是全人类的共同文化遗产。它们并不因为政治制度和经济基础的变更而消失。中国古代的《诗经》、《楚辞》、先秦诸子的散文；

古希腊的《伊利亚特》《奥德赛》距今已有两千多年，人们对它们的认识至今仍在发展中。“诗三百，一言以蔽之，曰：‘思无邪’”，孔子的意见可算是较早的《诗经》研究，但现在已经有了对先秦两汉《诗经》研究的研究专著。屈原是我国历史上第一位诗人，他在20世纪50年代曾被推举为世界文化名人而受到各国人民的尊崇。但我们对《离骚》这一题目的诠释，至今仍有歧义。司马迁的《史记》问世以来，或以为是“谤书”，或以为是“不虚美，不隐恶”的纯史实录。两千年来，注家蜂起，至今仍有学者终生致力于《史记》研究。李白、杜甫是盛唐诗歌鼎盛时期的两大诗人，前者被尊为“诗仙”，后者被誉为“诗圣”，但扬李抑杜和扬杜抑李的争论至今仍在继续。《红楼梦》产生至今只有两百多年，但已经历了从旧红学到新红学两大研究阶段。鲁迅作品虽是20世纪的产物，但也经历了不断深化的研究过程，由中国社会科学院文学所编辑的《鲁迅研究学术论著资料汇编》共五大卷，近千万言，且在20世纪80年代就有学者致力于鲁迅研究的研究，并有专著出版。可见，人类对文学名著的认识要经历一个由少到多、由浅入深的过程，这个过程大约与这些名著存在的时间同始终。人类对文学名著的认识如此，个人对文学名著的认识也要经历一个很长的过程，甚至可以伴随人的一生。这就是许多文学名著在一个人接受教育的不同阶段都可以作为教材的原因。即使是专门从事文学研究的学者，他们对这些文学名著的认识也在不断深化，“开卷有益”对他们仍然适用。据此，我们不难发现，几十年来，语文课文学名著的教学陷入了一个深深的误区，即在中学生刚刚接触这些文学名著时，就把诸家学者的研究成果经过教学参考资料的浓缩或改写，再通过教师的条分缕析灌输给学生，企图毕其功于一役，超越了阅读文学名著的必经阶段，违背了学习文学名著的自然规律，也忽视了中学生的生理和心理特点。由于定位不当，不该讲的地方讲得过多，且不一定讲得恰当，必然出现费时多、效率差、学生厌学等现象。如果把中学生学习文学名著定位于走向文学名著的初级阶段，上述问题就迎刃而解。如果把学习文学名著比作攀登泰山，中学阶段只是登上十八盘的最初几个台阶；如果把学习文学名著比作在大海里游泳，中学阶段只是在浅海近滩劈波斩浪，即使只是站在海岸，也能远望水天一色，近观万顷波涛，令人视野开阔，精神升华。新编教材把《阿Q正传》全文选入，如果按照以往的教学思路，岂不是广大师生的大难题。可不可以因为难而不选呢？当然不可以。高中毕业生连《阿Q正传》都没有读过，对居住在未庄土谷祠里的阿Q毫无了解，其无知程度，岂不是如同美国人不知道华盛顿，法国人不知道拿破仑？其实，对《阿Q正传》这类文学名著，高中生只要读过即可，至于理解到什么程度，可因人而异。教师要鼓励学生总结自己阅读文学名著的切实感受，培养学生的求实态度和分析能力，具体体验文学名著艺术美的魅力，在潜移默化中提高语文素养，提高文化品位和生活品位。另，中学生的记忆力处于一生的黄金时期，对一些精彩的名家诗文，可以要求熟读和背诵。在中学阶段，学生如能尽可能多地背诵一些名家名篇，将会有助于提高自身的阅读和写作能力，甚或终身受益。

二、学生的自主性问题

当前，素质教育是举国上下共同关注的话题。在素质教育这一大题目下，我们可以从教育者的群体和个体、受教育者的群体和个体以及教育方针政策等诸多方面做出多层次、多角度、多侧面的分析。从受教育者的个体来看，素质教育的要义是充分尊重和发展学生的个性。不言而喻，我们这里所说的个性是哲学概念，是相对于共性的个性，它指的是一个人区别于其他人的先天的禀赋。人心不同，各如其面。世界上没有两片完全相同的树叶，也没有两个从生理到心理完全相同的人，即使是孪生兄弟也存在着某些差异。素质教育就是把先天的禀赋和后天的教育有机地统一起来，让每个人的生理机能和聪明才智都得到健康的发展。在我国，这种教育理论可以追溯到孔子的因材施教。（“因材施教”并非原话，而是宋代的朱熹对孔子教育思想的概括，因其概括得当，世所公认）在西方，马克思、恩格斯在《共产党宣言》中描绘未来社会蓝图的时候，曾经强调指出：每个人的自由发展，是所有人自由发展的前提条件。不言而喻，这里所说的自由仍然是哲学概念，它指的是对必然即客观规律的认识。可以认为，以人为本的思想是我们今天全面推进素质教育的出发点和归宿。而课程改革，作为素质教育的主渠道，承担着发展学生个性的主要任务，也就必然要强调学生的自主性。

教学是师生互相依存、互相促进的过程。教与学，是一个问题的两个方面。从教的角度来看，教师是主体。从学的角度来看，学生是主体。所谓自主性，就是学生学习的动力来源于自身，这就是通常所说的内驱力。不同学生的内驱力存在着差异。因此，承认差异，是教师尊重学生个性和实施自主性学习的前提。教育者的责任，就是努力把不同类型、不同个性的学生的内驱力最大限度地调动起来，让他们在课程改革中生动活泼地、主动地发展。就语文课而言，一般地说，天性酷爱文学的学生是少数，对文学很不感兴趣的也是少数，大多数学生处于中间状态。教师的工作要首先着眼于大多数。无论是语文教学的哪一个环节，都要首先考虑到大多数的需求、大多数的接受能力、大多数的水平。由于语文课特有的优势，所选诗文，或是以情感人，或是以理服人，或是以艺术美吸引人，这些都与人所固有的七情六欲极易发生共鸣。语文教师的工作就是在二者之间架设桥梁，只要把大多数学生学习语文的积极性调动起来，就会形成一种和谐的人文氛围。在这种氛围里，少数语文爱好者会受到教师的鼓励和同学的赞扬，他们的先天禀赋会得到健康的发展，学习的自主性会更强，他们中的大多数的潜能会被不同程度地发掘出来，学习的自主性会有明显的提高。少数对文学不感兴趣的学生也会受到一定的感染，积极性有所提高。至于如何调动学生的积极性，教师的教法可以而且应该百花齐放。

学生的自主性，在语文教学各个环节的具体表现是积极思维。学生只有积极思维，才能不断提高自身的阅读和欣赏水平、书面和口头表达能力，也只有学生有了积极思维才能使语文课程改革落到实处。语文教材中的文学名著，在内容上往往具有极大的丰富性和深刻性，在艺术形式特别是语言方面堪称范本，这些只有通过学生自身的积极思维，他们才能有所领悟。在“阶级斗争为纲”的时代，教师对这些作品的分析，往往不是从作品的实际出发，而是从某些政治概念出发，割裂和剪裁作品，结果是误导了学生。如果我们引导学生认真阅读作品，不同的学生就会从不同的角度分别得出自己的某些切实感受，势必会冲破上述观点的束缚。教师把这些观点综合起来，有助于学生认识这些名著内容的丰富性和深刻性，有助于学生感受作者巨大的人文关怀，也有助于树立实事求是的良好学风。至于具体的教学过程采用什么形式，教师应从课文和学生这两方面的实际出发，没有也不应该有固定的模式。语文课程改革是实质性的革新，不同的内容当然需要不同的形式，但是，课程改革的主旨不是形式上的花样翻新，更不是放任自流。

三、教师的主导作用问题

课程改革对教师提出了更高的要求。教学改革的关键在于全面提高教师的总体素质，这一正确的命题在语文教学中似乎尤为突出。优秀的语文教师既要有学者的头脑，又要有艺术家的风范。渊博而又扎实的学识功底和循循善诱的讲课艺术，是语文教师雄厚实力的基础。有实力才能有魅力。语文教师的人格魅力对学生潜移默化的影响是其他学科的教师难以企及的。一个人在中学时代遇到一位优秀的语文教师是一种幸福，这种幸福将伴随这个人的一生。但是，学海无涯。一个语文教师的学识再渊博，也只是“沧海之一粟”。新教材涉及的知识面明显宽于以往的教材，计算机的普及极大地扩展了学生获取各类信息的渠道。面对这种挑战，广大语文教师一方面要扩大自己的阅读量，特别是要尽可能多地阅读经典的文学名著，不断地充实自己，切实把教学过程看成是终生学习的过程。另一方面，要勇于承认自己的局限。孔夫子的“知之为知之，不知为不知，是知也”，应该是我们的座右铭。

课程改革强调学生的自主性学习，绝不意味着对教师主导作用的削弱。这不仅是因为学生的自主性有待于教师的激发，而且因为学生自主性学习的过程自始至终都应在教师的指导下进行。离开了教师的指导，所谓自主性就成了自发性，教学过程就会偏离预定的目标，教学任务就难以完成。有些较为难懂的文言文，学生的自主性学习不仅需要教师的指导，有时还需要教师做必要的串讲。古今词义的诠释、古今语法的差异，都需要教师做出准确的讲解。对鲁迅的一些作品的学习，也需要教师简介背景和人物。即使是那些以学生活动为主的讨论课，也要在教师的指导下进行。讨论的开头要有必要的导语，为课程讨论划定范围，指明方向，讨论的全过程都要围绕着主题进行，如出现跑题现象，教师要用适当的方式将其引上正题。讨论结束时，教师要有总结，综合概括学生的意见，并予以点评。一句话，教师既要放得开，又要收得拢。总之，在基础知识和基本技能方面多下功夫，是语文教师提高自身综合素质的主要途径，也是课程改革正常进行的必要条件。

2005 年 11 月 9 日

“高山仰止”

——试论鲁迅作品在中学语文教学中的历史地位

鲁迅作品是中学语文教学中一个极其重要的组成部分。早在20世纪20年代初期，国内各书局、各省教育厅以及一些著名的学校，就开始在他们编印的《国文》《国语》课本中选用鲁迅作品。如北京孔德学校《初中国文选读》第七册就选了《故乡》《风波》《鸭的喜剧》《兔和猫》《社戏》《论雷峰塔的倒掉》等鲁迅作品。1924年叶绍钧主编的新学制初级中学《国语》教科书，30年代傅东华主编的复兴初级中学《国文》教科书以及夏丏尊、叶绍钧合编的《国文百八课》和《文章例话》，40年代叶绍钧、朱自清合编的《精读指导举隅》《略读指导举隅》，都选有相当数量的鲁迅作品，特别是《呐喊》和《野草》中的作品。1949年以后，鲁迅作品在中学语文教学中的地位得到了进一步的确立和加强。五六十年代，中学语文教材所选鲁迅作品，一般都在十篇左右；1978年以来，则增至二十篇以上，数量之多，范围之广，居古今中外名家之首。与此相应，国内各家语文教学刊物都把鲁迅作品的教学作为重点、难点，经常发表这方面的文章；一些学者和教育工作者以语文教材中的鲁迅作品为研究对象，写出了各具特色的专著。

为什么鲁迅作品在中学语文教学中有这样崇高的地位呢？这是要从鲁迅在中国文学史上的地位加以说明的。

我们中华民族有大约五千年的文明史。在这漫长的岁月里，我们的祖先创造了光辉灿烂的文化，产生了屈原、司马迁、李白、杜甫、曹雪芹等文化巨人。在鲁迅之前，他们分别代表了不同时期中国文学的最高成就。在中国文学发展史上，诗歌和散文是两种最古老的形式。如果把中国文学史比作一条长河，那么，诗歌和散文就是这条长河源头的两股清泉。屈原是我国文学史上第一位大诗人，他学识渊博，忧国忧民。不朽的著作《离骚》，是屈原以自己的遭遇、痛苦、热情、理想与追求以至整个生命所熔铸的宏伟诗篇。“离骚者，犹离忧也”，屈原与人民共命运的思想感情使其作品闪烁着民主性的精华。在屈原以前，不论是《诗经》还是南方的民歌，大都是短篇，且以四言诗为主。屈原的《离骚》则发展成长篇巨著，诗句也变为五、六、七、八、九字不等，句法参差错落，灵活多变。屈原作品从内容到形式所表现出来的巨大的创造性，使屈原成为我国由奴隶制社会向封建制社会转变时期最伟大的文学家，并在20世纪50年代被推举为世界文化名人而受到各国人民的尊崇。鲁迅高度评价《离骚》：“逸响伟辞，卓绝一世。”① 他在自己的小说集《彷徨》前面的题词：“路漫漫其修远兮，吾将上下而求索。”表明他在探索中国革命前途的艰苦进程中，是怎样地以屈原精神激励自己。李白和杜甫是我国封建社会发展到了顶峰时期的两位大诗人。关心政治，同情人民疾苦和艺术上的高度成就，是这两位大诗人共有的特色，但他们的诗歌创作又代表着两种不同的倾向。李白的思想明显地受到道家特别是庄子的影响，杜甫的思想则更多地呈现出儒家的色彩。李白诗歌继承和发展了我国诗歌中的浪漫主义传统，杜甫诗歌则继承和发展了我国诗歌中的现实主义传统。前者被尊为“诗仙”，后者被奉为“诗圣”，他们的诗作堪称一代“诗史”。“李杜文章在，光焰万丈长。”李白、杜甫和唐代其他诗人在诗歌创作中所取得的成就是如此辉煌，致使鲁迅发出了这样的感叹：“一切好诗，到唐已被做完，此后倘非能翻出如来掌心之‘齐天大圣’，大可不必动手。”② 我国的散文发轫于《尚书》，它首次繁荣于春秋战国时期。诸子百家的散文，对后世知识分子的思想和文学发展的影响是不可估量的。历史的车轮驶进了汉代，封建制度已经巩固，出现了史传文学的巨著《史记》。《史记》是司马迁的发愤之作，它“究天人之际，通古今之变”，从一个侧面反映了处在上升时期的地

① 鲁迅. 汉文学史纲要·屈原及宋玉［M］//鲁迅. 鲁迅全集. 北京：人民文学出版社，1981.

② 鲁迅. 致杨霁云（1934年12月20日）［M］//鲁迅. 鲁迅全集. 北京：人民文学出版社，1981.

主阶级的进取精神。《史记》规模宏大而又结构谨严，刻画人物、议论抒情、写景状物都获得了极大的成功，被鲁迅誉为“史家之绝唱，无韵之《离骚》”①。散文是叙事文学之母。它孕育了后来繁多的文学体裁，其中之一的小说，在元末明初崛起，并在明、清两代得到了迅速的发展，《三国演义》《水浒传》相继问世。到了清代中叶，《红楼梦》奇峰陡起。伟大的曹雪芹，用他那“传神之笔”，为我们描绘了中国最后一个封建王朝的最后一个兴盛时期由盛转衰的生动图画，塑造了几十个栩栩如生的典型人物，为统治了中国几千年的封建社会做了一个形象的总结，把现实主义小说的创作推向了新的高峰。鲁迅说：“自有《红楼梦》出来以后，传统的思想和写法都打破了。”② 得到鲁迅高度评价的上述伟大作家，他们用诗歌或散文的艺术形式，深刻地反映了他们所生活的时代。尽管他们的时代已经成为遥远的过去，但是，他们的艺术创造仍然能够给我们以极大的艺术享受，并在某些方面为我们提供了不可企及的典范。他们的代表作（或片段）被选入中学语文教材，是天经地义的。但是，他们终究是封建时代的伟人。虽然他们的作品具有民主性的精华，但我们不能要求他们具有完全现代意义上的民主思想；虽然他们的作品在艺术形式上具有极大的独创性，但我们不能要求他们提供完全现代意义上的艺术范本，特别是不能要求他们提供白话文的典范（《红楼梦》庶几近之）。只是在“五四”新文化运动拉开了新时代的序幕以后，历史才给人们提供了完成上述任务的可能，而鲁迅就是完成上述历史使命的文化先驱中的一位杰出代表。

鲁迅是在“五四”前夜走上中国文化舞台的。“五四”时期是中国社会大变革的时期，是古代社会（1840年鸦片战争以后是近代社会）向现代社会转变的时期。这是一个新旧交替的时期，是一个需要巨人并且产生了许多巨人的时期。今天，当我们回顾七十年前的这段历史时，就会发现，这一时期的天空是那样的群星灿烂，而鲁迅就是其中最耀眼的一颗。毫无疑问，这颗巨星首先属于那个时代，它具有由新旧交替时代所决定的承前启后的特点，

① 鲁迅. 汉文学史纲要·司马相如与司马迁［M］//鲁迅. 鲁迅全集. 北京：人民文学出版社，1981.

② 鲁迅. 中国小说的历史的变迁［M］//鲁迅. 鲁迅全集. 北京：人民文学出版社，1981.

在某种意义上，鲁迅是我国旧时代最后一个知识分子，又是我国新时代第一个知识分子。鲁迅生于我国最后一个封建王朝的末期，从小接受封建主义的教育，他对中国的旧文化有着远比他人深刻的了解，在很大程度上，是集传统文化精华于一身的人。他曾经说过，他几乎通读过二十四史。他编集过《古小说钩沉》《六朝墓志铭》《唐宋传奇集》等大量古籍。他对中国小说的渊源和发展有着全面而又精当的研究，他撰写的《中国小说史略》，结束了“中国之小说自来无史”的局面，书中对从古代神话到清末小说的分析，至今仍然给我们以启迪。他的《汉文学史纲要》，表现出他对先秦和汉代文学有着深厚的功底。鲁迅生活的时代又是欧风美雨东袭的时代。他从青年时代起，即接受西方现代文化的教育，并留学东瀛，投身于寻求真理的行列，又在“五四”新时期全面开始了他的文学活动，他对外来的新文化有着远比他人正确的认识，在很大程度上，是最具有现代文化特点的人。早在青年时期，他就介绍过雪莱、拜伦、普希金、裴多菲等“立意在反抗，指归在动作”的“摩罗”诗人。中年以后，他翻译过果戈理的《死魂灵》、厨川白村的《苦闷的象征》、卢那卡尔斯基的《艺术论》、普列汉诺夫的《艺术论》等。但是，无论是传统的东方文化，还是外来的西方文化，在被鲁迅“拿来”以后，都经过了改造，化成了自己的血肉。可以认为，在“五四”时期东西方文化的大碰撞中，鲁迅是对传统文化和外来文化都保持清醒头脑的一人。毋庸讳言，鲁迅对传统文化采取了较多的批判态度，这是“五四”运动彻底的、不妥协的反封建性质所决定的，也与鲁迅对封建文化巨大的惰力有着极为清醒的认识密切相关。他把旧文化比作“割头不觉死”的“软刀子”，认为“保存旧文化，是要中国人永远做侍奉主子的材料”。他举宋、元、明、清四代王朝为例，说明一味地高唱旧文化的“老调子”，就会导致灭亡。[①] 这里，鲁迅对中国旧有文化做了历史唯物主义的分析，他没有孤立地考察文化问题，而是把它和国家、民族的兴衰联系起来做具体分析。通常认为，中国的封建制度是到宋代开始走下坡路的。在这之前，中国的封建制度经历了一个很长的上升和发展时期。其中，汉代和唐代是两个鼎盛的时期。因此，鲁迅对汉、唐

① 鲁迅. 集外集拾遗・老调子已经唱完［M］//鲁迅. 鲁迅全集. 北京：人民文学出版社，1981.

文化有着较多的肯定。他赞赏汉唐的“闳放”和“雄大”，而否定宋代以后的“讲道学，讲理学，尊孔子，千篇一律”的国粹主义。对于外来的西方文化，鲁迅较多地借鉴了它们的现代内容与形式，但也并非盲目照搬。他肯定托尔斯泰的“同情于贫民”，但不赞成他的“不以暴力抗恶”。他在青年时期受过尼采“个性主义”的影响，并用以反对封建主义对人们精神上的束缚，但也没有忽视“尼采式的超人”“太觉渺茫”的一面。“五四”前后，达尔文的进化论和弗洛伊德的“精神分析学说”，在中国知识界广泛流行，鲁迅也在一定程度上接受了他们的影响，特别是进化论，它是鲁迅前期相信“将来必胜于过去，青年必胜于老人”的主要理论根据，是鲁迅在“五四”时期反封建的主要思想武器。但是，后来，在血的事实的教育下，鲁迅认真清理了进化论对自己的“牵制”，转而相信马克思主义，同时，仍然肯定进化论曾经使自己“相信进步，相信未来，要求变革和战斗”① 的积极的一面。鲁迅创作《不周山》（后改名为《补天》）的意图，是“取了弗罗特（弗洛伊德）说，来解释创造——人和文学的——的缘起”②，但他对弗洛伊德的学说也有所保留。1925 年，在《诗歌之敌》中，鲁迅明确指出：弗洛伊德“专一用解剖刀来分割文艺，冷静到入了迷，至于不觉得自己的过度的穿凿附会”。对西方的一些文艺流派，如浪漫主义、象征主义、印象主义等，鲁迅在创作中都借鉴了它们的合理的因素。他的第一篇白话小说《狂人日记》，篇名和体裁显然受到了果戈理同名小说的影响，并把象征手法融会到现实主义的描写当中。可见，鲁迅之所以不遗余力地抨击传统文化中的糟粕，有所选择地吸取外来文化中的精华，根本的原因，在于“五四”时期新旧交替的历史条件，既要求人们对几千年的封建制度和封建思想做一次全面、彻底的清理，又要求人们博采诸家之长，特别是借鉴西方文化中的精华，熔古今中外于一炉，从而推陈出新，承前启后。

鲁迅是“五四”新文化的创造者，他适应时代的需要，创造了既有中华民族的民族风格，又具有现代特点的全新的文学。鲁迅是中国现代小说之父。《呐喊》《彷徨》为我们塑造了一系列性格鲜明而又概括了深广的社会生活内

① 唐弢．琐忆［J］．人民文学，1961（9）．

② 鲁迅．《故事新编》序言［M］//鲁迅．鲁迅全集．北京：人民文学出版社，1981．

容的典型形象。在中国文学史上，鲁迅是最了解农民的作家，也是第一个以革命民主主义观点来描写农民，并把农民作为自己小说主人公的作家。农民的生活、农民的思想、农民的心理、农民的语言和习惯，在鲁迅小说里得到了形象而准确的表现。他的代表作《阿Q正传》，不仅是中国现代文学史上成就最高的小说，也是世界文学史上的现实主义杰作之一。鲁迅也是最了解知识分子的作家，他既了解中国旧时代最后一批知识分子，如孔乙己、陈士成等，又了解新时代的首批知识分子，如《故乡》和《一件小事》中的"我"，《伤逝》中的涓生，《在酒楼上》的吕纬甫等。对前一代知识分子，他在揭露封建制度，其中包括科举制度对他们毒害的同时，也对他们的不幸遭遇投以怜悯的目光；对后一代知识分子，他了解他们的理想和追求，理解他们处在新旧交替时代的苦闷，也透视他们思想性格上的某些弱点。鲁迅又是最了解中国妇女的作家，对于被压在封建社会最底层的广大妇女，鲁迅在他战斗的一生中始终给以巨大的同情，并不懈地探索妇女解放的道路，他笔下的妇女形象，如《明天》中的单四嫂子，《祝福》中的祥林嫂，《伤逝》中的子君，不仅有着劳动妇女或知识妇女的思想性格和气质，而且有着汉民族妇女的民族特征。和中国古代小说相比，鲁迅小说不仅有着全新的内容，而且有着全新的形式。正如茅盾所说的，鲁迅"是创造'新形式'的先锋"，仅以《呐喊》为例，内收的"十多篇小说几乎一篇有一篇新形式，而这些新形式又莫不给青年作者以极大的影响"[①]。鲁迅驾驭我们民族语言的能力是无与伦比的，他的语言"洗炼，峭拔而又幽默"[②]，有着极其独特的风格，为我们提供了运用祖国语言文字的典范。鲁迅是杂文的开山，他在后期主要从事杂文的创作，他的杂文"论时事不留面子，砭锢弊常取类型"。当时国内外各式各样的事件，大至东三省失陷，国民党军队围剿苏区，小至报童被"上等人"推倒，结果被电车碾死和某一位电影演员自杀，都在他的杂文里得到了及时的反映。社会上各种人物的类型，如比主人更严厉的狗、媚态的猫、未叮人之前先要哼哼地发一通议论的蚊子，以及脖子上挂着一个小铃铎的山

---

① 茅盾. 读《呐喊》［M］//查国华，杨美兰. 茅盾论鲁迅. 济南：山东人民出版社，1982.

② 茅盾. 在鲁迅先生诞生八十周年纪念大会上的报告［M］//查国华，杨美兰. 茅盾论鲁迅. 济南：山东人民出版社，1982.

羊，也就是豪奴、帮闲、二丑、伪善者、“正人君子”等，都在他的杂文里留下了清晰的脸谱。鲁迅是清醒的现实主义者，他对统治了中国几千年的封建宗法制度和根深蒂固的传统观念，有着远比同时代人深刻得多的认识。在中国文学史上，鲁迅是对专制和愚昧揭露最深刻、最全面，斗争最坚决、最持久的一位作家，因而也是对民主与科学呼唤最诚挚、最热烈的一位作家。可以毫不夸大地说，鲁迅的文学创作，特别是他的小说和杂文，为我们提供了一部“五四”前后新旧交替时期的百科全书，最充分地体现了“五四”时代的革命精神。

鲁迅在他光辉的一生中对中国人民所做出的巨大贡献，早在他生前，就得到了柳亚子、沈雁冰、瞿秋白、冯雪峰等许多有识之士的肯定与推崇，在他逝世以后，更得到了宋庆龄、蔡元培、毛泽东、周恩来以及国际上一些知名人士，如埃德加·斯诺、艾格尼丝·史沫特莱、亚历山大·法捷耶夫等人的高度评价，被国内外公认为中国新文学的泰斗，“是一个真正爱护青年的导师”。[①] 正如现代大诗人、历史学家郭沫若所说的：中国文学由鲁迅“而开辟出了一个新纪元，中国的近代文艺是以先生为真实意义的开山，这应该是亿万人的共同认识”[②]。60年代初，在《〈鲁迅诗稿〉序》里，郭沫若称颂鲁迅的诗歌“前无古人，后无来者”，这一论断，实际上也是对鲁迅在中国文学史上的历史地位的科学概括。面对鲁迅，我们常常想起古人这样的诗句：“高山仰止”。我们相信，即使在千百年后，我们的后世子孙，也会和我们崇敬屈原、司马迁、李白、杜甫、曹雪芹那样，高度评价这位身材瘦小的老人。他就像高尔基笔下的勇士丹柯，用自己的心脏作火炬，在“五四”以后的一个相当长的历史时期内，照亮了一代又一代志士仁人前进的道路。

正是由于鲁迅在中国文学史上有着承前启后的特殊地位，是举世公认的中国现代文学的奠基人，所以，也是在“五四”以后才进入新旧交替阶段的中学语文教学，在教材中，必须把鲁迅作品放在古今中外名家之首，并尽可能地把不同时期、不同体裁的鲁迅作品都加以精选，力求使学生对

---

① 巴金. 我认识的鲁迅先生［J］. 萌芽，1956（8）.

② 郭沫若. 民族的杰作［M］//中国社会科学院文学研究所鲁迅研究室. 1913—1983 鲁迅研究学术论著资料汇编：第二卷. 北京：中国文联出版公司，1986.

鲁迅著作有一个初步的概括的了解，还要随着时代的发展，适时地调整所选鲁迅作品的篇目，不断提高鲁迅作品教学的水平。不选鲁迅作品，或者把鲁迅作品降低到与古今中外其他名家同等的地位，中学语文教学就会出现一个巨大的残缺；作为一门现代教育学科，中学语文教学也就失去了它应有的完整性。

1989 年 6 月

（原载《中学语文教学》1989 年第 11 期）

充分认识鲁迅作品在中学语文教学中的重要作用

语文是最基本的工具课，又是学习各门学科的基础课，和其他学科相比，语文课更具有综合性的特点。语文课的这一特点，决定了中学语文教学的任务，既要向学生传授一定的语文知识，提高学生理解和运用语言文字的能力，即听、说、读、写的能力，又要结合语文课的特点，对学生进行必要的思想教育。这二者是紧密地结合在一起的。而鲁迅作品的教学对完成上述各项任务有着特殊的重要作用。

（一）鲁迅作品为我们提供了运用祖国语言文字的典范，认真学习鲁迅作品，有助于提高学生理解和运用语言文字的能力。

凡是读过一些鲁迅作品的人都不难发现，鲁迅的语言有着极其独特的风格。和古代的伟大作家相比，鲁迅的语言完全是现代的语言；和现代的其他语言艺术大师相比，鲁迅的语言更富有民族的特色。茅盾曾用“洗炼、峭拔而又幽默”① 来概括鲁迅语言的风格。所谓洗练，包含下面两层含义：其一是行文的简洁；其二是遣词造句的准确，唯其准确，才能简洁。例如，中学生首次接触的鲁迅作品《从百草园到三味书屋》，对百草园和捕鸟的描写，其形容词和动词用得都很确切，以至于当我们读着这些洗练的语言时，会不禁想起19世纪法国著名小说家莫泊桑的一段名言：“不管人家所要说的事情是什么，只有一个字可以表现它，一个动词可以使它生动，一个形容词可以限定它的性质。因此，我们得寻找着，直到发现了这个字、这个动词和这个

① 茅盾. 在鲁迅先生诞生八十周年纪念大会上的报告［M］//查国华，杨美兰. 茅盾论鲁迅. 济南：山东人民出版社，1982.

形容词才止。”[①] 所谓峭拔，本指地势高而陡，这里用来形容笔墨雄健而又别致。我们读鲁迅的作品，常常感到文中的气势如高屋建瓴。如《中国人失掉自信力了吗》运用排比句式论述“中国人的脊梁”，《“友邦惊诧”论》采用层层递进的方法批驳论敌“国将不国”的论点，都增加了文章的气势，产生了一种毋庸置疑的雄辩力量。所谓幽默，一般指通过影射、讽喻、双关等修辞手法，揭露生活中的乖讹及不合情理之处。恩格斯说过，幽默是一种相信自己的智慧超过对方的优越感。鲁迅的作品，笔锋虽然犀利，但并非一味地剑拔弩张，而是“嬉笑怒骂，皆成文章”，如《论雷峰塔的倒掉》中关于吃“蟹和尚”的一段文字，笔调轻松幽默，妙趣横生，无情地嘲笑了封建势力的代表人物。当然，茅盾所概括的鲁迅语言的风格是一个整体，在鲁迅的作品中，很多语言的特点是很难用一两个概念来加以概括的，而且，同是鲁迅的作品，不同文体的语言也往往各有特色。一般地说，他的杂文的语言虽也不乏形象性，但更富于内在的逻辑力量，如《文学和出汗》《拿来主义》等。他的散文的语言，往往熔记叙、议论、抒情于一炉，如《藤野先生》《记念刘和珍君》等。他的小说的语言，写景状物，使人如身临其境，如《故乡》中对昔日和今日故乡的描写；肖像描写，善于抓住人物的主要特征，并极其传神，如《祝福》中的祥林嫂和《故乡》中的杨二嫂；写人物的动作，能把人物的性格刻画得栩栩如生，如《药》中写刽子手给华老栓人血馒头的动作，使刽子手的凶残和贪婪，跃然纸上；人物语言，极富于个性，不仅使读者如闻其声，而且如见其人，如《故乡》中的少年闰土向“我”介绍月夜管西瓜的情景，中年闰土与“我”的对话，甚至可以使读者想象出人物说话时的神态；心理描写，则富于行动性，如《阿Q正传》第七章，活灵活现地勾画出了阿Q的“革命”蓝图，富有立体感地再现了阿Q“我要什么就是什么，我欢喜谁就是谁”的思想性格。所有这一切，都为教师讲解和学生的阅读、写作提供了范本。甚至一些句法举例，学者们也愿意以鲁迅作品为依据，如陈望道的《修辞学发凡》，其第八篇，在谈到“倒装辞”这种语言现象时，所举的第一个例子，就出自《论雷峰塔的倒掉》：“‘雷峰夕照的真景我也见

① 莫泊桑．“小说”［J］．文艺理论译丛，1958（3）：164．

过，并不见佳，我以为。”并指出这种“倒装辞”的艺术功能是“用以加强语势，调和音节，或错综句法”。当然，鲁迅的时代距今已有半个多世纪，其间，语言本身也不可避免地随着时代的发展而起相应的变化，鲁迅作品中的某些字、词已成为历史的陈迹，但我们不能根据这些局部的现象而否定从总体上向鲁迅作品学习语言的必要，更不能根据这些局部现象否定鲁迅作品在中学语文教学中的重要作用。

（二）鲁迅作品全面、深刻地反映了旧中国的社会生活，反映了被压迫人民的呼声。认真学习鲁迅作品，有助于学生认识旧中国的历史与现实。

1933年，在《我怎么做起小说来》中，鲁迅曾经谈到自己从事文学创作的缘起：“说到‘为什么’做小说罢，我仍抱着十多年前的‘启蒙主义’，以为必须是‘为人生’，而且要改良这人生。我深恶先前的称小说为‘闲书’，而且将‘为艺术的艺术’，看作不过是‘消闲’的新式别号。所以我的取材，多采自病态社会的不幸的人们中，意思是在揭出病苦，引起疗救的注意。”正是这样的创作动机，决定了鲁迅的目光总是密切地注视着中国社会错综复杂的矛盾并艺术地再现这些矛盾。仅以选入中学语文教材的作品为例，《狂人日记》揭露了家族制度和礼教的弊害。《祝福》控诉了封建社会吃人的本质。《孔乙己》反映了社会底层的一个小知识分子的命运，并且通过这一人物的遭遇，写出封建末世人与人之间关系的冷漠。《药》则为我们展示了一个发人深省的悲剧：革命者的鲜血都不能唤醒民众，启示人们：只有医治中国人民思想上的痼疾，革命才有成功的希望。《故乡》写出了辛亥革命前后农民的生活境遇和先进知识分子的平等思想与传统的等级观念的矛盾。《阿Q正传》则在更广阔的背景上反映了辛亥革命前后中国社会的现实，革命前乡绅的凶焰和群众的麻木，革命中的旧势力的投机革命和革命后的“换汤不换药”，都在作者的笔下得到了生动的再现。不难看出，鲁迅多数小说的背景是阴冷的，这是旧中国黑暗现实的真实写照，但这并不意味着鲁迅的小说缺乏鼓舞人心的力量。他在夏瑜的坟上“平空”添上一个花环，使作品比较地显出一些“亮色”。他在《一件小事》中热烈赞扬人力车夫的高尚品质。对于《社戏》里的那群农家子弟，他更是唱出了由衷的赞美诗。在《故乡》的结尾，他鼓舞人们努力开辟新生活的“路”。至于他的散文和杂文，更是当时社会生活的真实记录。《从百草园到三味书屋》和《藤野先生》记录了作者人生历程初期的两个阶段，有助于我们认识旧中国私塾生活和留学生的生活。《记念刘和珍君》控诉了北洋军阀政府对爱国学生运动的血腥镇压。《为了忘却的记念》告诉我们："中国无产阶级革命文学的历史的第一页，是同志的鲜血所记录，永远在显示敌人的卑劣的凶暴和启示我们的不断的斗争。"①《中国人失掉自信力了吗》，写于国难当头的时候，作者热情地颂扬中国历史和现实中的"脊梁"，真正体现了中国人应有的自信力。

鲁迅和历史上其他伟大作家一样，毕生关心人民的疾苦，他的作品集中、热忱地反映了人民的呼声。对于从来没有争到人的价值的旧中国的广大人民，他寄以深切的同情。对于他们的悲惨遭遇，他"哀其不幸"；对于他们精神上的麻木，他"怒其不争"。在杂文《灯下漫笔》里，他把中国比作"大小无数的人肉的筵宴，即从有文明以来一直排到现在，人们就在这会场中吃人，被吃，以凶人的愚妄的欢呼，将悲惨的弱者的呼号遮掩，更不消说女人和小儿"。他大声疾呼："扫荡这些食人者，掀掉这筵席，毁坏这厨房，则是现在的青年的使命！"值得称道的是，鲁迅的作品，不仅剖析了旧中国的种种社会现实，反映了中国历史的横截面，而且启发我们思考中国历史的纵剖面。他曾经说过，他很想刨一刨旧势力的"祖坟"。他的作品往往在反映或论及现实的同时，又追溯到历史长河的上游以至源头。如果把旧中国比成一座将倾的大厦，那么鲁迅为我们描绘的，就不仅仅是这座大厦的一木一石，而是大厦的全部。从远处看，这座大厦似乎巍峨宏伟，但到近处看，就会发现，这座大厦不仅外表斑驳脱落，而且内里早已腐朽。

现在，旧中国的大厦早已轰然倒塌，但是，我们的双脚仍然站在这座大厦原有的地基上，要清理这个地基，建设起新中国的琼楼玉宇，有必要认识和研究原有的大厦。然而，现在的中学生不可能见过这座大厦，青年教师和部分中年教师也没见过这座大厦。因此，在中学语文教学中，认真进行鲁迅作品的教学，有助于我们加深对旧中国的认识。

---

① 鲁迅. 二心集·中国无产阶级革命文学和前驱的血［M］//鲁迅. 鲁迅全集. 北京：人民文学出版社，1981.

（三）博大深沉的爱国主义思想贯穿鲁迅一生的始终。认真学习鲁迅作品，有助于学生树立爱国主义的思想。

1840年鸦片战争以后，腐朽无能的清政府丧权辱国，中国逐渐沦为帝国主义列强的半殖民地。其间，一系列不平等的条约相继签订，瓜分狂潮席卷大地，灾难深重的中华民族处于风雨飘摇之中。在这“风雨如磐闇故园”的时代，怎样才能救中国，这是许多先进的中国人共同关心和探索的问题。毛泽东曾经科学地总结过这段历史：“那时，求进步的中国人，只要是西方的新道理，什么书也看。向日本、英国、美国、法国、德国派遣留学生之多，达到了惊人的程度。国内废科举，兴学校，好像雨后春笋，努力学习西方。”① 正是在这种维新浪潮的激荡下，1898年，18岁的鲁迅离开了自己的故乡绍兴，“走异路，逃异地，去寻求别样的人们”②，来到了南京，进了江南水师学堂，翌年2月，又改入江南陆师学堂附设的矿务铁路学堂。1902年4月，鲁迅到日本留学。当他知道日本的维新运动“大半发端于西方医学的事实”③ 后，即决定弃矿从医。学医的目的，是救治他父亲似的“被误的病人的疾苦，战争时候便去当军医”④，可见，青年鲁迅是把学医看成是能够切实地报效国家、民族的具体途径的。基于这样的思想基础，当他由于幻灯片事件的刺激，发现“医学并非一件紧要事”时，就毅然决然地另择新路，弃医从文：“我们的第一要著，是在改变他们的精神，而善于改变精神的是，我那时以为当然要推文艺，于是想提倡文艺运动了。”⑤ 显而易见，无论是弃矿从医，还是弃医从文，青年鲁迅的动机都是为了救国救民。收入中学语文教材的《〈呐喊〉自序》第一部分，真实地记录了作者南京求学、仙台学医、弃医从文等生活历程；广大中学师生熟悉的散文《藤野先生》，则具体描绘了仙台学医和弃医从文过程中作者思想发展的轨迹。

随着时代的发展，鲁迅爱国主义思想的内容也在不断地更新。1917年，伟大的十月社会主义革命开辟了人类历史的新纪元。新民主主义的曙光开始

① 毛泽东．论人民民主专政［M］．北京：人民出版社，1949.
② 鲁迅．《呐喊》自序［M］//鲁迅．鲁迅全集．北京：人民文学出版社，1981.
③ 同上。
④ 同上。
⑤ 同上。

出现在东方的地平线上。在中国的大地上，以文学革命为发端的思想革命也已经兴起，科学与民主的新思潮正从天边涌来，中国已经有了早期的共产主义者，所有这一切，正在酝酿着一个新时代的到来。就是在这样的历史条件下，鲁迅走上了文坛，发出了他的第一声“呐喊”，此后就“一发而不可收”，小说《狂人日记》《孔乙己》《药》等“显示了‘文学革命’的实绩”；杂文《我之节烈观》《随感录》等猛烈抨击了旧礼教、旧文化、旧道德，宣传科学与民主。这些革命前夕和革命高潮中的呐喊，在黑暗的旧中国起到了振聋发聩的作用，它唤醒了一批有爱国之志的知识分子，鼓舞他们为毁坏封建主义的“铁屋子”而奋斗。《〈呐喊〉自序》的第二部分，真实地记录了作者“呐喊”前后的生活历程。后来，鲁迅在回顾这一段创作历程时说：“既然是呐喊，则当然须听将令。”这里所说的“将令”，正如作者在《〈自选集〉自序》中所说的，是指“那时革命的前驱者的命令；也是我自己所愿意遵奉的命令，决不是皇上的圣旨，也不是金元和真的指挥刀”。这里所说的“革命的前驱者”，不宜实指为某一两个人，而应理解为“五四”时期的一代革命先驱，他们站在时代的前列，代表了历史发展的方向。因此，所谓“革命的前驱者的命令”，实质上就是时代的呼声和历史的必然要求。在中国现代文学史上，鲁迅是自觉地用文艺为革命事业服务，而又特别注意文艺本身的特点，因而是为革命事业服务得最好的作家。鲁迅的思想始终跳动着时代的脉搏，他的步伐始终追随着历史的潮流。当“五四”运动的高潮已经过去，新文化阵线已经分化，原来的战友“有的高升，有的退隐，有的前进”时，他也曾有过短时期的苦闷和彷徨，但即使在这种情况下，他也没有放下反封建的战“戟”，他仍然在探索救国救民的出路。大革命失败以后，他通过事实和血的教训，纠正了自己过去只相信进化论的“偏颇”，实现了世界观的伟大转变，成为伟大的共产主义战士。在生命的最后十年里，他反对国民党当局的专制统治和对日妥协、退让的不抵抗政策，剖析了国民党当局文化政策的种种表现，也批判革命队伍内的各种错误思想。同时，坚信“惟新兴的无产者才有将来”。[①] 收入中学语文教材的《“友邦惊诧”论》《为了忘

① 鲁迅. 二心集·序言［M］//鲁迅. 鲁迅全集. 北京：人民文学出版社，1981.

却的记念》等，就分别反映了鲁迅后期爱国主义思想的某一侧面。

从旧民主主义到新民主主义，最终到共产主义，鲁迅爱国主义思想发展的历程，不仅可以使我们具体了解“五四”新文化运动的先驱们曾经走过怎样艰难而又光辉的道路，进而了解从20世纪初叶到30年代中期中国革命史的一个侧面，而且可以使我们从中受到生动的爱国主义教育，从而正确地思考和选择自己的人生道路。

（四）鲁迅是把革命精神和科学态度结合起来的典范。认真学习鲁迅作品，有助于建设社会主义的精神文明，有助于培养和造就新人。

鲁迅的革命精神包括两个方面的内容：其一是他的斗争精神。为了使中华民族摆脱落后挨打的局面，真正自立于世界民族之林，鲁迅向一切束缚中国人民的旧思想和阻碍中国人民前进的旧势力进行了坚韧不拔的斗争。他认为，在半殖民地半封建的旧中国，“我们目下的当务之急，是：一要生存，二要温饱，三要发展。苟有阻碍这前途者，无论是古是今，是人是鬼，是《三坟》《五典》，百宋千元，天球河图，金人玉佛，祖传丸散，秘制膏丹，全都踏倒他。”① “世上如果还有真要活下去的人们，就先该敢说、敢笑、敢哭、敢怒、敢骂、敢打，在这可诅咒的地方击退了可诅咒的时代！”② 鲁迅一向反对中庸之道，在他看来，中庸之道不过是反动统治阶级处于劣势时的一种策略，当他们还有力量镇压革命人民时，他们是决不讲中庸之道的。所以，他不赞成对处于劣势的旧势力实行“费厄泼赖”，在著名的《论“费厄泼赖”应该缓行》一文中，他提出了“打落水狗”的主张。这种与旧势力决不妥协的斗争精神贯穿了鲁迅战斗一生的始终。鲁迅是真正的革命家，对于一切反动腐朽的势力，他毫不可惜它们的溃灭。对于那种“低眉顺眼，唯唯诺诺”的奴才主义，他一贯投以鄙夷的目光。在鲁迅的作品里，我们看不到丝毫的庸人的习气。鲁迅同旧传统、旧势力进行了彻底的决裂。在他无情的批判下，旧中国的达官显贵、正人君子以及他们所倡导的尊孔读经、保存国粹；历史上暴君的暴政，以及古圣先贤们制定的种种“良法美意”，都像纸人纸马一样从空中跌落下来。鲁迅对旧世界的批判，其范围之广、时间之久、威力之

① 鲁迅. 华盖集·忽然想到·六［M］//鲁迅. 鲁迅全集. 北京：人民文学出版社，1981.
② 鲁迅. 华盖集·忽然想到·五［M］//鲁迅全集. 北京：人民文学出版社，1981.

猛，在中国历史上，找不出第二人。从选入中学语文教材的《狂人日记》《阿Q正传》《论雷峰塔的倒掉》等小说和杂文中，我们可以看到鲁迅这种与旧势力斗争精神的一个侧面。

鲁迅的革命精神，其二是他的自我革命精神。按照马克思主义的观点，“无产阶级和革命人民改造世界的斗争，包括实现下述的任务：改造客观世界，也改造自己的主观世界——改造自己的认识能力，改造主观世界同客观世界的关系”①。鲁迅说得好：“我的确时时解剖别人。然而更多的是更无情面地解剖我自己。”② 他对于自己灵魂中的“毒气和鬼气”极其憎恶，总想把它除去，他不止一次地清理“中产的智识阶级分子的坏脾气”，自觉地在改造客观世界的同时改造自己的主观世界，而且无论是改造客观世界还是改造主观世界，其出发点和归宿都在人民大众，这是无产阶级革命家区别于其他阶级革命家的重要标志。在“五四”时期的历史舞台上，曾经出现过一批叱咤风云的人物，其中有的人甚至比鲁迅更有名望，但是，曾几何时，他们或者脱离了革命的政党，或者日趋保守，终究被历史的潮流甩到了后头。而鲁迅之所以始终站在时代的前列，原因当然是多方面的，其中之一，在于他严于解剖自己，不断进行思想更新，而且“时常想到别人和将来”。选入中学语文教材的《一件小事》，可以使我们从一个侧面看到作者的自我革命精神。《一件小事》，通常被认为是一篇小说，但也有学者认为更像一篇散文。不管《一件小事》的体裁是小说还是散文，文中的“我”的生活原型都是作者自己。冯雪峰认为，“鲁迅的《一件小事》，我想是可以看作作者的自述来看的”。③

鲁迅是实事求是的模范。“五四”运动是一场伟大的反对帝国主义和封建主义的革命。但是，那时的许多领导人物，对于现状，对于历史，对于外国事物，“没有历史唯物主义的批判精神，所谓坏就是绝对的坏，一切皆坏；所谓好就是绝对的好，一切皆好”④。显得革命精神有余，科学态度不足。而

---

① 毛泽东．实践论［M］．北京：人民出版社，1975.

② 鲁迅．坟·写在“坟”后面［M］//鲁迅．鲁迅全集．北京：人民文学出版社，1981.

③ 冯雪峰．关于《一件小事》的一点看法［J］．语文学习，1955（12）.

④ 毛泽东．反对党八股［M］．北京：人民出版社，1953.

在这样的潮流中，鲁迅却没有盲从。他猛烈地抨击几千年的封建宗法制度和旧礼教、旧文化，但这并不妨碍他对一些历史人物，包括帝王将相中的某些杰出人物做出肯定的评价。比如，被一些封建史学家视为“奸雄”的曹操，鲁迅就认为他“是一个很有本事的人，至少是一个英雄”；更不妨碍他对传统文化中的精华和一些著名的文学家、史学家、科学家做出科学的评价。在他的晚年，他坚决反对日本军国主义的侵略，公开支持中国共产党提出的抗日民族统一战线的政策，但他仍然肯定日本民族的长处，特别赞赏日本人办事认真的态度。他不顾风险，坚决支持青年学生的爱国行动，但也不止一次地指出，徒手请愿的事，不在其中。对于被剥削、被压迫的广大人民群众，鲁迅在关心他们的命运的同时，也严肃地解剖他们的保守、自私、狭隘、不敢正视现实，用瞒和骗制造种种奇怪的逃路等弱点，毫不掩饰他们的麻木和不觉悟。对于阿Q式的“精神胜利法”，鲁迅更是把它看成是普遍存在的国民的弱点，而不遗余力地加以解剖。从这里，我们不仅可以具体感受到鲁迅实事求是的科学态度，而且可以具体感受到鲁迅对人民，对革命事业深沉、真挚的爱，即所谓“爱之切，责之严”。对于那些被当代的某些史学家和文学家改铸得无比高大的农民起义领袖们，鲁迅从未做过无原则的歌颂，而是如实地揭示他们的历史局限性和个人的暴戾恣睢，指出他们最终失败的必然性，毫不可惜他们的灭亡。他不止一次地鞭挞明末农民起义领袖张献忠，即是一例。这种实事求是的科学态度，几乎贯穿在鲁迅的全部作品中，这就使他的革命精神有了坚实可靠的科学基础。彻底的革命精神与求实的科学态度相结合，使鲁迅成了革命队伍中既先进又老练的一员。他的革命精神，在本质上不同于那些号称掌握了马克思主义而实质上是小资产阶级知识分子的革命狂热。鲁迅多次嘲笑他们，说他们是“激烈得快的，也平和得快，甚至于也颓废得快”①，而他自己，则对任何大小事件都注重实践考察，并加以深思，从不轻易表示拥护或反对。有人说他“多疑”，他对此并不否认。在他看来，“怀疑并不是缺点。总是疑，而并不下断语，这才是缺点”②。对于震撼世界的十月社会主义革命，由于资本主义国家的反宣传，鲁迅开始也“有

① 鲁迅. 二心集·上海文艺之一瞥［M］//鲁迅. 鲁迅全集. 北京：人民文学出版社，1981.

② 鲁迅. 且介亭杂文末编·我要骗人［M］//鲁迅全集. 北京：人民文学出版社，1981.

些冷淡，并且怀疑”，只是由于“苏联的存在和成功”，才使他“确切的相信无阶级社会一定要出现，不但完全扫除了怀疑，而且增加许多勇气了”①。和同时代的许多先驱者相比，在接受革命理论的速度方面，鲁迅也许是较慢的，但是，他一旦从自己痛苦的经历和事实的教训中认识到了真理，就一往无前，决不动摇，表现出一种极大的坚定性与稳定性。

鲁迅思想博大精深，要在有限的篇幅里叙述他的全部思想，是不可能的。本引论所论及的范围，只是笔者学习鲁迅作品的一些粗浅体会，难免挂一漏万。比如，鲁迅的辩证唯物论的思想方法，他的文艺思想，他的治学态度，他对青年人的奖掖，他的注重实干、不尚空谈的作风等，在引论中都没有涉及。但是，笔者认为，彻底的革命精神和求实的科学态度相结合，是鲁迅整个思想体系的核心。过去，由于历史的原因，对鲁迅的革命精神做过较多的宣传，这是必要的，但对他的科学态度则重视宣传得不够。今后，在语文教学中，我们应该努力把二者有机地统一起来。

1988 年 12 月

（节选自《鲁迅作品的教学与研究·引论》，

光明日报出版社，1990 年）

① 鲁迅．且介亭杂文·答国际文学社问［M］//鲁迅全集．北京：人民文学出版社，1981．

鲁迅作品教学的几个问题

当前，在鲁迅作品教学中所反映出来的问题，较为普遍的有以下几个方面。

一、鲁迅作品难懂，教师难教，学生难学，相当多的教师，几乎用讲文言文的方法来讲鲁迅杂文

应该承认，鲁迅作品难懂是事实，而且是普遍存在的事实。鲁迅自己就曾经说过，他的文章，一般青年人是不容易看懂的，要到了30岁，有了一定的生活阅历才有可能看懂。他还说过，许多中国人不注重社会实际，而不注重社会实际的人也是很难看懂他的作品的。笔者认为，要在较深的层次上较为全面地理解鲁迅的全部著作，确实是一件很不容易的事情。在鲁迅遗留下来的丰富遗产面前，我们还是小学生。鲁迅研究的许多领域有待于我们进一步发掘，还有若干领域有待于我们开发。但是，如果从普及鲁迅作品这一层次来考察，就中学鲁迅作品教学这一领域而言，对鲁迅作品难懂这一问题，我们还应做具体分析。

1978年以来，统编中学语文教材共选鲁迅作品23篇，按文体划分，有小说、杂文、散文和散文诗四类。从数量上看，这些作品仅是鲁迅全部作品的一小部分。当然，这一小部分的意义却不可低估，因为选入语文教材的鲁迅作品大多是鲁迅的代表作，且经过了几代语文教育专家的筛选。据笔者所知，许多中年作家至今谈起鲁迅作品，首先涉及的内容，仍不出中学语文教

材所选的篇目。[①] 中学鲁迅作品教学的重要作用由此可见一斑。从难易程度上看，比较起鲁迅的其他作品，如早期的几篇文言论文、学术著作、部分杂文和《野草》中的部分散文诗等，选入中学语文教材的作品，至少在字面上还是较为明白晓畅的。广大师生之所以觉得难教和难学，是因为鲁迅作品特有的深刻性，而这正是我们应该深入学习和认真领会之所在。在这一困难面前，我们不应该望而却步，而应该知难而进。鲁迅作品不是看一两遍就可以理解的，而是每看一遍，都会受到教益；看得越多，收益越多。此外，也有一些具体问题，如鲁迅小说所反映的时代，主要是辛亥革命到“五四”运动这一历史时期的中国社会现实，中学生和多数中、青年教师对这一历史时期的社会生活感到陌生，对祥林嫂、闰土的思想性格难以感同身受；对阿 Q、孔乙己等人物的命运也难以有深刻的理解。鲁迅的杂文大多触及时事，涉及的大大小小的事件和人物较多，中学生和大多数中、青年教师对此也不够熟悉，如《记念刘和珍君》一文就涉及“三一八”惨案、女师大风潮等事件，刘和珍、杨德群、张静淑、杨荫榆等人物，《现代评论》《莽原》等期刊。如果不把这些内容向学生做一简明扼要的介绍，学生就难以通晓全文。《〈呐喊〉自序》回顾了作者从 19 世纪末到“五四”前夕的主要经历和思想发展的历程，如果教师对这段历史和鲁迅青年时期的经历和思想缺乏了解，就会在教学中感到力不从心。要解决上述问题，至少应该从两方面努力：一方面，鲁迅研究工作者应对中学鲁迅作品的教学予以更多的关注，应有部分同志从中学语文教学的实际出发，写出具有不同特色的教学参考书，供广大语文教师选用、参考。须知，这是一个拥有几十万人之多的庞大的读者群啊！而他们影响的学生，则是几千万！另一方面，广大语文教师特别是青年教师和部分中年教师，应加强自身的业务进修，努力扩大自己的知识面，在教学实践中不断提高自己的业务水平，不但要尽可能多地阅读一些鲁迅作品，而且要学习和采用鲁迅研究的一些最新成果，不断进行知识更新，以求把鲁迅作品的教学做得更好。

---

① 中杰英. 杂感与漫想［J］. 鲁迅研究，1984（3）.

二、鲁迅有无局限性？在语文教学中可否讲鲁迅的缺点？

任何人都有局限性，包括鲁迅在内的伟人也不例外。所谓局限性，通常指的是由于历史条件的限制，人们对客观世界和主观世界的认识产生了某些片面性。比如，鲁迅早期企图以文学救国的启蒙主义思想，在当时的历史条件下，无疑具有进步意义，但它终究不是科学地揭示了人类社会发展规律的历史唯物主义。不过，鲁迅的文学救国思想，产生于十月革命以前，那时，马克思主义尚未被介绍到中国来，鲁迅这种思想的局限性应归因于历史条件的限制。我们不可以苛求于前人。随着历史条件的变化，鲁迅的思想也不断向前发展，对文学与革命的关系以及文学的社会作用也有了全面、正确的估计，克服了早期思想的局限性。在生命的后期，鲁迅对社会的观察和解剖，很少有片面性，这是因为他掌握了辩证法。当然，也还有另外一种情况，即人们对客观世界和主观世界认识上的偏差，其主要原因，不在于历史条件的限制，而在于自身。这就是通常所说的缺点和错误。鲁迅对京剧的某些意见是不够全面的。他对革命队伍中一些同志的批评，从总体上来看是正确的，但在个别问题上也偶有言重之处。“金无足赤，人无完人”。鲁迅是人，不是神。他在腹背受敌的情况下，常常发出不得不“横站”的愤慨之言，他在尖锐复杂的斗争中也难免有某些失误，这些本不足怪。这些不足之处和他对中华民族的伟大贡献相比，是微不足道的。鲁迅作品教学的任务主要是宣传和普及鲁迅作品，广大语文教师的当务之急是帮助广大青少年继承和发扬鲁迅的革命精神和科学态度。至于近几年有极个别的人恣意贬损鲁迅，那只能是“蚍蜉撼大树，可笑不自量”。

三、鲁迅所生活的时代已经一去不返，鲁迅的思想是否已经过时？

世界上不存在永恒的东西，如同任何人都有局限性一样，任何人的思想最终都要过时，问题是时间和条件。有的人，由于他们的思想深刻地反映了他们所处的时代，而这个时代的社会矛盾又在一个相当长的历史时期内依然存在，这样，在这些社会矛盾解决之前，他们的思想就仍然具有生命力。这些社会矛盾部分地解决了，他们的思想就部分地过时了；全部解决了，就全部过时了。即使全部过时了，他们的思想也将作为某一历史阶段的思想资料传授给后人，而后人便由此出发，把人类思想的发展史继续推向前进。

鲁迅从未希望过自己的作品不朽。在《〈野草〉题辞》里，他明确表示："希望这野草的死亡与朽腐，火速到来。"这也可以理解为鲁迅对自己所有作品的态度。他希望他的作品和他所攻击的旧社会一起灭亡。他憧憬着新社会的到来，向往着新社会的"炬火或太阳；因为他照了人类，连我都在内"，那时，他将"自然心悦诚服的消失"①。但是，作为一个清醒的现实主义者，鲁迅也看到，他热切盼望同胞们早日根除的劣根性，决不会在短期内绝迹。"民族根性造成之后，无论好坏，改变都不容易的"②。在《〈阿Q正传〉的成因》一文中，他明确指出："我也很愿意如人们所说，我只写出了现在以前的或一时期，但我还恐怕我所看见的并非现代的前身，而是其后，或者竟是二三十年之后。"事实正是这样。我们中华民族是一个背负着几千年历史重负的古老民族，两千多年的封建传统思想根深蒂固。鸦片战争以后，我国固有的封建思想又与帝国主义的奴化思想相结合，形成了一种奴隶的劣根性，鲁迅对此痛心疾首，不遗余力地予以鞭挞。但是，由于我国封建传统的极端的顽固性，也由于在一个相当长的时期里，忽视了对封建主义的清理，我们的社会上至今还存在着封建主义的残余等诸多弊端，殖民地半殖民地社会遗留下来的奴隶的劣根性也远没有绝迹。我们中华民族还没有走到世界各国的前列。因此，我们这个时代仍然需要鲁迅。今天，对那些精神上患有沉疴的人，鲁迅著作仍然是针砭，是良药；对那些立志解除同胞精神上的病苦的人，鲁迅著作仍然是听诊器和解剖刀。

① 鲁迅．热风·随感录四十一［M］//鲁迅．鲁迅全集．北京：人民文学出版社，1981.
② 鲁迅．热风·随感录三十八［M］//鲁迅．鲁迅全集．北京：人民文学出版社，1981.

四、在鲁迅作品的教学中树立实事求是的良好学风

半个多世纪以来，鲁迅作品的教学取得了很大的成绩，但也存在一些迫切需要解决的问题，其中最主要的是，由于众所周知的原因，50 年代中期以来，在鲁迅作品教学中，实事求是的原则没有得到认真地贯彻。早在 1956 年，茅盾就曾批评过鲁迅研究中的教条主义倾向，指出："这种研究方法往往不从鲁迅著作本身去具体地分析，不注意这些著作产生的背景材料（社会的和个人的），而主观地这样设想：某年某月发生某事，对于鲁迅思想不能没有某些影响罢？然后在鲁迅著作中去找证据。或者是：马克思主义的大师们对于某一问题抱着怎样的见解，因而，马克思主义者的鲁迅也不可能抱着另外的见解；于是也在鲁迅著作中找证据。"① 非常不幸的是，茅盾所批评的这些现象，此后非但没有得到克服，反而变本加厉，到了"史无前例"的时期，几至登峰造极。那时，鲁迅成了任人雕刻的大理石，他时而被请来"批林批孔"，时而被拉来"评法批儒"，真正的鲁迅被他们闹得面目全非。这种教条主义和实用主义的倾向也影响到了中学鲁迅作品的教学，致使一些青少年对鲁迅产生了种种误解。这对宣传和普及鲁迅著作和建设社会主义精神文明是非常不利的。

1978 年以来，实事求是的春风吹绿了祖国的大地。鲁迅研究与教学中的上述不良倾向，得到了相当程度上的克服。但是，和鲁迅对中华民族的伟大贡献相比，在鲁迅作品的研究与教学中，也还存在着不少未如人意之处。要真正宣传和普及好鲁迅著作，还要做大量艰苦、细致的工作，还有待于广大语文教学工作者的共同努力。让我们认真总结以往的经验和教训，在鲁迅作品的研究与教学中，树立实事求是的优良学风，把鲁迅和他的作品放到一定的历史范围之内做具体的分析，努力做到：把鲁迅的还给鲁迅。

1988 年 12 月

（选自《鲁迅作品的教学与研究·引论》，光明日报出版社，1990 年）

---

① 茅盾. 鲁迅——从革命民主主义到共产主义［N］. 南方日报，1956（10）.

高中语文教材中的鲁迅杂文及其教学

前几年，选进中学语文教材的鲁迅杂文共计 11 篇。近年来，抽去了《“丧家的”“资本家的乏走狗”》一文，还剩下 10 篇。在探讨这些杂文之前，我们首先应该明确一个概念，即什么是杂文？按照鲁迅的意见，杂文本身并不是一种文体。他说：“其实‘杂文’也不是现在的新货色，是‘古已有之’的，凡有文章，倘若分类，都有类可归，如果编年，那就只按作成的年月，不管文体，各种都夹在一处，于是成了‘杂’。分类有益于揣摩文章，编年有利于明白时势，倘要知人论世，是非看编年的文集不可的。”他还说，杂文作者的任务，“是在对于有害的事物，立刻给以反响和抗争，是感应的神经，是攻守的手足”。(《且介亭杂文·序言》) 在鲁迅那里，杂文还有时被称作“杂感”或“短评”。瞿秋白有篇著名的论文：《鲁迅杂感选集·序言》，这里说“杂感”，也就是通常说的杂文。按照鲁迅的这种说法，选进中学语文教材的鲁迅杂文，《呐喊》自序是序言，《记念刘和珍君》《为了忘却的记念》是散文，《文学和出汗》和《拿来主义》是文艺论文或文艺短评；《“友邦惊诧”论》是时事短评，《答北斗杂志社问》可以算是书信体。这就是说，收入中学语文教材并被我们统称为杂文的这些文章，实际上可以分为若干不同的文体。当然，也还有另外一种意见，即认为杂文是一种文体，它是文学体裁之一，是散文的一种。杂文是直接而迅速地反映社会事变的文艺性论文，以短小、活泼、锋利、隽永为特点，是一种战斗的文体，内容广泛，形式多样，有关社会生活、文化动态，以及政治事变的杂感、杂谈、短评、随笔都可归入这一类。按照这种说法，我国自战国时代以来诸子百家的著述中就有这一类文章。“五四”以来，以鲁迅为代表的一些作家，广泛地运用了这一文体。按照这种意见，我们把收入中学语文教材的鲁迅杂文，看成是一种文体，统称之为杂文，也未尝不可。

下面，按这些杂文发表的先后为序，逐篇地来谈一谈。难度大一些、争议较多的，就多说几句，反之，就一带而过。

《〈呐喊〉自序》

这是鲁迅1922年12月3日为自己的小说集《呐喊》所写的序，原题为《自序》。序，即序言，旧时亦作“叙”，是介绍评述一部著作或一篇文章的文字。自序，指作者为自己的著作所写的序言。在这篇序言里，作者回顾了自己从19世纪末叶到“五四”前夕的主要经历和思想发展的历程，即写作《呐喊》的缘起和目的。认真学习这篇《自序》，不仅有助于我们了解作者早期的思想，而且有助于我们认识从19世纪末叶到“五四”前夕的中国社会现实。

《〈呐喊〉自序》以时间发展的先后顺序组织材料，在作者所经历过的坎坷动荡岁月中，选取典型事例，如父亲的病，南京求学，仙台学医，弃医从文，《新生》流产，金心异索稿等，并采用夹叙夹议的方法，反映自身思想发展的过程。为了更好地理解《自序》，当然，我们应该对《呐喊》这部小说集所收的小说有所了解。另外，我们还可参阅作者的另两篇文章：《〈自选集〉自序》《我怎么做起小说来》。(均见《南腔北调集》)

附带说一下，《自序》中所写到的金心异索稿的情景，这一段气氛的烘托、人物的刻画，特别是寓意深刻的对话，都极其精彩。金心异，指钱玄同(1887—1939)，名夏，浙江吴兴人。1908年，他在日本东京和鲁迅同听章太炎先生讲文字学。“五四”时期参加新文化运动，是《新青年》的编者之一。为什么作者在这里称他为“金心异”呢？这里有个典故。1919年3月，复古派文人林纾在上海《新申报》上发表题为《荆生》的小说，攻击新文化运动。小说中有个人物名“金心异”，即影射钱玄同。作者在这里是借用这个名字。钱玄同索稿是实有其事的，他和作者的对话，也是当时两个人思想的真实反映。“铁屋子”，比喻旧势力极其强大的黑暗的旧中国。“许多熟睡的人们”比喻在长期封建专制统治下，麻木、愚昧、不觉悟的广大民众。然而，到钱玄同索稿的时期，时代已经发生了很大的变化，中国正酝酿着一个新时代的到来。在这种情况下，“几个人既然起来”，“就不能说绝没有毁坏这铁屋的希望”。钱玄同这番充满乐观主义精神的话，使作者终于答应为《新青年》做文章，从此，作者“一发而不可收”，终成《呐喊》。

文中所说的S会馆，指的是北京宣武门外南半截胡同的绍兴会馆。鲁迅1912年5月随教育部北上到京以后，直至1919年11月，一直居住在这里。“古碑中也遇不到什么问题和主义”，因为胡适曾于1919年7月20日《每周评论》第31期上发表《多研究些问题，少谈些“主义”》一文。作者捎带一笔，予以讥刺之。

《论雷峰塔的倒掉》

雷峰塔，遗址在浙江省杭州市西湖净慈寺前。相传于北宋开宝（宋太祖赵匡胤的年号）八年（975年），为吴越王钱俶所建，初名西关砖塔，后定名为王（黄）妃塔；因建在名为雷峰的小山上，遂称雷峰塔。1924年9月25日倒坍。鲁迅在获悉雷峰塔倒塌的消息后，撰写了《论雷峰塔的倒掉》一文。文章以雷峰塔为封建主义的象征，借题发挥，即借助与雷峰塔有关的白娘子的民间传说，抒发了作者反封建的思想。

《论雷峰塔的倒掉》选自《坟》。

《坟》是鲁迅的论文和杂文集，内收鲁迅1907—1925年所做的论文、杂文23篇。鲁迅所以要出版这一论文和杂文集，是因为“有人憎恶着”这些文章，同时，也作为生活的一部分陈迹“收敛起来”，造成一座小小的新坟，一面是埋葬，一面也是留恋。

《记念刘和珍君》

本文涉及的中国现代史上的人物和事件较多，如女师大风潮和“三一八”惨案等。女师大风潮，是指1924年秋，国立北京女子师范大学学生反对校长杨荫榆的风潮发生，迁延数月未得解决。1925年1月，学生代表赴教育部诉述杨荫榆长（zhǎng）校（担任校长）以来的种种黑暗情况。请求撤换校长，并发表宣言，坚决反对杨做校长，这就是所谓“驱羊（杨）运动”。同年4月，章士钊以司法总长兼教育总长名义，声言“整顿学风”。5月7日，杨荫榆以召开“国耻纪念会”为名，强行登台作主席，当场被学生赶走。下午，她在西安饭店召集若干教员宴饮，准备迫害学生。9日，假评议会名义开除学生自治会职员蒲振声、张平江、郑德音、刘和珍、许广平、姜伯谛六人。27日，《京报》发表了鲁迅与马裕藻、沈尹默、钱玄同、沈兼士、周作人等教师联合署名的《对于北京女子师范大学风潮宣言》，反对开除这6名学生。不久，章士钊下令解散女师大，另立女子大学，派专门教育司司长刘百昭筹办。8月22日，刘百昭带领一支由部员、巡官、巡警、检查吏、茶役等组成的队伍，即所谓“刘百昭率领男女武将”，将留校的学生强拖出校，这就激起了更大的反抗。被赶出学校的学生在西城宗帽胡同租赁房屋作为临时校舍，于1925年9月21日开学。鲁迅和一些进步教师曾去义务授课。这就是所谓“偏安于宗帽胡同”。经过一年的斗争，在社会进步力量的声援下，女师大学生于1925年11月30日迁回宣武门内石驸马大街原址，宣布复校，这就是“学校恢复旧观”。

杨荫榆，江苏无锡人。曾留学日本，就读于东京女高师，归国后任北京女高师数理化学教授，兼附属女中学监主任。1918年，由学校推荐留美，入哥伦比亚大学，5年后获文学硕士学位归国。1924年被委任女高师校长，同年8月1日，女高师改为女师大，任女师大校长。长校期间，她推行帝国主义、封建主义奴化教育，引起学潮。1925年8月被免职。此后，杨即南下，曾任苏州东吴大学日文教授兼教育学教授，后又自己开办女校。抗战时期，无锡沦陷，杨被日军打死。

《记念刘和珍君》，选自《华盖集续编》。

《华盖集》，内收作者1925年所作杂文31篇。作者在《华盖集·题记》中说：“人是有时要交‘华盖运’的。”“这运，在和尚是好运：顶有华盖，自然是成佛作祖之兆。但俗人可不行，华盖在上，就要给罩住了，只好碰钉子。”鲁迅当时在北洋军阀及其走狗文人的压迫围攻下，确是交了“华盖运”。这些杂文是他对“华盖运”战斗的成绩。以《华盖集》题名，寄托着他对反动派的愤懑感情。写《续编》时，情况仍和写《华盖集》时“依旧”，“然而年月究竟是改了，因此只得添上两个字：‘续编’”。

《文学和出汗》

选自《而已集》，涉及文学的阶级性的，较为复杂，需具体分析。

《而已集》，是鲁迅 1927 年的杂文集，计 29 篇。在《题辞》中作者写道：

> 这半年我又看见了许多血和许多泪，
> 然而我只有杂感而已。
>
> 泪揩了，血消了；
> 屠伯们逍遥复逍遥，
> 用钢刀的，用软刀的；
> 然而我只有“杂感”而已。
>
> 连“杂感”也被“放进了应该去的地方”时，
> 我于是只有“而已”而已！
>
> 故名《而已集》。

《“友邦惊诧”论》，《答北斗杂志社问》，见《二心集》。

《二心集》，内收鲁迅 1930—1931 年所作杂文 37 篇。1930 年前后，国民党反动派编《文坛贰臣传》攻击鲁迅。鲁迅承认自己不是反动统治阶级的“忠臣”，而是携有“二心”的“贰臣”，故名。

《答北斗杂志社问》是书信体，它实际上是作者创作经验的总结。八条中的重点是一、二、四、六。

第一条，主要讲细心观察客观事物，“留心各样的事情，多看看”，讲的是作文与生活的关系。

第二条“写不出的时候不硬写”，是对第一条的补充。

第四、六条，谈的是写作过程中的几个具体问题。“宁可将可作小说的材料缩成 Sketch（速写），决不将 Sketch 材料拉成小说”。“不生造除自己之外，谁也不懂的形容词之类”等。

这些意见，对我们的语文教学，特别是作文教学，都有指导意义。

《为了忘却的记念》

“忘却”和“记念”，意思是相反的。作者把意思相反的两个词放在一起拟定文题，鲜明醒目，发人深思。这里的忘却是反语。本文开头和结尾都说到“忘却”实则不仅不能忘却，而且以强烈的感情色彩加重了“记念”的分量。文章写道：“将来总会有记起他们，再说他们的时候的。”即点明，要永远不忘却他们。又，鲁迅不仅在五烈士就义后的两年内，多次撰文纪念他们，而且直至 1936 年 3 月，还为殷夫的诗集《孩儿塔》作序，说“收存亡友的遗文真如捏着一团火”，并对诗集给以高度评价。四月，他又写了《写于深夜里》，纪念柔石等遇难五周年，所有这一切，都说明：所谓“忘却”，正是为了不忘却。

“忘却”也还包含另一层意思。本文开头说：“两年以来，悲愤总时时来袭击我的心，至今没有停止，我很想借此算是竦身一摇，将悲哀摆脱，给自己轻松一下。”其意思是借这篇文章，将两年来郁积在心头的悲愤心情淋漓尽致地表达出来，这就告诉我们：作者之所以说“忘却”，是因为至今不能忘却。在这个意义上，“忘却”也是反语。

《为了忘却的记念》选自《南腔北调集》。

《南腔北调集》，内收鲁迅 1932—1933 年所作杂文 51 篇，当时上海有人说鲁迅“很喜欢演说，只是有些口吃，并且是‘南腔北调’，然而这是促成他深刻而又滑稽的条件之一”。鲁迅说：“真的，我不会说绵软的苏白，不会打响亮的京腔，不入调，不入流，实在是南腔北调。”因此，他便将此文集名之曰“南腔北调集”。

《拿来主义》

本文运用辩证唯物主义和历史唯物主义的观点，批判了对待文化遗产的几种错误倾向，提出了“拿来主义”的正确主张，并以此为题。所谓“拿来主义”，即指根据本民族的需要，对文化遗产采取具体分析的态度，“或使用，或存放，或毁灭”，以造就新人和建设新文化。

《中国人失掉自信力了吗》

本文作于1934年9月25日，它是作者针对当时舆论界认为“中国人失去了自信力”的消极论调而写的。文章运用阶级分析的方法，揭露反动统治者早已失去了自信力，并且用自欺欺人的手段麻痹人民，同时，歌颂中国历史和现实生活中的“脊梁”，并且提出了判断自信力有无的标准。

文中所论及的“埋头苦干的人”“拼命硬干的人”，指那些为了国家、民族的利益，顽强奋斗的志士仁人，在写作本文之后一年，作者写了历史小说《理水》，塑造了古代治水英雄大禹的形象，可互相印证。“为民请命”，指为老百姓请求保全生命或解除疾苦。《汉书·蒯通传》：“西乡（向）为百姓请命”。大约在写作本文前一个月，作者写了历史小说《非攻》，塑造了一个古代为民请命的墨子形象，可供参考。“舍身求法”的“法”，这里可作标准、规范解。又，“法”在世界各国语源上都兼有“公平”“正直”“正义”等含义。所以，“舍身求法”，可以解作：为追求某一种规范（诸如公平、正义等），不惜牺牲生命，类似“舍生取义”。

走向鲁迅的初级阶段

——对中学鲁迅作品教学的一些思考

历史的车轮驶进了20世纪的末尾，21世纪的曙光就在前面。在世纪之交的门槛前探讨中学鲁迅作品教学问题，有着特殊的意义。

1936年深秋的一个傍晚，当鲁迅的灵柩在苍茫暮色中缓缓沉落墓穴的时候，那覆盖在上面的白地黑字旗帜上三个醒目的大字："民族魂"，当是中华民族对这位文化巨人的盖棺论定。到2036年，鲁迅逝世100周年时，那时的人们将怎样评价鲁迅呢？有人预言："不论当代人对鲁迅作了多么高的评价，未来的历史学家对鲁迅的评价将比今人高得多。"[①] 而那时评价鲁迅的中坚主体，就是目前在学校学习的这一代人。1981年，鲁迅诞辰百年之际，一些作家在谈及鲁迅作品对自己的影响时，所举篇目，大抵不出中学语文教材的范围。一些鲁迅研究工作者在回顾自己所走过的道路时，几乎都讲到中学语文教师对自己潜移默化的影响。中学语文教学在宣传和普及鲁迅作品、继承和发扬鲁迅精神方面所起的重要作用，由此可见一斑。随着九年义务教育的普及，中学鲁迅作品教学将成为全民族绝大多数人认识鲁迅、走向鲁迅的主渠道，也是中国知识界认识鲁迅、走向鲁迅的起点。可见，鲁迅作品教学，其意义已不限于一般意义上的语文教学，而是直接关系到民族精神的继承与发扬，关系到全民族的文明程度和总体素质，它不仅是语文教学中一个极其重要的组成部分，而且是鲁迅研究界应该给以格外关注的一个领域。

① 何满子. 未来史家对鲁迅的评价将比今人高得多［M］//房向东. 鲁迅：最受诬蔑的人. 上海：上海书店出版社，2000.

关于教材教法

教材俗称课本，课本是教学之本。语文教材编选鲁迅作品数量的多少，在整个教材中所占比例的大小，所选篇目侧重于哪些方面，体现着编选者的倾向，反映了鲁迅作品在语文教学中的历史地位，对广大语文教师和几亿学生起着导向作用。

自从《新青年》在“五四”前夜揭起文学革命的大旗，白话文取代文言文，新道德取代旧道德，成了不可阻挡的历史潮流。“国语的文学，文学的国语”，胡适之的这十个大字，把“一个大主义，讲得明白透彻”[①]，它同时拉开了文学革命和语言革命的序幕。刘半农、钱玄同、傅斯年先后撰文支持这场革命。1920 年 3 月，胡适发表《中学国文的教授》，对中学国文的目的、教材与教法等问题发表了全面、系统的看法，是年，教育部明令国民学校一律改用国语，语文教学由此开始了新纪元。语文教学的这一历史进程，大体上与“五四”新文学运动同步，也大体上与鲁迅以白话文为载体的文学活动同步。现代语文教学和现代文学是“五四”新文化运动的孪生兄弟，这一历史渊源，注定了现代语文教学在它的发轫期就和现代文学的先驱鲁迅结下了不解之缘。

早在 20 世纪 20 年代初，那时，鲁迅刚刚蜚声文坛，国内各书局、各省教育厅以及一些著名的学校，就开始在他们编印的《国文》《国语》课本中选用鲁迅作品，如北京孔德学校《初中国文选读》就选了《故乡》《风波》《鸭的喜剧》《兔和猫》《社戏》《论雷峰塔的倒掉》等。1924 年，著名教育家叶绍钧（叶圣陶）主编的新学制初级中学《国语》教科书，内选的白话文即有《鸭的喜剧》和《故乡》。30 年代，傅东华主编的复兴初级中学《国文》教科书，其中选有《秋夜》和《风筝》等六篇鲁迅作品。夏丏尊、叶绍钧合编的《国文百八课》，也选有《孔乙己》等鲁迅作品多篇。夏、叶二位先生合著的《文章讲话》是当时深受广大中学生欢迎的写作教材，其中对

---

① 傅斯年. 怎样做白话文［M］//胡适. 中国新文学大系·建设理论集. 上海：上海文艺出版社出版，1981.

《社戏》做了细致的讲解和分析。40年代，叶绍钧、朱自清合编的《精读指导举隅》《略读指导举隅》，都选有相当数量的鲁迅作品，特别是《呐喊》和《野草》中的作品。这就表明，鲁迅作品在中学语文教学中的历史地位，在“五四”运动以后不久即已确立。大约与此同时，国内几部新编中国文学史，如谭正璧的《中国文学史大纲》、赵景深的《中国文学小史》、胡适的《白话文学史》、胡云翼的《新著中国文学史》等，也都高度评价了鲁迅的文学成就。鲁迅在语文教学和文学史中的特殊地位，是“五四”新文化运动中其他作家难以企及的。

1949年以后，鲁迅作品在语文教学中的地位得到了进一步的确立和加强。20世纪五六十年代，中学语文教材所选鲁迅作品一般都在十篇左右，1978年以来，则增至二十篇以上，所选数量之多、范围之广，居古今中外名家之首。与此相应，国内各家语文教学刊物，都把鲁迅作品作为重点、难点，经常发表这方面的文章；一些学者和语文教学工作者，以语文教材中的鲁迅作品为研究对象，写出了各具特色的专著。

回顾语文教材编选鲁迅作品的历史可以清楚地看出，在长达八十年的岁月里，不管中国的大地上爆发了多么惊天动地的事件，不管中国社会的政治和经济形势发生了多么深刻的变化，也不管人们的思想观念和价值取向表现出怎样的多元化的倾向，但都在语文教材中把鲁迅作品作为必选篇目，而且放在古今中外名家之首，这是从鲁迅全部思想与实践中得出的必然结果，也是中华民族在20世纪客观、公正地评价鲁迅的一个重要标志。在鲁迅安葬后的第三天，郁达夫在《怀鲁迅》一文中，曾经说过一段堪称警世的格言：“没有伟大的人物出现的民族，是世界上最可怜的生物之群；有了伟大的人物，而不知拥护、爱戴、崇仰的国家，是没有希望的奴隶之邦。因鲁迅的一死，使人们自觉出了民族的尚可以有为，也因鲁迅一死，使人家看出了中国还是奴隶性很浓厚的半绝望的国家。”由于语文教学在提高全民族素质方面所起的独特作用，鲁迅作品教学在很大程度上使中华民族避免了“不知拥护、爱戴、崇仰”本民族伟大人物的悲剧，增强了中华民族“尚可以有为”的信心，减少了“奴隶性很浓厚”的绝望。它培养了一批又一批的鲁迅著作爱好者和研究者，形成了一支浩浩荡荡的走向鲁迅的大军，把鲁迅用生命之火点燃的火炬高高举起，并且像接力赛一样一代又一代地传递下去。20 世纪几代语文教材的编选者、数以百万计的几代语文教师在宣传和普及鲁迅精神方面做出了特殊的贡献。

如同世界上万事万物要生存就要发展一样，语文教材对鲁迅作品的编选也要随着时代的发展而适时地调整所选的篇目。为了使学生对鲁迅著作有一个初步概括的了解，教材编写人员应尽可能地把不同时期、不同体裁的鲁迅作品都加以精选，还要反映出鲁迅研究的总体水平。一般地说，和学术界相比，语文教材的编选要相对滞后，这是因为，百家争鸣是发展学术的方针，在鲁迅研究领域，各种意见，只要持之有故、言之成理，均可成一家之言，但语文教材却要在注重科学性与权威性的同时，还要考虑到稳定性，而人们对科学性与权威性的认识也要有一个过程。但凡事都有一个限度，相对滞后是正常的，过于滞后则应改进。“阶级斗争为纲”的历史在 20 世纪 70 年代末即已结束，伴随着新时期的到来，对鲁迅作品篇目较大幅度的调整，在 80 年代即应进行。近闻新编语文教材增加了《风波》《示众》《不应该那么写》《灯下漫笔》《春末闲谈》《流产与断种》等篇，《阿 Q 正传》由节选改为全文，并附加《阿 Q 正传成因》一文，意在帮助广大师生更为全面地了解鲁迅著作，特别是鲁迅改造国民性的内容，增选的幅度和具体篇目都是恰当的。

教材中课文前面的提示和后面的思考与练习，对教学起着指导作用，应该注意吸取学术界的最新研究成果。《祝福》的主题在“阶级斗争为纲”时代，曾经被认为是批判“四权”（政权、族权、神权、夫权）与作品的实际显然不尽相符。语文教材于 20 世纪 80 年代中期调整了思考与练习的内容，强调《祝福》“礼教吃人”的主题，受到了广大语文教师的好评。但对《故乡》的提示仍强调“辛亥革命后十年间中国农村经济萧条、衰败的悲惨景象，揭示了广大农民生活痛苦的社会根源”，未能从小说的艺术结构总体出发，挖掘作品“悲哀那人与人之间的不了解、隔膜”的主题。《孔乙已》的提示也过于强调“揭露封建科举制度的罪恶”，与作者“描写社会上的一种生活”的初衷稍有违和。《从百草园到三味书屋》的提示对封建教育的看法也嫌言重。《记念刘和珍君》所说的“几个所谓学者文人”以及“有恶意的闲人”和“流言家”指的并非陈源，而是原研究系的林学衡和陈渊泉。近年来，课文的提示和教学参考资料的编写注意到了鲁迅本人的意见，如《阿Q正传》的写作意图，是“暴露国民的弱点”；《药》表现了“群众的愚昧和革命者的悲哀”，这无疑是正确的。因为鲁迅谈自己的作品具有他人无法替代的权威性，且这些意见又与作品实际相符，让人稍感不足的是课文的提示和思考与练习的内容往往偏多，有面面俱到之嫌，鲁迅的意见淹没其中，反而难以突出。如果只强调鲁迅一说，舍弃那些在“阶级斗争为纲”时代流行的诸多观点，使提示和思考与练习的内容简明扼要，庶几对广大师生更为有利。

关于鲁迅作品的教法，当前亟待解决的问题是：如何给中学鲁迅作品教学定位。

包括鲁迅作品在内的所有文学名著，是全人类的宝贵文化遗产。它们并不因经济基础和社会制度的变更而消失。中国古代的《诗经》《楚辞》《离骚》、先秦诸子散文以及古希腊的《伊利亚特》《奥德赛》，距今已有两千多年，人们对它们的认识至今仍在发展当中。“诗三百，一言以蔽之，曰：‘思无邪’”，孔子的意见可算是较早的《诗经》研究，但现在已经有了对两千多年来《诗经》研究的研究专著。李白、杜甫是盛唐诗歌鼎盛时期的两大诗人，但扬李抑杜和扬杜抑李之争至今仍在继续。《红楼梦》产生至今虽只有两百多年，但已经历了从旧红学到新红学两大研究阶段。鲁迅作品虽是20世纪的产物，但也经历了不断深化的研究过程，且在20世纪80年代就有学者致力于鲁迅研究的研究，并有专著出版。由中国社会科学院文学研究所鲁迅研究室编辑的《1913—1983鲁迅研究学术论著资料汇编》共五大卷，近千万言。可见，人们对文学名著的认识要经历一个由少到多、由浅入深的过程，这个过程大约与这些名著存在的时间同始终。人们对文学名著的认识如此，个人对文学名著的认识亦要经历一个很长的过程，甚至可以伴随人的一生。这就是鲁迅的某些作品在一个人接受教育的不同阶段都可作为教材的原因。即使是专门从事鲁迅研究的学者，他们对鲁迅作品的认识也在不断深化，“开卷有益”对他们仍然适用。据此，我们不难发现，几十年来，鲁迅作品教学在教法上深深地陷入了一个误区，即在中学生刚刚接触鲁迅作品时，就把几代学者的研究成果，经过教学参考资料的浓缩或改写，再通过教师的条分缕析灌输给学生，超越了学生阅读文学名著的初级阶段，违背了学习文学名著的自然规律，也忽视了中学生的生理与心理特点。由于定位不当，要求偏高，教师自然感到难教，学生必然感到难学，现有的教学课时当然远远不够。如果把中学生学习鲁迅作品定位于走向鲁迅的初级阶段，这些问题就迎刃而解；如果把学习鲁迅作品比作攀登泰山，中学阶段只是登上十八盘最初的几个台阶；如果把学习鲁迅作品比作在大海里游泳，中学阶段只是在浅海近滩劈波斩浪，即使站在海岸，远望水天一色，近观万顷波涛，也会视野开阔，精神升华。新编教材把《阿Q正传》全文选入，如果按照以往的教学思路，岂不是广大师生的大难题？可不可以因为难而不选呢？当然不可以。高中毕业生连《阿Q正传》都没读过，其无知程度，岂不是如同美国人不知道华盛顿、法国人不知道拿破仑？其实，对《阿Q正传》这样的作品，高中生只要读过即可，至于理解到什么程度，可因人而异。语文教师要鼓励学生总结自己阅读文学名著的真实感受，培养学生的求实态度和分析问题的能力。

中学生的记忆力处于一生中的黄金时期，对鲁迅作品中的一些精彩片段，语文教师可以要求学生熟读和背诵，如《从百草园到三味书屋》对百草园自然风景的描写，从整体到局部、从植物到动物、从静景到动景、从听觉到视觉，角度多变而又层次分明；《故乡》开头对环境的描写有如一幅炭笔画，对昔日故乡的描写又有如色彩绚丽的水彩画，对人物肖像的描写寥寥数笔即神情毕现，人物语言不仅使人如闻其声，而且如见其人；《社戏》看戏途中的景物描写极富诗情画意，宛如一幅水乡月夜行船图。认真揣摩这些精彩片段，我们在惊叹作者驾驭我们民族语言的深厚功力的同时，会情不自禁地想起莫泊桑的那段名言："不管人家所要说的事情是什么，只有一个字可以表现它，一个动词可以使它生动，一个形容词可以限定它的性质，因此，我们得寻找着，直到发现了这个字，这个动词，这个形容词才止。"① 在中学阶段，学生如能尽可能多地背诵一些这样的范文，将有助于提高他们自身的阅读和写作能力，甚或终身受益。

---

① 莫泊桑．"小说"［J］．文艺理论译丛，1958（3）：164.

关于继续教育

教师是掌握和运用教材教法的主体。要引导学生走向鲁迅，教师首先应该走向鲁迅。教师的素质直接决定着鲁迅作品教学的水平。因此，语文教师的继续教育问题既是当务之急，又是百年大计。

语文教师应该具有正确的鲁迅观。鲁迅是在“五四”前夜走上中国的历史舞台的。“五四”时期是中国社会大变革的时期，是古代社会（1840 年以后是近代社会）向现代社会转变的时期，这是一个新旧交替的时期，是一个需要巨人并且产生了巨人的时期。由于中国的封建社会特别漫长，传统观念根深蒂固，这就决定了“五四”新文化运动所开创的新旧交替的时期将是一个相当长的历史时期，以至于我们至今仍然处在这一时期的初级阶段。毫无疑问，鲁迅首先属于他的时代，并且具有由新旧交替时代所决定的承前启后的特点。在某种意义上，鲁迅是我国旧时代最后一个知识分子，又是我国新时代第一个知识分子。鲁迅既是旧文化的批判者，又是新文化的建设者。鲁迅是中国现代小说之父，《呐喊》《彷徨》中的小说既有全新的内容，又有全新的形式。鲁迅把杂文这一艺术形式的社会功能发挥到了极致，从“五四”时期到 20 世纪 30 年代中国社会的众生相，都在他的杂文里留下了不可磨灭的印记。鲁迅在散文诗的创作以及小说史研究方面也有着独特的贡献。他早期的几篇文言论文，至今仍给我们以深刻的启示。60 年代初，郭沫若在《〈鲁迅诗稿〉序》中称赞鲁迅的诗歌“前无古人，后启来者”“诗如其人”，对诗歌的评价也就是对鲁迅的评价。但 80 年代以来，伴随着对鲁迅曾经批评过的一些现代文化名人的重新评价，一种怀疑鲁迅历史地位的倾向也在潜滋暗长，一些恣意贬损鲁迅的奇谈怪论和无知妄说，每隔几年，就要改头换面，招摇过市一番。最近有人公开为 20 世纪中国文学写“悼词”①，作者以西方文学为唯一坐标，脱离 20 世纪中国的历史条件，脱离中国几千年的历史背景，不顾东西方文化的各自特点，一笔抹杀了 20 世纪中国文学的成就，首当

---

① 葛红兵. 为二十世纪中国文学写一份悼词［J］. 芙蓉，1999（6）.

其冲的当然是鲁迅。这篇奇文的“可爱”之处，在于它不是在20世纪的中国作家中以扬此抑彼的方式贬损鲁迅，而是抡起民族虚无主义的“哭丧棒”横扫一切，它的价值就在于从反面证明了：要否定“五四”新文学，必先否定鲁迅；否定了鲁迅，必然导致否定“五四”新文学。

鲁迅是在“五四”时代的大潮中涌现出来的伟人。当年鲁迅受蔡元培邀请到教育部任职，并于1912年随教育部到京，钱玄同到绍兴会馆约鲁迅为《新青年》撰稿。这些事件，从哲学的角度来看属于偶然性的范畴，但偶然中包含着必然。是历史选择了鲁迅，而鲁迅又推动了历史。如果没有“五四”新文化运动，历史上也许不会有“鲁迅”这个名字。那个祖籍浙江绍兴、原名樟寿的周树人先生可能以中学教师的身份在桑梓终老一生，也可能在教育部默默无闻地做他的佥事，在发展美育和社会教育方面耗去他毕生的精力。如果没有鲁迅，“五四”新文化运动也还是要在中国的大地上发生，它也仍然需要巨人并且会把别的一个什么人制造成巨人，但是，它将会缺少一种高屋建瓴的气势，缺少一种凌霜傲雪的风骨，缺少一种所向披靡的锋芒，一句话，“五四”新文化运动反封建的力度就会大为削弱。在中国，没有谁能像鲁迅那样，对几千年的封建宗法制度和根深蒂固的传统观念有那么清醒、透彻的了解；也没有谁能像鲁迅那样，对专制和愚昧揭露得那么深刻和全面，更没有谁能像鲁迅那样，对渗透到中国人思想基因中的“劣根性”痛下针砭，无情地撕下罩在中国人脸上的形形色色的“假面”，即使面对千夫所指，仍然横眉冷对。没有鲁迅，也许我们至今仍然对与世俗人情融为一体的虚伪习焉不察，深陷于“瞒”和“骗”的泥淖大泽而不能自拔。鲁迅的伟大即在于此，鲁迅的不被大多数人理解也在于此，鲁迅的被人攻击还在于此。这位身材瘦小的老人，生前身后竟然得到了中国人那么高、那么多的赞誉，从政治家到平民百姓，从学者名流到作家诗人，上至白发苍苍的老人，下至十几岁的娃娃，推崇他的人越是深入阅读他的作品就越是觉得他伟大，“仰之弥高，钻之弥坚”，真是说不尽的鲁迅；同样是这位身材瘦小的老人，生前身后又遭到了中国人那么多的诋毁与谩骂，“左”派文艺家说他是“封建余孽”，是“二重的反革命”；《新月》中人20世纪20年代声称“不尊敬鲁迅的人格”，80年代仍说他“心理变态”；

苏雪林则认为鲁迅“连起码的‘人’的资格还够不着”，且以反对鲁迅为己任，一反到底历时60余年，直至以104岁的高龄与世长辞。和上述反对鲁迅的前辈相比，80年代中期以来出现的恣意贬损鲁迅的角色，其在文化领域里的“贡献”和“知名度”，令人生发“一代不如一代”之叹。但是，被这些人用很不严肃的态度所提出的鲁迅评价问题本身却是十分严肃的，它从反面提醒我们：为了使中学鲁迅作品教学沿着健康的道路前进，广大语文教师必须具备正确的鲁迅观。

语文教师应该尽可能多地阅读鲁迅原著。鲁迅作品不是那种一读就懂、一放就忘的浅显之作，它初读时会让人感到吃力，但经得起反复揣摩，令人百读不厌。认真阅读原著，你会感受到一个真实的鲁迅。鲁迅是真正的知识分子。他知识渊博，学贯中西；他独立思考，对任何个人、学说和主义都决不盲从，对任何事物都保持清醒的头脑，并有独到的见解；他具有崇高的气节，一生蔑视功名利禄，憎恶奴颜婢膝，始终维护自己高尚的人格和神圣不可侵犯的尊严。和中国历史上许多著名的爱国主义者一样，鲁迅深深地热爱着我们这个历史悠久而又多灾多难的民族，但却有着独特的表现形式，以往爱国者的高风亮节往往在抵抗外部敌人的斗争中展现出来，但鲁迅的爱国主义却主要表现在对我们民族自身“劣根性”的彻底否定上，举凡奴性、惰性、自私、愚昧、麻木、怯弱、巧猾、中庸、投机、残忍、虚伪、吹牛、撒谎、健忘、盲从、敷衍、偷生、自欺欺人、粉饰太平、怯于外斗而勇于内争，用瞒和骗造出许多奇妙的逃路，“见胜兆则纷纷聚集，见败兆则纷纷逃亡”“有权时无所不为，失势时即奴性十足”，以及求神拜佛、扶乩、打拳等，都在他那锋利的解剖刀下无处藏身。如同马丁炉里的温度极高时，炼钢的火焰会由红转白一样，鲁迅的爱国热情常常呈现出冷峻的特色。因为我们这个民族在近代以降积贫积弱，风雨飘摇，它只有战胜自身才能战胜敌人，所以鲁迅这样以疗治民族精神痼疾为己任的“医生”就格外可贵，而所有这一切，只有认真阅读原著，才能真正有所领会。

应该承认，阅读鲁迅原著有一定的难度，要在较深的层次上较为全面地理解鲁迅精神，更需要付出长期、艰苦的努力。由于鲁迅作品特有的深刻性，阅读者需要有相当的文史知识、生活阅历和一定的古文修养，而这些又都是一个合格的语文教师所必备的。所以，在语文教师的继续教育工作中，尽可能多地认真阅读鲁迅原著，不仅是走向鲁迅的需要，而且是提高语文教师综合素质的有效手段。

2000 年五一劳动节于稻香园

（原载《语文教学通讯》2000 年第 21、22 期）

素质教育管窥

——从几个升学考试的事例谈起

1945年8月，美国在日本广岛和长崎投下的两颗原子弹震动了全世界。当时，一些大国领袖出于对本国利益的考虑，不约而同地做出了研制核武器的决策，中国国民政府也制订了原子弹研究发展计划，并决定遴选一批数学、物理、化学等方面的专家和青年人才赴美学习深造。1946年，西南联大物理系20岁的插班生李政道经吴大猷先生推荐，获得了赴美留学的机会。按照一般情况，没有大学本科毕业的文凭，是不能进研究生院的，但芝加哥大学有独特的录取标准：只要学生通读过哈特金（Hitchin）校长指定的几十部西方文化的名著，并通过相应的考试，没有本科学历也可以读研究生。据李政道回忆，对这些名著和作者他几乎连名字都没听说过，更谈不上对柏拉图、亚里士多德等思想家的文化思想有什么了解。“我向芝加哥大学招生办公室的负责人解释：我对东方文化的名著，孔子、孟子、老子等的学说尚有些造诣，而这些东方文化名著与哈特金校长指定的书文化水平相当。他们信了，觉得也有其道理，就让我先进芝大的研究院试读。”不久，这位才华出众的中国青年成为芝加哥大学的正式研究生。1957年，李政道和杨振宁因发现理论物理学上的“宇称不守恒”定律，登上了诺贝尔奖的领奖台。1959年，英国科学家C·P·斯诺在剑桥发表了关于“两种文化”的著名演讲，称赞李政道和杨振宁的发现“是一项极其漂亮而富有独创性的成就”，是科学史上最惊人的成果之一，完全可以和1957年人类成功发射人造地球卫星相媲美。

无独有偶。在入学考试中不按常规录取的事例在另外两位学者钱钟书、吴晗的求学经历中也占有重要的一页。1929年，钱钟书报考清华大学时，中文和外文的成绩俱佳，但数学只考了 15 分。按规定，报考清华、北大的考生在入学考试的四科中有一科成绩不及格即不能录取，但清华的罗家伦校长没有囿于常规，他亲自调阅了钱钟书的试卷后决定破例录取。钱钟书的同学吴晗也有类似的经历，他先报考北京大学，四科成绩中有三科是满分，数学是零分，未被录取，又报考清华，考试成绩仍然是三科满分，数学零分，经罗家伦校长批准予以录取。钱钟书后来在古典文学研究领域取得了举世瞩目的成就，长篇小说《围城》成了现代文学史上的名著。吴晗成了明史研究专家，至于他在“史无前例”期间因《海瑞罢官》罹难，那是另外范畴的事情了。

斗转星移。20 世纪 40 年代的海外学子李政道先生已经年逾古稀，吴晗、钱钟书则已先后作古，在他们走过的人生道路上，当初的升学考试也许只是他们长途跋涉中的一步。但是，谁也无法否认这一步的重要性，正如一位中国现代作家颇有感慨地所写的那样：“人生的道路虽然漫长，但紧要处常常只有几步，特别是当人年轻的时候。”今天，当素质教育已经成为全民族共同关心的话题时，这几位学者学生时代的往事，留给我们的是无尽的思考。

任何一个优秀人才的脱颖而出，直至在各自的领域里蟾宫折桂，都需要有人为他们架设云梯，虽然到达月宫还需他们自己艰苦攀登，但是，如果没有人为他们架设云梯，他们就无从攀缘。吴大猷、哈特金、罗家伦就是可敬的云梯架设者，他们具有为民族、为学术培育英才的责任感和使命感，因而也就具有广阔的胸怀和开阔的视野，特别是哈特金先生，他能打破东西方文化的界限，体现了一种真正的教育家的风范，就像鲁迅先生评价藤野先生时所说的那样：“小而言之，是为中国。”“大而言之，是为学术。”“他的性格，在我的眼里和心里是伟大的，虽然他的姓名并不为许多人所知道。”同时，他们又具有识别人才的慧眼，由于日本军国主义的侵华战争，李政道读过小学却没有小学毕业文凭，读过中学也没有中学毕业文凭，读过大学尚未毕业，但吴大猷先生却能发现人才于萌芽状态，这是只有真正的学者才能鉴别的。罗家伦先生在考虑是否录取钱钟书时，不是简单地根据考试分数定夺，而是亲自调阅试卷，具体考查考生的思维能力和表达能力，因为分数不能说明一切，就分数而言，满分已经封顶，但考生的实际水平却不一定在这一分数线上封顶，同是满分，水平也存在着差异，甚至可能有很大的差异，这也是只有真正的学者才能鉴别的。毫无疑问，无论是芝加哥大学的录取规则，还是北大、清华的录取标准，都强调了不同学科之间的内在联系，要求考生有较为全面的基础，都有其合理性，对绝大多数考生是适用的，但任何规章制度，只应该是公平竞争的保证，而不应该是束缚人才的桎梏。吴大猷、哈特金、罗家伦三位先生的可贵之处就在于他们既能慧眼识英才，又能不拘一格，他们是真正的伯乐。

李政道先生青年时代没有读过西方文化名著，吴晗、钱钟书高考数学不及格，说明优秀人才并非全才。全面发展是对受教育者总体而言，至于不同类型、不同层次的学校，教育的重点则应有所不同，就是同一学校的不同年级、不同性别，甚至不同个性的学生，具体要求都应有所不同。德、智、体诸方面都处于优秀状态的学生是少数，各方面都处于中等状态的学生是大多数，某些方面极佳，其他方面很差的学生也是少数，每个人都拥有只属于自己的先天禀赋和个性。教育应该承认差异，尊重个性，因势利导，使学生的特长得以充分的发挥，人才就会像雨后春笋般地涌现出来。所谓素质教育，就是把后天的教育与学生的先天禀赋很好地统一起来。人的先天禀赋千差万别，社会对人才的需要多种多样，二者是统一的，而不是对立的。戏剧舞台需要生旦净末丑，角色齐全才能演好一台戏；一个社会三百六十行，行行出状元，每个人都会有适合于自己的一行。“望子成龙”“望女成凤”是人之常情，但不要把子女的出路限定得太窄，要把学生的个人禀赋和社会需要统一起来考虑。本文所举的几个例证虽然都出自学者的经历，但在全国人口中学者只能是少数，社会对各个行业的需求都有一定的比例，比例失调就会引起社会的失衡。素质教育，就是社会多方面的需求与多种类型、多种层次的众多人才之间的桥梁，而素质教育的实施，其首要条件是要改革现行的教育体制和提高办学人的素质，没有一大批罗家伦、哈特金式的教育家，所谓素质教育，不是一句空话，就是千奇百怪。

2000 年 4 月

素质教育是一面旗帜

20 世纪末叶，素质教育的旗帜在中国的大地上冉冉升起，它指明了 21 世纪中国教育的前进方向，也引导着中国教育所走的道路。

素质教育自古有之。西周时期，无论是周天子的王城和诸侯国的国都所设的国学，还是地方所办的乡学，都设有“六艺”：礼、乐、射、御、书、数。这种课程设置在一定程度上体现了中国教育在发轫期的素质教育。春秋后期，孔子办的学校，沿用了这一课程制度。孔子在他的办学实践中提出了一系列的教育思想，代表了当时最高水平的素质教育，特别是他所强调并身体力行的“有教无类”的主张，即无论贫富贵贱，无论地区族类，全都施以教育的思想，具有完全的现代意义。阅读《论语》，可以具体感受到孔子课堂教学生动活泼的气氛，师生关系和谐的氛围。孔子教育和培养了大批的人才，所谓“弟子三千，贤人七十二”，此之谓也。不仅如此，两千多年来，孔子的教育思想影响了一代又一代的教育工作者，至今仍然给我们以多方面的启示。19 世纪中叶以后，清政府向国外大批派遣留学生，并开始兴办新式学校，特别是 1905 年废除科举制度、大规模兴办各级各类学校以来，中国的教育逐步走上了现代化的道路。蔡元培提出的军国民教育、实利教育与公民道德教育以及在学术上“兼容并包”和“以美育代宗教”等思想，反映了中国现代教育早期的素质教育。可以认为，中国教育的现代化是整个社会现代化的先导。一百多年来，它为内忧外患、灾难深重的中华民族输送了一批又一批的人才，正是这些人士，在政治、经济、军事、文化、教育、科技、艺术等各个领域掀起了一浪高过一浪的除旧布新的改革，推动了中国历史巨轮的前进。

为什么我国在世纪之交明确提出素质教育的主张呢？

20 世纪中叶以来，西方发达国家科学技术和生产力的发展日新月异，而我国奉行和迷恋“阶级斗争为纲”的理论与实践，与发达国家的差距日益拉大。改革开放以来，浓重的忧患意识笼罩着中国的精英阶层。怎样才能摆脱落后被动的状态，怎样才能自立于世界民族之林？于是，科教兴国的战略应运而生。由于国家之间的竞争说到底是人才的竞争，所以，一切关心国家、民族命运的人，都不约而同地把关切的目光投向了教育。而要办好教育，需要一面旗帜，这就是素质教育。

人们创造历史，但任何人都不能凭空创造。凡属推动历史前进的变革，都是在继承前人已有成果的基础上进行的。恩格斯说得好：“每一时代的哲学作为分工的一个特定的领域，都具有由它的先驱者传授给它而它便由此出发的特定的思想资料作为前提。”① 哲学如此，教育亦然。我们不仅要继承本国的文化遗产，而且要学习和借鉴外国的先进经验。素质教育的主张，既是对中外教育史上优良传统的继承，又是在新的历史条件下的发展。

1949 年以来，党领导的教育事业走过了曲折的道路，其间有创业的辉煌，也有动乱的浩劫，前进与倒退、成功与失败交替出现，使这段历史呈现出错综复杂、跌宕起伏的状态。从 20 世纪 50 年代初期的使受教育者“在智育、德育、体育、美育各方面获得全面发展”，到 60 年代的要求学生“在德、智、体诸方面生动活泼地主动地发展”，具体体现了当时的素质教育。改革开放以来各个领域的中坚力量，大体上都受教于这一时期。而 1958 年的所谓“教育大革命”和十年浩劫中的所谓“教育改革”，充斥着狂热的“畅想”和荒唐的举措，它给后人留下的教训是极其深刻的。素质教育，就是对上述正反两方面经验的科学总结，它是对教育规律的尊重和趋同，也为党全面总结执政经验，提出科学发展观，以人为本，建设和谐社会的战略构想做了有力的铺垫。

素质教育是一个发展的概念。它在不同的国家和同一国家的不同历史时期有着不同的内容。和古代的素质教育相比，今天的素质教育是全面的现代

① 恩格斯. 致康·施米特（1890 年 10 月 27 日）[M] //马克思，恩格斯. 马克思恩格斯选集：第 4 卷. 中共中央马克思恩格斯列宁斯大林著作编译局，译. 北京：人民出版社，1972.

教育，它不仅有着全新的内容，而且有着全新的形式。和早期的现代教育相比，今天的素质教育又有着鲜明的新时期的特色。在素质教育这一大题目下，我们可以而且应该做出多层次、多角度、多侧面的具体分析。本文拟从以下几个方面陈述浅见。[①]

从受教育的群体来看，素质教育的宗旨是为最广大的人民群众办教育，其实质是教育的平等与公正。在我国历史上，封建社会长达两千多年。在这漫长的岁月里，封建统治阶级逐步形成了一套完整的思想体系，其核心是等级制，即所谓“天有十日，人有十等”“王臣公，公臣大夫，大夫臣士，士臣皁，皁臣舆，舆臣隶，隶臣僚，僚臣仆，仆臣台”[②]。在西方，中世纪的等级划分和中国有所不同，但其思想体系的核心仍然是等级制。因此，西方资产阶级在他们踏上历史舞台的时候，首先明确提出了“天赋人权”“人生而平等”的口号，他们反封建的旗帜上书写的大字是：自由、平等、博爱，其思想体系的核心是平等观念。我国的现代化进程晚于西方，它是在向西方学习的前提下启动的，它的倡导者也不是资产阶级革命派，而是资产阶级的改良派，如康有为、梁启超等。他们倡导“托古改制”，却不能明确提出现代化的口号。从鸦片战争到“五四”运动这段历史，通常被史学家界定为中国近代史，其实，这段历史也可以看成是由古代社会向现代社会过渡的时期。“五四”新文化运动的先驱们，在他们反封建的旗帜上书写的大字是：科学、民主，而平等观念没有被提到应有的位置。这种历史条件在教育领域里的反映是：虽然也有有识之士提出了“平民教育”的思想，并有具体的实践，但受教育者只占全人口的极少数。50年代初期，学校向工农子女开门，广大人民群众的子女有了受教育的机会。改革开放以来，国家施行九年义务教育法。“法”在各国语义上都兼有“公平”“正义”的含义，这表明国家以最高权力机构立法的形式来推行素质教育。由于我国幅员辽阔，人口众多，经济文化发展不平衡，城乡之间、东西部地区之间、发达地区与发展中地区之间，甚至同一地区的重点校和普通校之间，都存在差距，事实上存在着教育的不

① 安永兴. 回顾历史　启迪后人——评《北京中小学教育若干问题的回顾》兼论素质教育［J］. 北京师范大学附校学报，2002（1）.

② 左丘明. 左传・昭公七年［M］//朱东润. 左传选. 上海：古典文学出版社，1956.

平等。逐步消除这种不平等现象，实现教育的公正，要走的道路还很长。

从受教育的个体来看，素质教育的要义是充分尊重和发展学生的个性。我们这里所说的个性是哲学概念，是相对于共性的个性，指的是一个人区别于他人的先天禀赋。人心不同，各如其面。世界上没有两片完全相同的树叶，也没有两个从生理到心理完全相同的人，即使是孪生兄弟也存在着某些差异。素质教育就是把先天的禀赋和后天的教育有机地统一起来，让每一个人的生理体能和聪明才智都得到健康的发展。在我国，这种教育理论可以追溯到孔子的因材施教。应该说明的是：因材施教这一提法不见于《论语》，它是宋代的朱熹对孔子教育思想的概括，这也从一个侧面反映了孔子的教育思想对后世的深远影响。在西方，马克思、恩格斯在《共产党宣言》中描绘未来社会蓝图的时候，曾经强调指出，每个人的自由发展，是所有人自由发展的前提条件。不言而喻，这里所说的自由仍然是哲学概念，它指的是对必然即客观规律的认识。可以认为，以人为本的观念是马克思主义理想境界的思想基石，也是我们今天全面推进素质教育的出发点和归宿。人的先天禀赋是一种潜在的素质，认识和发掘这种潜在的素质是教育的天职，它需要识人的慧眼。一般地说，了解一个学生的兴趣所在，是打开禀赋之门的钥匙。教育史上有许多发现人才于萌芽状态的佳话，正是这些鲜活生动的实例，使教育事业千姿百态和充满生机。人的禀赋千差万别，社会的需求多种多样，素质教育就是架设在二者之间的桥梁。

从教育主体来看，全面推进素质教育的关键是建设一支高素质的教师队伍。一个国家、一个民族的总体素质，在很大程度上是由它的教师队伍的总体素质决定的。教师队伍的建设主要包括思想与业务两个方面。“士有百行，以德为首”。教师之德，在于对学生一视同仁，看一个教师是否具有平等观念，判断一个教师思想境界的高低，就看他能否对不同社会出身、不同年龄、不同性别、表现各异的学生一视同仁。离开了这一观念，一所学校、一个地区乃至一个国家教师队伍的建设就没有现代化。学校教育的职能是传承人类精神文明，因此，教师必须是知识渊博的人。提高教师队伍业务素质的途径主要有两条：一是提高师范院校的办学水平，从源头上保证教师队伍的质量；二是抓好在职教师的继续教育。教师应该是终生学习的模范，要养成良好的读书习惯，不断地丰富和充实自己的头脑。我们要注意教师队伍的结构问题，在有条件的学校和地区，要让不同年龄、不同性别，不同地区的不同院校的毕业生有个恰当的比例，组成教师队伍的最佳阵容。

教师所从事的教书育人的工作，是一种高级复杂的脑力劳动。其特点不同于工人、农民、士兵，也不同于科研人员、工程师、医生、编辑、记者、律师等其他类型的知识分子。因此，如何按照教师的劳动特点建设教师队伍，是一个亟待研究和解决的重大课题。教师工作的数量是可以量化的，但教师工作的质量是很难量化的。同是一节课，有的只是学生的过眼烟云，有的却可以使学生终生难忘。一些优秀教师，他们的言谈举止、音容笑貌，甚至在学生最需要理解时的一个关切、鼓励的眼神，都会对学生产生潜移默化的影响。一个人在学生时代遇到几位好教师是一种幸福，这种幸福将伴随这个人的一生。教师工作的重要性就在于此，教师工作的神圣也在于此，教师职业的魅力还在于此。孟子把“得天下英才而教育之”看成是人生的一大乐事，一语道破了教师人生价值的真谛。十年树木，百年树人，这是千百年教育实践所显示的客观规律。因此，评价教师的劳动，切忌急功近利。学校要重新审视并逐步减少名目繁多的各类评比，直至取消一切有悖素质教育的评比；要给广大教师提供一个宽松、和谐的工作环境，让不同类型、不同个性的教师都有用武之地。在一个压力重重、处处设防、人际关系紧张的环境里，其后果必然是教师不像教师，学校不像学校，甚至斯文扫地。

在全面推进素质教育的进程中，校长队伍的建设是极其重要的一环。我们要对校长的职能有一个正确的定位。校长这一称谓是现代的产物。在我国，周代的学校里只有“师”和“太师”的称谓，其校长和教师的职能是合二而一的。汉代国学的办学者为博士祭酒，西晋改设国子祭酒，隋唐以后称国子监祭酒。所谓祭酒，原指古代宴席上酹酒祭神的长者，后泛指年长或位尊者，如果把它翻译成现代汉语，就是学校中德高望重的首席。可见，即使在以等级制为核心的古代社会，校长的职能也在于教化，而非官化。现代的校长应该是学校工作的组织者，他是教师队伍中的一员，是首席，而非官员。校长之德，在于知人善任；校长之才，还在于知人善任。优秀的校长应该有宽广的胸怀和海纳百川的器量。像社会上的各个阶层都有自己的长处，也有自己的短处一样，教师这一群体也有某些根深蒂固的弱点，比如传统的文人相轻乃至嫉妒同行的成就等。这些弱点，只要不直接影响到正常的教学工作，校长就可以一笑置之。金无足赤，人无完人。每个人都会有这样或那样的缺点，但缺点往往伴随着优点而来。用人之道，在于扬长避短。校长应该鼓励教师创造性的劳动，在教学改革的进程中，真正坚持百家争鸣的方针，既要相信和依靠绝大多数，又要保护少数。因为在人类探求真理的漫长而又崎岖的道路上，往往是那些不畏劳苦，不避艰险，锐意进取，敢于特立独行的极少数人走在前列。某一项真理，当它最初被人发现时，往往在一个人手里，即使少数人的意见是错误的，也要允许他们保留意见。一个优秀的校长应该在他主办的学校里营造一种读书的风气、一种研究的氛围，让每一个在这所学校工作的人都有教育神圣之感。这样的校长，他的人格魅力，就是学校的凝聚力；他的办学思想，就是学校的灵魂。这种灵魂，可以称为“学魂”。所谓名校者，有学魂之谓也。这种学魂，是由铸造这种校风的校长的个性决定的。校长的个性越鲜明，学魂的生命力就越强。即使校长离开了这个岗位，学魂也会作为一种传统流传下去。学魂消失了，名校也就名存实亡了。

当前开展的基础教育课程改革，是全面推进素质教育实质性的一环，在教学内容上架设了一个广阔的平台。在某种意义上，课程改革使城市和乡村、东部和西部，发达地区和发展中地区，重点校和普通校站在了同一起跑线上。课程改革既是挑战，又是机遇。

课程改革需要理论的指导，没有科学理论的指导，必然带有极大的盲目性。前些年出现的把狠抓课外活动当成素质教育的简单化的做法，证明了要想使素质教育沿着正确的轨道健康地发展，我们就一刻也不能没有理论思维。但是，这种理论不是对以往教育理论的照抄照转，也不是在各种理论之间东拼西凑，不能急功近利地看待理论。理论不是政策法规的条文，它不给课程改革提供现成的答案。科学的理论是行动的指南，是前进的路标，它只给我们指出大致的方向，而要到达目的地，还需要我们一步步地前行。科学的理论不是穷尽真理，只是在实践中不断开辟认识真理并不断接近真理的道路。在当前的课程改革中，我们强调培养学生的能力，但不能把传授知识与培养能力对立起来。人类在不同历史时期所创造的文化，是通过学校教育一代一代地传承下来的。学校教育传授知识是天经地义。我们所说的培养能力，主要指的是培养学生学习的能力，学生有了这种能力，就会为终生学习打下良好的基础。知识就是力量。在很多情况下，知识本身就是能力。我们重视在教学中发挥学生的自主性，但也不能把这种自主性和教师的主导作用对立起来。我们所说的自主性，指的是引导学生积极思维，提出问题和分析问题，通过独立思考提高学习能力，而不是在形式上做表面文章，更不是放任自流。计算机是教学的辅助手段，它不能也不可能代替教师创造性的劳动。判定计算机的运用是否适度，要看其是否符合学科的具体特点。关于创新问题，我们固然无须把创新神秘化，但更不能把创新简单化和庸俗化。即使是专业的科学工作者，要在某一具体问题上有所发现，有所前进，也要在前人已有的基础上付出艰苦的劳动，且成功的概率远远低于失败的概率。还有历史人物评价问题，在“阶级斗争为纲”的时代，人们讳言农民领袖的局限性，在某些文学家笔下，李自成、张献忠等人物被改铸得无比高大。近年来，屈原的思想是否爱国主义，岳飞，文天祥是否民族英雄，似乎又成了问题。按照历史唯物主义的观点，研究任何一个社会问题，都应把问题放到一定的历史范围之内做具体分析，一切依时间、地点、条件为转移。农民阶级并不代表先进的生产关系和生产力，它和地主阶级处于同一生产关系之中。因此，历史上的农民起义绝大多数都归于失败，极少数成功者也只能是封建社会改朝换代的工具。我国是一个多民族的国家，但目前这种56个民族是一家的局面是经过几千年的历史沿革逐渐形成的。不能用今天的民族政策剪裁历史和评价历史人物。我们要在科学理论的指导下，正确处理课程改革中出现的各种关系，切实提高教学质量。

2005年12月9日

语文教学——海阔天空

语文是最具综合性的一门学科。语文知识的传授，听、说、读、写能力的培养，道德情操的陶冶，艺术美感的熏陶，乃至人格个性的塑造，都是语文教学的题中应有之义。语文教学像海洋一样辽阔，你可以在浅海近滩劈波斩浪，也可以向遥远的天边扬帆启航；语文教学像苍穹一样广袤，你可以在阳光下欣赏那如棉如絮的朵朵白云，也可以在月光下赞叹那犹如奇异宝石般的繁星北斗。

语文教学是一门科学，更是一门艺术。优秀语文教师既要有学者的头脑，又要有艺术家的风范。渊博而又扎实的学识功底和循循善诱的讲课艺术，是语文教师雄厚实力的基础。有实力才能有魅力。听一堂成功的语文课，如坐春风，如饮醇醪。语文教师的人格魅力对学生潜移默化的影响是其他学科的教师难以企及的。一个人在中学时代遇到一位优秀的语文教师是一种幸福，这种幸福将伴随这个人的一生。

当前，全社会都在关心语文教学，对语文教师的要求也越来越高。教学改革的关键在于全面提高教师的素质，这一正确命题在语文教学中似乎尤为突出。语文教学的改革已成不可逆转之势。由于语文教师总体水平的提高远非一朝一夕之功，由于把人文科学的优秀人才吸引到语文教师的队伍中来还有待时日，所以，语文教学的改革应该另选突破口，这个突破口就是教材。

近几年语文教材的改革已进入了良性循环的轨道。一纲多本（一部大纲，多种教材）已经取代了一纲一本；教材内容的编选也在逐步靠近语文教学规律本身；高考试题也开始了有益的尝试，但还处于局部调整的渐进阶段。我祈盼着语文教材的全面改革，期待着语文教学园地百花盛开、争奇斗艳的蓬勃景象早日到来。

理想中的语文教材将精选古今中外的文学名著，特别是那些脍炙人口的古典诗词和情文并茂的古今散文，因为诗歌和散文是文学史上最古老的两种艺术形式，是文学长河源头的两股清泉，正是诗歌和散文孕育了后来繁多的文学种类和文学体裁。让学生尽可能多地熟读和背诵一些诗文名篇，可以收到事半功倍的效果，甚至可以使学生终身受益。理想中的教材将比现行的教材厚得多，所选诗文名篇的数量至少是现行教材的三倍。这样，在不增加课时的前提下完成教学任务势必要引发语文教学各个环节的革命。理想中的语文教学将在学生面前展开一个精彩的世界，让广大青少年在这个世界里健康、活泼、主动地成长，让其思想插上翅膀，在 21 世纪里尽情地翱翔太空。理想中的语文教学将为广大语文教师架设一个宽阔的舞台，让不同个性、不同风格、不同流派的语文教师充分发挥他们的聪明才智——各路英雄都有用武之地。

2000 年 10 月 1 日于北京稻香园

（原载《语文教学通讯》2000 年第 23 期）

作者手迹

五绝　观猫看雨

甲申年六月廿日凌晨，大雨突降。二宝惊起，直奔窗前观雨，其形、其状，于苍茫雨幕之背景中如剪影。此猫为妻子生前之宠物，余睹物思人，悲从中来，即赋小诗一首以记之。

大雨轰然至，
雷声隐隐闻。
灵猫窗下坐，
伴我忆亲人。

2004年7月21日凌晨

寸草集

下

安永兴 著

新华出版社

图书在版编目（CIP）数据

寸草集．下 / 安永兴著．—北京：新华出版社，2023.11
ISBN 978-7-5166-6944-0

Ⅰ．①寸… Ⅱ．①安… Ⅲ．①中国文学—当代文学—作品综合集 Ⅳ．① I217.2

中国国家版本馆 CIP 数据核字（2023）第 222582 号

寸草集．下
著者：安永兴
出版发行：新华出版社有限责任公司
（北京市石景山区京原路 8 号　邮编：100040）
印刷：三河市龙大印装有限公司

成品尺寸：170mm × 240mm　1/16　　**印张：**16　　**字数：**245 千字
版次：2024 年 9 月第 1 版　　**印次：**2024 年 9 月第 1 次印刷
书号：ISBN 978-7-5166-6944-0　　**定价：**98.00 元（全二册）

微店

视频号小店

抖店

京东旗舰店

扫码添加专属客服

微信公众号

喜马拉雅

小红书

淘宝旗舰店

目　录

Contents

❖ 格律诗词 ❖

❖ 散文随笔 ❖

❖ 名作赏析 ❖

❖ 问题探讨 ❖

格律诗词

缅怀先考

其一

凛然正气护三村，[①]
鬼蜮含沙射此身。
义薄云天罕有匹，
世间公道在人心。

2006年6月4日

其二

希冀儿男入杏林，
悬壶济世可称仁。
时光纵是江河水，
难洗深情厚爱音。

2007年5月27日

① 先父尝言："好狗护三邻，好汉护三村"。

缅怀先妣

眼前似有慈容在，
耳畔犹闻笑语飞。
文字集成名寸草，
儿男没齿沐春晖。

2006 年 6 月 4 日
凌晨 2 时 30 分泪笔

母爱是人类最圣洁的感情。

2007 年 5 月 27 日
夜不能寐，有感志之

月　季

几番月季惊风雨，
徒有花容已去魂。
梦里相逢当问讯，
他生可是掌花神？

2006年6月4日
凌晨3时泪笔

诗解：

校园里有一花坛，内植月季。2003年6月3日傍晚，传达室的李师傅见告：此花今年无香。余趋前亲试，果然。

妻子生前爱花，尤喜月季。每逢春末夏初，必到此观赏。年初妻子辞世，莫非她带走了花魂？时暮云四合，晚风低诉，余触景伤情，泪如泉涌。

作品的体裁为七言绝句。魂、神，分属平水韵上平声［十三元］韵和［十一真］韵。邻韵通押。

五绝　观猫听雨

甲申年六月牛日凌晨，大雨突降。二宝惊起，直奔窗前观雨，其形、其状于苍茫雨幕之背景中如剪影。此猫为妻子生前之宠物。余睹物思人，悲从中来，即赋小诗一首以记之。

大雨轰然至，
雷声隐隐闻。
爱猫窗下坐，
伴我忆亲人。

2004 年 7 月 21 日凌晨

谶 语

“曾经沧海难为水，
除却巫山不是云。”
孰料解诗成谶语，
当初何不做痴人？

2006年6月4日
凌晨3时泪笔

诗解：

2002年夏，余受友人之托，为北京大学物理系两教授解《离思》诗，此乃唐人元稹悼念亡妻之作也。不料竟成余之谶语。宁不怨乎？

窗　外

窗外雪飞室内人，
琼枝玉叶悦吾心。
南天遥望花千树，
梦里思君欲断魂。

诗解：

乙丑年（2009年）阴历九月十五日凌晨，梦见海香。晨起，窗外大雪纷飞。嘱女留影，并赋此诗。

呈杨占升先生[①]

三十年前入士林[②]，
京畿寸草正逢春。
纵观信史音容在，
历数名家意境新。
水镜丹心堪效法，
迅翁傲骨亦传神。
青山不倒天难老，
世上先贤启后人。

诗解：

作于1992年。作品的体裁为七言律诗，是首句入韵的仄起式。诗中的“十”字为古汉语中的入声字，属于仄声。林、春、新、神、人，押新韵。

---

① 杨占升先生，北京师范大学中文系教授。余在母校就读时，先生主讲《中国现代文学史》。

② 士林，旧时指知识界、学术界，这里指高等院校。

呈杨庆蕙、黄海舟二位先生①

曾记当年十二楼，
偶然拜谒溯缘由。
杏坛②化雨嘉禾长，
学术名山硕果留。
杨柳劈风驱百苦，
海舟破浪解千愁。
如烟往事东流去，
伴我春温度肃秋。

诗解：

作于1992年。1962年，余考入北师大中文系，中学同窗杨毅考入天津大学无线电系。其姊及姊夫为北师大地理系教师，寓所在学12楼。每逢假期，杨毅都来京探望其姊。1963年寒假，我前往12楼探视，恰逢家中无人，意欲留一便笺，遂敲隔壁之门。门启，见一女教师，极和善。我说明来意，她邀我进屋，并提供纸笔，还问我姓名、系别、班级，余一一作答，却未问及老师尊姓大名。

新学期开学后，上《现代汉语》课，走上讲台的正是这位老师。这时，我才知道她就是《现代汉语》教材的编写者之一——杨庆蕙。不久，她又做

① 杨庆蕙、黄海舟二位先生，北京师范大学中文系教授。
② 杏坛：相传为孔子讲学处，这里借指教育界。

了我班的辅导员。

整整三十五年之后的1997年8月，我班同学在毕业卅年后，于黄海之滨聚会。杨老师才当众言及此事：当初安排课程时，系领导让她在我们年级任选一班。因为已经认识了2班的一位同学，所以就选择了2班。

作品的体裁为七言律诗，是首句入韵的仄起式。楼、由、留、愁、秋，押平水韵下平声［十一尤］韵。

赠邱季端[①]同学

清源学子[②]赴京华，
负笈登科拜百家。
别梦常思慈母泪，
杏坛无忘圣人槎[③]。
香江南下开新路，
桑梓[④]东归护幼芽。
四海今逢欢庆日，
神州怒放紫荆花。

诗解：

邱季端同学于20世纪70年代赴香港创业。他事业有成后，多次在故乡暨母校捐巨资助学。1997年6月28日，他应邀来京参加香港回归祖国的庆祝活动，余有感而作。

作品的体裁为七言律诗，是首句入韵的平起式。诗中“学”“笈”字，为古汉语中的入声字，属于仄声。华、家、槎、芽、花，押平水韵下平声［六麻］韵。

① 邱季端，余大学时代的同学，福建泉州石狮人。
② 清源学子，泉州附近有清源山，因有此说。
③ 槎，即桴，用竹木编成的筏，以代船用。出自《论语·公冶长篇第五》：“道不行，乘桴浮于海。”
④ 桑梓，出自《诗经·小雅·小弁》：“维桑与梓，必恭敬止。”意即家乡的桑树和梓树是父母种的，对它必须恭敬。这里用以比喻故乡。

海滨同窗聚会

梦里依稀出散关[①]，
今朝兴会话蓬山[②]。
青春似火心方炽，
岁月如霜鬓已斑。
堆雪千重收眼底，
浮云百朵到天边。
多情笑我充年少，
谁道韶华[③]不复还。

诗解：

1997 年 8 月，应邱季端同学邀请，由沈渝丽同学组织，北师大中文系 1962 级 2 班的同学于毕业 30 年后在黄海之滨的烟台聚会。面对浩瀚的大海，往事如潮。余有感而作。

作品的体裁为七言律诗，是首句入韵的仄起式。诗中“出”字，为古汉语中的入声字，属于仄声；关、山、斑、还，属平水韵上平声［十五删］韵；边，属下平声［一先］韵，邻韵通押。

除了这首七律，余还作新诗一首，现附后。

---

① 散关，出自陆游《观长安城图》：“三秦父老应惆怅，不见王师出散关。”这里借指毕业时同学们都被分配到边关塞外。

② 蓬山，蓬莱和瀛洲，是传说中的神山。

③ 韶华，比喻美好的青年时代。

北师大—烟台—未来

我们从五湖四海来到北京，
我们又从北京回到了五湖四海。
北师大的校园里
　　到处留下了
　　　　我们深深的足迹；
昆明湖的碧波中
　　也曾倒映过
　　　　我们青春的风采。
教三楼和图书馆的灯光
　　映照着
　　　　我们年轻的面容；
扬声器里播送的歌曲
　　催促着
　　　　我们的步伐
　　　　　　不断地加快。
中斋北楼，西斋北楼
是那样地
　　让我们梦魂牵绕；
那三点一线式的生活

竟然是那样地
　　让我们终生难以忘怀。
京郊农村那冰封的凤河
似乎是
　　被我们火热的青春融化；
冀中平原那记忆中的滏阳河，
永远是
　　一条青翠的飘带。
学生时代播下的爱情的种子
在漫长人生的路上
　　开花结果；
同窗生活结下的纯洁的友谊，
纵然是地老天荒
　　也不会沉埋。
那时，恐怕没有人幻想：
有朝一日
　　我们还能团聚；
那深埋在地下的友谊之酒，
似乎永远也摆不上
　　喜庆的坛台。
仿佛有一支巨掌扭转了乾坤，
那当年难以想象的一天
　　终于到来！
一封封沉甸甸的邀请函
乘驾着香港回归的东风
　　飞向各地；
一张张充满喜悦的回电，

伴随着急速旋转的电波
　　来到烟台。
或许世间万物都有真情，
不然，那火车的汽笛声
　　怎么会
　　　　如此欢快？
也许冥冥之中真有命运之神，
不然，那京畿书生的梦境
　　怎么会
　　　　和昔日关中少年的行程
　　　　　　完全合拍？
让那清新宜人的海风
拂去我们旅途的
　　仆仆风尘；
让那波涛汹涌的大海，
冲刷掉我们心底的
　　一切悲哀。
让我们紧紧地拥抱在一起，
我们的臂膀
　　仍然像三十年前
　　　　一样地有力；
让我们尽情地流淌激动的泪水，
泪水的溪流
　　会把封闭了多年的
　　　　心扉打开。
让我们互相凝视，
我们的两鬓

已经生出了
白发；
让我们共吐衷曲，
我们的心声——
“度尽劫波
兄弟在。”
让我们满怀深情地唱起卡拉 OK，
我们的歌声
跳跃着
青春的旋律；
让我们神采飞扬地跳起舞来，
我们的舞步
踏出了
姗姗来迟的春雷。
让我们无愧无悔地回顾
从北师大开始的
“苦难的历程”；
让我们高举酒杯祝福
从烟台开始的
希望的未来。
啊，
从——北师大——到——烟台，
从——烟台——到——未来。

1997 年 8 月 12 日
下午三时—四时写于烟台

环谷园[1]忆旧

请君回首忆年华，
环谷空濛似笼纱。
晨望朝霞红万里，
暮观灯火照千家。
金山[2]曾刻书生志，
泉水尝烹苦雨茶。
人世沧桑三劫后，
飘香犹记玉兰花[3]。

诗解：

2002年4月，1962届的部分同学拟举办一次纪念毕业40周年的活动，抚今追昔，遂有此诗。

作品的体裁为七言律诗，是首句入韵的平起式。华、纱、家、茶、花，押平水韵下平声［六麻］韵。

---

① 环谷园，北京市第四十七中学（其前身为中法大学附中）的校址，位于北京西郊鹫峰脚下。
② 金山，位于鹫峰和环谷园之间，泉水清冽。
③ 玉兰花，环谷园附近的大觉寺内，有三株古玉兰，清明前后盛开。

七绝　赠友人

难忘京畿夜话时，
披肝沥胆两相知。
人生险阻多荒漠，
挚友情深胜玉池。

1993 年 1 月

七绝　赠沈君

三十年华一瞬间，
回眸往事似云烟。
教三楼外说明日，
中北斋前话夜天。
海燕惊惶风暴起，
绿园萧索百花残。
丹枫初挂闻君至，
心底无言问客安。

1993 年 1 月 23 日

诗解：

1992 年 10 月 12 日，沈君陪同杨庆蕙先生光临寒舍，余作此诗赠之。

七绝　悼袁君

桃李盈门乘鹤去，
上苍飞雪洒奇寒。
忆昔倩影今何在，
注目回眸有赵袁。

辛巳年大雪敬笔

无 题

似水流年愧后尘，
故人见我必言君。
天威不测应修己，
民意难沉莫怨人。
大错终成无法补，
中年始悟有诗闻。
愿凭青鸟乘风去，
散却愁心伴海云。

癸酉年二月初三日
1993 年 2 月 23 日

七　绝

新歌一曲酒三杯，
旧日同窗笑口开。
往事如烟终逝去，
青春似燕又归来。

诗解：

1995年4月24日晚，读石宪友同学来信，知1962届同窗于香山聚会，有感而作。

七　绝

曾记西山环谷园，
今朝寻梦忆华年。
众生指点群芳圃，
疑是韶光看玉兰。

诗解：

1995 年 5 月 27 日，与岱兰、彰秦、宪友暨夫人、祥海暨夫人，豪龄游植物园，有感而作。

七　绝

良言金玉似春风，
度尽劫波类转蓬。
放眼余生何处是，
孤舟簑笠梦渔翁。

1995 年 8 月 1 日

诗解：

1995 年 7 月 28 日，接同窗苏彰秦来信云：“起死回生谈何易，全凭智慧勤调剂。来日方长多保重，与世无争求闲逸。”并解释道，“看似消极，意在求实。”余赋小诗一首作答。

绿　园

绿园春暖紫藤开，
细雨微风拂面来。
往事如烟东逝水，
空留一梦见亭台。

2002 年 6 月

春　潮

其一

黄河九曲到人间，
阅尽沧桑勿复还。
粤海同仇擎大纛，
中原敌忾抗倭蛮。
皇天雨洒千行泪，
后土风生一缕烟。
两岸青山遮不住，
春潮乐奏启新篇。

其二

万里长江起大风，
春归沃野郁葱葱。
涛声呼唤回天力，
楚韵歌吟动地情。
奠酒炎黄同血脉，
寻根华夏共心灵。
珠峰欲问神州事，
九鼎生辉铸厥功。

诗解：

2005 年 4—5 月，在相隔五十六年之后，时任中国国民党主席的连战先生、中国亲民党主席宋楚瑜先生相继访问大陆，这是六十年来国共两党最高领导人的首次正式会谈。余有感而作。

作品的体裁为七言律诗。第一首为首句入韵的平起式，第二首为首句入韵的仄起式。诗中“敌”“厥”字为古汉语中的入声字，属于仄声；间、还、蛮，属平水韵上平声［十五删］韵；烟、篇，属下平声［一先］韵。邻韵通押，其二押新韵。

香山月季

花色红黄紫自蓝，
花香拂面洒人间。
陈年勿忘观花语，
几度伴君到此园。

2007 年 6 月 4 日

七绝　呈宋肖平先生

余幼时初读《三月雪》（萧平著，萧平即宋肖平），即对作者心向往之。此后，每有先生大作，必以先睹为快。整整五十年后，余与同学沈渝丽君于鲁东大学拜访先生，终偿夙愿，遂赋小诗以志之。

五十年华入海流，
凝神静气写春秋。
香飘三月心驰日，
即愿鲜花满画楼。

2007 年 7 月 29 日

诗解：

丁亥年六月初十（2007 年 7 月 23 日）与沈渝丽同学一起拜访宋肖平先生。五十一年前曾读《三月雪》，即心向往之，今日终偿夙愿，似可告慰生平。

呈肖凤、林非二位先生

金声玉振绕梁间，
笔走龙蛇数百篇。
丽句清词常做伴，
韶华永驻过天年。

2008年12月28日

诗解：

12月19日到静淑苑拜访肖凤、林非二位先生，距1980年12月中旬到灯市口初访二位先生，已整整廿八年矣。

赠左欣茂同学

正是山崩地裂[①]时，
救生奋起未疑迟。[②]
重逢[③]再问惊心事，
飞雪[④]漫[⑤]天化小诗。

己丑年正月廿五日
2009年2月19日
春雪

① 山崩地裂：1976年3月8日15时1分，中国吉林地区降落了一场世界罕见的陨石雨。陨石降落时，当地上空出现一个大火球，很快分裂出一个较大的火球和两个小火球，伴着巨响鱼贯向西飞行。陨石雨分布的地区，东西长约72公里，南北宽约8.5公里，面积近500平方公里。这是目前世界上已知的分布面积最广的石陨石雨。共收集到大小陨石样品100余块，总重为2700多公斤，其中最大的1号陨石重770公斤，是人类迄今见到的最大的石陨石。（见《光明日报》1999年3月19日第9版）

② 同年7月28日凌晨，中国河北唐山地区发生里氏7.8级地震，人民生命财产损失惨重。

③ 重逢：2009年2月10日（农历正月十六），余和左欣茂、肖平、毕振宽在京西聚会。余与左君不相见已四十有六年矣，与毕君不相见则整整五十年矣。

④ 飞雪：在连续100余天无雨雪之后，2月17日、18日、19日，连降三场雨雪。18日夜为中雪。

⑤ 漫，读上平声。

观　荷

十里荷塘收眼底，
红花绿叶总相宜。
风吹岸柳传新语，
莲藕冰清勿笑泥。

诗解：

2009年7月19日下午，雨中；7月23日晨，多云；7月24日上午，晴。余三次于颐和园昆明湖西堤观赏荷花，有感而作。

抗日名将张灵甫

读钟子麟著《张灵甫传》，沉思良久，感慨系之，遂赋小诗一首，并以此纪念中国人民抗日战争胜利六十四周年。

三秦大地有神灵，
泾渭滔滔咏将星。
屏气临池惊国老，
挥师御寇慰元戎。
青松血染鄱阳雨，
斑竹心驰岳麓风。
捷报引来文学士，
军歌一曲震东瀛。

2009 年 8 月

小女观父

一日，小女无意中谈及对余之印象，遂代拟小诗一首以记之。

口角微翘天客笑，
眉头似蹙杞人忧。
临窗危坐书为伴，
绕膝猫咪去百愁。

2009 年 11 月 13 日

游西山大觉寺

庚寅年三月十三日，游西山大觉寺。时令已过谷雨，仍春寒料峭，冷气袭人。余故地重游，触景生情，赋小诗一首以记之。

疾风骤起扫山门，
冷雨敲窗酒未温。
天外飞云遮沃野，
院中香雾锁浮尘。
娑罗欲奏西方曲，
银杏难歌后土魂。
满目苍松思逝水，
玉兰如雪伴黄昏。

2010 年 4 月 26 日

七绝　游京东黄松峪

辛卯年七月廿一日，游京东黄松峪，甚欢。赋小诗一首以记之。

叠翠层峦四面屏，
一湖如镜隐潜龙。
青山有意应招我，
闲坐溪边细品茗。

2011 年 8 月 20 日

七绝　游日月潭

2011 年 11 月 12 日游日月潭，赋小诗一首以记之。

自在潭边坐，
静听拍岸声。
蓦然风雨至，
四顾隐青龙。

咏荆轲

燕赵多奇士，
悲歌易水寒。
暴秦云散去，
一掷警千年。

2013 年 5 月 12 日

敬贺耿寒莉先生九十华诞

鹫峰耸入云，
泉水沁人心。
环谷生桃李，
恭迎九十春。

2013 年 7 月 16 日

诗解：

2013 年春节，大年初一，接到耿老师电话，告之，今年是她九十寿辰。余作小诗，并请同窗刘向明君书条幅，以为届时敬贺之礼。

耿老师乃余初中一年级时的班主任。五十余年之后，在电话中称余为：“那个坐在第一排的‘小乖孩儿’”。

呈陈仲强先生

五十余年一瞬间，
春风化雨到心田。
今朝回首难忘事，
历历天职在眼前。

2013年7月16日

诗解：

1959年夏，余初中毕业时，并未申请保送本校高中，是班主任陈仲强先生决定此事。当他约我到他的办公室谈话时，一本名为《天职》的书正摆放在他的办公桌上。天职，是对教师这一职业的称谓。

普洱陈茶

2013 年 11 月 29 日，收到季端兄惠寄的普洱陈茶 10 盒，《陈年普洱典藏集锦：古茶圣药》一册，《寒江雪馆藏书画录》上下册。赋小诗一首以回赠。

普陀明月照，
洱海上清时。
寄语清源子，
情醇我自知。

赠刘向明君

2013 年 12 月 23 日夜，忆及中学时代同窗刘向明君的一些往事。作小诗一首以记之。

排场施粉墨，
洗手驾渔舟。
开箧愚何见，
青峰一石头。

诗解：

向明爱好京剧，曾登台演出《打渔杀家》，饰肖恩。毕业返乡时，整理行装，余亲见其箱内赫然摆放着一部旧版精装《石头记》。

赠严大成兄

2013 年 12 月 24 日凌晨，作小诗一首，拟赠严大成兄。

泰岳曾留影，
齐心海上游。
寒门轻启日，
把酒话红楼。

七绝 赠吴世良君

昔日倾谈心腹语，
风烟四纪久弥新。
今朝奋力登山顶，
又见当年少壮魂。

2014 年 5 月 7 日

诗解：

余与吴世良君同于 1962 年考入北师大中文系。六载同窗，时有促膝长谈，倾诉志向。2014 年 4 月，4622 部分同学于渝州小聚，见到世良，抚今追昔，感慨万千。17 日游缙云山，世良虽拄杖而行，但精神振奋，余仿佛又见昔日之风华少年。返京后作此小诗，权作纪念。

七绝　赠玉明

朔方沃野育英才，
六载同窗屡述怀。
兴会渝州评过客，
缙云山顶望瑶台。

2014 年 5 月 7 日

诗解：

王君玉明乃余大学时代的同窗好友。余尝谓：其人，思路开阔且处事稳健，如时运皆至，堪当重任。2014 年 4 月，我班部分同学于渝州小聚。余与玉明谈古论今，书生意气，不减当年。17 日游缙云山，玉明行走如风，余欣羡何如？

颐和园春雪

甲午年冬无雪。乙未年正月夜始下春雪。翌日上午，余踏雪游园，并赋小诗一首以记之。

青山隐隐雪纷纷，
雾霭沉沉醉煞人。
湖岸镶银添一景，
盈盈绿水道新春。

乙未年正月初十
2015 年 2 月 28 日

女排夺冠

2016 年，里约热内卢奥运会上，中国女排夺冠。热心资助女排的邱季端先生，事后邀请女排到厦门做客。余赋小诗一首。

天外佳音赞女排，
千家万户尽开怀。
邱公吉日迎星宿，
笑语欢声动地来。

自　况

少无五柳之韵，
窃慕先生之风。
天性嗜书如玉，
自然乐在其中。
乐观山川田野，
喜看猛虎腾空。
唯愿今生后世，
远离蹀躞纷争。

丁亥年清明节前一日
（时已过耳顺之年）
2007 年 4 月 4 日

散文随笔

过　河

眼前是一条河，一条并不大的河，但在你的眼里，却是一条很大的河。那一年，在你的初级小学毕业证书上，老师用毛笔工工整整写下的楷书是：现年九岁。

你是1950年初春走进本村的初级小学校的。学校坐落在村东，原来是一所大庙。政府号召适龄的孩子，不论大小，都要上学，于是就把这所大庙改建成了学校。每天早晨，当你看到邻居的孩子有的拿着书包，有的拿一块布包裹着书本高高兴兴地上学时，你也跟母亲闹着要上学。母亲说，上学要到七周岁，你还差两年不到年龄，你感到沮丧，整天闷闷不乐。第二天早晨，你仍然缠着母亲要上学，不成，气鼓鼓地吃不下饭。母亲怕你生出病来，和大姑妈商量，大姑妈说，学校的田先生和咱们家是世交，请他破个例，或许能成。于是，母亲带着你前往学校，一路上，母亲嘱咐你，见了老师，要先鞠个躬，也不能再像平时那样管田先生叫“姑父”，要叫“老师”。老师问什么，要好好回答，不许瞎说乱道。你一一记住。

到了学校，见了田先生。田先生高身材，大眼睛，乌黑浓密的头发，梳成大分头。这是乡下受人尊敬的先生才留的发式。母亲说明了来意。田先生说，孩子太小，只可上幼稚班。可学校现在没有设幼稚班。我们可以考虑先让孩子来，专门给他订一套幼稚班的课本，学学看。田先生又问母亲，孩子识不识数，母亲说，还可以。母亲还对老师说，这个孩子三四岁时就常常戳空划字，吃饭时就拿筷子在空中比画。于是，田先生先后伸出一个手指、几个手指，最后把两手一伸，让你逐一作答，你全都答对，算是面试合格。老师说：“就让他明天来吧。”母亲请老师给你起个学名。老师翻开桌上的一本绿色硬封皮的大厚书，上下扫视了一遍，说："就叫永兴吧。"

第二天，你欢天喜地来到学校。拿到课本，迫不及待地翻开第一页，上面画着一个小人，旁边有一个字。你问大同学，大同学说："这个字念'人'"。你又依次往后翻，无非是"人、手、天、刀、牛、羊、狗、猫"。忽然间，你发现教室里所有的人都在看着你笑，你莫名其妙。一个大同学轻轻地揪了揪你脑后的小辫儿，你方才醒悟，举目四望，全体同学都没有小辫儿。放学后，一进家门，你就找到叔爸，让他把你脑后的小辫儿，连同天灵盖上的头盖儿，一起剃掉，成了个"葫芦瓢儿"。第二天早晨洗脸时，你一摸后脑，找不着小辫儿了，你顿时失声痛哭，想到马上要去上学，方才止住。

每一页上都配有彩色插图的课本很快看完，上面的字也都会念会写了，老师决定让你上一年级做个插班生。那些大同学，原来你以为他们一定比你高许多级，这时你才发现，有些人包括那位比你大十岁的东海叔叔，也和你一样，读的是一年级。这以后的课文越来越长了，其中有一篇课文，老师说作者是老舍，是个大作家。课文中有一句话："我那时还梳着小辫儿。"这让你想起了自己的小辫儿，心底里飘过一丝惆怅。老师让背这篇课文，你很快背过，没事可干，你开始东张西望。这时，正在给另一班讲课的老师就会把眼角的余光扫过来，你马上低下头，假装看书。隔着窗户，隐约听到小麻雀叽叽喳喳的叫声，你转过头去，是两只小麻雀正在柳枝上跳来跳去。你想到前两天，一位大同学曾对你说，他抓了两只家雀（qiǎo）儿，拔了毛，烧着吃。欢蹦乱跳的小麻雀会被烧成什么样子，你不敢想下去。猛然听到老师叫你的名字，你条件反射一样霍地起立，老师说："背书！"你像百米运动员听到枪声就冲出起跑线一样张口背书，从头到尾，一字不差，老师惊异。第二天，老师又在讲完课后就叫你"背背看"，你又是从头到尾，一字不差。大约是老师对他的同事郭先生谈起了这种情况，这一天放学时，郭先生把你叫到了办公室，你不知道自己做错了什么事儿，有些忐忑不安。不过，看郭先生的脸色，并没有责备的意思，你又放下心来。郭先生也是高身材，大眼睛，乌黑浓密的头发梳成大分头，只是脸色较红，而田先生的脸色较黄。郭先生翻开一本杂志，对你说："这里有一篇快板书，名叫《说'头'》。我念一句，你跟着念一句。"念完，郭先生问："能背下来吗？"因为这篇快板书很长，你有些犹豫，郭先生鼓励道："我可以给你提词儿。"你试着背起，大约有两三处，郭先生做了提示，第二次背时就一气呵成，畅通无阻。郭先生对田先生说："还真是过目成诵。"你那时还不懂"过目成诵"是什么意思，只是觉得第一遍没有像往常背课文那样一念到底，但老师脸上也没有失望的表情。于是，你给两位老师鞠躬，坦然回家。

从那以后，每逢背书时，老师总是先让你当场背诵，然后说："出去玩儿去吧，不要跑远了。"你像得了大将军的将令一样走出教室，踅出校门。东面是一片原野，冬日的薄雾下，远处的村庄隐隐约约，像是一幅淡淡的水墨画。你想起"不要跑远"的嘱咐，折返往西，路过的院墙上书写着比你还高的四个大字：紫气东来。走到大庙坡边，你停住了脚步，下面是一条南北方向的官道，你想起了前年冬天，大表姐领着你在这里看过队伍的情景。那些大兵们都穿着土黄色的棉军装，背着背包，肩上挎着大枪，有的还在头上戴着用柳条编的圆圈儿，四个人一排，一声不响地朝前走着，有的飞快地朝大表姐看上一眼，又赶紧转过头去，继续走路。那队伍很长很长，前不见头，后不见尾。长长的一队过后，就有两个骑着高头大马的军人并排经过，紧接着又是一列长长的队伍，又是两个骑马的并排经过。接连不断。整个队伍就像川流不息的黄色大河从眼前流过，没有人说话，连一声轻微的咳嗽声都听不到。听大人说，这是林彪的队伍。你问大表姐，队伍里哪个人是林彪，大表姐说，队伍里没有林彪，骑马的也不是。那林彪是什么样的人呢？他一定长得非常高大，像戏台上的关公，大红脸，手里拿把大刀。这次过队伍，从日出到日落，整整走了一天，还没有过完。上学以后，老师的办公室里挂着两个人的头像，一个头戴八角帽，老师说那是毛泽东；另一个头戴军帽，老师说那是朱德。你还想，怎么没有林彪呢？他是像毛泽东那样戴八角帽，还是像朱德那样戴顶军帽？在课堂上，老师还讲过，世界上的四大伟人，像毛泽东那样的人是马克思、恩格斯、列宁和毛泽东。为什么没有斯大林呢？那时候唱的歌里，总是把斯大林和毛泽东连在一起的，老师说，因为毛泽东是开创者，斯大林是列宁事业的继承者。所以，毛泽东是世界四大伟人之一。中国的四大伟人，老师说是孙中山、毛泽东、周恩来、鲁迅。知道了这么多大人物的名字，林彪的名字开始在你的脑海里淡出，这个名字再一次如雷贯耳，且声势大得不可比拟，要到十几年以后，那时，你已经即将读大学五年级了。

思绪又飞到了看过队伍的路旁。忽然有人大叫了一声："飞机来了。"吓得路旁的看客即刻四散，大表姐紧紧地拉着你的手往家跑，跑得你上气不接下气，两条腿都迈不开步了。大表姐仍然不停地催你"快跑"，你好不容易到了家，才发现一只鞋跑丢了。大表姐又返回路上去找那只鞋。大人们都说，大表姐不仅人长得俊，而且心灵手巧，你的衣服都是大表姐做的。别人的上衣纽扣都像小蒜头，你的上衣纽扣像小琵琶。特别是大表姐给你做的那件紫色的上衣，你特别爱穿，以至几十年以后，你的女儿要给你买一件抓绒上衣，带你到商场去挑选，在琳琅满目、五颜六色的衣架上，你选中的那件，依然是紫色。去年冬天，大表姐出嫁了，看着隔壁韩家的大妈给大表姐绞脸、上头（旧时女子出嫁，请人用棉线蘸着水，绞去脸上的汗毛，是为"绞脸"；把长辫解开，在脑后盘成髻，是为"上头"）想到再也没有人像大表姐那样，每天早上梳妆时，把你叫到跟前，在你的前额点上红点，再也没有人像大表姐那样，给你做可身的衣裳，你偷偷地跑到院子里，伤心地哭了。

和语文课相比，算术课有点枯燥。老师也从没有在上课中间就让你到外面去玩儿。听大同学说，以后的四则题，还有什么鸡兔同笼题，可难啦。你很难想象，兔子会和鸡关在同一个笼子里，它们不会打架吗？真到了上这些课的时候，你总是似听非听，似懂非懂，不过，说来也怪，每到考试的时候，总能在六十分以上。有时还能得个七十多、八十，分数高一些，你也不喜，低一些你也不恼，反正不留级、不补考，及格就好。如果有人问考了多少分，你总是只回答两个字："升级。"只有爷爷问起时，你才会把各科的考试分数一五一十地告诉他老人家。每逢这时候，爷爷那平日总是很严肃的脸上就会绽出慈祥的笑容。然后用手轻轻地拍拍你的头，称赞道："好小子，又升一级。"至于母亲和大姑妈，她们从来不问你的考试成绩，她们不问，你也不说。只是有一次，大姑妈把你叫到她的屋里，你对大姑妈有几分畏惧，她的两只眼睛又黑又大，目光有点怕人。大姑妈问你："听说每逢下课的时候，不等老师走出教室，你就先跑了出去，有这回事吗？"你一时没反应过来，因为你从来没把这当回事儿。不过，想一想，似乎有过这种情况，于是你点点头，大姑妈说："以后下课的时候，要等老师走出教室再走，记住了吗?"你答："记住了。"第二天下课时，你紧跟在老师背后往外走，老师刚刚迈出门槛，你就猛地从斜刺里冲出。

1952年的夏季，全国的中小学要统一秋季开学了。你的同一年级的同学，有一部分要跳半级，直升四年级。老师在班上宣读跳级同学的名单后，你发现没有自己的名字，猛然站起，把小拳头一伸，喊道："老师，我也要跳!"老师用中指关节轻轻地叩了一下你的额头，说道："跳什么你跳!"你不情愿地坐下，回头一看，那些被老师点到名的同学，大多比自己大四五岁，你的心态才平和下来。回到家和母亲说起此事，母亲说，学校事先征求过家长的意见，母亲怕你累着，非但不让你跳级，还想让你留级一年。老师说，学过的课程再重复学习，孩子就没有兴趣了。最终决定不跳也不降。从1958年起，在高招录取的工作中，有一条内部严格掌握的政策："不宜录取"。这一政策一直持续到"文化大革命"结束，其间，只有1962年略有松动。正是由于这一不跳也不降的决定，使你高中毕业时恰好是1962年。多少年以后，历尽沧桑的你回首儿时的这一往事，不禁慨叹：人生的链条由若干环节组成，每一环都不是孤立的。环环相扣，才刻下了生命的轨迹。这是人事还是天意?你的答案是：天意要通过人事体现出来，每一项人事中都包含着天意。

懵懵懂懂、混沌一片而又无忧无虑的四年半的初小生涯像流水一样地过去了。通过了升学考试，你被苏镇高级小学录取了。苏镇是一个大村庄，位于本村的西边，距离有六华里，中间隔着这条河。

1954年的雨水真大呀!有时大雨滂沱，有时阴雨绵绵，有时白天下雨夜间停，有时夜间下雨白天停，天阴得像个其大无比的水盆，人们几十天见不到阳光，家里的许多食物都发了霉。大人们天天祈望着老天放晴，但无济于事。雨水还是无情地浇灌下来。河里的水涨出了河沟，淹没了河边的林梢，涌向了官道，漫过了良田，村里已是一片汪洋。眼看着洪水节节上涨，吞噬了玉米的棒子，又吞噬了玉米穗。田地的女主人一屁股坐在满是泥水的地上号啕大哭起来，但哭声止不住洪水。洪水依然蜂拥而上，冲过小庙的高台，灌进了东西走向的当沟。当沟是隔开南北两条街的一条排水沟，有三四丈宽，一人多深，平日里人走车行，如同大道。当沟的水眼看要和街道一样平时，极大的恐慌笼罩了全村。老人说，京门脸子是福地，很少有大灾大难。今年的大水比“民国”二十八年（1939 年）的那场都厉害，莫非这是老天示警吗？

幸亏老天开恩，长达几十天的连阴雨终于渐渐地停了下来，洪水也开始缓慢地回落。田野里的玉米、河边的柳树，露出了它们沾满泥浆的身躯。太阳钻出了云层，炽热的阳光把湿漉漉的大地照耀得水汽腾腾，给道路上的泥汤罩上了一层薄膜。

已是初秋的季节，河水还没有完全归漕。村西倒流河上的小桥还深深地淹没在水里，学生上学要绕道往南直走，到西马坊村的村西再往西，经过马坊桥过河。

开学的第一天，你跟在一大群大同学的后面来到马坊桥。桥的两端仍然有一大片水，由大块的阶条石搭成的桥上也有河水急流。大同学们一个个挽起裤腿，脱掉鞋子，蹚水过桥，你却望河生畏。特别是桥上的流水，是那样的急，你很怕桥上的激流把你冲下石桥，你知道桥两边的水很深很深，前些天这里还淹死了一个大人。

大同学们都已经到了西岸，只有你一个人孤零零地呆立在东岸。这时，人群里一个至少要比你大四五岁、紫脸膛、身材很壮实的大男孩高声喊道：“瞧啊，那个没有爸爸接送的孩子，连桥都不敢过啊！”

那像老鸹怪叫一样的声调，饱含着嘲讽、起哄和侮辱，如同在你的头顶上响了一声炸雷，一股深透骨髓的寒流迅速传遍了全身，体内的血液似乎在一瞬间停止了奔流，周围的空气仿佛都凝固了。你木在了那里，感到一阵难以忍受的窒息。

没有人响应他，人群中反而有一位大同学弯下腰，把已经放开的裤腿又挽了起来，脱掉鞋，蹚着水，一步步地朝你走来。

那是广贤叔叔，每逢全校一起上音乐课时，他总是微笑着让你坐在他的身旁，老师教唱的歌曲是《二月里来》，有轮唱，有合唱，现在，你已经清楚地看到了他那憨厚的脸上亲切的眼神，随着他的一步步临近，周围的空气好像又可以呼吸了，心底的寒气也渐渐散开。他来到你的面前，转过身，弯下腰，背起你，蹚水过河。

那个发出怪叫的同学的名字，没过几天你就知道了。从此，他所表演的这一幕，就像刀刻一样，深深地刻在你幼小的心上，每一划都带着血痕。但是，这三个字，你从未吐出。

六年以后，一个夏天的星期日下午，你返校途中，路过马坊桥，这时你已经15岁，是快读完高中一年级的学生。你的身材虽较单薄，但身高却像庄稼拔节一样地蹿起来了。从初小一年级到初中三年级，整整九年，你都坐在教室的第一排。现在已经坐到中间的位子上了。再过一年，你竟然坐到了倒数第二排。忽然，你看见，一辆马车从桥上朝你走来。车帮上坐着一个人，酱紫色的脸膛，光着的上身肌肉发达，正是六年前发出老鸹腔调的那位，他现在的体态和神情都分明显示：他已经是一朵不折不扣的“向阳花”（《社员都是向阳花》是当时流行的一首歌曲，“向阳花”即农村人民公社社员）。就在两个人的目光对视的一刹那，毫无疑问都认出了对方。不过，这时的你，无论在生理上，还是在心理上，都已经没有了六年前的胆怯，也无论发生什么情况，你都有足够的勇气面对，而绝不会后退半步。但对方只是飞快地看了你一眼之后，就转过头去。

廿五年以后，你打听广贤叔叔的下落，他的家人告诉你，广贤在张家口市工作，是一家工厂的党支部书记。你确信，心地善良的广贤叔叔，肯定是一位优秀的基层干部，你在心里默默地为他祝福。

第一天放学时，河水已经回落。桥的两边虽然还有一片水，但桥上除了中间有几个水坑，大部分已露出了桥面。回家后，你告诉母亲，是广贤叔叔背你过的河，母亲当即放下手中的活计，到人家家里表示谢意。至于那侮辱性的一幕，你对母亲没有吐露一个字。

第二天早晨，你原以为可以像昨天下午一样顺利过河。没想到，当你来到河边时，立时被眼前的景象惊呆了。原来，夜间上游又下了雨，河水又涨了起来，桥面上又是急流一片，桥两边的河水深不见底。你环顾四周，不见一个人影。顿时，你感到自己是那样弱小，那样的孤独无助。良久，方见一个光头、又高又瘦的男生从村里走了出来。你马上认出来，他是同年级三班的，昨天上课间操时还见过他。你很想叫住他，和他结个伴，但不知道他叫什么名字。你眼睁睁地看着他径直走到河边，三把两把就挽起裤腿，脱下鞋袜，然后，如履平地一样走到了对岸，周围的一切又归于宁静。无可奈何，你只好转身往回走。这时你才发现，路边的玉米叶子上挂着一颗颗珍珠般的水珠，它告诉你，昨天夜里下了雨。玉米地的深处传来了一阵阵蝈蝈的叫声，让你想起了上学前母亲每次带你到姥姥家时，姥姥总会叫三舅带上你到西北旺的肉杠（肉铺）去买肉，三舅那时候十五六岁光景。有一次是在晚上，夜幕笼罩了大地，三舅一边走，一边打着口哨，青纱帐里传来了蝈蝈的叫声。三舅对你说："我给你去捉蝈蝈。"他又特别嘱咐你："千万别动，说不定附近有狼。"然后就转身走进田里。功夫不大，他就拿着两个蝈蝈走了出来。第二天，老舅就会用玉米秸秆做成一个蝈蝈笼子，然后像变戏法似的举到你的面前。老舅那时还在上学，放学回家时见到母亲，离着老远就会叫一声："二姐"，并且恭恭敬敬地给母亲鞠躬。后来抗美援朝，十七岁的三舅参加了志愿军。听说，三舅在石门驻防，你见过三舅穿着军装的照片。母亲对姥姥说，见到三舅戴过的草帽、用过的背筐，都会想起三舅。说这话时，母亲的眼里总是含着热泪。想起三舅打的口哨，那是多么好听的音乐，现在耳边的蝈蝈声，叫得让人心烦。你失魂落魄地往家走，忽然迎面走来了南街张家的大叔，他叫着你的乳名，问你："怎么逃学啦？"你不吭声，只用眼睛斜了他一眼，依旧低头走路。

一进家门，母亲只望了你一眼，就放下手中的活计，拉起你的手，往外走。一路匆匆，来到河边，你学着母亲的样子，挽起裤腿，脱掉鞋，让母亲拉着你的手，一步步走上石桥，桥上的水开始变凉，到了桥的中央，你明显地感到水流冲撞着你的小腿，冰凉，脚底下的桥面很硬，还有点滑。母亲叮嘱你不要向两边看，要朝前看，往前走。你鼓起勇气，在母亲的鼓励下，成功过河。

这一次，肯定是迟到了。你怯生生地站在教室门口，连喊声"报告"的勇气都没有。教室里，班主任何老师正在讲课，何老师中等身材，清癯的脸上五官端正而又匀称，分头，一身蓝布的中山装整洁合体，显得格外干净、利索。他脸上的表情没有一丝责备你的意思，只是用眼神示意你进屋。

第三天早晨，当母亲准备送你上学时，你只对母亲说了一句话："妈，我自己能行！”就大步朝村外走去。

太阳从遥远的地平线上升起，火红的朝霞映照着东南方向的天空，夜里又下了雨，雨后的空气沁人心脾，青纱帐里隐隐传来庄稼拔节的声音，蝈蝈的叫声又响了起来，像是给路上的行人伴奏。当你走到马坊桥头时，只见一只燕子从东南方向疾驰过来，它掠过水面，三落，三起，一个漂亮的燕子三抄水，然后凌空而起，箭一般地朝西北方向飞去。

你目送走那只燕子，下意识地深吸了一口气，毫不犹豫地弯下腰，挽起裤腿，脱掉鞋袜，头也不回地向水中走去。走到桥中央，你再一次感到了水流的撞击，不由得倒吸了一口凉气。这时，耳边响起了母亲的声音：“朝前看，往前走。”一鼓作气，你走到了对岸。

当你转过身来，涮脚穿鞋时，蓦然发现，母亲正站在对岸的高坡上向你眺望。金色的阳光洒满了初秋的大地，照亮了母亲的身躯，那身躯宛如一尊天然的雕像，深深地镌刻在你记忆的屏幕上。你猛地站起身，转过脸，一把抹去夺眶而出的泪水，大步朝前走去。

2014 年 11 月 26 日—12 月 1 日

“鍚荼壼”和“锡茶壶”

听说，有的小学生写了错别字，老师就要求学生把这个字重复书写 50 遍，甚至 100 遍。这使我想起了童年时代的一件往事。

我读高小时的班主任老师是何长浚先生。他中等身材，清癯的面孔，端正、和谐的五官透露出一派正气，还有一丝威严。他经常穿一套蓝布中山装——这是 20 世纪 50 年代流行的服装，足上是青布鞋，冬季是黑皮鞋，朴素、整洁。现在回想起来，他那时也就是 20 多岁，但在我的心目中，却是一位庄重的师长。

识字教学是小学语文的重要内容，不过，何老师从未用多次重复书写的方式纠正错别字。一次上语文课，谈及错别字问题，他在黑板上书写了三个字：“鍚荼壼”——那时还没有推行简化字，然后问大家：“这三个字怎么读?”

细心一点的同学，特别是女同学，觉得这三个字有些面生，不敢贸然作答。一个性急的小男孩率尔抢答：“锡——茶——壶。”

何老师又在黑板上写了三个字：锡茶壶，再问：“这三个字怎么读?”

小男孩愣住了，怎么又来了一个“锡茶壶”呢?

何老师说：“后写的三个字念 xī chá hú，先写的三个字念 yáng tú kǔn。‘鍚’和‘锡’，‘荼’和‘茶’，‘壼’和‘壶’，虽然都只差一笔，却是不同的两个字。王奶奶不是玉奶奶——差一点也不行；鍚荼壼也不是锡茶壶——差一横也不行。”他还说：“‘鍚’的偏旁‘昜’和‘锡’的偏旁‘易’，是许多汉字的偏旁。比如‘太陽’的‘陽’和‘发揚’的‘揚’，‘警惕’的‘惕’和‘踢腿’的‘踢’等。它们的区别是：‘昜’字中间有一横，凡是以它作偏旁的字，读音用拼音来表示，最后一个字母不是‘i’；‘易’字中间没有一横，凡是以它作偏旁的字，读音用拼音来表示，最后一个字母是‘i’。简言之：有‘一’的没‘i’；没‘一’的有‘i’”。

教室里鸦雀无声。

前些年，教育界经常说及“启发式”这一话题。在反对“满堂灌”的舆论氛围中，不少老师把讲课变成了“满堂问”。这样的课，表面上很热闹，但一堂课应有的正常思路却被割裂得支离破碎。何老师的课，没有多余的提问。没有说一句批评学生的话，也没有说一句“你们应该如何如何”之类的训诫之词，但是，学生的思路随着他那循循善诱的讲解，自会对汉字的特点有所领悟：即使是只差一笔，也是音、义、形都不同的两个字。因此，学习汉字，粗心不得。汉字尽管复杂，也并非全无规律可循，因此，学习汉字，还要多动脑筋思考，力求举一反三。另，“鍚荼壼”三个字虽然较为生僻，但“锡茶壶”三个字是常用字，且形象、生动，两相对照，难认的字也就容易记了。我以为：这才是真正的启发式，而掌握这种讲课艺术的关键，在于老师的水平。

一个人在学生时代遇到几位好老师，是一种实实在在的幸福。我有幸遇到过许多好老师，其中，大学时代的老师，不乏驰名中外的学者，他们的耳提面命，使我终身受益。但是，不知为什么，每当“师恩难忘”的暖流从心底涌起的时候，眼前闪过的老师群像中，何老师那清癯的面容总是格外清晰；记忆的屏幕上推出的一系列镜头中，那“鍚荼壼”和“锡茶壶”的往事总是历久弥新。

1998 年 2 月 16 日

飘香犹记玉兰花

——广播室的如歌岁月

在北京市第47中学的诸多社团中，广播室具有特殊的地位。按照当时的主流观点，广播室是学校的要害部门。它的全体成员虽然都是学生，但有严密的组织：设有室长，下属编辑、机务、播音三个业务组；另按工作安排，设三个工作组，每组一周值班两天。课间操、午饭和晚饭为固定播音时间。开始曲为《紫竹调》，结束曲是《马兰花开》，后改《花好月圆》。播音为男女声合播。全天播音结束时，播报工作人员姓名。播音员都不约而同地把自己的名字放在最后。几十年后，在电视屏幕上，看到有些主持人在介绍自己以及合作伙伴时，赫然把自己的大名放在前面，我深感困惑。

广播室对组成人员有严格的要求：必须品学兼优，并具有某种特长，符合某一项业务的要求；要由班级团支部推荐，有关领导部门批准，播音员还要经过试音。新的工作人员一般在高中一年级的同学中选用，升入高三时正式离室。

我于1959年9月进入广播室作播音员。那时的室址设在北楼的二层。一走进这个房间，就切实感受到一种严肃、认真的工作氛围。全部工作都按照既定的程序有条不紊地进行。或许在挑选时有一条不成文的规定，这里的每个人都是五官端正，气质不俗。人与人之间的关系和谐友善。我刚开始播音时，语速偏快。赵长琦、邹佶、王晓春几位学兄，都耐心地予以提醒，并把自己的播音体会毫无保留地告诉我。“自己觉得慢得不能再慢了，别人听着正好。”长琦兄的这句经验之谈，至今言犹在耳。

1966年7月下旬的一个夜晚，我和长琦兄在北师大东操场邂逅。那时，我是即将读大五的在校生，他已大学毕业分配到第一机械工业部工作。老同学重逢，自有一席长谈。他向我谈起参加工作以后的体会，态度仍和学生时代一样诚挚、恳切。

广播室的工作是非常紧张的。每逢开播时间，值班人员几乎是跑步到位。机务员忙着开机器，播放开始曲。编辑赶快修改各班通讯员送来的稿件。那时播放音乐都是放唱片，一张唱片的播放时间，大多是 3 分 21 秒，即使是大唱片，也只有 4 分 43 秒。这样短的时间，根本不可能把稿件仔细地看遍。在这种情况下，要把稿件准确地播送出去，对播音员的综合素质以及应变能力，无疑是非常现实的考验。那时没有录音设施，所有的播音都是直播。面对包着红绸子的话筒，一种高度的责任感油然而生，仿佛自己和并肩站立的搭档不是青春期的少年，而是正规的公职人员。

在广播室的业务中，文艺节目占有相当的比重。《黄河大合唱》《二月里来》《花儿与少年》《小河淌水》《远方的客人请你留下来》《深深的海洋》《小路》《山楂树》等中外歌曲，《春江花月夜》《彩云追月》《二泉映月》《渔舟唱晚》《瑶族舞曲》《采茶舞曲》《马刀舞曲》《红河情歌》《良宵》《光明行》《喜相逢》《步步高》《江南好》《茉莉花》《纺棉花》《小桃红》《旱天雷》《喜洋洋》《云雀》《天鹅湖》《蓝色的多瑙河》等中外乐曲以及石人望的口琴独奏曲《青春的光辉》等，优美的旋律经常响起在环谷园的上空。运动会上则播放《分列式进行曲》《骑兵进行曲》《炮兵进行曲》等奔放激越的乐曲。有时还播放听众点播的节目。我上一届的一位同学，特别喜欢《森吉德玛》，每逢播放这首乐曲，他都在扬声器下凝神谛听，久久不忍离去。

众所周知，1957 年以后，文艺园地里百花凋零，萧索荒芜。1960 年开始的三年困难时期的阴影又笼罩了神州大地。在这样的历史背景下，广播室的一群中学生，把上述艺术精品传播给全校同学，陶冶了他们的情操，提高了他们的审美能力。如今，身患“美盲”的人随处可见，两厢比较，我辈幸何如之？

广播剧是那时为广大听众喜闻乐见的一种艺术形式。根据萧平的小说《三月雪》改编的广播剧，经广播室演播，受到全校同学的好评。剧中主要人物周浩由赵长琦演播，刘云由邹佶演播，小娟由陈建华演播；解说：刘永平；音响效果：刘志宏。陈建华是广播室唯一的初中生，她的演播极为出色。上大学以后，从系里老师们那里得知，小说作者萧平姓宋，1956 年他发表这篇小说时，正在我系攻读文艺理论，师从黄药眠先生。1997 年 8 月，当我乘车行驶在胶东大地时，窗外连绵起伏的昆嵛山映入眼帘，我想到：这里就是《三月雪》里人物的家乡故土。2007 年 7 月，在鲁东大学，我和大学时代的一位同学以校友的名义拜访了《三月雪》的作者。在寓所的客厅里，宋先生接见了我们。虽年逾八旬，但先生身体健朗，精神矍铄。他向我们介绍了小说的创作过程和发表以后的遭遇，并告诉我们，小说中的主要人物都有生活原型。我对先生说，整整 48 年前，在北京西郊风景如画的环谷园，曾经演播过根据您的原著改编的广播剧《三月雪》，并且达到了相当的艺术水准。

为了提高业务素养，广播室各组定期举行业务学习。我的播音搭档邹佶，是我们的组长，经常收到中央人民广播电台寄来的有关资料。齐越、林田谈播音工作的文章，徐力执笔的综合报道，成了播音组学习的重要内容。齐越对播音工作的体会：“这个工作看起来简单，做起来不容易，做好了就更难”，被我们视为经典概括。

1960 年深秋的一天，根据室长刘紫兰的提议，全室的业务学习由王黎明主持了一次唱片欣赏：世界青年联欢节一等奖获得者苏联歌手演唱的《莫斯科郊外的晚上》。当天籁一般的歌声响起，室内的空气骤然下沉，每个人都屏住了呼吸，仿佛置身于神圣的艺术殿堂。那优美动听的旋律、质朴无华的歌词，融入了歌手醇厚优雅、极富磁性的音色，通过高低自如、张弛有度、深情内敛而又恰到好处的演唱，如波起浪伏，如云卷云舒，把一个古老的爱情主题，表达得如此真挚而又深沉。歌曲尾声的女声伴唱，犹如从遥远的地平线上缓缓升起，像轻纱薄雾一样在微微泛波浪的小河、沙沙响的树叶间弥漫开来，把主唱似梦非梦、似幻非幻的艺术氛围烘托得格外深远。歌声止处，全室寂然，无声良久。“曾经沧海难为水”，多少年过去了，我再也没有听到过那样让人心灵净化、精神升华的美妙歌声，再也没有沉浸在那样如诗如画的圣洁意境。

2010 年初秋，石文厚先生暨夫人丁世芹先生，召集刘希珍、甄岳伟、肖平、王黎明伉俪和我在京畿小聚。席间，希珍兄告诉我，当初是他推荐我进的广播室。我和王黎明也回忆起她所主持的那次唱片欣赏。整整半个世纪过去了，我们都历尽沧桑，两鬓染霜，但深埋着我们青春年华的广播室的如歌岁月，仍像电影的特写镜头一样，一幕幕地闪现在眼前：每当播音结束，步出北楼，拾级而上，走出鹿苑，西山全景扑面而来。二月，路边的迎春花绽放出鹅黄色的小花，最早散发着初春的气息。四月，桃杏花开，漫山遍野，如云蒸霞蔚，人称“一色杏花红十里”。盛夏，绿树成荫，满目苍翠。金秋，柿子树上金红色的果实压弯了枝头。隆冬，漫天大雪把校园装扮成了银色世界，洁白的雪地上留下了我们一串串的足迹。这时，我们会情不自禁地吟诵起雪莱的诗句：“冬天到了，春天还会远吗？”是的，待到来年清明，大觉寺里的百年玉兰，定然是满园飘香。

2012 年 5 月 31 日

如坐春风　如饮醇醪

——亲聆老校长的三次教诲

老校长李开泰先生是母校[①]的一面旗帜。

1956 年初秋，入学伊始，班主任老师耿寒莉先生就以十分敬佩的心情向我们介绍：老校长是学校的创始人之一。我们的校址原名“皇姑园”，是老校长把它改名为“环谷园”。她还说，按照规定，老校长配有专车，但老校长主动放弃了这一待遇。因公外出，路远时乘公共汽车，路近时即步行。那时，我们班的集体宿舍位于足球场的西侧，家属区位于北侧。每逢星期天，我们常常看到老校长手提菜篮，步行到北安河去买菜。

1957 年冬，老校长因年事已高正式离休。继任者是李书龄先生。1961 年秋，高中三年级的同学开始分班，那时的高考分文史、理工、医农三类。老校长又走进了讲堂，给文科班的同学讲授语文课。

年轻人思潮起伏，在刚听到分班的消息时，我曾经想学医，毕业后做个医师，救死扶伤。因上高中以来，逻辑思维能力开始发展，对数学、物理等课程产生了浓厚的兴趣，正式分班时，选择了理工班，即仍在高三（1）班原班不动。5 月下旬，毕业考试之后，几位同窗好友认为我自幼喜欢文史，宜报文科，将来以此为专业。我接受了他们的建议。那时，高三毕业班已进入个人复习阶段。我把近期所写的三篇作文交给了文科班的课代表，请他转交给老校长批阅。

第二天上午，老校长约我面谈。在文科班教室附近的一棵大树底下，老

① 本人中学母校是北京市第 47 中学，1962 年高中毕业。

校长的面前摆放着一张学生用的课桌，上面放着我的作文。这是我入学六年来，第一次近距离地观察老校长，先生已经年近古稀，花白的寸头，鼻梁上架着一副金丝眼镜，已经发福的身体只着一件短袖的圆领衫，下身是灰色的西式长裤，脚上是圆口的青布鞋。见我走到面前，他摘下了眼镜，上下打量着我，足有几秒钟，然后戴上眼镜，问道："你今年多大了？"声音浑厚，语调抑扬顿挫，普通话里带有浓重的河北乡音。

"十七岁。"

"唔，不像。"老校长又摘下了眼镜，从上到下地打量着我："读你的文章，以为你的年龄要大一些。"稍事停顿，他又用手轻轻地敲了敲课桌上的作文，老校长加重了语气："你的文章很沉着。"

老校长国学功底深厚，喜欢用古代学者的专门用语。"很沉着"，这是我第一次听到别人用这样的术语评价我的作文。不难看出，老校长在批阅作文时，不仅在观其文，而且在想象其人。

"我们的有些同学，总想着一鸣惊人。作文时就在语言上刻意雕琢，喜欢堆砌一些华丽的辞藻，"老校长继续说他的看法，"你的文章不是这样，只是老老实实地讲道理。语言又是那样的清新流畅。这种文风、学风，应该保持下去。"

以前，老校长在我的心目中，是位可敬的师长，但又有几分威严。这第一次谈话拉近了师生之间的距离。他的意见，没有任何的虚夸和矫饰，更没有现在学校教育中流行的那种"你真棒""你是最好的"一类廉价的赞语，而是发自内心的真情流露，坦诚、中肯，而又让人印象深刻，终生不忘。当我拟定这篇回忆文字的时候，当年的那场谈话已经过去了整整五十年。但老校长的音容笑貌，历历在目，仿佛如昨。我好像又置身于半个世纪以前的情境之中，那种感觉，正如古人所说：如坐春风，如饮醇醪。

1962 年，国民经济贯彻"调整、巩固、充实、提高"的八字方针。与此相应，全国高考招生的人数只有 10.68 万人，录取率为 27.43%。报刊上公开提出的招生原则是"宁缺勿滥"。那一年，高考志愿表有两份，第一份填报重点院校，第二份填报一般院校。那时，设有文科的重点院校，北京地区仅有北大、北师大、人大和北外。我的第一志愿是北师大中文系，原因之一，即出于对老校长为代表的师长们的敬意。

接到录取通知书后，我回母校办理有关手续，并向老师们辞行。在初中部钟楼旁边老校长的办公室里，老校长拿出一册事先准备好的绿色硬皮的日记本，打开来，在第一页上，用毛笔写满了整整一页的临别赠言，字迹是工工整整的蝇头小楷。书写完毕，他又把这篇赠言用他那特有的铿锵语调诵读了一遍，其中，“博闻强（读 qiāng）记，如数家珍”，成了我后来治学的座右铭。

上大学不久，听高年级同学介绍学习经验，几乎都谈到了做读书卡片的重要性。但我认为，这种学习方法不适于自己，我仍然恪守并笃行老校长对我的教诲。无论是经典著作，还是文学名著，其精彩的章节、段落，我都结合认真的思考和理解，熟读、背诵下来，把它镌刻在记忆的屏幕上，而不是写在纸质的卡片上。此后几十年，无论是写文章，也无论是参加多高层次的考试，凡需引文，都可信笔直书，无须查找；讲课时，则是当堂背诵。

1963 年暑期，高考语文阅卷点设在北师大。杨占升先生得知同组的王兴志先生、王铁铮先生来自我的中学母校，即和两位老师谈起了我在大学里的学习情况。事后，两位老师向校领导做了汇报。8 月下旬，我收到了高二、高三时的班主任老师石文厚先生的手书，遵嘱返回母校。在校长办公室，许启昆校长和我做了近两个小时的长谈。共进午餐后，许校长对我说：“听说你要来，老校长在他的办公室等你。快去看看吧。”

一股暖流陡然从心底升起。母校，只有母校的师长才能对一个已经走出校门的学生依然如此关切。顿时，我觉得脚下的大地是那样的坚实、厚重，头顶的蓝天是那样的深邃、辽阔，周围的一切：鹫峰、金山、钟楼、大桥、松树院、丁香院、图书馆，还有那“正己正人”的明镜，都是那样的熟悉而又亲切。眼前的古松，傲然挺立，虽历经百年风雨，依然生机盎然，枝繁叶茂。

在这次谈话中，老校长顺便和我谈及长篇小说《青春之歌》的作者杨沫：“她是我们的校友，原名杨成业，后来，嫁给了你们现在的副校长马建民。”

世间万事万物都有其内在的机缘，一些看似偶然的事情，都有其必然的前因后果。正是老校长的这几句话，预示了一年之后我和这位著名校友的一面之缘。

1964 年暑期，中日青年联欢节在北京劳动人民文化宫举行，这是 1949 年之后、1972 年中日邦交正常化之前，举办的首届活动，也是仅有的一届。那时，参加外事活动有严格的纪律：不许擅自出列、不许主动和领导人握手、谈话、合影，更不许携带摄影、摄像等器材，对着装也有一定的要求。入夜，灯火辉煌，领导人步入会场，为首的是廖承志同志，其后是刘宁一同志，再其后，马建民校长迈着稳健的步伐走了过来。当他走到我校的队列时，停住了脚步，向我伸出了他那厚实的大手。这时，我看到：在他身后四五步处，一位衣着考究、气质不凡的中年女士，正在和一位戴眼镜的日本客人边走边谈，并不时打着手势。不问可知，这就是杨沫先生。

一个人在中学时代遇到一位好老师是一种幸福，这种幸福将伴随他的一生。回首往事，我在中学时代遇到的是以老校长为代表的优秀教师群体，它像一个熠熠生辉的星团，照耀着我的人生道路。

2012 年 5 月 29 日

怀念俞敏先生

俞敏先生是我国当代著名语言学家，是笔者“传道、授业、解惑”的恩师，他那渊博的知识、诸多的创见，以及循循善诱、诲人不倦的教育家风范，给我留下了极其深刻的印象。

我第一次见到俞先生是在 1963 年 3 月，时逢植树季节，我们班正在校园内的公路两旁栽种白杨。这时，一位身材魁梧的中年男子从公路上走过，他留着寸头，矿工似的脸上一双大眼睛炯炯有神，身上是肥大的灰色棉衣棉裤，肩上挎一个大布兜子，同组的忠田兄告诉我：“这就是俞敏先生。”我当时想：“如果走在大街上，谁能想到他是驰名中外的大语言学家呢?”

这一年的 9 月，俞先生开始教我们《古代汉语》。第一学期，先生几乎把教材抛到了一边，他总是带我们到系资料室，指导我们查阅各类工具书。从东汉许慎的《说文解字》，到清代张玉书等的《康熙字典》，直到近代的《辞海》，先生都一一做了介绍；从查找部首到注音反切，都做了耐心的讲解；每部工具书的主要特色，都有简要的说明。

每介绍完一种工具书，先生就开始做片子。所谓“片子”，就是先生亲自挑选，又以亲手刻蜡板油印出来的古文，片子上的字迹极其工整，是标准的楷书。这些古文大都是先秦诸子的名篇，要在两课时内凭借工具书独立翻译成现代汉语，并把加了着重号的词语确切地解释出来，是相当紧张的，即使在隆冬季节，下课时衬衣的后背也常被汗水湿透。这样的经历启示我：学习是一项艰苦的劳动，不要说在某一学科有所建树，即使是踏进这一学科的大门，都要付出很大的代价，凡属真才实学，都不可能轻易获得。有鉴于此，我对近几年一些人所鼓吹的“娱乐教育”持怀疑态度。当然，劳动后的收获给人带来的愉悦是局外人难以想象的，但那和所谓“娱乐”风马牛不相及。

如果说，在资料室做片子是艰苦的，那么，在教室里听先生讲课则是一种艺术上的享受。第二学期开始，先生似乎想起了新近出版的《古代汉语》的教材。由于有上个学期的严格训练，这时再看教材真有顺水行舟之感。通常学古文常用的串讲方式，在先生的课堂上是见不到的，先生只是答疑解惑，其见解之独到，表述之准确，语言之简洁、生动，罕有其匹，以至于时隔30余年，我仍可一字不易地复述先生讲课时的许多原话，诸如：“关于名词作状语，你们读过《水浒》吧，山大王抢了刘高的妻子，宋江说情，放了行，小说这样写那些抬轿子的轿夫：平时里‘只是鹅行鸭步’，今日里‘只恨爹娘少生了两只脚’。这‘鹅行鸭步’里的‘鹅’和‘鸭’，就是名词做状语。”“‘粱’，一般的工具书上都解释成‘精米’，不确切，确切的解释应该是好小米，因为古人以小米为贵。”“‘以’，一般认为是介词，其实，‘以’是十足的动词，它的本来意义，相当于现代汉语的‘陪同’。”类似这样的例子，在先生的课中可说俯拾皆是。任何疑难问题，到先生那里都可迎刃而解，这种举重若轻的气度，不仅让人受益，而且令人神往。先生讲课时那种雄视千古、高屋建瓴的气概，容易被人误解为“自负”甚至“高傲”，其实，这里反映的是一种学术民主的作风。在学术领域里，不存在什么“权威”和“偶像”，任何问题都是可以讨论的，只要持之有故，言之成理，都可备一说。实际上，先生是非常虚心的，但这和人们常见的那种庸俗的“谦虚”毫无共同之处，而是表现在不放过任何机会学习新知识方面。这里仅举一例：我们班有4名维吾尔族同学，先生在为他们补课的同时，向他们学习维吾尔语，不足两个月，即可用维吾尔语给他们讲课，让这几名同学赞叹不已。考虑到先生是通晓英、俄、德、日、梵文（古印度语）等多种语言，且对汉民族门类繁多的方言有着广泛而精当了解的大学问家，这种虚怀若谷、容纳百川的精神确实让人钦佩。尤为难能可贵的是，对于学生的一些极其微小的创见，先生总是予以鼓励。我在翻译古文时，为了使行文更加流畅，有时不拘泥于一些词语的本来意义，对此，先生从不指摘，还常常用红笔郑重地在旁边批道：“可以变通。”我至今仍保存着先生批阅过的几份作业，看到先生那一丝不苟的笔迹，我仿佛又回到了难忘的学生时代：俞先生就站在我的面前，用他那充满了智慧和希望的目光注视着我。

由于命运的安排，我没有走上专攻古代汉语的道路。但是，俞先生当年的耳提面命，帮我打下了古汉语的基础，更为重要的是，先生那“学而不厌”“诲人不倦”的精神和学术民主的风范，在我的心目中树立了一个真正学者的楷模，这笔宝贵的精神财富将伴随我的一生。

学为人师　行为世范

——记忆中的启功先生

在一位友人家里看到了启功先生的三帧条幅，由此引出了鉴定文物真伪的话题。我说："字迹、纸张、印章以至所署年代等，都可以造假，但有一样是不可能造假的，那就是作品的神韵。"友人问："启功先生的神韵是什么?"这把我的思绪带回了逝去已久的岁月。

我于1962年8月踏进北师大的大门。那时学校的师资队伍可谓群星灿烂。仅中文系就拥有黎锦熙、黄药眠、钟敬文、刘盼遂、陆宗达、穆木天、彭慧、李长之、肖璋、王汝弼、俞敏、叶苍岑、郭预衡等诸多一流学者，一些中青年教师也都是同一代人中的翘楚，堪称名师如林。启功先生就是这强大阵容中的一员。稍有不同的是，先生乃清室后裔。我班同学套用《三国演义》中尊称汉室宗亲刘玄德为"皇叔"的称谓，也在背后称先生为"皇叔"，并非是到档案馆查对爱新觉罗氏族谱以后的确称，也别无深意。我曾就此事请教过系秘书王宪达先生，回答只有一句话："我们都叫他启先生。"

1964年初夏的一天，听说启先生要开设古典诗词格律的讲座，我按时来到新二教室，可以容纳二百多人的阶梯教室已经座无虚席。二时许，一位老先生缓步从前门走来，所谓老先生，是我们对四十岁以上的老师的统称。先生的身材中等略偏下，微胖，一张圆脸上架着一副金丝眼镜；身着一件长袖衬衫，袖口稍稍挽起。讲话的声音不高不低，语速不疾不徐。目光有时看着台下，有时侧身望着窗外，像是自说自话。板书是行楷。先生后来以书法家享誉海内外，我那时是万万没有想到的。

这堂课给我留下特别深刻印象的是：先生用"竹竿"来比喻格律诗的音

节，既形象又新颖，言人所未能言。在那个时代，关于旧体诗词，无论是报刊上发表的评论，还是大学讲堂里的解读，所举例证，几乎都是当今一家，且评价是“前无古人，后无来者”，即使偶或涉及他人的诗词，也只能是被人“化腐朽为神奇”的陪衬，就是郭沫若的诗词也不例外，遑论古人。但先生所举，全是唐诗，这在当时恐怕是极为罕见的。

在那个年代，北师大能够开设这种真正学术意义上的讲座，是与学校主要领导的办学思想分不开的。1962 年 9 月，国务院总理周恩来，任命程今吾为北师大副校长，实际上是主持全面工作的第一把手。程校长到校后，坚持把提高办学质量作为学校工作的中心，并采取了一系列有效的措施。他鼓励并提供条件让教师致力于科学研究，体现学校的教学和学术水平；强调学生要多读书、读好书，并制订了学生阅读参考书目，人手一册；他要求各系领导注意对特别优秀学生的培养。在“突出政治”的大气候下，一些违背教育规律的观点和做法不断涌现，对此，他敢于批评和抵制。他爱护青年，关心他们的健康，责成有关部门想方设法办好伙食，并于 1964 年在校内取消了粮票制，学生只凭一张餐券就可在食堂用餐。在刚刚走出三年大饥荒的中国大陆，我不知道，这在全国二百多所高校中，有没有第二家。北师大 1959 级至 1965 级的全体同学，每一名都是程校长办学思想和实践的受益者。程校长的去世，使北师大失去了一位好校长，中国失去了一位卓越的教育家，至今思之，令人扼腕。

1976 年的金秋，中国历史上最黑暗的一页终于翻过。此后，神州大地缓缓地苏醒，密封已久的冰河开始解冻。启先生的处境也日益改善，到了 20 世纪 80 年代，先生的墨宝已经遍及五湖四海，在等级观念根深蒂固、官本位的体制辐射到了每个领域的中国大陆，也有了一个说得过去的职衔。一日，我去探望杨占升先生，恰巧黄会林先生也在座，他们正在商讨有关夏衍剧作选的编辑和出版事宜。桌上放着两张宣纸，上面是启先生书写的“夏衍剧作选”的题签。其中一张已经写满，另一张也写了大半，我粗略地数了一下，计有二十七签。两位先生让我挑选一签。我对书法素无研究，不敢妄言，更何况是启先生的劳作。但两位先生都表示“但说无妨”。我把题签从头看到尾，指认最后一签。会林先生说：“启先生正是此意，所以写到这里就不再写了。”

这是我第一次近观先生的原始手迹，一个只有五个字的题签，竟然一口气书写了二十七个，直到自己满意为止。后来，我见到一幅先生的执笔照，那种屏气凝神，运全身之力聚于笔端的神态，让我的心头为之一振，由是慨叹：三寸柔毫，在书法大家手里，竟然如虎搏兔。

1997 年 4 月 12 日，袁贵仁先生举办季端兄向母校的捐赠仪式。会后，程正民先生在中文系会议室召开座谈会，出席会议的有我们在校时授业的老师和本年级的部分同学。那一年，钟敬文先生已经年届九五，启先生也已八十有六。“仁者寿”“智者寿”，在我的心底油然而生。

会前，我们观赏了启先生书赠季端兄的条幅，其中占了半版篇幅的是一片铜钱大小的行楷，字字笔力遒劲，铁划银钩，力透纸背。整个画面工整精美，透出的神韵具有夺人的气势，当场有人惊叹：“价值连城!”我的同学都不是俗人，这个词语用在此时此地，毫无疑义是形而上的概念。

会上，季端兄向阔别多年的老师们汇报了自己毕业后的人生历程，其言情深意切。钟先生代表老师们寄语诸位弟子，语重心长。钟先生讲话后，正民先生请启先生讲话，先生轻轻摇首。这时，我近观先生，发现三十三年的沧桑岁月，似乎并没有在先生的脸上刻下特别明显的痕迹，只是头发已经稀疏变白。先生正襟危坐，神情淡定肃然，酷似一尊佛像，这一形象，就此定格在我的记忆里。

拜访母校的老师，看到几乎每家都有一帧先生亲书的条幅，我的心里也曾闪过这样的念头：请先生赐我一幅。但是，当我的眼前像电影的特写镜头一样出现那二十七个题签和书赠季端兄的条幅，又想到先生年事已高，而出于各种目的向先生索取墨宝的人不知有多少，我就即刻打消了此念。至今我的家里没有先生的一纸一字。但是，先生那种无论是在风雨如磐的时代，还是在相对开明的年月，都坚守一个学者的品格和志士的风骨，且终生一以贯之的精神，在我的心目中树立了一个“学为人师，行为世范”的楷模，这是最宝贵的。

2011 年 3 月
于京西稻香园
（原载香港《成报》2011 年 12 月 18 日周日文苑版）

烛　光

1973年初夏，小兴安岭。

晚饭后，我照例穿上棉鞋，披上棉大衣，到办公室读书。

书是母校杨占升①老师寄来的，下午刚从邮局取来。我拿出其中的一本鲁迅杂文集：《且介亭杂文》，首先映入眼帘的是封面上先生那不屈的头像，那冷峻的面容使我想起了先生的名言："真的猛士，敢于直面惨淡的人生，敢于正视淋漓的鲜血。"书中的杂文，学生时代都曾反复读过，只是现在读书的心境和那时大不相同了。大学毕业后到林区工作已经五年，对于中国社会这部其大无比的教科书，我才翻开了第一页。书中的许多试题，我还不知从何答起。于是，我想到了鲁迅先生。

读先生的书，犹如听先生谈话。这里从没有当时社会上充斥着的假话、大话、空话，有的只是先生从铁的事实中总结出来的真话。真话的后面，是先生那一颗剧烈跳动着的火热的心。读先生的书，使我想起了高尔基笔下的勇士丹柯，他掏出自己的心脏作火炬，给黑暗中的人们照亮了前进的道路。

八点五十五分，吊在天花板的电灯照例闪了几闪，这是预告发电机房五分钟后将停止供电。这时，我才想起：林场的小卖部这几天停业，白天我去买蜡烛时，撞上了"铁将军"。我无奈地叹了口气，极不情愿地阖上书，我的目光又落到了先生那不屈的头像上。

就在这时，我的眼前忽然一亮：一只大手将一把乳白色的蜡烛放到了我的书桌上。我说不出是惊异还是喜悦，只是本能地把目光顺着那支大手往上

① 杨占升，北京师范大学中文系教授，中国现代文学史专家。

看去。我看见了一张十分熟悉而今晚又有点陌生的脸，那是一张酱紫色的脸，一张棱角分明的脸，一张饱经风霜、被无情的岁月刻上了深深的纹路的脸。

他是老尹①，学校管后勤的工友。

两个身高一米八的男子汉面对面地站在那里，两对目光凝聚在一起。我说不出话。在这“知识越多越反动”的年代，学历的高低与接受改造的程度成正比。读书人被看成是“臭老九”，“知识就是力量”的名言被口诛笔伐。许多人以“大老粗”自居，以愚昧为荣。当时流行的口号是“工人阶级必须领导一切”。作为工人阶级一员的老尹，他的职责应该是“教育、改造”我这个需要接受“再教育”的青年知识分子。可是，老尹却向我这个偷偷读书的人伸出了友谊之手。

还是那只大手，打开了打火机，那打火机上的火焰跳动了几下，点燃了一支蜡烛。

电灯熄灭了。温暖、柔和的烛光照亮了房间，墙上映出了老尹那高大身躯的投影。蓦然，耳边响起了先生那深沉的断言：“这就是中国的脊梁。”

一股暖流陡然从心底升起——我已经好久没有这种感觉了。我猛然从深思中醒悟：应该和老尹说点什么，但他已经走了，我追了出去。

夜幕笼罩着整个小兴安岭，广袤的苍穹飘洒着夹带着雪珠的雨。老尹已经走得看不见背影了，只有办公室的玻璃窗映照着橘黄色的烛光。我凝视着那烛光，心底的冰块在悄悄地融化，脚下的北国大地散发着微微的暖气。我久久地站在夜色里，任凭夺眶而出的泪水和着雨水在脸上流淌。

(原载 1997 年 10 月 16 日《北京日报》
专刊副刊版《百姓故事》栏目)

① 老尹，即尹茂山，黑龙江省翠峦林业局工人。

甲子一科

这是三十年前你亲身经历的一次考试，也是六十年来中国大陆仅有的一次考试。

1980 年初，东方的大地刚刚苏醒，冰河尚未解冻，远山的背阴处还残留着积雪，严冬的余威不时裹挟着高空的寒流，但新年的钟声已经带来了迎春的信息。一日，《人民日报》《光明日报》等诸家大报同时用半个版的篇幅刊登了一则《公告》。《公告》开宗明义："经国务院批准，中国社会科学院面向全国公开招考研究人员。"《公告》阐述了此次招考的意义，并具体说明了报考的条件和考试、录取的程序，主要是：应考人员必须已有著作发表；报名时须提交专业论文和外语论文；审查通过者，发准考证，再进行四场闭卷考试。

应考

你那时是北京郊区一所中学的语文教师，看了《公告》，你的第一反应是：是否报名应考。

记忆的翅膀飞向了北京师范大学的校园。

图书馆是一座古朴典雅的建筑。据说，清华大学建筑系的学生在做毕业设计时，都要到这里参观，启发灵感。自 1962 年你第一志愿考入这所高等学府，每逢星期天，清晨，你肩挎黄色帆布书包，迎着朝阳，来到这里，读书、思考、撰写读书笔记。一本本学术精品和文学名著，由厚变薄，又由薄变厚；读书心得的写作速度也越来越快，有时，近万言的篇章，从早到晚，即一气呵成。讲授现代文学史的杨占升先生、张恩和先生阅后书写的评语，如今墨迹犹存。傍晚，你走出图书馆的大门，有时微风拂面，有时春雨潇潇，有时暮云四合，有时瑞雪飘飘。

图书馆一楼的西侧，是专向教师开放的期刊阅览室。这里有国内历年主要的报纸、杂志。管理员是一位衣着朴素、举止端庄的中年女教师。你试探着请求，可否允许你前来阅读，她颔首微笑。从此，你每周都用两个下午到这里阅读《人民文学》《文艺报》等大型报刊。1954 年 10 月，在最高权杖的指挥下，批判胡适唯心主义思想的文章连篇累牍，其中，“大胆地假设，小心地求证”也遭到口诛笔伐，对此，你困惑不解。当看到有些作者一边批判胡适，另一边又在自己的著作中沿用胡适考证《红楼梦》的成果时，你感到深深的悲哀。

1957 年前后的报刊是你阅读的重点。一些青年作家的作品：《在桥梁工地上》《本报内部消息》《组织部新来的青年人》《草木篇》《在悬崖上》《红豆》《改选》《小巷深处》等，你在反复阅读之后确认：这些作者都是有思想、有才华的青年志士。虽然和他们素昧平生，但他们的遭遇让你想到了中学时代的一位老师，他教政治课，懂四门外语，还是业余男中音歌手。他的夫人是你的音乐老师，你第一次见到她时，情不自禁地想起了达·芬奇的《蒙娜丽莎》。她教你唱的第一首歌是《小白船》，悦耳动听的歌声把你带到了一个优美的童话世界。那时，你还是一个不谙世事的蒙童。现在，你对任何事物都开始有了一定的鉴别能力。你对 20 世纪中国知识分子命运的思考，就从这里开始。

5 月，春光明媚。教三楼的讲堂里，正在进行古典文学作业的讲评。韩兆琦先生健步走上讲台，讲话开门见山：“你们这一届的作业，总体水平比历届都高。下面，我请 10 名同学宣读他们的作业。”他转过身，在黑板上第一个写下的就是你的名字，作业的题目是《郑庄公的权术》。

南雁北飞。记忆的翅膀来到了北国边疆：小兴安岭。

1973 年初夏的一个夜晚，你穿上棉鞋，披上棉大衣，照例到办公室读书。经过动荡岁月，学校图书馆的藏书早已被洗劫一空，只有《资治通鉴》等古代典籍幸免于难，再加上杨占升先生寄来的鲁迅著作单行本以及你在边陲小镇的新华书店购买的19世纪的西方哲学著作，成了你百读不厌的经典。8点55分，天花板上的电灯开始闪亮，预告5分钟后即停止供电。正当你无奈地阖上书本时，一只大手将一把蜡烛放在了眼前。你转过身，看到了一张酱紫色的脸，一张饱经风霜、刻满了深深的纹路的脸，那是校工老尹。还是这只大手，打着了打火机，跳动着的火苗点亮了蜡烛，墙上映出了老尹巨大的投影。

一股暖流陡然从心里升起——你已经很久没有这种感觉了。大学毕业到林区工作已经5年，就在这深沉的夜晚，作为工人阶级一员的老尹，非但没有用当时的主流思想“教育”和“改造”你这个读书人，反而在你挑灯夜读时，向你伸出了友谊之手。你走出办公室，夜幕笼罩了整个小兴安岭，广袤的苍穹飘洒着夹带雪花的雨。周围的一切似乎都在无声地下沉，只有办公室的玻璃窗映照着橘黄色的烛光。你凝视着那烛光，心底的冰块在悄悄地消融，脚下的北国大地散发着微微的暖气。你久久地站在夜色里，任凭夺眶而出的泪水和着雨水在脸上流淌。

北雁南归。记忆的翅膀飞到了北京西郊花园村：北京师范学院（首都师范大学的前身）。

1978年暑期高考语文阅卷点就设在这里。一天晚上，阅卷领导小组举办了一场座谈会。同住一个寝室的几位老师公推你这个“小老弟”代表他们发言。由此，你走进了中文系老师们的视野。几天后，在阅卷点的总结大会上，领导小组又安排你做了主题发言。

返校不久，你收到了中文系负责人陈士章先生的亲笔信，告之：他们拟和人民教育出版社合作，创办《中学语文教学》月刊，聘请你为该刊特约撰稿人。

那时候，全国仍未有一家语文教学的刊物发行。陈先生的来信不啻空谷足音。你把自己有关鲁迅小说《祝福》和《药》的读书笔记加工成文，寄给了编辑部。

初冬的一个上午，季馥兰先生和一位姓王的老师冒着四五级的西北风，专程来到你所在的学校，和你面商《礼教吃人》一文的修改问题。季先生说，她几乎查阅了《祝福》研究的所有资料，确认你的文章立意新颖，且持之有故，言之成理，才决心做你的责任编辑。翌年春，主编孙移山先生又特意嘱你前往编辑部面谈。由于先后发表了两篇论文，你就具备了报名应考的条件。

往事如潮。昔日的师友纷纷站在潮头向你涌来，又随着退潮渐渐隐去。他们不约而同地用饱含深情和期待的目光注视着你，无言地告诉你，在眼前的人生道路上，应该做出怎样的抉择。

1980 年 2 月 23 日，下午 4 时，在上完了当天的课程之后，你身穿中式小棉袄，外罩蓝布学生装，足蹬黑色灯芯绒系带棉鞋，围着深灰色的长围巾，像学生时代一样，肩挎黄色帆布书包，内装应考的材料，来到了位于动物园附近的北京地区报名站。那一天，银灰色的天空飞舞着片片雪花，有几片带着早春的气息散落在你的脸上，轻轻地。

考　取

你收到准考证的时间是：1980 年 4 月 7 日。考试的时间是：5 月 30 日和 31 日。北京地区的考点设在车公庄附近的市委党校。

正值春夏之交，公路两旁已是绿树成荫。你身穿蓝布西式长裤，白色长袖衬衫，脚上是黑色灯芯绒的松紧鞋，先是骑脚踏车赶到公共汽车站，又转乘两路公交车，到了市委党校，即沿着路标指引的方向，直奔考场。考场外的大厅里，众多的应考人正在等候进场。没有人说话，没有人交头接耳，也没有人随意走动，沉静的气氛中，隐含着一种类似胎儿在母腹中的躁动。放眼望去，这里是中年男子的世界，女士寥若晨星。直觉告诉你：考场即战场。

铃声响起。当你站起身的一刹那，一个充满自信的声音从内心深处升起："诸位仁兄，我可要对不起了！"

对号入座。桌上摆着一个信封和一沓片页纸。你打开信封，把试题浏览一遍，这是专业基础课的考题，意在考查应考人的实际水平，主要是理论素养、分析和解决问题的能力以及阅读古文和写作的能力。如果不具备相应的水平，即使事先知道考题，也只能是望题兴叹；而具备相应水平的人，则尽可以发挥自己的才能。行家一出手，便知有没有。出题人是真正的学问家，你遇到高手了。

像百米运动员冲出起跑线，像冲锋的战士跃出了战壕，周围的一切都在急速隐退，你全身的每一个细胞都高度地紧张，思维的车轮飞快地运转，整个身心进入了一种物我合一的状态，全部精力都集中到一点：答题。多年来的所学所思，早已融会贯通，此刻下笔成文，就像一支训练有素的部队集结，成千上万的战士从四面八方飞奔而来，又快速、有序地排列成阵。你奋笔疾书，半个多小时，答题纸已经用尽，你举手示意，监考人把几页纸放在你的桌上。不到半小时，你再次举手示意。这次，监考人索性拿来一大沓纸，这时，你从他的脸上感觉到了一丝看不见的微笑。

这是一位40岁上下的知识分子，中等身材，气派儒雅，文静的脸上架着一副金边眼镜。他的形象和气质，很像你读了巴金的《家》之后想象中的觉民。你从未见过此人，此后也无缘一面，但是，多少年之后，他那看不见的微笑仍清晰地刻印在你记忆的屏幕上。

大学一年级时，听高年级的同学介绍学习经验，几乎都谈到了做读书卡片的重要性。可是，你却认为，此法不适合自己。你仍然笃信和奉行中学时代老校长的临别赠言："博闻强记，如数家珍。"在此后几十年的读书生涯中，你从未做过一张卡片。你坚信，无论是理论著作，还是文学作品，只有牢记在脑子里，才算真正学到手。好书不厌百回读，重点段落、格言警句都应熟读背诵。你平日写文章的初稿时，凡属引文，都可信手拈来，只是在定稿时才和原著校对一遍，大多数准确无误，少数也只是在无关紧要处有一两个字的出入。由于有这样的阅历，你在读郭沫若的《庄子与鲁迅》时，才理解和服膺作者的观点。在这篇文章里，郭沫若在指出鲁迅引用庄子文章的11处讹误后，结论是：这"并不证明鲁迅对庄子读得生，而是证明鲁迅对于庄子读得熟"，只是"不愿意一查"原文。你认为，只有真正的学者才能讲出这样中肯的意见。也由于有这样的阅历，在这次考试中，凡需引文，你都是信笔所至。只是为了慎重起见，才在引文后加一括号，内书"大意如此"四字。

给你留下深刻印象的一道题是把文言文翻译成语体文。试题节选了鲁迅《文化偏至论》中一大段文字，十六开的试卷，满满一页还有余，全部翻译正确，仅得10分。众所周知，鲁迅早期的几篇文言论文，是很难懂的，你也从未见过它们的译文，由是慨叹：出题人太厉害了。但是，你在长期读书和思考中形成的心理定式是：越是高难度的试题，越能激发你的情趣。在把其他试题全部做完后，你看着表，计时，从头翻译到尾，再看表，仅仅40分钟。

怀念俞敏先生，是先生的耳提面命，帮你打下了坚实的古汉语功底。记得上古代汉语课的第一学期，先生几乎不怎么讲课。他总是把你们带到资料室，指导你们使用各种工具书，从东汉许慎的《说文解字》，到清代张玉书的《康熙字典》，直至近代的《辞海》，先生都用极其简明扼要的语言，一一加以介绍。每介绍完一部工具书，就开始做片子。所谓片子，就是先生亲自挑选，又亲手刻蜡板油印出来的先秦诸子的典籍。片子上的字迹极其工整，是标准的楷书。要在两个课时内，凭借工具书独立翻译成现代汉语，并把加了着重号的词语确切地加以注释，是十分紧张的，即使是在隆冬季节，下课时衬衣的后背也常被汗水湿透。正是通过这样严格的训练，第二学期你再看《古代汉语》的教材，真有顺水行舟之感。至于听先生讲课，那简直是一种艺术享受。通常惯用的串讲方式，在先生的课堂上是见不到的。先生只是答疑解惑，其见解之独到，表述之准确，语言之简洁、生动，罕有其匹，以至几十年后，你仍能一字不易地复述先生讲课的精彩片段："'以'字，都说是介词，其实，'以'是十足的动词，它的本来意义是'陪同'。""《触詟说赵太后》，根本就没有触詟这个人，是触龙。"任何疑难问题，到了先生那里，只消一两句话，就使人豁然开朗。这种举重若轻的气度，不仅让人受益，而且令人神往。先生曾经说过，在语言文字学领域，我们和鲁迅是一家，祖师爷是太炎先生。同属一个学派，这或许也是你能顺利翻译此题的原因之一。

全部试题答完，共用时3小时15分，纸25页，约8000言。

下午的专业课考试，你是在一种比较放松的心态下进行的。

打开信封，一看便知，此题和上午的试题出自一人之手。监考人也还是那位"觉民"先生，只是你尚未答题，他已经把一大沓纸放在你的桌上了。

早在中学时代，鲁迅就是你敬仰的文学家。上大学以后，鲁迅作品是中国现代文学史的重点。你这门课的考卷，杨占升先生一直保存了四十年。但你那时喜欢的作品是茅盾、巴金、柔石的小说，郭沫若、曹禺的戏剧，这有你大量的读书笔记为证。由于年纪太轻、阅历太浅，你对鲁迅作品的理解还处于初级阶段。直至1966年，你才想到了鲁迅先生，并开始重新学习先生的著作。日积月累，潜移默化，你逐渐走进了鲁迅的世界。你发现在先生那冷峻、不屈的形象里，跳动着的是一颗火热的心。“苟奴隶立其前，必衷悲而疾视，衷悲所以哀其不幸，疾视所以怒其不争。”先生太爱他的祖国、太爱他的人民了。由于爱到了极致，以至于由爱生恨，由热变冷，就像马丁炉里炼钢的火焰温度极高时会由红变白一样。先生生前，勤于著述，为我们留下了一笔宝贵的文化遗产；先生辞世，“民族魂”三个大字，当是中华民族对这位文化巨人的盖棺论定。然而，“古来圣贤皆寂寞”，先生的菩萨心、战士情，有时并不为国人所理解。在回答最后一道大题：谈谈你对鲁迅研究现状的看法时，你的思绪犹如喷泉涌流。你在激烈地抨击了鲁迅研究中的实用主义倾向后，强调要用实事求是的科学态度研究鲁迅。全篇的结束语是：“把鲁迅的还给鲁迅。”

全部试卷答完，共用时3小时20分，用纸仍是25页，约8000言。

两场考试下来，你长长地出了一口气，全部身心顿时松弛下来，只是右手食指小有异样，一看，指肚已经磨破。

第二天上午考政治，下午考外语。你选择的语种是俄语，这是你在这次考试中唯一有所准备的科目，因为大学毕业以后，你的外语就搁下了，所以，接到准考证后，你用了大约半个月的业余时间突击复习外语。记得俄译汉的第一道题是有关土库曼苏维埃社会主义共和国的一篇消息，不难。第三道题是列宁《唯物主义和经验批判主义》中的一大段文字，难度较大。最后几句的大意是：沿着马克思理论指引的道路前进，我们会不断地接近真理，但永远不会穷尽它。

考试完毕，该你做的事情已经做完，录取与否，那是考方的事。你仍旧继续自己的教书生涯。直至9月下旬，接到体检的通知，你才知道录取在望。12月8日，你收到了中国社会科学院研究人员录取通知书。通知书右上角的编号是：330；右下角盖着中国社会科学院的朱红大印，印中的图案是中华人民共和国国徽。

看罢通知书，你心静如水，波澜不惊。

红　灯

在办理工作调动手续时，你好似走到十字路口，遇到了红灯。

当时的上级单位不同意你调出。

你的态度是：此次考试，实乃公务，而绝非私事。因此，除了把上述情况信告中国社会科学院文学研究所之外，你的生活一切照常。

听母校的老师讲，这次招考，全国报考鲁迅研究专业的人有一百多名，最终仅录取了你一人。文学所鲁迅研究室非常希望你能早日到所工作，并对你寄予厚望。他们先后六次与其协商，均未果。

1949 年以后，大陆的政体是单位所有制。这种形式从战争年代的军事组织形式发展演化而来，是实行计划经济体制的组织保证，在面对战争和大的自然灾害时有它的优势。在这个体制下，每个公职人员都属于某一个单位，其户籍、粮油关系、工资关系、医疗关系、职务的任免升降、工作的奖惩调动、入党、提干等一切事宜，都只能在单位落实，甚至外出住旅店，也要由单位开具证明。人在单位，不过是巨石下的一棵小草。离了单位，根本无法生存。值得庆幸的是，随着改革开放的逐步深入，这一沿袭了几十年的体制已经发生了某种变化。今天的年轻人大约不会遇到这种不可逾越的障碍了。你羡慕他们，并衷心地祝福他们。

《史记》研究的老前辈程金造先生得知了你的情况，亲自找到中央书记处某位负责同志，为你仗义执言。得到的答复是：中央书记处研究过这个问题。有两种意见：一种意见是，应该人尽其才，允许调出；另一种意见是，十年动乱，教育界是重灾区，如果教育界的人才外流，将影响教育界的办学质量。最终意见是让双方协商解决。当先生之女程晐把上述情况告诉你以后，你即知商调已经无望，但对程先生，你仍然充满敬意。先生年过古稀，且身戴心脏起搏器，仍能为一个从未谋面的后生晚辈奔走呼号，可见，中国传统知识分子的侠肝义胆和古道热肠，终究没有断绝。三年后，你专程探望先生暨夫人曹先生，先生对你的赠言“只问耕耘，不问收获”至今言犹在耳。

28 年以后，当时你所在学校的负责人黎贵华同志向你披露，教育部蒋南翔部长曾就你的问题致函学校党支部。此前，蒋部长不可能知道你这个小人物，显而易见，这封信当是他从中央书记处得知你的情况之后所写。

1980年中国社会科学院主办的这次考试，是在当时的历史条件下改革人事制度的一个尝试。它是一项系统工程，在报名、资格审查、出题、考试、阅卷、录取等各个环节，都在高标准、严要求的前提下，体现了公平、公正的原则。这种考试方法的历史渊源可以追溯到古代的科举制度。

科举制度始于隋，完善于唐，终于清末。君主专制时代是孕育它的母体，其核心是等级制，而科举制度却因其考试面前人人平等的特征具有鲜明的现代色彩。有些西方国家，如英国，其文官考试制度就是从中国的科举制度脱胎而来，这是举世公认的。科举制度是中华民族的伟大创造，是对世界文明史的一大贡献。正是科举制度，发现和选拔了一批又一批的人才，使之成为国家的栋梁。文学史上著名的唐宋八大家，其中有七位是进士出身；南宋的文天祥，明代的张居正、袁崇焕，清代的曾国藩、张謇，都是进士出身，文天祥、张謇还是状元。在你的心目中，他们都是古圣先贤，而你充其量不过是他们虔诚的小学生。但是，单就1980年这次由中央人民政府批准，全国最高学术机构主办的最高层次的考试而言，比之于科举制度，你在鲁迅研究专业蟾宫折桂，是当之无愧的新科状元。“文章憎命达”，你的遭际，令人感叹，也启人深思。

尾　声

历史的巨轮驶入了2008年。

这一年，你用大半个生命写成的格律诗词集《红楼今咏》出版了。在这本书的《读书者说》（代跋）里，你向读者这样交代创作的缘起：

“在著名的《报任安书》里，太史公满怀深情地写道：‘盖文王拘而演《周易》；仲尼厄而作《春秋》，屈原放逐，乃赋《离骚》；左丘失明，厥有《国语》；孙子膑脚，《兵法》修列；不韦迁蜀，世传《吕览》；韩非幽秦，《说难》孤愤。《诗》三百篇，大抵圣贤发愤之所为作也。’汉代是骈体文盛行的时代，太史公不可能不谙此道，但这段在《史记》中多次出现的文字，所举圣贤，却只有七位，奇数不偶。这绝不是太史公的偶尔疏漏，而是有意为之。‘太史公受腐刑，厥有《史记》’，这句话，太史公不能写，也不忍写。这不写之写，太史公寄希望于后人了。

“于是，在我的内心深处，产生了一种强烈的愿望：用中国古代诗人的伟大创造——近体诗这一艺术形式，为太史公、曹公等经典作家以及他们笔下的人物树碑立传，同时，也是对自己几十年读书生涯的一个总结。”

样书送到，节令正值大雪之后。忆及当年收到中国社会科学院研究人员录取通知书那天，恰恰也是这个时节。时光流逝，整整二十八个春秋。往事历历，如同昨日，然一转念，又恍如隔世。

你想到了林非先生。那次考取以后，你才获悉，正是这位学者，主持了鲁迅研究专业的考试。林非先生的学术成就，姑且不论，其人品学识，仅此一事，足以证明。从那时起，你即视之为师，从未忘怀。现在，你理应登门拜访，面呈诗集，以为汇报。只是考试一事，你本人固然终生难忘，但在先生的人生交响乐中仅仅是一阕插曲，二十多年未通音讯，人世沧桑，会不会早已淹没在忘却的湖底？

你从张恩和先生处打听到了林非先生的电话号码，并拨通了电话。当你自报家门后，问道：“您还记得我吗？”听筒里传来兴奋、激动的声音：“怎么不记得？”

放下听筒，你热泪盈眶。泪眼模糊中，仿佛看到你——青年时代之我，正沿着一条坎坷不平的小路，朝着今日之我一步步地走来。蓦然，那满头的青丝已是两鬓染霜，黑白之间，仅为一瞬。

2010 年 8 月 12 日

（原载《中国散文家》第 5 期，2010 年 10 月）

呼 唤

2007年的金秋十月，七朝古都开封。应邱季端同学的邀请，张家顺、于雷两位同学具体组织，北师大4622的同窗们，聚会于此，纪念毕业四十周年。

这一天的日程安排是观赏古老的开封铁塔。同学们有的“老夫聊发少年狂”，在铁塔的旋转楼梯上健步攀登；有的围绕铁塔漫步，叙旧话新；有的俯身花草和雏菊，体验古城秋色。你孤身一人，漫无目的地向西走去。秋日的阳光照在你的脸上，微风轻轻地吹拂着你的头发，你的脑海里是迷茫的一片，似乎是身不由己地一路前行，直到眼前出现了一条小河，才下意识地止住了脚步。

河水碧绿，悄无声息地缓缓流动，几乎没有一丝涟漪，“逝者如斯”！两千多年前圣人的慨叹在耳边响起。你情不自禁地想起近年来一个个离你而去的亲人。父亲走了，家族历史上的许多记忆从此成了秘密。母亲走了，你再也看不到老人家慈祥的笑容，再也听不到那总是对你牵肠挂肚的絮语。妻子走了，带走了对你和女儿深深的眷恋，那一双温和、善良而又纯净的大眼睛，还在默默地注视着你。杨庆蕙老师、杨占升先生也走了，再也没有人关注你人生道路上的每一个足迹，再也没有人能够把你上学时的考试试卷保存长达四十年之久。“故人云散尽，我亦等轻尘。”佛经上说：普天之下，谓之小世界。一千小世界谓之小千。一千小千世界谓之中千。一千中千世界谓之大千。在三千大千世界之中，你只是一粒小小的微尘，一阵轻风吹来，你就会消失得无影无踪。佛经上又说，恒河中的沙无量无边。在人类历史的长河中，你只是一颗小小的沙粒，一个波浪打来，你就会永远、永远地沉埋在沙底。亲人们走了，师长们走了，你曾经在心中一遍又一遍地呼唤他们。当有一天，你也追随他们而去，在这个世界上，还会有人呼唤你吗？陶潜说："亲戚或余悲，他人亦已歌。"你想，当那一天到来时，除了女儿——你唯一的亲人，别的人恐怕早就鼓盆而歌了。此刻，你忽然觉得，眼前的这一条河，就是阴阳两界之间的界河。亲人们就在对岸，他们的背影依稀可见。你的心里顿时涌起一种强烈的愿望：飞越过河。可是，你低头观看，河面没有一只渡船；左右张望，河上没有一座小桥。你失望，你无奈，你木然地站在那里，脚下的大地似乎在慢慢地下沉，周围的空气仿佛在一瞬间凝固了。就在这时，忽然传来一声悠长的呼唤："安——永——兴。"那声音，像是从遥远的天边传来，似有似无，时断时续，如梦如幻，开始你以为这是幻觉，但紧接着又一声传来："安——永——兴。"这声音随风飘来，悠长，真切，把你从幻境中拉回了当世。

一股暖流陡然从心底升起，激动的泪水像开了闸的河水一样夺眶而出。你当即醒悟，这是4622的同窗们在呼唤你。他们要在铁塔下合影留念，在这帧集体照中，他们不希望看不到你。

你猛地转过身，一把抹去脸上的泪水，朝着正前方高耸入云的铁塔，大踏步地走去。

2017年9月11日下午
2时半至4时半

飞雪寄语

昔人治史，不外官民两路。官方正史，多书帝王将相；民间野史，多写轶事传闻。至于黔首黎民，则一笔带过，或“河晏海清”，或“哀鸿遍野”，语焉不详。我侪生于当代，但后人视今，犹今人视古。我所关注者，乃和自己同处于社会底层的亿万平民百姓。人常说：性格决定命运。在复杂纷纭的社会现象中，要找出能够证明这一观点的若干例证，并非难事。但窃以为，真正对亿万民众的命运起决定作用的，绝非个人性格，而是时代环境，特别是单位所有制这一政权组织形式和统治集团制定和推行的人才政策。我对这两个问题的思考，始于20世纪80年代初，屈指算来，迄今已有32个春秋。

就上述两个问题写出社会学的论文，殊难发表。于是，转而以文学散文的形式，把千虑之一得夹带其中，即在羊肉铺里兼卖狼肉，庶几可行。在《甲子一科》中，专用一章，剖析了我们每个人都身在其中的单位所有制，并高度评价历史上的科举制度。在《澄怀阁茶话》里，则直书当代的人才政策，这一政策关系到千家万户，直到每个人的命运。前者于2010年发表于国内的《中国散文家》，后者刊登于2012年香港的《成报》。两文一出，如释重负。然一转念，又觉可笑。天高地厚，两篇小文，纵使放大一千倍，也不啻一芥微尘。岂止小文，就是作者本人，又何尝不是如此？

尘埃的最终归宿是，落地。于是，近年来与日俱增的投身于大自然之念，近日感觉尤烈，遂破深居简出之积习，于2012年11月9日到天津，乘坐马车观赏市容。11月14日前往桂林，乘游艇饱览漓江两岸百里画廊，又坐竹筏欣赏遇龙河两岸的十里风光。又想到大海里游泳，11月29日，携小女赴泰国普吉岛。本人向无写日记的习惯，此行接受女儿的建议，破例写了几则。

现将悃忱，寄予同窗。

又，京师连日降雪，漫天飞舞的雪花使我想起三年前所作《自白》诗的尾联：

“独立寒窗观世界，盈空大雪送春秋。”

普吉岛六日

11月29日　星期四　晴

下午4时许，到达首都机场二号航站楼。安检时，连挎包中小暖壶里的水都要当场倒掉。想到半个月前去桂林，正值党的十八大的最后一天，我前面的一位女士，足蹬高跟鞋，也被要求脱下检查，安检之严，可见一斑。又想到2011年11月在台北桃园机场安检处，工作人员只看了我一眼，连象征性的动作都没做一下，即便放行，而我还在傻乎乎地等着检查，直到小女提醒我才恍然大悟。

航空公司的航班晚7时准点起飞。机内服务颇佳。晚8时提供晚餐，凌晨又提供夜宵，1时许抵达普吉岛。走出机舱，热浪扑面而来。一夜之间，我们由寒冬的北方来到了热带的南国。昨天的北京，人们已经裹上了厚厚的冬装，而眼前的人们，一个个都身着短袖衬衫。

办理完简便的入境手续，通过简单的安检，我们走出机场大门，只见面前站着一横排接站的司机，手里都举着被接者姓名的牌子。女儿一眼便找到了接我们的司机，他中等身材，方正的面孔，两只大眼睛传递着友善、谦和的信息。引领我们上车落座，车子即如离弦之箭，驶入茫茫的夜色。五十分钟后，即到达宾馆。

11月30日　星期五　晴

清晨，女儿收到外交部有关部门发来的短信，告知我国驻泰国领事馆的电话号码，如有困难，可直接与使馆联系，并祝旅途愉快。

宾馆早晨6时半至10时半，供应早餐，主副食品种颇丰，水果则不外菠萝、木瓜和西瓜等。这里和北京比有一个小时的时差，6时半，天已大亮。

上午前往芭东海滨探路。步出宾馆大厅时，工作人员照例点头微笑。我双手合十于胸前答之，对方即刻虔诚地同礼作答。泰国是佛教的国度，百分之九十以上的人信奉佛教。宾馆大厅的中央就是佛祖释迦牟尼的标准雕像，右边的壁画上，七位仙女在凌空演奏，酷似敦煌的飞天，左边的喷水池上，是三尊比丘尼的全身塑像，形体大小与真人相仿，每一位都做双手合十状。我的举止，亦算入乡随俗。

芭东海滨离宾馆不远，步行七八分钟即可到达。辽阔的大海无边无垠，没有风，碧绿的海水从遥远的天边涌来，在岸边激起长长的雪练，伴随着哗哗的巨响，沙滩上的沙子细如粉末。我和女儿脱下鞋子，赤脚走在沙滩上，一种贴近大自然之感油然而生。值得一提的是，我所穿的黑色塑料凉鞋，还是远在大学时代流行的款式，当代世界绝对是独一无二。此鞋水陆两用，又极为轻便、跟脚，本人颇为自得。

海滩上横放着长长的一排躺椅，每一张上都或仰卧或俯卧着一位白种人，个个身高体壮。他们不远万里，来到这个美丽的岛屿，尽情地享受着热带的阳光。在海里游泳的也几乎都是他们的同种。这里是西方发达国家公民的世界，黑头发、黄皮肤在这里寥若晨星。我俯身以手试水，觉其温凉，当即决定：午后即下海。

下午2时许，我事先穿好泳衣，携带泳具，与女儿来到芭东海滨。海滩上和海水里的人比上午更多，仍然是白种人的天下。我脱下外衣，自视身上，瘦骨嶙峋，再比照周围的白种人，倒也没怎么觉得自惭形秽。按照习惯，我做了一套自行设计的健身操，即向大海走去。

海水渐深，当水没过胸时，眼前一道长城似的巨浪迎面涌来。我纵身跃起，扑向前去，任凭海浪把我高高地抛上波峰，又顺势甩下谷底。一道巨浪，又是一道巨浪，大海像是一个其大无比的乐队，演奏着声势浩大的乐曲，内含固定的节奏，但毫不单调。在两道巨浪之间，海面相对平缓，每当这时，我即仰卧水上，挥臂前行。热带的天空深邃湛蓝，大朵大朵的白云缓缓地流动。这时，也只是在这时，人才会切实感受到只有投身于大自然，才能领悟到什么是心旷神怡，什么叫物我两忘。

晚9时，观看幻多奇文艺演出。泰国是一个崇尚老虎和大象的国度。佛教信徒认为：虎、大象、马、牛和水牛五种动物不仅通人性，而且可以开悟。我对女儿说，他们会不会把老虎和大象也请来表演呢？结果不出所料，演到高潮时，九只大象鱼贯走上舞台，全场立即响起热烈的掌声和欢呼声。而魔术表演中的一幕，竟有一只斑斓猛虎从布景中一个箭步纵出，全场又是一阵惊呼。这场晚会，集歌舞、戏剧、杂技、魔术等多种艺术形式于一体，演员众多，但演技专业并无明显短板，更无国内司空见惯的低俗格调，献给观众的是一场庄重而又活泼的文化盛宴。它艺术地再现了泰国人民的生活，也展示了泰国民族的历史。如此盛大的晚会，成本之高，不难想象。不仅如此，举办方还要包办四千多名观众的往返交通事宜，并提供保质保量的自助晚餐。所有这一切，都组织得有条不紊。而豪华座票价却只有两千泰铢一人，约合人民币四百元。想到国内一个歌星的演出，有时还是假唱，票价动辄千元以上。让人不由得想起香港一位人士对内地演艺圈的评价：他（她）们的报酬已经到了不讲道德的程度。

散场时，剧场里飘起了五彩缤纷的气球。已经逝去了几十年的童心居然复萌，顺手一抄，捕捉了一只，欣欣然似有孩童之乐。

12月1日　星期六　晴

今日的活动项目：乘快艇出海，目的地是PP岛。

上午7时50分，主办方安排的专车准时到达宾馆。行车约1小时来到码头。这里一只满身虎纹的小猫引起了我们的注意。女儿天性爱猫，曾作散文《伯仲天使》，记叙先后来到我家的两只可爱的小猫。这只猫一点也不怕人，只管自由自在地在人前上蹿下跳。靠近水边的一棵独木上站着一只鱼鹰，静静地看着不同肤色的游客，我和女儿以它作近景，摄影留念。

快艇不大，可乘坐二十余人，大多数是俄罗斯人。以前我总认为俄国人个子不高。苏联时期的米高扬身高五英尺，约合1米53，斯大林稍高一点，也只有1米63，而在他眼里的列宁，只是个“矮胖的人”，意即还不如他高。再看红场上阅兵式的小战士，挑选的身高标准是1米66至1米67。而眼前的这些中青年男女，论身高，男士几乎都高出我半头，女士大多也和我相仿佛，且无论男女，个个健壮肥硕。我又想到去年携小女去海峡对岸，所住宾馆，旅客绝大多数是日本人。每当用早餐时，身高和我相当且比我健壮的日本男士，已不在少数。难怪我们父女步入餐厅时，服务生用日语向我们问好——她误以为我们父女是日本人。看来，各个国家的人们都在发生变化，当然不仅仅是身高。

快艇上的同胞仅有一对从上海来的青年夫妇，还有三位韩国女子。不同国度的游客同乘一舟，每个人的表情和眼神都传递着友善的信息。

启航了，船头劈开波浪，船尾卷起浪花。大约行驶了七八百米后，快艇突然加速，船头高高扬起，如离弦之箭向大海深处疾驰，船尾掀起的巨浪飞速向后退去，又向四周散开，形成了一条宽阔、笔直的大水道。有时，船头激起的浪花高高地抛起，飞溅的水花砸向船舱，像骤雨洒落在人们的头上、身上，引起一片欢呼。

快艇飞驰，启航时的码头早已消失得无影无踪。海中形状各异的小岛一个个向后闪去，碧绿澄澈的海水颜色也逐渐变成深蓝。中午时分，到达 PP 岛，弃舟登岛，用过午餐，返回快艇后，驶向一个平静的海湾，开始了下一个项目：浮潜。

浮潜教练是一位俄罗斯男子，年约卅岁出头，接近一米九的身材，有一张一望可知是俄罗斯人的脸型，身穿专业潜水服，两臂和双腿裸露的部分被热带的阳光晒成了紫棠色，上面满是坚实的三角肌，一副标准的游泳运动员的体形。他用母语向自己的同胞介绍动作要领，如叙家常，间或用英语，对几位亚洲的游客做些说明。然后，大家就纷纷脱下外衣，套上类似蹼泳的蹼掌，依次跃入水中。

对于浮潜这项运动，俄罗斯游客似乎都不是初次。他们游泳、潜水技术均佳。在艇上坐在我身边的那位姑娘，气质与面容都很文静，但下水后判若两人，属她游得快、游得远。反观国内女子，近年来争相做骨感美女，风气之盛，几至以病态为美。不知是女性的审美观决定了整个社会的道德风尚，还是全社会的道德风尚决定了女子的审美观。

到普吉后，发现不少白种人和黑种人在这里打工。他们无一例外地敬业乐业，服务工作的每一个细节，做得都非常到位，表现出了良好的公民素质。

这位俄籍教练，不仅对游客的浮潜做具体指导，而且关注每个人的安全，女儿不识水性，多承他予以关照。利用工作间隙，我对他说：

“спасибо тебе!”（谢谢你!）

在这异国他乡，忽然听到一位东方人用自己的母语表示谢意，他那蓝色的眼睛里闪过一丝惊喜，随即以点头微笑作答。

船回码头，我最后一个下船，和站在船梯旁边的教练互相道别：

“досвидання!”（再见!）

“досвидания!”

我们的手紧握在一起。

12 月 2 日　星期日　雨转晴

晨起，窗外大雨如注。雨打芭蕉，噼啪作响。阳台外的游泳池密密麻麻地满是雨打的水花。想到下午出海的计划，女儿不无忧虑。我宽慰她道：“天有时刻阴晴，或许天公关照我们父女，下午转晴，也未可知。”正说话间，女儿惊奇地发现，雨势已经明显减弱。待到洗漱完毕，外面已是蓝天红日。

下午 1 时，在码头登上游艇。游客二十余人，组成情况与昨日恰恰相反，绝大多数是东方人，同胞与韩国人大约各占一半，西方人仅两位，都是青年女性，高大健壮，特别是与我比邻而坐的那位，五大三粗，酷似奥运会上女子掷铁饼的冠军，与形销骨立的鄙人形成了强烈的反差。

此行的主题是：攀牙湾日落之旅。

船头划开水面，匀速前进。几公里之后，航道两旁的山景陆续映入眼帘。这片海域素有“海上小桂林”的美誉，果然名不虚传。两边的山峰有的形同狂涛，有的状如驼峰，有的像巨龟匍匐，有的似利剑冲天。如果说漓江两岸百里画廊的特征是奇异秀丽，这里的景色就是壮观辽阔。船上的游客不断发出由衷的赞叹，纷纷拿起相机留住这天然美景。

船到攀牙湾。在波涛汹涌的大海中，这里却是一处水平如镜的海湾。四周是高耸入云的悬崖绝壁，满目苍翠，疑入仙境。忽然想到：武侠小说，无论新旧，都有神山仙洞的描写，那些作者，一定亲身游览过类似眼前这样的山海名胜，并以此为原型，用语言文字描摹出那一幅幅令人神往的洞天福地。

船工们依次抛下橡皮筏，游客两人一组，分别下船，坐上皮筏。船工撑起竹篙，小小的皮筏像是汪洋大海上的一片树叶缓缓地飘荡，坐在上面，犹如人的身体紧贴着水面滑行。天空似乎更加辽阔，山峰似乎更加陡峭，人心也就更加沉静。浩瀚的大海，一旦置身其中，顿感人之渺小。人生苦短，“如露亦如电，应作如是观”。

游客相继登艇，船长分发制作水灯的材料，不外是底盘、树叶和蜡烛，并教大家自己动手制作。然后再次乘橡皮筏，驶向钟乳石的山洞。我高高地挽起裤腿，和女儿在船工的引领下，弯着腰向幽暗曲折的山洞深处走去。在一个洞中之洞的前面，看着女儿把水灯放在水面，目送它摇摇摆摆地缓缓向前浮动，心中默默地祝福女儿，愿她一生平安幸福。

游艇返航，日影西斜，远处的天边泛起一片昏黄。船舱中间长长的条案已经摆满了丰盛的晚餐。餐后，又上了削好皮的椰子，两人一个。椰汁清凉，椰肉颇有回味。

船将到岸时，一名黑人员工手拿一个瓷罐，意收小费。对此，女儿早有准备。先妣常言：“待人不可不丰盛，待己不可不俭省。”又云：“穷家富路。”离京前，旅行社关照：泰国有收小费的惯例。女儿就在银行兑换外币时，要求给一些小面额的泰铢，但银行兑换只用大面额外币。于是，她另想他策，特预备了一些 5 元和 10 元的人民币。来普吉后，每逢付小费，都是她主动付给，且有时加倍，从未遇到对方索要的情况。我家门风，清晰可见。

12 月 3 日　星期一　晴

再次下海。面对汹涌而来的排空巨浪，我采取了和上次不同的举止。不是迎着波浪跃上，而是面对波峰后仰，排浪一过，又自然复原，亦一乐也。环顾四周，白人游客几乎都是面对海岸随波俯仰。我的方法独一无二。各有各的游法，自得其乐，可也。

海水漫过头顶，进入鼻腔、口内，微苦，略咸。据说，洗海水澡于身心有益。我的这点认识，源于读书所得。

我的青年时期，曾有在小兴安岭林区生活七年的经历。1969 年 1 月 21

日，最低气温是零下42摄氏度，那一天，我在由小工队去林场的路上，鼻孔里结了冰。就是在这原始山林的一隅，是中国古圣先贤的典籍和西方19世纪的哲学著作，陪伴我送走了一个又一个深沉的夜晚。读西方哲人之间的通信，多次提到洗海水澡的好处。那时，我绝对不会想到，有朝一日，自己会在东南亚的大海里，体验哲人的良法美意。人世沧桑，尘事难料，想到自己四十多年来所走过的坎坷不平的道路，想到母校给我寄书的杨先生和在挑灯夜读时给我送蜡烛的老尹师傅都已经作古，那融化我心底冰霜的烛光仿佛又在眼前晃动，两行热泪奔涌而出，洒落在无边无际的大海。

苦海无边，回头是岸。

晚上，前往观看文艺演出。

演出前，剧场里播放着中国、印度、日本、韩国等国的音乐。其中，中国的乐曲都是20世纪50年代的民族器乐曲。这些乐曲如今在国内已经很难听到了，在万里之外的此时此地，听到后倍感亲切。

演出节目同样兼顾上述各国的歌舞。每当某一国家的歌声响起或舞蹈上场，台下该国的观众即报以热烈的掌声。看来，民族主义情绪真是无处不在。本人亦不例外。当台上的演员唱起“高山青，涧水蓝，阿里山的姑娘美如水，阿里山的少年壮如山”时，我也情不自禁地有节拍地鼓掌，伴随着舞台上的歌声。

观看演出，深感在这里做个艺人殊为不易。在同一场演出中，一个艺人要表演几个节目，既要能歌，又要善舞，而这样的演出，一个夜晚要进行三场。再看形象，这些艺人个个身材高挑，浓眉大眼，其音色、舞姿，似乎兼具阴柔与阳刚之美。想到事前女儿曾对我说，这些艺人多是所谓“人妖”，又想到他们的人生际遇，我的心猛然一沉。

12月4日　星期二　晴

上午，陪女儿逛商场。

据说，中国游客在境外“抢购”是有名的。在车站、在机场、在码头，只要见到或肩扛身背，或手拎臂挎，身负大袋小包的，不问可知：中国人。

和在芭东海滨见不到一个同胞相反，在各大商场，我们的同胞随处可见。从20世纪90年代至今，中国政府的两任总理都曾呼吁拉动内需，前任总理还曾在一次人代会上当面吁请代表们带头购物。而我们的同胞为什么不远万里、不辞辛劳地到这里勇掏腰包呢？从未见泰国的英拉总理暨乃兄到大陆推销他们的商品啊！原因何在？

答案再简单不过：物价。

民以食为天，先说饮食。普吉的沿街小店和较有档次的饭店，价格大体持平，都与北京的家常菜馆大体相当，而北京较有档次的饭店，其价格要高出几倍，甚至几十倍。服装与日用品也远比北京便宜，差距多在一倍以上，有些女性化妆用品甚至高达五六倍，这就难怪我们的女同胞慷慨解囊了。

再说营销作风。无论你买还是不买，营业员一律以礼相待。价格是明码标价，打折也予以明示。同样的商品，在不同的商店，价格无异。端的是公买公卖，童叟无欺。以次充好、以假乱真的情况，在这里是不会有的。一句话，在这里购物，你尽可放心。

物价差距如此之大，让我想到了所谓GDP。

我对经济学是门外汉，对媒体屡屡提及的GDP不甚了然。几次向人求教，仍旧疑云不散。这次亲临泰国商店，两相对照，似有所悟。不同国度、不同地区，物价不同，其GDP却用同一货币表示，仅仅看其数量，所说明的问题恐怕极其有限。

下午乘车前往远郊的山林。这里是一道半环形的丘陵，漫山遍野长满了不知名的树木花草，葱茏茂盛，一望无际。我和女儿登上一座木制的高台，从台上跨上象背，赶象人一扬象鞭，大象便迈开了它那沉稳、顿挫的脚步。

山路曲折不平，几只大象鱼贯前行，或爬坡，或下坡，遇到山涧小溪，便停住脚步，卷起象鼻饮水。有时，它们还淘气地把象鼻故意伸到背上的女性面前，惹得她们惊叫起来。

绕山林一周，回到出发时的高台，又来到一处露天广场，观看大象表演。场地上一端设一篮球架，另一端设一足球门。投篮无疑是大象的强项，它毫不费力地几乎是自上而下地用象鼻把球装进了篮筐，获得了一片掌声，再表演足球射门。主持人请观众中出一守门员。与我们同车而来的有一对俄罗斯青年男女，其中的小伙子身材修长健美，浑身上下洋溢着青春的朝气。他自告奋勇，走到球门前。大象长鼻卷起足球，直奔球门右上角。小伙子身高近一米九，只轻轻一跃，手臂一挥，足球弹出，又是一片掌声。

晚10时40分，专车准时来到宾馆。还是来时的那位方正脸庞、两只大眼睛满含善意的司机。无须语言，即知来意。

街市上的灯火渐渐隐去。轿车飞奔，又一次驶入茫茫的夜色。

再见，芭东!

再见，普吉!

香港掠影

从香港返京已经将近三个月，虽然只逗留了短短的四天，但那些生活片段却如电影的特写镜头，历历在目，内中也蕴含着难忘的思绪和情愫。

港地的小与大

若论疆域版图，不说大清帝国，也不说“中华民国”，只和当今内地相比，香港也不过是个弹丸之地。唯其面积狭小，所见也就多“小”。

香港没有宽阔的马路，窄，也是小。公寓的间距小，窗户也小，远远望去，犹如一排排的火柴盒。公交车上的座位小，过道小，上下车的阶梯也小。宾馆大厅里的圆桌小，座椅小，座椅的间距也小，小到伸不开腿。

香港依山傍水，海域很大，各种型号的船舶通往四大洋。国际机场很大，一派国际大都会的气象，多家航空公司的航班迎送着五大洲的宾客。海洋公园很大，乘坐公园内的缆车，要行驶八分钟。赛马场也很大，放眼目测，至少有十来个标准的田径场大。无论是本港人的出入往返和休闲娱乐，还是外地人的商贸往来和旅游观光，都有宽阔的活动场所，仿佛巨人敞开了胸怀，包容着各种肤色的人们。

香港的商场都很大，这里是亚洲最大的商贸中心，有许多大企业家。香港街道两旁银行林立，这里是亚洲最大的金融中心，有许多大银行家。香港创造了经济腾飞的奇迹，被誉为“亚洲四小龙”之一。龙虽小，但终究是龙，谁敢小看？

除经济实力之外，还有软实力。香港高校的办学水平，在亚洲属于一流。

还出了一位诺贝尔物理学奖获得者高锟，而内地迄今尚未有一人获得自然科学的奖项。这里只谈自然科学，是因为这一类奖项的评选，较有客观性，也较少争议。比如高锟的贡献，就为物理学界所公认。

如果借用一个数学用语来评价香港的小与大，是否可以说，香港的分母很小，分子却很大。这样一颗东方明珠当然是香港同胞汗水与智慧的结晶。不难想象，20 世纪 80 年代，中英两国政府在谈判解决香港回归事宜时，撒切尔夫人是多么的不情愿，又是多么的无奈。难怪她在走出人民大会堂东门时失足摔倒。我猜测，在那一刻，她一定是方寸已乱。

行文至此，从新闻媒体获悉，撒切尔夫人日前逝世，世界各国政要大多对其做出崇高的评价。中国外交部发言人，也肯定了她在香港回归问题上做出的历史性贡献，我也想到她的职业生涯中另一个值得我们国人敬佩的片段。她在首相任上到美国进行国事访问时，曾专程拜访已是耄耋之年的刘放吾将军，代表大不列颠及北爱尔兰联合王国，向刘将军表示敬意和谢忱。第二次世界大战时期，刘将军曾任孙立人将军统领的新三十八师一一三团团长，是他率部血战，以阵亡二百四十余名官兵的代价，解救了被日军围困的七千多名英国军人和多国记者。当电视台播放上述专题新闻时，我感受到了“铁娘子”政治家风范的另一侧面。

海豚表演

香港的海洋公园包罗万象，种类繁多的水生动物，异彩纷呈的水生植物，应有尽有，令人目不暇接，但驰名世界的却是这里的海豚表演。

大约八九岁时在乡下看野台的马戏，场地用一圈帷布与场外隔开，中间是一杆高高的旗杆，一个小女孩，头上的冲天杵小辫系了一根绳子，被吊在旗杆的顶端。小女孩在空中旋转时，手舞足蹈，分明是在痛苦地挣扎。我不忍看，转身离去，把一片喝彩声抛在脑后。

从那以后，我再也不看马戏。当然也就不看各种名目的驯兽节目。这次看海豚表演，是女儿向我做了一番说明之后，我才抱着试试看的态度走进表演场的，同时做好了随时退场的准备。

表演场地的看台是一个很大的半环形的水泥阶梯，中央主席台的一侧是乐池，看台下面是一长方形的泳池，池水碧蓝，澄澈见底。我们进场后，表演尚未开始。管弦乐队演奏着节奏鲜明、热烈的乐曲。坐在看台上，只见川流不息的观众陆续入场。这时，我发现了一个有趣的现象：进场的观众走路的步伐，都不自觉地暗合着乐曲的节拍。人类如此，不知动物是否亦然？

表演开始。两名身材修长、体格强健、身着黑色泳衣的驯导员引领海豚入场。向全场观众点头示意后，海豚即跃入水中，伴随着乐队演奏的乐曲，一会儿纵向跃出水面，然后跃入水中，再起，再落，如是者三，做水上三级跳；一会儿高高跃出水面，凌空转体 360 度；落水后，再起，转体 720 度；三落，三起，转体 180 度，做水上体操。每个动作都引发了全场热烈的掌声和欢呼声。掌声中，驯导员将一块食物送入海豚口中，以资鼓励。单独表演后，是人豚合作。驯导员有时伏在海豚背上，有时尾随海豚身后，两只载人海豚做速度比赛，百米长的泳池，海豚犹如鱼雷快艇，冲开碧波，瞬间即达终点，速度之快，令人叹为观止。

激烈的比赛之后，一位女驯导员出场，在主席台上与海豚共舞，舞姿和谐，引来阵阵惊叹。

最后一个节目是小品。在泳池边，驯导员请一对青年夫妇和海豚近距离接触，那女子迟疑着不敢向前，经驯导员再三鼓励，才乍着胆子向前凑了两步，但海豚刚一扬头，女子便跌落水中。海豚当即跃入水中，演出了一幕水上版的英雄救美。

据说，马戏团驯兽的方法主要有两条：一是食物鼓励，二是鞭打，即所谓胡萝卜加大棒的经典策略。海豚的训练方法是什么呢？我用由果导因的方法推测，应该是以下三条：物质鼓励，音乐引导和人体示范。这种训练方法，不带强制性的惩罚措施，在人与海豚之间建立的是一种平等的关系，体现的是现代文明。我又想到古代典籍中所说的“百兽率舞”“凤凰来仪”，看来并非虚言，太史公诚不我欺。现代文明和上古文明，竟然一脉相承。

赛马场

还是八九岁的时候，看过一幅年画：上海跑马厅。画面上看客人山人海，场地上的几匹骏马四蹄腾空，马背上的驭手低低地俯着身躯。稍长，知道了上海是我国第一大都市，认识到只有在这十里洋场才有跑马厅。20世纪60年代，中苏两党论战，在“九评”的一篇文章中，说到苏联社会上已经有了新生的资产阶级分子，给这些人定性的标准之一：“还是赛马场上的大赌棍”。可以断定，在那个特定的时代，赛马场已经与资产阶级的生活方式联系在一起，它在内地已经绝迹，就是确定无疑的了。

和看海豚表演前的心态不同，当女儿提出看赛马时，我欣然前往，没有讲出来的话是：几十年前画面上的场景就在眼前，此时不去，更待何时？

赛马场的格局是：在半环形的阶梯看台下面，空阔的场地上是平坦的草坪。在看台上远眺，三面都是高楼大厦，一排排的窗口闪着灯光，如同夜幕上密布的繁星。不是在辽阔的草原，也不是在一马平川的原野，而是在这灯火辉煌的不夜城，观看带有古典风格的赛马，自是别有风味。兴奋、激动、还有些许莫名的紧张，仿佛自己不是观众，而是即将上场的驭手。

看台上的观众已是黑压压的一片。看台与跑马场之间的广场上人群熙熙攘攘，正在入场的人流摩肩接踵，堪称男女老少咸集，各色人种齐聚。为了看得真切，我和女儿好不容易在场地的护栏前找到了勉强可以站两个人的空隙，等待那激动人心的时刻到来。

19时45分，哨音一响，十来匹骏马一齐冲出，只见电视大屏幕上马蹄翻飞，全场嘈杂的人声顿时沉静了下来，人们都屏气凝神，目送着赛马飞速的队形，当马群沿着顺时针的方向由弯道转入直道时，人群里起了小小的骚动：“来了！来了！”这时，马群距离我们还有五六百米，女儿急忙举起相机，镜头还没对准马群，只见马前胸一晃，马群已到眼前，只一闪，犹如飓风席卷残云，一拥而过，一转眼，马群已冲过终点，相机的荧屏上只留下了几匹马的背影。

听不见马蹄声，也看不清驭手的面容，偌大的赛马场仿佛在一瞬间无声地下沉，只有马群飞奔的一幕。

读古典小说，其中形容宝马，说是“草上飞”，说是“踏雪无痕”，今日终得一见。

这场赛马的第一名到达终点后，驭手激动万分，高举双臂，奋力挥舞，然后掉转马头，缓辔徐行，并不断向欢呼的人群招手致意。这时，我才看清，这是一匹高大雄俊的枣红马，毛色光滑油亮，身上佩带的号码是8号。

好一个8号！

40多年前，在小兴安岭林区，我亲耳听到过一匹战马的真实的故事。从那时起，这匹战马就深深地刻入了我的记忆。蓦然，眼前的这匹赛马幻化成了那匹战马，并在我的眼前重现了他那非凡的经历：在烽火连天的抗日战场上，他和主人一道，单人独骑，成功地掩护了一个县大队跳出了日军大扫荡的包围圈。在国内战争中，他突出重围，向上级告急，搬来援军，挽救了整整一团人的生命。此刻，他就站在深邃缥缈的天幕上，用穿越时空的深沉目光，默默地注视着我。

想起了鲁迅先生

漫步在香港的街头，报刊亭、书摊随处可见。不同派别、不同观点的书刊都有它们的出版机构，也都有自己的读者群。这种文化出版事业百家争鸣的局面，让人联想到20世纪30年代的上海，或许就是这种社会状态。

由20世纪30年代想到了鲁迅先生。不与当权者结盟，这是先生一贯的思想，也是他终其一生所奉行的实践。鲁迅比任何人都清楚，文学家与政治家的思维方式、心理特征、处世准则、价值取向乃至兴趣爱好是那样的截然不同，如果和统治集团结盟，文学家必然要失去自己独立的人格，只能充当“帮忙”或“帮闲”的可悲角色。所以，作为独立的知识分子，在国民党统治时期，他和统治集团保持着很大的距离，并保留对某些国是的批评权。他和瞿秋白、冯雪峰等共产党人有过较为密切的交往，但那时共产党尚未夺取全国政权，处于地下状态。他和周扬、夏衍等共产党人在“左联”共过事，但相处得并不愉快，在感情上，他甚至很厌恶这几个人。如果他能活到1949年，其间要经过十四年抗战和三年内战。抗战时期到过延安的萧军，亲身经历过那里所谓的“整风运动”。丁玲、艾青、萧军等人的被批判斗争，王实味后来的被处决，以及无数知识青年的被“抢救”，所有这一切，萧军不可能不告诉鲁迅先生。一向反对瞒和骗，敢于直面人生，不轻信宣言，临死前还谆谆告诫爱妻幼子“别人应许给你的事物不可当真”的鲁迅，在共产党夺取全国政权之后，还会选择留在内地吗？据说，解放军进驻北平之前，曾派人动员胡适留在大陆，并许之以北大校长或国家图书馆馆长的职位，胡适谢绝。胡适尚且如此，历史知识和政治智慧远高于胡适的鲁迅，难道会那样天真幼稚吗？

不留在内地，能到哪里去呢？

到台湾去，不可能；到美国去，也不可能；到日本去，更不可能。真是天下之大，竟然放不下先生的一张书桌啊！

好在天无绝人之路。30年代，每逢危难之时，先生采取的措施就是：到租界去。写于这一时期的《且介亭杂文》中的“且”和“介”，即取自“租界”二字之半。所谓“且介亭杂文”，意即写在半租界地亭子间里的杂文。1949年之后，大陆已无租界，但紧靠维多利亚港还有一处租界：香港。果如是，萧军、萧红、胡风以及《七月》的部分诗人，都会惟先生的马首是瞻，就连巴金都有可能。不难想象，那时的香港文学界，会是怎样的一种局面。

我漫步在香港的街头，思绪穿越了历史的隧道，回到了六十年前，恍惚觉得，先生就站在某一座小楼的窗前，手指拈着一支香烟，静静地观察着下面街上来来往往的人群，心里在打着腹稿，正准备撰写《且介亭杂文》的续编。

2013年4月14日

花莲行

辛亥革命百年华诞的初冬，携小女赴海峡对岸一游。离京之前，想起并对女儿说起了一件往事：

1957 年冬，我上初中二年级，读过林斤澜发表在《人民文学》上的一篇小说：《台湾姑娘》。小说生动地描绘了台湾阴雨连绵的天气，写了一个长发披肩、脚踏木屐的小姑娘，每天都从门前的石板路上走过。时间长了，小说中第一人称的"我"开始和小姑娘交谈。每次"我"向小姑娘说了自己对台湾的一些看法后，回答都是"摩呀哉"。这个"摩呀哉"究竟是什么意思，作品没有明确说明。从小说的语境来看，似是表达一种不定的意见，但确指的内涵是什么？这个问题一直深埋在我的心底。由此，我也慨叹文学作品的魅力，一篇万字左右的小说，它所描摹的生活场景和刻画的人物，竟然如此鲜活地镌刻在一个懵懂少年的记忆里，一直伴随着他，直到两鬓染霜。

11 月 9 日，由宜兰乘火车前往花莲。由于不是上下班的高峰，多数座位都空着。我们坐在第三排，车厢上的公告映入眼帘，内容是：低收入的家庭，子女年龄在 25 岁以下者，读高中或高职以上的学校，一律免费。医疗亦免费。中低收入家庭者减半。20 世纪 50 年代的台湾姑娘，她们的后代应该不会像前辈那样过早地为生活而奔波，可以在窗明几净的校园里就读了吧。她们的亲人如果生了病，也应不愁无医了。我向窗外远眺，连绵起伏的山峦宛如绿色的游龙向后掠去。云雾笼罩了山顶，仿佛"山在虚无缥缈间"，如临仙境。白云飘荡在山腰，好像翩翩起舞的群山随风扬起了轻纱。近看，星罗棋布的水田，犹如一幅其大无比的油画。不时有一条溪水，在田野上淙淙流过。路边的椰子树，在纷纷细雨中高高地挺立，像是美丽家园的忠诚哨兵。

到了花莲，计程车司机阿容告诉我，不到太鲁阁就等于没有到过花莲。我们接受她的建议，计程车沿着盘山公路向太鲁阁驶去。

公路两旁，满眼崇山峻岭，越往前行，山势越是陡峭。高耸入云的悬崖，与地面垂直矗立，疑是刀削斧凿。沙卡礑溪谷里，碧绿澄澈的激流呼啸而下，撞击到了突起的岩石，飞溅起雪白的浪花。蓦然想到三国时期邓艾度阴平的故事，如果有人在这里重演，结局只能是粉身碎骨。阿容说，眼前的公路就是著名的中部横贯公路，简称中横公路。是蒋经国先生身悬绝壁，援葛攀岩，亲率数万荣军，风餐露宿，胼手胝足，历时四年，硬是用丁字镐和铁锤，凿穿了将台湾分割成东西两半的中央山脉。多少人的血汗挥洒在这里，又有多少人长眠在这里，才建成了这条“台湾地区的骄傲之路”。为了纪念这些荣军和先烈，修建了长春祠，供奉他们的灵位。到了那里，只见香烟缭绕，不断有三三两两的人前来拈香祭拜。

计程车继续前行，来到一处山洼拐角处。阿容让我们下车仰望高空。四周山势峥嵘，一座座山峰像是巨大的利剑刺向云端。群山环抱之中，所看到的天空形状，酷似地图上台湾的版图，由是感叹：鬼斧神工，皆为天意。

瞻仰了岳王庙，走过了慈母桥，在一处峭壁上看到了三个绛红色的大字：太鲁阁。题字人的落款赵恒惕。女儿问，赵恒惕是何许人，我答：是 20 世纪 20 年代湖南省的军政首脑。字迹古朴苍劲，想来题字时已是高龄。上车后，女儿又问：“惕字为什么写成‘惖’？”我答：“这是异体字，为了凸显艺术的个性，书法家常用此法。”

文字问题的讨论，引发了女儿的思绪。她提醒我，离京前所说的“摩讶哉”，何不向阿容大姐请教。

阿容沉吟再三，轻轻地摇了摇头，说：“没有这个词。”随即又解释道：“台湾各个部族的语言，我都懂，日语也粗通，都没有这个词。”

一缕惆怅从心底升起，那种感觉就像是寻找多年的朋友而未能谋面，但我心有不甘，对阿容说：“用汉字记录方言，可能注音未必完全准确。请你想一想，有没有和‘摩讶哉’读音相近的词。”

阿容略一沉思，猛然想起：“莫讶欸与‘摩讶哉’的，意思是：不是（这样）欸。”

“莫呀欤”，阿容的读法是：“莫”字稍重读，“欤”字略轻读，这个词放到小说的背景里就是：“我”几次说起对台湾的一些看法，小姑娘用“摩呀哉”回答他，就是表达这样一种否定的意见：台湾的实际情况“不是（这样）欤”。至此，整整五十四年前的阅读困惑迎刃而解。

计程车如离弦之箭，向七星潭奔去。不多时，那像翡翠一样碧绿的海水，拍打着海岸激荡起长长的雪练，已经尽收眼底。

2011年11月26日

（原载香港《成报》2011年12月25日周日文苑版）

关山夕照

下午5时许，垦丁关山前的广场上已停满了各式各样的汽车，人们从四面八方涌向这里，等候海上日落的壮美瞬间。银盘似的夕阳还有三竿高，它的光辉照耀在辽阔的海面上，形成了一条“金色的大道”，原来是蔚蓝色的大海上升起了轻纱一样的薄雾，被阳光一照，好似一条“金色的大道”，此时海水的颜色变得有些灰暗。夕阳的西北方向有几朵白云，像是遥远的天幕上悬浮着几堆巨大的棉絮。

关山的制高点上早已挤满了人。后来的游客或凭栏远眺，或席地小憩，也有的游走于不同的群落之间，形成了一道高低起伏、参差错落的人墙。没有人大声喧哗，因为即将到来的时刻是神圣的。夕阳缓缓地下沉，它的颜色渐渐地变成金黄、火红，周边闪耀着一圈火焰，圆形似乎也变得不那么规则，喷吐着的火焰让人觉得它仿佛不是在下沉，而是在向前飞行，但又总也离不开原地。人们都屏住了呼吸，目不转睛地注视着这海上的奇观。这使我想起了鲁迅先生的小说集《彷徨》的封面设计，那上面的太阳就是一个不规则的圆形，这是夕阳西下的写实，象征意义蕴含其中，它和小说的题名与内容是多么的谐调一致啊！后来的编辑把它改成了一个规则的圆，只是空留笑柄。忽然，人群中有了小声的议论：“快落了。”只见夕阳的底部开始像日食一样地消融，但上面的大部分却并不继续下沉，反倒是那已经下沉的底部又露出了金红色的面容，原来是一片乌云遮住了夕阳的下端。乌云向上飘浮，整个夕阳的上中下部，分别横起一道暗蓝色的飘带，随着几朵乌云的上浮，夕阳向海面缓缓地沉落，就在整个身躯消失的瞬间，它的余晖猛地映红了天边的云霞。海天一线的上空像是颤抖着一束金蛇。

关山上的人群开始散去。天边的晚霞渐渐地暗淡下来，海水的颜色也越来越深。我不忍离去，痴痴地伫立在一块巨石之上，心潮随着海面的变深而下沉，下沉，直到海底。

2013 年 3 月 1 日
作于垦丁

虎亦有道

——收视偶记

中央电视台曾经播放有关虎的专题片，时间虽然已经过去了好几年，但其情其景仍深深地镌刻在记忆的屏幕上，并有所感悟，今写出来与读者交流。

虎与狗

把一只成年虎与一条狗关在同一个笼子里，向里面扔一块肉。画外音告诉我们：这是做一个试验，看谁能先抢到这块肉。结果出乎意料，捷足先登者竟然是狗，而那只虎似乎根本就没有动。下一个镜头又是出乎意料，当笼外的人做出要打狗的架势时，这只虎立即做人立状，并举起前爪，遮挡人的打击。

对上述现象困惑不解，是因为“弱肉强食”这一合理性极其有限的公式流传已久，并被人们无限制地予以夸大，主宰了人们的头脑，乃至成了思维定式。

不妨反向思维：假如堂堂的兽中之王，竟然和一条狗争食，成何体统？

再设想一下，假如笼外的人意欲打狗时，虎不挺身而出，保护下属，那它还配做百兽之王吗？

北京动物园的几位饲虎师一致认为：“虎最重感情。”

李克威在《中国虎》中，借小说人物之口说：“虎有思维。”

上述专题片则启示我们，虎有品格：高贵。虎有风范：王者气象。

虎与羊

又是一个试验：把虎与羊放在同一块不太大的空地上，看结果如何。当然又是出乎意料，不是虎扑倒了羊，而是羊赶得虎团团转。画外音告诉我们，这说明虎已经严重地退化了。

对于生物学，笔者是门外汉。由于人类无节制地捕杀以及生存空间的消失，虎已经濒临灭绝。极少量幸存的虎，由于近亲繁殖等诸多原因，生理机能和野外生存能力确已退化，但用退化来解释上述现象，尚需讨论。

不妨做个类比。假如姚明走在大街上，路边一个鼻子下面拖着两行鼻涕的顽童见他高大奇伟，出于好奇，始而用两只小脏手抓，继而用头顶姚明的大腿，姚明将做何反应？他大概只能付之一笑，然后继续走他的路。见到这一情景，绝不会有人认为：姚明的体能还不如一个顽童。

这个专题片启示我们，虎有操守：不该猎取的决不猎取，更不以强凌弱。

虎与野猪

仍然是一个试验：让野猪隐藏在一堆山石后面，再放虎出笼。

与上述两个专题片中的虎稍有不同，这只虎从形体上看，像是一只半大虎，让人想起柳宗元笔下的贵州小老虎。只见它一个纵跳冲出，挟风雷之势，前爪甫一点地，后爪尚在空中，迅即倒地，飞快地打了一个滚，然后耸身跃起，如离弦之箭，直奔山石。画面就此中断。紧接着的下一个镜头是：小老虎叼着野猪的咽喉，拖出了山石。画外音告诉我们，这场搏斗仅仅用了15分钟。

该片没有虎和野猪搏斗的场面，令人遗憾。但小老虎出场的情景已经给我们提供了一席精美的视觉盛宴和思考的广阔空间。小老虎的一系列动作，是如此的干净利落，连贯流畅，堪称速度、力量、技巧与艺术的完美结合。中国传统武术的基本功：猫窜、狗闪、兔滚、鹰翻，全部融会其中，浓缩于一瞬，简直就是一幅经典的示范画卷。

笔者青年时期曾在小兴安岭林区生活和工作过七年。听老工人讲，野猪是一种非常凶猛的动物，其皮毛之坚硬，犹如铠甲，是森林中的一霸。但这个专题片却不使人感到意外。面对强敌，虎表现出了另一种王者风范：神勇无敌，威震八方。

结 语

在浩如烟海的古代典籍中，我们的先人都说：虎是山林之王。现代生物学家则说，虎处于一个地区生物链的顶端。虎的王位历经几千年的风雨而不倒，究其原因，当然是多方面的，其中之一即是虎亦有道。

但是，我们人类对虎乃至整个生物界的认识却是少而又少，人们习惯于用一些简单化、绝对化的公式去剪裁无比丰富多彩的外部世界和人的内心世界。诚如歌德所说：人是一个蒙昧物，不知道自己从哪里来，要到哪里去。人对外部的世界知道得很少，对自身知道得更少。让我们彻底打碎禁锢思想的枷锁，努力转变思维方式，在通往科学顶峰的崎岖小路上不懈地攀登，哪怕只是一小步。

2012年8月16日

雄鸡一唱天下白

——回首“丙申事件”

丙申年（2016年）转瞬即逝，发生于这一年夏季的“京师瓷事件”，随着时间的推移和过程的展开，其意义已经远远超出事件本身，故此本文名之为“丙申事件”。

邱季端先生向母校捐赠六千件瓷器，北师大据此成立博物馆，这在任何时代，任何国家，都是毋庸置疑的义举。孰料消息甫出，即遭到反对民间收藏派（以下简称“反民派”）的围攻。他们指鹿为马，混淆视听，借助若干家公共传媒，凭空打假，气势汹汹，一时间，大有“黑云压城城欲摧”之势。出乎他们的意料，他们的倒行逆施，非但没有压垮以邱季端为代表的国家文物保护派（以下简称“国保派”），反而激起正义之士的强烈义愤，挺身而出，仗义执言，奋力反击，于是，神州大地上，“反民派”和“国保派”展开了一场虽然没有硝烟，却事关民藏界生死存亡的大决战。

文物具有双重属性：一方面，它是艺术产品，属于精神文明的范畴；另一方面，文物一旦进入流通领域，即可变现，成为物质财富。一个正常的国家，为了保证经济生活的正常运行，要有一定的黄金储备，作为稳定货币的准备金。但是，黄金有价，文物无价。我们中华民族有五千年的文明史，我们的祖先又极具聪明才智，他们留给后人的文物，范围之广、数量之巨、质量之高，世所罕见。这些文物一小部分收藏于官方博物馆，绝大部分藏于民间，还有一些流失到国外。改革开放以后，文物拍卖解禁，人们惊异地发现，我们的老祖宗，不仅对世界精神文明做出了无与伦比的贡献，而且给后世子孙留下了如此巨大的物质财富。而后者的价值，远非国家的黄金储备可比。

从空间的角度看问题，中华民族十四亿人口赖以生存的土地，是我们的祖先用鲜血和汗水浇灌而成，我们对此拥有绝对主权。从时间的角度看问题，我们的祖先几千年遗留下来的文物，无论官藏还是民藏，都是民族的血脉。文物问题，事关民族精神的传承，事关国家的气数和命运，是和领土主权同等的核心利益，势必要对此予以高度的关注。

以国家最高领导人的有关指示为标志，斗争的形势急转直下。虽然还有几个小丑跳梁，但“反民派”已经溃不成军，事态发展走向了他们愿望的反面。他们对“国保派”的倾力打压，反而促成了散居在全国各地数以万计的民间收藏人士的团结，并形成联合阵线；他们集中诋毁和攻击邱季端，反而使他自然而然地成了“国保派”的旗帜；他们侮辱和谩骂北师大，反而使她成了民藏界的旗舰。据说，历史喜欢捉弄人，本来想走进这个房间，却走进了另一个房间。诚哉斯言！

“雄鸡一唱天下白”，唐代诗人李贺这一千古佳句，用来形容今日民藏界的形势，是何等的生动贴切而又气势恢宏。在丁酉年（2017 年）即将来到时，国家正式出台了关于继承传统文化的系统工程的决定，其中明确规定，要保护文物和修订文物保护法。民藏事业的春天已经到来，虽然前进的道路上还会有急流险滩，狂风恶浪。但是，坚冰已经打破，航线已经开通，方向已经指明。一切致力于民藏事业的人们，一切为民藏事业呼吁呐喊的人们，一切运用手中的公权力支持民藏事业的人们，历史将会用十足的赤金为你们镌刻光辉灿烂的篇章。

丁酉年正月初三日作，请 4622 的同窗指正

2017 年 1 月 30 日

旅日简记

2018年1月22日至27日，女儿陪同到日本旅游。

1月22日，星期一，凌晨4时即起床，6时尚过，乘计程车前往机场。第三航站楼，旅客似不甚多，很快办完各种手续，10时35分，全日空班机准时起飞。下午1时半许，抵达成田机场。办入关手续时，和2011年第一次去台湾一样，工作人员对我免于安检。临行前，女儿看天气预报，22日东京大雨转小雨，我对女儿说："老天爷肯定会关照我们父女，我们到东京时，天气或者放晴，或者下雪，最好的天气是下雪。"女儿问："为什么?"我答："瑞雪兆丰年，瑞雪亦迎春。瑞雪纷飞，预示着我女儿全年顺利，吉祥如意。"

出了机场，小雨还在下，上了机场巴士，车行不过10分钟，小雨即变雪花，且越下越大，工夫不大，车外的路面、建筑已是一片洁白。老天爷果然关照我们父女，我心愉悦。车行约一个半小时，到达新宿酒店。纷纷扬扬的大雪下得更紧，电视新闻全是关于大雪的报道，说这场雪是五十余年未见的大雪，既是五十余年一次的大雪，当是预示女儿今后五十余年的大吉大利。女儿一生平安，这是我对老天最大的祈愿。感谢上苍!

1月23日，周二，晴。按计划去富士山。东京城内交通已经畅行无阻，但去富士山的大巴暂停。女儿退了预定的车票，又去退预订的富士山的宾馆。对方答以火车仍正常运行。于是，女儿买了火车票，我们前往富士山。火车上的座位很舒适，坐车观看车外的雪景，也别有风味。

入住的宾馆位于河口湖旁。湖水青绿，极澄澈。大雪之后的山区，天气严寒。晚上去附近的小超市购食品，顾客不少。但店内的地面上，竟然不见一点泥痕，可见雪的洁净。如此洁净之雪，只有在儿时见过。那时，生活的环境尚未污染。而现在，北京的雪都带有灰色。日本的空气好，大雪之后更好。这都是老天的恩赐。

1月24日，周三，晴。上午，在富士山游览。远眺富士山，半山腰以上，全为云雾遮掩，山顶附近，亦有大片祥云。山上看不到绿色，这座著名的山峰，当是火山。即日，大巴已通。乘大巴返回东京。车行路上，已不见雪痕。道路两边，留有堆成一线的白雪。建筑物的顶上，仍为白雪覆盖。晚上，仍回新宿酒店。

1月25日，周四，晴。上午参观皇居，即天皇所住的皇宫。进皇居时，工作人员仍对本人免于安检。皇居的护城河颇宽，河水碧绿。城墙由不同形状的岩石砌成，墙顶种有松柏，这样的建筑，在古代肯定是为了便于防卫。进宫后，先到一大厅，观看介绍皇居的专题片。然后有导游带领游客在宫内参观，并做讲解。余不懂日语，只是看客。

参观后，在宫外的广场上留影。偌大的广场均由砂粒铺成，这大约也是出于防卫的需要。

下午去东京大学。校址阔大，建筑有些陈旧。校内路上的行人寥寥，更无车辆行驶。偌大的东京大学，只有一座楼前停有两辆小轿车，和北京的高校相比，真是两重天地。北京的著名大学都是车水马龙，形同闹市，早已不见了学府的气息。原想给东京大学这所亚洲排名第一的大学捐赠拙作《红楼今咏》，但走到综合图书馆前，只见悬挂今日闭馆的牌子，有些沮丧。但在向一位男青年问路时，此青年热情引领我们找到图书馆，给我和女儿留下了良好的印象。

离开东京大学，又前往早稻田大学。这是一所著名的私立大学，是我最早知道的日本的大学，大约在读高小或初一时，知道日本有一所著名的大学叫早稻田大学。由于在东京大学遇见了闭馆牌，对于早稻田情况如何我有点信心不足。走进大学南门，门卫告诉我们，图书馆在一进北门处。我们往北走，正逢学生放学，路上是年轻人的人流，但不见一辆机动车，甚或是自行车。学生全是步行，且生气勃勃。

早稻田大学的图书馆并未闭馆。我们向门口的工作人员说明来意，这两位年轻人热情有礼地接待了我们，并为我们办理了入馆的卡片，女青年还带领我们进馆。女儿向有关人员捐赠了本人拙作《红楼今咏》4册。工作人员当即输入电脑，并交给女儿一张表格。女儿填罢此表，我们父女即告辞。出门时，和门口的两位年轻人微笑告别。

1月26日，周五，晴。乘专车前往三井奥特莱斯购物。所有的营业员，服务态度均极佳，无论你买与不买，均笑脸相迎，耐心解释。女儿试穿衣服时，营业员均跪在面前助穿。临走时，营业员均送至电梯，鞠躬致谢。

1月27日，周六。仍是凌晨4时起床，5点20分，机场巴士准时起程。6时10分许，抵达羽田机场。9时40分许起航。从飞机上往下看，底色是蓝蓝的太平洋，洋面的上空点缀着朵朵白云，极为壮观。此前也曾多次乘坐飞机往下看，但都是无边无垠的云雾。除了云雾，什么也看不见。这是第一次在飞机上观看到了辽阔的太平洋。心情愉悦。飞经朝鲜半岛时，只见下面是一片黄褐色的山川，千山万壑，其形状颇似带有条纹的虎皮。飞过朝鲜半岛，下面应是渤海。但海面的颜色渐渐地不那么蔚蓝，西北方向的天边是红黄的一片。下午1时40分许，抵达首都机场。

结束了一周的旅行，有以下观感：

东京确是一座国际化的现代大都市。机场及公共场所，均开阔。建筑高大整洁，夜晚霓虹灯五彩斑斓，辉煌壮观。交通秩序井然。为期一周，我们没见到一个乞丐。每一处的每一位工作人员，都非常敬业文明有礼。比如，乘大巴车，负责收票的人收票完毕，告之司机可以启程时，必向司机鞠躬致意。多次向日本人问路，尽管语言不通，但每一位都热诚帮助，无一人冷淡敷衍，更无一人不耐烦。上下班高峰时路上的人流都是行色匆匆。严冬季节，有的女学生还穿着裙服。不少年轻人只穿一套春秋装上班。电视节目多反映民众生活。大雪时，几乎都是有关大雪的新闻报道，政治方面主要是报道议会上首相和各党派代表的发言。体育节目，如竞马（赛马）、相扑，观众座无虚席，且不乏女性观众。

总之，日本社会是一个真正的现代化的社会，是一个民主与法制的国家。在联合国公布的世界各国和地区的国民素质排行榜上，日本连年排名第一，名实相符。

2018 年 1 月 29 日补记

名作赏析

屈原——伟大的爱国者形象

屈原是我国历史上伟大的爱国诗人，同时又“是一位有深刻的思想和正义感的政治家”。两千多年来，屈原在人们的心目中一直是爱国者的象征，多少仁人志士在他的身上和诗中吸取了无穷的反抗暴力的精神力量，表现了民族的卓越性格，以鼓舞人民的革命热情。每当我们的民族外临强敌，而内部统治者又昏庸腐朽的时候，人们便会很自然地想起这位伟大的爱国者的形象。在抗日战争最艰苦的时代，在国民党统治的中心——重庆，有不少爱国人士、革命同志，只因为他们爱国，只因为他们代表人民的利益，并为着人民的自由解放而斗争，就遭到逮捕甚至杀害。在这种情况下，诗人兼政治家的郭沫若，配合当时的革命和政治斗争，借古讽今，以幻想和真实相结合的创作方法，发展了历史的精神，面对现实，写出了历史剧《屈原》。

《屈原》突出而鲜明地歌颂了屈原的爱国主义精神和他坚持真理、奋斗到底的崇高品质。在剧本里，屈原的性格，是在几次非常尖锐而又逐次深化的矛盾冲突中，在和不同人物的斗争中体现和发展的。剧本在一天的时间里概括了屈原战斗的一生。而在这一天里，屈原第一次受到的迫害就是南后对他的诬陷。南后，这个阴险、恶毒，而又极端自私自利的女人，脑子里全然没有一点国家的观念。为了个人的私利，她笼络张仪，陷害屈原，而结果陷害的是她自己，是“我们的楚国，是我们整个儿的赤县神州呀！……”在这场戏里，屈原和南后的性格得到了鲜明的对比。屈原的毫不考虑个人得失，而处处以国家为重的崇高品质，在南后卑劣无耻的行径的映衬下，在这里是如此鲜明地突现出来的。请听，他在遭受了南后的诬陷，并被楚王暴怒地责骂为“疯子”时，他“沉着而沉痛地”对楚王说的“你要多替楚国的老百姓设想，多替中国的老百姓设想，……你听信了我的话，爱护老百姓，和关东诸国和亲，你是一点也没有错”，是多么的令人在沉痛之中对屈原这一形象肃然起敬。听了这样感人肺腑的金玉良言，有谁能不对屈原同情，对昏庸的楚王愤恨呢？但是，不图自强的楚王在“怒不可遏”的情况下，却又把屈原的左徒官职免掉了。但是，即使在这种情况下，屈原所想到的仍是整个的楚国，他确实是“问心无愧”，并做到了“视死如归”。

如果说，剧本的第一个高潮，是屈原愤懑和悲痛的爆发，那么，第三幕中，群众的盲目同情，便使屈原的悲愤得到了进一步深化。暂时还不明真相的群众，出于对他们所爱戴的三闾大夫的同情，唱起了《礼魂》歌，给屈原招魂。这时，本来就因为愤怒而要爆炸的屈原，更是火上浇油，怒上加怒。“谁要你们替我招魂？你们要听信那妖精的话，说凤凰是鸡，说麒麟是羊子，说菊花是砒霜，……”但在群众退去之后，他所最痛心、念念不忘的，仍然是他的祖国，他的人民。“唉，你陷害我，你陷害我，但你陷害了的不是我，而是我们整个儿的楚国啊！”这几句话，从屈原的口中说出，已经是第四次了，而我们听起来，却是一次比一次沉痛，一次比一次更充满了愤怒。

屈原不仅是一个伟大的爱国者，而且是有着深刻思想的政治家。在南后当着楚王和张仪的面戏耍他的时候，他深明大义，顾全大局，只把自己愤怒的火焰射向那个小偷兼卖国贼的谗谄面谀的小人张仪。他怒斥张仪是“最阴险的秦国的奸细”，是“到处受贿，专门卖国的奸猾小人！”哪知楚王听了这些话，不但不觉悟，反而对屈原大发雷霆，并叫卫士把他抓到东皇太一庙里去。“我受侮辱是丝毫也不芥蒂的，我是不忍看见我们的祖国，就被那无赖的小偷偷了去呀！……我希望你总有悔悟的一天呀。”几个矛盾冲突过后，在这场面对面的斗争中，屈原的悲剧性格得到了突出的表现。而这种悲剧性格，在第五幕的《风雷电独白》中，又发展到了顶点。

这时的屈原，正如作者所说的那样，他所受的侮辱已经增加到最大深度，他的自尊的灵魂也已被彻底蹂躏。悲愤到极点的屈原，面对着无边的黑暗，听着轰轰的雷声、咆哮的风声，触景生情，很自然地以整个黑暗世界为斗争对象，与风雷电同化，化悲愤为力量，要摧毁这黑暗世界，重现光明。听到了隆隆的雷声，使他想到了车轮声，并幻想着乘上飞车飞到“那没有阴谋，没有污秽，没有自私自利的没有人的小岛上去呀！”① 但他又马上想到这样的世界在现实中是不存在的，而他又是那么地不愿离开自己的祖国。于是，他呼唤“电，你这宇宙中的剑，也正是，我心中的剑。你劈吧，劈吧！把这比铁还坚固的黑暗，劈开，劈开，劈开！虽然你劈它如同劈水一样，你抽掉了，它又合拢了来，但至少你能使那光明得到暂时间的一瞬的显现”，他是多么的向往光明，向往那灿烂夺目的光明呀。而这光明，本身就是火，就是宇宙的生命，就是屈原的生命。他要“把这包含着一切罪恶的黑暗烧毁”，不管是什么云中君，还是什么大司命、少司命，什么湘君，什么湘夫人。他都要把他们烧毁。在这里，他没有眼泪，有的只是雷霆、闪电和风暴。屈原的战斗意志是坚决的，战斗情绪是激昂的。他坚持真理，奋斗到底，尽管备受折磨，屡遭陷害，他的战斗意志却丝毫没有减退。这，正如他在《橘颂》里所写的那样：“植根深固，不怕冰雪雰霏。赋性坚贞，类似仁人志士。”屈原这种宁死不屈，坚定不移的性格，刚好与宋玉成一对比。宋玉，这个没有骨气的无耻文人，就在屈原遭难的同时，投靠了那个下流无耻的稚子子兰。我们只要听一听子兰的这几句话，问题就完全清楚了：“你这个宝贝！原来比我还要势利。你一向装得来那样的清高！好的，我从今天起把你当成好朋友了。”古语说，“物以类聚，人以群分”，既然稚子子兰对宋玉说出了这样“将来一定要有福同享，有祸同当”的话来，宋玉究竟是什么样的角色，不是昭然若揭了吗？

关于“风雷电”独白，曾有人认为不应该写得过于激烈，最好写成《天问》式的冷静哲学的优美性格。作者回答说：“屈原是抒情的，然而是壮美而非优美，但并不是怎么哲学的。”我认为，这样写，不仅能大大增强作品的战斗性，而且，也是符合剧本中屈原性格的逻辑发展的，如果屈原在这时不万分激动、愤慨地念出“风雷电”独白，那么，这个感情充沛的诗人恐怕真的会爆炸了。但这样写是否符合历史的真实，那又另当别论了。因为照作者自己的话说，他写历史剧“主要的并不是想写在某些时代有些什么人，而是想写这样的人在这样的时候应该有怎么合理的发展”。这几句话不仅概括了《屈原》的浪漫主义创作特色，而且明显地表现出作者面对现实，为现实

① 郭沫若. 沫若剧作选［M］. 北京：人民文学出版社，1978.

服务，“把这时代的愤怒复活在屈原时代里去”的战斗精神。我觉得，这种写法的动机是无可非议的。

屈原伟大形象的另一特点，是他的爱人民的精神，同时，这也是他的爱国主义思想的中心内容。本着为现实服务的精神，作者把屈原的爱国精神加以理想化，突出强调了他与人民群众的密切联系，而把他的忠君思想（这是封建时代的仁人志士普遍存在的）有所削减。当屈原被诬陷失踪时，老翁对婵娟说：“你在替你老师太息，你的老师却在替我们老百姓太息啦……能够为我们老百姓所受的灾难，太息而至于流眼泪的人，古今来究竟有好几个呢?”钓者接着说：“一向的诗人就只晓得用诗歌来歌颂朝廷的功德；用诗歌来申诉人民疾苦的，就只有三闾大夫一人啦。”就是作诗，他也“在尽量地学老百姓”。无论何时何地，屈原对人民都有着深厚的同情和无比的热爱。他的主张也都代表了人民的利益，在精神上与人民共患难。自己被关在东皇太一庙里，还念念不忘人民，渴望人民觉醒，“个个老百姓都成为绝顶聪明”“又聪明又厚道”的人。正由于此，屈原在人民中间享有极高的威望。听听靳尚的话吧：“那家伙惯会收揽人心，把他囚在这里，都城里的人很多愤愤不平。再缓三两日，消息一传开了，会引起更大规模的骚动。待消息传到国外，还会引起关东诸国的非难。”这，有力地证明了屈原不仅在国内，就是在国外，也都有着极高的威望。因为屈原联合关东诸国一致抗秦的主张，不仅代表了楚国人民的利益，而且代表了六国的利益。

对于突出屈原和人民群众的联系这一点，婵娟这个人物有着重要的作用。婵娟，这个“普通人民的女儿”，作者说她是“诗的魂”。这是个“宁为玉碎，不为瓦全”，坚贞不移的女孩子。她敬爱屈原，是因为她觉得屈原一身系国家的安危。所以，她误饮了毒酒，反而感到幸运。“我把我这微弱的生命，代替了你这样可宝贵的存在，先生，我真是多么幸运呵！……”这种忘我的牺牲精神，正是高度的爱国主义精神的表现。我们可以说，在某种意义上，婵娟的形象是对屈原形象的一个有力补充。她确实是像橘子那样“圆满”“美丽”“芬芳”而又“赋性坚贞”“独立不移”的。

1963 年 6 月 16 日上午 9 时至 12 时

《红楼梦》与玉精神

《红楼梦》是中国文学史上艺术水准最高的一部小说，它的作者曹雪芹是亘古未有的天才。为什么说《红楼梦》的艺术水准最高呢？

评价不同的文学体裁有不同的标准，如评价诗歌有诗歌的标准，评价小说有小说的标准。评价标准主要有两条：一是看它的人物形象塑造是否成功；另一条是看它的语言，因为文学是语言的艺术。美术是线条和色彩的艺术；齐白石画的虾米活脱脱的，徐悲鸿画的马看起来就像是在奋蹄飞奔，叶盛兰演的周瑜、吕布，被人誉为活周瑜、活吕布。文学家写小说，怎么把人写活呢？靠语言。《红楼梦》通过贾、史、王、薛这四大家族的兴衰史，塑造了众多的人物形象，有如过江之鲫。据统计，全书写了448人，在贵族的大家庭里，老爷、太太、公子、小姐、丫鬟、婆子、跟班、小厮，社会上上至王公贵族，下至市井小民，无不写得栩栩如生。比如，写王熙凤这个人物，她在答应协理宁国府后，贾珍请她时说她小时玩笑时即有杀伐决断，宁国府都总管来升，马上传齐同事，说："如今请了西府里琏二奶奶管理内事，倘或他来支取东西，或是说话，须要小心伺候，每日大家早来晚散，宁可辛苦这一个月，过后再歇息，不要把老脸面丢了。那是个有名的烈货，脸酸心硬，一时恼了，不认人的。"王熙凤人还没到，先通过大总管之口，对人物有个简要的介绍，口气完全符合大总管的身份。"烈货""脸酸心硬"，极其准确地概括了凤姐的特性，语言生动、形象。写王熙凤上班是"寅正就起"，"卯正二刻"准时到位，写王熙凤的动作，"款步提衣上了楼"，把一个贵族少奶奶的气派，写得如见其人。她的语言极有特色，在什么场合，对什么人，应该说什么话，怎么说，都非常得体。比如，贾琏陪林黛玉到扬州料理林家的后事，返回家中，王熙凤说：“国舅老爷大喜！国舅老爷一路的风尘辛苦。小的听见昨日的头起报马来报说，今日大驾归府，略预备了一杯水酒掸尘，不知可赐光谬领否？”在贾琏离家这段时间，贾府发生了一件大事，就是贾元春才选凤藻宫，但王熙凤不说告诉你一个好消息、特大喜讯，而是新用“国舅老爷”这一称谓即把事情说清，避免了行文的拖累。王熙凤是个半文盲，但这段话颇为文雅。因为王熙凤人很聪明，又出身于贵族之家，看戏听书这类事是生活中的常事。“头起报马来说”“赐光谬领”等，即来自戏剧语言。“小的”，本是贵族之家中仆人对主人的自称，王熙凤却用来自称，透着诙谐。这段话完全符合王熙凤的性格、教养，也契合讲话的环境和对象。那个时代，即使是夫妻，在公开场合，也是不能有亲昵的语言或行为的。这是在自己的房里，也显示了夫妻生活的一面。而评价王熙凤的语言，也都符合评价人的身份和语言环境。要把人物写活，必然人物是立体的：协理宁国府，写王熙凤的才干；弄权铁槛寺，写她的贪婪；整治贾瑞，写她的手段；害死尤二姐，写她的狠毒。正如兴儿所说：“嘴甜心苦，两面三刀。”“脸上笑着，脚底下使绊子。”“明是一盆火，暗是一把刀”但她和秦可卿还是有很深的感情的，对贾宝玉、林黛玉等弟妹，也多有关心和照顾，而且有时也惜老怜贫，如对刘姥姥。刘姥姥带着孙子板儿到贾府打秋风，这个情节写得很精彩。刘姥姥好不容易见到了王熙凤，王熙凤先是哭穷，“大有大的难处”，让刘姥姥不报大希望，然后才说：“太太给我的丫头们做衣裳的二十两银子还没动呢，你不嫌少，且先拿了去用吧。”刘姥姥回答“瘦死的骆驼比马还大些”“你老拔根寒毛比我们的腰还壮哩。”正是这一次周济村妇积了德，日后贾府败落，凤姐的女儿巧姐落难时恰被刘姥姥所救。

“留余庆，留余庆，忽遇恩人。幸娘亲，幸娘亲，积得阴功。劝人生，济困扶穷，休似俺那爱银钱、忘骨肉的狠舅奸兄，正是乘除加减，上有苍穹。”

艺术最忌重复。齐白石画两只以上的虾米，形状、神态一定不同。黄胄画的两只以上的驴，形状、神态也一定不同。启功先生写的条幅，如果一个字出现两次，也一定有不同的写法。

《红楼梦》写人物另一个突出的成就，是身份相同、关系相近的人，越是写得性格各有特征。比如，林黛玉、薛宝钗、史湘云都是贵族少女，且和贾宝玉都是表亲，但林是姑舅表兄妹，薛宝钗是姨表姐弟，史湘云是从表兄妹。薛宝钗是标准的淑女，林黛玉是才女，史湘云是有豪放气质的少女，贾府的四姐妹，元春孤独，迎春懦弱，探春精明，惜春孤僻。

有比较才能有鉴别。比如一位在大陆有很大影响的武侠小说作家，写一位王子，名叫段誉（断欲）出门不久就遇见一位年轻貌美的女子，二人一见钟情，相向而行，还差一步就走到一起时，忽然刹车，原因是对方是自己的同父异母的妹妹；再往前走，又遇到一位年轻貌美的女子，又是一见钟情，又是相向而行，又是还差一步就走到一起时，忽然刹车，原因又是对方是自己同父异母的妹妹。如是者三，如是者四，情节雷同，人物相似，作者只能用衣服颜色的不同来区分几位女子，如紫衣、杏黄、绿衣等。北京大学中文系的老师们给这位作家以很高的评价。但是，如果把这位作家的小说和《红楼梦》写的人物相比较，我们不能不承认，这位作家作品的艺术水准比起《红楼梦》来，距离非常遥远。我这样讲，无意贬低这位作家，只是想表明这样一个观点，像《红楼梦》这样的文学经典，是后人遥不可及的。与曹雪芹的前人比，《红楼梦》则是超越前人的。和名著《三国演义》比，鲁迅曾经说过："《三国演义》欲显刘备之长厚而似伪，状诸葛之多智而近妖。"《红楼梦》的艺术成就是既空前，又绝后的。

小说写人物，就要写人物的衣食住行。《红楼梦》里有许多宴饮的场面，书中人物的服装也都很华丽，大观园的建筑也包含许多建筑学的知识，书中还写到许多品种的花卉，喝茶、饮酒都很讲究。这些可以说是《红楼梦》中的饮食文化、服装文化、园林文化、花卉文化、茶文化、酒文化等，比如刘姥姥二进荣国府时，宴席上有一道菜叫"茄鲞"，王熙凤告诉刘姥姥："你把才下来的茄子，把皮刨了，只要净肉，切成碎丁子，用鸡油炸了，再用鸡肉脯子合香菌、新笋、蘑菇、五香豆腐干子、各色干果子，都切成钉儿，用鸡汤煨干，将香油一收，外加糟油一拌，盛在磁罐子里封严，要吃时拿出来，用炒的鸡瓜子一拌就是了。"《红楼梦》中的饮食文化，反映的是贵族之家的饮食习惯，一种奢侈的生活方式，并不是菜谱，不是服装款式大全，也不是园林志。《红楼梦》反映的是"贾、史、王、薛"四大家族的兴衰史，就要写他们在鼎盛时期的豪华奢侈，再写他们的败落，“树倒猢狲散”，作者能把这一切写得如此逼真、生动，是因为他有这样亲身的经历。曹雪芹的曾祖父、祖父、父辈，做了五十一年的江宁织造。织造这个官并不太大，按清制，在江宁（今南京）、苏州、杭州三地设织造官署，直属内务府管辖，织造局专司织造各种丝织品，特供皇宫。织造相当于司局级的官员。但曹雪芹的曾祖母是康熙皇帝的奶妈，祖父曹寅是康熙的奶兄弟，是康熙的亲信，他做这个江宁织造，除了向皇室特供各种丝织品，还承担着皇帝耳目的作用，了解江浙一带官场和知识界的动态，向皇帝密奏。康熙六次南巡，其中有四次住在曹家，也就是曹家为行宫。小说中写建造大观园，为省亲用，实际上是借此写南巡。曹寅能诗善画，作诗千余首，主持印刻《全唐诗》，还印刻过《居常饮馔录》，内收《糖霜谱》《制脯鲊法》《粉面品》等。曹家做的雪花饼远近闻名。曹寅还是个大藏书家。

由于生长在这样一个极其富贵而极有文化素养的家庭，又经历了这个大家庭的败落，所以曹雪芹才能写出《红楼梦》这样伟大的作品。书中包含着丰富的文化内涵，上述文化属于物质生活的范畴。小说除了写人物的物质生活之外，更要写人物的精神生活，也就是写人的思想、人的志趣、人的感情和各种人物之间的关系。作为一个伟大的作家，他在作品里总要写一种美好的思想、美好的感情。在写人的感情时，作家要调动多种艺术手段，其中之一，就是用一种具体、形象的物品来象征这种纯洁美好的感情，这种手法叫托物言志。在《红楼梦》里，这种寄托了作者纯洁美好感情的物品就是玉，这就是《红楼梦》中的玉文化。相对于饮食文化、服装文化等属于物质文明的文化，玉主要是反映精神文明的，所以我们又称它为玉精神。这种玉精神，表现在以下几个方面：

一、书名

一部小说的书名是总括全书内容的。《红楼梦》原名《石头记》，石头，是玉的原生状态，所以我们通常将玉石连用，称为玉石。《石头记》，按照古汉语的语法解读，宾语前置，即记石头，《西游记》就是记西游；《小石潭记》就是记小石潭。除了这一种解读，《石头记》这一书名还可以有另一种解读。小说第一回就告诉我们一个带有神话色彩的故事。说是当年女娲在大荒山无稽崖炼石补天，共炼了 36501 块顽石补天，只用了 36500 块，剩下 1 块未用，弃在青梗峰下，谁知此石自经锤炼之后，灵性已通，后被一僧一道带入红尘。不知过了几世几劫，有位空空道人，路过青梗峰，见到这块顽石，上面还记着文字。空空道人和石头有段对话，空空道人说，你这些故事无年代可考，书中并没有大贤大恶，就是几个异样的女子，算不上奇书。石头答道，我师何必太痴！我想历来野史的朝代，无非假借汉唐的名色，莫如我这石头所记，不落俗套。这里的“石头所记”，意即石头写的故事，这和我们用现代汉语主谓结构来解读，意思一致。而书中的男主人公贾宝玉，就是石头转世，衔玉而生。这样，作者在小说的开头就明确告诉我们，《红楼梦》就是以作者自己的亲身经历所写的一部小说。书中的主人公贾宝玉，就是作者自己的生活原型。小说第一回又告诉我们，这部书的成书过程，是“后因曹雪芹于悼红轩中披阅十载，增删五次，纂成目录，分出章回”，这就明确告诉我们，《红楼梦》的作者是曹雪芹。他是以自己的亲身经历为基础创作的这部小说，书中的主人公的生活原型，即作者本人。

《红楼梦》问世之后，首先考证出《红楼梦》作者为曹雪芹的是胡适。《红楼梦》早期的版本都是手抄本，内容最多的也只有八十回。书名是《脂砚斋重评石头记》，这种版本，称为脂本。1791 年，程伟元活字印刷出版的《红楼梦》，是全本，一百二十回，书名是《红楼梦》，此后的版本，称为程本。从程本首次出版算起，到胡适 1921 年发表《红楼梦考证》，其间整整 130 年。今天，我们从对《石头记》这一书名的解释，可算是从小说本身、作者的意见，来支持胡适的考证。

胡适首次考证出《红楼梦》的作者是曹雪芹，并考证出曹雪芹的家世，这是对红学研究的一大贡献。这个贡献具有开拓性的意义，但胡适在做出重大贡献的同时，也提出了一个证据不足的意见，认为《红楼梦》的后四十回，是高鹗续作的，这个意见影响深远。笔者本人也接受过这一意见，1957 年，林语堂先生在台湾发表《平心论高鹗》一文，批驳了胡适的这一观点，指出《红楼梦》一百廿回，都是曹雪芹所作。高鹗只是对后四十回残稿加以修订、补充，其作用大致相当于我们今天的责任编辑。我认为，这是林语堂先生对红学史上的一大贡献。由于林语堂先生的文章是在台湾发表的，囿于当时的历史条件，没有介绍到大陆来。直到 2004 年，才由陕西师范大学出版社出版。但这时的大陆，有关《红楼梦》及其作者的奇文异书，此伏彼起。林先生文章被淹没在一片喧嚣浮躁的声浪之中。2008 年，人民文学出版社出版的《红楼梦》竟然标明《红楼梦》后四十回的作者是无名氏，这真是红学史上的悲哀。

我在这里高度评价胡适、林语堂先生对红学研究的重大贡献，承认《红楼梦》一百廿回的作者都是曹雪芹，同时，也是对自己过去意见的一个修正。

从文学的标准看问题，《红楼梦》是一部韵文和散文结合得最好的一部小说。在中国文学史上，诗歌和散文是两种最古老的艺术形式。如果把中国文学比作一条长长的河流，那么，诗歌和散文就是这条河流源头的两股清泉，正是诗歌和散文孕育了后来繁多的文学体裁，才使文学事业从最初的涓涓细流，汇聚成了烟波浩渺的大江。在《红楼梦》里，中国诗歌的所有艺术形式，如五言、七言、骚体、乐府、古风、歌、行、律诗、词、曲、赋、诔、佛家偈语、自创的自由体，以及楹联、灯谜、酒令等，应有尽有。更加难能可贵的是，这些艺术形式都是塑造人物性格的手段。比如《分骨肉》的探春，《留余庆》的巧姐，宝钗出的谜语是“竹夫人”，等等。行酒令时，探春抽的签是“日边红杏倚云栽”等。散文部分也洋溢着诗情画意，诗歌和散文水乳交融，浑然一体，毫不夸张地说，《红楼梦》是中国文学史上一座不可企及的高峰，以《石头记》为最初书名的《红楼梦》，本身就是一块其大无比的美玉，是我们中华民族的骄傲。四大发明是我们中华民族对世界文明史的伟大贡献。但是，如果我们没有这四大发明，其他民族迟早也会做出这样的发明。《红楼梦》则不同，她是我们民族对世界文明史的独有贡献，是其他民族不可替代的。

二、《红楼梦》中主要人物体现的玉精神

石头转世，衔玉而生，一生都与玉结下了不解之缘的第一主人公，名叫贾宝玉。“贾”，告诉读者，作者写的是小说，名字是虚拟的，名叫“宝玉”。“玉”，指温润而有光泽的美石，比喻洁白美好的精神，又因其质地坚硬，亦用来比喻坚贞不渝，如《三国演义》写关云长被俘，孙权劝其投降，关云长拒绝，说是“玉可碎而不可改其白，竹可焚而不可毁其节”。“宝”，则是玉器的总称，既可以象征珍贵的事物，如过去时代的硬通货，往往叫“通宝”，金银锭叫“元宝”，又可以象征一种可贵的精神品质。在贾宝玉这个人物身上，寄托了作者崇高的审美理想。这个人物的主要思想特征，正如鲁迅先生所说，是“爱博而心劳”，根据脂砚斋的评语，曹雪芹原著的最后有“情榜”，宝玉居于榜首，并有批语，“黛玉情情”，宝玉“情不情”，前一个“情”字是动词，后一个“情”字是名词。黛玉“情情”，意即黛玉只对钟情于自己的人用情。宝玉“情不情”，意即不管对方对自己是否有情，都对对方用情。应该说，《红楼梦》对宝玉和黛玉的具体描写和脂砚斋的评语，都是极为深刻的，它有着极为普遍的意义，这就是男性与女性的性别差异。一般地说，女子的爱情相对较为被动，且较为专一，男子则相反。这是人的一种自然属性，无论阶级、民族、种族，莫不如此。林黛玉只对贾宝玉用情，其他男人，即使是贵为北静王，也不屑一顾。北静王送给贾宝玉一串念珠，宝玉拿给黛玉看，黛玉说“什么臭男人拿过的”，一甩手就扔到一边去。宝玉则不同，黛玉、晴雯这些人对他有情，他当然也对她们用情。即使是对那些未必对他有情的人，如雨中画蔷的龄官，宝玉也恐怕雨淋着她，而忘记了自己也在雨中。甚对墙上贴的美人画，刘姥姥讲的故事中抱柴火的女子，他也关心它们的处境和命运。这就使我们发现，在这个贵族公子的灵魂深处，竟然保留着人间最天真、最原始的同情心，宝玉的思想性格确实像一块无瑕的美玉一样，纯洁、美好。

贾宝玉的名言是“女儿是水做的骨肉，男人是泥做的骨肉，我见了女儿便清爽，见了男人便觉得浊臭逼人”。对这段话，要放到贾宝玉生活的那个

环境里去理解。这里说的是“女儿”，而非“女人”，“女儿”特指未婚的少女。在贾宝玉的生活环境里，未婚的女子还没有涉足世俗的生活，还童心未泯，所以纯洁可爱。一嫁了男人就变了，变得不可爱了，成了“鱼眼珠子”了。“男人”，特指成年男子。在贾宝玉那个时代，男人要走的道路，只有一条。即通过科举考试，走所谓仕途经济的道路，也就是追求功名利禄的道路。贾宝玉蔑视这条道路，称走这条路的人为“国贼”“禄鬼”，所以，见了他们就觉得浊臭逼人。

与贾宝玉关系密切的女子，主要有两位，一位是林黛玉，一位是薛宝钗。这两位女子都是美好的形象。黛玉和宝玉同有一个玉字，他们的关系主要是精神上的契合。黛玉从来不说那些劝贾宝玉走仕途经济之路的“混帐话”，两个人的感情纯属洁白如玉的“儿女之真情”。宝钗和宝玉同有一个“宝”字，他们最终成为夫妻。如果说，感情是纯属精神层面的，那么，婚姻就是非常现实的事。宝钗未出嫁时，是个淑女，出嫁后是位贤妻。但是，精神上的志同道合更让人刻骨铭心。所以，宝玉在与宝钗结婚后，还不能忘情于已经辞世的黛玉。在家庭败落后，宝玉终于出走。宝玉、黛玉、宝钗都是悲剧结局。如同美玉一样洁白美好的事物毁灭了，使《红楼梦》具有打动人心的力量。至于宝黛的爱情悲剧，其原因主要在于一种风俗习惯，一种婚姻文化。

解读《红楼梦》与玉文化，在今天有什么现实意义？我们生活的现实社会是一个物质生活水准较前大为提高的社会，但精神文明水准并没有相应地提高。这主要表现在两方面：一是全社会道德水准亟待提高；二是人文水准六十年来几近断裂。物欲横流，各种诱惑极多。解读《红楼梦》所反映的洁白无瑕的玉的精神，启示我们追求一种美好的精神境界。

2016 年 4 月 8 日—11 日

《红楼梦》中的几支曲子

《红楼梦》是我国文化遗产中的瑰宝，毛泽东曾经说过：我们中华民族对世界文明史有三大贡献，其中之一就是《红楼梦》。①

《红楼梦》是一部百读不厌的巨著，也是一部不容易读懂的奇书。有些篇章，几乎不可能读一遍就懂。比如第五回《贾宝玉神游太虚境，警幻仙曲演红楼梦》中“金陵十二钗正册”“副册”“又副册”上的诗词，《红楼梦》十二支曲子，恐怕任何人初次阅读都会有打“闷葫芦”之感，但是，这一回在《红楼梦》的整个艺术结构中却占有极其重要的地位，它是我们阅读《红楼梦》的总纲。

《红楼梦》原名《石头记》，但这部小说流传得更为广泛的名字却是《红楼梦》，而《红楼梦》这一名字的由来，就在于第五回演唱的《红楼梦》十二支曲子。作者在开宗明义的第一回里说过：他写这部小说的缘起，是因为“闺阁中历历有人”，为了不使自己“半世亲见亲闻的这几个女子”泯灭无闻，决心奋笔为她们立传。这些女子，即小说中的“金陵十二钗”。“金陵”，古邑名，在今南京市清凉山，这里代指南京。“钗”，女子首饰，由两股簪子合成，这里代指女子。“金陵十二钗”，即指十二名青年女子。《红楼梦》十二支曲子②，就是咏叹这十二名女子的性格特征、人生际遇和最终结局。正确理解这十二支曲子，有助于我们了解《红楼梦》中主要人物的命运，有助

① 冯牧. 在1980年全国《红楼梦》学术讨论会上的讲话［M］//新时期文学的主流. 北京：人民文学出版社，1981.

② 曹雪芹.《红楼梦》校注本［M］. 北京：北京师范大学出版社，1987.（此版本以程甲本为底本校注）

于我们了解作者对这些人物的态度，有助于我们了解《红楼梦》的总体艺术构思。下面，我们就阅读和欣赏其中的几首。

【红楼梦引子】

开辟鸿蒙，谁为情种？都只为风月情浓。趁着这奈何天、伤怀日、寂寥时，试遣愚衷。因此上，演出这怀金悼玉的《红楼梦》。

“引子”，原指戏曲角色初上场时唱的第一支曲子，“红楼梦引子”，就是《红楼梦》十二支曲子的序曲。它的作用是：提挈全篇，笼罩全部曲子。“鸿蒙”，即“洪荒”，指宇宙最初形成时的混沌蒙昧状态，“开辟鸿蒙”就是开天辟地。“情种”，指青年男女之间，用情特别真挚深切的人。“风月”，旧时指风花雪月，男女情事。【红楼梦引子】的开头起势突兀，笔力非凡，作者用时间和空间都极其辽阔的背景烘托爱情主题，显得格外深邃辽远。“奈何天，伤怀日，寂寥时”，和开卷第一回所说的“大无可如何之日也”一样，说的都是作者创作这部小说时的心境。“试遣愚衷”的“遣”，指排遣、抒发；“愚”是第一人称“我”的谦词；“衷”，情怀。“悲金悼玉”中的“金”是金钗，这里用来代指薛宝钗；“玉”是美玉，这里用来代指林黛玉。“悲金悼玉”，意思是悲叹哀悼以薛宝钗、林黛玉为代表的众多女子。“红楼”，指红尘中的“花柳繁华地，温柔富贵乡”。“梦”，指“梦幻”，作者认为：人生如梦如幻。所谓“红楼梦”，就是一个没落的贵族子弟所经历的人生。

【红楼梦引子】是用曲子的形式，再一次申明作者创作《红楼梦》的意图。读这只曲子，我们仿佛看到作者站在青埂峰上，仰望苍穹，俯瞰大地；仿佛听到了作者那深沉的设问和无奈的叹息；具体感受到了作者创作这部小说的辛酸、痴情和苦衷。

【终身误】

都道是金玉良缘，俺只念木石前盟。空对着，山中高士晶莹雪；终不忘，

世外仙姝寂寞林。叹人间，美中不足今方信：纵然是齐眉举案，到底意难平。

这支曲子，是从《红楼梦》男主人公贾宝玉的角度，抒发对薛宝钗、林黛玉的不同感情。“金玉”，指金锁和宝玉，代指薛宝钗和贾宝玉。《红楼梦》第八回：《贾宝玉奇缘识金锁，薛宝钗巧合认通灵》，写薛宝钗有一个金锁，“是个癞头和尚送的”，上面镌刻的八个字：“不离不弃，芳龄永继”，和贾宝玉佩戴的通灵宝玉正面的八个字：“莫失莫忘，仙寿恒昌”，恰好“是一对儿”。“金玉良缘”，代指薛宝钗和贾宝玉的姻缘。“木石”，指绛珠仙草和顽石；“前盟”，指前世的盟约。《红楼梦》第一回，写林黛玉的前世前身是西方灵河岸上三生石畔的一株绛珠仙草；贾宝玉的前世前身是大荒山无稽崖青埂峰下的一块顽石。这块顽石后被警幻仙子命为赤霞宫神瑛侍者，绛珠仙草曾经受过神瑛侍者的“灌溉之恩”，在修成人体之后，想以一生的眼泪酬报。这就是“木石前盟”的来历，这里用来代指林黛玉和贾宝玉的爱情。“都道是金玉良缘，俺只念木石前盟”，是用对照的写法，写贾宝玉与社会环境对婚姻的不同态度，其中蕴含着贾宝玉和林黛玉的爱情与当时社会环境的冲突。“雪”，用谐音的修辞方法暗喻薛宝钗；“林”，暗喻林黛玉。“空对着，山中高士晶莹雪，终不忘，世外仙姝寂寞林”，采用的还是对照的写法，写贾宝玉对薛宝钗和林黛玉的不同态度。“山中高士晶莹雪”，言薛宝钗品德高洁，这里所说的品德，在我们今天看来，是封建正统思想所规定的妇德，与不愿走仕途经济道路的贾宝玉难成同道。“世外仙姝寂寞林”，言林黛玉的思想脱俗，被贾宝玉引为知己。“齐眉举案”，出自东汉孟光和梁鸿的故事。梁鸿家贫，为人舂米，每当他回家时，妻子孟光总是对他很恭顺，并把盛着饭菜的托盘举起，与眉同高，请他进食。后来人们就用举案齐眉表示夫妇相敬如宾。“叹人间，美中不足今方信。纵然是齐眉举案，到底意难平”，着力表现没有共同思想基础的婚姻给人带来的痛苦，贾宝玉和薛宝钗婚后虽然互相敬重，但终究是“美中不足”，终究是心意难平。

【终身误】对薛宝钗和林黛玉的不同态度，不是一褒一贬，而是一叹一怜。薛宝钗虽然具有和林黛玉不同的审美倾向，但她绝不是那些公式化、概念化作品中的小人，更不是旧戏舞台上的小丑，也不是现代语言中的所谓“第三者”。

在作者笔下，薛宝钗和林黛玉都是美丽的贵族少女，但薛宝钗在我们心目中的形象是美丽而端庄，林黛玉则是美丽而忧郁。她们都极富诗才，但是，如果用我们今天的文学术语来划分，薛宝钗应该属于现实主义的流派，林黛玉则是浪漫主义的诗人。诗如其人。薛宝钗的双足，始终踏在封建社会的土地上，林黛玉则执着地生活在理想爱情的琼楼玉宇里。她们在爱情与婚姻问题上的结局虽然不同，但她们的婚姻都不能自主，则是相同的。【终身误】所提示的爱情悲剧是双重的悲剧：贾宝玉与林黛玉有爱情而无婚姻的悲剧和贾宝玉与薛宝钗有婚姻而无爱情的悲剧。“可叹停机德，堪怜咏絮才；玉带林中挂，金簪雪里埋”，“金陵十二钗正册”首页上的这几句诗，可以和【终身误】互相印证。

【枉凝眉】

一个是阆苑仙葩，一个是美玉无瑕。若说没奇缘，今生偏又遇着他；若说有奇缘，如何心事终虚化？一个枉自嗟呀，一个空劳牵挂，一个是水中月，一个是镜中花。想眼中能有多少泪珠儿，怎禁得秋流到冬尽，春流到夏！

这支曲子，是作者咏叹林黛玉和贾宝玉的。如果说【终身误】写得还比较含蓄，“哀而不怨”，那么，【枉凝眉】则是作者直抒胸臆，把林黛玉和贾宝玉的爱情悲剧写得声泪俱下。“阆苑”，指仙人的园林；“仙葩”，指仙花，多指梅花。苏东坡诗云：“阆苑千葩映玉宸，人间只有此花新。”咏的就是雪中梅花。这里用以比喻林黛玉。“美玉无瑕”比喻贾宝玉，“瑕”，玉有疵痕；“无瑕”，言其完美。林黛玉和贾宝玉是作者倾注了全部心血塑造的艺术形象。在这两个人物出场前，小说先讲述了一个“木石前盟”的故事，为两个人的爱情披上了一层神奇的轻纱。两个人初次见面，就觉着“面善”，“恍若远别重逢的一般”，这种因性格、气质相投而产生的认同感和亲切感，在以后的共同生活中逐渐发展起来。前世的因缘和今世的感情是那样的刻骨铭心，以至于作者为他们的悲剧感到困惑不解和愤懑不平，情不自禁地质问：“若说没奇缘，今生偏又遇着他，若说有奇缘，如何心事终虚化？”“嗟”，是伤感、叹息。“一个枉自嗟呀，一个空劳牵挂”，写有情人生死两茫茫；贾宝玉枉自在人间嗟叹，林黛玉已魂归离恨天。“水中月”“镜中花”，比喻美好的事物终成虚幻，这里比喻林黛玉、贾宝玉爱情的幻灭。在林黛玉和贾宝玉的头上，始终笼罩着一层无法驱散的阴云。正如鲁迅先生所说：“悲凉之雾，遍被（pī）华林。”虽然大观园里也时时传出青春的欢笑，但是，忧伤和痛苦却是林黛玉性格的基调。当她赖以生存的爱情大厦轰然倒塌的时候，她那诗歌与泪水相伴的一生也就当即终结。这个贵族少女带着无法言喻的痛苦和绝望离开了这个世界，使两百多年来的无数读者为之扼腕。随着这个少女的离去，我们灵魂深处一个美好圣洁的世界顷刻破碎了。“想眼中能有多少泪珠儿，怎禁得秋流到冬，春流到夏!”既是对绛珠仙草“还泪”说的照应，更是对林黛玉一生的真实写照，同时暗含着作者创作《红楼梦》的痛苦和悲伤。根据脂砚斋所做的评语：“芹泪尽而逝”和“哭成此书”，可以认为，曹雪芹创作《红楼梦》也是在“还泪”。他把自己毕生的眼泪奉献给了他所同情和赞赏的几位不平常的女子，首先是他所深深地挚爱着的林黛玉。

【红楼梦引子】【终身误】【枉凝眉】这三支曲子的曲名，都是作者根据曲子的内容拟定的，曲子的格律比较自由。这种艺术形式有助于抒发作者的激情。当代文学大师巴金说过，文学创作最重要的原则是把心交给读者。他还说过：“文学的最高境界是无技巧。”《红楼梦》中的这几支曲子，没有采用过多的修辞手法，也不刻意追求字句的平仄对仗，所用典故都是人们熟知的，作者只是坦开胸怀，向读者倾诉心声。这几支曲子，字里行间渗透着作者对人物的赞赏、同情、惋惜、惆怅、困惑、不平而又无可奈何的深情。正是作者这种痛苦而崇高的感情，在广大读者和《红楼梦》之间幻化出一道绚丽的彩虹，使我们和作者笔下的人物息息相通。【红楼梦引子】【终身误】【枉凝眉】读来感人至深，催人泪下，原因就在于此。

（原载 1997 年 9 月 2 日《中国广播报》）

郁达夫及其《故都的秋》

在“五四”时期群星灿烂的天空中，山川秀丽而又具有悠久文化传统的浙江的上空，光芒似乎格外璀璨。绍兴诞生了鲁迅；绍兴以北百余华里的桐乡，诞生了茅盾；绍兴以西百余华里的富阳，诞生了本文所要介绍的著名小说家、散文家、诗人——郁达夫。

富阳县城坐落在“一川如画”的富春江畔，1896 年 12 月 7 日（清光绪二十二年夏历十一月初三日），郁达夫就诞生在这里。原名文，字达夫。达夫七岁即开始接触中国古典文学作品。1911 年以后，相继在嘉兴府中学、杭州府中学求学。1913 年随长兄郁华东渡日本留学。1921 年，郁达夫和郭沫若、成仿吾在东京发起成立创造社，该社成为“五四”时期影响最大的新文学社团之一，同年，发表了最早的白话小说集《沉沦》，震惊国内文坛。1922 年，郁达夫由日本回国，先后在北京大学等校任教，并参加《创造》季刊等报刊的编辑工作。郁达夫 1923 年与鲁迅结识，此后，两人始终保持着良好的友谊。1930 年 2 月，中国自由运动大同盟成立，郁达夫是发起人之一；同年 3 月，参加中国左翼作家联盟。1933 年年初又加入宋庆龄、蔡元培主持的民权保障同盟；同年 4 月，郁达夫举家迁居杭州，流连于山水之间。抗日战争全面爆发后，郁达夫应郭沫若之邀，赴武汉参加军委会政治部第三厅的抗日宣传工作。1938 年底，郁达夫抵新加坡，在海外坚持抗日宣传工作。太平洋战争爆发后，日本军队逼近新加坡，郁达夫同胡愈之、王任叔等渡海撤退，辗转至苏门答腊西部的小市镇——巴爷公务，化名赵廉隐居。1945 年日本宣告投降后，郁达夫于 9 月 17 日夜被日本宪兵杀害。1952 年，郁达夫与其长兄郁华均被中央人民政府追认为烈士，并在他的家乡建亭纪念。

在中国现代文学史上，郁达夫堪称大家。他才华出众，著述甚丰，在小说、散文、旧体诗的创作上，都有显著的成就，现有《达夫全集》七卷行世，其中不少篇目，如《沉沦》《春风沉醉的晚上》《迟桂花》《还乡记》《钓台的春昼》，以及这次入选中学语文教材的《故都的秋》等，都是现代文学史上的名篇。

《故都的秋》写于 1934 年 8 月。故都，指当时的北平，即现在的北京。文中叙述作者为了饱尝故都的秋味，不远千里，专程从江南北上，当是写实。

《故都的秋》起笔即赞秋。作者首先用“无论在什么地方的秋天”来映衬“北国的秋”“特别地来得清，来得静，来得悲凉”；然后，再用江南的秋天和北国的秋天对比，以江南“秋的意境与姿态”的不足，反衬故都秋色的丰韵。作者还连用两个否定的句式：“秋并不是名花，也并不是美酒”，表明在观赏秋色的过程中，不适宜领略“半开”“半醉”的状态，进一步反衬故都秋色的丰韵，同时，再一次暗中交代“我”从江南北上故都的原因。

赞秋之后，是忆秋。作者在历数了故都的一系列风景胜地之后，选取了清晨品茗这一故都生活片段，加以细致的刻画，“碧绿的天色”“驯鸽的飞声”和五颜六色的牵牛花，渲染了秋日的气氛，而在这部分特意插入的第二人称的写法，则使人产生这样的感觉：似乎作者在和读者促膝谈心，并且和读者一起领略故都的秋色。接下来，作者分别选取槐树落蕊、秋蝉残声、秋雨、秋果等景物来具体表现故都的秋色，而在这些景物描写当中，又无不渗透着作者的感受。作者并没有具体描绘北国槐树落蕊的形状、大小和色彩，而是分别写它在作者心目中的感觉，脚踏上去的触觉以及由古人的格言而引起的遐想。这里，作者触景生情，由情及理，把槐树落蕊在作者心目中的感觉由浅入深地揭示出来，既层次分明，又不露痕迹。同样，作者也没有具体描绘秋蝉残声的音响、节奏与旋律，而是再次运用对比的手法，写“在南方是非要上郊外或山上去才听得到的”。秋蝉的嘶叫，在北方“简直像是家家户户都养在家里的家虫”。对于秋雨，作者先把北方的秋雨和南方的秋雨加以对比，然后再写天、写风、写雨、写云，很自然地由写秋雨转入写秋凉，并进而转入写秋果。在枣子、柿子和葡萄等秋果中，选择枣子加以具体描绘，作者运用比喻句形容枣子的形状，并把枣子颜色的变化与秋天的由盛转衰结合起来，然后指出枣子等秋果“成熟到八九分的七八月之交”，正是一年之中“最好也没有的 golden days”，点明秋天是一年之中最好也没有的黄金季节。忆秋，似乎是虚写，但在作者的联想当中，又充满了具体的景物描写；历数故都的具体景物，似乎是实写，但作者又不拘泥于具体的景物描写，而是通过写自己的感受来写故都的秋色。这种虚中有实，实中有虚，虚实结合的写法，使抒情主人公和客观景物完全融为一体。

忆秋之后，是论秋。在文学史上，悲秋，是作家们笔下常见的题材。宋玉的《九辩》把秋天的“悲气”与人间的“别绪”交织在一起；曹丕的《燕歌行》则在“秋风萧瑟天气凉”的背景下，写出了思妇在夜晚对远在异乡的丈夫的怀念；在欧阳修的《秋声赋》中，肃杀之气力透纸背；而在苏轼的《前赤壁赋》中，作者在赞赏清风明月的同时，又阐发了天地之间“变”与“不变”的哲理。正由于此，有人认为，中国的文人学士大都带有浓厚的颓废色彩，所以“中国的诗文里，颂赞秋的文字特别的多”，但作者的眼光并没有局限于此，而是把视野扩大到更广泛的领域，散文举英德法意等国诗人的诗文选集为例，说明一些素享盛名的大诗人的长篇田园诗或四季诗里，也总以关于秋的部分“写得最出色”，然后得出结论：“足见有感觉的动物，有情趣的人类，对于秋，总是一样地特别能引起深沉、幽远、严厉、萧索的感触来的。”这里，作者所议论的仍然是人对秋的感受，但已远远超出个人的范畴，而是推广到不受种族、国别、阶级限制的整个人类。如果说，散文中的赞秋，主要是用江南的秋色来映衬北国故都的秋色，那么，散文中的论秋，则是在世界文化的背景上议论历史上的文人与秋的关系。作者认为：尽管在中外的学士诗人当中，与秋天有密切关系者不乏其人，但又以欧阳修、苏轼等中国文人与秋天的关系为最深，而在中国文人所感受到的“中国的秋的深味，非要在北方，才感受得到底”，这就用层层递进的方法，说出了北国秋意的格外深沉。

散文的最后一部分，又一次用南国的秋与北国的秋对比，作者连用“黄酒与白干”等四组比喻，说明廿四桥的明月等江南胜景，比起北国的秋来，终究“色彩不浓，回味不永”。结尾直抒胸臆，倾诉了作者对北国秋天的挚爱。散文倒数第二自然段与第二自然段呼应，最后一个自然段与开头第一自然段呼应，不仅结构谨严，而且格局工整，对称，充分体现了作者的艺术匠心。

在“五四”新文学运动中，郁达夫是浪漫主义的作家，又是擅长写景的作家。浪漫主义的创作方法，故乡明山秀水的默化潜移以及达夫特有的诗人气质，使达夫的写景散文具有浓郁的抒情色彩，以至有人称他的散文为诗的散文。但在达夫不同时期的不同散文中，这一艺术特色又有着不同的表现形式，如20世纪20年代所写的《还乡记》，作者愤世嫉俗的思想感情与对人生遭际的思考凝聚在一起；30年代所写的一些游记散文，则寄情于湖光山色，甚至在同一散文中，也呈现五彩缤纷的状态，以《故都的秋》而言，第一部分和最后一部分的抒情结合着对比与比喻等修辞手法展开，但第一部分的基调较为舒缓，它为下文的忆秋和论秋留下了广阔的余地。最后一部分排比句式的运用加快了节奏，增强了气势，收束语“我愿把寿命的三分之二折去，换得一个三分之一的零头”，把全文赞秋的主旋律推上了高潮。主体部分的忆秋，把抒情和写景完全融会在一起，以至我们很难分清，作者究竟是在借景抒情，还是以情写景，这使我们想起了清末民初的著名学者王国维对诗词境界的论述：“有有我之境，有无我之境”，“有我之境，以我观物，故物皆著我之色彩”。他还认为，诗词的境界，“非独谓景物也。喜怒哀乐，亦人心中之一境界，故能写真景物，真感情者，谓之有境界”。（《人间词话》）《故都的秋》虽是散文，但却有着诗的意境，它所写的这种“有我之境”，使我们透过散文中的秋色，感受到作者彼时彼地那种深沉、清凉、安闲而又略带落寞的心境。散文中的论秋，虽以阐发哲理为主，但其中仍然渗透着对秋天的“感触”和“情趣”，哲理与抒情熔于一炉。令人惊叹的是，在短短两千字的篇幅里，作者既把情景交融的主旋律贯穿全篇，又把景物描写安排得错落有致，把抒情的韵律表现得跌宕起伏，且毫无雕琢的痕迹，“清水出芙蓉，天然去雕饰”，充分体现了达夫深厚的文学功底和出色的驾驭语言文字的能力。

秋天是一年中的黄金季节，而郁达夫在写《故都的秋》时，已经步入人生的中途，适值人生的黄金季节，他已经为中国现代文学史奉献了许多丰硕的成果。或许，作者在对秋天的赞美当中，也凝聚着他对人生历程中这一重要阶段的思考吧。

1988年9月写于故都

（原载《中学语文教学》1989年第6期）

光明的颂歌

——读《小橘灯》

熟悉冰心作品的读者不难发现，冰心特别喜欢橘红色，特别喜欢小橘灯。她曾两次给自己的儿童文学作品集命名为《小橘灯》；她还在诗歌《给黎巴嫩一位小朋友》里特意点明，那“屹立在贝鲁特的海岸上”的小孩所穿衬衫的颜色是橘红色。可以说，在冰心笔下，小橘灯和橘红色，是儿童的象征，是未来的象征，是光明的象征，也是冰心这样一位文学界老前辈童心的象征。

《小橘灯》写于1957年1月19日，时值中华人民共和国成立后的第八个新春。当时，神州大地，万象更新，一片兴盛的景象。旧中国的黑暗统治已经成为历史，但它还没有在人们的记忆里消失，眼前的光明和往日的黑暗在作家的心目中形成了鲜明的对比。《小橘灯》就是作者撷取旧中国一个革命者的家庭生活的片段，谱写的一曲光明的颂歌。

《小橘灯》的故事发生在抗战胜利前夕一个春节前一天的下午。那时，中国人民久已盼望的抗日战争胜利的曙光，已经出现在地平线上。但是，中国向何处去？在这个事关中国人民前途和命运的重大问题上，国民党当局和中国共产党所领导的革命人民之间存在着根本的分歧。中国的土地上，正在酝酿着一场空前规模的光明与黑暗的大搏斗。散文中所写的“阴沉”的天色，“浓雾里迷茫的山景”，“黑暗潮湿的山路”，既是对彼时彼地自然景色的真实描绘，又暗喻在国民党当局的统治下，以重庆为中心的政治环境的黑暗。这样，《小橘灯》所反映的旧中国的社会生活，恰与散文开头和结尾所点明的新中国的生活形成鲜明的对比。这种对比启示读者，特别是青少年读者：新的时代并非从天而降，革命先辈曾经走过多么艰难曲折的道路，今天的光明，正是他们英勇斗争的结果。

光明与黑暗的对比，贯穿于《小橘灯》的始终。作品的中心事件，就是作者通过“我的朋友”之口所说的：“去年山下医学院里，有几个学生，被当作共产党抓走了，以后王春林也失踪了，据说他常替那些学生送信。”但是，处于这一中心事件的王春林在作品中并未正式出场，作者主要通过对王春林的女儿——一个年仅八九岁的小姑娘的描写，从一个侧面展示了光明与黑暗的斗争，并明确地揭示了光明必定战胜黑暗的历史趋势。

在小姑娘身上，作者一方面写出了黑暗势力的重压：父亲“失踪”，母亲患病吐血，她小小的年纪，就挑起了生活的重担。艰难困苦的生活，在她的身上留下了深深的痕迹：“瘦瘦的苍白的脸，冻得发紫的嘴唇”“穿一身很破旧的衣裤，光脚穿一双草鞋”。她和母亲过年的晚餐只是红薯稀饭。另一方面，作者又着重刻画了小姑娘的镇定、勇敢和对未来的坚定信念。作品仅用“登、登、登”三个字，就绘声绘形地写出了小姑娘走路的神态，使我们仿佛看到了小姑娘瘦小而又挺直的身影。“不住地打量我”一句，暗示了小姑娘的细心与机警。而小姑娘做小橘灯的熟练动作，则表现了她的灵巧与敏捷。画龙点睛之笔是小姑娘那番“安慰我”的话语：“不久，我爸爸一定会回来的。那时我妈妈就会好了。”“我们大家也都好了！”黑暗势力的重压，非但没有摧垮小姑娘对生活的信念，反而磨砺了她的意志。周围环境的黑暗越是浓重，小姑娘内心世界的光明也就越是强烈和耀眼。作品通过周围环境与人物内心世界的鲜明对比，简练地勾勒出小姑娘性格的轮廓，给人留下清晰的印象，也反映了国民党统治下革命者的艰难处境和他们对光明的信念，赞颂了小姑娘在黑暗的环境中所表现出来的镇定、勇敢和乐观的精神，从而深化了作品的主题。

在黑暗与光明的对比中，最引人注目的无疑是那盏小橘灯。在夜气如磐的茫茫黑暗中，这灵巧的小橘灯，“这朦胧的桔红的光，实在照不了多远”，但这小姑娘的乐观精神却深深地鼓舞了“我”，“我似乎觉得眼前有无限光明！”显然，小橘灯在这里已经成了一种象征，它象征着小姑娘和“我”对光明的渴望，对未来的信念。如果没有这盏小橘灯，贯穿全篇的对比手法，就将缺少诗的意境而流于一般化；如果没有黑暗与光明的强烈对比，小橘灯的象征意义也会无所附丽而落空。对比手法与象征手法相结合，正是《小橘灯》的主要艺术特色。

对比可以使事物更加鲜明，但稍一不慎，即容易露出斧凿痕迹；而象征手法，通常是用某一特定的具体形象表达某种抽象的概念或思想感情，由于它不像比喻那样，有“本体”和“喻体”两个具体事物，因此，在文学创作中运用象征手法，如鲁迅所说，只能“偶一驱使，而倘一不慎，即容易令人发生畸形之感。非有大本领，不可轻作也”①。《小橘灯》值得称道之处，在于这两种手法都运用得极其自然。作品的开头和结尾，不仅点明了故事发生的时间和写作本文的时间，使文章首尾呼应，结构谨严，而且不露痕迹地使“我们‘大家’都‘好’了”的今天与十几年前的往日互相映衬，至于周围环境与小姑娘内心世界的对比，则通过“我”的所见所闻从容道来；“我”是贯穿作品始终的人物，这个人物不仅使往日与今天衔接起来，使环境与人物融为一体，而且，在关键之处，“我”的议论和抒情，对刻画人物、明确主题都起着不可或缺的作用。例如，“我”在黑暗潮湿的山路上行走时的议论和抒情，就点明了小橘灯的象征意义；文章结尾处的议论和抒情，则表明小姑娘的乐观与信心，在十几年后，已经得到了证实。至于小橘灯的象征意义，既是作者赋予它的，又是生活本身所蕴含的。小橘灯“朦胧的桔红的光”，既是写实，又是象征。象征手法融合于现实主义的描写之中，使这篇散文具有诗的意境。

此外，在结构上，小橘灯是贯穿全文的线索。作品把小橘灯的产生、小橘灯给作者的感受、小橘灯引起朋友的询问、作者对小橘灯的回忆等情节组织起来，形成一个完整的故事，并以此刻划人物，表现主题。

《小橘灯》的语言清新流畅，和笼罩全篇的乐观基调和谐统一。作者以平等的态度向小朋友介绍故事。“我”和小姑娘的对话完全融会于叙述人的语言之中。作者的用意似乎不在于追求人物语言的个性化，而在于真实地陈述“我”的所见所闻和彼时彼地的心情，读来亲切、自然。

《小橘灯》真实地反映了冰心20世纪50年代思想发展历程中的一页，它

---

① 鲁迅．致罗清桢（1933年7月18日）［M］//鲁迅．鲁迅全集：第12卷．北京：人民文学出版社，1981.

仍然保持了作者对小读者的一往情深；但是，已经没有了早期作品中的淡淡的忧伤，取而代之的是乐观向上的明朗色彩。作者热情歌颂那些脚踏实地为中国人民的解放事业而斗争的革命者及其后代，使作品闪耀着她早期作品所没有的新思想的光芒。今天，重读这篇写于30年前的散文，不仅可以使我们从一个侧面看到新旧中国的鲜明对比，而且也能使我们清楚地看到一位诞生于20世纪初的老作家在新时代前进的足迹，并从中学习和借鉴作者的写作技巧。

1986年4月

（原载《中国现代文学作品选讲》下册，
高等教育出版社，1987年）

大潮中的一朵浪花

——读《夜走灵官峡》

杜鹏程，1921 年生于陕西省韩城县。1938 年投身革命，1945 年加入中国共产党。1947 年，他作为战地记者，随西北野战军转战西北。1949 到 1953 年，他创作了以著名的延安保卫战为题材的优秀长篇小说《保卫延安》。从 1954 年起，他在铁路工地和其他建设工地深入生活。1958 年发表中篇小说《在和平的日子里》，1962 年出版短篇小说集《年青的朋友》。1977 年出版中短篇小说合集《光辉的里程》。

《夜走灵官峡》写于 1958 年元旦。小说通过“我”夜走灵官峡的所见所闻，深情地歌颂了工人阶级在社会主义建设中不畏艰苦、坚守岗位、忘我工作的高贵品质，从一个侧面反映了艰苦创业的 50 年代。如果把社会主义建设事业比作时代的大潮，那么，《夜走灵官峡》所反映的就是大潮中的一朵浪花。虽然一朵浪花远不是大潮的全部，但我们却可以从中感受到时代的脉搏，倾听到历史前进的脚步声。

小说的题目是由表示时间和地点的两个名词之间加一动词“走”而构成的。显然，这里的“走”，不是从容舒缓地行走，而是急切匆促地前进。题目本身就充满了动态。灵官峡，位于陕西、甘肃交界，是秦岭上的一个峡谷，为修筑宝成铁路的必经之地。峡内峭壁遮天，急流澎湃，号称天险。打通灵官峡是宝成铁路线上最艰巨的工程之一。灵官峡这一真实地名的运用，以及作品中两个小孩的名字“成渝”和“宝成”就给人一种生活的实感。

作品首先把我们带到了灵官峡附近的铁路工地。这里，风狂雪大，山高峡深。但是，就在这荒凉的旷野上，“到处都是冒着风雪劳动的人”，各种机器的“吼声”响成一片。“震荡山谷”，“无数的电灯”，“蛛网似的电线”，顺着高架索道“来回运转”的“铁斗子”，构成了紧张繁忙的劳动场面。环境的险恶，衬托了筑路工程的艰巨和铁路工人不畏艰险、忘我劳动的精神，正是在这样的背景下，作者为我们展示了一个貌似平凡实则蕴含深意的生活片段。

作品中的“我”——一个铁路工地上的材料队长，在赶了40多公里的路程后，到一个铁路工人的家里暂避风雪。这个家设在绝壁的山洞里，家里只有一个名叫成渝的七八岁的小男孩和他的妹妹宝成。作品通过“我”和成渝的交谈，着重刻画了这个“工地里出生，工地里成长”的铁路工人后代的形象。小说多次描写了成渝的肖像：“他坐在小板凳上，两个肘子支在膝盖上，两只手掌托住冻得发红的脸蛋。”作者连用“坐”“支”“托”三个动词，来写他的安详宁静，使小孩子神情专注的憨态跃然纸上；而“眼睛忽闪忽闪地望着我”，则又显示了成渝的机灵；他“提着两个小拳头”，有时“偏着脑袋”，有时把“头摇得像拨浪鼓”的神态，表现了他的活泼可爱。像许多铁路工人的孩子一样，成渝从小就吸吮着工人阶级的乳汁，有着与社会主义建设事业血肉相连的感情。他见“我”的口袋里“装着报纸”，即“伸长脖子，望着我的眼睛”，急切地询问明天是否还下雪。这不仅反映了他的精明，更体现了他对父母的工作以及整个铁路工程的关心。他为自己的父亲是个“开仙（山）工”而自豪，常常坐在洞口望着对面工地上的人群，相信爸爸“一扭头”就会看见他。他生怕“我”把妹妹惊醒，因为照顾妹妹是妈妈交给他的“印（任）务”。时已深夜，他仍然不肯上床休息，因为爸爸妈妈要求他“朽（守）住康（岗）位”。在这个孩子身上，我们分明看到了工人阶级思想品质的闪光。正是爸爸妈妈的言传身教，使这个孩子的思想在某些方面早熟了。这和孩子幼小的形体和童稚的神态似乎不和谐，但这种不和谐在作品所提供的特定环境中又是和谐的。它不仅如实地反映了成年人的思想品质对孩子的影响，而且如实地反映了艰苦生活对孩子的磨炼。因此，这种外表上的不和谐非但没有影响孩子形象的统一，反而更使我们感到真实、可爱。

作品对孩子的正面描写，也就是对孩子父母的侧面描写，这种正面描写和侧面描写相结合的方法，为读者留下了思考的广阔余地。不同的读者可以凭借各不相同的生活经历，想象到铁路工人的生活、劳动以及他们那种平凡而伟大的献身精神。小说多次描写成渝“从帘子缝里傻呵呵地向外望着对面的绝壁”。正是这深情的目光，把眼前的孩子和工地上的父母连接起来，把近景和远景连接起来。如果说作者对山洞里成渝的描写工细清晰，是一幅工笔画，那么，对远处工地的描写则简练传神，可称为写意画。“只见探照灯的光带，透过飘飞的雪片，直向天空射去。顺着光带，隐隐约约可以看见几十名工人像贴在万丈绝壁上似的，打着炮眼，仿佛在开凿着登天的梯子。”这个比喻句，把绝壁的陡峭、劳动的艰险、工人的英雄气概，真实、形象地勾勒了出来。“贴”字在这里用得极其传神，它不仅作用于人的视觉，更作用于人的感情，是对远方景象逼真而又含有深情的描绘。真是着一“贴”字，境界全出。当“我”问起成渝的妈妈时，作品写道：“只见一个人站在便道旁边的电线杆子下，已经变成一个雪人，像一尊石像。”这个比喻准确、简洁地塑造了一个不畏严寒、坚守岗位、屹然不动的交通指挥者的形象，读来令人肃然起敬。“像一尊石像”，使我们仿佛看到，在漫天风雪中，在一条“从绝壁上凿开的”运输便道旁，一位平凡的劳动妇女用自己的身躯，为过往的车辆和人群树立起一座路标。面对此情此景，作者情不自禁地写道：“平素，也许她仰起头就能看见她的丈夫，也能看见她的孩子；而那攀登在山与天相接之处的丈夫，也许在擦汗水的工夫，一转眼就看见他妻子坚毅的身影和孩子小小的身材。我猜想：即使在这风雪迷茫的黑夜，工人、工人的妻子和工人的孩子，谁也看不清谁，可是他们一定能感觉到相互间深切的鼓舞和期待。”这段抒情描写，使分处三个岗位的一家人从精神上联系在一起，他们的骨肉之情同热爱社会主义事业的思想感情联系在一起，并化成了心心相印、相互鼓舞的巨大力量；同时，作者的思想感情也渗透到客观的描写对象之中，真正做到了情景交融，“一切景语皆情语”①。

通观全篇，作者对“我”和成渝交谈的描写是正面描写，对成渝父母的描写是侧面描写，但在侧面描写当中，又有简洁的正面描写，尽管极其简约，

---

① 王国维. 人间词话［M］. 成都：四川人民出版社，1981.

且是远景描写，但却使作品所描绘的生活画面，不局限于一个平面，而是较为开阔。这种正面描写与侧面描写相结合，侧面描写中又稍有正面描写的方法，显示了作者的艺术匠心，较好地揭示了作品的主题。

小说以“走”为线索，按照“我”的活动顺序组织材料。作品中所叙述的一切都出自“我”的所见所闻，这无疑增加了小说的真实感和亲切感。故事以“我”来到灵官峡开始，又以“我”离开灵官峡告终，不仅使文章首尾相顾，结构谨严，而且反映了工人阶级及其后代思想品质对“我”的感染，进一步深化了主题。

从 1954 年起，杜鹏程即生活、工作在铁路工人中间，和他们建立了深厚的友谊，“对他们有着火一般的感情”。他力求多方面地表现他们的生活，揭示他们的内心世界。在《延安人》等作品里，他把社会主义建设者忘我工作的精神和战争年代的光荣传统沟通起来，探索现实生活中闪光的东西的历史渊源。与此同时，他又把社会主义建设者忘我工作的精神和下一代的成长联系起来，力求展望现实生活中闪光的未来，《夜走灵官峡》就是体现作者这一创作意图的短篇佳作。

1986 年 4 月

（原载《中国现代文学作品选讲》上册，

高等教育出版社，1987 年）

天堂梦

——读《哥尔斯密的朋友再度出洋》[①]

1775—1783 年北美独立战争以后，北美十三州人民摆脱了殖民主义的羁绊，密西西比河以东的大地焕发了生机。1861—1865 年的南北战争，扫除了资本主义发展的障碍，进一步促进了社会生产力的发展。到 19 世纪末期，美国的工业生产已跃居世界首位。在 100 年左右的时间里，美国人民创造了人类历史上的奇迹，这就很自然地引起了世界各国人民的瞩目。19 世纪中叶，加利福尼亚发现了金矿，此后，寻金热潮席卷了美洲，也波及了中国。于是，一批批的中国苦力远涉重洋，涌向北美洲这块广袤而神奇的土地，他们把美利坚合众国看成是人间的天堂，一心向往埃尔多拉多[②]，憧憬着在这块乐土上得到天赋的人权，获取前所未有的自由。

但是，在我们这个星球上，果真存在着这样一个对各种肤色的人们都敞开大门的天堂吗？感谢美国著名作家马克・吐温，他在 120 年前写的《哥尔斯密的朋友再度出洋》，形象而又真实地为我们回答了这个问题。

马克・吐温曾经做过新闻记者，他在加利福尼亚目睹了成千上万华工的悲惨处境，这些华工从事着修建铁路等各种繁重的劳动，为建设一个繁荣的美国流尽了血汗，却因种族歧视而备受凌辱。小说前面的简短按语，特意点明作者描写的生活“无须虚构”，应当不是虚话。

---

① 华盛顿・欧文，马克・吐温，欧・亨利，等. 美国短篇小说集［M］. 北京：人民文学出版社，1978.（该书《作者简介》中董衡巽撰写的《马克・吐温》条在谈及这篇小说时，又称之为《一个在美国的中国人》。）

② 16 世纪时，西班牙殖民者认为在南美洲有一片充满黄金和宝石的土地，并名之曰埃尔多拉多。此后，人们就用埃尔多拉多代称幻想中的黄金国。

《哥尔斯密的朋友再度出洋》是一篇书信体的小说，这种艺术形式便于通过第一人称“我”的内心独白揭示主人公的主观世界，也可以通过主人公的所见、所闻、所遇、所感，反映主人公所处的客观世界。小说由四封信组成。第一封信写于上海，着重表达主人公艾送喜对美国这一“高尚的国度”的向往，为读者展示了一个即将启程赴美的华工心目中的天堂，为下文描写航途中以及美国的实际情况做了铺垫。第二封信写于海上，从空间上看，烟波浩渺的大海是由上海驶往大洋彼岸的必经之路；从艺术结构看，航途中的生活又是主人公由幻想中的天堂到现实中的地狱的过渡。第三、四封信写于旧金山，着重写主人公在美国的遭遇，它和第一封信中主人公的幻想恰恰成为鲜明的对照。主人公心目中的天堂越是美妙，他在美国的悲惨情形与之形成的反差就越是强烈。

主人公心目中的天堂是一个“人人自由，人人平等”的国度，但对艾送喜们来说，事实却是：所谓“自由”，不过是把老婆、儿子和两个女儿作为十二美元抵押的自由，被美国领事敲诈的自由，被塞在闷热拥挤的统舱里的自由，被烫伤、踩伤的自由，被“穿灰制服的长官”棒打的自由，被搜刮走了“受苦受累的血汗积蓄”的自由，被狗咬的自由，最终是进监狱的自由；所谓“平等”，不过是美国社会种族歧视的一块遮羞布，它所掩盖的恰恰是事实上的不平等。

主人公心目中的天堂是一个“富裕舒适”的“幸福的庇[①]难所”，但对艾送喜们来说，事实却是：“分文不名，只有这身上穿着的一身衣服”“走投无路，穷得可怜”。

主人公心目中的天堂是一个“对所有前来投奔的人都倾囊相助，不问其民族、信仰或肤色”的国度，但对艾送喜们来说，事实却是：一帮美国青年视黄皮肤的中国人为“魔鬼”，这些“魔鬼”到美国来，是要从“高贵聪明的白人嘴里夺取面包”，他们放狗咬中国人是“起而保卫自己的权利”，而在美国警察看来，在美国的国土上，除了监狱，根本就没有“外国畜生”及其所属民族的容身之地。

---

① 庇：应为避。

如果说对比是《哥尔斯密的朋友再度出洋》的主要艺术特色，那么，讽刺则是小说的另一艺术特色。这两个特色在小说中是紧密联系在一起的。鲜明的对比本身就具有强烈的讽刺效果，而作者轻松幽默的语言，又进一步加强了小说的讽刺意味。众所周知，马克·吐温是擅长幽默讽刺的名家，他对美国社会种种弊端的讽刺是深刻的。仅以选入中学语文教材的作品为例，《竞选州长》辛辣地讽刺了美国的"民主"选举和新闻自由，为我们提供了一幅绝妙的美国民主政治的漫画；《哥尔斯密的朋友再度出洋》则无情地揭露了美国社会根深蒂固的种族歧视，生动地描绘了美国社会生活的一个重要侧面。但是，无论是《竞选州长》，还是《哥尔斯密的朋友再度出洋》，作者的讽刺和揭露，其表现形式都非剑拔弩张。小说在叙及"我"以妻子和子女作为抵押时，说这"仅仅作为一种手续"；在叙及华工所乘坐的统舱的恶劣情况时，说"它不受气温变化的影响，也没有危险的穿堂风"；穿灰制服的长官"踢了我一脚，意思是对我的反应灵敏表示满意"；"我"被狗咬得"衣衫稀烂，鲜血淋漓，但摆脱了那条狗毕竟令我欣慰"，小说用这些轻松幽默的语言，反映华工受尽欺压，连起码的人身安全都没有保障的残酷现实，不仅具有辛辣的讽刺意味，而且更能使读者从中体验到华工的凄楚和辛酸。而那些动听的辞藻，诸如"美国的宽宏大量""痛恨一切形式的营私舞弊""慷慨大度的自由之地和勇敢之家""福地""庇①难所"等，则都是加强讽刺意味的反语。

幽默和讽刺是两个不同的概念。幽默一般指的是通过影射、讽喻、双关等修辞手法，于轻松的态度中，揭露生活中乖讹和不通情理之处。讽刺通常指的是用讥刺和嘲讽的笔法针砭敌对或落后的事物，有时用夸张的手法加以暴露，以达到贬斥、否定的效果。但是，在马克·吐温的作品里，二者往往是结合在一起的。恩格斯说，幽默是相信自己的智慧超过对方的一种优越感。当作家用幽默的态度挖苦嘲弄美国社会的时弊时，读者就会在一种从容不迫的气度中，领略到事物的荒谬可笑。

《哥尔斯密的朋友再度出洋》所反映的华工的命运，并不是个别的现象。

---

① 庇：应为避。

根据有关史料，从19世纪50年代开始涌入美国的华工，共有十余万人。这些华工被称为“猪仔”，实际上是签约卖身的苦力。他们中有许多人在航途中即无声无息地葬身于风波险恶的太平洋；还有许多人因被赶下底舱而窒息身亡[①]；那些历尽艰辛，登上大洋彼岸的人，则像艾送喜那样，被打入了万劫不复的地狱。他们由于轻信，“反认他乡是故乡”，演出了一场天堂梦破灭的悲剧。尽管轻信是一种让人“能原谅的缺点”[②]，但艾送喜们仍然为此付出了沉重的代价。一百多年过去了，那些葬身洋底的“猪仔”的呻吟，早已化进了惊天动地的涛声；那些铺设铁轨和枕木的苦力的呼号，也早已飞入了奔驰列车的轰鸣。与此同时，在美国西部开发初具规模以后，美国政府开始限制外国移民入境，对亚洲移民（其中多数为华工）限制尤苛，制订了一系列限制和迫害华工、华侨的法令，总称《美国排斥华工法令》。艾送喜们的悲剧，庶几成为历史了。但是，真实地记录了这一页历史的《哥尔斯密的朋友再度出洋》，并没有随着岁月的流逝而失去它的意义，仍然值得我们一读再读并掩卷深思。

（原载《中学语文教学》1990年第4期，署名：尤新）

① 张错. 黄金泪［M］. 香港：三联书店香港分店，1985.

② 瓦·奇金. 马克思的自白［M］. 北京：中国青年出版社，1982.（马克思在回答女儿“您能原谅的缺点”这一问题时，答曰：“轻信。”）

二月河的《雍正皇帝》

历史小说《三国演义》中有一则脍炙人口的故事：刘玄德三顾茅庐。说的是刘玄德为了兴复汉室，实则是为了自己图王霸业，到南阳卧龙冈拜访诸葛亮，请他出山辅佐自己打天下。诸葛亮，字孔明号卧龙。这则故事并非小说家的虚构，陈寿的《三国志·诸葛亮传》和司马光的《资治通鉴》上都有记载，其中《资治通鉴 ·汉纪五十七》载：“初，琅琊诸葛亮寓居襄阳隆中，每自比管仲、乐毅。时人莫之许也，惟颍川徐庶与崔州平谓为信然。”“刘备在荆州，访士于襄阳司马徽。徽曰：‘儒生俗士，岂识时务。识时务者在乎俊杰。此间自有伏龙、凤雏。’备问为谁，曰：‘诸葛孔明、庞士元也。’徐庶见备于新野，备器之，庶谓备曰：‘诸葛孔明，卧龙也。’将军岂愿见之乎？’备曰：‘君与俱来。’庶曰：‘此人可就见，不可屈致也，将军宜枉驾顾之。’备由是诣亮，凡三往，乃见。”我讲这个故事的目的，是想以此做个比喻：本人扮演一下司马徽这一角色。向各位刘玄德推荐一位今日文坛的卧龙先生，此人恰好住在河南省南阳市卧龙区，尽管诸葛亮住的南阳，到底是在湖北襄阳还是在河南南阳史学界尚有争议，但我们效仿苏东坡写赤壁怀古，不必拘泥。这位文坛卧龙就是二月河。至于各位刘玄德是否认可我的推荐，且听我讲完二月河的讲座后，相信各位自有公论。

一些了解我的朋友知道，我的努力方向是鲁迅研究专业，有时也冒充红学家，讲讲《红楼梦》。无论是迅翁，还是曹公，都是历史人物，已有定评。为一个健在的作家开设专题讲座，并且誉之为文坛卧龙，这在我还是第一次。另，在尚未公开发表文章的情况下，开设讲座，这在我也是第一次。但我相信自己的这个评价经过时间的检验，必将为更多的人所接受。

当今的文坛，自1978年以后，较之1949—1977年这30年，总体上是一种繁荣的局面。有才气（或曰小聪明）的作家不少。但有真才实学的人不多，还有一小批是混迹于文坛的痞子，这些痞子虽无真才实学，但可以兴风作浪。在这样的文坛中，二月河可说是独居一隅，过着与世隔绝的生活。他没有那些在文坛上有着耀眼的桂冠，且生活在北京、上海等大都市的作家的知名度，也不像那些文坛痞子那样有自己的帮派团伙，不屑于像有些人那样，用赠红包的办法，请所谓评论家为自己做花花绿绿的广告，以推销自己。他只知道关在书房读书、写作。由于写的是历史小说，他甚至与当代文坛都隔绝开来，以使自己长期处在有利于写历史小说的精神状态之中。这种对待生活、对待写作的态度，在当今的文坛是少见的，很可能是绝无仅有的。唯其如此，才成就了一个优秀的历史小说家。

二月河，原名凌解放，1945年生，汉族。20世纪60年代高中毕业后，当了十年兵。1978年转业到河南省南阳市委宣传部。40岁开始文学创作，致力于营造“帝王系列”。1989年出版《康熙大帝》（共四卷，河南人民出版社）。1991年至1994年出版《雍正皇帝》（共三卷，长江文艺出版社）。1996年至1997年出版了《乾隆皇帝》（1—4卷，5—6卷于1999年出版，全书齐，新世界出版社）。二月河“帝王系列”卷帙浩繁，气魄宏大，为我们提供了一幅威武雄壮而又色彩斑斓的历史长卷。这三部历史小说出版以后，受到了广大读者的欢迎，一版再版，却没有引起评论界的重视。本人的努力方向不在当代文学，引起注意是因为电视连续剧《雍正皇帝》起了介绍作用。本人与二月河素昧平生，向无过从。就我的阅读范围，在《雍正皇帝》播出之前，国内尚未发表过一篇评论二月河小说的有分量的论文。直至电视剧播出以后，《文学评论》才在今年（1998年）第二期（双月刊）上发表了南京大学一位博士研究生的论文《评二月河“清代帝王系列”小说》，这是至今唯一的较为全面评论二月河小说的文章。文章主要从历史与艺术的关系、雅与俗的关系、历史与现实的关系等三个方面，肯定了二月河的历史小说。按照本人的习惯，凡是别人已经讲了的话，就少讲或不讲，当然，研究的同是一部小说，所有的见解都完全不同的情况是不可能的，但应力求有新的角度、新的观点。（我在3月下旬给大学生讲课时，还没见到这篇文章）

为了客观、公正地评价二月河的历史小说，有必要对清代前期的历史，特别是康、雍、乾三朝的历史有一个概括的了解。对这段历史的研究资料，主要是中华书局出版、赵尔巽等人编写的《清史稿》（赵尔巽时任清史馆馆长，1914—1927年，历时14年定稿），还有《清宫史事》（王树卿、李鹏年著，紫禁城出版社，1986年出版）、《清史纪事本末》（黄鹤寿著，上海书店，1986年出版）等较为可靠的史书典籍，资料来源是较为可靠的。观点，当然是我自己的观点。

清朝（1644—1911年）是我国历史上最后一个封建王朝，康、雍、乾时代是这最后一个封建王朝的最后一段兴盛时期，史称“康乾”盛世。现在，有人或撰文，或讲演，对这段历史提出异议。他们所持的观点是：康、雍、乾时期（1662—1796年）这134年，在西方，正是英国工业革命以及法国大革命的时代。正是在这一时期，我国和西方发达国家拉开了差距。因此，所谓盛世，不宜评价过高。这种观点，如果能够成立，那么，研究任何一个复杂的历史问题，都将会比解答一个最简单的数学方程式还要容易。社会历史现象是极其复杂的，仅仅在时间上划一个范围就做简单、机械的比附，这在历史研究中是危险的。更何况，这个时间范围的划分也值得研究。西方的工业革命，大约从15世纪末至16世纪初开始酝酿。18世纪60年代在英国发起，80年代由于蒸汽机的发明和采用而得到进一步的发展，到19世纪30年代基本完成，这个时期大约是中国乾隆中期到道光年间，中经嘉庆。至于美、法、德、日等国，工业革命的完成还要晚一些，大体上都在19世纪内先后完成。所以，西方发达国家与中国拉开差距，应该是19世纪30年代以后的事，或者说是鸦片战争以后的事，那已经是清代道光年间了。所以，“康乾”盛世这一说法，应该说还是不能推倒的。我曾经多次公开讲过：如果在世界各国的地主阶级中搞一个评比，中国的地主阶级确定无疑地是一个先进集体。如果在中国历代王朝中再搞一个评比，清王朝这个统治集团在政治才干方面，恐怕要算是团体冠军。中国历史上，皇帝有300多位，但是，统治中国长达半个世纪左右且国力比较强盛的，屈指可数。汉武帝，54年；武则天，实际统治中国半个世纪；康熙、乾隆，都在60年以上。唐玄宗，44年；宋仁宗，41年；慈禧实际统治中国47年。统治中国长达半个世纪以上的皇帝，共三位，清代占两位；实际统治中国近半个世纪的太后，两位，清代占一位。考虑到清代统治者是少数民族，那么这个爱新觉罗家族的政治才干确实非同一般，还有叶赫那拉。

由于历史是胜利者书写的，又由于2000多年的封建社会是在清王朝手里终止的，特别是由于1840年鸦片战争后，清政府与西方帝国主义国家签订了一系列的不平等条约。近几十年来，人们在提到清王朝时，往往用腐败无能、丧权辱国之类的字眼去概括。应该承认，1840年以后，中国确确实实是落后了，落后就要挨打。落后的主要原因，是封建制度已经腐朽，特别是这种腐朽的制度一遇到正处于上升阶段的资本主义制度，必然要打败仗。在这个意义上，中国在近代的落伍，其主要原因在于封建制度已经没有了生命力。通常认为，中国的封建制度是从宋代开始走下坡路的。了解到了这一点，我们就可以看清楚，为什么明太祖朱元璋对贪官污吏采取了那么严厉的措施，腐败现象仍然不可遏制，原因在于社会制度。从宋代到明末，下坡路已经走了500多年，清初的统治者居然能在不变更社会制度（清沿明制，顺治皇帝在与大臣谈论历史上的皇帝，汉高祖、文帝、光武及唐宗、宋祖、明太祖孰优时，专颂明太祖朱元璋，就在于沿袭了朱明王朝的制度，清代统治者不因明代的失败而否定他的一切）的情况下，治理出一个长达134年的盛世，有人说这是“回光返照”，但这不能不说是一个奇迹。所以，对清代前期统治者的政治才干，应给予高度的评价。就是对后期的慈禧太后，亦不应简单化。

评价一个封建皇帝，首先要掌握好正确的标准，当然要考虑到他所奉行的制度，但更重要的是看他制定和推行的政策。因为奉行什么制度，这是一个封建皇帝无法选择的。但是，制定和推行什么政策，却主要看皇帝的政治才干。我们也并不忽视皇帝对一些具体的（个案）的处理，但更重要的也还是看他的政策。因为个案，如文字狱、统治集团内部的矛盾与斗争等，所涉及的是个别问题，是局部，而政策问题却涉及全局，涉及千家万户，涉及占人口绝大多数的平民百姓。我们也并不忽视皇帝的个人品质和生活作风。但是我们更看重的仍然是他的政策，因为个人品质和生活作风，与政策虽然有某种联系，但终究不是一回事。

评价一个封建皇帝政策的先进与否，掌握一个什么标准，我认为，主要是看他和前代的皇帝比是否提供了一些新的东西，而这新的东西又对社会生产力的发展起到了什么推动作用。能使绝大多数平民百姓从中受益，在物质生活和文化生活方面有所改善。

评价清初统治者，有一条资料特别值得我们重视。根据《清史稿·太宗本纪》，天聪八年（1634 年），“颁军令于蒙古诸贝勒及孔有德、耿仲明、尚可喜，曰：‘行军时勿离纛，勿諠譁，勿私出劫掠。抗拒者诛之，归顺者字之。勿毁庙宇，勿杀行人，勿夺人衣服，勿离人夫妇，勿淫人妇女，违者治罪’。”（字：爱）这条军令除了说明当时清兵的军纪比较严明外，其中最重要的一条就是：“抗拒者诛之，归顺者字之。”可以认为，清朝入主中原以后，所有政策，都是这一条政策的延伸。这一条政策实质上是两条政策，即一手是暴力，一手是怀柔。两者交替使用，并行不悖。其实，这两条政策是历代统治者都采用的。只是清代的统治者运用得比较熟练。对于阻挡清兵入关、入主中原的，对于农民起义，或者是以反清复明为号召的各种团体，清王朝都采用了坚决镇压的政策，对于没有反抗行为的平民百姓，对于归顺清王朝的知识分子，则予以安抚、对有些知识分子还给予重用，并且让统治集团的成员认真学习汉族文化，这样就逐步巩固了清王朝对中国的统治。十二万七千人（算家属四十万），统治了近一亿人口的中国。

下面，我们就具体评价雍正皇帝。

雍正皇帝，名爱新觉罗·胤禛，康熙（爱新觉罗·玄烨）的第四子。乾隆（弘历）则是雍正的第四子。在康、雍、乾时期，雍正处于中段，起承前启后的作用。

清兵入关的初期，当时中国国内存在着以下几种军事、政治力量：李自成的大顺军，张献忠的大西军，腐朽的明王朝和充满生机的清军。这几种军事政治力量角逐的结果是清军取得了胜利。这是历史的必然，对中国人民也是一种最佳选择。当时明王朝已经濒临灭亡，它对外不能抵御资本主义列强的侵略（1557 年葡萄牙占领澳门；1603 年、1622 年荷兰两次占领澎湖；1624 年荷兰占领台湾；1636 年，英国“科腾商船”武装闯入虎门，东北的沙俄也经常入侵黑龙江流域）；对内镇压不了农民起义军，1644 年李自成的农民军攻占北京，宣告了明王朝的灭亡。但是，李自成的农民军攻占北京之日，就是他们开始腐败之时。由于农民起义军的首领们缺乏起码的政治素养，他们不可能统治中国，而且在充满生机的满洲兵面前一触即溃，农民军的灭亡也是历史的必然。张献忠比李自成还要差一些，他的灭亡更是历史的必然。简言之，在当时的历史条件下，只能由清王朝来主宰中国的命运，这是历史的选择，是不以任何人的主观意志为转移的。

作为少数民族，清王朝为了在中原站住脚，花了几十年的时间。在完成这样一个历史重任的过程中，康熙起了极其重要的作用。

康熙皇帝是中国历史上一位雄才大略的君主，他不是开国皇帝，却是创业之主，他是康雍乾盛世的奠基者。在康熙统治中国的61年当中，清王朝基本上完成了统一中国的大业，并使清初陷于全面崩溃的经济得以恢复和发展。历经明末清初的战乱，当时民生凋敝到什么程度呢？举一个例子：《清史稿·黎士弘传》"兵后城中草三尺，不辨街巷，居民才三十二家。"① 平定三藩、收复台湾之后，集中力量抗击侵扰黑龙江流域达几十年之久的沙俄，发动了两次雅克萨之战，英勇善战的满洲兵把以勇猛剽悍著称的哥萨克骑兵打得溃不成军，于康熙二十八年（1689年）签订了《中俄尼布楚条约》。此后100多年，东北边境平安无事，然后又在西北用兵，平定在沙俄支持下的准噶尔部噶尔丹叛乱，康熙三十年（1691年），举行了著名的多伦会盟。康熙皇帝率八旗劲旅前往多伦，巩固北方边防。清王朝彻底平定准噶尔叛乱，历经康、雍、乾三朝，到乾隆年间，西北、西南边疆的统治也比较巩固。这一期间，中国的版图是历史上最完整的（实为最大，除了元朝）。我们现在生活的这块土地，就是康、雍、乾三朝最终奠定的基础。

雍正皇帝继承了康熙的事业，应该说，雍正的军事才能远不如康熙，他的武功远不如康熙那样显赫，他在军事上的成就，主要是继康熙之后，坚持在西北用兵。雍正初年，青海的罗布藏丹津在准噶尔的支持下发动叛乱，雍正授年羹尧为抚远大将军，岳钟麒为奋威将军，领兵进剿，只用了半个月的时间就平定了这次叛乱。雍正五年（1727年），平定了西藏的阿尔布巴叛乱，此后开始在西藏设置驻藏大臣。这样，西藏就直接制于中央政府的管辖之下。

---

① 赵尔巽等. 清史稿·黎世弘传（卷285）列传七十二［M］. 北京：中华书局，1976.

康、雍、乾三朝，维护了中国的统一、独立，维护了领土、主权的完整。这是康、雍、乾三位皇帝对中国历史的第一大贡献。对于清代前期统治者的这一贡献，我们应该给予高度的评价［国际公认的领土、主权完整的三要素：①有效的行政区划和行政管理；②赋税制度；③边防设置］。

康、雍、乾时期的第二大贡献，是他们制定和推行了在封建时代可能是最成功的民族政策。

我国自古以来是个多民族的国家。黑龙江流域、新疆、西藏和蒙古地区自古以来就是我国的领土。但是，每当中央政权比较衰弱的时候，这些地区也往往各自为政，形成与中央政权相抗衡的地方政权，民族矛盾和冲突也连续不断。康、雍、乾三朝的贡献，就在于对上述地区实行了远比以往任何一个朝代都更有效的行政管辖，从而使近代世界各国公认的有关领土主权所包含的基本内容，在以往历史发展的基础上，在清代前期得以完备。在康、雍、乾三朝诸多的民族政策中，这里，我想着重讲一下雍正的“改土归流”。

所谓“改土归流”，即改少数民族地区的世袭土司为朝廷任命的流动的地方官员。土司制度始于元明，是封建王朝利用少数民族上层进行统治的一种政治形式，保留了土司不同程度的相对独立性，带有比较浓重的奴隶制甚至是原始氏族制度的残余。实际上，它是封建王朝对少数民族原有统治者的一种妥协。雍正期间，在云南、贵州、四川、湖南、湖北以及广西壮族自治区等广大地区内，把大部分土司改为流动的地方官。其做法，有的是土司在当地群众或朝廷的压力下被迫接受的，有的是在朝廷残酷镇压之后强制推行的。我们当然谴责民族压迫政策，但是改土归流，有利于巩固统一的多民族的国家，也有利于少数民族地区经济、文化发展，对此无疑应该肯定。

康、雍、乾三朝的第三大贡献是重视农业，减轻人民负担，让人民休养生息。

在努尔哈赤时代，满族社会还处在远较汉族落后的奴隶制度。皇太极时，满族完成了由奴隶制向封建制的过渡。但奴隶制的关系仍然大量保留在经济生活和社会生活中。入关以后，经过顺治、康熙两朝，清朝废止了“圈地”制度，走上了成熟的封建经济的道路。

“圈地”制度实质上是农奴制。它既代表了落后的生产关系，又伴随着对汉族人民的残酷压迫。它的代表人物之一就是鳌拜。康熙八年（1669 年），康熙拘捕了鳌拜之后，废止了“圈地”制度，无疑有利于农业的发展。雍正更是一个重视农业的皇帝。雍正年间，各地大臣给他的奏折，必须照例报告天气情况，庄稼长势，乃至谷价行情，特别是在有水旱灾情时，更是如此。如果在这方面疏忽了，要遭到雍正的严厉斥责。雍正五年（1727 年）三月，他在指责湖南巡抚布兰泰的批谕中说：“此当青黄不接之际，朕待报湖南雨水情形，既特使人来奏，何雨水粮价竟无一语及之？汝任地方之责，试思宁有大于此事乎？”他还屡颁谕旨，鼓励垦荒。此外，康、雍朝都十分重视水利，有治水的能臣靳辅、陈潢。康、雍两朝都有定期减免赋税制度，三年把全国各省都轮一遍，赋税也较轻，可谓“轻徭薄赋”。这里着重介绍一下雍正的摊丁入亩。

所谓“摊丁入亩”，又叫“地丁合一”，亦称“丁随地起”。就是把原来的丁税银（所谓“人头税”），摊入田赋统一征收。这是前清在赋税制度上的一项重要改革，较早提出这项政策的是直隶巡抚于成龙（有两个于成龙，另一为江西总督）。他在康熙二十年（1681 年）就看出当时赋税不均的原因，在于“丁分三等，役定九则”，“田与丁分”，主张“均田均丁法”，但却未被采纳实行。直到康熙五十五年（1716 年），才明令“准广东所属丁银，就各州县地亩摊征，每地银（田赋银）一两，摊入丁银一钱四毫不等”，这就是“丁随地起”。雍正继位后，在全国大部分省推行“地丁合一”，基本上成了全国统一的赋税制度。这条政策的实质是，以土地占有的多寡作为纳税的依据。田多多交，田少少交，无田者免交，使广大贫苦农民的负担有所减轻，而且使农民或多或少有了流动和迁徙的自由，为城市手工业作坊和开矿业雇佣劳动力提供了有利条件，对资本主义萌芽的增长，起着促进作用。

为了减轻人民的负担，康、雍时期有免税、赈灾的政策，免税有两种：一为“恩蠲”，一为“灾蠲”，康熙五十一年（1712 年），“永不加赋”。

康、雍、乾三朝的这些政策，有助于人民休养生息，康熙元年（1662 年），丁户一千九百余万，征银二千五百余万两。康熙六十年（1721 年），丁户二千九百多万户，征银二千八百余万两。人口增加，赋税却相对减少，人民生活有所改善。

雍正的第四大贡献是整顿吏治，惩治腐败，罗致人才。

吏治腐败是最大的腐败。康熙晚年，官场腐败现象已经十分严重。雍正在属邸时，对此即有深刻的认识。所以，他一上台，就大刀阔斧地整顿吏治。雍正认为，督抚之责，“最要者惟当在甄别属员之贤否，将贪庸不肖，众恶民怨之条令严行参处数员，真实清勤、有为、有守之良吏，越格破超数员，即民心悦而天和应矣”。他征用田文镜、李卫等督抚，即这些人符合他的吏治的需要。他对李卫的看法：此人“粗率狂纵，人所共知者”，“朕取其操守廉洁，勇敢任事，以挽回瞻顾因循、视国政为膜外之颓风耳，除此他无足称。”在雍正的严厉督责下，各省相继参革了大量的地方官员，湖南一省，一年之内，州县官 65 人，更换了 30 余人。有的省份，甚至参革者达十之八九，以致所在督抚奏报：“若再提参，恐无人办事矣”。

官员大量参革，亟须补充。主要通过科举制度选拔人才，也鼓励官员秉公推荐，重视官员的基本素质，主张“有治人无治法”。雍正用人不论资历，也不拘泥于是否进士出身。其标准就是：忠、公、能。对孙嘉淦的任用即是一例，雍正时期出现一批清官廉吏。

要惩治腐败，就要从制度上根本解决。为此，雍正采取了许多措施，这里，着重讲一下“火耗归公”和“养廉银”。

所谓“火耗归公”，又叫“耗羡归公”。过去有一句流传的俗话：“三年清知府，十万雪花银。”既然是“清知府”，不言而喻应该是不贪污受贿，不贪污受贿，哪儿来的“十万雪花银”？清代前期，知府是正四品，乾隆十八年（1753 年）改为从四品，一年的薪俸不过百十两银子。十万雪花银相当于他一千年的薪水。这就要讲到“火耗归公”。

所谓“火耗”，原是征收钱粮赋税时附加的一定数量的损耗，因为百姓交上来的银子比较散碎，政府为了便于保存，需把这些散碎银两化掉重铸，铸成大块的银锭。这里面有少许损耗，所以叫“火耗”。这种附加费，后来数额越来越大，成了朝廷默许的官吏中饱私囊的一种特殊形式。康熙年间，时任川陕总督的年羹尧曾提请“火耗归公”，未被采纳实行。雍正登基后，雍正二年（1723 年），山西巡抚诺岷实行“火耗归公”。一部分（百分之四十）留补亏空，一部分（百分之六十）给下属官吏发放养廉银和支应公费。

雍正从其所请，遭到许多官吏反对，但雍正决意推广，逐渐在各省实行。可见，所谓“火耗归公”，实际上就是把官吏的私派，改变为法定的地方附加税，把它的支配权，由州县官一级提高到督抚藩司一级。这项改革，无疑有助于整顿吏治，有利于朝廷和督抚大臣对地方官吏的监督。因为州县一级很重要，它直接掌管着平民百姓的命运。“火耗归公”无疑也适当减轻了老百姓的负担，有利于国计民生。（养廉银，一般督抚每年一万五千两左右，田文镜二万八千两；道员每年三千至四千两，直隶州知州每年一千八百两，府属知州每年一千四百两等，数量虽然不少，但比起原来的没有限制，还是减轻了人民的负担）

雍正的第五个特点是勤政、纳谏、用人。

雍正是中国历史上少有的勤政皇帝，可称“办公狂”，登基第一天批阅的奏折即有四万多字，且有具体批示。在纳谏方面，雍正有时也能接受臣子的尖锐批评，如他登基之初，孙嘉淦即上书言三事，请“亲骨肉，停捐纳，罢西兵”。雍正极为恼怒：“召诸大臣示之，且曰：‘翰林院乃容此狂生耶?’大学士朱轼侍，徐对曰：‘嘉淦诚狂，然臣服其胆。’上良久笑曰：‘朕亦服其胆。’”擢国子监司业，雍正四年，迁祭酒，命在南书房行走。用人方面，除了前边讲的不拘一格，起用新人之外，雍正用人的另一大特点是敢于大胆起用汉人，如张廷玉、方苞、朱轼、李卫、田文镜、尹继善、孙嘉淦、李绂等。

我们肯定康、雍、乾（着重讲雍正）三朝的有关政策，承认他们卓越的政治才干，但是，也要清醒地看到：他们终究是封建皇帝，他们的政策不能不受到封建制度的制约。开头我讲中国的地主阶级是世界各国地主阶级中的先进集体，这是中国地主阶级的长处，也是它的短处。康、雍、乾三朝皇帝亦是如此。他们的长处是很有才干，他们的短处也在于此。本来，封建专制制度皇帝就具有至高无上的权威，在这几位能干的皇帝那里，则登峰造极，一切都是“乾纲独断”。绝对的君权统治必然造成严重的后果，在这种极权制度下，新的社会萌芽就别想发展起来，不可能孕育和产生新的社会制度。这样的专制也必然要给中国人民的思想打上深刻的烙印——没有平等观念、主权观念。在知识界也必然要出现酷烈的“文字狱”。

二百多年来，雍正是个争议很多的皇帝，甚至可以说是口碑不佳的皇帝。其原因主要有三：一是所谓“篡位”；二是残酷镇压政敌，特别是兄弟相残；三是文字狱。如前所述，看一个皇帝主要看政策。但对这三条，亦可说说本人的看法。所谓“篡位”，证据不足。镇压政敌，兄弟相残，应与反对“朋党”相联系。(雍正专门著有《御制朋党论》一文）文字狱尚属个案，并非全国性的“焚书坑儒”。

总之，康、雍、乾时期，是我国历史上最后一个封建王朝的最后一段兴盛时期。在所谓康、雍、乾盛世期间，雍正起到了承上启下的作用。对于他的一些具有进步意义的政策，对他的历史贡献应该给以肯定。同时，我们也要看到，他终究是在封建制度已经腐朽的历史条件下从事政治活动的。这个制度本身以及他的某些个人特点，决定了他在为历史提供某些新的东西的同时，也必然要产生某些负面影响，包括对知识分子的压迫。这些，我们也要结合具体的历史条件，给予客观的分析。

附带说一下农民问题。农民不代表新的生产力和生产关系，它和地主阶级处于同一个生产力和生产关系当中，它提不出新的社会思想（工人阶级亦然），这是从历史的角度看。从道德的角度看，农民有勤劳和朴实的一面，也有狭隘和保守的一面。但农民掌权是不行的，因为农民虽然反对贪官，但是拥护好皇帝。农民领袖如果成功了，必然是新皇帝。

农民，特别是农民子女，要克服农民的弱点，只有接受良好的教育一途。

历史小说《雍正皇帝》在文学创作领域上做出了哪些贡献？在回答这个问题前，先来谈谈怎样理解历史小说。

这是一个长期争论不休的问题，争论的焦点在于是强调历史真实，还是艺术真实。所谓历史真实，就是要符合历史事实，极而言之，就是要“无一字无出处，无一字无来历”。所谓艺术真实，就是作家在忠于大的历史背景的前提下，可以进行合情合理的艺术虚构和夸张。只是要合情合理。20 世纪 60 年代，李希凡和吴晗曾经在历史剧问题上争得不可开交。两个人就分别代表了两种不同的倾向。

本人的意见：历史剧也好，历史小说也好，首先它是艺术，也就是说，历史剧属于戏剧的范畴，历史小说属于小说的范畴。但既然是历史小说，即是以历史为题材的小说，而历史又是已经凝固了的人物和事件的客观存在。所以，一个严肃的历史小说作家，在一些重大事件和主要人物的选取和塑造方面，应该忠于历史事实，应该求得历史与艺术二者之间的统一。如果不能统一，怎么办？二月河说，二者不能统一的时候，他牺牲历史，而选择小说。本人以为，这样的处理意见，在一些非重大事件和非主要人物上是可以的。

历史是什么？历史是无数人物和事件的序列。历史本身无所谓公正与否。通常人们所说的历史，并不是指的历史本身，而是指的后人对历史人物与事件的具体评价。这里所说的历史，实际上指的是历史研究，或称史学，但它往往被人们认为是历史。历史研究是人做的，它反映的是后人对历史的一种认识，既然是认识，就要受到主客观诸多条件的限制，就有局限性。所以，我常讲，历史是公正的，又是不公正的，我在这里说的历史，指的是被人们简称为历史的历史研究。一般来说，社会环境比较宽松，有较好的学术民主、学术自由的环境，通俗地说，人们比较敢讲真话的情况下，历史公正的成分就多一些，反之就少一些。除了人们认识上的原因，还有一个拉开距离的问题。西方有一种意见：50 年内无历史，就是因为 50 年内，许多当事人还在，而这些人往往手握重权，出于阶级、党派、集团或个人的利害关系的考虑，历史不可能做到公正。因此，需要拉开距离。此外，还有一个资料的问题，官方修的正史，可能被篡改，可能不真实。中国的历史（古代）一般被世界各国的史学家公认为“信史”，即使如此，我们也要加以分析。

实践是检验真理的标准问题，又确定，又不确定。

所谓“戏说”，作为一种艺术形式，可否存在，可以研究。但是，“戏说”绝对不属于历史剧的范畴，也绝对不属于历史小说的范畴。

《三国演义》是人们公认的历史小说名著。它的主要事件和人物都是确有其人，确有其事的，如曹操、刘备、孙权、诸葛亮、关羽、张飞、周瑜、鲁肃、郭嘉、司马懿、张辽等。但它又是小说，是艺术，作者为了塑造心目中的理想人物，也做了许多必要的艺术处理。即对丰富的史料有所取舍，有所加工，有所虚构，有所夸张，如张翼德怒鞭督邮，历史上是刘备的事。为了塑造刘备宽厚仁和的形象，作者把它嫁接到勇猛、粗放的张飞身上了。历史上，曹操的军队与袁绍的军队作战，曹操派张辽、关羽为先锋，关羽斩杀袁绍的大将颜良，史书有明确的记载，但“温酒斩华雄”“诛文丑”，以及“过五关斩六将”则属虚构。斩蔡阳则是刘备的事。刮骨疗毒确有其事，但医生并非华佗，赤兔马写马是为了写人。可见，写历史小说，如果完全拘泥于历史事实，是写不成小说的。如前所述，评价一个封建帝王，主要是看他的政策。这是从历史的角度看。如果从文学的角度看，仅仅写皇帝的政策是无法成书的。如果小说只是干巴巴的资料堆砌，则不成其为小说。二月河的历史小说在这方面处理得是比较成功的。比如，《康熙大帝》写康熙八岁登基（1662 年），至六十九岁猝死（1722 年），历时 61 年。这 61 年中的重大事件，比如粉碎鳌拜集团，平定吴三桂为首的“三藩”（三藩：平西王吴三桂、平南王尚可喜、靖南王耿精忠）之乱，假“朱三太子”杨起隆的故事，收复台湾，平定噶尔丹，抵御沙俄的进犯，晚年诸皇子的争储夺嫡等，都是历史上实有其事。小说在基本忠于史实的基础上，生动形象地刻画了康熙皇帝卓越的政治才干和历史功绩。

下面，着重分析《雍正皇帝》在文学创作方面的贡献。

2000 多年来，我们的祖先创造了光辉灿烂的文化，除了极个别的朝代(如秦)，每个朝代都有辉煌的成就，甚至元代这么残暴的时代，还有王实甫、关汉卿这样的大戏剧家。清代的文字狱那么厉害，还出了曹雪芹这样足以令我们感到自豪的大作家。仅以小说而言，《三国演义》《水浒》《红楼梦》《儒林外史》《聊斋志异》等小说在艺术上确实为我们提供了不可企及的典范。《水浒》在刻画人物上的成就，如武松打虎、人物语言等，使人如闻其声，如见其人。《红楼梦》中精彩的片段更是俯拾即是。在这样一个有着光辉灿烂的文学成就的民族，要想在文学创作上做出超越前人的成就，确实是难上加难。于是有人另辟蹊径，如写武侠，写言情，写性，等等，不成功者多，成功者少。金庸是少数成功者之一，或者说是代表。二月河则走出了一条属于自己的道路，在历史小说的创作中体现了深厚的历史感和浓重的文化氛围。本来，历史小说都应有历史感，也都应有一定的文化氛围。但是二月河在这方面特别成功。其小说深厚的历史感，仿佛使我们真的置身于康、雍、乾三朝的社会生活之中；浓重的文化氛围，使我们受到了传统文化深深地感染。从这三部历史小说中，我们可以切实感受到作者深厚的文化功底和史学素养。摆在我们面前的是沉甸甸的几部历史小说的鸿篇巨制，而不是轻飘飘的“戏说”，或是强使现代人穿上古装演现代戏。

深厚的历史感要求细节的真实。文学是人学，文学作品主要是写人的生活、人的思想、人的感情。所以，人的饮食和服饰、宫室、车驾、医疗、仪仗、兵器、官职、科举、历法、殡葬、各类人物的语言以及作者的叙述语言等都要真实，都要符合特定时代的具体情况。

饮食：小说第一回写车铭（扬州太守）和几个名士在“天光湖影”酒肆聚餐。上的菜是：“冷盘孔雀开屏、百合海棠羹、一盂冰花银耳露，几十样细巧点心梅花攒珠般布列四周。中间大碗盆中的主菜，却是牛乳蒸全羊——胎中挖出的羯羊羔儿，这是扬州四大名菜之一——张四回子蒸全羊了。”（羯，jié，我国古代民族，匈奴的一个别支，羯羊，阉割了的公羊）这样的饮食符合当事人的身份，也有地域特色。

服饰：写皇帝，如康熙是：“五十五岁的康熙戴着一顶绒草面生丝缨苍龙教子珠冠，剪裁得十分得体的石青直地纳纱金龙褂，罩着一件米色葛纱袍，腰间束着汉白玉四块瓦明黄马尾丝带。”歌女乔姐则是：“穿着鸦头袜，合欢鞋子。桃花裈系着绛色蝴蝶结，披一身蝉翼纱，出脱得洛神女般翩若惊鸿。”（裈，kūn，古时称裤子。又写作“帏”“裩”）也是符合各自的身份，且有时代特色。一个“裈”字比用“裤”字那效果可就大不相同了。

宫室：写“乾清宫是紫禁城内除了三大殿外最为宏伟壮丽的宫殿，历代为皇后居处，是皇帝正寝之地。唯因其大，时常引见一两个官员，或与上书房几个官员议事，显得空荡荡的，也太庄重。因此，自赫舍里皇后去世之后，这里便改了规矩，名义上仍是皇帝寝宫，除了大批引见外官、接见外国使臣，每逢元旦、元宵、端午、中秋、重阳、冬至、除夕、万寿等节日，在这里举行内朝礼或赐宴，平素并不启用，只在养心殿或畅春园办事见人。康熙皇帝率几个上书房大臣入月华门，几个阿哥便归班侍候，但见宫前丹陛之下黑压压的六部官员及进京述职外官依次跪满了一地。康熙一摆手拾级升阶，径上了‘正大光明’匾额下金紫交翠的龙凤须弥座。”这段介绍，不仅写出了皇帝办公的地点，而且介绍了当时的节日，以及皇帝上朝时的情况，不是静止、孤立地写宫室，很有动感。

车驾、仪仗：写康熙到承德巡幸：“直到辰正时牌，便听东西钟楼鼓楼齐鸣，天安门乐声大作，人们张着眼瞧时，天安门那边黄伞旌旗遮天蔽日价迤逦过来，最前头是五十四顶华盖、四柄明黄九龙曲柄盖打头。接着两顶翠华紫芝盖、二十四顶直柄九龙盖，什么纯紫、纯黄大盖扈随于后，招招摇摇浩浩荡荡压地黄龙一般，不断头地涌出。”后面还通过曾经随驾亲征的老人们跪在地上的悄声指点，极其细致地写出了皇帝出行的各种仪仗。这些都显现出作者历史知识的功底。

兵器：腰刀、大刀、弓矢、豹尾枪、鸟铳等。

职官：简介几种。中央政府有六部，清沿明制，不介绍了。都察院，是中央管监察、弹劾及建议的机关。首长为左、右都御史，左、右副都御史，右副都御史则专作总督、巡抚的加衔。大理寺，中央审判机关，刑部，管司法行政。简言之，大约相当于现代的公、检、法。地方官：总督，又称制台、制宪、制军，从一品，一省或二、三省的最高长官，管军民要政。还有漕运总督、巡抚，从二品。巡抚，原本是古代偶有派官员至各地巡抚之举，但非专设之官。明代开始专设，与总督同为地方最高长官，清代正式以巡抚为地方政府的最高长官，总揽一省的军事、吏治、刑狱，地位略次于总督，但仍属平行。巡抚别称抚台、抚军、抚院。提督学政，别名学台。管一省的学校教育、科举考试等。布政史，从二品，管一省财政、民政，又称藩台、藩司。按察史，正三品，又称臬司、臬台，管一省司法、治安、监察等。总督（或巡抚）、布政使、按察史，合称“三台”。互相合作，互相牵制，互相弹劾。

省级以下的官员有道员，专管一省的粮运、河道、巡警道，劝业道，分管一省的某一项事务。地方行政长官有知府，正四品，管几个县的行政事务。副职为同知，正五品。知州，从五品。通判，正六品。知县，正七品。县丞，正八品。主簿，正九品等。

科举：科举制度始于隋唐。原来是针对“上品无寒门，下品无士族”的九品中正制度的，有它的进步意义。科举制度在中国存在了一千三百多年，为封建国家发现了不少人才。现代社会中沿袭了科举制度的考试，也还是比较公正的，是公平竞争。封建皇帝对科举制度极其重视，从唐太宗开始，到清代前期的这几位皇帝主要也是用科举制度这个手段罗致人才、笼络知识分子。《雍正皇帝》对科举考试的描写非常真实。因为考题泄露了，张廷璐被处腰斩。此事虽属小说家的艺术虚构，却虚构得合情合理。后来重新考试，反映了雍正急于罗致人才的愿望。

其他，如历法，殡葬等，也写得合乎当时的历史条件。所有这些，都让人读起来有深厚的历史感。

语言是历史感的重要内容，无论是人物语言，还是叙述语言，小说都努力做到还原到那个时代。

叙述语言，如："他叫邬思道，无锡有名的才子，府试乡试连战连捷，中秀才举人都是头名。康熙三十六年他应试南京春闱，三场下来，时文，策论，诗赋均做得花团锦簇一般。出场自忖即使不在五魁之列，稳稳当当也在前十名里头。不料皇榜一张，'邬思道'三个字居然忝列副榜之末!"

又如，介绍康熙：他精算术、会书画、能天文、通外语，八岁登极，十五岁庙谟独运智擒鳌拜，十九岁乾纲独断，决意撤藩，四下江南，三征西域，征台湾，靖东北，修明政治，疏浚河运，开博学鸿儒科，一网打尽天下英雄——是个文略武功直追唐宗宋祖，全挂子本事的一位皇帝!

人物语言：康熙高兴时说的话："你说得有意思，怎么就哑了?"康熙一边坐了，笑道："想看看朕，就抬起头来，朕又不是老虎，能吃了你'十不全'?"一句话说得张马佟三个人都笑了。

"不能小看了你施世纶啊，敢这样看朕的唯你一人!"康熙哈哈大笑，右手轻轻拍着案上的奏折，说道："当日你父亲出师台湾回来，朕问他，'你的儿子有几个可造就的?'施琅说了五个，绝口不提你。后来朕才知道，施琅有个小九九，五个都是不中用的，所以要恩荫，真正有能耐的是这个老六，他料定你能自立功名，所以压根不提，知其子莫如其父啊!"张廷玉见康熙高兴，忙凑趣儿道："方才奴才们还说来着，相书上有破相贵，有似雀儿牌中'穷和'，施琅老将军大概读过的，所以鉴人不谬。"施世纶没想到康熙如此爽明豁达，亦庄亦谐如谈家常，顿时轻松下来，因笑着回道："不知子都之恶者为无目也，不知无盐之美者为无心也。"众人听了又复大笑。

再看康熙发怒时的人物语言：为了废太子之事，痛斥诸皇子。康熙这样训斥皇长子胤禔，康熙"砰"地击案而起，顿时勃然大怒，"像你这样的蠢猪，居然想做太子？居然还记得圣人之教？什么‘捉兔子’又是什么‘天命不足畏’？王安石这样的胡说八道都搬出来给朕听！你是什么东西，敢说这样无法无天的话？”

康熙训斥皇三子胤祉：“这真反了！”康熙“啪”地一拍桌子，“既有这种事，你何以至今才说？你的书读到狗肚子里了？”［胤祉当众奏本：胤禔曾借阅《奇门》五行星命之类的书，并借去了玉牒（宗室子弟的生辰八字）。］

总之，大量的细节描写，是形成小说深厚的历史氛围的重要因素。毋庸置疑，历史是不可能“复制”的，所以，所谓“历史的真实”只是小说家在一定的历史史实基础上的文学创作，它不可能摆脱作家主观意识的规范和制约。钱钟书先生说：“史家追叙真人真事，每须遥体人情，悬想事势，设身局中……庶几入情合理。”（《管锥篇》，中华书局 1979 年版，第 166 页）这段话非常形象地道出了历史真实与作家主观意识参与创作之间的关系，但细节真实在某些方面却可以接近“复制”。比如，天文、地理（称直隶不称河北）、礼（皇帝大婚仪、登极仪、公主下嫁仪等）、乐（御殿庆贺、筵宴舞曲、宴乐等）、服饰、车驾等，史书都有明文记载，作者虽未亲见，却可接近“复制”，这里，作者的阅读量起着至关重要的作用。读二月河的小说，有时好像在读专业性很强的清代历史文化知识的著作，且生动、形象、逼真，不觉得枯燥，这使我们想起了恩格斯在评巴尔扎克时说的一段话：“在这幅中心图画的四周，他汇集了法国社会的全部历史，我从这里，甚至在经济细节方面（如革命以后动产和不动产的重新分配）所学到的东西，也要比从当时所有职业的历史学家、经济学家和统计学家那里学到的全部东西还要多。”（《致玛·哈克纳斯》）

深厚的历史感，最重要的还是要通过人物形象和人物所处的环境来体现。

《雍正皇帝》共三部，上部：九王夺嫡，中部：雕弓天狼，下部：恨水东逝。《九王夺嫡》主要写胤禔、胤礽、胤祉、胤禛、胤禩、胤禟、胤䄉、胤祥、胤禵这九位皇子，在争夺太子，也就是皇位继承权中的惊心动魄的斗争。因为废立太子一事，是封建统治集团的最高层中的头等大事，谁能成为太子，成为储君，谁就是康熙百年之后君临天下的雄主，它决定着万里河山由谁来主宰，也决定着满朝文武大臣的宦海命运。所以，围绕着太子的废立这件头等大事，小说展开了错综复杂的各种人物之间的关系：这里有康熙与太子胤礽之间立了又废，废了又立，再立再废的关系；有康熙与其他诸位皇子的关系；各皇子之间的关系，即太子党、八爷党的关系；满朝文武大臣与康熙的关系，与太子的关系，与其他诸位皇子之间的关系；等等。通过对这几组关系的生动、深刻的描写，小说深刻地反映了清代前期统治集团的最高层为了争夺国家最高权力而展开的尖锐、激烈的斗争，展示了在这场斗争中各式人物的心态，勾画了各式人物的脸谱。

在我国历史上，为了争夺最高统治者的宝座，父子之间、兄弟之间互相残杀的事件史不绝书。从春秋时期的“郑伯克段于鄢”，到杨广（隋炀帝）弑父篡位，从玄武门之变［李渊次子李世民与长子李建成争夺皇位继承权的斗争。武德九年六月四日（公元626年7月2日）李世民先发制人，率尉迟恭等伏兵玄武门（长安太极宫北面正门）发动政变，李世民射杀太子李建成，尉迟恭杀死齐王李元吉，并杀李建成、李元吉诸子，高祖遂立李世民为太子，二日后传位于李世民，自称太上皇］到“烛影斧声”的千古之谜，唐代的政变多在玄武门进行，如李隆基（玄宗）除韦后，李豫（代宗）废张后，皆于此发难。所以，熟悉中国历史的康熙皇帝讲：“天家无骨肉。”而清代统治集团在这个问题上似乎更甚。因为它有个八旗制度，每个旗的首领都有兵权，都有继位的可能。

康熙对胤礽的立了又废，废了又立，再立再废，写出了康熙这个雄才大略的皇帝性格的另一面：多疑猜忌、手腕多变、阴险狡猾又心狠手辣，也写出胤礽这个扶不起来的太子。

九王夺嫡，表面却是“雍穆和平，兄弟情亲，一堂春色”。小说着墨最多的是写皇四子胤禛与皇八子胤禩的争斗，着重写了胤禛的“争是不争，不争是争”和胤禩的笼络人心反而见疑。胤禛开始对皇位不敢觊觎，因太子的废立，逐渐增强了信心。斗争的结果是胤禛的不争最终取胜，也埋下了此后惩治八爷党的伏笔。在这场残酷的斗争中，邬思道这一人物形象的塑造，有着重要的作用。有了这个人物，作者写九王夺嫡就多了一个视角（在作者这一视角之外），通过他对康熙帝王心态的分析，对九王夺嫡这一扑朔迷离、变幻莫测的局势的剖析，把争夺储君这场斗争的内幕刻画得淋漓尽致。同时，也为日后写田文镜弹劾年羹尧（历史上是弹劾隆科多）埋下了伏笔，只有与雍正有着长期的密切关系的人，才有可能做出那样的大事。小说中这些情节的设计可谓合情合理。

满朝文武的表演也都各具特色。小说着力刻画的是上书房的几位大臣的微妙心态："废太子诏书刚刚明发，接踵而来的便是推举新太子的谕旨，而且'朕一惟公意是从，绝无偏私'，被康熙皇帝接二连三的雷霆大怒吓懵了头的阿哥们像惊蛰过后的土虫，立即蠢动起来。朝臣们更是疯魔了似的聚集在礼部、理藩院打听消息，寻老师、投阿哥府上下钻营。谁都知道，自己一本奏上，就是立此存照，选对了，就有了'拥立之功'，选错了，就是'结党营私'，一荣一辱关乎半世宦途，岂是小可之事？因而皇帝平时对阿哥只言片语的评介，此刻都成了珍秘要闻。"上书房的几位大臣：佟国维是审时度势，暗保八爷，结果丢了乌纱；马齐是手掌写个"八"字，暗地串联，被降了两级，虽留上书房，名在张廷玉之后，张推辞，保为原位，张廷玉是"百对不如一默"。废立太子则是上的密折，保太子；王掞是愚忠到底，康熙对其不满又不予以治罪。

在《九王夺嫡》这部书中，邬思道这个人物，不仅在艺术结构上有着重要作用，而且这个形象本身也有着重要意义。像《康熙大帝》中的伍次友一样，在这个人物身上，也寄托了作者的某些社会理想。二月河在他的帝王系列中塑造了一系列的"士"的形象，像伍次友、周培公、熊赐履、张廷玉、刘墨林、方苞、曹雪芹、贾士芳等。其中《康熙大帝》中的伍次友、《雍正皇帝》中的邬思道都是作者理想中的人物，即所谓"国士""帝王师"。他们是在几千年封建正统文化熏陶下成长起来的人物，满腹经纶，才智过人，诗词歌赋无所不能，辅佐君王，出将入相是他们的最高理想。他们生逢其时，（伍次友遇到了康熙，邬思道遇见了雍正），又生不逢时，异族当权，他们是汉人，他们只能在夹缝中求生存。"入世"思想和"出世"思想在他们身上并存。在君王需要他们的辅佐时，他们"入世"的一面占主导地位；当君王大功告成，有"伴君如伴虎"的风险时，他们就急流勇退。伍次友因婚姻问题的不如意而心灰意冷，邬思道则因深知雍正其人，在雍正登基之时，及时隐退（中隐）以明哲保身。有关这一人物，史书上虽有稽可查，却极其简略，这就给作者留下了广阔的发挥艺术想象力的余地。

《雕弓天狼》，主要是写西北用兵和雍正登基前期所推行的新政，以及围绕这些新政所展开的统治集团内部的各种错综复杂的关系。这里，我们着重谈谈年羹尧和雍正的关系。

如前所述，年羹尧是雍正个人的重臣，历史上确有其人，而且被许多文艺作品加以渲染，如文康的《儿女英雄传》，就写到了这个人物。近年来一些以雍正为题材的电视剧也都着力渲染他的功高震主、“兔死狗烹”的结局。《雍正皇帝》中的年羹尧和上述作品不尽相同。它细致入微地写了年羹尧与雍正的深刻渊源。虽是他的家奴，妹妹又嫁给了雍正（史实如此），做官之后逐步升迁。年羹尧与雍正关系密切，但也不无嫌隙。例如，有一次进京述职，未先到雍正府，惹得雍正恼怒万分。年羹尧深感这位主子不好伺候。史家一般认为，年羹尧在雍正登基这个问题上立有大功，所以雍正要杀人灭口。二月河则主要是写了年羹尧在西北大捷之后的骄悍，引起众怒。孙嘉淦甚至冒死弹劾。他最终被雍正赐死有一个过程。雍正不想落一个杀功臣的名，最后是不得不如此。这样写，较为合情合理。历史上，抚远大将军年羹尧平定青海叛乱，只用了半个月就高奏凯歌，几年后的西北用兵则迁延日久。

小说中则把年羹尧的西北大捷写得艰苦卓绝，且持续半年之久。在这必要的艺术虚构的基础上，写出了各式各样的人物关系，如雍正与老九（胤禟）的关系实质是与胤禩的关系，年羹尧与雍正、年羹尧与胤禟、年羹尧与下属、年羹尧与皇亲国戚（十侍卫）等的关系，既写出了年羹尧的治军才干、狠毒的性格，也为他的悲惨结局埋下了伏笔。

雍正与八爷党的斗争，是小说中的一条主要线索，在登基之前，胤禩是雍正的主要竞争对手。雍正登基之后，胤禩仍然是其主要政敌。历史上，雍正三年（1725年），雍正就处置了年羹尧、隆科多、胤禩、胤禟、胤䄉等人。因为在封建时代，皇帝有至高无上的权威。何况雍正并非平庸之辈，又有胤祥的全力支持。但小说里却把对胤禩的八爷党的失势后移，并且对雍正的许多新政多有异议，最后甚至闹到要恢复所谓“八王议政”，使雍正与胤禩的矛盾尖锐到了极点，这样就写出了雍正继位之后，在内部处处有人掣肘，写出了推行新政之难。这是在不违背基本史实的前提下，所做的艺术想象与夸张，这样就使小说情节曲折，跌宕起伏，增强了可读性。这样的艺术真实有助于反映历史的本质，达到了历史的真实与艺术真实的统一。

《雕弓天狼》和《恨水东逝》，为我们展示了雍正年间广阔的社会生活画面，塑造了许多个性鲜明的人物形象，如忠心辅佐雍正，颇具侠义风骨的怡亲王胤祥，小心谨慎的张廷玉，“天下第一巡抚”诺敏（历史上的人物是诺岷，在火耗归公问题上有功，未被处以腰斩），生性耿直、敢于犯颜直谏的孙嘉淦，坚决推行雍正的新政又被广大士人视为酷吏的田文镜，勇于任事但又狂纵任气的李卫，在八王议政的廷辩时出尽了风头的俞鸿图，参劾田文镜的李绂，等等。这些人物，作者都在不违背基本史实的前提下（除了诺敏）作了充分的艺术想象与夸张，达到了历史的真实与艺术真实的统一。甚至像道士贾士芳这样的人物，在历史上也是实有其人的。史书记载，贾士芳是雍正的按摩师，但在小说中却被写成一个有着特异功能，甚至能呼风唤雨的人物。这一类人物和情节的描写，使小说的内容更具有生活的丰富性，也增加了作品的可读性。

浓重的文化氛围，是《雍正皇帝》的另一大艺术特色。所谓文化氛围和历史感其实是相辅相成的两个方面，二者互为依存，互为表里。比如，小说中的文人雅士大都擅长诗词歌赋，所以，古典诗词在二月河的小说中具有相当大的比重。这显然是受了古典文学名著特别是《红楼梦》的影响。既有深厚的历史感，又有浓重的文化氛围，二者水乳交融，说明小说达到了相当高的艺术水准。

《雍正皇帝》的不足之处在于：①有些人物与情节的处理不够成功。比如乔引娣，这是一个作者虚构的人物。作者的本意是想通过乔引娣坎坷不平的命运，写出雍正皇帝性格的一个侧面。雍正与乔引娣母亲的往事，反映了青年雍正的感情世界。乔引娣流落他乡，几乎死于饥荒时遇到了胤禵，产生了感情，实际上却是自己的亲叔叔。雍正把乔引娣从胤禵手中夺过来，更是加深了这两个虽是同父同母的亲兄弟的矛盾和仇恨。最后的乱伦则是败笔。所以，小说的结局不能不是乔引娣的母亲、乔引娣和雍正的自杀。显然，这样的结局与雍正的性格不尽谐调，似乎比被江湖侠女吕四娘杀死还不如。②有些部分，主要是在中、下两册，个别地方的语言还欠锤炼。文学是语言的艺术，要成为一个大作家，语言的成就是极为重要的条件。在这方面，二月河还应精益求精。③整部小说艺术水准还不够平衡，这有不足为怪的一面，但应予指出。

二月河的创作给我们哪些启示？

第一，作家，特别是历史小说家，必须是有真才实学的学者，要博览群书，且对历史有真知灼见。如果二月河不是通读了二十四史、《清史稿》之类的正史，且对先秦诸子百家特别是老庄哲学和佛教经典，诸如《金刚经》《道德经》《五灯会元》《易经》以及各种野史笔记都有涉猎，特别是对古典文学名著《红楼梦》有过较为深入的研究，是不可能写出这样一部历史小说的。要成就一个大作家，必须同时是位学者。第二，文学是寂寞之道。做学问讲究潜心研究，写小说尤其是历史小说，也要潜心写作。二月河为了使自己处于写作历史小说的精神状态，与现代文学几至隔绝。他认为他是个作家，不是社会活动家，他的最好的处境就是在书房里写作。在当前商品大潮的冲击下，在各种“炒作”不断花样翻新的情况下，二月河安于寂寞，是他的成功之道。“炒作”“包装”只能助长浮躁心态，而无助于作家的创作，绝对出不了大作家。第三，作家对现实生活要有深刻的理解。今天的现实生活是从历史上发展而来的，尽管今天的现实与昨天的历史已经有了很大的变化。但它总有一个承继关系，社会生活的某些矛盾、某些本质总有某些相似之处。马克思说：“人体解剖对于猴体解剖是一把钥匙。”只有对今天的社会生活有较为深刻的了解，才能更好地把握历史题材，才能给当代的读者以启迪。绝对的为历史而写历史小说的现象是不存在的。

孙犁曾经说过，文艺“日渐商贾化、政客化、青皮化”。他在 1989 年秋给《文艺》双月刊编者邹明的信中，曾这样谈如何办文学刊物：

“不强向时代明星或时装模特儿那样的作家拉稿，
不追求时髦，不追求轰动，不以甚嚣尘上之词为真理，
不以招摇过市之徒为偶像。”

1999 年 5 月

（本文为给海淀区教师开展继续教育的讲座稿）

问题探讨

对文学典型问题的回顾与思考

典型问题是文艺美学领域里一个极其重要的命题。因此，新时期之初，要调整和重建文艺美学，典型问题是一个不应该也不可能回避的命题。

典型理论是舶来品。在西方，古希腊的亚里士多德在《诗学·诗艺》中指出："诗所描述的事带有普遍性。"此后，许多文艺理论家和作家都对典型问题发表过很多有意义的见解。俄国 19 世纪的著名文艺理论家别林斯基，对典型问题做过多角度、多侧面的探讨，把典型理论提高到了一个全新的高度，他认为，典型问题是文学创作"最显著的标志之一"，"典型性就是作家的徽章，在真正有才能的作家的笔下，每个人都是典型；对于读者，每个典型都是一个熟识的陌生人"。(《论俄国中篇小说和果戈理君的中篇小说》) 在我国，"五四"新文学运动发生伊始，特别是 20 世纪 20 年代末、30 年代初左翼文化运动以后，西方的典型理论开始传播，并且成为文艺理论建设的重要课题。1949 年以后，在学习马克思主义的热潮中，马克思主义经典作家有关典型问题的论述，特别是恩格斯《致玛·哈克纳斯的信》中所说的"据我看来，现实主义的意思是，除细节的真实外，还要真实地再现典型环境中的典型人物"，成了典型问题的经典性论断。

毫无疑问，作为一个"推动历史前进的人"(哈克纳斯语)，恩格斯对典型问题的论述确有简洁、精辟和独到之处，他把典型问题和现实主义的创作方法联系在一起考察，并且明确指出了文学作品中的人物与周围环境的关系，是作家在创作时特别应该予以关注的问题，是对以往的文学创作，特别是现实主义的小说与戏剧创作的一个深刻总结，它对此后的文学创作与文学批评有着重要的指导意义。问题是，在当时的历史条件下，人们对典型理论的理解存在着简单化、绝对化的倾向，这主要表现在两个方面：其一，没有完整、准确地理解恩格斯有关典型的论述，人们对“典型环境中的典型人物”这一论断给予了高度重视，这本身并不错，但对恩格斯的其他论述，比如：“不应该为了观念的东西而忘掉现实主义的东西，为了席勒而忘掉莎士比亚”“每个人是典型，同时又是一定的单个人，正如老黑格尔所说的‘这一个’”，以及评论文学作品要有“历史的”和“美学的”标准等内容则重视不够。其二，对“典型环境中的典型人物”的理解存在着片面性，这主要表现在对典型环境的理解过于强调人物周围的阶级关系，而忽视错综复杂的其他关系，并把其他关系一律看成是阶级关系，对典型人物共性的理解同样过于强调阶级属性，走进了“一个阶级只有一个典型”的死胡同。在这样的理论指导下，不仅出现了大量公式化、概念化的作品，而且对文学史上已有定评的典型形象也难以做出符合作品实际的评价。比如：《祝福》中生活在鲁镇的各色人等，除了鲁四老爷一家，其他人物均为普通的劳动者，他们与祥林嫂处于大致相同的社会地位。但是，他们对一寡再寡又失去唯一的儿子阿毛的祥林嫂的不幸遭遇，却没有相应的同情，而是给予冷遇和嘲笑。这种情况，仅从阶级关系来解释是说不通的，只有看到封建礼教的流毒在各个阶级的人身上都有影响，甚至在祥林嫂的灵魂深处也有礼教的阴影，才较为符合作品的实际。不朽的典型阿Q就其社会地位而言，是个农民，但他的思想性格却远不是用农民阶级的属性所能概括的，即使在农民前面加上“落后的、不觉悟的”等限制词，也还是不能解释阿Q性格中的精神胜利法、“男女之大防”等许多特点，致使何其芳慨然兴叹：“困难和矛盾主要在这里，阿Q是一个农民，但阿Q精神却是一种消极的可耻的现象。”（《论阿Q》）贾宝玉的形象是曹雪芹的伟大创造，但按照上述对典型理论的理解，也很难解释。贾宝玉性格的共性是什么？是农民的阶级性？显然不是；是地主阶级的阶级性？好像也不是。虽然贾宝玉是个贵族家庭的公子哥儿，但他身上的许多特征，诸如尊重女性、富于同情心等，却不是用地主阶级的阶级性所能概括的。是地主阶级的叛逆？好像也不是。虽然贾宝玉的某些思想有离经叛道的倾向，但说他是地主阶级的叛逆也失之偏颇。

新时期以来，中国大地上政治、经济和文化领域里的巨变深刻地改变着人们的生活方式和思维方式，以往典型理论和文学批评中的偏差逐渐地淡化。与此同时，长期以来与学术界隔绝的西方文艺理论，特别是被统称为现代派或后现代派的文艺理论，如潮水般地涌来，人们的观念越来越呈现出多元化的倾向，这或许是历史前进中的必然现象，但在调整与重建新的典型理论时，如何正确对待包括马克思主义经典作家论述在内的历史上的典型理论，仍然是一个值得我们格外重视的问题，把这些理论当成教条生搬硬套固然不妥，但把它们弃之如敝屣也无助于文艺美学的重建。

典型是一个历史的范畴，具有特定时代赋予的具体特征，这一鲜明的时态性使典型这一概念具有极大的活力，站在历史的任何一点上对典型进行的定性，都可能具有历史的合理性，但也必然具有某些历史的局限性。在典型理论的研究方面，我们可以不断地接近真理，但永远也不可能穷尽真理。正如一位西方学者所言："现实主义是无边的，因为现实主义的发展没有终期，人类现实的发展也没有终期，在这种发展的里程中，现实主义没有确定的码头，没有最终的港口，即使是大卫·库尔贝、巴尔扎克或者司汤达这些威名赫赫的名字的港口，也非最后停泊的所在。"（罗杰·加洛蒂：《论无边的现实主义》,《现代文艺理论译丛》）这种现实主义纵向的发展的观点，正说明了典型不断发展的规律。人们在不同时期对各种文学典型从不同角度的理解，构成了典型理论史上的无穷的链条，任何杰出的文艺理论家的真知灼见，都只是这一链条中的某一承上启下的环节。链条是不能割断的，又是不断发展的，即使是科学的典型理论，也只是为我们认识典型问题开启了一条思路，而不能也不可能代替我们对文学典型的具体分析，而具体地分析具体的文学典型，需要评论者的真才实学、对生活以及对文学作品的感悟能力。由于评论者的社会出身、生活阅历、文化修养、性格特征、内在气质等诸多因素的差异，不同的评论者对同一文学典型往往有很不相同的见解，所谓有一千个读者就有一千个哈姆雷特，此之谓也。在典型问题上，无须把结论定于一尊，只要持之有故，言之成理，都可备一说。问题的关键在于这种解说，既要抓住典型形象的主要特征，又能反映出评论者的人格个性。鲁迅在《中国小说史略》里论及贾宝玉形象时，曾经说过："悲凉之雾，遍被（pī）华林，然呼吸而领会之者，独宝玉而已。"鲁迅认为，贾宝玉形象的主要特征是"爱博而心劳，而忧患亦日甚矣”。《红楼梦》诞生已有二百多年，所谓“红学”研究大体上与《红楼梦》本身同步。其间，对贾宝玉形象的各种解说可谓多矣，但能像鲁迅这一意见那样发人深省，为人铭记，耐人寻味，恐怕不仅仅因为鲁迅是大家，因而“言以人传”，而是因为这一意见确实讲得精辟，它既概括了贾宝玉这一艺术典型的独特之处，又体现了鲁迅艺术批评的个人风格。一般地说，在文学史上称得起是典型的人物形象，应该具有既空前又绝后的特征。西方文学中的唐·吉诃德、奥勃洛摩夫，中国文学中的贾宝玉、阿Q，都只能在文学史上出现一次。经典音乐可以录音，舞蹈可以录像，绘画可以复制，但用文学语言塑造的典型形象却不可能复制，即使搬上舞台和银幕，那也只是编剧、导演、演员心目中的典型，而不是文学典型本身。文学典型这种特有的巨大的艺术生命，为典型理论的建设和发展提供了无比广阔的空间，那种认为典型理论已经穷途末路的观点，是缺乏根据的。当然，相对于创作实践，理论的建设有时会相对滞后，在这个意义上也可以说：典型之树常青，理论总是灰色的。

1985年10月

胡适与新红学

胡适是“五四”新文化运动的主要倡导者。从1917年1月发表《文学改良刍议》，到1962年病逝于台北，在长达45年的岁月里，胡适在中国思想文化领域里有着广泛的影响，就是在他身后，他的影响也并未随着时光的流逝而消失。和“五四”时期的许多先驱者一样，胡适也是中国社会处于新旧交替时期的杰出人物，他的思想性格也必然带有新旧交替时期特有的投影。在胡适的公祭仪式上，蒋中正先生送了一副亲笔题写的挽联：“新文化中旧道德的楷模，旧伦理中新思想的师表。”应该说，这副挽联准确地描述了胡适的思想特点。胡适的思想中充满了矛盾，新中有旧，旧中有新。有人说，胡适的旧与新的矛盾，是“以本质上的存旧去新和形式上的除旧布新为归宿”，可备一说。

胡适在学术领域里的贡献是多方面的，特别是在新文化运动当中，胡适有首倡之功。我常说，如果把“五四”运动看成是中国历史发展到了一个新时期的起点，那么，这个新时期应该是一个新旧交替的过渡时期。由于中国封建社会特别漫长，由于中国地主阶级这个集体特别能干，要在政治、经济、军事、文化思想领域里清除封建社会的影响，使中国真正走上现代化的道路，将是一个曲折、漫长的过程。所以，“五四”运动开始的这一过渡时期将是一个相当长的历史时期。在这个历史时期，充满了专制与民主、科学与愚昧的斗争。这使我们想起了100多年前亚历山大·何尔森的一段名言：“理性不会永远屹立不摇，理性的影响力不够强大。理性如同北极光一样，照射得很远，但是其本身并不存在。理性的发挥是人最后的努力目标，其巅峰是不易达到的。因此，理性虽然强而有力，但与拳头对抗起来，则只有退让一途了。”了解了过渡时期的这一特点，我们对胡适思想中的矛盾也就不觉得奇怪了。

较为全面地研究胡适思想中的矛盾，较为全面、客观地评价胡适的历史功绩，那将是一个很大的题目。本讲的任务只想介绍一下胡适在《红楼梦》研究这一领域里的贡献。尽管这一贡献只是胡适学术成就中的一部分，但它却是胡适特别关注的一部分，是胡适从20世纪20年代初期即潜心研究，直到逝世之前不久还在格外关心的一部分。

胡适，原名胡洪骍，1891年12月17日诞生于上海。胡家的原籍是安徽省东南山区绩溪县上庄村，绩溪属徽州府，靠近浙江边界。徽州人善于经商，这个地方出名人，其中名气最大的是清代的戴震（东原），他是一位汉学大师，生于1724年，卒于1777年。他的门人中有“绩溪三胡”（胡匡衷，字寅成；胡培翚，字载屏；胡秉虔，字伯敬，号春乔。三人均著述甚丰，是著名学者）。胡适成名之后，绩溪因他的名声而大振。父名胡传，字铁花，生于1841年，卒于1895年，是清朝的一个小官吏。母名冯顺弟，农家女，不识字，是胡传的第三位妻子。胡适降生时，父胡传正做淞沪厘卡总巡，时年已50岁，母18岁。胡适幼年丧父，对母亲很有感情。胡适幼年时读私塾，受到了儒家学说的影响。清王朝废除科举制度、兴办学校之后，胡适先后就读于梅溪学堂、澄衷学堂，受到了西方文化的教育，后来又到上海中国公学求学。中国公学的校长是马君武，学校的办学方针是对新旧文化兼容并包。1910年，胡适到美国留学（1909年，是庚子赔款作为奖学金的首期留美考试，1910年为第二期），先到康奈尔大学的农学院就读，成绩平平。于1912年转入文学院，专攻哲学。1915年转入哥伦比亚大学，在杜威（1859—1952，美国著名的哲学家、教育家，主张实验主义）的指导下研究哲学。1917年1月在《新青年》上发表《文学改良刍议》，同年获哲学博士学位后回国，任北京大学教授，时年26岁。1919年发表《多研究些问题，少谈些主义》。1923年与徐志摩等人组织新月社。1924年，与陈西滢、王世杰等人创办《现代评论》。1938年任国民政府驻美大使。1946年任北京大学校长。1948年离开北平，转赴美国。1958年由美返台，任中国台湾“中央”研究院院长。1962年2月24日黄昏，他在“中研院”主持新当选的院士招待会后，正在送客道别时，心脏病突发，旋即逝世。胡适一生在哲学、文学、史学、古典文学、考据学诸方面都很有成就，著有《五十年来中国之文学》《胡适文存》《白话文学史》《中国章回小说考证》等。晚年还研究《水经注》。尤其关心大陆的红学研究。纵观其一生，胡适是一位杰出的学者。他的学生唐德刚对新文化运动初期留美学生的评价："目高于顶，思过于学。"对胡适的评价是："治学有门户之见，处世无害人之心。"

胡适是新红学的主要代表人物，要说清什么是新红学，就要说到旧红学，就要说到红学研究史。

《红楼梦》从一问世开始，就有了对它的专门研究。最早的红学家应该说是脂砚斋。脂砚斋的批语随着《红楼梦》抄本的正文存留下来。直到今天，对我们了解作者的家世、创作以及小说中人物事件的生活原型和作者的艺术匠心等都有宝贵的价值。随着《红楼梦》的广泛流传，研究《红楼梦》的人不断增多，并且形成了一个派别，甚至一个体系。最有名的就是索隐派。索隐派以王梦阮、沈瓶庵的《红楼梦索隐》和蔡元培的《石头记索隐》为代表。蔡元培认为，《红楼梦》是康熙朝的政治小说，"作者持民族主义甚挚。书中本事在吊明之亡，揭清之失"，他把书中人物如"金陵十二钗"比附为清代初期江南诸名士，把贾宝玉比作满清的传国之玺，认为女子多指汉人，男子多指满人，等等。在《红楼梦》研究史上，人们通常称索隐派为旧红学。新红学以胡适为代表，他在1921年发表了《〈红楼梦〉考证》，批评了索隐派，并指名道姓地批评了蔡元培先生（这反映了当时的学术民主）。新旧红学在时间的分界线是"五四"运动（蔡元培的《石头记索隐》发表于1916年，是旧红学中影响最大者）。

新红学的主要观点是什么？半个多世纪以来，学术界是怎么评价它的呢？我们今天应该怎么评价新红学呢？

要了解以胡适为代表的新红学的主要观点，就不能不介绍《〈红楼梦〉考证》。

胡适的《〈红楼梦〉考证》写于1921年3月27日，改定于同年11月12日。文章的主要内容是批判索隐派，主张通过考证来研究书的作者、作者的事迹家世、著书的年代，以及这部书有几种不同的本子，还有这些本子的来历等。文章的开头，就明确指出：

“《红楼梦》的考证是不容易做的，一来因为材料太少，二来因为向来研究这部书的人都走错了道路。他们怎样走错了道路呢？他们不去搜求那些可以考定《红楼梦》的著者、时代、版本等的材料，却去收罗许多不相干的零碎史事来附会《红楼梦》里的情节。他们并不曾做《红楼梦》的考证，其实只做了许多《红楼梦》的附会！这种附会的‘红学’又可分作几派。”

以下，胡适把旧红学的几种有代表性的意见逐条予以批驳，这几派分别是：

“第一派说《红楼梦》‘全为清世祖与董鄂妃而作，兼及当时的诸名王奇女’。他们说董鄂妃即是秦淮名妓董小宛，本是当时名士冒辟疆的妾，后来被清兵夺去，送到北京，得了清世祖的宠爱，封为贵妃。后来董妃夭死，清世祖哀痛得很，遂跑到五台山做和尚去了。”

持这一派观点的代表人物是王梦阮先生，代表作是《〈红楼梦〉索隐》。对这一派的观点，胡适引用孟莼荪先生的《董小宛考》予以批驳，指出清世祖出生时小宛已 15 岁。顺治元年（1644 年），世祖方 7 岁，小宛已 21 岁。顺治八年（1651 年）正月 2 日，小宛死，年 28 岁，而清世祖那时还是一个 14 岁的小孩子。“小宛比清世祖年长一倍，断无入宫邀宠之理。”

“第二派说《红楼梦》是清康熙朝的政治小说。这一派可用蔡孑民先生的《石头记索隐》作代表。蔡先生说：《石头记》……作者持民族主义甚挚。书中本事在吊明之亡，揭清之失，而尤于汉族名士仕清者寓痛惜之意。当时既虑触文网，又欲别开生面，特于本事之上，加以数层障幕，使读者有‘横看成岭侧成峰’之状况。……书中‘红’字多隐‘朱’字。朱者，明也，汉也。宝玉有‘爱红’之癖，言以满人而爱汉族文化也；好吃人口上胭脂，言拾汉人唾余也。”

依蔡先生的见解，下面这些人是可考的：

（1）贾宝玉，伪朝之帝系也；宝玉者，传国玺之义也，即指胤礽。（康熙帝的太子，后被废。）

（2）《石头记》叙巧姐事，似亦指胤礽，巧字与礽字形相似也。

（3）林黛玉影朱竹垞（朱彝尊）也。绛珠，影其氏也。居潇湘馆，影其竹垞之号也。

（4）薛宝钗。高江村（高士奇）也。薛者，雪也。林和靖诗："雪满山中高士卧，月明林下美人来。"用薛字以影江村之姓名（高士奇）也。

其他，诸如探春影徐健庵、王熙凤影余国柱、史湘云影陈其年、妙玉影姜西溟（姜宸英）等。

对蔡先生的上述观点，胡适认为，这"只是一种很牵强的附会。我记得从前有个灯谜，用杜诗'无边落木萧萧下'来打一个'日'字，这个谜，除了做谜的人自己，是没有人猜得中的。"胡适认为，"假使一部《红楼梦》真是一串这么样的笨谜那就真不值得猜了！"

"第三派的《红楼梦》附会家，虽然略有小小的不同，大致都主张《红楼梦》记的是纳兰成德的事。成德后改名性德，字容若，是康熙朝宰相明珠的儿子。陈康祺的《郎潜纪闻二笔》（即《燕下乡脞录》）卷五说：

先师徐柳泉先生云：'小说《红楼梦》一书即记故相明珠家事；金钗十二，皆纳兰侍卫（成德官侍卫）所奉为上客者也。宝钗影高澹人，妙玉即影西溟（姜宸英）。……'"

胡适认为，"这一派的主张，依我看来，也没有可靠的根据，也只是一种很牵强的附会。纳兰成德生于顺治十一年（1654 年），死于康熙二十四年（1685 年），年三十一岁。他死时，他的父亲明珠正在极盛的时代（大学士加太子太傅，不久又晋太子太师），我们如何可说那眼见贾府兴亡的宝玉是指他呢？"

胡适认为，这些附会"完全是主观的，任意的，最靠不住的，最无益的"。他引用钱静方先生的意见，认为"《红楼》一书，空中楼阁。作者第由其兴会所至，随手拈来，初无成意。即或有心影射，亦不过若即若离，轻描淡写，如画师所绘之百像图，类似者固多，苟细按之，终觉貌是而神非也。"

在逐条批驳了索隐派的各种有代表性的意见之后，胡适正面提出了自己的意见，他说：

"我现在要忠告诸位爱读《红楼梦》的人：我们若想真正了解《红楼梦》，必须先打破这种种牵强附会的《红楼梦》谜学！

其实做《红楼梦》的考证，尽可以不用那种附会的法子。我们只需根据可靠的版本与可靠的材料，考定这书的著者究竟是谁，著者的事迹家世，著书的时代，这书曾有何种不同的本子，这些本子的来历如何。这些问题乃是《红楼梦》考证的正当范围。”

胡适首先从“著者”这一问题开始考证。胡适引用《红楼梦》第一回的说法：“这书原稿是空空道人从一块石头上抄写下来的，故名《石头记》；后来空空道人改名情僧，遂改《石头记》为《情僧录》；东鲁孔梅溪题为《风月宝鉴》；后因曹雪芹于悼红轩中，披阅十载，增删五次，纂成目录，分出章回，又题曰《金陵十二钗》，并题一绝，即此便是《石头记》的缘起。”又引用了袁枚《随园诗话》卷二中的一条意见（曹寅）“其子雪芹撰《红楼梦》一书，备记风月繁华之盛”得出结论：

“我们因此知道乾隆时的文人承认《红楼梦》是曹雪芹做的。他根据杨钟羲先生的《雪桥诗话》，考证出曹雪芹名霑，而且纠正了袁枚《随园诗话》中认为曹雪芹是曹寅的儿子的错误，指出，曹雪芹是曹寅的孙子。曹寅是八旗世家。他的父亲曹玺做了二十一年的江宁织造；曹寅自己做了四年的苏州织造，做了二十一年的江宁织造，同时又兼做了四次的两淮巡盐御史。他死后，他的儿子曹颙接着做了三年的江宁织造，他的儿子曹頫接下去做了十三年的江宁织造。他家祖孙三代上四人总共做下五十八年的江宁织造。这个织造真成了他家的‘世职’了。”胡适还考证出：康熙南巡时，曹家曾办过四次以上的接驾的差。曹寅其人，会写字，会做诗词，有诗词集行世。有名的《全唐诗》，就是他主持刻印的。由此推断，曹雪芹的家庭“富有文学美术的环境”。胡适还根据曹雪芹的好友爱新觉罗·敦敏、敦诚的诗，考证出曹雪芹少年时代曾有过富贵繁华的经历。晚年则贫穷潦倒，“很觉得牢骚抑郁，故不免纵酒狂歌，自寻排遣”，《红楼梦》即写于此时。胡适认为，曹雪芹死于乾隆三十年左右（约 1765 年），大约生于康熙末叶（约 1715—1720 年），终年不可考，推测：“约五十岁左右”。

最后，胡适得出结论：

“《红楼梦》这部书是曹雪芹的自叙传了。这个见解，本来并没有什么新奇，本来是很自然的，不过因为《红楼梦》被一百多年的红学大家越说越微妙了，故我们现在对于这个极平常的见解反觉得他有证明的必要了。我且举几条重要的证据如下：

第一，我们总该记得《红楼梦》开端时，明明说着：

作者自云曾历过一番梦幻之后，故将真事隐去，而借‘通灵’说此《石头记》一书也。……自己又云：今风尘碌碌，一事无成，忽念及当日所有之女子，一一细考较去，觉其行止见识皆出我之上。我堂堂须眉，诚不若彼裙钗。……当此日，欲将已往所赖天恩祖德，锦衣纨绔之时，饫甘厌肥之日，背父兄教育之恩，负师友规训之德，以致今日一技无成，半生潦倒之罪，编述一集，以告天下。

这话说得何等明白！《红楼梦》明明是一部‘将真事隐去’的自叙的书。著作者是曹雪芹，那么，曹雪芹即是《红楼梦》开端时那个深自忏悔的‘我’！即是书里的甄贾（真假）两个宝玉的底本！懂得这个道理，便知书中的贾府与甄府都只是曹雪芹家的影子。”结合曹雪芹的家世，胡适认为：“《红楼梦》只是老老实实的描写这一个‘坐吃山空’‘树倒猢狲散’的自然趋势。因为如此，所以《红楼梦》是一部自然主义的杰作。那班猜谜的红学大家不晓得《红楼梦》的真价值正在这平淡无奇的自然主义的上面，所以他们偏要绞尽心血去猜那想入非非的笨谜，所以他们偏要用尽心思去替《红楼梦》加上一层极不自然的解释。”

胡适还考证出，《红楼梦》后四十回不是曹雪芹作的，而是高鹗续作的。他认为：“平心而论，高鹗补的四十回，虽然比不上前八十回，也确然有不可埋没的好处。”胡适肯定高鹗保留了《红楼梦》的悲剧结局，“打破中国小说的团圆迷信。这一点悲剧的眼光，不能不令人佩服”。

在《〈红楼梦〉考证》的最后，胡适说，他希望自己的研究“能引起大家研究《红楼梦》的兴趣，能把将来的《红楼梦》研究引上正当的轨道去；打破从前种种穿凿附会的‘红学’，创造科学方法的《红楼梦》研究”。

上面是新红学的主要观点。下面我们看一看，半个多世纪以来，学术界是怎样评价以胡适为代表的新红学的。

在胡适发表了《〈红楼梦〉考证》不久，俞平伯先生紧接着就写了一本《〈红楼梦〉辨》。顾颉刚先生在为这本书所作的序言中，首先提出了“新红学”这一概念。他说：“‘红学’研究了近一百年，没有什么成绩；适之先生做了《〈红楼梦〉考证》之后，不过一年，就有这一部系统完备的著作。”“我希望大家看着这‘旧红学’的打倒，‘新红学’的成立，从此悟得一个研究学问的方法，知道从前人做学问，所谓方法实不成为方法，……现在既有正确的科学方法可以应用了，比了古人真不知便宜了多少。”由此可见，“新红学”这面旗子的树起，固然是文人学士之间的一种互相推崇之辞，但也基本上反映了《红楼梦》研究史上的事实。因为在“旧红学”之前，能够有点价值的只有以脂砚斋为代表的评点派。而“旧红学”以索隐派为代表，它已被胡适批驳得体无完肤。在某种意义上，“新红学”才是真正意义上的《红楼梦》研究。

当然，对“新红学”也有不同的意见。蔡元培先生在《石头记索隐第六版自序》里，仍然坚持自己的意见，他认为，“知其（《红楼梦》）所寄托的人物，可用三法推求：一，品性相类者。二，轶事有证者。三，姓名相关者”。蔡先生认为，自己这样研究《红楼梦》，“自以为审慎之至，与随意附会者不同。近读胡适之先生《〈红楼梦〉考证》，引拙著于‘附会的红学’之中，谓之‘走错了道路’，谓之‘大笨伯’‘笨谜’；谓之‘很牵强的附会’；我实不敢承认”。

对此，胡适在《跋〈红楼梦〉考证》中再次重申了考证作者生平的必要，并再次批评了蔡先生的研究方法，胡适在文章的最后，引用了亚里士多德的话：

“讨论这个学说（指柏拉图的‘名象论’）使我们感觉一种不愉快，因为主张这个学说的人是我们的朋友。但我们既是爱智慧的人，为维持真理起见，就是不得已把我们自己的主张推翻了，也是应该的。朋友和真理既然都是我们心爱的东西，我们就不得不爱真理过于爱朋友了。”胡适说：“我把这个态度期望一切人，尤其期望我所最敬爱的蔡先生。”

对新红学做出比较客观的公正评价的，是鲁迅先生。

鲁迅在1923年所著的《中国小说史略》中充分肯定了以胡适为代表的新红学。鲁迅认为，蔡元培先生对《红楼梦》的研究，虽“旁征博引，用力甚勤。然胡适既考得作者生平，而此说遂不立，最有力者即曹雪芹为汉军，而《石头记》实其自叙也”。

鲁迅认为："然谓《红楼梦》乃作者自叙，与本书开篇契合者，其说之出实最先，而确定反最后。"（"最先"，指袁枚《随园诗话》）可以认为，鲁迅对胡适的《〈红楼梦〉考证》的研究成果，几乎持全盘肯定的态度。

我们今天应该怎样评价胡适的"新红学"呢？

要客观地回答这个问题，首先应该把"新红学"真正看成是学术问题。如是，不难发现，胡适对"旧红学"的批评是正确的，是红学史上的一大进步。胡适通过具体的考证所得出的六条结论（一、《红楼梦》的作者是曹雪芹。二、曹雪芹是汉军正白旗人。曹寅的孙子，曹頫的儿子。生于极富贵之家，身经极繁华的生活，又带有文学与美术的遗传与环境。三、曹寅死于康熙五十一年，曹雪芹大概生于此时或稍后。四、曹家极盛时，曾办过四次以上接驾的盛事。后来曹家衰败。五、《红楼梦》是曹家衰败之后，在贫困潦倒中所做，书未成而逝。六、《红楼梦》是一部隐去真事的自叙）的前五条，至今无人能够推翻，或提出新的意见代替。第六条，也仅仅是在理解上有所不同，充其量，用今天的观点来看，胡适的表述有不够严密、确切之处。几十年来，关于曹雪芹的家世、生平、创作等，虽然有许多人做了大量的工作，但是，这些研究，都离不开胡适考证的这个基础，而且基本结论都没有超出胡适研究的范围。胡适的"新红学"在红学史上的贡献是不容否定的。即使是第六条也给后人研究《红楼梦》打开了思路。一般地说，一部以作者个人生活经历为基础的文学作品，里面必定熔铸着作者的经历和思想感情，从这个意义上讲，作品都带有"自叙传"的性质。中外文学家这样的例子俯拾即是，以至于有的作家（如郁达夫）说任何作品都是作家的自传。胡适说了为什么就罪莫大焉呢？现在，我们客观、公正地评价胡适，肯定他的"新红学"对红学研究的贡献，就是还历史的本来面目。

1998年10月26日

（本文为给海淀区教师开展继续教育的讲座稿）

曹雪芹是《红楼梦》的唯一作者

《红楼梦》原名《石头记》，最初问世的是手抄本，有多种版本，最多的只有八十回。因全名为《脂砚斋重评石头记》，学术界称其为脂本。清乾隆五十六年，即1791年，程伟元与高鹗合作，将他们搜集和加工整理的后四十回和前八十回合并，凡一百二十回，题名《红楼梦》编排出版。翌年又出第二版。学术界称前者为程甲本，后者为程乙本。1949年以后，国内出版的各种版本的《红楼梦》，均以这两个版本为底本。

《石头记》这一书名，按古汉语语法，为宾语前置，意即记叙石头的故事。石头，即大荒山无稽崖青梗峰下，被女娲炼石补天时弃而未用的石头，转世为人，即小说中衔玉而生的贾宝玉。《红楼梦》第二十五回，王熙凤和贾宝玉中了魔法，一位癞头和尚同一个跛足道人前来贾府诊治。那和尚把贾宝玉戴的那块玉“擎在手上，长叹一声道：‘青梗峰下，别来十三年矣!’”明确印证石头即贾宝玉。另，石头又是古城名，故址在今南京市清凉山，本是战国时期楚国的金陵城。三国时期，诸葛亮与孙权谈论金陵形势时说：“钟阜龙蟠，石城虎踞。”（宋·张敦颐《六朝事迹编类》）东汉建安十七年(212年)，孙权重建，改名石头城。唐代诗人刘禹锡《西塞山怀古》：“千寻铁锁沉江底，一片降幡出石头。”这里的“石头”，即石头城。五代南唐昇元元年（937年），改金陵为江宁，此后几经改名，清初复改江宁。《红楼梦》第二回，《贾夫人仙逝扬州城　冷子兴演说荣国府》：“那日进了石头城，从他老宅门前经过，街东是宁国府，街西是荣国府。”这就表明，石头，既是小说主人公的名字，又是故事发生地点的名字。不仅如此，石头还有第三层含义。小说第一回明白无误地写道：“空空道人遂向石头说道：‘石兄，你这一段故事，据你自己说来，有些趣味，故镌写在此，意欲闻世传奇。’”这又清楚地表明：这部书是石头所记。按现代汉语的语法，石头又为主语。所谓“石头记”，即石头所写的发生在石头城里的石头的故事。用现代文学术语表达，即：这是一部以作者自身经历为生活原型的小说。

石兄，即小说的作者是谁？作者在第一回写道：“后因曹雪芹于悼红轩中，披阅十载，增删五次，纂成目录，分出章回，又题曰《金陵十二钗》，并题一绝。即此便是《石头记》的缘起。”这就郑重申明：《石头记》一书的作者是曹雪芹。至于那位与此书有关的空空道人，作者已点明是假托。到全书结尾时，空空道人到悼红轩中，将这《石头记》拿给雪芹先生示看，并说“先生何以认得此人，便肯替他传述？”再次点明，曹雪芹是《石头记》的唯一作者。如是，伟大的曹雪芹就用小说的题名与书中具体描写相结合的方式，申明了自己是这部伟大作品的唯一作者，同时，也为后世维护作者著作权的人们，留下了第一手的权威资料。

如前所述，曹雪芹原作的全称是《脂砚斋重评石头记》。脂砚斋显系笔名，他是和作者关系密切并有某种亲属关系的人，是曹雪芹写作此书的主要支持者、点评者和“对清”者。不仅如此，在曹雪芹写作过程中，脂砚斋有时还会提出带有决定性的意见。比如：“秦可卿淫丧天香楼，作者用史笔也。老朽因有魂托凤姐贾家后事二件，嫡是安富尊荣坐享人能想得到者，其事虽未漏，其言其意则令人悲切感服，姑赦之，因命芹溪删去。”就是这样一位最了解作者创作情况的人，在全书两千五百多条评语中，没有一条谈及小说的作者不是曹雪芹，而是他人。其中，“今而后唯愿造化主再出（生）一芹一脂，是书何本（幸），余二人亦大快遂心于九泉矣。甲午（1774）八月泪笔”这段饱含深情的点评，再清楚不过地证明了曹雪芹是小说的唯一作者以及与脂砚斋的关系，是申明曹雪芹著作权的最具权威的见证。

1921年11月，胡适发表了《〈红楼梦〉考证》。在这篇堪称红学史上里程碑式的文章里，作者首先批评了“索隐派”，然后根据可靠的版本和有关文献资料，考证出了《红楼梦》的作者及其家世和著书的年代：作者曹霑，号雪芹。其曾祖曹玺，祖父曹寅，父辈曹颙、曹頫，祖孙三代四个人总共做了五十八年的江宁织造。康熙帝南巡时，曹家接驾在四次以上。曹家藏书极多，是富于文学美术的环境。《红楼梦》的开篇词作者自云："欲将已往所赖天恩祖德，锦衣纨裤之时，饫甘餍肥之日。"和爱新觉罗·敦敏《赠曹雪芹》诗中的"秦淮旧梦忆繁华"，无可辩驳地证明了曹雪芹的身世、经历，和小说的具体描写完全吻合。胡适还根据爱新觉罗·敦诚《寄怀曹雪芹》诗中的"于今环堵蓬蒿屯"，与开篇词中"故当此蓬牖茅椽，绳床瓦灶"互相印证，考证出曹雪芹写《红楼梦》时，身在北京，且已贫穷潦倒。由此得出结论：《红楼梦》这部书是曹雪芹的自叙传。不言而喻，这里所说的"自叙传"并非曹雪芹个人和家庭历史的实录，而是以个人和家庭历史为生活原型创作的小说。

胡适的考证，不仅有翔实的文献资料支撑，而且这些资料与小说的具体实际完全一致，所以得到了学术界，其中包括鲁迅这样的大家的确认。在《中国小说史略》中，先生指出："然谓《红楼梦》乃作者自叙，与本书开篇契合者，其说之出实最先，而确定反最后。"极其简洁地概括了胡适以前的红学史，而《红楼梦》大量的续作，则证明了"曹雪芹之所以不可及"。

胡适在对红学史做出划时代贡献的同时，却在后四十回作者问题上出现了失误。程本《红楼梦》中有程伟元的序，序言中说，《石头记》"原本目录一百二十卷，今所藏只八十卷"，后经"竭力搜罗"，"数年以来，仅积有二十余卷。一日，偶于鼓担上得十余卷""然漶漫不可收拾。乃同友人细加厘剔，截长补短，钞成全部，复为镌板，以公同好。《石头记》至是始告成矣"。胡适认为："先得二十余卷，后又在鼓担上得十余卷。此话便是作伪的铁证，因为世间没有那么奇巧的事！"胡适又根据《船山诗草·赠高兰墅鹗同年》一诗的注解："《红楼梦》八十回以后，俱兰墅所补。"断定后四十回的作者为高鹗。这一意见，和胡适的正确意见一起，也被学术界所接受。这里所谓的"铁证"，其实不能成立。就在《跋〈红楼梦〉考证》中，胡适说他曾多处搜求敦诚的《四松堂集》，但踏破铁鞋无觅处，却在1927年4月19日得到该书的写本，如此奇巧之事，适之先生可得，为什么程伟元就不可得？现代法学上有所谓"疑罪从无"之说。在没有确凿证据的情况下，对程伟元之说可以存疑，但如断然否定，则失之武断。

1958年，林语堂在台北发表了《平心论高鹗》，认为张问陶（号船山）

所谓“后四十回俱兰墅所补”，这里的“补”，系“修补”“补订”之“补”，而非“补续”“增补”之“补”，更非“补作”“续作”之“补”，更非“作”，更非“作伪”。林语堂认为：“续《红楼梦》书是不可能的事。这是超乎一切文学史上的经验。”林语堂既是学贯中西的学者，又是具有丰富创作经验的作家，他结合自身的体验对《红楼梦》的研究，得出了后四十回系高鹗根据雪芹原作遗稿而补订的。曹雪芹是一百二十回本《红楼梦》的唯一作者的结论，是有说服力的，是可信的，应予确认。

9 月 19 日

于京西稻香园

功夫在书外

著书立说是一项十分艰巨的劳动。一本书的问世，作者不仅要在写书的过程中倾注大量的心血，而且在成书之前要有一个长期的准备和酝酿的过程。古人在谈论写诗的问题时曾经说过："功夫在诗外"，我借用古人的这一说法，作为今天发言的题目：功夫在书外。我这里所说的"书外"，既包括作者在写书之外的主观努力，也包括客观因素对作者的影响，因为一本书的出版，是作者主观努力和客观条件相结合的产物。所以，我力求从主观与客观统一的角度来谈谈书外功问题。

一本书的书外功，可以追溯到作者的学生时代。一个人在小学、中学、大学的学习情况，是一生事业的基础，也是书外功的基础。如果把一本书比作塔尖，作者在学校所受的教育就是地基。对此，我的体会是：无论是中小学阶段的基础教育，还是大学阶段的专业教育，最重要的两条，一条是全面发展，另一条是要逐步摸索出一条适合于自己的学习方法。全面发展这个问题，可以从不同的层次、不同的角度来说，我今天只从智育这个范围里谈谈全面发展的问题。这就是要尽可能地学好国家规定的所有学科，即不要偏科。每一门学科都有其他学科所不能代替的作用。一般来说，文学可以使人成熟，历史可以使人明智，数学可以使人精细，哲学可以使人善于思辨。我在大学读的是中文系，可是我在中学时代还是数学爱好者。尽管数学和我以后的工作很少有直接的关系，但是，通过学习数学，训练了我的思维能力，特别是逻辑思维能力，这对我以后学习哲学和文艺理论以及思考问题、分析问题都大有裨益。全面发展不仅不要偏科，还要尽可能多地看一些课外书，以增长知识，启迪智力。有些知识可能暂时不很理解，但青少年时期记忆力好，可以先储备起来，随着年龄、知识、阅历的增长，这些储备知识会逐渐发挥它们的作用。在学习中，要想摸索出一套适合于自己的学习方法，既要有名师的指点，又要经过自己的刻苦实践。我在大学读书时教我古代汉语的老师特别重视培养我借助工具书提高自学的能力，教我现代文学的老师特别重视培养我运用所学的文艺理论分析文学作品的能力，并使我养成了写读书笔记的习惯。我自己也注意及时总结经验，摸索加强自己记忆力与理解力的方法。有了正确的方法，就会培养出能力，有了能力，就会有好的成绩。这些都使我终身受益。所以，我发表的每一篇文章、出版的每一本书，虽然题目下都只署我个人的名字，但书中包含着学生时代所有教过我的老师的劳动。师恩难忘，尽管时光流逝，但多年以前老师讲课的音容笑貌，至今仍然历历在目。但愿我的这本小书，能在精神上给我的老师们以小小的安慰。

大学毕业后，我被分配到小兴安岭林区，从京城高等学府到北国边疆，生活发生了很大的变化。那里的生活条件艰苦，但我暗暗立下志愿，绝不虚度光阴，要终生学习鲁迅著作，把中华民族这份宝贵的文化遗产继承下来，并发扬光大。在我人生历程中最困难的这段时期，林区的一些基层干部和群众鼓励我、关心我、保护了我。在当时的社会舆论下，他们经常对我说的一句话是：“国家不能总是这个样子，总有一天，你学的知识会对人民有用的。”如杨永库对知识分子的看法，尹茂山给我送蜡烛等，底层群众这种实事求是的态度，淳厚朴实的作风，给了我深刻的影响，使我在长达七年的边疆生活中，在极其困难的条件下，反复阅读了马克思主义的经典著作，特别是他们的哲学著作；反复阅读了我国的古典名著，如《史记》《红楼梦》；反复阅读和抄录了鲁迅著作，并写了大量的读书笔记；通读了《资治通鉴》。我国古代的学问家们在谈到治史时强调治史者要有“史德，史识和史才”。治史如此，做其他学问，乃至做人都如此。林区七年，我等于在大学中文系毕业后，又在重点学习鲁迅的前提下，读了七年的史学与哲学，这对提高自己的分析问题和解决问题的能力，正确地认识中国的历史与现状，打下了坚实的基础。后来，当我回顾人生的这段历程时，深切地感到：逆境是我的好老师，它可以磨炼人的意志，使人加深对客观世界和主观世界的认识和理解，坚定自己走既定的人生道路的信念。从 20 岁到 30 岁，这是人生最关键的时期。对我来说，又是最困难的时期。在这一时期，我失去了很多很多，其中包括人生极其珍贵的东西，这使我抱恨终身。但命运之神也不无公正之处，“文章憎命达”，好文章、好书往往出自那些历尽坎坷而又矢志不渝的人。在逆境中的学习和锻炼，也许对一个人事业上的成败有着更强烈的激励作用。逆境中的友情难忘。我永远怀念那些在我最困难的时候帮助过我、鼓励过我的朋友们。他们中的有些人已经谢世，但他们的友谊将永远活在我的记忆里。

“国学热”中的冷思考

在当前的“国学热”中，有一种观点值得商榷，即有相当多的人认为：中国传统文化在20世纪遇到了几次浩劫，第一次就是“五四”新文化运动。据我所知，首先提出这一观点的是一位美籍华裔学者，时间是20世纪80年代。对此，一些学者曾经予以讨论，本人也曾在1999年发表的《传统道德的继承问题》一文中，对这种观点提出了不同的意见。但是，在近几年的“国学热”中，上述观点仍然不时被一些人提出，甚至在国家级的新闻媒体上宣扬，因此，笔者有必要再对这一观点予以澄清。

“五四”的旗帜是科学与民主，那时的先驱们用“欢迎德先生和赛先生”这样的文学语言，来表达自己的主张。“五四”运动批判的锋芒，主要指向旧文化、旧道德，特别是反对“三纲五常”等封建礼教。民主的反面是专制，科学的反面是愚昧。反对专制制度，改造长期在专制制度下形成的群众的愚昧，在反对封建礼教的同时，主张个性解放、妇女解放，使“五四”运动成了一次伟大的思想启蒙运动。正如茅盾在《中国新文学大系·小说一集·导言》中所指出的那样，仅1921年，全国报刊上发表的小说，以婚姻恋爱问题为题材的，即占了总数的百分之九十八，那时最受欢迎的戏剧就是易卜生的《娜拉》。鲁迅先生还写过《我之节烈观》，和鲁迅先生持相同观点的大有人在，可见，这是一种进步的思潮。“五四”新文化运动的积极作用，被后来的历史所证明，“五四”运动极大地提高了中国人民的道德水准，这在轰轰烈烈的大革命和伟大的抗日战争中得到了检验和证实。孙犁先生在1980年总结切身经历时说过：“善良的东西，美好的东西，能达到一种极致。在一定的时代、一定的环境中可以达到顶点。我经历了美好的极致，那就是抗日战争。”在教育方面，“五四”以后直至三四十年代，我们培养出很多有成就的学者和科学家，其中也包括国学方面的学者，所有这一切都说明，否定“五四”新文化运动，认为“五四”新文化运动是传统文化浩劫的观点，是站不住脚的，是经不起历史的检验的。我的意见是：不应该在否定“五四”新文化运动的前提下，复兴国学，恰恰相反，应该继承“五四”民主、科学、平等的光荣传统，用现代观点分析、整理、研究和继承国学中的精华，建设我们今天的人文价值观。“五四”新文化的先行者——胡适先生，在20世纪二三十年代曾经倡导“整理国故”，并身体力行，带出了一批著名的学者，实践证明，这个口号比较正确。我们今天，与其说“国学热”，不如重提胡适的口号：“整理国故”。

所谓“国故”，就是国学的另一种提法。国学，指的是本国固有的学术文化，包括哲学、史学、文学、考古学、语言学等。西周时期，设于王城和诸侯国国都的学校，叫“国子学”，简称“国学”。后世主要指太学和国子学，既是古代的教育管理机构，又是最高学府。二者的区别是，前者（国子学）是贵族子弟学校，国学这一名称的由来，就表明了它和学校教育的血肉联系。

国学的范围很广，我们在讨论这一问题时，往往只讨论它的某一部分内容。今天我们探讨以下两个问题：一是孔子的教育思想中有哪些值得我们继承的内容，二是语文教学应加强古代汉语基本知识的传授和基本技能的训练。

一、孔子的教育思想中，有哪些值得我们继承的内容?

集中反映孔子思想的著作是《论语》，它是孔子的弟子及其再传弟子关于孔子言行的记录，是“四书”之一（另三部是《大学》《中庸》《孟子》）。“四书”这一名称的由来，是因宋代朱熹《四书章句集注》而得名。所谓《论语》，用我们现代的术语来表达，就是一个模范班主任的语录。孔子的身份就是一所私立学校的校长兼大班主任。看来，有志于做教育家的人，最好是做校长或班主任。校长的职能是什么？校长的职能用一句话概括：是抓办学质量的，知人善任是校长最大的德，又是校长最大的才。班主任的职能是什么？班主任的职能用一句话概括：是教学生怎样做人的。孔子思想的核心是“仁”“仁者，爱人”“己所不欲，勿施于人”。这个思想体现在教育方面，就是“有教无类”和“因材施教”。

“有教无类”，就是不分贫富贵贱，不分地区族类，都一视同仁，给予同样的教育。“有教无类”所体现出来的平等的观念，具有完全的现代意义。在古代社会，无论是周朝的封建时代，还是秦始皇开始的君主专制时代，它的核心是等级制，所谓“天有十日，人有十等（王臣公，公臣大夫，大夫臣士，士臣皁，皁臣舆，舆臣隶，隶臣僚，僚臣仆，仆臣台）”（《左传·昭公七年》），这种宝塔式的层层压迫，目的是让人们各得其所，各安本分，永远也不要怀疑那种君臣父子、尊卑贵贱的纲常伦纪，更不要去犯上作乱，以维持统治阶级的长治久安。现代观念则相反，它的核心是平等观念。在西方，在 18 世纪法国大革命的旗帜下，书写的大字是：自由、平等、博爱。著名的《人权与公民权宣言》，主张“天赋人权”，人生而平等。两千五百多年前的孔子，在教育领域能够提出这种具有现代意义的观念，这是孔子的伟大之处。我们今天继承这种优良传统，一是要做好普及九年义务制教育，二是努力实现教育公平。作为校长、班主任和教师，他们的师德底线是：对不同家庭背景、不同禀赋的学生一视同仁。这里所说的一视同仁，指的是校长、教师用平等的观念看待每一个学生，尊重每一个学生的人格，保证每一个学生应有的合法权益。一视同仁，指的是观念问题、态度问题、权利问题。

“因材施教”，不是孔子的原话，它是朱熹根据孔子的教育思想概括出来的一种教育方法。如果说“有教无类”是个观念问题，“因材施教”就是一个方法问题。前者是用同样的态度对待学生，后者是用不同的方法对待不同的学生。人们通常也把它看成是孔子教育思想中的一个重要内容。“因材施教”，体现在我们今天的教育上，就是充分尊重和发展学生的个性，我们这里所说的个性是哲学概念，是指对于共性的个性，它指的是一个人区别于其他人的先天禀赋，人心不同，各如其面，世界上没有两片完全相同的树叶，也没有两个从生理到心理完全相同的人，即使是孪生兄弟也存在着某些差异。现在常说的素质教育，如果用一句话加以概括，就是把学生先天的禀赋和后天的教育有机地统一起来，让每一个学生的生理体能和聪明才智都得到健康的发展。怎样做到因材施教这个问题，要从三个方面讨论：一是体制问题，二是教育者素质问题，三是家长以及社会的认识问题。

第一个问题是体制问题。1929 年，钱钟书报考清华大学时，中文和外文成绩俱佳，但数学只考了 15 分。按规定，北大、清华的考生在入学考试的四科中，有一科不及格即不能录取，但清华的校长罗家伦先生没有囿于常规，他亲自调阅了钱钟书的试卷之后，决定破格录取。钱钟书的同学吴晗也有类似的经历。他先报考北大，四科成绩中有三科是满分，数学是零分，未被录取，又报考清华，考试成绩仍旧是三科满分，数学是零分。又是经罗家伦校长批准予以录取。自然科学家的例子如李政道。1946 年，西南联大物理系插班生李政道，经吴大猷先生推荐，获得了赴美留学的机会，按照一般情况，没有大学本科毕业文凭，是不能进研究生院的，但芝加哥大学有独特的录取标准：只要学生通读过校长哈特金先生指定的几十部西方文化的名著，并通过相应的考试，没有本科学历也可读研究生。据李政道回忆，对这些名著和作者，他几乎连名字都没听说过，更谈不到对柏拉图、亚里士多德等思想家的文化思想有什么了解。“我向芝加哥大学招生办公室的负责人解释：我对东方文化名著，孔子、孟子、老子等的学说尚有些造诣，而这些东方文化名著与哈特金校长指定的名著文化水平相当，他们觉得有道理，就让我先进芝加哥大学的研究院试读。”1957 年，李政道和杨振宁一起，因发现理论物理学上的“宇称不守恒”定律，登上了诺贝尔物理学奖的领奖台。

第二个问题是教育者的素质问题。在谈到破格录取这一问题时，一些文章常举吴晗和钱钟书被清华录取的例子，但这些文章往往忽略一个问题。那就是，罗家伦先生在决定破格录取钱钟书时，首先亲自调阅了钱钟书的试卷。这是一个非常重要的环节，它说明，罗家伦先生在考虑是否破格录取时，不是简单地仅仅根据考生的考试分数，而是亲自调审试卷，具体考查考生的思维能力和表达能力。因为分数只能说明一些问题，但不能说明一切问题。就分数而言，满分已经封顶，但考生的实际水平却不能在这一分数线上封顶，同是满分，水平也存在着差异，甚至可能有很大的差异，这是只有真正的学者方能鉴别的。毫无疑问，无论是芝加哥大学的录取规则，还是北大、清华的录取标准，都强调了不同学科之间的内在联系，要求考生有较为全面的基础，都有合理性，对绝大多数考生是适用的。但任何规章制度，只应该是公平竞争的保证，而不应该是束缚人才的桎梏，吴大猷、哈特金、罗家伦先生的可贵之处，在于他们慧眼识珠，是真正的伯乐，但他们又不因此把已有的规章推翻，他们是正确对待规章制度和正确行使校长职权的典范。

第三个问题是家长以及社会的认识问题。我们的家长乃至整个社会过于急功近利，对自己的孩子往往寄予过高的期望，不顾孩子的具体实际，“望子成龙，望女成凤”的心情过于迫切。我们应该清醒地看到：一方面，人的先天禀赋是千差万别的；另一方面，社会对人才的需求是多种多样的。二者是统一的，而不是对立的，正像戏剧舞台需要生旦净末丑，只有角色齐全才能唱好一台戏，一个社会三百六十行，行行出状元，每个人都有适合自己的一行。对于子女的前途，家长要树立适合他就好的概念，而不要用一个标准来衡量所有的学生。社会对各个行业人才的要求都有一定的比例，比例失调，就会引起社会的失衡。家长不从自己孩子的实际出发，提出不适当的要求，只会使孩子苦恼而且也达不到目的。

怎样才能做到从学生的实际出发因材施教？在三个方面的问题中，其关键在于教师的素质。在鉴别学生适宜学什么，适宜在哪个学科领域发展这个问题上，高素质的教师识别的准确率可以接近百分之百。一般地说，在高素质教师授课的前提下，学生对哪科有兴趣，他就适合学什么。如果一个学生对数学或物理等理科有兴趣，而又逻辑思维能力较强，学理科会有相当的发展；如果一个学生对文、史类学科有兴趣，而又记忆力较好，对语言文字的感悟敏感，学文科会有相当的发展，至于他们今后能在这个领域取得多大的成就，这是人们无法预料的。因为一个人能在某一领域取得多大成就需要多方面的条件。有些情况是未知数，无法预料。但就是否适合他从事这方面的专业这个角度、这个层次来看，高素质的老师可以做到接近百分之百。

二、孔子的道德观中，有哪些值得我们借鉴的内容?

学校是教书育人的场所，德育不能不占首位。在春秋战国时期，孔子的学说只是百家中的一家，只是到了汉武帝时期，由于大一统的中央帝国的政治需要，才开始“罢黜百家，独尊儒术”。此后，历代的统治阶级对孔孟之道不断地予以加工、改造。比如，汉武帝时代的董仲舒根据孔子“君君，臣臣，父父，子子”的道德教义在《春秋繁露》中提出“三纲”，在《举贤良对策》中提出“五常”；到了宋代，理学家们提出“饿死事极小，失节事极大”，对妇女的束缚与禁锢尤烈。“忠”“孝”这些道德信条，也逐渐被推向了极致。一些戏剧中常有“君叫臣死，臣不死为不忠”“父叫子亡，子不亡为不孝”，这些道德信条，虽然打着儒家的旗号，但和孔子的初衷已经有很大距离了。因此，我们今天探讨传统道德的继承问题，首先应该做的是：回到孔子那里去，把孔子的还给孔子。

孔子道德观的核心是“仁”，“仁者，爱人”，我们今天建设新道德，基本的出发点是：尊重人，理解人，爱护人，也就是以人为本。在这个意义上新道德应该是孔子道德观的合理继承和发展。

在家庭伦理道德方面，孔子主张“孝”“弟（悌）”，朱熹把“孝”解释为“善事父母”，把“悌”解释为“善事兄长”，可谓言简意明。与此相应，家庭伦理道德向社会延伸。所谓“老吾老以及人之老，幼吾幼以及人之幼”，今天我们讲尊老爱幼，对同学、对同事讲团结友爱，就是“孝”“悌”道德信条在新的历史条件下的延伸和发展。

在处理人与人之间的关系方面，孔子主张“忠”“信”。“忠”这个概念，在孔子的时代指的是对他人负责，“为人谋而不忠乎？”（《论语·学而》）后来才被赋予专指忠君的内容；孔子主张“君使臣以礼，臣事君以忠”，并没有把君权绝对化。“信”的本义是言语真实，不虚伪，“与朋友交而不信乎？”（《论语·学而》）“人而无信，不知其可。”（《论语·为政》）言而有信，今天仍然是我们做人的一条准则。

在个人修养方面，儒家强调“礼”“义”“廉”“耻”。孔子所说的“礼”，主要指当时社会的典章制度与传统习惯，后世也用以指个人的行为规范。我们今天建设新道德，固然无须繁文缛节，但仍然要讲文明、讲礼貌。“礼教”的核心是什么？礼教的核心是尊重他人，而尊重他人，也就是尊重自己。“义”指合理的事，应该做的事。我们今天的德育工作，也要教育学生懂得：哪些事情是可以做的，哪些事情是不可以做的。首先是要懂得哪些事情是不可以做的，切不可见利忘义。“廉”与“贪”相对，指的是在财物的取舍上要求自己要严格。《孟子·离娄下》：“可以取，可以无取，取伤廉。”“耻”，指的是人要有羞耻之心。《论语·为政》：“道之以德，齐之以礼，有耻且格。”孔子认为，通过道德教育，可以使人民懂得礼节，有羞耻之心，人心就可以归附。今天，教育青少年“知耻而后勇”，在任何情况下都要保持自己的人格和国格，仍然是道德教育的重要一环。

与儒家思想中有益的内容相应，《论语》《孟子》为后人提供了大量的成语和格言。其数量之大、使用率之高，是中国历史上任何思想家都无法企及的，这笔宝贵的文化遗产，应在学校教育特别是语文教学中予以很好的继承。

当然，孔子的道德观中，也有我们不能接受的内容，如“唯女子与小人为难养也”等。孔子的道德观也有烦琐和拘泥之处，更为重要的是，孔子的道德观确有浓重的等级色彩，这就给历代统治者提供了利用的可能。

三、语文教学中，应加强古代汉语基本知识的传授和基本技能的训练

语言是思想的载体，无论是研究国学的哪些内容，都必须具有阅读文言文的能力。看不懂，或者是自以为看懂了而实际上是误读了原文，就不可能正确地分析、整理和继承国学中的精华，甚至闹出许多笑话。半个世纪以来，传统文化在国内备受摧残，全社会人文水平极度下滑，几至断裂。近十几年来，更兼学术沦丧、虚夸、浮躁之风愈演愈烈。一些高级官员、名噪一时之士，或望文生义，或误读妄解，各种误人子弟之见，俯拾即是，且有积非成是、见怪不怪之势，因此，笔者提出如下建议：

（1）学点文字学知识。文字学，原名小学，指研究文字、训诂、音韵的学问。因古时小学先教六书（象形、指示、会意、形声、转注、假借）所以有此名称。清末，章太炎先生认为此名不准确，改称语言文字之学。

（2）学点格律诗词的常识。

（3）推荐阅读四本书：

①《唐诗三百首》，编选者为蘅塘退士，陈婉俊补注。蘅塘退士，姓孙，名洙，字临西，江苏无锡人，清乾隆十六年（1751 年）进士。陈婉俊约生于清代嘉庆、道光之间，南京人。清代学者姚莹称此书：“考核援引，俱能精当。”

②《昭明文选》，原名《文选》，南北朝时梁昭明太子萧统编，选录自先秦至梁的诗文辞赋。

③《古文观止》编选者吴楚材（名乘权）、吴调侯（名大职）为叔侄二人。这里说的古文指的是古代散文，多有历代传颂的名篇。

④《红楼梦》是中国古典文学中百科全书式的作品。

刚才会议主持人做了一个充满热情而又带有鼓励性质的介绍。其实，如果做个自我介绍，有三个字就够了：读书人。在座的各位都是学校教育的亲身实践者，而我已远离教育实践，在这个意义上，要在这个讲台上发言，我还没有资格。但是，从另外一个角度看问题，读书人的生活方式和思维方式，往往和“冷”联系在一起，过去讲“十年寒窗苦”，现在讲“板凳坐得十年冷”，“寒窗苦”“十年冷”的人，面对当前的“国学热”所讲的意见，或许能引发大家的思考和更好的看法。所谓抛砖引玉，这就给了我讲话的勇气。

道德的力量

今年是世界反法西斯战争胜利六十周年。在第二次世界大战中，各国人民所进行的反法西斯的战争，是正义的战争。“正义”这个概念的内涵就包括道德。道德是历史的产物，它在不同的国家和不同国家的不同历史时期有着不同的内容。比如，在抗日战争时期，对中国人来说，不当汉奸，积极参加抗日活动，“有钱的出钱，有力的出力”，就是道德的。反之就是不道德的。《在太行山上》这首歌唱得好：“母亲叫儿打东洋，妻子送郎上战场”，就真实地反映了我们中华民族当时的道德风貌。奉行这种道德观念，几万万中国军民浴血奋战。“把我们的血肉筑成我们新的长城”，出现了无数惊天地、泣鬼神的英雄壮举。这是正义的力量，也是道德的力量。对日本人来说，反对侵华战争则是道德的，反之是不道德的。众所周知，日本军国主义的军队等级森严，军纪十分严酷，但是，即使在这种情况下，也有日本军人有反战情绪，甚至冒着杀头的危险组织了“反战同盟”。对这种现象合理的解释，只能是这些日本军人不忍心看着无辜的中国平民被残杀。“恻隐之心人皆有之”，是人类本应具有的同情心，促使这些日本军人站到反对日本军国主义的立场上来，这就是道德的力量。同理，第二次世界大战时期，日本驻立陶宛领事馆领事杉原千亩，用给犹太人发签证的方式，拯救了许多犹太人的生命，也是道德的力量使然。

在和平时期，道德的力量主要体现在人们的日常生活方面，它的作用在于使人明是非，分善恶，识荣辱，辨忠奸。其核心内容是促使人心向善，做好事，行善举。一个人要做一两件好事并不难，难的是一辈子做好事，不做坏事。而要做到一辈子做好事，不做坏事，只能依靠道德的力量。因为和法律法规相比，道德的特征在于：道德的教义不是通过外部压力强制实行，而是通过教育熏陶，养成行为习惯。一个人不可能在幼年时期就接受法律教育，但却可以而且应该尽早地通过家长的言传身教，让孩子耳濡目染，接受道德教育。道德教育开始得越早，教育的内容和方法越正确，效果就越好。民间所谓“三岁看大，七岁看老”，从道德教育的角度来考察，是很有道理的。道德教育化为习惯养成，就会使人成为一个现代的文明的人、善良的人、正直的人。在遇到重大问题时，他就会自然而然地去做他认为是应该做的事，而坚决不去做那些他认为不应该做的事。被誉为女辛德勒的钱秀玲，和第二次世界大战时期中国国民政府驻维也纳总领事何凤山，他们都解救了上千的犹太人。但他们都否认自己是英雄，而是认为自己只是做了一个人应该做的事，就是明证。

为什么道德具有如此的力量呢？从哲学的观点看问题，道德属于意识形态的范畴。它是在一定的社会存在的基础上产生的。它要受到社会的物质条件的制约，但是，意识形态并不是消极的，它可以而且能够反作用于社会生活。一种道德观念一旦形成，它就具有相对的独立性，并且对后世有着承传关系。如同理论一经掌握了群众，就会变成巨大的物质力量一样。道德一旦形成，也会变成巨大的物质力量。从政治经济学的观点看问题，道德属于上层建筑的范畴，它是在一定的经济基础上产生的，必然要受到经济基础的制约。但是，上层建筑同样不是消极的，它可以而且能够反作用于经济基础，而且上层建筑的发展水平不一定与经济基础成正比。在特定的历史条件下，“经济上落后的国家，也可以在哲学上拉起第一把提琴。”（恩格斯语）哲学如此，道德亦然。从教育学的观点看问题，学校教育的宗旨是教书育人，一所学校的德育水平，直接决定着这所学校的办学质量。因此，学校教育必须把德育放在首位。把德育放在首位，并不是把大部分时间都用来进行道德教育，而是把德育看成是学校教育的灵魂。学校工作当然要以教学为主，教师要根据所授学科的特点，自觉地把德育渗透其中。至于班主任工作，其实质就是教学生如何做人，班主任的人格力量对学生有着深刻的影响。一个学生在中小学阶段遇到一位杰出的班主任老师，是一种幸福，这种幸福将伴随学生的一生。

改革开放以来，我国的社会生活发生了翻天覆地的变化。在政治领域里，“以阶级斗争为纲”的时代已经终结，党和国家的工作重心已经转到“以经济建设为中心”的轨道上来；在经济领域里，计划经济的时代也已渐行渐远，市场经济正在以不可阻挡之势迅猛发展，与此相应，大量的民营企业如雨后春笋般地涌现出来，公有制企业也在进行改革；在思想领域里，则呈现出多元化的倾向，西方的各种学派纷至沓来。我国社会正处于转型时期，这个时代特点势必要影响到道德领域。因此，如何建设新时期的新道德，就成了全社会共同关心的问题，也是学校教育面临的一个亟待解决的问题。

道德建设是全民的事业。一般地说，道德建设有三个大环节：第一个环节是家庭教育，第二个环节是学校教育，第三个环节是社会教育。在这三个环节中，家庭教育起着决定作用，而在家庭教育中，母亲又处在关键的地位。乔治·赫伯特说得好：“一个好的母亲抵得上一百个学校的老师。”可以毫不夸张地说，一个民族的道德素养是由这个民族女性的道德素养决定的，我们经常在报刊上见到这样的报道：一个农村贫困家庭的子女考上了名牌大学，甚或出了硕士、博士。有些人对这种社会现象感到不可理解，其实，这没什么不可理解。一个家庭，只要有一位品德高尚的母亲，不管它经济条件上多么贫困，也不管这位母亲的文化水平如何，它在道德上都是富有的。这样的家庭，培养出什么样的优秀人才都是势所必至，理有固然。我国历史上的孟子、岳飞等杰出人物，其家庭出身都不是来自社会的上层。但是，由于有了为孟子择邻的孟母，有了为岳飞刺字的岳母，一个杰出的人物就从一个普通的家庭走了出来。在这三个环节中，学校教育处于承上启下的中间环节。它的作用小于家庭教育，但是大于社会教育。我们这样为学校的道德教育定位，既是对古今中外教育史的尊重，也是对古今中外许多教育理论的认同。对学校道德教育有恰当的定位，是正确认识学校道德教育的前提条件。定位不当，道德教育的建设就不能走上正确的轨道。就其社会功能而言，学校的主要职能是科学文化知识的传承，如果说，一个民族的道德素质是由这个民族的母亲群体决定的，那么，一个民族的科学文化素养就是由这个民族的教师群体决定的。明确了这一点，我们就可以妥善地处理好学校的德育与智育的关系，既要坚定不移地把德育放在首位，又要理直气壮地以教学工作为中心。

对学校道德教育的恰当定位，还要解决道德建设的标准问题。埃德蒙·伯克说："以英雄的品德为基础的人类制度，必定会有一个脆弱的或堕落的上层建筑。"19 世纪英国道德学家塞缪尔·斯迈尔斯说，这个观点"是极有见地的"。在道德建设的标准问题上，"五四"新文化运动先驱们主张建立"一种利己而又利他，利他即是利己"的道德，这和列宁所说的"我为人人，人人为我"，可谓不谋而合。尽管列宁的这一观点在"阶级斗争为纲"的时代也受到无端的指责，但丝毫也无损它真理的光辉。以列宁和"五四"先驱们的论述为标准，我们今天的道德建设就会有一个坚实的社会基础。

道德建设是一个无比浩大的系统工程。学校作为社会的一个细胞，不可能脱离整个社会的大环境，在当前的具体条件下，学校道德建设首先应该解决的是认识问题，要使全校的师生员工充分认识道德建设的迫切性和重要性，树立起正确的道德观念，这些道德观念是正义感、同情心、羞耻心、诚实守信、尊重女性。

正义感是道德大厦的基石。所谓正义感就是分清是非，明确认识到哪些是应该做的事，哪些是不应该做的事。一个没有正义感的人，不可能具有高尚的品格，而一个富于正义感的人，必定是一个正直的人。

同情心是一切好事善举的催化剂。对生理上有残疾的人，对社会上的弱势群体，对一切遭遇不幸的人，如果没有起码的同情心，就不可能有相应的善举。一个没有同情心的人是可怕的，又是可悲的。而一个富于同情心的人，必定是善良的人。

羞耻心是自律的良药。它是抵御各种诱惑的防线。"金无足赤，人无完人"，世界上没有绝对的纯，人的思想更是处于复杂多变的流动状态。"一念之差"，有时会毁掉一个人的一生。因此，最好的办法是建立起道德机体的免疫系统，这个免疫系统就是人的羞耻心，一个没有羞耻心的人，是很难教育的。

诚实守信。"自古皆有死，人无信不立。"我们的古圣先贤把诚信看成是立身之本，甚至把诚信看得比生命都重要。有所谓"轻生死，重然诺"的美德嘉行。一个不守信用的人，不可能取得他人的信任。一个人只有具备诚实守信的品格，才能成为一个对社会、对他人、对自己都负责的人。

尊重女性，对妇女的态度是检验一个现代人道德水准的试金石。在苏霍姆林斯基主办的学校，一进校门所看到的大幅标语是："爱你的母亲"。一个儿童，从爱自己的母亲开始。随着年龄的增长，他把这种爱扩大，逐步形成尊重妇女的现代道德观念。一个社会的文明程度，可以从妇女受尊重的程度来衡量。一个男人的文明程度，可以从他对妇女的态度来衡量。而一个女子的文明程度，则要看她是否自尊自重。学校进行性教育以及解决学生早恋等问题，都不能孤立地进行，必须结合道德教育开展。

传统道德的继承问题

当前，对传统道德的分析、整理与继承，是学校教育中一个亟待解决的问题，也是整个社会精神文明建设的一个极其重要的问题。

为什么在世纪之交提出传统道德的继承问题呢？这是因为我们处在一个社会大变革的时代，社会进入了以经济建设为中心的新时期，沿袭了几十年的计划经济体制也已开始向市场经济转轨，急剧变化的社会生活需要相应的法律制度，以使人们的言行有章可循；同时需要相应的道德规范，以便人们明是非、分善恶，识荣辱，辨忠奸，形成良好的社会风气，使整个社会沿着正确的轨道健康、有序地发展。

建立崭新的道德规范，当然要从实际出发，要有助于提高人民的素质，有助于提高全社会的精神文明水准，有助于发展社会生产力，同时要注意从传统道德中吸取有益的成分，使之成为新道德的有机组成部分。本文拟从以下三个方面探讨这一问题。

一、对“五四”运动的回顾

20 世纪初，“五四”运动的先驱们高举“科学”“民主”的大旗，反对旧道德，提倡新道德；反对文言文，提倡白话文，让中国人民的思想从传统观念中解放出来，是新旧社会制度交替时期的思想启蒙运动。

“五四”运动提出了“打倒孔家店”的口号，但对儒家学说中某些具有民族性精华的内容，并没有采取简单否定的态度。“五四”先驱们批判的锋芒，集中指向封建宗法制度和旧礼教，特别是严重束缚妇女身心的节烈观，他们揭露礼教“吃人”的本质，指出几千年的文明史不过是“大小无数的人肉的筵宴”，指斥节烈观是“极难极苦，不愿身受，然而不利自他，无益社会国家，于人生将来毫无意义的行为”，并提出了有利于人性健康发展的全新的道德观。他们认为，新道德应以人道主义为本，“相信人的一切生活本能，都是美的善的”“凡有违反人性不自然的习惯制度，都应排斥改正”，主张“以爱智信勇四事为基本道德”，建立“一种利己而又利他，利他即是利己”的生活，“要人类都受正当的幸福”。这是完全正确的。鲁迅的杂文《我之节烈观》《娜拉走后怎样》《灯下漫笔》，小说《狂人日记》《祝福》；胡适的论文《易卜生主义》；周作人的论文《人的文学》等便是这方面的代表作。“五四”运动中也出现过一些态度偏激、有一定片面性的意见，诸如“万恶孝为首，百善淫当先”等，这在当时的历史条件下或许是难以避免的，因为“五四”运动的先驱们直接面对的是总体上早已腐朽的封建道德的大厦，历史赋予他们的使命就是首先推倒这座大厦，不如此，新的道德大厦就无从建设。“五四”运动极大地提高了中国人民的道德水准，这在轰轰烈烈的大革命和伟大的抗日战争中得到了检验和证实。

二、传统道德可否继承?

传统道德可否继承的问题，在 1962 年至 1963 年，曾经在学术界引发了一场讨论。首先是吴晗发表了《说道德》等文，认为对传统道德，主要是封建道德的某些内容，可以“批判地继承”。尽管吴晗在论述这一问题时，十分小心谨慎，但在阶级斗争已经被强调到了“年年讲，月月讲，天天讲”的历史条件下，理论界不可能接受这一观点。除了个别文章稍稍留有余地之外，绝大多数文章几乎是众口一辞，认为封建道德只能摒弃，不能继承。从社会思潮这一角度看问题，这场讨论为两年以后批判《海瑞罢官》做了理论上的铺垫，吴晗成了十年浩劫祭坛上的第一个牺牲者。我们今天回顾这段历史，无意苛求参加那场讨论的前辈学者，但是，那场讨论所涉及的理论问题必须予以澄清。

什么是道德？道德是一个历史的范畴，它是一定社会为了调整人与人之间以及个人与社会之间的关系所提倡的行为规范的总和。道德不像法律那样具有强制性，而是通过各种形式的教育，以社会舆论的力量，使人们逐渐形成习惯，指导或约束自己的言行。道德的这一本质特征，决定了道德从它产生的第一天起，就具有社会性，或曰全民性。

道德在阶级社会里带有阶级性。阶级性也是一个历史的范畴。在没有阶级的原始公社制社会，道德没有阶级性。随着社会生产力的发展，产生了家庭、私有制和国家，道德开始带上了阶级性。道德的阶级性表现在两方面：其一，不同阶级有不同的道德，如在封建社会，农民阶级虽然没有自己的思想家，提不出系统、完备的农民道德，但仍有勤劳、俭朴等美德；其二，同一种道德，主要是统治阶级的道德，体现在不同阶级身上也带上了不同阶级的特色。

值得注意的是，统治阶级的道德往往以全民道德的面貌出现，这是因为，道德越是以全民的面貌出现，就越是符合统治阶级的根本利益。以封建社会为例，历代统治者都标榜以“孝”治天下。“孝”涉及千家万户，最具全民性。但统治阶级倡导“孝”的根本目的，在于要求全体臣民效忠君王。“忠”是放大了的“孝”，“孝”是缩小了的“忠”，无论是“忠”还是“孝”，都是指导和约束全民的道德规范，而不仅仅局限于某一阶级，否则，一个阶级效忠君王，另一个阶级不效忠君王，天下岂不是要大乱？

道德的阶级性在过去的时代被无限地夸大了，理论界无视道德的全民性，几至谈“全民”而色变的地步，也否定不同阶级的道德之间有某些共同性，这就从根本上堵塞了道德继承的渠道。在上述那场讨论中，许多文章都不约而同地援引恩格斯《反杜林论》中“道德始终是阶级的道德”的论述。其实，恩格斯在这里强调道德的阶级性，是为了驳斥杜林“永恒的、终极的”道德的观点。在恩格斯看来，任何阶级的道德，包括“无产阶级的未来的道德”，都不具有“绝对的终极性”，尽管无产阶级未来的道德，“肯定拥有最多的能够长久保持的因素”。就在中文版《反杜林论》的同一页上，恩格斯在论述了封建贵族、资产阶级和无产阶级“都各有自己的特殊的道德”之后，明确指出：“这三种道德论代表同一历史发展的三个不同阶段，所以有共同的历史背景，正因为这样，就必然具有许多共同之处。”既然不同阶级的道德存在着共同之处，它们之间也就必然存在着继承关系。44 年以后，列宁在《青年团的任务》中也明确指出："无产阶级文化并不是从天上掉下来的，也不是那些自命为无产阶级文化专家的人杜撰出来的，如果认为是这样，那完全是胡说。无产阶级文化应当是人类在资本主义社会、地主社会和官僚社会压迫下创造出来的全部知识合乎规律的发展。"毫无疑问，列宁在这里所说的文化，其中包括道德。可见，那种认为道德只有阶级性，进而认为不同阶级的道德没有共同性，因而不可能有继承关系的观点，根本就不是马克思主义的观点。

马克思主义的观点，要求在研究任何一个社会问题时，都要把问题提到一定的历史范围之内来做具体分析。一切依时间、地点、条件为转移。正由于此，马克思、恩格斯总是反复强调，他们的理论是行动的指南，而非教条。1890 年 5 月，德国青年批评家保尔·恩斯特与奥地利青年批评家巴尔·海尔曼曾经围绕妇女问题展开了一场争论。其间，尝试着用唯物主义方法分析问题的恩斯特写信求助于恩格斯，恩格斯在复信中着重指出："如果不把唯物主义方法当作研究历史的指南，而把它当作现成的公式，按照它来剪裁各种历史事实，那它就会转变为自己的对立物。"[①] 然后，恩格斯结合德国和挪威的不同背景，具体分析了挪威小市民阶层与德国小市民阶层的巨大区别，他指出：挪威的小资产者"比起堕落的德国小市民来是真正的人。同时，挪威的小资产阶级妇女比起德国的小市民妇女来，也简直是相隔天壤"[②]。由此可见，在研究复杂的社会问题时，并不是简单地贴上阶级标签就一了百了，万事大吉。传统道德在长达两千多年的封建社会里曾经起过极其重要的作用，并且渗透到了传统文化的各个领域，诸如文学、史学、教育学、民俗学等，它在中华民族的心理上形成了层层的积淀，绝不是仅仅给它定性为封建道德并予以批判就可以一笔抹杀的。那种把马克思主义的阶级观点和阶级分析方法简单化、绝对化、庸俗化的做法，是 20 世纪 50 年代中期以后产生的，它也应该随着时代的发展而告终。

---

① 恩格斯. 致保尔·恩斯特［M］//马克思，恩格斯. 马克思恩格斯论文学与艺术. 陆梅林，辑注. 北京：人民文学出版社，1983.

② 同上。

如同世界上万事万物都有一个发生、发展和灭亡的过程一样，传统道德也有一个发生、发展、逐步没落以至最终消亡的过程。传统道德中影响最大的部分是儒家道德。儒家学派的创始人孔子，生活在春秋时期，在这新旧制度交替的大变革时代，思想文化领域里出现了百家争鸣的局面。和其他诸子相比，孔子不仅是思想家，而且是教育家，他比其他诸子更重视教化的作用，他的道德观也远比其他诸子系统、完备。但是，在春秋战国时期，各国的君主考虑问题的出发点和归宿都在于领土的扩张和权势的争霸，他们忙于征战，政治上的功利压倒了道德上的考虑，所以，孔子的学说在他生前和死后的一段时间内处处遭受冷遇。此后，经秦始皇统一中国，到了汉武帝的时代，地主阶级的大一统政权已经巩固。保持社会的安定成了统治者考虑的首要问题，政通人和成了统治者的理想境界，为此，他们不仅需要武装力量维护自己的统治，而且需要道德的力量统一人民的思想，稳定社会秩序。这时，也只是在这时，孔子的学说包括他的道德观，作为文化遗产，才受到统治阶级的推崇，所谓“罢黜百家，独尊儒术”，实乃历史的必然。

汉代的统治者继承了孔子的道德遗产，同时，根据自身的需要对之进行了整理和改造。整理和改造儒家道德需要思想家，时代呼唤新的大儒，于是，董仲舒应运而生。他根据孔子“君君，臣臣，父父，子子”的道德教义，在《春秋繁露》中提出“三纲”，在《举贤良对策》中提出“五常”。显然，董仲舒这一套道德教义，符合地主阶级政治上大一统的需要，对巩固地主阶级的统治发挥了极其重要的作用，此后成为封建社会占统治地位的道德信条。

通常认为，中国的封建制度到宋代开始走下坡路，地主阶级在上升和发展时期的勃勃生机逐渐窒息，它的狭隘的阶级私利日益膨胀，作为全社会道德代表的资格也逐渐丧失。与此相应，地主阶级的思想家们适应这一时期的社会需要所提出的道德观念也趋于僵化，其中，对妇女身心的禁锢尤为酷烈，道学家们甚至认为：“饿死事极小，失节事极大。”[①] 这种节烈观，不知酿成了多少悲剧。封建社会的主要道德信条“忠”和“孝”，在这一时期也被推向了极致，一些戏剧中常有“君叫臣死，臣不死为不忠”“父叫子亡，子不

① 程颐. 河南程氏遗书［M］. 上海：商务印书馆，1935.

亡为不孝”之类的台词，就是宋明以后封建道德的真实写照。明清之际，黄宗羲作《原君》《原臣》，抨击君权，认为“天下之大害者，君而已矣”。戴震作《孟子字义疏证》，认为“理者存乎欲”，反击宋明理学“存天理，灭人欲”的说教。俞正燮在《癸巳类稿》中则有反对男尊女卑之辞。但是，封建制度已是江河日下，这些具有民族性精华的道德观念，未能，也不可能掀起巨澜。

从上述简略的分析中，可以看出，最初的儒家道德，即孔孟的道德观，尚未被纳入地主阶级政治的桎梏，可以继承的内容较多。汉代以后的儒家道德，几经改造，离孔孟道德观的本来意义日益疏离，宋明以后则趋于僵化。因此，我们今天探讨道德继承问题，首先应该做的是：回到孔子那里去，把孔子的还给孔子。

三、传统道德的哪些内容可以继承?

孔子道德观的核心是“仁”，“仁者爱人”。儒家道德的许多教义，诸如“忠恕”“己所不欲，勿施于人”等都是从“仁”引申出来的。我们今天建设新道德，其基本出发点应该是尊重人、理解人、爱护人。在这个意义上，新道德应该是孔子道德观的合理继承与发展。

在家庭伦理道德方面，孔子主张“孝”“弟”（悌）。《论语·学而》：“孝弟也者，其为仁之本与!”孔子对“孝”的解释是和“礼”连在一起的。“生事之以礼，死，葬之以礼，祭之以礼。”孔子不赞成把“孝”仅仅理解为在生活上赡养父母，认为那样做无异于对待犬马。孔子确实用“无违”解释过“孝”，但也并非主张一味盲从，而是认为“事父母几谏”，并未把“无违”绝对化。朱熹把“孝”解释为“善事父母”；把“悌”解释为“善事兄长”，可谓言简意明。随着社会的发展，家庭的某些职能转移到了社会，与此相应，家庭伦理道德也向社会延伸，所谓“老吾老以及人之老，幼吾幼以及人之幼”，此之谓也。今天，我们讲尊老爱幼，对同学、同事讲团结友爱，就是“孝”“悌”等道德在新的历史条件下的延伸与扩大。

在处理社会上人与人之间的关系方面，孔子主张“忠”“信”。“忠”这个概念，在孔子的时代，指的是对他人负责。《论语·学而》："为人谋而不忠乎？"如同"朕"这个概念在先秦是人皆可用的第一人称代词，只是到了秦始皇的时代，才成了帝王一人的专门用语一样，"忠"这个概念也是到了后来才被赋予专指忠君的内涵。我们今天讲"我为人人"，强调"忠于人民"，"为人民服务"，正是"忠"的本来意义在新的历史条件下的继承和发展。应该指出，在论述君臣关系时，孔子主张"君使臣以礼，臣事君以忠"，并没有把君权绝对化，如同在论述父子关系时没有把父权绝对化一样。"信"的本意是：言语真实，不虚伪。《论语·学而》："与朋友交而不信乎？"《论语·为政》："人而无信，不知其可也。"言而有信，今天仍然是我们做人的一条准则。

在个人修养方面，儒家道德强调"礼""义""廉""耻"。孔子所说的"礼"，主要指当时社会的典章制度与传统习惯，《论语·先进》："为国以礼。"后世也用以指个人的行为规范，即礼貌。我们今天建设新道德，固然无须繁文缛节，但仍然要讲文明，有礼貌。"义"指合理的事，应该做的事，《论语·述而》："闻义不能徙，不善不能改，是吾忧也。"我们今天为人处世，要懂得哪些事是应该做因而是可以做的，哪些事是不应该做因而是不可以做的，切不可见利忘义。"廉"与"贪"相对，指的是在财物和取与上要求自己严格，《孟子·离娄下》："可以取，可以无取，取伤廉。"历代统治者都要求各级官吏廉洁自律，平民百姓也都赞赏清官，谴责赃官。包公、海瑞等清官戏是戏剧舞台上的保留节目。我们今天反腐倡廉，就是对廉洁这种传统道德的倡导与表彰。"耻"，指的是人要有羞耻之心，《论语·为政》："道之以德，齐之以礼，有耻且格。"孔子认为，通过道德教育，可以使人民懂得礼节，有羞耻之心，人心就可以归附。今天，教育人民特别是广大青少年"知耻而后勇"，在任何情况下都要保持自己应有的人格和国格，仍然是道德教育的重要一环。

此外，儒家道德特别强调气节，孔子主张："志士仁人，无求生以害仁，有杀身以成仁。""三军可夺帅也，匹夫不可夺其志也。""不义而富且贵，于我如浮云。"孟子主张"舍生取义"，倡导"富贵不能淫，贫贱不能移，威武不能屈。"这些道德教义，值得我们借鉴。

与儒家道德观中有益的内容相应，《论语》《孟子》为后人提供了大量的成语和格言。其数量之多、使用率之高，是中国历史上任何思想家的著作都无法企及的。对这笔珍贵的文化遗产，学校教育应予很好地继承，德育和语文教材应尽可能多地精选这些成语和格言，并要求学生背诵，在背诵的基础上，逐步加深理解，这对培养学生的道德品质具有深远的意义。

两千多年来，儒家学说影响了一代又一代的志士仁人，无论是在地主阶级上升和发展时期，还是在没落时期，都有许多士大夫从孔孟的学说中汲取了营养，具有高尚的道德情操，并为中华民族的生存和发展做出了积极的贡献。诸葛亮的“鞠躬尽力，死而后已”，魏徵的“正身黜恶”“戒奢以俭”，韩愈的“其责己也重以周，其待人也轻以约”，范仲淹的“先天下之忧而忧，后天下之乐而乐”，文天祥的“人生自古谁无死，留取丹心照汗青”，以及包拯、海瑞的“廉洁”等，都是传统道德中的宝贵遗产，整理这份遗产，使之成为新时期道德建设的有机组成部分，是我们责无旁贷的历史任务。

当然，孔子的道德观也有我们不能接受的内容，如“唯女子与小人为难养也”（《论语·阳货》），把女子归于小人一类，这是鲁迅早就批评过的。此外，孔子的道德观还有失于烦琐和拘泥之处，更为重要的是，孔子的道德观确有相当浓重的等级色彩，这给历代统治者提供了利用的可能。

总之，对孔子的道德观，无论是继承还是扬弃，都应做出有说服力的分析。剔除糟粕，是为了吸取精华；吸取精华，是为了古为今用。至于汉代的“三纲”，宋代以后的节烈观，不仅早已被“五四”先驱们所否定，而且早已在几十年的社会实践中被人们所抛弃，它们不应该也不可能成为新道德的有机组成部分。但是，它们仍然可以作为道德史上一定阶段的思想资料而存在。研究这些资料，可以使我们更好地了解中华民族道德发展的历史进程，从另外的角度启示我们建设新时期的新道德。

（原载《济南教育学院学报》1999 年第 2 期）

“菩提本无树”俗解

据《六祖大师法宝坛经》，禅宗五祖弘忍大师在选择继承人时，曾让门人徒众“各作一偈”，以观其本心。当时，众人皆属意已是教授师的神秀。神秀自觉此事关乎能否继承衣法，兹事体大，思虑再三，最后做一偈云：“身是菩提树，心如明镜台，时时勤拂拭，勿使惹尘埃。”五祖虽认为“依此偈，免堕恶道；依此偈修，有大利益。”但并未将衣法传给神秀。而惠能所作：“菩提本无树，明镜亦非台，本来无一物，何处惹尘埃。”却深得五祖赞许，并将衣法传授给惠能，是为六祖。

衣法传承乃禅宗大事，五祖当然不可能仅凭一偈即将衣法传给六祖。此前，他也曾对惠能予以多方面的考察，如当面询问其志向，观其悟性，并责其到磨房舂米八个月，考察其人品与心性。但“菩提本无树”一偈，无疑集中反映了惠能的思想境界，是五祖决心将衣法传授给他的重要依据。五祖为什么如此重视此偈，它是否像有的人所说的那样，是“彻底的唯心论”呢？本人乃凡夫俗子，既未参禅，亦远未悟道，只试以世俗之见，妄加解读，以博阅者一哂。

从佛祖释迦牟尼始，到历届祖师，他们来到人间，其目的在于普度众生。所谓佛者，觉悟也。为了使众生觉悟，他们在说法时，往往会用一些人们熟知的事物做比喻，如恒河沙、须弥山、天堂、地狱等。《金刚般若波罗蜜多心经》中的“波罗蜜”，意即到彼岸，就是比喻由生死烦恼的此岸，过渡到涅槃清净的彼岸。而佛经中所说的法，则被佛祖比喻为过河的竹筏，只要到达彼岸，也就是觉悟了，竹筏就可以弃而不用了。所谓“菩提树”“明镜台”，不过是用来比喻人身和人心的一个用语。惠能说：“菩提本无树，明镜亦非台”，透过这个比喻，直指人的本性；“本来无一物，何处惹尘埃”，这就触及了修行的本质：“菩提自性，本来清净，但用此心，直了成佛。”修行无须外求，只在本心。如是，惠能的认知就和佛祖的思想相通。惠能虽然只是个不识字的山野村夫，但他天资聪颖，悟性极高，对佛祖的思想有着非凡的悟性。他初见五祖，即明确表示：“唯求作佛，不求余物。”“人虽有南北，佛性本无南北。獦獠身与和尚不同，佛性有何差别？”这些见解，都再清楚不过地表明，他对佛家思想的核心，即众生平等、人皆可以成佛有着深刻的理解。在接受了五祖的衣法之后，他也经常使用比喻，如五祖送他下山时，“五祖把橹自摇”，惠能言：“请和尚坐，弟子合摇橹。”五祖云：“合是吾渡汝。”惠能曰：“迷时师渡，悟了自渡”。都是深得佛家三昧之语。在此后的讲法生涯中，六祖更是所用比喻颇多。其中，最经典的比喻当属对天堂和地狱的比喻。在惠能看来，天堂、地狱都存乎一心，即心是佛。心生善念，即在天堂；心生恶意，即在地狱。

现代科学告诉我们，世界上没有所谓的纯精神，一切都由物质构成，包括人类肉眼所看不到的暗物质。因此，把古今中外众多的哲学流派简单地区分为唯心与唯物两大派别，本身就是不科学的。所谓“菩提本无树”，就是一个比喻，根本谈不上什么唯心论，遑论“彻底”。

不仅仅是宗教界，思想界的一些大家在向世人阐释他们的思想时，有时也会用一些比喻来说明问题，如经济基础、上层建筑之类。正如一句德国谚语所说：“任何比喻都有缺陷。”如果把他们的思想仅仅从比喻这个层面加以解读，甚至把这些比喻简单化为僵死的公式，往包罗万象的无比复杂的社会生活中硬套，那就难免“失之毫厘，谬以千里”。难怪有的哲人浩叹：“我播下的是龙种，收获的却是跳蚤。”

2018 年 12 月 24 日

作于京西稻香园

浅谈格律诗欣赏

中国是诗歌的大国。世界上很难有哪一个国家，能像中国那样，在两千多年的历史进程中，涌现出如此众多的大诗人：屈原、宋玉、曹植、陶渊明、李白、杜甫、白居易、杜牧、李商隐、苏轼、陆游，真是群星灿烂！甚至一些政治家（如曹操），一些军事家（如岳飞），也是诗人或词家。他们创造的精美诗篇，纵使在千百年后，仍然可以给我们以极大的艺术享受，成为一种不可企及的艺术典范。世界上也很难有哪一个国家，能像中国那样，经过《诗经》、楚辞、汉乐府、南北朝诗歌等几个发展阶段，通过几十代诗人的探索和革新，到了唐代，创造出了近体诗（又名“今体诗”，亦称“格律诗”）这样完美的艺术形式，把诗歌艺术的发展推向了一个全新的高峰。鲁迅先生说：“一切好诗，到唐已被作完，此后倘非能翻出如来掌心之‘齐天大圣’，大可不必动手。”（1934年12月20日致杨霁云）这个论断，绝非夸大之词，亦非极而言之。从诗歌发展史的角度看问题，从诗歌艺术形式的角度看问题，它是一个精辟的科学论断。只有鲁迅先生这样的大家，才能站在文学史的至高点上，俯瞰历史，从而做出这样的判断。

要欣赏诗歌，首先要对诗歌的基本特点有所了解。不能像读小说那样，到抒情诗中去寻找故事情节和人物形象，如同不能要求玫瑰花散发紫罗兰的芬芳。“诗言志，歌咏言。”诗歌是诗人感情的产物，没有澎湃的激情就没有诗。“沉舟侧畔千帆过，病树前头万木春”，抒发的是作者身处逆境而放眼未来的豪迈情怀。“欲穷千里目，更上一层楼”，抒发的是作者蕴含着某种生活哲理的一种积极向上的思想感情。“人生自古谁无死，留取丹心照汗青”，抒发的是作者大义凛然、视死如归的高尚气节。诗歌作者所表达的激情，不能像散文那样直说，而要通过具体、鲜明的形象表达出来，或托物言志，如王维的《相思》：“红豆生南国，春来发几枝。劝君多采撷，此物最相思。”名为咏红豆，实为寄托相思之情。刘禹锡的《望夫石》：“终日望夫夫不归，化作孤石苦相思。望来已是几千载，只似当年初望时。”则是借一块矗立似人的山石赞美坚贞不渝的爱情。或借景抒情，李白的《望天门山》：“天门中断楚江开，碧水东流至此回。两岸青山相对出，孤帆一片日边来。”通过赞美长江流经安徽当涂一段的壮丽景象，抒发了作者热爱祖国大好河山的美好情怀。杜牧的《山行》：“远上寒山石径斜，白云生处有人家。停车坐爱枫林晚，霜叶红于二月花。”写秋景而充满生机，抒发了一种蓬勃向上的豪迈之情。当然，其他文学形式，也需要形象思维，但诗歌的艺术形象更鲜明、更生动、更具有高度的概括力，语言也更精练。因此，我们在欣赏诗歌时，要特别注意通过诗歌的语言，体会它的形象美，并从中感悟作者的激情。

如果说，诗歌是文学王国的皇冠，那么，近体诗就是皇冠上的明珠。所谓近体，是相对于隋唐以前的古体而言。这里的近体指的是唐代。唐代的诗人虽然也有写古体诗的，如李白诗歌中就有相当大的一部分是古风，但最能代表唐代诗歌艺术成就的，无疑是以杜甫为代表的近体诗。近体诗作为一种艺术形式发展到比较成熟、完美的阶段，比如中晚唐以后一些杰出的诗人杜牧、李商隐，他们的传世之作，几乎都是严格的近体诗。

近体诗的格律，是我们的前人主要是唐代诗人在诗歌艺术上的伟大创造。它不是什么“束缚思想”的枷锁，而是通往神圣诗歌殿堂的阶梯。说格律诗“不易学”，这倒是事实。世界上任何一种完美的艺术形式都不会轻而易举地获得。艳丽的艺术之花不会从天而降，只有辛勤汗水的浇灌才会向人们露出笑脸。本文也采用格律诗这一概念。下面，就对它的格律做一些初步的介绍。

格律诗主要有律诗和绝句两种类型。律诗包括七言律诗、五言律诗和排律。绝句又名截句，包括七言绝句和五言绝句。

七言律诗全诗八句，每句七言；五言律诗全诗八句，每句五言；十二句以上的律诗为排律，亦称长律。七律共分四联：前两句为首联，第三四句为颔联，第五六句为颈联，最后两句为尾联。律诗区别于古体诗的主要特点是讲平仄。律诗必须讲平仄，不讲平仄即非律诗。在古代汉语中，音律有平、上、去、入四声，其中，平声又包括上平声、下平声。上平声和下平声大体相当于现代汉语中的阴平声和阳平声。上声、去声、入声，属于仄声。其中，上声和去声大体上与现代汉语中的上声和去声相同。情况较为复杂的是古代汉语中的入声。在汉语的发展过程中，入声字分别归入阴平声、阳平声、上声和去声。归入上声和去声的，仍属仄声，可以不论。归入阴平声和阳平声的，则应注意。比如，光泽的“泽”，道德的“德”，演出的“出”，洁白的“洁”和“白”，豪杰的“杰”等，在现代汉语里的读音属于平声，但它们在古代汉语里都是入声字，属于仄声。

格律诗的平仄问题，是一个需要撰写专文的大课题。这里只做一个最简单的概括。五言律诗和七言律诗都只有四个类型。其中，仄起式（首句的前两个字是仄声）和平起式（首句的前两个字是平声）各有首句入韵（第一句押韵）和首句不入韵（第一句不押韵）两种。五言律诗的仄起式，首句入韵的格式是：仄仄仄平平；首句不入韵的格式是：仄仄平平仄。平起式，首句入韵的格式是：平平仄仄平；首句不入韵的格式是：平平平仄仄。七言律诗的平起式，首句入韵的格式是：平平仄仄仄平平；首句不入韵的格式是：平平仄仄平平仄。仄起式，首句入韵的格式是：仄仄平平仄仄平；首句不入韵的格式是：仄仄平平平仄仄。不难看出，五言诗的仄起式，就是七言律诗平起式的后五个字；五言诗的平起式，就是七言律诗仄起式的后五个字。律诗中的另外七句，也按照特定的规则对每个字的平仄有固定的要求。第二三、四五、六七句的第二和第四个字的平仄必须相同，是为“黏对”。所谓讲平仄，就是律诗中的每个字的读音是平声还是仄声，都要符合格律。如有一个字的读音不合格律，即为“坳句”。律诗的格律严中有宽，一般地说，平平仄仄仄平平的句式，第一、第三个字可平可仄，但二、四、五、六一般不可变通。仄仄平平仄仄平的句式，第一、第五个字可平可仄，但二、三、四、六一般不可变通。即一五不论，二三四六分明。仄收的两种句式，一般是一三五不论，二四六分明。至于第七个字的平仄是固定的，则不言而喻。

除了讲平仄，律诗的颔联和颈联，必须是两副对联，必须讲对仗。所谓对仗，指平仄要相对，词性要相同。比如“春蚕到死丝方尽，蜡炬成灰泪始干”，“春蚕”对“蜡炬”，是平声对仄声，名词对名词；“到死”对“成灰”

是“仄声”对“平声”，动宾词组对动宾词组；“丝”对“泪”是平声对仄声，名词对名词；“方尽”对“始干”，是平仄对仄平，“方”和“始”均为副词；“尽”和“干”均为动词。

绝句是在律诗中截取四句。它可以是截取诗的前四句，也可以是后四句，也可以是中间四句，还可以是前两句和后两句。所以绝句是否对仗可以不限。杜甫的绝句“两个黄鹂鸣翠柳，一行白鹭上青天。窗含西岭千秋雪，门泊东吴万里船”就是全对，且对得极为工整。全诗四句，每句都是一幅优美的画面，四幅画面构成了一个和谐的整体。“两个”对“一行”，“黄鹂”对“白鹭”，“鸣”对“上”，“翠柳”对“青天”，“窗”对“门”，“含”对“泊”，“西岭”对“东吴”，“千秋雪”对“万里船”，不仅平仄相对，词性相同，而且动静相宜，色彩互相映衬。前两句人物的心情与景物融为一体，后两句眼前静止的景物与想象中的动态景物连成一片，其中隐含着作者的思乡之情，堪称绝句的经典。

律诗的押韵。古人拟定了上平、下平、上、去、入五声共 106 个韵部，其中，上平声和下平声各 15 个韵部，上声 29 个韵部，去声 30 个韵部，入声 17 个韵部。每个韵部以其排列顺序和第一个字合称，如上平声的第一个韵部的第一个字是“东”，即为【一东】韵，第十三个韵部的第一个字是“元”，即为【十三元】韵。这个诗韵是南宋时平水刘渊根据唐诗的韵律整理而成，故称“平水韵”。律诗的押韵，要求一首诗的韵脚是同一韵部的字，比如杜甫的绝句，“天”和“船”，押的即是下平声的【一先】韵。

律诗的押韵，有邻韵通押的情况。邻韵通押，俗称借韵，即首句入韵时，该句可从邻近的韵脚中借字，如苏轼《题西林壁》：“横看成岭侧成峰，远近高低各不同。不识庐山真面目，只缘身在此山中。”“同”“中”，押上平声【一东】韵，“峰”属上平声【二冬】韵，邻韵通押。

律诗的节奏，一般地说，七言律诗的节奏，是二二三，即“人面——不知——何处去，桃花——依旧——笑春风。”五言律诗的节奏是二三，即“孤舟——蓑笠翁，独钓——寒江雪。”掌握了律诗的节奏，可以使朗诵的声调具有节拍韵律，从另一个侧面体现律诗的音乐美。

总之，律诗的格律可以用十二个字来概括：句数、字数、平仄、对仗、押韵、节奏。符合这样的格律，可以使音节和谐，读起来朗朗上口，富于音乐美，还可以掌握诗歌的正确读音。汉语里有许多多音字，在律诗里选择哪一个读音，需根据律诗的平仄而定。比如，“日照香炉生紫烟，遥看瀑布挂前川”的“看”，依格律应读平声。去年北京地区高考语文试题，采用了唐代诗人刘长卿的两句诗：“细雨湿衣看不见，闲花落地听无声”，依格律，“看”应读平声，“听”，则应读仄声。

丰富奇特的想象是诗歌的又一大特点。没有想象就没有诗。诗人写诗需要想象，读者阅读和欣赏同样需要张开想象的翅膀。“飞流直下三千尺，疑是银河落九天”，由眼前“飞流直下”的瀑布，想象到了宇宙的银河从九天降落，这是多么奇伟壮丽的想象。“安得广厦千万间，大庇天下寒士俱欢颜”，抒发了作者关心民生疾苦、心忧天下的胸怀，又是一种多么感人的想象。丰富奇特的想象，往往要借助于夸张的语言来表达，因此，在欣赏诗歌时，我们要注意诗歌的这一特点，体会作者所创造的开阔壮美的意境。如果用自然科学著作中的统计数字去衡量诗歌中的想象，那就是缘木求鱼了。

像一切优秀的文学作品一样，创新是诗歌的生命。就诗歌的艺术形式而言，格律诗是一大创新。后人写格律诗，必须遵照格律。那又如何创新呢？笔者的浅见：“今人若论华章事，意境求新炼语言。”（参阅拙作《诗论》）。上述所引诗篇，无不在这两方面有独特的创造。正是这种独特的创造，成就了诗人的艺术风格。布封说得好：“风格就是人。”风格是诗人个性特征的集中表现，它是诗人艺术上成熟的重要标志。欣赏诗歌，特别是名家名篇，要特别注意感受作者的风格，并由此理解作者其人。

诗无达诂。“诂”的本义是以今言解释古言，这里用以指解释诗意。诗无达诂，就是对于同一首诗，没有统一的标准解释。不同的读者可以有不同的理解，这是由诗歌本身的特点决定的。如前所述，诗要用形象思维，而形象往往大于思想。文学欣赏，是一种以作品为媒介，读者和作者交流互动的过程。读者在解诗时，必然要根据自己的生活经验和文学修养加以联想，这就可能不限于作者写诗时的主观意图。又，诗歌多用比喻、夸张等修辞手法，这也给读者的想象开辟了广阔的空间。这正是诗歌的魅力之所在。我国古代诗歌，特别是一些爱情诗，表达的思想比较含蓄，不像有些现代诗歌那样直白和裸露。元稹的《离思》:“曾经沧海难为水，除却巫山不是云。取次花丛懒回顾，半缘修道半缘君。”究竟是悼念他的第一个妻子韦丛，还是眷恋崔莺莺的生活原型?似乎两种意见都能解释得通。诗的基调是抒发作者对一位已经离开自己的女子刻骨铭心的感情，但这个女子究竟是谁，作品并没有言明。解释成韦丛似乎理由更充分一些，但是，在韦丛去世的当年，作者已经写了《遣悲怀》三首，并被后人誉为“古今悼亡诗一体之绝唱”，因此，解释成崔莺莺的生活原型，其立论的基础也不薄弱。李商隐的一些无题诗，究竟是爱情诗，还是政治讽喻诗，至今众说纷纭。读者尽可以任选一说。但是，诗无达诂，不能脱离作品的实际，要解释得合情合理，至少也要能自圆其说，不可随意引申，穿凿附会，去搜寻什么微言大义。解诗，主要是体会诗歌的意境和隐含其中的作者思想，还要注意领略作品的含蓄美。诗歌中的比喻和象征，如确有所指，解诗时可以实指出来，如无确凿证据，切忌勉强落实。

2007 年 11 月 17 日

格律从古　韵脚通今

格律诗，本名今体诗或近体诗。今体诗是相对于隋唐以前的古体诗而言的。因这种诗体产生于唐代，而非当代，所以今人多称其为格律诗。

今体诗是我国古代诗人的伟大创造。从《诗经》到杜甫，我们的前人在一千多年的时间里，像长途接力赛跑一样，经过几十代诗人的不懈努力，终于在唐代，创造出了诗歌史上这一完美的艺术形式，并用这一完美的艺术形式创造出了异彩纷呈的华美辞章，把诗歌创作推上了一个不可企及的高峰。鲁迅先生说："一切好诗，到唐已被作完，此后倘非能翻出如来掌心之齐天大圣，大可不必动手。"（1934 年 12 月 20 日致杨霁云）这个判断，绝非夸大之辞，也非极而言之。一个伟大时代的伟大作品，总是既空前又绝后的。只有鲁迅先生这样的大家，才能站在文学发展史的至高点上，俯瞰历史，做出如此精解的科学论断。

今体诗主要有律诗和绝句两种类型。其中，律诗最完整地体现了今体诗的特点。律诗的格律可以用十二个字来概括：字数、句数、平仄、对仗、黏对、押韵。

字数，律诗每句五言或七言。《诗经》中的诗多为四言，句法整齐。以《离骚》为代表的《楚辞》，每句五、六、七、八、九字不等，句法参差错落。起源于汉代的骈体文是兼具韵文和散文特点的一种文体，其以四字六字相间定句者，世称四六文。建安时期，五言开始兴盛，七言诗也在这时奠定了基础。到了唐代，诗歌多为五言或七言。今体诗每句的字数定为五言或七言，这是一种历史的选择。此后，在长达一千多年的时间里，诗歌始终以五言或七言为主，就连京剧中的定场诗，也多为五言或七言，说明了这种句式的长短适中，适于写作，也适于朗诵。

七言律诗的节奏为二、二、三，如“无边——落木——萧萧下，不尽——长江——滚滚来。”五言律诗的节奏为二、三，但在朗诵时，后三个字的第一个字往往拖音较长，所以，五言律诗的节奏也可以认为是二、一、二。如“星垂——平——野阔，月涌——大——江流。”这种三段式的节奏，读起来跌宕起伏，富于韵律美。

句数：无论是五言还是七言，律诗均为八句。十二句以上的律诗为排律。绝句又名截句，包括五言绝句和七言绝句，每首四句。这也是一种历史的选择。几千年的诗歌史表明，作为一种高度精练的文学体裁，律诗的句数为八句或四句。篇幅的长短较为适宜，也便于记忆。一些脍炙人口的名篇佳作，往往是律诗和绝句，这也从另一个角度证明了这种选择的正确性。另，艺术忌讳单调。律诗每句的字数为奇数，句数则为偶数，有上句，必有下句，使表达的内容较为丰富，排列起来也较为整齐、美观。

平仄。这是律诗区别于古体诗的最主要的特点。律诗必须讲平仄，不讲平仄即非律诗。古人云：诗言志，歌咏言。诗歌本为一体，只有讲平仄，才能使律诗彰显特有的音乐美。汉字是诗歌的载体，它是音义形三位一体的文字，这是它区别于拼音文字的根本特征。在古汉语里，汉字本身有平上去入四声，其中平声又含有上平声和下平声。所以，汉字实际是五声，它本身就有音乐美。据《玉篇》《五音声论》，音韵学上按照声母的发音部位分唇音、舌音、齿音、牙音、喉音五类，谓之五音，亦称五声。音阶中则有宫、商、角、徵、羽五个级，大致相当于现代音乐的 1、2、3、5、6。律诗的平仄，充分发挥了汉字的这一优势，使得律诗朗诵起来抑扬顿挫，朗朗上口，极富音乐美。

现代汉语把汉字分为四声，取消入声字。本文不在语言学的范畴内讨论这一问题，而是从诗歌艺术这一角度看问题。很显然，如果律诗取消了入声字，从五声变为四声，那就成了五音不全，如五官失去一官，五指断其一指，格律诗特有的音乐美也就荡然无存。

现代音乐的音阶有七个，比我国的古典音阶多了 4 和 7，即一个中间音和一个高音。其结果是增强了音乐的表现力。这从另一个角度证明，从五声变为四声，只会削弱格律诗词的音乐美。而现代音乐的乐谱则为五线谱，这对我们也不无启迪。

除了音韵学固有的规律之外，还有一个审美习惯的问题。我们的古圣先贤信奉天人合一的学说，他们从人体的五官、五脏、五指以及每年每月的天数都是五的倍数受到启发，反映到认识论上，思想家们企图用木、火、土、金、水这五行来说明世界，人的食物是五谷，颜色是青、赤、黄、白、黑五色，人际关系讲五伦，道德教义讲五常，亲属关系讲五服，中华人民共和国的国旗是五星红旗。所以，写律诗采用五声，应该是一种正确的选择。如同书法艺术保留繁体字，京剧艺术念道白仍用原有读音，都是艺术的需要。

由于平仄是律诗最重要的特征，所以，律诗的句式也以句首的平仄分为平起式和仄起式两种，每种又以句尾是否押韵分为入韵和不入韵两种。

律诗对平仄有严格的要求，但严中有宽。七言律诗不押韵的句式一三五不论；押韵的句式，平起式一三不论，仄起式一五不论。不押韵的句式严四宽三，押韵的句式严五宽二，宽严适度。

对仗。律诗的颔联和颈联要求对仗。对仗可以使表达的内容形成鲜明的对比，以增强诗的表现力，有助于用短小的篇幅表达丰富的内涵。律诗对对仗的要求也是宽严适度。历史上曾经有过对对仗的严格限定，如“风”对“雨”，“天”对“地”，“上”对“下”，“黑”对“白”等，但诗人们不受它的限制。一般地说，词性和语法结构严格相对就可以了。又，艺术忌讳重复，律诗的对仗不能以同一个字相对，两副对联的句式亦应有所变化。

黏对，律诗的二三、四五、六七两句要求黏对。所谓黏对，就是要求两句的前四个字必须平仄相同。如前所述，律诗的平仄严中有宽，有些字可以不论。所以，黏对的关键是二、四两个字的平仄必须相同。诗歌的语言有其跳跃性，律诗尤其如此。讲究黏对，把上联与下联黏结在一起，可以保持诗句的连贯性，使律诗的结构严谨，成为一个有机的整体。

押韵。这是诗歌区别于散文的最主要的特征。诗歌必须押韵，不押韵即非诗歌。律诗的押韵有首句入韵和首句不入韵两种。前者的一二、四六八句，后者的二四六八句必须押韵。律诗的押韵要求押同一韵部的韵。律诗多押平声韵，押仄声韵的很少。这是因为平声韵章节响亮，更富于音乐美。

律诗的格律在唐代形成并定型，唐代王维、孟浩然、柳宗元、刘禹锡、杜牧、李商隐，宋代欧阳修、苏轼、陆游，明代的前后七子，清代的曹雪芹、袁枚、龚自珍等，都在律诗创作方面有很高的成就。清末民初的爱国史学家连横先生，也是一位诗人，有《台湾诗乘》《大陆诗乘》《剑花室诗集》出版。仅笔者阅读所及，即近三百首，其中，绝大多数为格律诗词（连横，1878—1936年，字雅堂，号武公，又号剑花，又号明星，台湾台南人，祖籍福建龙溪）。20世纪鲁迅、郁达夫的诗作，也多为律诗。就连一些文学史上无名的诗歌爱好者，也采用律诗这种艺术形式，如与曹雪芹同时代的爱新觉罗·敦敏、爱新觉罗·敦诚，20世纪30年代因为报父仇，刺杀孙传芳闻名的施剑翘先生，都写过数量不少的格律诗。格律诗的影响还波及国外，在日本人中，亦有不少格律诗的爱好者。一种文学体裁历时1300多年而不衰，足见其艺术生命力之强大，以至21世纪初，有人专门撰文高呼“今体诗万岁!”

历代写格律诗的人多用平水韵。平水，是旧平阳府城（今山西临汾市）的别称，因城西南有汾水的支流平水而得名。金元时期称平阳所刻书籍为“平水版”。平水韵是金代的官韵书，因刊行于平水而得名。我国早在魏晋时代即有韵书，如魏李登《声类》，晋吕静《韵集》，都已失传。隋陆法言《切韵》也已失传。据考证，《切韵》分206韵。《平水韵》分两种：一种是金王文郁《平水新刊礼部韵略》，另一种是南宋刘渊《壬子新刊礼部韵略》。平水韵分106韵。到了清代道光时期，戈载的《词林正韵》，以平声统摄上声和去声，归纳为14部，又立入声韵5部，共19部。比如第一部，将平声的东冬，上声的董肿，去声的送宋，归纳为一部。从《切韵》到《词林正韵》，格律诗用韵的发展趋势是由繁到简，这就给我们以启示：我们今天写格律诗，不一定拘泥于用平水韵中同一韵部的韵。凡是用普通话读音韵母相同的韵部，如一东、二冬、八庚、九青、十蒸、十一真、十二文、十二侵，都可以通用。凡是用普通话读音韵母不同的字，即使它们属于同一韵部，也要将它们分开，如四支和十三元韵，同属于一个韵部的字，用普通话读并不押韵。总之，韵脚从今，就是在平水韵的106个韵部内，只要普通话的读音押韵，即可通押，以保持格律诗的音乐美。而平仄等格律，则严格从古，千年不动，更是为了保持格律诗的音乐美。

如何正确地对待近体诗的格律问题，实际上是一个怎样在继承传统文化精华的基础上创新的问题。在中国文学史上，正确对待传统文化，在这方面做得最好、成就最高的朝代是宋代，个人是清代的曹雪芹。宋代的诗人继承了唐诗的优良传统，按照近体诗的格律，创作了大量的华彩乐章，同时，又极大地丰富与发展了“词”这一全新的艺术形式，把韵文的发展推向了一个新的高峰。曹雪芹既是小说家，又是诗人，而且首先是一位诗人。他是以诗人的气质、诗人的才华、诗人的激情、诗人的语言来写《红楼梦》的。《红楼梦》实际上是诗小说，这主要表现在以下两个方面：其一，中国诗歌史上的各种艺术形式，诸如五言、七言诗、骚体、乐府、古风、歌、行、律诗、词、曲、赋、诔，佛家偈语，乃至楹联、灯谜、酒令等，几乎全部囊括书中。而第五回的《好了歌注》和《红楼梦》十二支曲子，则是在继承了律诗、词、曲精华的基础上独创了一种文学体裁，笔者称之为红体。而所有这一切，无不是作者塑造人物，演进情节的手段，而且是那样的得心应手，恰到好处。这种非凡的艺术才能，在中国文学史上找不出第二人。其二，即使是小说的叙事场面，也都洋溢着诗的激情。《红楼梦》为我们提供的充满了诗情画意的精彩片段之多，在中国文学史上也找不出第二人。伟大作家的伟大作品，总是既空前又绝后的。那境界，虽不能至，但心向往之。

2010 年 5 月 17—21 日

翩然京华一书生

——安永兴印象

◇ 李永祥

去年秋天，第二次同学聚会于开封。分别十年，同学们又都老了不少，特别是男同学，似乎更经不住岁月的磨蚀，不少已现出龙钟之态，倒是几位老太太，如渝丽、玉娥、光璐等却依然精神矍铄、风采照人。呜呼悲哉！不太显老的只有安永兴，他那颀长的身材依旧笔直矫健，眼睛依旧灵动而有光彩，只是额头上的皱纹刻嵌着岁月的沧桑。永兴其实并没有什么养生秘诀，他的为人处世之道就是最好的养生之道。永兴是个特别认真的人，他的为人处事无时无刻不是一本正经的，他似乎从不和人开玩笑，别人和他开玩笑他总是认真地听着，当他明白你是在开玩笑，便挺挺身子仰头一笑而已。年轻时，不少同学调皮，给他起了个绰号，背地里叫他“贾政”。几十年后重聚，见他依然故我，那种一本正经的处世态度丝毫未变。同学们背后议论说：时间证明永兴是“真”正，绝非“贾政”。

我和永兴的经历有许多相和之处。我们都在一所成人高校里过了一辈子，无非是读书、教书、写书。一生犹如一杯白开水，无滋无味，细品品或许有点苦涩而已。前些日子永兴给我来信谈读书，我集陆放翁句答之曰：

人生百病有已时，
唯有书癖不可医。
无情白发侵老境，
青灯有味似儿时。

即是说我俩嗜书成癖，互慰共勉。扪心自思，我读书的境界，较之永兴要低一个层次。我的读书多少总带些功利性，或是从书中找些观点和资料来充实自己的文章，或是借以为谈资炫耀自己博学。而永兴读书乃是其生命的内涵与张力的有机组成部分。是关乎性（精神层面）命（物质层面）双修的头等功夫。与永兴谈话，他总是用他那浑厚的京韵十足的男低音讲他最近读的书，兴致勃勃、津津有味。除读书之外没有别的话题，在他的意识里，别人也必然对这个话题感兴趣，除读书外，难道还有值得我辈探讨的事情吗?永兴身上只有书卷气没有烟火气。也许你会暗笑他“呆”，而这个“呆”正是他人不及之处，使他隔离了俗世的喧嚣与浮华，免除了许多无谓烦恼与痛苦，在自己营造的天地里，按自己的方式享受着生命的乐趣。用理学家的术语叫作“正心诚意”，用道家的术语则是“澄心静虑”，这不正是老年人颐养天年的要诀吗？有诗赞曰：“花甲之年身矫健，双目炯炯兴致浓。不是贾政是真正，翩然京华一书生。”

2008 年 10 月 30 日

默默独行

——一个读书人的世界

◇ 严大成

内容提示

新科状元　一次惊动中央书记处的考试

杏坛国士　一位不同凡响的优秀教师

学界诗人　他是极富创新的诗人

本文的主人公，初看起来是那样的平常：一张清癯的面容，一副传统样式的黑边眼镜，一种多年一贯制的发式，一件纤尘不染的西装外套，朴素、纯正，就是随处可见的沉默的大多数中的普通一员。

但是，如果拉近一点距离，对面交谈，你会发现，他又是那样的不寻常。他的气质，他的神韵，他的风范，他那特有的思维方式和准确、简洁得像书面语言一样的口头语言，特别是他身上所焕发出来的那种浓郁的书卷气，简直让人难以相信，他是生活在我们这个五光十色、喧嚣浮躁的现代社会，倒像是一位天外来客。难怪两位青年学者初次和他面谈后即慨叹："见到安老师，让我们想起了五四时期那一代知识分子。"另一位青年自由撰稿人在听取了他对一部书稿的意见后说："现在，有一种普遍认同的观点：传统意义上的知识分子，在中国大陆已经绝迹。见到安老师，我要说，还有。"

哲人说，一个人就是一个世界。几次促膝长谈，几次和他的至亲好友交流，又反复阅读他的著作以及大量诗文、讲义的原始手稿，我逐渐走进了他的世界。

新科状元

1980年年初，当新年钟声的余音还在东方大地上回荡的时候，一日，《人民日报》《光明日报》等诸家大报同时用半个版的篇幅刊登了一则《公告》。《公告》开宗明义："经国务院批准，中国社会科学院面向全国公开招考研究人员。"《公告》阐述了此次招考的意义，并具体说明了报考的条件和考试、录取的程序。主要是：应考人员必须已有著作发表，报名时须提交专业论文和外语论文，审查通过者发准考证，再进行四场闭卷考试。

考试的时间是：1980年5月30日和31日，北京地区的考点设在车公庄附近的市委党校。

第一场是专业基础课的考试。面对试题，他那思维的车轮飞快地运转，整个身心进入了一种物我合一的状态。多年来的所学所思，早已融会贯通，此刻下笔成文。他奋笔疾书，半个多小时，答题纸已用尽。他举手示意，监考人把几页纸放在他的桌上。不到半小时，他再次举手示意，这次，监考人索性拿来一大沓纸。全部试题答完，共用时3小时15分，纸25页，约8000言。

第二场是专业课的考试。早在中学时代，鲁迅就是他敬仰的文学家，上大学以后，鲁迅作品又是中国现代文学史的重点。这时，他想到了鲁迅先生，并开始重新学习先生的著作。"苟奴隶立其前，必衷悲而疾视，衷悲所以哀其不幸，疾视所以怒其不争。"先生太爱他的祖国，太爱他的人民了。由于爱到了极致，以至由爱生恨，由热变冷，就像马丁炉里炼钢的火焰，温度极高时会由红转白一样。然而，"古来圣贤皆寂寞"，先生的菩萨心、战士情，有时并不为国人所理解，尤其在"史无前例"的时期，鲁迅几乎成了任人雕刻的大理石。他对此痛心疾首，愤激之情，郁积已久，在回答最后一道大题：谈谈你对鲁迅研究现状的看法时，他的思绪犹如喷泉涌流，在激烈地抨击了鲁迅研究中的教条主义和实用主义倾向后，他强调要用实事求是的科学态度研究鲁迅，全篇的结束语是："把鲁迅的还给鲁迅"。这场考试，共用时3小时20分，用纸仍是25页，约8000言。出场后方才发现，右手食指的指肚已经磨破。

四场考试完毕，他仍然继续自己的教书生涯。12月8日，他收到了中国社会科学院研究人员录取通知书。通知书右上方的编号是：330，右下角盖着中国社会科学院的朱红大印，印中的图案是中华人民共和国国徽。

看罢通知书，他心静如水，波澜不惊。

1980年中国社会科学院主办的这次考试，是中国大陆60年来仅有的一次考试。它是在当时的历史条件下改革人事制度的一个尝试。它是一项系统工程，在报名、资格审查、出题、考试、阅卷、录取等多个环节，都在高标准、严要求的前提下，体现了公平、公正的原则。据同年11月3日《光明日报》的有关报道，参加这次考试的人，绝大多数是1966年之前的大学毕业生、研究生，还有一部分留学生。在这样一次由中央人民政府批准、全国最高学术机构主办的最高层次的考试中，能在报考鲁迅研究专业的一百多位佼佼者中以总分第一的成绩蟾宫折桂，比之于古代的科举制度，安永兴是当之无愧的新科状元。

一位现代作家曾经说过："人生的道路虽然漫长，但紧要处常常只有几步，特别是当人年轻的时候。"就在本文的主人公在办理工作调动手续时，遭遇了人生道路上紧要处的红灯。

当时的上级单位不同意他调出。

永兴的态度是：此次考试，实乃公务，而绝非私事。因此，除了把上述情况信告中国社会科学院文学研究所，他的生活一切照常。

听北师大的老师讲，文学所鲁迅研究室的领导先后6次与当时的上级单位协商，均未果。

《史记》研究的老前辈程金造先生得知了他的情况，径直找到中央书记处某负责同志，为他秉公说项。得到的答复是：中央书记处研究过这个问题。当时有两种意见：一种意见是，应该人尽其才，允许调出；另一种意见是，十年动乱，教育界是重灾区，如果教育界的人才外流，将影响教育界的办学质量。最终意见是让双方协商解决。由于1949年以后，国内的政体是单位所有制，协商无果就是不难预料的事了。

28年以后，当时他所在学校的负责人黎贵华同志披露，教育部蒋南翔部长曾就永兴的问题致函学校党支部。此前，蒋部长不可能知道他这个普通教师，显而易见，这封信当是蒋部长从中央书记处得知此事之后所写。

1982 年 6 月 24 日，当时的上级单位主要负责人驱车前往他所在的学校，与他面谈后，将其调至区教师进修学校，并关照学校校长，在工作安排上，不宜等同于其他教师，要支持他从事鲁迅研究。校长具体落实了该项决议。

杏坛国士

鲁迅作品是中学语文教学中一个极其重要的组成部分。早在 20 世纪 20 年代初期，当时的《国文》《国语》课本就开始选用鲁迅作品。此后，在长达 20 多年的动荡岁月里，不管中国的大地上发生了多么惊天动地的变化，也不管一些教育家在政治上表现出怎样不同的倾向，都在他们编选的语文教材中把鲁迅作品作为必选篇目。这种地位，是五四新文学运动中其他作家难以企及的。1949 年以后，鲁迅作品在中学语文教学中的地位得到了进一步的加强。到了 60 年代初期，中学语文教材所选鲁迅作品，一般稳定在 20 篇左右，其数量之多、范围之广，居古今中外名家之首。由于鲁迅的时代已经成为历史，更由于鲁迅作品特有的深刻性和表达的独特性，鲁迅作品难懂，教师难教，学生难学，是语文教学中普遍存在的问题。到进修学校之前，永兴已经就教材中的《阿 Q 正传》《祝福》《药》《故乡》等作品发表了有关论文。到进修学校之后，他则继续把中学鲁迅作品作为自己的研究课题，用他自己的语言表达就是："我的鲁迅研究是为几十万语文教师服务的，我的着眼点始终都是面向全国的。"

选入中学语文教材的鲁迅作品，是名篇中的名篇，供教师参考的用书，都是几代专家学者研究的成果。永兴对这些老前辈是非常尊重的。但是，他也清醒地看到，在当时的历史条件下，前辈学者的工作必然受到特定时代的局限。以《祝福》为例，70 年代语文教材和教参都采用主题是批判"四权"，即"政权、族权、神权、夫权"的观点，但他认为，这种观点，既不符合作品的实际，又不符合作者的创作意图。他在《中学语文教学》1980 年第 1 期上发表《礼教吃人》一文，指出《祝福》的悲剧在于封建礼教吃了祥林嫂。1984年冬，《中学语文教学》开辟专栏，就如何评价《祝福》中的鲁四老爷形象展开讨论，全国各地的语文教师以及学术工作者各抒己见，莫衷一是。编辑部认为，学术讨论不宜做结论，但希望发表一篇有说服力的文章结束这场讨论。于是，向永兴约稿。他撰写了《应该正确运用阶级分析的方法——谈〈祝福〉中的鲁四老爷形象》，发表于该刊1985年第7期。言犹未尽，又撰写《阶级分析方法与〈祝福〉研究》，发表于中国鲁迅研究学会主办的刊物《鲁迅研究》第13期，从研究方法的角度，探讨鲁迅研究的正确方向。此后，统编语文教材放弃了所谓“四权”的观点。《故乡》的主题，在一个很长的时间里都被认为是批判辛亥革命的不彻底性。他在《〈故乡〉的思想与艺术特色》中所阐述的观点则是：《故乡》的主题是“哀人生之隔膜”。这篇文章发表于《中国现代文学研究丛刊》1982年第1期。怎样评价阿Q的“革命”，历来众说纷纭。他在《语文月刊》1982年第6期上发表《怎样评价阿Q的“革命”和“不准革命”》一文，指出：对阿Q的革命，无论是“给予肯定”，还是“予以否定”，都失之偏颇，而对于阿Q的不准小D革命，人们往往讳莫如深。他具体分析了阿Q的“革命”和假洋鬼子、赵秀才“革命”的差异，也论证了阿Q不准小D革命与假洋鬼子的“不准革命”有某些相通之处，并从理论上正本清源。这篇文章参加了北京市中学语文研究学会主办的首届论文评选，获一等奖。这次评选活动，个人一等奖仅设一名。6名评委投票，都把自己的一票投给了这位素昧平生的作者，有的评委投票后表示，这是她一生中所做的两件最有意义的事情之一，并且说：“我一定要见见这个人。”笔者行文至此，不禁感慨万端，20世纪80年代教育界和学术界的那些人、那些事，那种风气，是多么值得怀念啊！

《从百草园到三味书屋》是中学生首次学习的鲁迅作品。在一个很长的时期内，文中的先生被认为是“维护封建教育制度和宣扬孔孟之道的一个腐儒”。针对这种流行的观点，他在《中学语文教学》1986年第3期上发表《关于三味书屋和先生的评价》一文，对封建教育制度和在这个制度下执教的人做了具体分析，认为寿先生是“旧式知识分子中品格正直、学识渊博并和作者有着良好的师生之谊的一位启蒙老师”。在发表于该刊同年第8期上的《民族脊梁的颂歌》中，他强调《中国人失掉自信力了吗》中所说的“中国的脊梁”，是一个民族的概念，它既包括中国共产党及其领导下的革命人民，也包括其他阶级和集团中的杰出人物。抗日战争中国民党军队“所表现出来的与敌人血战到底的英雄气概，无疑是‘有自信，不自欺’‘前仆后继的战斗’的具体表现。”前些年，电影《血战台儿庄》已在海内外公开放映，近日电视连续剧《中国远征军》正在热播，国民党军人在民族解放战争中惊天地、泣鬼神的壮举传遍了千家万户。但是，在25年前，敢于在自己的文章中承认国民党军人也是“中国的脊梁”，这不仅需要历史主义的眼光，而且需要唯物主义者的勇气。

1986年10月，永兴出版了他的第一本学术专著：《中学鲁迅作品讲解》（重庆出版社），李何林先生欣然为该书作序，认为“作者肯于独立思考，勇于探讨问题”，分析“简明中肯”，文字“简洁流畅”。1990年4月，又出版了第二本专著：《鲁迅作品的教学与研究》（光明日报出版社），在该书《引论》里，作者首次论证了鲁迅作品在中学语文教学中的历史地位和重要作用，并对鲁迅作品教学中普遍存在的问题阐明了自己的观点。该书对选入中学语文教材的全部鲁迅作品逐篇予以分析，有诸多独到见解。为了扩展教师的知识面，该书还选析了若干教材外的鲁迅作品，如《自题小像》《哀范君三章》等。该书被北京市教委定为中学语文教师继续教育的必读书目，其影响，遍及全国语文界。

在长达四分之一的世纪里，他先后发表了30余篇具有独创意义的论文，出版了两本专著，研究的对象囊括了选入中学语文教材的全部鲁迅作品，并不断发现新情况，研究新问题和解决新问题，从1949年至今，60年间，有此业绩者，中国大陆尚无第二人。

20世纪90年代初，他被借调到市委、市政府主办的《北京教育丛书》工作，帮助本市的优秀教师总结教育教学经验，被作者视为良师益友。

如此奇才，如此通才；如此敬业，如此业绩，教育界当为之感到骄傲。安永兴，堪称杏坛国士。

学界诗人

2008年，永兴出版了格律诗词集《红楼今咏》。在这本书的《读书者说》（代跋）里，他向读者这样交代创作的缘起：

“在著名的《报任安书》里，太史公满怀深情地写道：‘盖文王拘而演周易，仲尼厄而作春秋，屈原放逐，乃赋离骚，左丘失明，厥有国语，孙子膑脚，兵法修列，不韦迁蜀，世传吕览，韩非幽秦，说难孤愤，诗三百篇，大抵皆圣贤发愤之所为作也。’汉代是骈体文盛行的时代，太史公不可能不谙此道，但这段在《史记》中多次出现的文字，所举圣贤，却只有七位，奇数不偶，这绝不是太史公的偶尔疏漏，而是有意为之。‘太史公受腐刑，厥有《史记》’，这句话，太史公不能写，也不忍写。这不写之写，太史公寄希望于后人了。

于是，在我的内心深处，产生了一种强烈的愿望：用中国古代诗人的伟大创造——近体诗这一艺术形式，为太史公、曹公等经典作家以及他们笔下的人物树碑立传。同时，也是对自己几十年读书生涯的一个总结。”

《报任安书》是人们熟悉的作品，上面所引的这段文字，更是耳熟能详。但是，就我的涉猎范围，还没见有人注意到“奇数不偶”的情况。永兴不仅发现了，而且由此引发出自己的责任感和使命感，实现了今人和古人的对接。古人的咏史诗并不鲜见，但大多是对一人一事的咏叹，如杜牧、李清照所写的有关项羽的诗，杜甫所写的有关刘备和诸葛亮的诗。以一人之力，为《史记》《三国志》《红楼梦》中的主要人物，共计40余人，写出三部组诗，这是前人以及同时代人没有涉足的领域。吟诵着这些诗词，仔细阅读诗词后面精到的诗解，你不由得感到安永兴如同曹雪芹那样，“以诗人的气质、诗人的才华、诗人的激情、诗人的语言”写就此书。在我看来，尤为难能可贵、值得称道的，是他完全摆脱了一介书生的局限，效法太史公，站在历史的高度，以敏锐深邃的目光，穿透千年岁月的封尘及现实的重重迷雾，为读者敞开一扇思考的大门。在浓郁的抒情中，凝聚着诗人对历史和人生独到的感悟。“未必心仪隆准汉，只缘民意在炎刘”，探究了张良对刘邦的深层认识和他功成身退的政治智慧。“纵使听从肝胆计，三分大任恐难当”，揭示了韩信终究只是个军事家，而非政治家，在君主专制时代，“鸟尽弓藏”是他的必然结局。“天下兴亡多少事，不唯成败论英雄”，高度评价了太史公的历史观。在这首诗的诗解中，诗人在赞美太史公的高尚史德的同时，还痛斥了某些历史时期一些御用文人歪曲历史、粉饰现实的虚伪学风，他指出：“中国人民真正走上现代民主制度的康庄大道，还有很长的道路要走。”

同古圣先贤对接，这就是安永兴创作《红楼今咏》的初衷和动力。从这个意义上说，《红楼今咏》是他创作生涯的一大贡献。

从《诗经》开始，经过几十代诗人的努力，到了杜甫的时代，诗歌的格律基本成型。至此，中国诗歌的艺术形式达到了几近完美的程度。大约同时，一种句式长短不一，但却保留了律诗平仄对仗等特点的艺术形式——词也出现了，并且在宋代取得了空前的成就。不言而喻，越是完美的艺术形式，掌握起来就越是困难，它需要作者在才、学、识、情等诸多方面都具有深厚的素养。永兴凭借天赋的诗才和扎实的学术功底，于1992年开始创作格律诗词，经过十几年的艺术实践，熟练地掌握了这种艺术形式，并用这种独特的方式，对自己多年来读书和思考的心得做了一个别具特色的总结。

诗贵情真。读《红楼今咏》，我们不能不为书中洋溢着的激情所感动。作者感谢太史公为我们后人构建了一个上下几千年、纵横几万里的宏大世界，感谢曹雪芹为我们营造了一个群芳荟萃的大观园，感谢陈寿给我们讲了三国鼎立时期诸多绘声绘色的史实。先人为我们栩栩如生地描绘了古时的人生际遇、世间百态，生动记录了威武雄壮、壮怀激烈、充满智慧谋略的战争案例，倾诉了无尽的感慨惆怅和刻骨铭心的血泪忧伤。《红楼今咏》一人一生一诗，怎么写得出来呢？安永兴不断学习、不断钻研、不断深思熟虑，“浸透我的全部感情，其中也包含了自我评价”。永兴几十年如一日地沉醉于经典之中，耳濡目染，对那些人物产生了难以割舍的感情。有时，甚至分不清，是书中人物从历史隧道的深处向他走来，还是他向历史隧道的深处走去。在创作的过程中，感情的潮水有如山间的激流，奔腾激荡，有时悲歌慷慨，有时击节赞赏，有时扼腕叹息，有时唏嘘流涕。他对陈涉、项羽、李广、曹操、诸葛亮、关羽等人物，同有慷慨悲歌的情怀，对他们有赞扬推崇也有惋惜遗憾；对司马迁、曹雪芹则是由衷地景仰；对林黛玉、薛宝钗、史湘云等则是欣赏、怜惜和同情。“高风雅韵垂千古，百读常新伴泪痕”“慨叹千般挥泪笔，忧思万种诉衷情”，不难想象，许多诗句是流着泪水写出来的。

王国维说：“近体诗易学而难工，古体诗难学而易工。”意思是律诗这种艺术形式学习起来很困难，但掌握了这种形式，写出的诗就会比较精致。傅希春先生在为该书所作的序言中，连用7个形容词："积极、开阔、亲切、新颖、深沉、严谨、独创"来抒发自己读诗的感受；认为"诗作文字讲究，立意积极，形式古老而又鲜活，堪称雅俗共赏、古为今用的一个典范。"绝非虚言。一位研究文学史的老专家看完诗集，阖卷感叹说："这诗集是要传世的！"一个对古诗词有深厚造诣的老教师在读了《红楼今咏》之后，写信给作者，说他读这本诗集是一种艺术上的享受。诗集既是"艺术品"，又可作学习格律诗的"教科书"。他投笔于案，掩面而泣。

几十年如一日潜心攻读，最终以古典诗词的形式总结自己的治学生涯和人生感悟，安永兴，可谓学界诗人。

走近本文的主人公，我想了很多很多，感情的潮水不断冲击我的胸膛，几乎不能自已。我想到了古代的许多志士仁人，他们分别以自己出众的才华为中华民族的文明大厦增砖添瓦。历史公正地记下了他们的名字。他们虽然生活在不同的时代，有着不同的个性和不同的遭遇，但有一点是共同的：他们在从事某一种事业时，都绝对没有功利的考虑。无论是写诗、作文，还是办教育，搞发明创造，都不是为了职官，不是为了金钱，不是为了名望和地位，而是一生寂寞，一门心思地痴迷于某一种事业，以至让人们觉得，他们就是为了这一事业而生。正是在这一基本点上，永兴和他们一脉相承。

和物理学上观察事物距离越近越清晰相反，历史学评价人物往往要拉开距离，要经历一段较长的时间。那时，学术和艺术标准以外的种种羁绊都已化为尘土，再从横向和纵向等不同角度加以比较、分析、鉴别和判断，从而有可能趋于公正。我相信，若干年后，我们的子孙后代，一定会像我们今天评价前人的历史功绩那样，记住他的名字。

历史将证明：安永兴既属于当代，又属于未来。

2014年6月

思源·感恩

时间如白驹过隙，每一天就像从指缝里落下的沙，无法留住。在2022年暑期，历经三年，我终于做好了自己的心理建设，下定决心着手整理爸爸的文章。为了忠实于历史的本来面目，本书中所收全部内容，除了个别的字、标点符号由我稍做改动外，其他均一仍旧貌。在查找原始手稿、电脑录入、校对的过程中，实在难免挂一漏万，错误之处还望方家海涵。

这本合集的绝大多数作品来自爸爸已经公开发表过的论文或出版的专著；部分未曾面世的诗、文是我从众多手稿中认真挑选出来的，是他将近五十年心血的结晶，把它们结集成册，是我作为女儿义不容辞的责任和义务，虽然它来得实在太迟。

《寸草集》的书名，来自爸爸对奶奶的无限怀念之情。

《寸草集》的封皮，在印刷厂的全部色板中，最大限度地选择了爸爸最喜欢的颜色。

八九岁的时候，我曾经练过一段时间的颜体楷书。本着让爸爸开心的信念，我鼓足勇气拿起了搁置四十年的毛笔，如履薄冰般地练习，临时抱佛脚，苦练一百天，用“无知者无畏”几个字形容最合适不过。看到我写的封面题签，相信对他的精神慰藉必定远远高于这三个字的视觉效果，爸爸又会微笑着说：“我女儿有勇于实践的精神。”

一本书的书名、封皮、题签，串联起祖孙三代连绵不断的亲情，我把它目为另一种形式的传承。

感谢邱季端伯伯、李永祥伯伯、王荔阿姨、张家顺伯伯、朱熙炎伯伯、罗文德伯伯、刘蓄芳女士，没有以上诸位给予的关爱、指教，我一个人是万万不能将爸爸毕生心血予以付梓的。

当我怀着忐忑的心情，请邱伯伯拨冗作序时，他没有立刻满口应承下来，而是先对书的目录、内容进行全面了解之后，于百忙之中欣然命笔，看完后我瞬间泪雨滂沱。这泪，有对耄耋之年的邱伯伯侠肝义胆的感激之情，有对爸爸人生际遇的慨叹，更有对自己没有倾尽孝道的悔恨与自责。

李永祥伯伯与爸爸同样嗜好读书，也唯有真正爱书之人才能如此深刻地理解爸爸。可见，在一生偏爱读书的这条路上，爸爸并不孤独。

每次路过学校的操场时，就会想起爸爸经常和我回忆，上大学期间邱伯伯和他及同学们一起锻炼身体的情形。

图书馆前的白杨树是62级的学生们亲手栽下的。时隔将近一个甲子，白杨依旧傲然耸立。

严伯伯在爸爸的口中念及最多的是“大成兄仗义执言”，他用洋洋洒洒八千字，为爸爸勾勒出一幅惟妙惟肖的素描像。

赵怀志、徐岩、刘芬、李玉华、耿海英、王涛几位编辑老师，为此书付出了辛苦的劳动，在此一并致谢。

字短情长。我从小到大一直被众多的爱所包围，这浓厚的爱不仅来自家人、亲友，更来自杨占升爷爷、王家骏爷爷、沈渝丽阿姨、文世容阿姨……大家看着我从步履蹒跚的稚童一点点蜕变，始终用完全无私的爱助力我的成长，这满满的爱意用任何文字形容都是苍白和无力的。感谢正直而又善良的人们，感谢您们一路以来的扶持、关爱。生活赠予我磨砺的机会，众多的历练使得我愈发的坚韧无畏，这份馈赠属实珍贵。

饮水思源，没有您们，就没有此时此刻的我。

永念恩情，没齿不忘。

今晚，我终于可以安睡了。

安　稳

泪笔

2023年5月18日